Joanna Wylde

IM BANN DER ROCKER

BAND 1 DER SILVER BASTARDS REIHE

LAGO

Bibliografische Information der Deutschen Nationalbibliothek:
Die Deutsche Nationalbibliothek verzeichnet diese Publikation in der Deutschen Nationalbibliografie; detaillierte bibliografische Daten sind im Internet über http://d-nb.de abrufbar.

Für Fragen und Anregungen:
info@lago-verlag.de

1. Auflage 2016

Nymphenburger Straße 86
D-80636 München
Tel.: 089 651285-0
Fax: 089 652096

Übersetzung: Ramona Wilder
Umschlaggestaltung: Stephanie Druckenbrod
Umschlagabbildung: Shutterstock.com
Satz: Alexandra Noll, München
Druck: GGP Media GmbH, Pößneck
Printed in Germany

ISBN Print 978-3-95761-128-4
ISBN E-Book (PDF) 978-3-95762-063-7
ISBN E-Book (EPUB, Mobi) 978-3-95762-064-4

In Erinnerung an William »Backfire« Twardokus.
Danke für alles, was du mich gelehrt hast.

DANKSAGUNG

Wie immer geht ein herzliches Dankeschön an das Team von The Berkley Publishing Group, das dieses Buch ermöglicht hat, besonders an Cindy Hwang. Ein Danke auch an Jessica Brock für das Marketing und an die Layoutabteilung der Berkley Publishing Group, deren Team wieder einmal ein umwerfendes Cover gestaltet hat. Eure Arbeit weiß ich wirklich zu schätzen.

Ich stehe besonders in Amy Tannenbaums Schuld, denn sie hat es nie versäumt, meine Anrufe zu erwidern, egal, wie unzusammenhängend meine Nachrichten gewesen sein mögen.

Dieses Buch hätte es nie gegeben ohne die Unterstützung meiner Kritikpartner Kylie Scott und Cara Carnes. Renee Carlino und Kim Jones haben mich ebenfalls in so mancher Krise aufgemuntert, und Rebecca Zanetti war mir eine unschätzbare Stütze bei der Recherche (und gelegentlich auch beim Mittagessen, wenn es etwas zu feiern gab). Auch meinen Beta-Leserinnen Danielle, Hang, Sally und Lori bin ich sehr dankbar.

Tag für Tag bewahrt mich meine Online-Community davor, verrückt zu werden. Alles Liebe an meine Sweet Butts, die sich stets meine Schimpftiraden anhören. Liebe Grüße auch an die Joanna-Wylde-Junkies – mögen Eure Dinosaurier allzeit fröhlich herumtollen. Ein Dankeschön an all die Blogger, die mich auf dieser Reise unterstützt haben, besonders an Maryse, Lisa, Milasy, die andere Lisa und all die anderen. So viele Menschen haben mir ihre Zuneigung geschenkt – es ist einfach überwältigend. Vielen Dank an Euch alle.

Schließlich und endlich danke ich auch meiner Familie, meinem stets geduldigen Ehemann und meinen Kindern. Ja, Mommy ist nun endlich fertig mit ihrem Buch. Ja, heute Abend können wir ins Kino gehen.

VORBEMERKUNG DER AUTORIN

Danke, dass ihr euch für *Im Bann der Rocker* entschieden haben, den ersten Band meiner neuen Reihe aus dem Silver Valley. Der Silver-Bastards-Motorradclub, der Silver Bastards MC, hatte seinen ersten Auftritt in *Rockersklavin.* Auch in dieser Geschichte spielt der Reapers MC eine besondere Rolle. Trotzdem kann man dieses Buch unbesorgt lesen, wenn man die *Rocker*-Reihe noch nicht kennt.

Im Gegensatz zu den Reapers-Büchern konzentriert sich die Silver-Valley-Reihe nicht auf Motorradclubs, sondern stellt einen Ort in den Mittelpunkt. Das Silver Valley liegt östlich von Coeur d'Alene in North Idaho. Von meinem Wohnort aus ist man mit dem Auto gleich dort; meine Familie macht schon seit über zwanzig Jahren Ausflüge in diese Gegend. Die Region ist reich an Geschichte und Kultur. Hier machen Berichte über wahre Begebenheiten die Runde, die so verrückt sind, dass man sie nicht erfinden könnte. Bergarbeiter, Huren, Trickbetrüger und Wyatt Earp höchstpersönlich trugen zum Entstehen der Boomtowns bei, die überall dort aus dem Boden schossen, wo Ende des 19. Jahrhunderts kostbare Metalle gefunden wurden. Diese Bergwerke waren so produktiv, dass das Silver Valley zu den zehn wichtigsten Bergbauregionen der Weltgeschichte zählt. Der Wert der hier gewonnenen Metalle beläuft sich auf über sechs Milliarden Dollar.

Viele der wichtigen historischen Ereignisse in der Silver-Valley-Reihe basieren auf Tatsachen, obwohl ich einige Namen und Daten geändert habe. Wie immer hat mich die Realität nicht davon abgehalten, meine Geschichte so zu erzählen, wie ich es möchte. Doch natürlich haben meine Freunde aus dem Motorradclub dieses Buch anschließend einem Faktencheck unterzogen.

PROLOG

Kalifornien

Fünf Jahre zuvor

Puck

Verdammte Scheiße, das brannte vielleicht.

Es war ein doppelter Shot, der auch noch zwischen zwei wundervollen, riesigen Titten serviert wurde, die einer Stripperin mit endlos langen Beinen und Knackarsch gehörten, was natürlich nicht von Nachteil war. Der Tequila kam urplötzlich in meinem Magen an, sodass der Alkohol meinem Kreislauf einen Schock versetzte. Da realisierte ich es endlich.

Ich war frei.

Vor vierzehn Monaten hatte ich zum letzten Mal einen ordentlichen Drink gehabt – und hatte ganz vergessen, wie sich das anfühlte. Dieser süße, raue Schmerz, der sich einstellt, wenn die oberste Hautschicht in der Kehle weggebrannt wird, war einfach unschlagbar. In meinem ganzen Leben hatte ich mich nicht so gut gefühlt, ohne Frage. Dass mir die Königin der Shots zuvor einen geblasen hatte, gleich nachdem wir auf der Party angekommen waren, schadete auch nichts.

Das ganze letzte Jahr hatte ich damit verbracht, mir auszumalen, was ich als Erstes tun würde, sobald ich rauskäme. Ich konnte mich nicht recht entscheiden zwischen Saufen und Sex, aber ganz offensichtlich hat Gott eine Schwäche für Arschlöcher, denn wir zwei hatten hier einen verdammt guten Kompromiss gefunden.

Ich war nun seit fast vier Stunden wieder in Freiheit. Und es fühlte sich immer noch wie ein Traum an. Die Gefängnisbehörde von Kalifornien hatte sich mit allem reichlich Zeit gelassen, inklusive Entlassungsvorgang. Fast die Hälfte der Wartezeit hatte ich mich gefragt, ob es sich die Wichser noch anders überlegt hatten oder ob der Anwalt unseres Clubs irgendwas vergessen hatte. Ich war davon ausgegangen, dass ihnen schon was einfallen würde, um mich wahnsinnig zu machen.

FBI, Staatspolizei, ja sogar der Verfassungsschutz – sie alle wollten ein Stück von meinem Club, dem Silver Bastards MC. Es verging keine Woche im Knast, ohne dass sie versucht hätten, mich auszufragen. Nahmen wahrscheinlich an, dass ein Anwärter leichte Beute wäre.

Eher nicht.

Mein Alter war für die Bastards gestorben. Wäre ich darauf eingegangen, würde er mich für den Rest meines Lebens heimsuchen. So eine Scheiße wäre in unserer Familie einfach undenkbar. Ich war dazu geboren, eine Kutte der Bastards zu tragen. Und heute Abend hatte ich zum ersten Mal das Recht, meine Kutte mit meinen neuen Aufnähern zu tragen.

Eine Hand schlug mir auf die Schulter. Dann umarmte mich ein kräftiger Mann so fest, dass es wehtat. Meine verdammten Rippen knackten.

»Na, fühlt sich der Aufnäher auf deinem Rücken gut an, Bruder?«, fragte Boonie.

Er war der President der Silver Bastards in Callup, Idaho, und hatte mich schon alles Mögliche genannt – aber noch nie »Bruder«. Hörte sich gut an. Verdammt gut. Bis vor einer Stunde war ich ein Anwärter gewesen, und ich hatte trotz meines Alten nie eine Sonderbehandlung erhalten. Genau so hatte ich es gewollt.

»Die beste Nacht meines Lebens«, gab ich zu.

Er ließ los und sah mich mit ernstem Gesicht an.

»Bin stolz auf dich«, sagte er. »Du hast getan, was getan werden musste. Hast den Club beschützt und dich um die Sache gekümmert. Painter hat uns erzählt, wie's drinnen war. Dass du ihm den Rücken gedeckt hast. Das hier hast du dir verdient, mit deinem Leben und deinem Blut. Ich weiß, dass du diesem Aufnäher nie Schande bereiten wirst, Puck.«

»Nein, das werde ich nie tun«, antwortete ich. Seine Worte waren beinahe zu heftig für mich.

Boonie grinste plötzlich, packte mich dann am Arm und drehte mich wieder zur Bar um.

»Trink noch ein bisschen«, sagte er zu mir. »Dann such dir 'n hübsches kleines Ding zum Spielen. Morgen fahren wir nämlich heim. Dein Bike ist in einem Eins-a-Zustand – hab mich persönlich darum gekümmert.«

»Danke.«

»Noch ein Shot, Baby?«, fragte die Stripperin. Sie rollte sich auf die Seite, legte ihre Hand um meinen Hals und zog mich an sich, um mich zu küssen. Dadurch kam ich ihrem Gesicht etwas zu nahe. Sie war verschwitzt, und ihre Wimperntusche fing an zu verlaufen. Richtig gut roch sie auch nicht.

»Noch mehr Shots«, sagte ich, während ich mich zurücklehnte. Für den Blowjob war ich durchaus dankbar, keine Frage. Aber sie entsprach nicht wirklich der Fantasievorstellung, zu der ich mir das ganze letzte Jahr über einen runtergeholt hatte. Ich hatte mir geschworen, dass ich mich nicht mit einer x-Beliebigen begnügen würde, wenn ich rauskäme. Ich wollte etwas Frisches, ein süßes, sauberes Mädchen, weich und einfach zum Anbeißen. Ich würde eine Weile mit ihr spielen, bevor ich alle Zurückhaltung fahren lassen und ihr durch heftige Stöße die Innereien austreiben würde, bis sie schrie und um Gnade bettelte.

Mund, Fotze, Arsch.

Damit hatte ich die langen Nächte überlebt, in denen ich mich gefragt hatte, warum zum Teufel ich mich hatte erwischen lassen.

Ich ignorierte die Schlampe, griff über die Bar und schnappte mir die Tequilaflasche, um mir beinahe ein Drittel davon in den Hals zu schütten. Mann, nun war der Rest meiner Kehle auch noch hinüber. Dann drehte ich mich um und ließ meinen Blick durch den Raum schweifen. Vier meiner neuen Brüder von den Silver Bastards waren von Callup runtergefahren – Boonie, Miner, Deep und Demon. Sie waren in Begleitung von vier

Reapers und zwei Anwärtern der Reapers, die hergekommen waren, um Painter willkommen zu heißen, der mit mir zusammen wegen unerlaubten Waffenbesitzes eingelocht worden war. War beschissen, aber so ist das Leben nun mal. Wir hatten für unsere Clubs gekämpft, es gab also nichts zu bedauern. Durch eine Mischung aus Glück und gut platzierten Bestechungsgeldern war es uns gelungen, unsere Zeit gemeinsam abzusitzen. Die Clubs stellten Geld und Anwälte – wir unterstützten das Arrangement durch unser Schweigen.

Painter stand am anderen Ende des Raums und grinste, als er meinem Blick begegnete. Nachdem wir so viel Zeit miteinander verbracht hatten, konnte ich fast seine Gedanken lesen. Ich nickte ihm zu, eine dieser Bewegungen mit dem Kinn, die Bände sprach.

Ebenfalls herzlichen Glückwunsch, du Arschloch.

»Amüsierst du dich?«, fragte ein Mann. Ich sah nach unten und entdeckte neben mir einen ungesund dürren, schmierigen kleinen Mann, dem die Hälfte der Zähne fehlte. Ein Junkie namens Teeny auf Crystal Meth. Sein Gesichtsausdruck war ein wenig zu eifrig, seine Augen leuchteten zu sehr. Leider war Teeny heute Abend unser Gastgeber, weshalb ich nett zu ihm sein musste. Wir waren mitten im Nirgendwo, am Ende eines Canyons, wo es dieses Arschloch irgendwie geschafft hatte, zu einem Haus zu kommen. Die Mitglieder des Longnecks MC, die zu unseren »Verbündeten« zählten, obwohl ihre Loyalität fragwürdig war, hatten ein Lagerhaus in einem Laden direkt neben dem Haus dieses Typen. Dieser Arsch Teeny gehörte nicht mal zum Club … aber offenbar trug sein Bruder Bax die Kutte, weshalb sie sich hier bei ihm ihren Boxenstopp eingerichtet hatten. Irgendwas an der Situation hier war jedoch komisch, aber das war mir in diesem Augenblick scheißegal. In der Früh würde ich nach Hause fahren. Mit etwas Glück würde ich in Zukunft mit dem Staat Kalifornien im Allgemeinen und Teeny im Besonderen nicht mehr viel zu tun haben.

»Siehst du irgendwas, das dir gefällt?«, fragte er. »Das ist meine Alte Lady da drüben. Willst du sie? Sie ist echt gut und wird dich ordentlich in Empfang nehmen.«

Ich zuckte die Schultern und warf einen Blick auf seine Frau. Sie war vielleicht Mitte dreißig. Ganz hübsch, aber ihr Blick schien hart, und sie wirkte erschöpft, was nicht sehr anziehend war. Nicht nur das, sie war auch noch sehnig und verdammt dürr. Wahrscheinlich rauchte sie Meth, um zu verdrängen, dass sie mit diesem Wichser zusammen war.

»Sie ist toll, aber nicht mein Typ, danke«, sagte ich und trank beiläufig noch einen Tequila. Er brannte nicht mehr so, was mich, im Nachhinein betrachtet, dazu hätte bringen sollen, etwas langsamer zu machen. Vielleicht wäre die Sache dann anders gelaufen.

Ist echt beschissen, dass die Zeit nur in eine Richtung läuft.

»Wie sieht dein Typ aus?«, fragte er. Ich zuckte die Schultern. An dem Tag, an dem ich einen dahergelaufenen Junkie bräuchte, um an eine Muschi ranzukommen, würde ich meinen eigenen Schwanz abschneiden und die Sache beenden. Ich nahm noch einen Schluck und sah mich im Raum um, während ich ihn unübersehbar ignorierte.

Da entdeckte ich sie.

Eigentlich hasse ich so verfluchte Klischees, wie sie nur im Film vorkommen … aber ich schwöre beim Teufel, dass ich ihr wahrscheinlich schon in dem Moment verfallen bin. Sie war klein, hatte lange braune Haare, die sie einfach zu so einem Knoten oben auf ihrem Kopf geschlungen hatte. Sie hatte sich auch nicht extra in Schale geworfen, um ihre Figur zu betonen. Trotzdem konnte ich erkennen, dass sie eine sehr schmale Taille hatte, feste Titten und diese runden, gesunden Kurven, die sich perfekt an deine Hüften schmiegen, wenn man sie ordentlich fickt.

Ich musste sie haben.

Ich brauchte sie. Jetzt.

»Guter Geschmack«, sagte Teeny.

Ich ignorierte ihn und konzentrierte mich voll auf dieses engelhafte Mädchen, das ich mir vornehmen würde, sobald ich ihr die Hosen runtergeschwatzt hätte. Mein Gott, war sie hübsch. Passte auch irgendwie nicht hierher. Flirtete mit niemandem, hatte auch nicht eine Tonne Make-up drauf. Lief nur umher, sammelte leere Gläser ein und vermied Gespräche mit den anderen Gästen. Faszinierend.

»Ich werde euch miteinander bekannt machen.« Teeny marschierte quer durch den Raum auf meinen Traumfick zu. Ich eilte ihm hinterher, denn ich wollte nicht, dass dieses Arschloch an meiner Stelle mit ihr sprach.

Da packte mich Boonie am Arm.

»Nur zur Warnung«, sagte er mit leiser Stimme, die im Partylärm kaum zu hören war. »Wir glauben, dass irgendwas mit dem Typen nicht stimmt. Quetsch ihn ruhig ein bisschen aus, okay? Neue Informationen können wir immer gut gebrauchen.«

Ich nickte und fragte mich, warum zum Teufel Teeny sich ausgerechnet mich als Kumpel für heute Abend ausgesucht hatte. Heute wollte ich nur entspannen und meinen Spaß haben. Ich spürte schon ein ekliges Gefühl in mir aufsteigen, wenn ich ihn nur ansah. Wenn man bedenkt, was ich in meinem Leben schon so alles angestellt hatte, dann wollte das was heißen. Wieder schlug mir eine Hand auf die Schulter. Dieses Mal packte mich Painter am Hals und drückte mich lachend an sich.

»Immer das Gleiche«, sagte er. »Steht Boonie deinem Schwanz im Wege?«

Ich versetzte ihm einen Schlag in den Magen, aber nicht zu fest. Er sollte nur zurückweichen.

»Nein, im Augenblick gebührt dir die Ehre«, murmelte ich und starrte ihn böse an. »Mann, wir haben gerade ein Jahr miteinander in einer verfluchten Zelle verbracht. Ich glaube, wir haben alle Themen durchgekaut. Lässt du mich nun also ficken? Bitte?«

Seine Antwort bestand in einem Schlag auf den Rücken, der mich taumeln ließ … verdammt, mir war nicht klar gewesen, wie betrunken ich inzwischen war. Ich würde mich dennoch nicht so leicht besiegen lassen. Ich schwankte ein wenig und beobachtete ihn, während sich unsere Brüder um uns herum versammelten. Das wilde Funkeln in seinen Augen – die Mischung aus beinahe manischen Glücksgefühlen und aufgestauter Energie – entsprach meinem eigenen Geisteszustand.

»Macht es draußen aus«, sagte Boonie. »Ich setze fünfzig auf Puck.«

»Hundert auf Painter«, antwortete Picnic Hayes, der President der Reapers.

Und schon wurden wir für den Kampf hinausgeschoben.

Ich hatte keine Zeit zu verlieren.

Wir hatten natürlich schon zuvor gekämpft, um in Übung zu bleiben. Im Knast hat man mehr als genug Zeit zum Totschlagen, weshalb ich Painters Moves kannte wie meine eigenen – und er kannte meine ebenfalls. Wir passten als Gegner gut zusammen, nichts war entschieden. Keiner von uns beiden hatte viel professionelles Training gehabt, aber wir hatten beide im Lauf der Zeit so einiges aufgeschnappt. Zum Teufel, meine erste Kneipenschlägerei hatte ich mit vierzehn Jahren erlebt, da mein Pa nicht gerade zum Vater des Jahres taugte. Trotzdem liebte ich den alten Bastard immer noch.

Die Sonne verblasste, als wir ins Freie traten, und malte Streifen in Pink und Orange an den Himmel, durchsetzt von ausgefransten Wolken. Ich blieb einen Moment stehen, überwältigt von der unglaublichen Schönheit rund um mich, und lächelte, während ich einen tiefen Atemzug nahm. Es war so verdammt gut, aus dem Knast raus zu sein. Niemand weiß, wie das ist, wenn man wie ein Tier in einem Käfig eingesperrt ist. Niemand außer den Jungs, die das Geräusch der sich hinter ihnen schließenden Tore kannten. Zu meinem Glück war ich nicht gerade der erste Silver Bastard, der für den Club in den Knast gegangen war. Das bedeutete, dass meine Brüder mir den Rücken stärkten. Sie wussten einfach, wie es war.

»Okay, hier haben wir einen Ring«, sagte Pic. Ich blinzelte und begriff allmählich, dass es vielleicht keine so tolle Idee war, in betrunkenem Zustand mit Painter zu boxen. Natürlich war er auch betrunken, und der Alkohol würde den Schmerz dämpfen … »Der Kampf ist zu Ende, wenn einer von euch beiden zu Boden geht oder aufgibt. Zeit zum Wetten, Brüder.«

Boonie packte mich am Arm, zog mich zur Seite und sah mir ins Gesicht.

»Bist du bereit?«, fragte er.

Ich nickte knapp, denn selbst wenn ich betrunken war, würde ich sicher nicht an dem Tag, an dem ich zum Bruder wurde, vor meinem President den Schwanz einziehen. Ich warf Painter, der auf der anderen

Seite des staubigen Kreises freundlich eine Grimasse zog, einen Blick zu. Lachend zeigte ich ihm den Mittelfinger und schüttelte dann meine Arme, um sie zu lockern.

In dem Moment sah ich sie wieder. Sie stand an der Seite, neben Teeny, der schnell auf sie einsprach und auf mich zeigte. Ich runzelte die Stirn, weil ich dieses Arschloch wirklich nicht auf meiner Seite brauchte oder wollte. Bei meinem Glück vertrieb sie der Wichser noch. Ich stieß meinen Bruder Deep an, der neben mir stand.

»Siehst du das Mädchen da drüben?«, fragte ich und deutete mit dem Kinn auf sie. »Sorg dafür, dass Teeny sie nicht verschreckt, okay?«

»In Ordnung«, sagte er. »Ich behalt sie im Auge.«

»Danke.«

Painter und ich traten gleichzeitig in den Ring. Schon spürte ich den Rausch des Adrenalins durch den Alkoholnebel dringen. Mein Herz pumpte das Blut so heftig durch meinen Körper, dass ich es fast schmecken konnte. Mann, ich liebte es zu kämpfen. Bei einem Kampf bekam ich den Kopf frei. Im Lauf der Jahre war ich so gut geworden, dass ich mehr Kämpfe gewann als verlor. Im Gefängnis hatte diese Fähigkeiten uns den Arsch gerettet. Von dem Mann, der mir nun gegenüberstand, hatte ich auch ein paar einstecken müssen.

Painter schlug als Erster zu und rammte mir versuchsweise eine Faust in den Magen. Es war kein ernsthafter Angriff, er wollte nur meine Grenzen testen. Ich hatte eine Menge getrunken, was meine Reflexe verlangsamte. Er aber auch. Das änderte die Grundvoraussetzungen, die wir nun beide erst austesten mussten.

»Ich kann's kaum fassen, dass sie dir das Clublogo für deine Kutte gegeben und dich zum Bruder gemacht haben«, sagte er, um mich aufzuziehen.

Ich grinste.

»Da musst du dir schon mehr einfallen lassen, Alter. Ich kenn dich zu gut.«

Painter lachte, griff aber plötzlich wieder an. Er traf mich direkt in den Magen, sodass ich zusammenklappte. Shit. Ich taumelte zurück und wäre beinahe aus dem Ring gestolpert, konnte mich aber in letzter Sekunde noch abfangen. Ich hörte die anfeuernden Rufe meiner Brüder.

Oh nein, garantiert nicht.

Nie im Leben würde ich heute Abend einen Kampf verlieren. Painter konnte sich verpissen, er hatte seine Kutte seit Jahren. Heute war *meine* Nacht. Das war mein verdammtes Recht, sollte er doch sehen, wie er damit zurechtkam.

Immer noch schwankend stürzte ich mich auf ihn, als ob ich die Kontrolle verloren hätte. Dann griff ich an und erwischte ihn dieses Mal auch. Ein Schlag, zwei Schläge. Drei. Genau auf den Magen. Painter schnappte nach Luft, und ich wollte ihm den finalen Schlag verpassen.

Doch irgendwie rappelte er sich wieder auf und erwischte mich am Kinn. Mein ganzer Kopf wackelte, als ich zur Seite taumelte. Ich spürte Blut im Mund, als ich mit meiner Zunge nach einem losen Zahn tastete.

Arschloch.

Ich dachte an das hübsche Mädchen, das ich gerade gesehen hatte, und wurde sauer. Die Wut war hilfreich, weil ich wieder einen klaren Kopf bekam. Es war egal, ob ich gewann oder verlor. Sie würde jedenfalls nicht mit einem herumknutschen wollen, der wie ein abgestochenes Schwein blutete. Das hier war kein Kampf um des Kämpfens willen, sondern nur eine Methode, um mich vom Ficken abzuhalten.

Es war an der Zeit, die Sache zu beenden.

Painter wartete auf mich und schwankte dabei von einer Seite zur anderen. Ich hatte ihm ordentlich eine verpasst. Er verließ sich eindeutig auf seine Linke, was mich nicht weiter wunderte, da er Linkshänder war. Gut für mich. Ich war Beidhänder.

Ich stürzte mich auf ihn und nutzte diesen Vorteil.

Er versuchte abzublocken, doch sein Arm war schwach. Ich landete einen Magenschwinger und setzte noch einen Treffer gegen die seitliche Wange obendrauf. Der Schmerz schoss durch meine Hand und lüftete den Alkoholnebel.

»Wichser«, gelang es ihm hervorzustoßen, als ich zurücktänzelte und meine Finger bewegte. Der letzte Schlag war ganz schön übel gewesen – wäre er ein Stück weiter daneben gegangen, hätte ich jetzt eine Faust voller gebrochener Knochen.

»Jetzt hast du ihn«, schrie Boonie.

Ich streckte nochmals meine Finger aus. Wollte ich einen weiteren Schlag gegen den Kopf riskieren? Ich hatte mir nicht mal die Handknöchel bandagiert ...

Scheiß drauf.

Ich erwischte wieder sein Kinn, und Painter ging mit Wucht zu Boden. Blut tropfte aus seiner Nase, und ein paar endlose Sekunden lang fragte ich mich, ob ich ihn wirklich schwer verletzt hatte.

Dann schaffte er es, sich auf den Bauch zu rollen, das Zeichen zur Aufgabe zu geben und mich gleichzeitig dumm von der Seite anzureden.

»Glückwunsch zu deinem Aufnäher, Puck«, stöhnte er. »Diesen Sieg lass ich dir. Genieß ihn, denn nächstes Mal bring ich dich um.«

Ich schwankte grinsend zurück und hob meine Hände, als mir klar wurde, dass er nicht ernsthaft verletzt war. Es war reines Glück gewesen, das wussten wir beide. Wir waren uns ebenbürtig, es hätte auch anders ausgehen können. Als ich die Siegesrufe meiner Brüder hörte, waren sie mir egal. Das hier war meine Nacht. Ich hatte meine Freiheit wieder und meine Kutte mit dem Aufnäher.

Fehlte aber immer noch das Mädchen.

Ich sah mich um und entdeckte sie rechts von Deep. Teeny stand links neben ihm und schien sich selbst zu bemitleiden. Das Mädchen hatte ihre beiden Arme um sich geschlungen und wirkte verschreckt, das war unübersehbar. Ich spürte, wie mein Grinsen verblasste. Shit. Ich wollte nicht, dass sie Angst hatte. Ich schüttelte meinen Kopf. Warum lief das alles so schnell? Als die Männer sich um mich scharten, winkte ich ab und ging zu ihr hinüber. Fast erwartete ich, dass sie davonrennen würde.

Tat sie aber nicht.

Als ich vor ihr stehen blieb, lächelte sie mich unsicher an und sagte dann: »Kann ich dir noch was zum Trinken holen?«

»Scheiße, ja.«

Ich nahm ihren Arm und zog sie an mich, während ich Deep einen zufriedenen Blick zuwarf.

»Sag Bescheid, falls du noch was brauchst!«, schrie Teeny hinter uns her.

Ich spürte das Mädchen in meinem Arm erschauern.

»Mann, was für ein ekliger kleiner Scheißer, was?«, sagte ich ungezwungen, was ihr ein überraschtes Lachen entlockte. Der Klang gefiel mir. Süß und irgendwie unschuldig. Gefiel ganz offensichtlich auch meinem Schwanz. Doch ich wollte die Sache ja nicht ruinieren, indem ich sie zu sehr bedrängte. Ich konnte spüren, dass sie nervös und bereit zur Flucht war.

»Das ist er allerdings«, stimmte sie leise zu.

Ich lehnte mich hinunter und küsste sie auf den Kopf. Sie roch gut – frisch und sauber, so, wie ich es mir all die Monate im Knast vorgestellt hatte. Frisch und sauber, einfach perfekt.

Ich fragte mich, wie sie wohl schmeckte.

»Da hinten zünden sie gerade ein Lagerfeuer an«, sagte sie mit sanfter Stimme zu mir. »Neben den Fässern. Vielleicht könnten wir dorthin gehen?«

Hm … das war in Ordnung für mich.

»Okay.«

Sie versuchte, sich von mir zu lösen, doch ich hielt sie im Spaß an der Hand fest und zog sie wieder an mich.

»Wenn du mich nicht loslässt, kann ich dir kein Bier holen«, merkte sie an.

Fuck. Da hatte sie recht. Dennoch würde ich sie nicht so leicht davonkommen lassen – so, wie ich mein Glück kannte, würde Painter sich auf sie stürzen und sie sich schnappen, nur um mir eine reinzuwürgen. Wenn einer so was machte, dann er. Der Scheißkerl war auf komische Weise richtig hübsch – sogar ich konnte das sehen. Da war ich keine Konkurrenz mit meiner hässlichen Narbe im Gesicht.

Ich musste sie einfach gut im Auge behalten, beschloss ich. Das, was mir gehörte, musste ich beschützen.

Eine Stunde später lehnte ich an der Hauswand und fragte mich, wie ich nur so ein Glück haben konnte. Der Name meines Mädchens war Becca, und sie verwandelte sich in rasantem Tempo in meine Lieblingsfrau aller Zeiten.

Nicht, dass wir viel geredet hätten – sie war ziemlich schweigsam. Aber sie war weich und warm und saß nun an mich gelehnt zwischen meinen Beinen.

»Verschreckt« war vielleicht nicht die richtige Beschreibung für sie. Sie war einfach verdammt nervös, so nervös, dass ich zuerst befürchtet hatte, sie würde mir gleich davonlaufen. Doch das Bier hatte seine Wirkung getan: Jetzt lehnte sie entspannt an mir, mit geschlossenen Augen, den Kopf zur Seite an meine Brust gedreht, sodass mein Kinn ihre Stirn berührte. Ich hätte vermutet, dass sie eingeschlafen war, wenn sie nicht jedes Mal, wenn ich ihre Brustwarzen unter ihrem Shirt umkreiste oder meine Finger über ihren Bauch wandern ließ, diese kleinen Geräusche gemacht hätte.

Den BH hatten wir schon vor etwa zehn Minuten hochgeschoben, und meine Erkundungen weiter unten hatten ergeben, dass sie noch nicht triefend nass für mich war … aber auf dem besten Wege dorthin. Das war gut, denn mein Schwanz war hart wie Stein und bereit zum Einsatz. Ich bewegte meine Hüften, sodass meine Erektion ihren Rücken berührte, und stöhnte dabei.

Hier im Feuerschein an ihr rumzufummeln war toll, aber es war an der Zeit, einen Schritt weiter zu gehen.

Ich zog eine Hand hervor, nahm ihr Kinn und hob es an, um sie zu küssen. Mein Gott, war sie süß. Sie schmeckte nach Sonnenschein und Bier, mit einem Hauch Tequila obendrein. Mir wurde klar, dass sie keine jahrelange Erfahrung hatte, denn als ich meine Zunge in ihren Mund steckte, wusste sie nicht recht, was sie mit ihrer Zunge anfangen sollte.

Machte mich verdammt an, das muss ich zugeben.

»Becca, du solltest ihn oben ranlassen, meinst du nicht?«

Teenys Stimme unterbrach unseren Kuss, und Becca erstarrte. Sie löste sich von mir und erstarrte förmlich zu Eis, sodass ich die aufsteigende Kälte fast spüren konnte. *Fuck.* Einen Moment dachte ich ernsthaft darüber nach, Teeny umzubringen. Ich hatte fast eine Stunde gebraucht, um sie an diesen Punkt zu bringen. Er würde mir die Sache *nicht* versauen.

Ich starrte ihn aus schmalen Augen an.

»Gibt es irgendeinen Grund, warum du mit ihr sprichst?«

Er grinste hämisch.

»Will nur sichergehen, dass hier alles läuft.«

»Geh weg.«

»Nimm ihn mit rauf, Becca.«

Sie wurde nur noch starrer. Ich stöhnte. Natürlich konnte ich mir einfach eine andere suchen. Aber das wollte ich nicht. Dieses Arschloch ruinierte mir die Sache hier. Ich schlang meine Arme um sie und zog sie fest an mich, um ihr zu vermitteln, dass sie sich wegen Teeny keine Gedanken zu machen brauchte.

»Jetzt wäre der richtige Zeitpunkt, dich zu verpissen«, sagte ich zu ihm. In meiner Stimme schwang eine unterschwellige Bedrohung mit, die dazu gedacht war, ein bestimmtes Gefühl auszulösen – Angst. Becca zitterte, was mich echt wütend machte. Es war schwierig genug gewesen, ihr Vertrauen zu erlangen – jetzt musste sie auch noch diese Szene hier miterleben. »Sonst sorg ich dafür. Verstanden?«

Boonie kam rüber und stellte sich neben uns.

»Gibt's ein Problem?«, fragte er.

»Nein«, sagte Teeny, der mich und Becca finster anstarrte. Dann wandte er sich ab und trippelte davon wie eine verfluchte Kakerlake. Sie zitterte, und ich rieb mit meinen Händen über ihre Arme.

»Keine Sorge, Baby«, sagte ich abwesend zu ihr. »Danke, Boonie.«

»Schon okay«, murmelte er, während er hinter Teeny hersah. »Bin froh, dass wir morgen abfahren. Irgendwas stimmt hier nicht – diese Reise war echt ziemlich lehrreich.«

Ich nickte, obwohl sie mir noch nicht alles gesagt hatten. Sie würden es mir später schon erzählen. Bis dahin würde ich mich einfach an Boonie halten.

»Lass uns reingehen«, sagte Becca. »Da können wir ein bisschen allein sein.«

Sie löste sich von mir und stand auf. Die plötzliche Wendung, die die Dinge nahmen, verblüffte mich. Doch unglücklich war ich nicht darüber.

Ich torkelte beim Aufstehen, und mein Blick verschwamm ein wenig. Meinen Schwanz störte das keineswegs, die Körperteile, auf die es ankam, funktionierten also. Sie führte mich ins Haus und die Treppe hoch in ein kleines Zimmer im hinteren Teil des Hauses. Darin stand ein Einzelbett mit zerknittertem, fleckigem Bettzeug. Auf dem Boden lag eine umgefallene Bierflasche, daneben eine Pfütze Bier. Das Zimmer war mit weiteren Flaschen und Tassen zugemüllt. Auf dem Nachtkästchen stand ein halb voller Aschenbecher.

»Schätze, wir sind nicht die Ersten, die sich ein wenig zurückziehen wollen«, bemerkte ich. War mir aber ziemlich egal. Jawohl. Ich schloss die Tür und sperrte sie zu. Als ich mich umdrehte, hatte sie sich schon das Shirt ausgezogen und war gerade dabei, den Reißverschluss ihrer Jeans zu öffnen.

Heilige Scheiße.

Becca war der Hammer.

Ich meine, ich hatte draußen schon gesehen, wie hübsch sie war, aber diese süßen kleinen Möpse, an denen ich in der vergangenen Stunde herumgefummelt hatte, waren noch perfekter, als ich sie mir vorgestellt hatte. Dass sie von einem schlichten Baumwoll-BH umhüllt waren, machte die Sache noch besser. Dann zog sie ihre Hose runter. Fast wäre ich gestorben – noch nie hatte ich ein Mädchen so heiß gefunden. Ich wollte sie festbinden und jedes Loch ihres Körpers in Besitz nehmen. Zweimal.

All das sah Becca in meinem Gesicht geschrieben, und es machte ihr eindeutig Angst. Sie trat einen Schritt zurück und hob eine Hand. Eine höchst verstörende Frage waberte durch mein vernebeltes Gehirn.

»Bist du noch Jungfrau?«, fragte ich. Die Worte fühlten sich komisch an in meinem Mund.

Sie lachte rau auf, schüttelte dann aber ihren Kopf.

»Nein, ich bin keine Jungfrau mehr.«

Sie griff nach hinten, um ihren BH zu öffnen, sodass ich zum ersten Mal ihre Brustwarzen sehen konnte. Sie waren pink und wunderbar aufgerichtet, hatten genau die richtige Größe für meinen Mund … Als ich auf sie zu trat, überraschte sie mich, indem sie sich hinkniete und nach meinem Hosenschlitz griff.

»Wie lange ist es schon her?«, fragte sie mit beinahe geschäftsmäßiger Stimme.

Ich stöhnte, als sie meine Jeans und meinen Slip runterzog, sodass mein Schwanz hervorsprang. Noch nie war ich so hart gewesen, weshalb ich mir nicht ganz sicher war, ob ich die nächsten zehn Minuten überleben würde. Fuck, würde ich überhaupt zehn Minuten *durchhalten*? Als sie ihre Hand um mich schlang, schloss ich meine Augen und lehnte mich an die Wand, weil ich sonst einfach auf meinen Arsch geplumpst wäre.

Sie begann langsam und gleichmäßig, rieb mit ihren Fingern auf und nieder. Nach einer Minute legte sie eine Pause ein. Ich öffnete meine Augen und sah sie zu mir aufblicken, während sie ihre Hand leckte. Ihr Blick wirkte erfahrener und verführerischer. So hatte ich sie zuvor gar nicht eingeschätzt. Fuck. *Fuck*. Dann umfasste sie mit der anderen Hand meine Eier und bearbeitete mich wieder mit ihren zehn Fingern.

Ich schnappte nach Luft und überließ mich wieder ganz dem Gefühl. Mir wurde klar, dass ich ganz sicher nicht so lange durchhalten würde. Nie im Leben. Aber das war schon in Ordnung, denn heute Nacht hatte ich wesentlich mehr als nur eine Ladung im Magazin. Ich war bereit.

»Mach's mit deinem Mund.«

Sie gehorchte, öffnete ihren Mund und nahm mich in sich auf. Gekonnt leckte sie mich mit ihrer Zunge. Fast zu gekonnt … eigenartig und etwas überraschend, wenn man bedachte, wie sie küsste. Dann saugte sie meinen Schwanz tiefer ein, und ich hörte endgültig auf zu denken. Alles war warm und feucht – verdammt perfekt.

Dreißig Sekunden später spritzte ich ohne Vorwarnung in ihrem Mund ab.

Verflucht, das hatte sogar mich überrascht, weil es so schnell gegangen war. Ich erschauerte. Dann langte ich nach unten, griff nach ihrem Haar und zog den Haargummi ab, sodass die langen, braunen Strähnen ihr ums Gesicht fielen. Sie stand auf, wischte sich den Mund mit dem Handrücken ab und sah mich aus ihren sanften, braunen Augen an.

Nun wirkte sie wieder wie ein unschuldiger kleiner Engel.

»Becca, das war …« Mir fehlten die Worte. Mann, Sex hatte ich echt vermisst. Echten Sex, nicht mir selbst einen runterzuholen. Nichts auf der Welt war süßer, als eine heiße, feuchte Frau um meinen Schwanz zu spüren.

Sie wandte sich ab und griff nach einer halb leeren Flasche mit billigem Wodkafusel. Dann nahm sie einen großen Schluck und spülte ihren Mund damit, bevor sie ihn wieder auf den Boden spuckte, wo der Wodka sich mit der Bierpfütze vermischte, während sie einen weiteren Schluck nahm.

Okay, vielleicht nicht durch und durch ein Engel.

Ich streckte die Hand aus, und Becca reichte mir wortlos die Flasche. Dann zog sie ihr schlichtes Baumwollhöschen aus und ließ sich nach hinten aufs Bett fallen.

»Bist du so weit?«, fragte sie.

Mit benebeltem Kopf nahm ich einen großen Schluck, denn noch nie in meinem Leben war ich so bereit für etwas gewesen. Doch sie sah nicht so aus, als ob sie so weit wäre. Ihr Blick ging in die Ferne. Als ich meine Hose auszog und mich zwischen ihre Beine stellte, erkannte ich, dass auch ihr Körper noch nicht bereit für mich war.

Zum Glück hatte ich ein Mittel dagegen.

Nachdem ich meine Kutte ausgezogen hatte, sah ich mich nach einem sicheren Platz dafür um. Die einzige Ablagefläche war der kleine Tisch, doch im hintersten Eck war eines dieser Garderobenbretter angebracht, an dessen Haken einige Klamotten hingen. Ich ging hin und schnappte mir einen Kleiderbügel, auf den ich die Kutte hängte. Dann drehte ich mich wieder um zu Becca.

Sie hatte ihre Augen geschlossen. Wenn ich es nicht besser gewusst hätte, hätte ich gedacht, sie würde schlafen. Fuck, vielleicht war sie ohnmächtig geworden.

»Bist du wach?«

Sie nickte.

»Ja, nur irgendwie betrunken«, murmelte sie. »Mach dir keine Gedanken.«

Mit einem Schulterzucken zog ich mein Shirt aus, kniete mich neben das Bett und legte mir ihre Beine über die Schultern. Sie kreischte, als ich die Lippen ihrer Muschi auseinanderzog und sie in einem langen Zug bis hinauf zu ihrer Klit leckte.

»Was tust du da?«, fragte sie. Sie war plötzlich hellwach und auf der Hut.

Ich leckte sie nochmals. Als ihr kleiner Knubbel steif zu werden begann, wand sich Becca und schnappte nach Luft. Sehr schön.

»Oh mein Gott! Das fühlt sich unglaublich an …«

Sie ließ sich wieder aufs Bett fallen, während ich in Schwung kam. Ich liebe es, Mädchen zu lecken. Natürlich gefällt das den meisten Männern, aber nicht alle sind so scharf drauf, eine hübsch feuchte Muschi zu bearbeiten, wie ich es bin. Ich leckte und kitzelte, unterbrochen hin und wieder von einem kleinen Biss, bis Becca unter mir langsam auftaute. Ich glaube, dass sie sich zuerst ruhig verhalten wollte, aber das konnte ich unmöglich zulassen. Nö. Ich wollte, dass sie richtig glitschig wurde und anfing zu schreien, denn ich hatte vor, sie den Rest der Nacht richtig hart ranzunehmen.

Dann steckte ich zwei Finger tief in sie rein und suchte den richtigen Punkt. Dabei leckte ich an ihrer Klit wie an einem Lutscher. Ich fand den Punkt auf Anhieb, sodass sie schreiend und schluchzend explodierte. Ich zog mich zurück, schnappte mir ein Stück des Bettlakens und wischte mir den Mund ab. Sie stöhnte, während kleine Schauer ihren Körper durchzuckten.

Ich war schon zuvor wieder hart gewesen – fast sofort, nachdem ich in ihrem Mund gekommen war. Doch das war nichts im Vergleich zum jetzigen Zustand meines Schwanzes. Flüssigkeit trat aus der Spitze. Ich griff nach meiner Hose, die auf dem Boden lag, und holte ein Kondom hervor. Dabei fiel mein Blick auf den Wodka, weshalb ich einen weiteren Schluck nahm. Ich folgte ihrem Beispiel, indem ich meinen Mund ausspülte und dann auf den Boden spuckte.

Das Zimmer war echt ekelhaft, aber ich hatte gerade vierzehn Monate im Gefängnis verbracht, sodass ein bisschen Dreck noch mein geringstes Problem war. Ich legte meinen Kopf zurück und kippte mir den restlichen Fusel rein, nicht ohne im Stehen hin und her zu schwanken.

Dann packte ich sie unter den Armen und zog sie ganz aufs Bett, bevor ich das Kondom überstreifte. Sekunden später war ich schon tief in ihr drinnen. Fuck, das war wirklich die richtige Entscheidung für heute Nacht gewesen: Ohne Scheiß, ich hatte noch nie so etwas Fantastisches gespürt.

Sie stöhnte. Ich suchte ihren Mund und küsste sie leidenschaftlich und fordernd. Dieses Mal hielt ich mich nicht zurück. Nein. Ich nahm mir so viel wie möglich, genoss ihren süßen Geschmack und fragte mich, ob sie vielleicht mal nach Idaho wollte … Wir würden am Morgen losfahren. Die Vorstellung, sie auf mein Bike zu packen und einfach mitzunehmen, machte mich ziemlich an.

Dann spürte ich, wie sie meinen Schwanz mit aller Kraft zusammendrückte, und hörte auf zu denken.

Wir schliefen eine Weile. Vielleicht waren wir auch einfach ohnmächtig geworden. Keine Ahnung. War auch egal. Als ich aufwachte, lag Becca an meine Seite gekuschelt, ein Bein hatte sie über meines gelegt. Ihre Haare waren über meiner Brust ausgebreitet, und ihr Atem kitzelte meine Haut.

Mehr brauchte es nicht.

Ich drehte sie auf ihren Bauch, schob ein Kissen unter ihre Hüften und spreizte ihre Beine, bevor ich mir ein weiteres Kondom schnappte. Als ich ihre Klit wieder fand, murmelte sie etwas Unverständliches, was allerdings nicht gerade unglücklich klang. Wenige Sekunden später drang ich wieder in sie ein. Vermutlich hatte irgendein Mann – irgendwann in der Vergangenheit – eine Muschi noch mehr genossen als ich in diesem Moment. Aber es war kaum vorstellbar.

Die Aufwärmphase hatten wir hinter uns. Inzwischen war sie gut eingeölt, deshalb konnte ich jetzt richtig zur Sache kommen. Ich packte ihre Hüften, nahm Schwung und stieß tief hinein. Becca schrie und erstarrte, offenbar war sie nun hellwach. Fuck, sie war so heiß und glitschig … Ich begann, kräftig zuzustoßen, während ich ihre wundervollen Zuckungen spürte. Sie streckte ihre Arme aus und krallte die Finger ins Bettlaken. Ich legte mich auf ihren Rücken und spreizte ihre Beine mit meinen Knien noch weiter. Dann packte ich ihre Arme, knabberte an ihrem Nacken und stöhnte in ihr Ohr:

»Greif nach unten und berühr deine Klit.«

»Ich kann nicht«, sagte sie.

Ich hielt inne, nahm ihre Hand und schob sie unter ihren Bauch, während ich zugleich mein Gewicht von ihr nahm. Nachdem wir gemeinsam ihre Klit gefunden hatten, stieß ich wieder fest zu.

»Oh mein Gott …«, stöhnte sie. »Das ist unglaublich.«

Verdammt richtig.

»Lass die Hand dort«, befahl ich. »Du wirst mindestens zwei Mal für mich kommen, verstanden?«

Sie nickte, mit dem Kopf im Bettlaken vergraben. Ich zog meine Hand hervor und stützte mich wieder auf, bevor ich erneut loslegte. Ich war nicht sanft, was aber in Ordnung war, da ich spüren konnte, wie absolut bereit sie dafür war – und doch so herrlich eng zugleich. Es war sogar noch besser als meine Zellenfantasien. Dabei hab ich eine verflucht gute Vorstellungskraft. Ich stützte mich auf die Ellbogen, packte ihr Haar und zog daran, weil mich das verdammt anmacht. Mit jeder Hüftbewegung kam ich dem Höhepunkt näher. Als sie schließlich schreiend kam, konnte ich mich fast nicht mehr zurückhalten. Aber nur fast. Ich war noch nicht fertig.

Mund. Fotze. Arsch.

Ich hatte mir in meiner Vorstellung alles genau zurechtgelegt, hatte monatelang davon geträumt. … Heute hatte ich genügend Durchhaltevermögen, um den Plan in die Tat umzusetzen. Während sie noch erschauerte und zitterte, zog ich meinen Schwanz raus und setzte mich auf meine Hacken. Beccas Arsch lag weit offen vor mir. Ich musste grinsen, weil er so verdammt großartig aussah – schön herzförmig. Nicht zu groß, aber auch nicht klapprig und hässlich wie bei einem halb verhungerten Esel.

Mann, ich wollte sie unbedingt in den Arsch ficken.

Mein Schwanz war immer noch gut verpackt und reichlich feucht von ihr. Trotzdem spuckte ich ein paar Mal in meine Hand und verteilte die Spucke großzügig auf meinem Schwanz, um ein wenig zusätzliches Gleitmittel zu haben. Dann packte ich ihre Hüften und zog sie auf die Knie.

»Mach dich bereit.«

Sie nickte und streckte ihre Arme nach vorne wie eine Katze. Sah zwar süß aus, passte aber absolut nicht zu meinen Plänen. Ich schnappte mir wieder ihre Haare und zerrte ihren Kopf herum. Becca schnappte nach Luft.

»Ich hab gesagt, mach dich bereit«, wiederholte ich. »Ich werd dich jetzt in den Arsch ficken.«

Sie kreischte auf und erstarrte am ganzen Körper.

»Hast du damit ein Problem?«, fragte ich sie.

Sie schüttelte schnell ihren Kopf.

»Nein, mach nur.«

Shit, ging's vielleicht noch ein bisschen begeisterter? Ich hielt inne, weil mir klar wurde, dass mein Traumgirl meiner Knast-Pornofantasie im echten Leben vielleicht nicht gewachsen war. Fuck.

»In Ordnung«, sagte ich und lehnte mich wieder zurück. Ich schloss meine Augen und fuhr mir mit der Hand durch die Haare, während mich ein Schauer überlief. Ich würde einfach noch mal ihre Muschi ficken. Das würde auch gehen. Dann versetzte sie mir einen Riesenschreck, als sie nach hinten griff, um meinen Schwanz zu packen. Sie drückte ihre Hüften nach hinten und versuchte ungeschickt, mich zu ihrem Arschloch zu ziehen, was lustig und rührend zugleich war.

Weil ich ein schlechter Mensch bin, ließ ich mich darauf ein.

Na ja, und doch kein komplettes Arschloch. Immerhin fiel mir auf, wie angespannt sie war.

»Du hast das noch nie gemacht?«, fragte ich sie.

Sie schüttelte heftig ihren Kopf, sah mich dabei aber nicht an.

»Okay, dann tasten wir uns langsam vor.«

Dieses Mal nickte sie, sah mir aber immer noch nicht in die Augen. Das irritierte mich aus irgendeinem Grund, doch ich hatte keine Ahnung, warum. Ich grub meine Finger fest in ihr Haar und drehte ihren Kopf herum, sodass ich sie küssen konnte. Leidenschaftlich küssen. Meine Zunge bohrte sich tief in sie und zwang sie, mich zurückzuküssen. Das fühlte sich an, als ob ein Feuerwerk in meinem Kopf gezündet würde, ernsthaft. Klingt nach einem Scheißklischee, aber so war's nun mal. Nach einer Ewigkeit mussten wir nach Luft schnappen. Ich starrte in ihre Augen und konnte sehen, wie sich ihre Pupillen weiteten.

Langsam, aber stetig näherte ich mich mit meiner Schwanzspitze ihrer Öffnung und drang ein, während sie nach Luft schnappte.

»Alles klar?«

»Alles in Ordnung«, sagte sie mit aufgerissenen Augen und zitternden Lippen.

Ich hielt sie weiterhin fest. Als ich tiefer eindrang, pochte mein Herz so fest, dass ich glaubte, es würde mir gleich aus der Brust springen. Sie war eng, verdammt eng sogar. Sie hatte verdammt noch mal nicht gelogen damit, dass sie das nie zuvor getan hätte. Es schien eine Ewigkeit zu dauern, bis ich auf Widerstand traf – ich sank tiefer und tiefer. Endlich stießen meine Eier an ihre Muschi. Ich spürte ihren Puls an meinem Schwanz und wäre in dem Moment als glücklicher Mann gestorben.

Es war einfach *unglaublich* gut.

Becca schloss ihre Augen und drückte ihr Gesicht ins Bettlaken, während sich ihr Unterleib um mich herum zusammenzog. Die Stellung gefiel mir nicht, denn ich wollte ihr Gesicht sehen, doch sie wollte offenbar ein wenig Ruhe haben. Das konnte ich verstehen. Ich war noch nie ein netter, harmloser Kerl gewesen. Aber diese Erfahrung hier war intensiver als alles, was ich selbst erlebt hatte. Kein Kreischen oder Kratzen. Wir kämpften auch nicht miteinander, bis wir völlig ausflippten … Nein, diese Intensität hatte ganz andere Gründe. Wenn ich ihr dabei noch in die Augen geblickt hätte, wäre das vielleicht sogar für mich zu viel gewesen.

Ich zog meinen Schwanz raus und glitt wieder hinein. Sie schnappte nach Luft.

»Spiel noch mal mit deiner Klit.«

Sie nickte wortlos und grub mit der Hand nach unten, bis sie ihr Ziel erreicht hatte. Ich begann, mich langsam und vorsichtig zu bewegen. Doch es fühlte sich echt gut an, und ich bin einfach nicht der Typ fürs Langsame.

Im Rückblick kann ich nicht wirklich sagen, ab wann es falsch lief. Oder ob es schon die ganze Zeit lang falsch gelaufen war und ich einfach zu blöd gewesen war, es zu merken. Bin einfach nie dahintergekommen. Was als Nächstes geschah, gehört nicht gerade zu meinen Ruhmestaten. Ich fing an, mich schneller zu bewegen. Es fühlte sich verflucht fantastisch an. *Sie* fühlte sich verflucht fantastisch an. Ich hämmerte also drauflos und spürte, wie sie ein Schauer überlief. Dachte, sie käme gerade – alles wunderbar. Plötzlich schluchzte sie laut auf. Nicht ein hübscher, kleiner Schrei und auch nicht eines dieser Stöhngeräusche, das Weiber manchmal von sich geben, wenn sie so stark kommen, dass sie sich nicht mehr beherrschen können.

Nein.

So hörte sich ein Welpe an, der getreten wurde. Der Laut drang wie ein Messer in mich ein und zerriss mir die Eingeweide.

Verdammt, war wohl ein Riesenfehler gewesen.

Ich zog meinen Schwanz raus und nahm sie in meine Arme. Als sie zurückzuckte, hasste ich mich, denn selbst jetzt war sie noch so schön weich, dass ich sie einfach weiter in den Arsch ficken wollte. Und das wusste Becca. Denn sie versuchte, dem Druck meines Schwanzes gegen ihren Rücken zu entkommen. Weitere Schluchzer entkamen ihr. Als ihr die Tränen übers Gesicht rannen, wusste ich, dass ich zur Strafe in der Hölle brennen würde.

Ich streichelte ihr über den Kopf und überlegte, welche beruhigenden Geräusche ich von mir geben könnte. Statt einer Antwort darauf gingen mir zahllose Fragen durch meinen Kopf. Warum hatte sie es zugelassen?

Weil du ein aggressiver Scheißkerl bist, der ihr Angst eingejagt hat.

Fuck.

»Es tut mir leid«, sagte ich zu ihr. Mir wurde schwindlig. Ich hätte nicht so viel trinken sollen. Ich hatte keine Ahnung, wie spät es war oder wie lange wir schon hier oben waren … Von draußen waren Geräusche zu hören, Musik, Partylärm, doch das hatte nichts zu bedeuten. Eine gute Party konnte die ganze Nacht durchgehen und bis zum nächsten Morgen dauern.

»Schon in Ordnung«, flüsterte sie schließlich mühsam.

Ich musste mir ein bitteres Lachen verkneifen: Das war eine verdammte Lüge, das wussten wir beide. Dann tat sie etwas, was mich endgültig umwarf. Becca drehte sich in meinen Armen herum und drückte mich nieder auf meinen Rücken. Kurz darauf hatte sie das Kondom abgezogen und blies mir wieder einen mit aller Kraft, was nun schließlich überhaupt keinen Sinn mehr ergab.

Leider gehört mein Schwanz nicht zur einfühlsamen, liebevollen Sorte. Es war ihm komplett egal, dass sie offensichtlich so verängstigt und besoffen war, dass sie jeglichen Bezug zur Realität verloren hatte.

Ich hätte sie aufhalten sollen.

Ich hätte sie aufhalten *können.*

Stattdessen krallte ich meine Finger in ihre Haare und spritzte in ihren Mund ab, was sich sogar noch besser als beim ersten Mal anfühlte. Das Zimmer drehte sich nun tatsächlich um mich, als sie sich in meine Arme kuschelte und meine Brust streichelte.

»Sag ihm, dass ich es gut gemacht habe, okay?«, flüsterte sie. »Sag ihm bitte einfach, dass ich es gut gemacht habe.«

Während ich noch überlegte, was zum Teufel sie damit meinte, war ich schon eingeschlafen.

Meine Blase würde gleich explodieren.

Ich musste sofort pinkeln. Und vielleicht auch meinen Mund ausspülen, der wie eine Leichenhalle schmeckte, ohne Scheiß.

Als ich mich bewegte, merkte ich, dass Becca immer noch an mich gekuschelt tief und fest schlief. Es gelang mir, ein Auge blinzelnd zu öffnen. Schwaches Licht drang durchs Fenster, obwohl ich nach wie vor Musik von unten hören konnte.

Toll. Das würde eine lange Heimfahrt werden – und das fast ohne Schlaf. Vorsichtig rutschte ich unter Becca hervor, stand auf und zog meine Hose an. Mein Shirt war in die klebrige Pfütze aus Bier und Wodka gefallen, weshalb ich halb nackt aus dem Zimmer torkelte. Die Tür gegenüber war abgesperrt, obwohl sie dem Gestank nach das Klo sein musste – oder die Leute hatten angefangen, in den Schlafzimmern zu pinkeln und zu kotzen, was vermutlich nicht völlig unmöglich war. Es war echt geil, wieder bei meinen Brüdern zu sein, doch unsere Gastgeber waren beschissene Wichser. Wichser und Junkies, war mein Eindruck. Kein Wunder, dass Boonie ihnen nicht über den Weg traute.

Ich ging die Treppe runter ins Wohnzimmer, wo überall Leute schlafend herumlagen, obwohl die Musik auf volle Lautstärke gedreht war. Mein Bruder Deep lehnte mit verschränkten Armen und leicht angeekeltem Gesichtsausdruck an der Bar, die Wohnbereich und Küche trennte.

»Hey«, sagte ich leise.

»Du siehst aus wie der Tod persönlich. Hattest du wenigstens Spaß da oben?«

Ich zuckte mit den Schultern, weil ich mich wie ein Arschloch fühlte.

»Sie ist perfekt«, sagte ich. »Aber ich schätze, ich habe ihr wehgetan.«

Seine Augen wurden schmal.

»Gibt's ein Problem? Soll ich Boonie holen?«

Shit.

»Nein, nicht so ein Problem«, sagte ich schnell. »Ich denke nur, dass ich sie zu sehr gedrängt habe. Hab versucht, sie in den Arsch zu ficken, wovon sie nicht so begeistert war. Es geht ihr gut, aber ich fühl mich trotzdem wie ein Idiot.«

»Haben wir da oben ein Mädel, das gleich ›Vergewaltigung‹ schreit?«, fragte er schnell.

Ich schnaubte.

»Das sollte sie wahrscheinlich«, antwortete ich. »Aber sie hat mir gesagt, dass ich es tun soll. Danach hat sie mir noch einen geblasen. Irgendwas stimmt hier nicht.«

»Willst du noch 'nen Drink?«

Als ich mich umdrehte, stand Teeny vor mir. Seine Augen glitzerten, doch ich konnte seinen Gesichtsausdruck nicht wirklich deuten. Mann, wie ich den Typen hasste – er war wie eine Kakerlake, die nicht schlau genug war, sich ins Dunkle zu verziehen.

Mein Ekel verwandelte sich in Wut. Er sollte mich gefälligst in Ruhe lassen.

»Meinst du das ernst?«, fragte ich ihn, während ich meine Finger knacken ließ.

Der Kampf mit Painter hatte mich ein wenig abgekühlt, doch mein Ärger war wieder hochgekocht, als ich Deep von Becca erzählt hatte. Es würde Spaß machen, jemandem eine reinzuhauen. Irgendjemandem. Doch diesem Typen eine zu verpassen wäre das ultimative Vergnügen.

»Mann, wann verziehst du dich endlich? Du verdammter Scheißer!«

Gerade als ich mich auf ihn stürzen wollte, packte mich Deep am Arm und zog mich zurück.

»Langsam, Bro«, sagte er ruhig. »Hier geht's nicht um ihn. Du bist sauer wegen des Mädels. Überleg dir gut, ob du kämpfen willst. Es sind hier wesentlich mehr Longnecks anwesend als Reapers und Bastards zusammen. Schließlich hat er dir nur einen Drink angeboten.«

Fuck. Ich atmete tief ein und sah den verschreckten kleinen Scheißer an. Oh, wie ich mir wünschte, er würde irgendwas tun und mir damit einen Grund liefern, ihn umzulegen. Meine Brüder würden mich in jedem Fall unterstützen, doch ich war nicht so blöd, mir einzubilden, dass ich keinen Preis dafür zahlen müsste.

»Ich geh wieder schlafen«, sagte ich nach einer angespannten Minute und wandte mich ab. »Wir reden später, Bruder.«

Deep nickte und beobachtete Teeny, während ich wieder die Treppe hochstampfte. Inzwischen war die Klotür offen. Jemand hatte die Kloschüssel verfehlt, das war unverkennbar. Ich spürte, wie sich mein Magen zusammenkrampfte, um es ihm gleichzutun. Eine Sekunde lang dachte ich, gleich kommt alles raus. Dann riss ich mich so weit zusammen, dass ich pissen konnte, ohne zu kotzen. Danach drehte ich mich um und warf einen Blick in den Spiegel. Wie üblich starrte mich ein scheißhässliches Gesicht an. Dunkle, struppige Haare, eine Narbe quer übers Gesicht, eine Nase, die mindestens vier Mal gebrochen worden war …

Shit, kein Wunder, dass Becca Angst vor mir gehabt hatte – ich sah aus wie ein verdammter Serienmörder. Ich wollte den Spiegel mit meiner Faust zertrümmern, was allerdings noch weniger helfen würde, als Teeny durchzuprügeln.

Stattdessen ging ich zurück ins Zimmer, wo sie immer noch tief schlafend auf dem Bett lag. Ihre Haut war zart und blass, und unter ihren

Augen zeichneten sich dunkle Schatten ab. Sie sah immer noch fantastisch aus, aber jünger und zerbrechlicher. Mann. Was hatte ich nur angerichtet? Ich kroch wieder zu ihr ins Bett, obwohl ich sicher war, dass ich nicht wieder einschlafen würde. Doch ich hatte die Alkoholmenge, die in meinen Adern floss, unterschätzt, denn schnell war ich wieder weg.

Dieses Mal schien die Sonne grell durchs Fenster. Ich blinzelte und versuchte, mich daran zu erinnern, wo ich eigentlich war … Dann kamen die Erinnerungen zurück. Ich sah mich um und fragte mich, was aus meinem Mädel geworden war.

Shit. Becca war weg.

Was zum Teufel ist letzte Nacht nun tatsächlich passiert? Ich setzte mich auf und entdeckte meine Kutte an einem Haken … neben einer Schuluniform! Fuck, irgendein Kind wohnte hier in diesem Zimmer, wurde mir plötzlich klar. Heimzukommen und dann so ein Chaos vorzufinden würde echt beschissen sein. Ich drehte mich um und schwang die Beine auf der anderen Seite des Betts heraus, denn ich wollte das Fenster zum Lüften öffnen und dabei die Lage draußen checken. Doch ich trat auf einen Bücherstapel, der umkippte. Ich griff nach unten und hob eines auf.

Ein Schulbuch.

Ich hob noch eines auf. Shit, es war wieder ein Schulbuch. Darunter lag ein Heft. In dem Moment beschlich mich ein äußerst ungutes Gefühl. Hätte ich nicht für möglich gehalten, wenn man bedenkt, wie mies ich mich wegen der vergangenen Nacht bereits fühlte.

Ich schlug das Heft auf und sah den Namen *Becca Jones* auf der ersten Seite stehen. Daneben stand *Englisch: Erste Stunde* und das Datum.

Es folgte die Unterrichtsmitschrift.

Vielleicht war sie im College, hoffte ich verzweifelt. Bitte, verdammt … wenn sie doch nur im College wäre! Ein bunter Zettel fiel auf den Boden. Ich legte das Heft zur Seite, um ihn aufzuheben.

Fast hätte ich gekotzt, als ich näher hinsah.

Es war ein Flyer für eine Tanzveranstaltung – in der *Highschool.*

Becca ging noch zur Schule. Sie war ein, Knastköder. Sex mit einer Minderjährigen … *Was zum …?* Das passte doch alles nicht zusammen … Dann fielen mir ihre letzten Worte wieder ein und auf einmal ergab das alles einen Sinn.

»Sag ihm, dass ich es gut gemacht habe, okay? Sag ihm bitte einfach, dass ich es gut gemacht habe.«

Halb angezogen raste ich die Treppe runter. Meine Stiefel donnerten auf den Stufen. Mein Shirt war nach der Nacht auf dem Boden völlig verdreckt, doch meine Kutte sah noch wunderbar aus – nach einer Nacht, die sie wohlbehütet neben Beccas kleiner Schuluniform verbracht hatte. Teeny. Dieser Scheißzuhälterwichser.

Das war garantiert seine Schuld.

War schließlich sein Haus. Wer zum Teufel war sie? Seine Tochter? Welches Arschloch bietet seine Tochter an wie eine Hure? Scheiße, vermutlich passierte so was ständig. Auf der ganzen Welt. Nach der halben Treppe hörte ich sie schreien, was sämtliche Leute im ganzen Haus hätte aufwecken sollen. Doch die meisten lagen immer noch sturzbetrunken und besinnungslos herum. Von draußen hörte ich Rufe und wusste, dass meine Brüder wahrscheinlich auf dem Weg zum Haus waren.

Das war auch gut so, denn an jenem Tag hätte ich beinahe das Leben eines Mannes beendet – was für ein verflucht fantastisch-beschissener Beginn meiner Bewährungszeit …

Teeny stand mitten in der Küche. Becca lag zusammengekrümmt zu seinen Füßen, während er sie kickte. Dann verpasste er ihrem Kopf einen Schlag mit einem verdammten Suppentopf – ist das zu fassen? Das war der Punkt, an dem ich mich nicht mehr zusammenreißen konnte.

»Du verfluchtes Schwanzlutscherarschloch!«, brüllte ich und stürzte mich gleichzeitig auf ihn. »Du verdammter Wichser! Ich bring dich um!« Meine Fäuste zertrümmerten sein Gesicht, begleitet von einem Knirschen. Es fühlte sich gut an, ja, wie eine Erlösung.

Er kippte um wie ein Sack Zement. Irgendwo im Hinterkopf realisierte ich verschwommen, dass Becca von uns wegkrabbelte, während einige ausgerissene Haarsträhnen auf dem Boden liegen blieben. Auch Blut war zu sehen. Eine andere Frau schrie und zerrte an ihr, doch ich drehte mich nicht um, um nachzusehen.

Ich hatte nämlich zu tun.

Genauer gesagt musste ich Teeny mit bloßen Händen umbringen. Dann würde ich ihn zerteilen und sein rohes Herz essen. Er brüllte die ganze Zeit wie ein Weib. Im Hintergrund hörte ich Boonie schreien. Schließlich zerrten sie mich von ihm runter, während ich weiterhin kickte und schlug – ich war einfach komplett durchgeknallt.

»Was zum Teufel ist hier los?«, fragte Picnic Hayes.

Neben ihm stand einer der Longnecks, ein Typ, der Teeny verdammt ähnlich sah. Mir wurde klar, dass das der Bruder sein musste, der zum Club gehörte. Bax.

Bax war nicht gerade bester Laune. Konnte man ihm nicht übel nehmen. Ich war selbst verflucht schlechter Laune.

Teeny stöhnte auf dem Boden und drehte sich auf den Rücken, woraufhin ich ihn anspuckte. Dann hörte ich ein Schluchzen – ein Schluchzen, das sich in dem Moment in mein Hirn brannte. Becca weinte, und als ich zu ihr rübersah, bemerkte ich, dass sie sich an Teenys Alte Lady schmiegte.

Shit. Es war mir zuvor nicht aufgefallen, weil die Frau so eklig und verbraucht war: In dem dürren Körper der Meth-Süchtigen verbarg sich eine ältere Version von Becca. Sie musste also ihre Mutter sein … Obwohl das Meth ihre Züge zerfressen hatte, wirkte sie irgendwie zu jung. Wenn das die Mutter war, musste sie Becca wirklich verdammt früh bekommen haben.

»Ist sie seine Tochter?«, fragte ich sie mit schneidender Stimme. Die Frau schüttelte mit zitternden Lippen schnell ihren Kopf. »Du erlaubst, dass er sie anschaffen schickt?«

Sie sah weg.

»Verdammt«, sagte Picnic. »Das ist ein Riesenhaufen Scheiße.«

»Ich lass sie nicht hier. Er wird sie umbringen.«

Pic schüttelte langsam und nachdenklich seinen Kopf, doch an seiner Miene konnte ich es erkennen: Er wusste, dass ich recht hatte.

»Ja, sie kann mit uns kommen«, sagte er. »Bist du einverstanden, Boon?«

Mein President nickte, ließ jedoch den Blick keine Sekunde von dem Haufen aus Blut und menschlichem Dreck, der heulend auf dem Boden lag.

»Wir fahren in zwanzig Minuten«, sagte Boonie entschieden. »Hat irgendjemand ein Problem damit?«

Herausfordernd sah er sich im Zimmer um. Einige der Longnecks sahen weg – offenbar würden sie sich wegen Teeny nicht in den Kampf stürzen. Das sagte so einiges aus über die Longnecks im Allgemeinen und Teeny im Speziellen. Ich meine, ich war ja froh, dass wir uns nicht den Weg freikämpfen mussten, aber im Grunde war es erbärmlich. Zum Feiern war er gut genug für sie, doch wenn es darum ging, sich für ihn einzusetzen, war er ihnen egal.

»Komm, gehen wir rauf und holen ein paar Sachen von dir«, sagte ich und reichte ihr die Hand.

Sie schrie leise auf und schob sich mit den Füßen schnell über den Boden, um von mir wegzukommen.

Fuck.

»Ich helf ihr beim Packen«, sagte ihre Mutter plötzlich. Ihre Stimme bebte, doch ihr Blick war entschlossen, als er dem meinen begegnete. »Sie fährt mit euch – sorgt nur dafür, dass sie hier wegkommt. Er würde ihr wegen dieser Geschichte übel wehtun. Wirklich übel.«

Ich nickte und beobachtete, wie sie ihre Tochter auf die Beine zog und in Richtung Treppe schob.

»Mann, du hast echt ein Talent«, sagte Boonie. »Was glaubst du, wie alt sie ist?«

»Sie ist noch in der Highschool«, sagte ich mit grimmiger Stimme. »Bin mir ziemlich sicher, dass ich wegen sexuellem Missbrauch einer Jugendlichen dran wäre, wenn das hier schiefgeht.«

»Verdammt«, sagte Painter, der hinter mich getreten war. »Echt schnelle Arbeit – normalerweise dauert's bei uns ein bisschen länger, gegen die Bewährungsauflagen zu verstoßen, Bro.«

Ich erwiderte seinen Blick. Ausnahmsweise war nicht die Spur von Spott in seiner Miene zu entdecken. Fuck. Die Sache war wirklich ernst.

»Raus mit euch«, sagte Picnic mit scharfer Stimme. »Horse, Ruger – ihr bleibt hier. Sorgt dafür, dass das Mädel sicher hier rauskommt, okay?«

Pic packte mich am Arm und zog mich zur Tür. Boonie ging an unserer Seite. Trotz der ruhigen Gesichter spürte ich die Gefahr, die uns drohte. Wir gingen rüber zu den Bikes, während die anderen nach ihrem Zeug suchten und zusammenpackten.

»Ich werde sie nicht zurücklassen«, erklärte ich ihnen nochmals. »Ich weiß, dass sie Angst vor mir hat, aber das ist mir scheißegal. Das Mädel stirbt, wenn sie hierbleibt.«

»Wir lassen sie nicht hier«, sagte Pic. »Aber wir müssen schnell verschwinden, bevor sie verstanden haben, was eigentlich passiert ist, und bevor sie sauer werden. Wenn sie sich dafür entscheiden, um sie zu kämpfen, wird die Sache hier ziemlich ungemütlich. Ich bin mir nicht sicher, ob wir es mit ihnen aufnehmen können.«

»Danke, dass ihr zu mir gehalten habt.«

Boonie schnaubte.

»Du bist unser Bruder, Puck«, sagte er beiläufig. »Da ist das doch selbstverständlich. Du bist für uns in den Knast gegangen. Glaubst du, wir würden für dich nicht dasselbe tun? Jetzt krieg dich wieder ein. Wir können das Mädel in den Transporter zu den Anwärtern setzen, oder du lässt sie auf deinem Bike mitfahren. Aber lass uns nicht groß diskutieren.«

Fünfzehn Minuten später sah ich Horse, Becca und ihre Mom aus dem Haus kommen. Mindestens dreißig Longnecks standen da. Sie sahen zu und unterhielten sich leise. Ich rechnete damit, dass einer von ihnen nach einer Waffe greifen oder uns herausfordern würde, aber dazu kam es nicht.

Teeny war weit und breit nicht zu sehen.

Becca hatte zwar aufgehört zu weinen, doch ihr Gesicht war immer noch mit Blut und Tränen verschmiert, und hässliche blaue Flecken breiteten sich überall auf ihrer Haut aus. Noch dazu atmete sie keuchend. Ich hoffte nur, dass sie keine gebrochenen Rippen hatte, verdammt.

»Ich will nicht weg«, flüsterte sie und griff nach dem Arm ihrer Mom. »Ich will bei dir bleiben.«

»Du musst hier raus«, erwiderte die Frau mit hartem und berechnendem Blick. »Warte, bis er sich beruhigt. Dann können wir darüber reden und uns was einfallen lassen.«

Becca schüttelte ihren Kopf, doch als ich behutsam ihren Arm nahm, ließ sie sich von mir wegziehen.

»Willst du im Transporter mitfahren oder auf meinem Bike?«

Becca warf einen Blick in den Transporter und bekam beim Anblick der beiden Anwärter der Reapers große Augen. »Ich bleib bei dir.«

Ich nickte und stieg auf mein Bike. Mit wachsamem Blick beobachtete ich unser Publikum. Sie stieg hinter mir auf, während ihre Mutter zufrieden nickte. Becca schlang ihre Arme um mich, sodass ich ihre Titten an meinem Rücken spürte. Mein Schwanz erwachte zum Leben. Was zum Teufel war nur mit mir los?

»Wie alt bist du?«, fragte ich leise.

»Sechzehn.«

Scheiße.

»Fast siebzehn vielleicht?«

»Nein, ich bin letzte Woche sechzehn geworden.«

Doppelt beschissen.

Boonie kickte sein Bike an. Wir folgten seinem Beispiel und fuhren in Formation vom Haus weg.

Und das war nun also die Geschichte, wie ich in weniger als vierundzwanzig Stunden nach der Entlassung aus dem Gefängnis eine Jugendliche sexuell missbrauchte – und das ausgerechnet an meinem Geburtstag. Im Nachhinein betrachtet hätte ich vielleicht gleich im Knast bleiben sollen, um meine fünf Jahre abzusitzen. Hätte für alle Beteiligten weniger Arbeit bedeutet.

KAPITEL EINS

Callup, Idaho

Gegenwart

Becca

»Die Bestellung ist fertig.«

Ich drehte mich zur Durchreiche und schnappte mir den Bestellzettel. Lieber checkte ich alles noch mal, um sicherzugehen, dass Blake alles richtig gemacht hatte. Er war ein verdammt guter Koch, doch manchmal interpretierte er eine Bestellung etwas zu locker ... besonders wenn er verkatert war.

Und heute war er eindeutig verkatert.

Genau genommen glaube ich, dass er vielleicht sogar noch ein wenig betrunken gewesen war, als er seinen Arsch heute Früh um fünf durch die Hintertür geschoben hatte. Ich weiß auf jeden Fall, dass Danielle noch betrunken war, denn sie hatte ständig herumgekichert und war ein wenig wacklig auf den Beinen gewesen, als sie mit mir die Frühstücksschicht begonnen hatte.

»Ich glaub, ich muss kotzen«, flüsterte sie mir jetzt ins Ohr, während sie sich an die Theke lehnte. Ha. Anscheinend wurde da jemand langsam nüchtern.

»Kannst du kurz meine Tische übernehmen? Eva darf mich nicht erwischen – sie hat gesagt, sie feuert mich, wenn ich noch mal Scheiß baue.«

»Ich pass schon auf«, sagte ich, wobei ich mir den Toast schnappte und ihn mit ein paar Marmeladenpäckchen auf einen kleinen Teller warf. »Nutz die Zeit – sie spricht gerade mit Melba: Du weißt ja, wie sie sind. Du hast mindestens fünfzehn Minuten, mach das Beste draus.«

Sie nickte und stürzte in die Küche. Ich hörte Blake knurren, weil sie ihm im Weg war, und musste grinsen. War sicher kein Zufall, dass sie beide so fix und fertig aufgetaucht waren. Dieses Knurren hatte etwas zu bedeuten, und so, wie ich Danielle kannte, steckte eine spannende Geschichte dahinter.

Ich belud mein Tablett, hob es hoch über meine Schulter und trug es am Tresen vorbei in den Hauptraum. Das Breakfast Table war so was wie der gesellschaftliche Mittelpunkt von Callup, zumindest in der Früh. Alle Welt kam hierher, um zu sehen und gesehen zu werden, denn das Essen war gut und günstig. Wir machten um halb sechs auf, damit die Bergarbeiter und die Holzfäller vor der Arbeit noch schnell etwas essen konnten. Um zwei Uhr nachmittags schlossen wir wieder. Allerdings ging meine Schicht nur bis um elf Uhr. Danach würde ich in mein Auto springen und über den Pass rüber nach Coeur d'Alene fahren, um den Nachmittag an der Friseur- und Kosmetikschule zu verbringen.

Nur noch sechs Monate, dann würde ich meine Prüfungen ablegen kennen. Bei dem Gedanken musste ich leise lächeln, während ich mein Tablett rüber zu Regina und Earl trug. Die beiden waren ein älteres Ehepaar. Ihnen gehörte das alte Gebäude in der Stadt, in dem sich auch meine Wohnung befand. Mein Lächeln wurde noch breiter, als ich sah, dass Regina die Bluse trug, die ich ihr letzte Woche genäht hatte …

»Hier, bitte schön«, sagte ich und war rundum zufrieden mit mir. »Eine Belgische Waffel mit Erdbeeren und extra Bacon. Ein Schweinekotelett mit Röstis, Toast und Apfelkompott. Habt ihr noch genügend Kaffee?«

»Du hast alles im Griff, Becca«, sagte Earl, der sein Kotelett voll Vorfreude beäugte. Er aß jeden Morgen eines. Was ich nicht gerade für eine tolle Idee hielt, wenn man bedenkt, dass er bereits einen Herzinfarkt gehabt hatte. Doch jedes Mal, wenn ich versuchte, es ihm auszureden, hörte er mir gar nicht erst zu.

»Die Erdbeeren müssen von Honey sein«, sagte Regina, während sie sich eine davon in den Mund steckte. »Die aus dem Supermarkt schmecken einfach nicht so süß.«

»So ist es«, sagte ich zu ihr. »Lass sie dir schmecken – in ein oder zwei Wochen gibt es keine mehr.«

»Bestellung ist fertig!«, rief Blake und schlug auf die Klingel in der Durchreiche.

»Das ist für mich«, sagte ich, wobei ich mich vorbeugte und Regina aus einem Impuls heraus umarmte. Sie hatte mich aufgenommen, als ich vor fünf Jahren nach Callup gekommen war. Ich war voller blauer Flecken und ziemlich verängstigt gewesen. Außerdem hatte ich so große Sehnsucht nach meiner Mutter gehabt, dass es fast schon wehgetan hatte. Ja, ist schon klar, dass es verrückt ist, jemanden zu vermissen, der einen wie ein Stück Scheiße behandelt hat. Aber tief in unserem Inneren sind wir doch alle kleine Kinder, die nach ihrer Mama schreien, oder? Regina ging ganz locker damit um. Immer wenn ich Albträume hatte, nahm sie mich fest in den Arm, bis ich langsam wieder zu so etwas wie einem Menschen wurde.

Teeny brauchte sechs Monate, bis er mir »vergeben« hatte, nachdem ich mit Puck in den Norden gefahren war. Mom hatte ganz aufgeregt angerufen und mir gesagt, ich könne wieder heimkommen. Earl verkündete, das würde ich nur über seine Leiche tun, und damit war die Sache gegessen. Während ich die Highschool besuchte, lebte ich bei ihm und Regina. Auch das Jahr danach, in dem ich arbeitete und mein Geld sparte, verbrachte ich bei ihnen. Danach vermieteten sie mir eine ihrer Wohnungen über der alten Apotheke zu einem Freundschaftspreis.

Regina und Earl waren das Beste, was mir je passiert war. Deshalb hatte ich sie sehr lieb.

»Siehst gut aus, Becca«, sagte Jakob McDougal, der sich an der Theke niederließ. Heute hatte er vier seiner Kumpel dabei. Er war laut und ungehobelt. Einmal hatte er mir als Trinkgeld einen Penny unter einem umgedrehten Glas mit Wasser dagelassen, weil sein Frühstückssteak zu durch gewesen war. (Ich weiß nicht, ob jemand das schon mal gesehen hat: Nur ein richtiges Arschloch kommt auf die Idee – und man muss sich richtig Mühe dafür geben.)

Um es kurz zu machen: Jakob McDougal war ein Arschloch.

Besonders schlau war er auch nicht, denn nach diesem Mist dachte er *immer* noch, dass er eine Chance hätte, mich ins Bett zu kriegen – egal, wie oft ich ihn hatte abblitzen lassen. Ich widerstand der Versuchung, ihm entsprechend zu antworten, denn meinen Job hier musste ich noch sechs Monate behalten. Erst dann würde ich als Friseurin anfangen. Und Eva konnte echt zickig werden, wenn wir unhöflich zu den Kunden waren. Selbst wenn sie es verdient hatten. (Eva konnte wegen allem Möglichen zickig werden: Das war einer der Gründe, warum ich so hart für meinen Abschluss lernte. Nur so würde ich das Kellnern an den Nagel hängen können.)

»Bin gleich bei dir«, sagte ich knapp zu ihm. Typen wie ihn fand ich echt zum Kotzen. Ich wandte ihm den Rücken zu, griff nach dem nächsten Bestellzettel und bereitete mein Tablett vor.

»Ich bin müde und brauch 'nen Kaffee«, sagte Jake, der einfach ignorierte, was ich eben zu ihm gesagt hatte. Idiot. Seine Freunde Cooper, Matt, Alex und noch einer, den ich nicht kannte, führten sich auf wie eine Herde Esel. Iah, iah. »War 'ne laaaaange Nacht. Ich hab Sherri Fields glücklich gemacht und brauch jetzt was, um wieder hochzukommen. Ich hab auch Bedürfnisse, Baby.«

Die Esel gaben sich grunzend und wiehernd High Five. Einer von ihnen machte ein klatschendes Geräusch, und ein anderer versuchte sich an einem Stöhnen, das vermutlich wie die arme Sherri Fields in den Klauen der Ekstase klingen sollte. Klang meiner Meinung nach aber eher nach einem sterbenden Elch.

Ich zählte bis zehn und starrte mit zusammengebissenen Zähnen auf die Teller mit Essen, die in der Durchreiche standen. Blake fing meinen Blick auf und sah mich aus schmalen Augen an. Oh je. Blake war schon normalerweise kein Fan von Gästen, die die Bedienungen blöd anmachten. Mit einem Kater wurde er jedoch zur Bestie. Ich sah, wie er nach seinem großen Pfannenwender mit der scharfen Kante griff, und riss die Augen auf.

Mist. Wollte ich Jake und seine Freunde leiden sehen? Ohne Frage. Aber nicht, wenn ich danach gefeuert wurde.

»Es ist alles in Ordnung, Blake«, sagte ich schnell

Er schüttelte langsam seinen Kopf, während Jake und seine Freunde nur noch lauter lachten. Da fiel mir ein, dass sie mit Blake drüben in Kellogg zur Schule gegangen waren. Sie waren zusammen im Footballteam gewesen. Dann hatten die anderen Typen einen Job im Bergwerk Laughing Tess bekommen ... Aber Blake hatte Platzangst, weshalb er morgens Röstis briet und am Nachmittag aufs Community College ging. Er war ein kluger Kerl, und ich ging fest davon aus, dass er eine glänzendere Zukunft vor sich hatte als die Loser hinter mir.

Doch ich spürte, wie er litt. Wenn man den richtigen Weg wählt, kann das manchmal sehr mühsam sein.

»Gibt's hier ein Problem?«, fragte eine tiefe Stimme, bei deren Klang es mir kalt den Rücken runterlief. Ich schloss meine Augen und fragte mich, ob der Tag womöglich noch beschissener werden konnte. Denn das war die Stimme, die mich in meinen Träumen verfolgte, obwohl ich sie seit sechs Monaten nicht mehr gehört hatte (sechs Monate und acht Tage ... so ungefähr. Nicht, dass ich mitgezählt hätte ...).

Die Stimme gehörte Puck Redhouse.

Ja, dem Puck Redhouse, der mir – in einer absolut beschissenen Nacht vor fünf Jahren – einen Orgasmus in einer Intensität beschert hatte, die ich bis dahin nicht für möglich gehalten hatte, und der mich an einer höchst empfindlichen Stelle angebohrt hatte. Danach hatte er dafür gesorgt, dass ich gründlich verprügelt wurde, indem er sich darüber beschwert hatte, wie schlecht ich im Bett gewesen war.

Deswegen hasste ich ihn irgendwie.

Am Tag danach waren wir aufgebrochen. Er hatte mich bis nach Idaho geschleift und mich wie einen entlaufenen Welpen auf Earls und Reginas Türschwelle abgesetzt. Danach war er im Dunkel der Nacht verschwunden. Hin und wieder sah ich ihn, doch der Kerl war echt mysteriös.

Irgendwie wie Batman. *Auf einem Motorrad.*

Auf eigenartige Art und Weise hatte ich ihm alles zu verdanken … und dennoch jagte mir der Mann eine Heidenangst ein. Er jagte mir Angst ein und machte mich gleichzeitig an, denn wenn es eine Konstante in meinem Leben gab, die mich auf meiner Suche nach glücklicher Normalität behinderte, dann war es Puck Redhouse und seine dämliche sexy Stimme. Der Mann war so was wie ein Eisberg aus dem Nordatlantik für mich: Die Gefahr lauerte im kalten Wasser unter der Oberfläche und war drauf und dran, mich von oben bis unten aufzureißen.

Verfluchter Biker. Ich hatte für den Rest meines Lebens genug von Bikern – ich konnte ihn in meinem Leben nicht brauchen.

Nicht, dass er jemals angedeutet hätte, dass er mich in *seinem* Leben haben wollte. Doch er hatte mich all die Jahre beobachtet … Manchmal beschlich mich das Gefühl, dass er weit mehr wollte, als mich nur zu beobachten.

Ich erschauerte, weil ich nie vergessen würde, wie es sich angefühlt hatte, als er seinen Schwanz tief in mich gestoßen hatte, mich gedehnt und ganz ausgefüllt hatte, bis mein Kopf einfach explodiert war.

Leider war im Augenblick keine Zeit, meinem Körper klarzumachen, warum Puck ganz und gar nicht gut für uns war. Ich hatte das Gefühl, dass wir kurz vor einem Blutbad am Frühstückstresen standen. Zu viel Testosteron. Ich musste etwas tun, um die Lage zu entspannen und die Gemüter zu beruhigen.

»Hier gibt's kein Probl…«, versuchte ich zu sagen, wurde aber von Blake abgewürgt.

»Oh doch, wir haben hier ein verdammtes Problem«, knurrte er und schob sich dabei durch die Schwingtüren, die Küche und Tresen voneinander trennten. »Diese Schwanzlutscher glauben, dass man hier einfach reinspazieren kann und die Mädels wie ein Stück Scheiße behandeln. Raus mit dir, McDougal.«

Im ganzen Café wurde es auf einmal still. Dann sah ich Eva aufstehen und auf uns zukommen. Ihr fieser Blick, den sie sowieso nie loswurde, wurde noch gemeiner. Fuck. Nur noch dreißig Sekunden trennten mich von der Arbeitslosigkeit. Ihr könnt mir ruhig glauben – in einer Bergstadt mit achthundert Einwohnern sind die Jobangebote eher dünn gesät.

»Blake, geh bitte wieder in die Küche«, zischte ich. Ich hatte mich entschlossen, Puck zu ignorieren, da meine Gehirnkapazität völlig ausgelastet war und ich mich nicht auch noch um ihn kümmern konnte. »Lass mich allen einen Kaffee ausgeben und ein Stück Kuchen. Das geht auf mich.«

»Kann ich den auch von dir runteressen?«, fragte Jake. Sein Selbsterhaltungstrieb war ganz offensichtlich nur schwach ausgeprägt. Seine Freunde lachten auf, und schon war der Teufel los.

Ich weiß immer noch nicht genau, was eigentlich als Nächstes passierte.

Aber ich erinnere mich, dass Blake seinen großen Pfannenwender auf Jakes Hand niedersausen ließ, und zwar genau in dem Moment, als Puck ihm eine verpasste. Jakes Esel waren vielleicht Idioten, aber es waren keine Feiglinge, denn auf einmal waren sie alle auf den Beinen und stürzten sich in den Kampf. Da fiel mir auf, dass Puck nicht nur zum Frühstücken gekommen war: Nein, in seiner Begleitung waren zwei weitere Silver Bastards, Boonie und Deep, Boonies Alte Lady, Darcy, und noch ein Mädchen namens Carlie Gifford. Carlie war etwa in meinem Alter und hing seit einiger Zeit mit den Leuten vom Club rum. Das wusste ich, weil ich so ziemlich alles wusste, was in Callup vor sich ging. (Ich bin vielleicht keine Einheimische, doch das Breakfast Table war so was wie das Grand Central für diese Stadt – wenn irgendwas los war, bekam ich es mit.)

Während Eva sie kreischend aufforderte aufzuhören, packte mich Darcy und zerrte mich hinter dem Frühstückstresen hervor. Jake brüllte und hielt seine blutende Hand, mit der er alles volltropfte. Der große Zuckerbehälter, den ich zum Auffüllen der Zuckergläser für die Tische verwendete, flog durch die Luft, sodass der Zucker auf uns herabregnete, während Blake den Tisch gleich hinterherwarf. Als Jakes Freund Coop jedoch Puck von hinten ansprang, brannten bei mir die Sicherungen durch.

An dieser Stelle sollte ich vielleicht erwähnen, dass ich im Lauf der Jahre etwas temperamentvoll geworden war.

Okay, also gut, verdammt temperamentvoll.

Puck bedeutete vielleicht Ärger, aber er hatte auch ganz eindeutig meinen Arsch gerettet. Ich wollte also nicht, dass er verletzt würde. Das Wissen, dass er in der Gegend war (*Batman!*), ließ mich komischerweise besser schlafen. Monster vertreibt man am besten mit einem größeren, furchterregenderen Monster. Jedes Mal, wenn ich nachts schreiend aus einem Albtraum über meinen Stiefvater erwachte, half es mir, mich daran zu erinnern, wie ihn Puck windelweich geprügelt hatte. Und schon ging es mir besser. Solange Puck nicht weit weg war, war ich in Sicherheit … zumindest vor allem außer Puck.

Ich riss mich von Darcy los und griff nach einer gläsernen Kaffeekanne, die noch auf der Theke stand. Dann ließ ich sie auf Coops Kopf herunterkrachen, sodass sie zersprang und der heiße Kaffee sein Shirt durchnässte und seinen Rücken hinablief. Er brüllte und fiel runter, woraufhin ich ihm einen Tritt in die Eier verpasste. Puck starrte mich verblüfft, aber ganz offensichtlich beeindruckt an.

»Hinter dir!«, schrie ich, da ich aus dem Augenwinkel beobachtet hatte, wie Alex sich auf ihn stürzte. Puck duckte sich, wirbelte herum und versetzte dem Mann einen Magenschwinger. Darcy erwischte mich an einem Arm, und Carlie packte den anderen, als ein ganzes Regalbrett mit sauberen Wassergläsern zu Boden krachte. Eva brüllte im Hintergrund, und zu meinem Schrecken sah ich Earl mit einem manischen Grinsen im faltigen Gesicht auf die Schlägerei zustapfen.

Wie konnten die Dinge nur so schnell außer Kontrolle geraten? Und was noch viel wichtiger war: Wo zum Teufel würde ich jetzt arbeiten? Nie im Leben würde mich Eva nach dieser Geschichte weiterbeschäftigen.

Normale Mädchen zetteln in Restaurants auch keine Schlägereien an!, zischte mir mein Verstand zu.

Mist, verdammter. Genau diese Art von Scheiße war eigentlich typisch für meine Mutter. Normalerweise sah ich mir eine Situation erst einmal an, überlegte mir dann, was *sie* tun würde, und tat dann genau das Gegenteil. Für mich war das der ideale Weg, um von *trashy* zu *classy* aufsteigen.

Eines Tages würde ich *classy* sein, selbst wenn es mich umbrachte – doch nicht heute. Der Tag war noch nicht gekommen.

Dumm gelaufen.

Die Schlägerei geriet endgültig außer Kontrolle, als ein Körper auf dem Servierwagen landete, der krachend umfiel und deutlich hörbar zersplitterte. Jake und seine Freunde waren zweifellos hart im Nehmen. Die Berge brachten starke Männer hervor, und im Bergwerk wurden sie dann hart wie Stahl. Aber Puck, Boonie und Deep waren auch harte Kerle. Und Blake? Ich hatte das Gefühl, dass das nicht seine erste Auseinandersetzung mit den Jungs war … Bisher hatte ich ihn für einen großen, kräftigen Teddybären gehalten. Doch urplötzlich hatte er sich in einen Grizzly verwandelt.

Der Knall eines Schusses durchschnitt die Luft, gefolgt von einem zweiten und dritten. Die Leute warfen sich einer nach dem anderen auf den Boden, bis ich schließlich Reginas Stimme vernahm.

»Jungs, ihr beruhigt euch jetzt gefälligst, aber schnell! Das hier ist ein Restaurant, ihr Idioten, nicht eine verdammte Bar, wo ihr alles zerlegen könnt und es eh niemandem auffällt, weil es schon eine Bruchbude ist!«

Niemand rührte sich, nur ich hob vorsichtig meinen Kopf. Regina stand, behangen mit fettem Modeschmuck aus Plastik, in lila Jogginghose und Tennisschuhen auf einem Tisch. Jedes einzelne ihrer grauen Haare saß perfekt. Sie sah aus wie eine ganz gewöhnliche liebe Oma, doch ihre Augen glichen Obsidiansplittern, so scharf glitzerten sie.

Aber holla.

»Jetzt raus mit euch allen«, sagte sie. »Boonie, Eva wird sich wegen des Schadens an euch wenden. Ich nehme an, dass der Club die Rechnung übernimmt?«

»Aber sie haben nicht angefangen!«, meldete ich mich empört zu Wort. »Jake und seine Freunde …«

»Halt dich besser raus«, sagte Darcy und zog mich wieder auf die Beine.

Als ich sie ansah, stellte ich verblüfft fest, dass sie ein Lachen im Blick hatte. Wie sie sich über diese Sache amüsieren konnte, war mir rätselhaft. Ich war stinksauer.

»Das ist nicht fair!«

Boonie trat hinter mich und legte mir mit Schwung die Hand auf die Schulter. Ich zuckte überrascht zusammen. Dann fiel der Ärger von mir ab, und die alte Angst, die mich immer beschlich, wenn ich einem der Biker zu nahe kam, kehrte zurück. Was dachte ich mir nur dabei? Wie konnte ich mit diesen Leuten über den Schadensersatz diskutieren? Ich musste hier raus, bevor mich Puck in eine Ecke trieb – mit ihm würde ich nicht fertig werden. Heute nicht.

»Wir kümmern uns schon drum«, sagte Boonie leise. »Jake und seine Jungs werden dafür bezahlen, keine Sorge.«

Das klang aber unheilvoll. Ich schluckte.

»Geht raus«, sagte er über meine Schulter hinweg zu Darcy. »Wir sehen uns in ein paar Minuten. Pass auf, dass Eva ihr nicht folgt, verstanden?«

Ich schloss meine Augen, während mir die tatsächlichen Auswirkungen der Schlägerei schlagartig bewusst wurden.

Das kommt dabei heraus, wenn du auf deine Gefühle hörst. Ich konnte die Stimme der Schulpsychologin in meinem Kopf hören. Ihren selbstgerechten, zickigen Ton. Sie hatte mir einen Vortrag gehalten, weil ich einen Typen, der mich begrabschen wollte, bewusstlos geschlagen hatte. Doch im Grunde war es hier ähnlich: Leute zu verprügeln war selten die Lösung eines Problems.

Ich hatte ein Problem, doch zumindest hatte ich im Lauf der Jahre aufgehört, mir selbst leidzutun ... laut Earls Einschätzung war das ein Schritt in die richtige Richtung, ja, sogar eine gesunde Entwicklung. Wenn ich mich so in dem zerstörten Restaurant umsah, musste ich mich jedoch fragen, ob er wohl nur Schwachsinn redete.

Das war's also mit meinem Job – den war ich sicher los, wenn noch nicht sofort, dann jedenfalls, sobald sich der Staub gelegt hatte. Das war verdammt beschissen, denn trotz Evas unangenehmem Charakter hatte ich die perfekten Arbeitszeiten gehabt, um Arbeit und Schule unter einen Hut zu bringen.

Die Schule war meine Zukunft – *normale* Mädchen gehen zur Schule und lernen, ihr eigenes Geld zu verdienen. Fehler wie den von heute konnte ich mir nicht erlauben. Nicht, wenn ich etwas aus mir machen wollte.

»Das ist echt doof«, murmelte ich, als ich Darcy hinaus auf den Parkplatz folgte, wo mindestens die Hälfte der Einwohner von Callup herumlungerte, weil alle wissen wollten, was denn eigentlich los war. Obwohl die Schlägerei jetzt vorbei war, gingen sie nicht nach Hause. Nein, stattdessen standen sie in kleinen Grüppchen herum, flüsterten und zeigten auf mich. Und es strömten immer mehr Schaulustige herbei, um ihnen Gesellschaft zu leisten.

In Callup sprachen sich Neuigkeiten schnell herum. Außerdem war diese Schlägerei das aufregendste Ereignis, seit Regina und Melba im Schönheitssalon aneinandergeraten waren, weil sie sich nicht einigen konnten, wer die Frisur der anderen nachgeahmt hatte.

Verdammt, ich hasste es, wenn die Leute über mich redeten.

»Geht's dir gut?«, fragte Carlie.

Ich nickte und bemühte mich, sie nicht anzusehen. Denn Carlie verkörperte alles, was ich hasste. Sie war groß, sehr schlank und sah einfach toll aus. Wie ein Model. Genau der Typ Frau, der zu Puck gehörte, weil sie einfach zusammenpassten. Ihre Augen funkelten, und ihre glänzenden Zähne standen leuchtend weiß in einer Reihe. Das Einzige, was nicht ganz so perfekt an ihr war, war eine winzige Lücke zwischen ihren Schneidezähnen. Was sie allerdings nur noch interessanter erscheinen ließ.

Und *nett* war sie auch noch.

Miststück.

»Ja, alles in Ordnung«, antwortete ich und merkte, wie mein Adrenalinpegel langsam sank. »Denkst du, dass jemand ernsthaft verletzt wurde?«

»Nein«, sagte sie. »Coop hat wahrscheinlich ein paar Verbrennungen abbekommen, aber nichts wirklich Schlimmes. Er war nicht lange außer Gefecht gesetzt. War ganz schön mutig, muss man dir echt lassen.«

Ich zuckte mit den Schultern, weil sie keine Ahnung hatte, wie ich wirklich war. Ich war unter lauter gefährlichen Männern aufgewachsen – verglichen mit denen waren Jake und Coop die reinsten Lämmer. Denen hätte ich noch allerhand über einen schmutzigen Kampf beibringen können … Aber dieser Teil meines Lebens war vorüber, und so wollte ich es auch haben. Ein langweiliges Leben war besser.

Langweilig, bequem und sicher. Darauf kam es im Leben an.

Ich wünschte, meine Mom würde das begreifen. Soweit ich wusste, bestimmte bei ihr immer noch das Wort »Drama« den Alltag.

»Mach dir keine Sorgen«, sagte Darcy, die ihren Arm um meine Schulter legte und mich an sich zog. Vermutlich sollte ich mich dadurch besser fühlen, doch es wurde mir einfach nur unheimlich. Sie war mit Boonie zusammen, und Boonie war der President des Motorradclubs. Es war zwar nicht so, dass ich die Silver Bastards hasste: Schließlich jagten sie Teeny Angst ein, was bedeutete, dass er keine Bedrohung für mich war, wofür ich wiederum sehr dankbar war. Aber ich wäre gerne aus sicherem Abstand dankbar gewesen. »Mein Alter Mann wird sich drum kümmern. Das tut er immer.«

Sicher würde er sich um die Jungs kümmern. Doch ich wäre letztendlich immer noch arbeitslos. Blake wahrscheinlich auch.

Puck, Boonie, Deep und ein sehr zufrieden aussehender Blake kamen aus dem Restaurant geschlendert. Sie lachten und klopften sich gegenseitig auf den Rücken, als ob die ganze Geschichte unheimlich lustig wäre. Das frustrierte mich, denn sie war nicht lustig – schließlich steckte ich in Schwierigkeiten. Natürlich könnte man anführen, dass eigentlich mein ganzes Leben eine Lachnummer war. Doch ich hatte letztes Jahr ein Buch über die Kraft des positiven Denkens gelesen und hatte beschlossen, mich niemals wieder dem Selbstmitleid hinzugeben.

Denk nicht mehr dran, ermahnte ich mein Hirn, was die Sache natürlich nur noch schlimmer machte. *Du bist eine Lachnummer*, fauchte es. *Müll. Wofür hältst du dich eigentlich, zum Teufel?*

Moment. Die Stimme in meinem Kopf gehörte ja *Teeny*.

Der konnte sich schnellstens verpissen. Was war schon dabei, wenn es hier gerade schlecht lief? Ich hatte schon Schlimmeres überstanden, und auch das hier würde ich überstehen, weil ich nämlich ein Siegertyp war.

Die Kraft des positiven Denkens!

»Alles in Ordnung, Baby?«, fragte Darcy und ging zu Boonie. Er legte ihr den Arm um die Taille und zog sie für einen leidenschaftlichen Kuss an sich.

»Natürlich. Eva hat sich schnell überzeugen lassen. Jake und seine Jungs fahren bald nach Hause. Hab vorgeschlagen, dass sie ein wenig an ihren Manieren feilen, bevor sie sich wieder in der Stadt blicken lassen. Lass uns nach Kellogg fahren, um dort was zu frühstücken. Wie klingt das?«

Ich spürte Pucks Blick auf mir, obwohl er nichts sagte.

Das tat er nie.

Vor fünf Jahren hatte ich seinen Blick wie eine Berührung auf mir gespürt. Er war der siebte Fremde gewesen, mit dem ich auf Teenys Befehl hin hatte ficken müssen. Doch er war anders als die anderen gewesen. Das klingt vielleicht verrückt, aber ich spürte damals eine Mischung aus Angst und Erregung, als mir Teeny den Marschbefehl gegeben hatte. Puck war nämlich jung und gut aussehend – in einem anderen Leben hätte ich vielleicht sogar versucht, ihn anzusprechen oder ihm zumindest unauffällig hinterherzulaufen.

Das war natürlich, bevor ich ihn aus der Nähe sah und merkte, wie riesig er war. Wie stark und furchteinflößend. Nicht nur wegen dieser hässlichen Narbe im Gesicht. Nein, selbst in diesem Zimmer voll gefährlicher, furchteinflößender Männer war er damals etwas Besonderes gewesen. Dann hatte er angefangen, mich zu berühren, und ich hatte ganz vergessen, Angst vor ihm zu haben.

Bis dahin hatte ich nicht die leiseste Ahnung gehabt, wie gut sich Sex anfühlen konnte. Oder dass es einen guten Grund gab, warum Frauen ganz verrückt nach der Aufmerksamkeit eines Mannes sein können. Und als wir am Feuer gesessen hatten, ich in seinen Armen, und später, als er mich das erste Mal überhaupt zum Orgasmus gebracht hatte? Eine Weile hatte ich so getan, als ob ich einfach nur ein normales Mädchen auf einer gewöhnlichen Party wäre und nicht das Balg einer Bikerhure, das gerade lernte, sich seinen Lebensunterhalt zu verdienen.

Ja, Puck hatte mir wehgetan.

Sie hatten mir *alle* wehgetan.

Zumindest hatte er es nicht gemerkt, und als es ihm dann endlich klar wurde, hatte er mich in den Arm genommen, und wir hatten zusammen im Bett geschlafen. Eine Zeit lang war ich in Sicherheit gewesen. Natürlich war das nicht von Dauer, aber beim Longnecks MC war nie etwas von Dauer. Sie waren wie eine schwärende Wunde, die Eiter absonderte. Alles, was sie berührten, infizierten sie auch.

Ein Beispiel? Meine Mom. Nach fünf Jahren waren sie und Teeny immer noch zusammen. Sie war völlig fertig und versuchte immer noch, mich zu benutzen. Vergangenen Monat hatte sie mich angerufen und mir eine Geschichte über einen kaputten Boiler erzählt, um mich um Geld anzupumpen. Wieder einmal.

Doch ich hasste sie nicht mehr. Als es wirklich kurz vor knapp gewesen war, hatte sie die richtige Entscheidung getroffen und mich mit Puck weggeschickt. Nie zuvor hatte sie Teeny so die Stirn geboten – ich wusste, dass er sie geschlagen hatte, nachdem ich gegangen war. Er hatte sie beinahe umgebracht und sie für eine Woche rausgeworfen … danach war sie wieder zu ihm zurückgekrochen. Unglaublich.

»Kommst du mit?«, fragte Puck und trat zu mir.

Ich zuckte zusammen.

Was zum Teufel? Puck beobachtete mich normalerweise, sagte hin und wieder »Hallo«. So einmal im Jahr. Nie, wirklich nie, lud er mich ein, irgendwas mit ihm zu unternehmen. Wir hatten unsere Grenzen, die nicht überschritten wurden. Er schlich herum, und ich tat so, als ob er nicht da wäre. Und ich lebte sicher und zufrieden an einem Ort, an dem Teeny mir nie wieder etwas antun konnte.

Jetzt starrte Puck mich an – offensichtlich wartete er auf eine Antwort. Entnervt schüttelte ich meinen Kopf. Dann streckte Puck die Hand aus, um mir eine meiner Haarsträhnen hinters Ohr zu streichen.

Was zum Teufel?!

Carlie neben mir erstarrte, während ihr Lächeln verblasste. Toll. Batman änderte nicht nur ohne Vorwarnung sein Verhalten, sondern tat das auch noch direkt vor seiner Freundin. Genau das fehlte mir noch.

Das war wirklich nicht fair. Sie stand offenbar auf ihn, und ich hätte hundert Dollar gewettet, dass sie miteinander schliefen. Aber soweit ich wusste, spielte Puck nie etwas vor oder log, um Sex zu haben. Er hatte es nicht so mit festen Beziehungen. Das wusste jede Frau in Callup, die so dumm war, sich in ihn zu verknallen, nur zu gut. Das umfasste so ziemlich alle, die am Leben waren, und auch ein paar, die mit einem Bein schon im Grab standen. Einmal hatte ich sogar Melba dabei beobachtet, wie sie seinen Arsch bewundert hatte – die Erinnerung daran verfolgt mich heute noch! Ernsthaft!

»Ich kann wirklich nicht mit zum Frühstück«, sagte ich mit wackliger Stimme. »Ich muss mit Eva reden.«

»Spar dir die Mühe«, sagte Blake breit grinsend. »Du bist gefeuert. Ich auch.«

»Hat sie das gesagt?«, fragte ich mit ungutem Gefühl im Bauch.

»Oh ja. Laut und deutlich. Mehrmals. Ende der Woche kommen wir zusammen noch mal her, um unseren Scheck abzuholen. Dann musst du ihr nicht alleine gegenübertreten.«

Ich schloss meine Augen und fragte mich, warum nicht alles so bleiben hatte können wie zuvor. Zumindest für sechs Monate. Aber ich brauchte mich nicht zu wundern. Mein Leben war noch nie glatt gelaufen, warum sollte sich das ausgerechnet jetzt ändern?

Denk positiv, ermahnte ich mich.

Mist. Jetzt war ich nicht nur völlig mutlos, sondern wollte auch noch mein Hirn ohrfeigen, weil es mir so auf den Geist ging.

»Was zum Teufel ist passiert?«, fragte Danielle, die plötzlich neben mir stand und mir den Arm um die Schultern legte.

Sofort fühlte ich mich besser. Danielle und ich ergänzten uns wunderbar – sie war völlig bekloppt und wahnsinnig optimistisch. Genauer gesagt: auf gefährlich waghalsige Art optimistisch. Ich dagegen verbrachte die meiste Zeit damit, nicht durchzudrehen und irgendwie voranzukommen. Da blieb nicht viel Zeit dafür übrig, mein Leben tatsächlich *zu führen*.

Wir hatten uns im letzten Jahr der Highschool kennengelernt, als sie mir angeboten hatte, mich in ihrem glänzenden neuen Jeep Wrangler mit in die Stadt und wieder zurück zu nehmen. Das hatte mich vor der schrecklichen Erfahrung bewahrt, mir einen ramponierten Schulbus mit allen pubertären Teenagern aus der Gegend um Callup zu teilen. Nach einer besonders grauenvollen nächtlichen Heimfahrt in ihrem Auto (Kurzversion: Wir brauchten sechs Stunden für dreißig Meilen und hatten identische Tattoos in Form von Streifenhörnchen mit Schal, als wir endlich ankamen) kam ich zu dem Schluss, dass es meine Aufgabe war, sie davon abzuhalten, sich aus Versehen umzubringen.

Im Gegenzug animierte sie mich dazu, lustige Sachen zu unternehmen und mir mindestens ein Mal pro Woche ins Gedächtnis zu rufen, dass ich erst einundzwanzig war und das Schicksal des Universums nicht wirklich davon abhing, ob mein Konto nun tatsächlich bis auf den letzten Penny ausgeglichen war. Im Lauf der Zeit brachte sie mir bei, wie man sich Smokey Eyes schminkte und wie man es anstellte, *nicht* auszuflippen, wenn einen ein Typ ansprach und tanzen wollte. Und wie man sich Musik im Internet »auslieh«. (Als ich darauf hinwies, dass »ausleihen« so viel wie »stehlen« hieß, stimmte sie mir zu und nutzte ab dann iTunes zum Downloaden. Um das zu finanzieren, »lieh« sie sich die Kreditkarte ihres Dads.)

»Nun, offensichtlich arbeiten Blake und ich hier nicht mehr«, sagte ich und legte meinen Kopf an ihre Schulter. »Ich weiß nicht, ob du auch gefeuert wurdest.«

»Scheiß drauf«, verkündete Danielle. »Eva kann mich am Arsch lecken. Wenn du raus bist, bin ich auch weg.«

»Du hattest gar nichts damit zu tun«, protestierte ich.

»Das ist mir egal. Du bist eine *viel* bessere Bedienung als ich. Wenn sie dich gefeuert hat, werd ich dort eh nicht mehr alt. Gehen wir uns besaufen!«

Blake lachte und legte ebenfalls seinen Arm um mich, um mich von der anderen Seite zu umarmen. Puck beobachtete uns schweigend und mit finsterem Gesicht. Genau wie Batman.

Allerdings war der Dunkle Ritter leichter zu verstehen. Puck hatte mich seit dieser Nacht vor fünf Jahren behandelt, als ob ich die Pest hätte. Und heute Morgen wollte er auf einmal zusammen frühstücken? Wir waren keine Freunde. Um Himmels willen, ich wusste ja nicht mal, wo er wohnte. Manchmal verschwand er einfach für ein paar Monate, und obwohl ich Zugang zu Callups hoch entwickeltem Klatschnetzwerk hatte, war es mir nie gelungen herauszufinden, wo er in der Zeit war oder was er tat.

Nicht, dass mich das interessiert hätte.

Das tat es nämlich nicht.

Obwohl ich zugeben musste, dass ich besser schlief, wenn er in der Stadt war. Wenn er da war, fühlte ich mich auf eigenartige Weise sicher

– so sicher wie ein verschrecktes Reh, das in die Falle gegangen war. Puck war ein Wolf, aber die meiste Zeit ließ er mich in Ruhe, während er zugleich die anderen Wölfe verjagte. Das war eine gute Sache und lief auch zufriedenstellend für uns beide – was funktioniert, soll man nicht ändern.

»Ich kann mich nicht betrinken«, erinnerte ich sie. »Ich muss nach Hause, um zu duschen, und dann geht es ab in die Schule.«

»Okay, dann heute Abend«, sage Blake. »Wir treffen uns, um gemeinsam zu leiden. Ich bring meinen Freund, den guten Dr. Jack Daniels, mit, und wir machen ein doppeltes Date draus – du, ich, Danielle und unsere Flasche. Klingt das gut?«

Ich warf Puck einen schnellen Blick zu, denn ich hoffte, dass er endlich gehen und aufhören würde, uns zuzuhören. Doch er enttäuschte meine Hoffnung und beobachtete stattdessen mich und Blake, wobei er ein nachdenkliches Gesicht aufsetzte. Es waren allerdings keine Gedanken von der Art »Oh, sie sollte ausgehen und sich ein bisschen amüsieren«. Nein, er hegte definitiv dunkle, grüblerische Gedanken. Schlagartig wurde es mir klar. Puck gefiel es nicht, dass ich mit Blake und Danielle feierte.

Das war das Zünglein an der Waage, genau was ich brauchte.

»Heute Abend passt perfekt«, verkündete ich. »Lasst uns doch feiern, dass wir morgen nicht um fünf Uhr aufstehen müssen.«

Danielle grinste glücklich, und ich lächelte zurück, während ich so tat, als ob Puck gar nicht existieren würde.

In dem Moment stürmte Eva verärgert und rot im Gesicht aus dem Restaurant. Shit. Als sie mich entdeckte, sauste sie ungebremst über den Parkplatz auf mich zu, Regina und Melba im Schlepptau. Melba schien sie aufzustacheln, während Regina versuchte, ihren Arm zu packen und festzuhalten. Eva ignorierte alle beide. Ihr Gesichtsausdruck überzeugte mich, dass nun nicht der ideale Zeitpunkt war, um mit ihr über meinen letzten Gehaltsscheck zu diskutieren. Danielle kam offenbar zum selben Ergebnis.

»Sie ist echt übler Laune«, sagte sie trocken. »Ich schätze, wir sollten sie besser in Ruhe lassen.«

»Äh, ja …«, stimmte ich ihr zu. »Sie sieht aus, als ob sie gleich einen Herzanfall bekommt.«

»So leicht kommt ihr mir nicht davon!«, schrie Eva plötzlich.

Mist. Danielle und ich sahen einander an, und Danielles Augen begannen zu funkeln. Verrückt, wie sie war, liebte sie dramatische Auftritte.

»Schnell weg!«, zischte sie.

Während wir über den Parkplatz sprinteten, hoffte ich inbrünstig, dass Danielle ihren Schlüsselbund griffbereit hatte. Hinter uns hörte ich das dunkle Lachen eines Mannes – Boonie? Ganz sicher war es nicht Puck. War aber auch egal. Wir hatten unser Verbrechen bereits begangen, und nun war es an der Zeit, schleunigst zu verschwinden, bevor Eva versuchte, uns umzubringen.

Schließlich erreichten wir das Ende des Parkplatzes, wo Danielles Jeep wartete. Zum Glück hatte sie den Sommer über die Türen ausgehängt, sodass wir schnell hineinspringen konnten. Sie rammte den Schlüssel ins Zündschloss, und plötzlich drehten sich die großen Reifen, während wir vom Parkplatz auf den alten Highway hinausschossen.

Ich klammerte mich an den Überrollbügel und drehte mich auf meinem Sitz um. Kniend sah ich nach hinten, wo ich einen finster dreinblikkenden Puck neben einem breit lächelnden Blake entdeckte. Eva hatte angefangen zu kreischen und schüttelte ihre Faust wie eine Comicfigur, was unseren (ehemaligen) Koch nicht im Geringsten störte. Ich wandte mich schnell wieder um und ließ mich auf den Sitz fallen, bevor ich rüber zu Danielle sah. Zuerst kicherte nur sie, doch dann gackerten wir beide los wie zwei verrückte Hühner. So beschissen es war, keine Arbeit mehr zu haben – Eva so zu erleben war eine wahrhaft süße Rache.

Mein Gott, diese Frau war so eine Hexe. Geschah ihr ganz recht, wenn sie ihre Bedienungen nicht beschützte.

KAPITEL ZWEI

Als ich am Abend schließlich nach Hause kam, war mein Lachen verstummt und hatte der kalten, unangenehmen Wirklichkeit Platz gemacht.

Die Schule war okay gewesen – ich war sogar früh genug dort gewesen, um mit meiner Beratungslehrerin noch über meinen Jobverlust zu sprechen. Das war wichtig, denn ich hatte keine Ahnung, wie meine zukünftigen Arbeitszeiten aussehen würden. Einen Job zu finden, der zeitlich zu meinem Stundenplan passte, würde wahrscheinlich schwierig werden ...

Meine Beratungslehrerin hatte vorgeschlagen, von Callup nach Coeur d'Alene zu ziehen, wo es mehr Jobs gab. Doch das lehnte ich schnellstens ab. Ich wollte Regina und Earl, Danielle und Blake nicht verlassen. Aber das war nicht der einzige Grund. Mir ging es auch um Sicherheit. Lebte ich in ständiger Angst? Nein. Wachte ich in manchen Nächten immer noch schreiend aus einem Albtraum auf? Absolut richtig.

Doch solange ich auf dem Gebiet der Silver Bastards bleiben würde, bräuchte ich mir wegen Teeny keine Sorgen machen. Dazu kam die Tatsache, dass selbst das beschissenste Apartment in Coeur drei Mal so viel wie die in Callup kostete. Da gab es also gar nichts zu überlegen.

Ich parkte meinen uralten Subaru Impreza in der Gasse hinter meiner Wohnung und stieg über den Beifahrersitz aus. Die Tür an der Fahrerseite war schon kaputt, solange ich das Auto besaß. Earls Nichte hatte es mir vor drei Jahren für vierhundert Dollar verkauft. Auch wenn es ziemlich abgefuckt aussah, lief es wie eine Eins – besonders wenn man bedachte, dass die Karre schon fast zweitausend Meilen auf dem Buckel hatte. Earl half mir dabei, in seiner Werkstatt die meisten Reparaturen selbst auszuführen. Die wichtigen Teile funktionierten alle großartig.

Mit einer kaputten Tür kam ich schon zurecht.

Ich öffnete den Kofferraum, holte meine Einkäufe raus und sperrte wieder zu. Danielle und Blake sollten in einer Stunde kommen. Er brachte den Alk mit, sie den Salat. Und ich würde für die Pasta sorgen, damit unsere Mahlzeit komplett war. Danielle hatte mir eine Mail geschickt, während ich in der Schule war, und mir erzählt, dass sie bereits Aussichten auf einen neuen Job für uns hatte. Braves Mädchen. Ich konnte mir nicht vorstellen, was es war. Doch vermutlich würde ich jeden Job annehmen, solange er legal war. Als ich meinen Kontostand am Geldautomaten gecheckt hatte, waren nur noch 22,63 Dollar übrig gewesen.

Ich brauchte Arbeit, und zwar schnell.

Mit meiner Schulter drückte ich die Tür an der Rückseite des Gebäudes auf und ging durch das leere Treppenhaus nach oben. Der Laden im Erdgeschoss stand schon leer, als ich nach Callup gezogen war, doch es gab keine Interessenten. Die meisten Gebäude im Ortszentrum sahen so aus. Callups ruhmreiche Tage waren schon lange vorüber.

Meine Wohnungstür befand sich am oberen Ende der Treppe an einem Absatz. Es gab zwei Wohnungen, aber eine davon war momentan unbewohnbar, weil Earl vor drei Jahren der Rappel gepackt hatte, woraufhin er alle Installationen und Schränke rausgerissen hatte. Er hatte sie in eine Luxusferienwohnung verwandeln wollen. Als ob das funktionieren würde. Dann fiel ihm wieder was Neues ein, und er beschloss, stattdessen auf die Jagd zu gehen. Deshalb stand die Wohnung nun leer und verstaubte, wie der Rest der Stadt.

Zumindest war mein Apartment gut in Schuss. Es lag im vorderen Teil des Gebäudes, das an einer Straßenecke stand, weshalb ich viele Fenster hatte. Im hinteren Teil gab es eine kleine Küche und ein tolles großes Bad inklusive einer Badewanne mit Löwentatzen.

Ich liebte es.

Die Holzböden waren hundert Jahre alt, die Zimmerdecken hoch und mit gepresstem Blech bedeckt. Aber das Allerbeste war die Ecke zur Straße hin: Hier war ein richtiges Türmchen angebaut, mit Fenstern aus gewölbtem Glas. Die Sonne schien fast den ganzen Tag hell und leuchtend herein.

Dort hatte ich meine Nähmaschine aufgestellt.

Regina hatte mich gleich nach meinem Einzug aufs Nähen gebracht. Manchmal glaube ich, dass mir das das Leben gerettet hat. Stoffe und Muster habe ich schon immer geliebt, doch sie hat mir beigebracht, aus einem unförmigen Haufen Stoff etwas Schönes zu erschaffen. Im ersten Monat hatte ich mich nicht getraut, das Haus zu verlassen, da ich überzeugt war, dass auf jedem Motorrad, das ich hörte, Teeny saß. Einerseits hasste ich Puck, andererseits wünschte ich mir verzweifelt, er wäre da, um mich zu beschützen. So verbrachte ich meine Tage. (Als er vorbeischaute, um bei mir nach dem Rechten zu sehen, wagte ich natürlich nicht mal, ihm in die Augen zu schauen.)

Regina nahm mein verrücktes Verhalten ganz gelassen hin. Mit strenger Stimme übertrug sie mir Nähprojekte, wobei sie mir stets mit Rat und Tat zur Seite stand. Ich hatte für ihr ganzes Haus neue Vorhänge genäht, bevor ich den Mut fasste, in die Ortsmitte von Callup zu fahren. Nach vier Sommerkleidern (zwei für mich, eines für Regina und eines für Reginas Katze – kein Kommentar) war ich so weit, mit ihr nach Coeur d'Alene zu fahren, um Lebensmittel einzukaufen.

Erst nach einem kompletten Quilt war ich an dem Punkt, dass ich das Röhren einer Harley hören konnte, ohne komplett in Panik zu verfallen.

Während der ganzen Zeit waren Earl und Regina so geduldig wie die Berge ringsumher gewesen. Regina unterrichtete mich zu Hause, bis ich mutiger wurde und mich nach meinem siebzehnten Geburtstag an der Highschool einschrieb. Zum ersten Mal in meinem Leben hatte ich einen Ort, wo ich hingehörte.

Regina hatte zu der Zeit drei Nähmaschinen und eine Overlockmaschine. Das war gut, denn das Bergwerk hatte Earl gekündigt, und er arbeitete nur noch aushilfsweise in der Schule als Hausmeister, weshalb sie Näharbeiten angenommen hatte, um über die Runden zu kommen. Eine der Maschinen war mit einem Computer ausgestattet, der so schlau war, dass man damit ein Raumschiff hätte steuern können. Doch das war mir egal. Ich zog eine zierliche schwarze Singer vor, die beinahe hundert Jahre alt war – sie hatte Reginas Mutter gehört. Ungefähr um meine Geburt herum hatte sie endlich das Fußpedal durch einen winzigen elektrischen Motor ersetzt.

An dem Tag, an dem ich die Highschool abschloss, schenkte Regina sie mir. Die allerbesten modernen Nähmaschinen waren vielleicht effizienter als meine Singer, aber sie war stark genug, um Leder zu nähen, und fein genug, um Seidenstoffe auszubessern. Die Gravuren und die goldenen Verzierungen verliehen ihr eine Eleganz, die über die reine Funktionalität hinausging. Sie inspirierte mich und berührte mich innerlich durch die leise Anwesenheit von Generationen von Frauen, die sie verwendet hatten, um damit Kleidung für ihre Familien zu nähen.

Jetzt lebte ich in meiner eigenen Wohnung, die wirklich wunderbar war. Die Möbelstücke passten vielleicht nicht alle zusammen, doch die Vorhänge und Kissen und all die anderen Kleinigkeiten, die ich angefertigt hatte, machten meine eigene kleine Welt zu einem gemütlichen Ort, an dem ich mich zu Hause fühlte – und vor allem *normal*.

Was für ein Jammer, dass ich Mom nicht überzeugen konnte, zu mir zu ziehen. Immer wenn wir miteinander sprachen, hatte sich Teeny angeblich zum Besseren verändert. Das nahm ich ihr keinen Moment lang ab. Er benutzte sie immer noch, um an Drogen ranzukommen, sie benutzte ihn aus demselben Grund, und sie brauchten immer »nur noch ein Mal fünfzig Dollar, Baby«, um über die Runden zu kommen.

Wie auch immer. Sie war alt genug, um ihre Entscheidungen selbst zu treffen. Ich durfte nicht zulassen, dass sie mich runterzog.

Das Blinken meines alten Anrufbeantworters aus Schulzeiten erregte meine Aufmerksamkeit. Eine der vielen schrägen Eigentümlichkeiten des Silver Valleys war, dass wir weniger als zwei Meilen von der Interstate entfernt kein Netz mehr hatten. Ich hatte natürlich noch ein Handy – jedes Mal, wenn ich nach Coeur d'Alene fuhr, erwachte es zum Leben und zeigte mir wahllos Nachrichten und SMS an, die seit meinem letzten Abstecher in den Netzbereich in einer Art Warteschleife gehangen hatten.

Dann fuhr ich gewöhnlich nach Hause und erwiderte diese Anrufe von meinem Festnetzanschluss, was die Anruferkennung meiner Freunde ganz schön durcheinanderbrachte. Die ganze Sache war unpraktisch, aber irgendwie auch lustig. Ich drückte auf »Abspielen«, und Danielles aufgeregte Stimme erklang.

»Hey, Becca! Wir kommen gegen sechs zu dir rüber. Ich hab tolle Neuigkeiten!«

Ich sah auf die Uhr – 17:55 Uhr. Schöner Mist. Ich stürzte ins Badezimmer, um mich schnell ein wenig herzurichten. Ich sah gar nicht so schlecht aus, wenn man bedachte, wie beschissen mein Tag gewesen war. Fast das Beste an der Kosmetikschule war, dass man lernte, wie man sich richtig pflegt und herrichtet, denn ich legte viel Wert auf ein gepflegtes Äußeres.

Ich fuhr mir ein paar Mal mit der Bürste durchs Haar und trug etwas Lipgloss auf – und schon war ich so gut wie neu. Schon hörte ich Danielle und Blake an die Wohnungstür hämmern. Als ich aufmachte, standen sie mit triumphierendem Blick davor. Blake hielt zwei Flaschen hoch, eine mit Whiskey, die andere mit billigem Rotwein gefüllt.

»Was gibt's denn für Neuigkeiten?«, fragte ich und sah schnell von einem zur anderen.

»Wir haben einen neuen Job!«, sagte Danielle. »Morgen geht's los! Sie haben sogar eingewilligt, sich nach deinem Schulstundenplan zu richten.«

Ich legte meinen Kopf zur Seite.

»Das war aber einfach«, sagte ich langsam. »Wo ist der Haken?«

Danielles Lächeln verblasste, während Blake mit den Schultern zuckte.

»Es ist das Bitter Moose.« Als ich meinen Mund öffnete, um zu protestieren, hielt Danielle abwehrend ihre Hand hoch und sah mich mit ungewohnt ernster Miene an. »Mach dir nicht in die Hose«, sagte sie. »Ich weiß, dass du keine Bars magst, aber vergiss es einfach. Woanders gibt es keine Jobs hier in der Gegend, das wissen wir alle. Außer du willst drüben auf der anderen Seite des Passes arbeiten? Hab gehört, dass der neue Stripclub in Post Falls Mädels einstellt ...«

Ich ignorierte den Stripclub-Seitenhieb und schüttelte meinen Kopf. Danielle hatte wahrscheinlich recht, obwohl ich es nur sehr ungern zugab.

Es gab wirklich keine anderen Jobs in der Umgebung von Callup, zumindest nicht für jemanden mit meinen begrenzten Fähigkeiten.

Wunderbar.

Ich seufzte, und Danielle rollte ohne Mitgefühl ihre Augen.

»Du musst auch die gute Seite sehen«, sagte Blake. »Wie stehen die Chancen, dass im Bitter Moose an irgendeinem Abend eine Schlägerei ausbricht?«

»Dort bricht doch an *jedem* Abend eine Schlägerei aus.«

»Eben. Das ist doch perfekt, denn dann können sie dich nicht feuern oder beschuldigen, wenn es dazu kommt«, sagte er ganz sachlich. »Du schaffst das – ich hab gesehen, wie du dich heute Morgen mitten ins Geschehen gestürzt hast. Mann, wenn du so tough bleibst, verdienst du ein Vermögen an Trinkgeld.«

»Oh, meinst du, wir sollten uns zur Meisterschaft im Schlammwrestling anmelden?«, fragte Danielle aufgeregt.

»Dort gibt's Schlammwrestling?«, fragte ich mit schriller Stimme.

Danielle lachte.

»No, du Dummerchen«, antwortete sie. »Siehst du nun, wie zivilisiert es dort zugeht? Ist viel zu nobel dort für Schlammwrestling … Entweder das, oder sie sind nur noch nicht auf die Idee gekommen. Jetzt schwing deinen Hintern in die Küche und fang an, Nudeln zu kochen. Ich mach den Wein auf. Blake, von dir erwarte ich, dass du mich unterhältst.«

»Wie soll ich das denn machen?«

»Strip für mich«, forderte Danielle.

Ich prustete beim Anblick von Blakes Gesichtsausdruck und hob abwehrend die Hand.

»Nur damit du's weißt, ich bin pleite«, erklärte ich ihm. »Wenn du anfängst zu strippen, muss dich Danielle bezahlen.«

»Das passt schon«, erwiderte er und wackelte mit den Augenbrauen.

»Gib mir den Wein«, verlangte ich, denn ich hatte beschlossen, dass ich mich heute Abend genauso gut entspannen und die Sache genießen konnte – Danielle wollte feiern, und nach allem, was heute passiert war, hatte ich wirklich Lust, mitzumachen.

Zum Teufel, *classy* war heute eh nicht mehr drin.

Da konnte ich genauso gut meinen Spaß haben.

Es war der Klatscher auf den Hintern, der mich darauf brachte, dass Blake wohl betrunken war. Im Café hatte er mir schon oft einen Klapps mit dem Geschirrtuch verpasst, aber meinen Po mit der Hand abzuklatschen war doch eine neue Stufe in unserer Beziehung. Eine, die mich vielleicht gestört hätte, wenn ich nicht selbst schon ziemlich ausgelassen gewesen wäre.

Blake schlug mir nochmals auf den Po. Was zum Henker …? Ich wirbelte herum und merkte dann erst, dass ich das Fenster blockierte und er nach draußen wollte …

Hoppla.

Das war das Tolle an meiner Wohnung: Das angrenzende Gebäude hatte nur ein Stockwerk, was bedeutete, dass ich dessen Dach als meine private Dachterrasse nutzen konnte – zum Beispiel um so etwas Wichtiges wie den Sonnenuntergang über den Bergen zu bewundern. Wir hatten bereits wie Könige gespeist (na ja, eher wie zwei Königinnen und ein König, ihr versteht doch, was ich meine), und jetzt war es an der Zeit, zum Loungen auf die »Veranda« zu gehen, um dort unsere After-Dinner-Drinks zu genießen.

Nicht, dass ich noch weitere Drinks nötig gehabt hätte …

»Hey, du Schlafmütze, komm raus!«, rief mir Danielle zu und kicherte, als ich aufhörte, Blake giftig anzustarren.

»Er hat mich angefummelt!«, beschwerte ich mich lautstark.

»Ich will nur raus, solange ich noch jung bin«, grummelte er. »Mann, müssen wir deswegen jetzt hier 'ne Konferenz anberaumen, oder glaubst du, dass wir vielleicht noch rauskommen, bevor es dunkel wird?«

»Arschloch«, murmelte Danielle, obwohl ihre Stimme alles andere als verärgert klang. Offensichtlich fand sie es lustig, dass Blake mir auf den Po geklatscht hatte. Ich spürte einen Hauch von Neid – sie hatte einfach dieses entspannte Selbstvertrauen in der Gesellschaft von Männern, war sich ihrer Anziehungskraft bewusst und jederzeit bereit, weiterzuziehen, wenn es mal nicht klappte. Soweit ich das beurteilen konnte, benutzte sie ihn nur als Sexspielzeug.

Das hätte ich auch gerne gekonnt. In den vergangenen zwei Jahren war ich vielleicht mit drei Typen ausgegangen. Doch sie hatten mir entweder Angst eingejagt oder waren mir völlig egal gewesen. Selbst wenn es gut lief und wir begannen herumzumachen, stieg garantiert ein Bild vor Teeny vor meinem geistigen Auge auf – und dann war alles vorbei.

Danielle griff nach meiner Hand und zerrte mich vorwärts. Ich fiel hinaus aufs Dach und landete auf dem Gesicht. Das war offenbar ausgesprochen lustig, denn Blake konnte gar nicht mehr aufhören zu lachen, während ich mich wieder aufrappelte. Danielle, dieses Kollegenschwein, lachte mit.

»Lacht nur, ihr Idioten«, murmelte ich und hielt dabei triumphierend meine Weinflasche hoch. »Wegen euch hätte ich beinahe Alkohol verschüttet. In den Augen der Götter ist das eine Todsünde.«

Sofort waren sie wieder nüchtern.

»Ich hatte ganz vergessen, dass du den Wein in der Hand hattest«, sagte Danielle mit ernster Stimme. »Ich hätte es nicht getan, wenn ich das Risiko gekannt hätte.«

Wir widmeten dieser ernsten Situation eine Schweigeminute, bevor sie wieder zu kichern anfing und ich mich davon anstecken ließ. Das Leben war vielleicht beschissen, aber trotz allem hatte ich verdammt gute Freunde. Fünf Minuten später saßen wir nebeneinander in einer Reihe auf dem schrägen Dach und stützten die Füße auf der niedrigen Brüstung ab, die jemand wohl vor langer Zeit als Blendfassade angebracht hatte, damit das Gebäude imposanter wirkte. Das Haus war eine Arztpraxis gewesen, als es in Callup noch einen Arzt gegeben hatte. Sein Schild hing noch vorne am Eingang, direkt neben dem kaputten Barber Pole, dem Zunftzeichen der Friseure, am Nachbarhaus.

»Deine Wohnung hat früher zu einem Puff gehört«, sagte Danielle beiläufig.

»Ich weiß. Regina hat es mir erzählt.«

»Weißt du, dass die Mädels gerne hier zum Essen rauskamen? Sie durften nämlich nicht raus, um in der Stadt rumzuspazieren oder so.«

»Echt?«, fragte ich fasziniert. »Ich dachte, in den alten Goldgräberzeiten wäre alles möglich gewesen. Kommt mir komisch vor, dass die Nutten nicht rausdurften.«

Blake prustete.

»Es hat erst 1988 dichtgemacht«, sagte er.

Ich riss die Augen auf.

»Ernsthaft?«

Er nickte und nahm einen Schluck aus seiner Flasche.

»Ja, mein Dad kam oft hierher«, sagte er. »Mom hat ihn deswegen rausgeworfen, ohne Scheiß. Auch in dem Gebäude auf der anderen Seite war ein Puff.«

Ich sah hinüber zu dem dreistöckigen Gebäude, das auf der anderen Seite des Dachs über uns aufragte. Von dort aus könnte man auch aufs Dach hinauskriechen, obwohl ich noch nie jemanden dabei erwischt hatte. Im anderen Haus gab es im ersten Stock nur eine einzelne Wohnung, die das ganze Geschoss einnahm. Bis vor Kurzem hatte ein alter Holzfäller dort gewohnt. Vor sechs Monaten war er in Rente gegangen und war in den Süden zu seiner Tochter gezogen. Früher oder später würde wieder jemand die Wohnung mieten, aber im Moment hatte ich das Dach ganz für mich. Doch plötzlich sah ich einen Lichtschimmer im Inneren des Hauses.

»Was ist das denn?«, fragte ich in lautem Flüsterton.

»Was ist was?«

»Da drüben, in dem Fenster, ist Licht«, sagte ich. »Oder zumindest glaube ich das. Es ist so verdammt dreckig, dass das schwer zu sagen ist.«

»Wahrscheinlich ein Geist«, erwiderte Danielle mit weiser Stimme. »Du weißt doch, dass Wyatt Earp mal hier durchkam, zur Zeit des Goldrauschs. Wetten, dass er da drin irgendeine Prostituierte erschossen hat? Und jetzt wartet sie darauf, dass sie sich an den Männern rächen kann. Pass besser auf, Blake. Sie klaut dir deinen Schwanz, und dann bist du für mich nutzlos.«

»Fick dich«, sagte er mit glücklicher Stimme.

Die Schatten waren länger geworden, und die Sonne war schon hinter dem Horizont verschwunden. Hier in diesen tiefen Bergtälern brach die Nacht schnell herein.

»Hättest du wohl gerne«, erwiderte sie, während sie über mich hinwegkroch, um sich auf ihn zu legen.

Ich verdrehte die Augen.

»Ihr seid einfach eklig.«

»Neidisch?«, fragte Blake. »Du kannst gerne mitmachen.«

Ich zeigte ihm den Mittelfinger und sah dann wieder zu der leeren Wohnung hinüber, die meiner gegenüberlag. Da war definitiv ein Licht zu sehen, entschied ich. Bei all dem Dreck und hinter den dunklen Vorhängen war es zwar nur schwer zu erkennen, doch ganz offensichtlich hatte ich einen neuen Nachbarn.

»Hoffentlich ist da kein Arschloch eingezogen.«

Danielle und Blake antworteten nicht. Als ich mich zu ihnen umwandte, konnte ich sehen, wie sie sich küssten, während seine Hand unter ihr Shirt glitt. Toll.

»Ihr verletzt meine Gefühle, das wisst ihr schon, oder?«, murmelte ich. »Vor nicht allzu langer Zeit hattest du deine Hände noch auf mir. Was soll ein Mädchen nun davon halten?«

Sie ignorierten mich, und ich lachte über meinen kleinen Witz. Dann sah ich einen Schatten hinter dem Fenster vorbeigehen.

Die Schuld an dem, was ich nun tat, trug allein der Alkohol.

Der Alk und diese unangenehme Impulsivität, die ich von meiner Mom geerbt hatte …

Vorsichtig stellte ich meine Flasche ab und kroch im Tarnkappenmodus auf Händen und Knien übers Dach. Das war nicht wirklich beeindruckend, wenn man bedachte, wie alt und weich die Schindeln waren. Dennoch fühlte ich mich sehr raffiniert und talentiert, als ich das Fenster am anderen Ende erreicht hatte und versuchte hineinzuspitzen.

Eine Schmutzschicht behinderte meine Sicht, weshalb ich auf meinen Finger spuckte und ein kleines Guckloch freiwischte. Das klappte erstaunlich gut, doch als ich mein Gesicht ans Fenster legte, um durchzusehen, wurde ich mit einem Anblick belohnt, der mich schockierte. Oh wow.

Es war ein Arsch. Ein nackter Arsch mit knackigen Muskeln und kräftigen Oberschenkeln. Obwohl es schon fünf Jahre her war, kannte ich diese Oberschenkel nur zu gut. Selbst wenn nicht, wäre das kleine, erregte Kribbeln ein todsicherer Hinweis gewesen.

Was zum Teufel tat Puck Redhouse in dem Haus, das direkt neben meinem stand? *Und wo waren, verdammt noch mal, seine Klamotten?*

Ich schnappte nach Luft, als er sich langsam umdrehte und sich zeigte, dass er nicht nur am Hintern nackt war. Nein, das hier war ein Penis, und er war genauso groß und hart, wie ich ihn in Erinnerung hatte. Ich hatte gespürt, wie er ihn tief in mich hineingestoßen hatte, und es hatte sich gut angefühlt. Was für eine Untertreibung. Es hatte sich fantastisch angefühlt.

Nun ja, fantastisch bis zu den Schmerzen, dem Verprügeltwerden und der endlosen Motorradfahrt durch die Wüste, während der ich mich fragte, ob meine Mom wohl noch am Leben war. Man möchte ja meinen, dass die schlechten Erinnerungen die guten ausradieren. Aber so war es nicht. In meinem Kopf waren das fast zwei verschiedene Erlebnisse, die nichts miteinander zu tun hatten. Regina hatte mir einmal erklärt, dass wir, wenn es ans Überleben geht, einfach tun, was getan werden muss. Und dass deshalb unsere Körper unter den seltsamsten Umständen Vergnügen fühlen können. Sie hatte gesagt, ich solle mir keine Sorgen wegen meiner sexuellen Reaktion machen, selbst wenn sie irgendwie schräg war.

Das war leichter gesagt, als getan.

Ich wollte mich wirklich nicht von Puck angezogen fühlen.

Gott hatte offensichtlich einen ziemlich fiesen Humor. Der einzige Typ, der mich, das Vorzeigemodell der sexuellen Dysfunktion, auf Touren brachte, war der schreckenerregendste Biker, dem ich je begegnet war. Der Motorradclub sollte eigentlich ein K.o.-Kriterium bei einem Mann für mich sein. Es war nichts Persönliches, eher so was wie »kenn ich alles zu Genüge, hab meine lebenslange Dosis an Trauma schon abgekriegt«.

Puck war genau das Gegenteil von dem, was ich wollte und brauchte, doch das verstand mein blöder Körper nicht.

Das war inakzeptabel.

Dann griff er nach unten, nahm diesen riesigen Schwanz und fuhr mit der Hand darüber. Ich hörte auf zu denken und machte es mir gemütlich. Wenn Gott mich verarschte, indem er mir einen Körper gab, der nur auf

Puck ansprang, dann konnte ich die Sache genauso gut genießen. Auf die Idee, dass ich ihn vielleicht nicht heimlich beobachten sollte, kam ich gar nicht. Fiel mir einfach nicht ein. Natürlich kommt nie was Gutes dabei raus, wenn man jemanden heimlich beobachtet.

Manchmal wird man erwischt.

Manchmal bekommt man ganz entsetzliche Dinge zu sehen … so wie Carlie Gifford, die gerade ins Bild trat, sich vor ihm hinkniete, dem Typen, mit dem man absolut und unter keinen Umständen etwas zu tun haben möchte – *nicht im Geringsten* –, und seinen Schwanz tief in ihren Mund nahm.

In Bezug auf Puck hatte ich mir nie irgendwelche Illusionen gemacht. In der Nacht, in der ich ihn kennengelernt hatte, hatte er mich heftigst gefickt, eine Erfahrung, wie sie die meisten Frauen in ihrem ganzen Leben nicht machen … aber ich wusste, dass ich in seiner Welt nichts Besonderes war.

Schließlich hatte er immer, wenn er in der Stadt war, regelmäßig Frauen mit ins Café zum Frühstücken gebracht. So was machte in wahrscheinlich zu einem richtigen Gentleman. Immerhin sorgte er dafür, dass sie nach einer heißen und verschwitzten Nacht in den Bettlaken etwas zum Essen bekamen.

Zu wissen, dass er herumvögelte, war eine Sache. Ihn live und in Farbe dabei vor mir zu sehen, war noch mal ganz was anderes.

Das war der Punkt, an dem ich mich hätte zurückziehen sollen. Als braves Mädchen hätte ich in meine Wohnung zurückkrabbeln sollen, um schlafen zu gehen. Das wäre sicher schlauer gewesen.

Aber als sich ihre Lippen festsaugten und er seine Finger tief in ihrem Haar vergrub, hätte ich mich nicht losreißen können, selbst wenn mein Leben davon abgehangen hätte. Deshalb sah ich zu, wie ihre Wangen hohl wurden und sie ihn tief in sich aufnahm. Völlig falsch und dennoch völlig unwiderstehlich. Heißes Begehren machte sich zwischen meinen Beinen breit, während sie ihre Finger in seinen Arsch gruben. Ich konnte mich noch genau daran erinnern, wie es sich vor all diesen Jahren angefühlt hatte, als er tief in meiner Kehle gekommen war.

Das hier war falsch.

Und als sich sein ganzer Körper anspannte, bevor er seinen Schwanz rauszog und in ihr Gesicht abspritzte, wurde mir klar, dass die Faszination, die ich für Puck verspürte, echt krank war. Ich musste einen anderen Mann kennenlernen. *Irgendeinen* Mann.

Vielleicht sollte ich, bevor ich im Bitter Moose zu arbeiten anfing, einmal selbst dort mein Glück versuchen. Irgendwo auf der Welt musste es doch einen Mann geben, der so heiß wie Puck und dennoch kein Biker war. Ich musste ihn nur finden.

Es musste doch irgendwo ein Mittelding zwischen einsamer alter Schachtel mit Katze und ausgewachsener Bikerhure wie Mom geben. Nicht, dass ich eine Katze gehabt hätte – noch nicht. Aber eine von Reginas Katzen war trächtig, und sie hatte davon gesprochen, mir ein Kätzchen zu geben. Wenn ich es dann bekäme, wüsste ich zumindest schon, wie man ein Sommerkleid dafür nähte …

Nein. *Keine Katzenkleider mehr*. Ich musste mich einfach zusammenreißen und damit anfangen, mit irgendwelchen Typen zu vögeln, bis einer dabei war, mit dem es klappte.

Auf wackligen Beinen trat ich den Rückweg an, fiel dabei aber über die leere Weinflasche, die einen höllischen Lärm machte. Aufgeschreckt durch den Krach fuhr Blake unvermittelt auf, wodurch Danielle mit einem dumpfen Poltern zur Seite geworfen wurde. Sie kreischte empört auf, was mich wesentlich mehr interessiert hätte, wenn ich nicht plötzlich auf die niedrige Brüstung zugetorkelt wäre, dabei verzweifelt hoffend, dass die sechzig Zentimeter hohe Mauer ausreichen würde, um mich vom Hinunterfallen abzuhalten.

»Fuck«, murmelte Blake und stürzte sich auf mich. Er erwischte mein Shirt an der Seite und riss mich zurück. Und zwar mit Schwung. Der Stoff riss weit auf, und wir fielen mit einem Rumms gemeinsam wieder auf das Dach.

Als ich wieder Luft bekam, bemerkte ich, dass ich mit weit gespreizten Beinen auf Blake saß. Seine Arme hielten meinen halb nackten Oberkörper fest an sich gepresst, und die Oberseite meiner Brüste presste sich gegen sein Gesicht.

»Alles in Ordnung?«, fragte Danielle atemlos.

Ich blinzelte und versuchte, genau das herauszufinden. Dann gab Blake ein prustendes Geräusch von sich und wackelte mit dem Kopf.

»Shit«, murmelte ich und richtete mich auf. Ich hatte den armen Mann fast erstickt. »Blake, es tut mir so leid. Danke, dass du mich gerettet hast.«

Blake nahm einen tiefen Atemzug und hustete. Dann grinste er langsam. »Wenn du dich wirklich bedanken willst, dann leg diese Titten wieder auf mein Gesicht.«

»Pass auf, dass ich nicht meine Pistole raushole«, murmelte Danielle mit tiefer Stimme.

Ich wurde dunkelrot, denn mir fiel auf, dass der Mann einen steinharten Steifen hatte. Ob das nun daran lag, dass er davor mit Danielle rumgemacht hatte, oder daran, dass mein Schoß gerade gegen seinen rieb?

Dann rollte mich Blake zur Seite, sodass ich auf dem Rücken lag und mich fragte, was zum Teufel gerade passiert war. Shit. Unmöglich konnte Puck diesen Krach vor dem Fenster verpasst haben.

War das nicht einfach wunderbar?

Ich überlegte, ob ich zu seinem Fenster hinüberblicken sollte, um herauszufinden, ob er zusah. Wollte ich das wirklich wissen? Äh, nö. Rückzug, äh, Vorsicht war unter den gegebenen Umständen besser als Nachsicht. Und nicht nur das: Trotz meines Dachsturzes kribbelte mein Unterleib an gewissen Stellen immer noch, nachdem ich zugesehen hatte, wie Carlie ihm einen geblasen hatte. Das war unheimlich und komisch. Dann fiel mir meine Idee wieder ein.

»Lasst uns ins Bitter Moose fahren«, sagte ich und setzte mich dabei auf. »Wir werfen uns in Schale und gehen tanzen oder so. Wenn ich dort zu arbeiten anfange, sollte ich vorher wissen, wie es am Abend zugeht. Vielleicht find ich ja dabei einen süßen Typen.«

»Warst du abends noch nie im Moose?«, fragte Danielle offenbar überrascht. »Aber du regst dich doch immer so über Bars auf. Woher weißt du denn, dass du Bars hasst, wenn du noch nie dort gewesen bist?«

»Ich hab so einige Geschichten gehört. Einfach nicht mein Ding. Aber weißt du was? Womöglich sollte ich öfter ausgehen.«

»Ich verstehe schon, was hier abgeht«, sagte Blake mit verschlagener Stimme. »Du bist mit mir auf den Geschmack gekommen, und jetzt bist du bereit, wieder in den Sattel zu steigen, richtig?«

»Meine Güte, hörst du denn nie auf damit?«, fragte Danielle ihn.

»Hey, es ist schließlich nicht meine Schuld, dass sie sich mir an den Hals geworfen hat«, sagte er. »Aber ernsthaft, wenn du ausgehen willst, können wir meinen Freund Joe Collins anrufen. Er kann uns hinfahren, er bettelt mich schon die ganze Zeit an, dass ich ihn mit dir verkuppeln soll, Becca.«

Auf der anderen Seite des Dachs blitzte ein Licht auf. Mist. Puck hatte die Vorhänge aufgezogen, sodass ich nun mehr als deutlich sehen konnte, wie er wieder vom Fenster wegging. Hatte er bemerkt, dass ich ihn heimlich beobachtet hatte? Mein Gott, ich hoffte, dass er nichts gesehen hatte. Aber noch wichtiger war die Frage: Was hatte er da drüben eigentlich zu suchen?

Die Wohnung sollte eigentlich leer stehen.

»Gehen wir jetzt aus, oder was?«, wollte Danielle wissen.

»Ja, lass uns ausgehen.«

»Ich ruf Joe an«, sagte Blake. »Er steht auf dich, Becca.«

Ich zuckte mit den Schultern und versuchte, mir Joe vorzustellen. Ich war mir ziemlich sicher, dass ich mich an ihn erinnerte – er war einmal im Diner zum Essen gewesen.

»Lebt der nicht oben in Kellogg?«

»Früher mal«, antwortete Blake. »Momentan pennt er bei mir. Brauchte 'ne Couch zum Schlafen. Er hat letzten Monat im Laughing Tess angefangen und hatte ziemlich schnell genug von der Fahrerei.«

»Okay, wir müssen sehen, was wir anziehen«, sagte Danielle und ging auf das offen stehende Fenster zu. »Sollte sexy aussehen. Ich bin so stolz – mein kleines Mädchen wird endlich erwachsen!«

Es war schon fast elf, als wir die Bar erreichten. Danielle und Blake waren auf der Ladefläche von Joe Collins großem Ford F-150 ziemlich zugange gewesen, während wir nach Bitter Moose fuhren, was ganz und gar illegal war. Zum Glück schaffte es der Sheriff nur relativ selten bis hier raus, weshalb sie sozusagen auf der sicheren Seite waren. Na ja, was man halt so darunter versteht – bei zwei Leuten, die auf der offenen Ladefläche eines Pick-ups, der mit sechzig Meilen pro Stunde über den nächtlichen Highway rauscht, Sex haben.

»Ich bin echt froh, dass ihr mich angerufen habt«, sagte Joe und lehnte sich vor, um die Musik leiser zu stellen. Aus dem Augenwinkel warf ich ihm einen Blick zu und stellte fest, dass er wesentlich süßer war, als ich ihn in Erinnerung hatte. Joe war ein großer Typ – mindestens einen Meter achtzig groß – und kräftig wie ein Bulle. Er hatte kurze, dunkle Haare, sah gut aus im klassischen Sinne und hatte ein Lächeln, bei dem seine leicht schiefen Zähne zu sehen waren, was ihm einen rauen Charme verlieh.

Sehr attraktiv.

Leider war das meinem Unterleib völlig egal – ob sich das wohl ändern würde, wenn ich ihn küsste? Vielleicht sollte ich damit aufhören, auf das gewisse Kribbeln zu warten, und stattdessen einfach loslegen. Seit ich nach Callup gekommen war, hatte ich erst ein paar Dates gehabt, und keines davon war wirklich von Erfolg gekrönt gewesen.

»Ich bin auch froh, dass wir angerufen haben«, sagte ich zu ihm, was ja auch stimmte. Er haute mich zwar nicht um, schien aber ein netter Typ zu sein. Wir könnten Spaß zusammen haben. »Ich werde vermutlich bald im Moose arbeiten – zumindest erzählt das Danielle. Ich muss mit dem Geschäftsführer sprechen, wenn wir hinkommen …«

Als ich begriff, was das bedeutete, wurde meine Stimme leiser und leiser. Wollte ich meinem zukünftigen Boss wirklich zum ersten Mal in betrunkenem Zustand begegnen? Wow, das war echt eine superblöde Idee. Aber was sollte ich machen? Wir waren schon fast dort, und ich hatte keine magischen Ernüchterungspillen in meiner Handytasche versteckt.

Mist.

»Ich kann's nicht fassen, dass ich betrunken zu einem Vorstellungsgespräch gehe.«

Joe grinste mich an, griff dann nach meiner Hand und drückte sie.

»Mach dir mal keine Sorgen«, sagte er. »Das ist kein Vorstellungsgespräch. Wenn sie alle aussortieren würden, die jemals in ihrer Bar waren, um einen zu trinken, wäre im ganzen Tal keiner mehr übrig. Teresa Thompson gehört zur relaxten Sorte – sie gibt dir die Gelegenheit, zu zeigen, was du kannst, bevor sie irgendwelche Entscheidungen trifft.«

»Geht es dort wirklich so wild zu, wie alle sagen?«

Er zuckte mit den Schultern.

»Manchmal schon, würde ich sagen«, erwiderte er. »Aber Teresa lässt sich von niemandem verarschen, und sie lässt auch nicht zu, dass Gäste ihre Angestellten dumm anreden. Das Arbeiten dort ist ganz anders als im Breakfast Table. Du reißt dir den Arsch auf, aber an einem guten Abend kannst du dir mit Trinkgeld ein Vermögen verdienen.«

»Woher weißt du so viel darüber?«, fragte ich neugierig.

»Ich hab früher dort mit Blake an der Bar gearbeitet«, antwortete er. »Vor ein paar Jahren.«

»Moment, Blake stand im Bitter Moose hinter der Bar? Warum, zum Teufel, hat er dann im Breakfast Table angefangen?«

Joe fing an zu lachen, schüttelte dann aber seinen Kopf.

»Bist du da immer noch nicht draufgekommen? Es ist wegen Danielle. Er war schon in der Highschool total verrückt nach ihr, aber sie hat ihn immer abblitzen lassen. Er hatte ein paar Dates mit ihrer älteren Schwester, die ihr dann lauter Blödsinn über ihn erzählt hat. Schließlich hat er den Job angenommen, damit er zumindest ein bisschen Zeit mit ihr verbringen kann, um sie so dann allmählich rumzukriegen.«

»Ernsthaft?«, fragte ich fasziniert. »Aber er scheint so … lässig in ihrer Gegenwart. Ich meine, heute Abend hat er heftigst mit mir geflirtet. Ich weiß, dass sie was miteinander haben, aber ich hatte nie den Eindruck, dass er eine Beziehung will.«

»Denk mal nach – hast du schon mal erlebt, dass Danielle mit jemandem länger als eine Woche zusammen war? Sie hat's nicht so mit Beziehungen, war noch nie ihr Ding. Er fliegt sozusagen unter ihrem Radar. Läuft alles genau nach Plan.«

Wow. Das ergab verrückterweise wirklich Sinn.

»Dass er sich das Breakfast Table angetan hat!«

Er zuckte mit den Schultern.

»Blake schlägt nur die Zeit tot, bis er seinen Abschluss hat«, sagte er. »Er hat große Pläne. Letztendlich ist es egal, was er bis dahin macht. Warum sollte er sich also nicht einen Job in Danielles Nähe suchen? Jetzt hat er sie nämlich da, wo er sie haben will.«

Ich wollte ihn noch weiter ausfragen, doch wir hielten bereits vor der Bar an, die voller Leute war, selbst an einem Mittwochabend. Das Moose war ein etwas grob wirkendes, einstöckiges Gebäude, das etwa zwanzig Meilen flussabwärts von Callup entfernt lag. An der Vorderseite befand sich eine große, doppelstöckige Veranda – die direkt den 1880er-Jahren entsprungen zu sein schien, was auch absolut der Wahrheit entsprach. Denn in dem Jahr war das Haus tatsächlich erbaut worden. Ursprünglich stand es direkt am Fluss. Der nördliche Flussarm hatte aber vor einer Weile sein Bett gewechselt, und jetzt war das Gebäude eine halbe Meile davon entfernt. Joe stellte den Motor ab und sah in den Rückspiegel, während ein schockierter Ausdruck sich auf seinem Gesicht ausbreitete. Dann gab er ein ersticktes, angeekeltes Geräusch von sich.

»Oh mein Gott. Sind die da hinten vielleicht nackt?«, fragte ich in geschocktem Flüsterton.

Joe prustete los und schüttelte augenzwinkernd seinen Kopf.

»Nö, hab dich nur verarscht«, sagte er. »Es ist alles in Ordnung. Lass uns reingehen und uns amüsieren.«

Joe konnte ein Mädchen wirklich gut unterhalten, das musste man ihm lassen, stellte ich eine Stunde später fest. Zuerst stellte er mich Teresa Thompson vor und verkündete dabei: »Das ist eine Freundin von Blake. Sie hat Angst, weil sie ein bisschen angetrunken ist und nicht möchte, dass du sie deswegen für eine schlechte Angestellte hältst.«

Ich fing an zu stottern und fragte mich, was in aller Welt ich getan hatte, um ihn zu verärgern, dass er mich so blamierte. Aber Teresa lächelte nur und empfahl mir, nüchtern zu werden, bevor ich am nächsten Tag zur Arbeit erschien, dann kämen wir schon miteinander aus. Ich stammelte noch ein wenig herum, redete über die Schule und darüber, dass ich den

Job gut machen wollte. Sie wies den Barkeeper an, mir einen Drink aufs Haus zu geben, und sagte: »Heiße sie in der Moose-Familie ordentlich willkommen, Connor.«

Später fand ich mich mit Danielle mitten auf einer kleinen Tanzfläche wieder, während eine Band aus der Gegend Klassiker spielte. Dabei fragte ich mich, warum in aller Welt ich so gegen Bars gewesen war. Hingen hier ein paar krasse Kerle ab? Definitiv. Aber Blake und Joe hatten ein Auge auf mich. Sie waren zwar nicht ganz so furchterregend wie Puck, doch ihre Anwesenheit reichte völlig aus, um unliebsame Aufmerksamkeiten abzuwehren.

Nicht dass da so sonderlich viel abzuwehren gewesen wäre.

Selbst in meinen besten Outfit war ich im Vergleich zu Danielle ein Nichts. Nicht, dass wir uns falsch verstehen – ich weiß, dass ich hübsch bin. Doch sie hatte ein paar Vorzüge, die ich nicht bieten konnte. Zwei, um genau zu sein. Ihren üppigen Ausschnitt präsentierte sie unübersehbar. Selbst wenn ich mein besonders tief ausgeschnittenes T-Shirt mit V-Ausschnitt anzog, hatte ich im Vergleich zu ihr nur ein paar Mückenstiche, keine Brüste.

Normalerweise war mir das gerade recht – ich zog es vor, nicht zu sehr aufzufallen. Doch heute Abend hätte ich gerne ein wenig mehr gehabt ... Zum Glück stellte sich Joe hinter mich, schlang seine Hände um meine Taille und ließ sie dann hinunter auf meine Hüften gleiten. Danach fühlte ich mich richtig gut, denn eine Menge Frauen beobachteten ihn interessiert. Dennoch hatte er nur Augen für mich.

Die Band spielte nun einen langsamen, souligen Song, den Regina sehr gern mochte – »The House of the Rising Sun«. Ich lehnte mich an ihn, schloss meine Augen und ließ meinen Kopf gegen seine Schulter fallen. Der Raum drehte sich, doch das war mir egal, weil er so kräftige Arme hatte und ich mich sicher bei ihm fühlte.

In dem Moment wurde es mir schlagartig klar.

Ich stand betrunken mitten in einer Bar. Ein großer, kräftiger Mann hielt mich eng umschlungen, und zum ersten Mal in meinem Leben hatte ich keine Angst. Na ja, so ganz stimmte das nicht: Denn als Puck Redhouse mich so im Arm gehalten hatte, hatte ich auch keine Angst gehabt. Ich erinnerte mich noch daran, wie ich draußen vor ihm am Lagerfeuer gesessen hatte. Damals hatte ich gewusst, dass mich kein anderer Mann für sich beanspruchen konnte, solange er mich festhielt. Es hatte mir nichts ausgemacht, dass ich später nackt sein würde – und er auch.

Natürlich war das noch gewesen, bevor er mich beinahe umgebracht hatte, indem er verraten hatte, dass ich schlecht im Bett gewesen war. Danach hatte er meinen kurz davor noch missbrauchten Arsch gerettet. Ich schätze, jetzt waren wir quitt. Wie auch immer, in Joes Armen fühlte ich mich so gut, wie ich mich schon lange nicht mehr gefühlt hatte. Ein gelungener Abend also.

Vielleicht war es doch nicht so übel gewesen, dass ich meinen Job verloren hatte.

Als ich meine Augen aufschlug, sah ich direkt in Pucks Augen, der mir quer durch den Raum einen glühenden Blick zuwarf. Ich zitterte und löste mich umgehend in meine Bestandteile auf. Mein Gott, diesen Effekt hatte sein Anblick jedes Mal. Was war nur los mit mir? Puck war nicht mal gut aussehend – nicht wie Joe. Mit seiner gezackten Narbe, die ihm quer übers Gesicht lief, und der Nase, die offensichtlich mehr als ein Mal gebrochen war, sah er alles andere als perfekt aus. Alles an ihm war rau, ja, fast brutal. Und obwohl ich wusste, dass er nicht viel älter als ich war, spiegelte sich das Wissen von zehn Leben in seinem Blick.

Puck war größer als Joe, obwohl er nicht ganz so breit gebaut war. Das hieß nicht, dass er keine Muskeln hatte. Sondern nur, dass er sein Geld nicht damit verdiente, Eisenerz in einem Bergwerk zu fördern. Joes Haut war durch den Staub und Dreck, der sich tief in der Erde auf der Haut festsetzte, etwas dunkler, während Pucks Haut durch Sonne und Wind einen Bronzeton angenommen hatte, der vielleicht aber auch auf einen nicht ganz schneeweißen Urahn zurückzuführen war.

Ich spürte meine Brustwarzen hart werden, als er mich so anstarrte, während er einen tiefen Schluck aus seiner braunen Bierflasche nahm. Was dachte er sich, wenn er mich so sah – in Joes Armen liegend, verträumt angelehnt an einen anderen Mann? Ich konnte Pucks Gesichtsausdruck nicht wirklich deuten. Freundlich war er nicht. Nein, kein bisschen. Einen Moment lang fragte ich mich, ob er Joe herausfordern würde. Ich schüttelte den Kopf und überlegte, wo denn *dieser* Gedanke nun auf einmal hergekommen war.

Als ich blinzelte, war er plötzlich verschwunden. Ob ich mir das Ganze nur eingebildet hatte?

»Hey, kleine Schlampe«, sagte Danielle und löste damit den Zauber. »Bist du bereit für eine Pinkelpause? Ich muss pissen wie ein russisches Rennpferd. Komm mit, sonst werde ich traurig und fühl mich einsam, und dann muss ich ganz allein im Damenklo heulen … und du weißt, wie meine Wimperntusche danach aussieht. Das darfst du nicht zulassen.«

»Du bist so was von besoffen«, sagte ich zu ihr, während ich noch überlegte, wie russische Rennpferde eigentlich pinkelten.

»Na und?«

Was sollte ich dagegen vorbringen?

Als ich mit Händewaschen fertig war, war Danielle, die treulose Schlampe, verschwunden. Ich nahm mir ein paar Minuten Zeit, um mich wieder respektabel herzurichten. Dann trat ich durch die Tür in den dämmrigen Flur.

Draußen stand Puck mit versteinertem und zugleich feurigem Blick.

Shit.

Das war kein glücklicher Blick. Ganz und gar nicht. Für den Bruchteil einer Sekunde analysierte ich die Lage, in der ich steckte, und beschloss dann zu flüchten. Doch ebenso schnell machte Puck einen Schritt nach vorne und versperrte mir den Weg.

Was wollte er nur? Am besten einfach mal mitspielen, beschloss mein benebelter Verstand.

»Hey«, sagte ich.

Er antwortete nicht, doch sein Blick wanderte langsam über meinen Körper, Zentimeter für Zentimeter. Auf meinen Brüsten verweilte er ein wenig, was mich erschaudern ließ.

Warum war er hier hinten? Keine der möglichen Antworten darauf versprach ein gutes Ende für mich. Keine einzige.

Schließlich antwortete er.

»Amüsierst du dich?«

Schnell nickte ich und grübelte, ob ich es irgendwie vermeiden konnte, überhaupt mit ihm zu sprechen. Mann, ich war mir nicht mal sicher, ob ich einen Ton herausbringen würde, selbst wenn mein Leben davon abhing. Bewegen konnte ich mich auch nicht, obwohl mir eine innere Stimme, die sehr an meine äffischen Vorfahren erinnerte, zukreischte, dass ich besser losrennen und erst stehen bleiben sollte, wenn ich mich in einer tiefen Höhle versteckt hätte oder so.

»Bist du mit dem Typen zusammen?«

Automatisch schüttelte ich meinen Kopf, verfluchte mich dann aber selbst, weil ich hätte Ja sagen sollen. Ich hätte ihm sagen sollen, dass wir zusammen waren und sehr glücklich obendrein und dass ich vorhatte, Joe in einem üppigen Rüschenkleid vor fünfhundert unserer engsten Freunde zu heiraten, ohne ihn dazu einzuladen. Puck leckte sich über die Lippen. Auf seinem Gesicht zeichnete sich eine Mischung aus Frust und Erwartung ab.

»Tanzt du so mit vielen Männern?«

Schnell schüttelte ich meinen Kopf. Sein Blick wurde glühend, sodass er mich fast verbrannte. Ich hatte das Gefühl, dass wir kurz vor einer Situation standen, mit der ich nicht umgehen konnte. Puck trat einen Schritt vor. Ich wich zurück und stieß gegen die Mauer. Sein Körper berührte den meinen nicht, doch ich spürte ihn trotzdem. Sein Gewicht schien mich niederzudrücken und gegen die Wand zu pressen, bis ich nicht mehr atmen konnte.

»Du könntest mit mir tanzen.«

Beinahe hätte ich um mich geschlagen. Mein Blick zuckte hin und her. Vermissten mich denn Joe und Blake noch nicht? Warum kam niemand zu meiner Rettung? Puck beugte sich vor, bis seine Nase fast meine Wange berührte, und atmete tief meinen Duft ein. Ich kniff meine Beine zusammen, schnappte aber sofort nach Luft, weil diese winzige Bewegung es nur noch schlimmer gemacht hatte.

Heilige Scheiße, ich wollte diesen Mann.

»Morgen fange ich an, hier zu arbeiten«, gelang es mir zu flüstern. »Aus dem Breakfast Table wurde ich rausgeworfen, weißt du noch?«

»Ganz schön was los bei dir, nicht wahr?«, flüsterte er und griff nach einer meiner Haarsträhnen, die er sich um die Hand wickelte. »Ich hab dich vorhin auf dem Dach gesehen. Hätte nicht gedacht, dass du die Sorte Mädchen bist.«

Ich versuchte zu atmen.

»Was für eine Sorte?«

»Meine Sorte.«

Heilige Scheiße. Er war zu nahe, direkt vor meinem Gesicht. Ich konnte ihn überall um mich herum riechen, eine schwache Mischung aus Alkohol, Schweiß und einem Hauch Abgase von seinem Bike. Eigentlich hätte mich das nicht anmachen dürfen, doch das tat es. So hatte er vor fünf Jahren gerochen, und mein verräterischer Nuttenkörper erkannte ihn wieder. Erkannte ihn und wollte ihn.

Ich schloss meine Augen und versuchte nachzudenken.

»Ich bin einfach nur ich«, erkärte ich ihm und schluckte. Seine Hand wanderte nach oben und legte sich zart um meine Kehle, während seine Finger meine Wange liebkoste. Ich spürte, wie Tränen in meinen Augen aufstiegen. Als ich weitersprechen wollte, brach meine Stimme. »Ich weiß nicht, was es bedeutet, aber heute Abend will ich mit meinen Freunden nur ein wenig Spaß haben. Bitte mach das nicht kaputt.«

Er zuckte zusammen und löste sich von mir.

»Ich wollte dir nicht wehtun.«

»Das weiß ich.«

»Ich hatte keine Ahnung, dass du so jung warst oder gar nicht dort sein wolltest.«

»Das weiß ich auch.«

Puck sah weg. Das nagende Schuldbewusstsein auf seinem Gesicht konnte ich fast nicht ertragen. Ich musste etwas tun, obwohl ich mich nicht stark genug dafür fühlte. Deshalb legte ich meine Hand an seine Wange und drehte seinen Kopf zu mir, sodass ich ihm in die Augen sehen konnte. Dann sagte ich mit aller Leidenschaft, die mir möglich war, folgende Worte: »Dass ich dich getroffen habe, war das Beste, was mir je passiert ist, Puck. Es war alles ein beschissenes Durcheinander, aber du hast mir das Leben gerettet. Hast du eine Ahnung, wo ich jetzt wäre, wenn du nicht zu dieser Party gekommen wärst?«

»Alles in Ordnung, Becca?«, fragte Joe. Seine Stimme durchschnitt die spannungsgeladene Atmosphäre. Puck trat einen Schritt zurück, blieb aber nach wie vor zwischen mir und dem anderen Mann stehen, und zwar in dieser seltsam beschützenden Haltung, die er immer einnahm.

Er war so heiß ...

»Alles bestens. Puck ist ein alter Freund von mir. Wir haben uns nur unterhalten.«

»Danielle und Blake wollen zum Schwimmen runter an den Fluss«, sagte Joe langsam, während er unsere Körpersprache zu deuten versuchte. »Ich dachte, wir kommen mit. Oder willst du noch bleiben?«

Ja, ich wollte bleiben. Ich wollte auf die Knie fallen, Puck vor aller Augen einen blasen und dann auf seinem Bike in die Nacht davonrauschen. Wenn er mich aufforderte, würde ich alles für ihn tun, egal, wie pervers oder verrückt es war, weil ich nämlich die Tochter meiner Mutter war.

Nutte ...

»Nein. Ich fahre mit dir mit, Joe.«

Puck erstarrte, trat aber zur Seite, um mich vorbeigehen zu lassen, sodass ich zu Joe konnte. Joe zog mich an sich und legte mir seinen Arm um die Schultern. Puck bewegte sich nicht, während er und Blakes Freund einander niederstarrten und eine Unterhaltung ohne Worte führten, die ich nicht mal ansatzweise verstand.

»Lass uns gehen«, sagte ich, wobei ich mich umwandte und eine Hand auf Joes Brust legte. Er nickte, und wir verließen die Bar.

Wenig später lag ich auf einer alten Decke unter dem Sternenhimmel. Wir hatten uns am Flussufer gleich nach der Brücke niedergelassen. Nicht weit von uns glühte ein kleines Lagerfeuer. Danielle und Blake lagen irgendwo lachend im Gebüsch und machten herum, was sich komisch hätte anfühlen sollen. Tat es aber nicht.

Joe war toll. Einfach super. Genau die Sorte Mann, die ich brauchte.

Wir machten eine Weile rum. Es widerte mich zwar nicht an, auf Touren brachte es mich aber auch nicht wirklich. Als ich ihn bat, damit aufzuhören, ließ er, ohne zu diskutieren, von mir ab. Nicht, dass er kein Interesse gehabt hätte – weiter unten hatte sich genügend gerührt, weshalb ich wusste, dass er definitiv auf mich stand –, doch es gefiel mir, dass er meine Grenzen respektierte.

»Es ist großartig hier draußen«, murmelte ich, was eine der größten Untertreibungen des Jahrhunderts war. Die Sterne glichen Millionen von Edelsteinen, die jemand an den Himmel gemalt hatte, und das Gluckern des Wassers im flachen Fluss hätte sogar Charles Manson beruhigen können, so unglaublich friedlich war es.

»Ich liebe dieses Fleckchen hier«, sagte Joe. »Ich bin schon als Kind hierhergekommen.«

»Wie alt bist du?«

»Zweiundzwanzig. Bin nur ein paar Meilen weiter unten hier im Valley zur Welt gekommen. Ich weiß, dass viele Leute es kaum erwarten können, von hier wegzukommen. Doch ich kann mir nicht vorstellen, irgendwo anders zu wohnen. Was ist mit dir?«

Gott, wie ich diese Frage hasste.

»Ich komme aus Kalifornien«, sagte ich langsam. »Bin vor etwa fünf Jahren hierhergezogen.«

»Wir sind nicht zusammen auf die Highschool gegangen«, sagte er. »Daran würde ich mich erinnern. Du bist ein ziemlich geheimnisvolles Mädchen, oder?«

Ich zuckte mit den Schultern, da ich die Vorstellung, »geheimnisvoll« zu sein, nicht mochte. Ich wollte normal sein. Langweilig. Unauffällig …

»Nicht wirklich. Da drunten bei uns war das Familienleben nicht so prickelnd. Als ich die Gelegenheit hatte, von dort wegzukommen, hab ich sie ergriffen. Regina und Earl Murray haben mich aufgenommen und dafür gesorgt, dass ich wieder auf die Beine komme. Jetzt jobbe ich als Bedienung und gehe auf die Kosmetikschule.«

»Ich hab das Gefühl, dass das nur die halbe Geschichte ist, aber ich will dich nicht drängen«, sagte er. »Heute Abend hab ich mich wunderbar amüsiert. Hättest du vielleicht Lust, dich noch mal mit mir zu treffen?«

Ich überlegte.

»Ja, könnte gut sein«, erwiderte ich schließlich, während ich mich fragte, warum ich mich von Joe nicht so angezogen fühlte wie von Puck. Mom hatte sich auch immer eher für die gefährlichen Typen interessiert, und wer hatte wohl dafür bezahlen müssen? Verdammt. Ich musste mich zusammenreißen und mich auf den Mann konzentrieren, mit dem ich gerade hier war. »Ich will es ganz langsam angehen. Wenn das ein Problem ist, sollten wir es vielleicht besser bleiben lassen …«

Er küsste mich auf den Kopf.

»Das ist kein Problem«, sagte er. »Gar nicht. Aber ich habe eine Frage an dich.«

»Welche denn?«, fragte ich mit flauem Gefühl im Magen. *Bitte, bitte keine Frage über Puck …*

»Du hattest mal was mit Puck Redhouse«, stellte er fest. »Das ist offensichtlich. Sollte ich mir deswegen Sorgen machen?«

Ja! Jeder sollte sich wegen Puck Sorgen machen – er ist gefährlich!

»Nein, brauchst du nicht. Da gibt es kein Problem – Puck und ich kennen uns einfach von früher. Das ist alles. Da war keine Beziehung oder so. Nichts, was jetzt noch von Bedeutung wäre.«

Mein Magen verkrampfte sich, als ich das sagte, denn das war eine verdammte Riesenlüge. Puck war definitiv von Bedeutung. Es gab *Das Leben vor Puck* und *Das Leben nach Puck*, und diese beiden Leben hatten nichts miteinander gemein. Doch das erste Leben lag weit entfernt in der Vergangenheit, und da sollte es auch bleiben. Vielleicht konnte Joe ein Teil meines zweiten Lebens werden. Ich kuschelte mich fester in seinen Arm, genoss seine Wärme und überlegte zum ersten Mal seit Jahren, wie es wohl wäre, einen anständigen Mann in meinem Leben zu haben.

Genau so einen wollen wir haben, sagte mein Verstand mit fester Stimme. *Genieß es jetzt einfach.*

KAPITEL DREI

Puck

Das Klingeln des Telefons weckte mich. Carlie stöhnte.

»Mach es aus«, murmelte sie, obwohl sie, wie ich merkte, gar nicht richtig wach war. »Ich will nicht aufstehen.«

Ich drehte mich in Richtung Bettkante, setzte mich auf und griff nach dem Mobilteil des Festnetztelefons, während ich mich zum tausendsten Mal fragte, wann wir endlich im nördlichen Teil des Valleys einen Mobilfunkturm bekämen. Wir hätten in Carlies Wohnung bleiben sollen. Dort hätten sie mich nicht erreichen können.

»Puck, ich bin's, Boonie«, sagte mein President.

Vergiss es – er hätte mich auch bei Carlie ausfindig gemacht. Carlie war in Ordnung, und sie wusste, wie es beim Club lief. Im Lauf der vergangenen Jahre hatten mehrere Gottesdienst genannte Treffen in ihrem Wohnzimmer stattgefunden. Ich dachte immer, Deep würde sie zu seinem Eigentum machen, doch sie schien noch nicht bereit dafür zu sein, sich auf einen Mann festzulegen. Momentan hüpfte sie so durch die Betten, was ihr ganz gut zu gefallen schien.

Gefiel mir ebenso.

Letzte Nacht war ich verfickt geil gewesen – ich weiß, schlechtes Wortspiel. Ich hatte Becca sechs Monate nicht gesehen, und die Frau war nun noch schöner als je zuvor. Vor drei Monaten war sie einundzwanzig geworden … Drei Monate lang hatte ich mir all die Gründe vor Augen geführt, weshalb ich mich von ihr fernhalten sollte – es waren dieselben Gründe, aus denen ich mich auch die vergangenen fünf Jahre von ihr ferngehalten hatte. Sie war von Bikern missbraucht worden. In ihren Augen war ich wahrscheinlich noch der beste Biker, was ein verdammt peinlicher Gedanke war. Sie hatte panische Angst vor Motorradclubs und vor mir, ja, eigentlich vor allem. Jedes Mal, wenn ich versuchte, mit ihr zu reden, zuckte sie zusammen. Oh, und sie war viel zu jung, verflucht noch mal.

Jetzt war sie es allerdings nicht mehr.

Das machte mich wirklich noch verrückt. Wenn ich sie wollte, könnte ich sie mir jetzt nehmen. Niemand würde mich davon abhalten – nicht mal Becca. Sie war scharf drauf, was trotz ihrer Versuche, abweisend zu wirken, nur zu deutlich war.

Eigentlich wäre das ja schmeichelhaft, wenn sie, um das zu kompensieren, nicht immer so getan hätte, als ob ich nicht existierte.

Anstatt mein Fenster zu öffnen, hinüberzumarschieren und meinen Anspruch auf das, was mein Schwanz als mein rechtmäßiges Eigentum ansah, geltend zu machen, hatte ich also Carlie gefickt. Sie war nicht die, die ich haben wollte, aber schließlich war die Frau Yogalehrerin. Welcher Idiot würde da Nein sagen?

»Was gibt's?«, fragte ich Boonie, während ich mir den Nacken rieb.

»Du klingst wie ausgekotzt«, lachte er. »Verkatert?«

»Bin nur zu lange unterwegs gewesen. Brauchst du was von mir, oder hast du nur vor, mir das Leben aus Spaß zur Hölle zu machen?«

»Wow, da fehlt aber jemandem sein Schönheitsschlaf. Ich hab einen Job für dich. Du sollst für mich in die Stadt fahren und dich mit unseren Freunden dort in Verbindung setzen. Bring deinen Transporter mit.«

»Verstanden.«

Nachdem ich aufgelegt hatte, lehnte ich mich hinüber und gab Carlie einen Klatscher auf den Po.

»Fick dich doch selbst«, stöhnte sie. »Ich will noch schlafen.«

»Momentan würde ich auch das Schlafen vorziehen, anstatt von dir einen geblasen zu bekommen«, antwortete ich, während ich mir gähnend übers Gesicht rieb. »Aber du musst aufstehen und dann raus hier. Das war Boonie – er hat was zu tun für mich.«

Sie stöhnte nochmals, setzte sich aber auf und kroch aus dem Bett. Ich beobachtete sie, als sie sich mit wackelnden Brüsten vorbeugte. Sie waren durchaus hübsch, aber Beccas waren besser. Ich erinnerte mich noch lebhaft an sie. Seit damals war Becca ein klein wenig üppiger geworden, und ich hätte mein linkes Ei verwettet, dass sie dadurch nur noch besser aussahen.

Oh ja. Der Gedanke reichte völlig aus, um meinen Schwanz aufzuwecken.

Plötzlich war ich gar nicht mehr so daran interessiert, wieder schlafen zu gehen, doch wenn der President ruft, steht eine Braut anbohren nicht mehr oben auf der Prioritätenliste. Ich stolperte in Richtung Dusche, wo ich gerade lange genug blieb, um den Schweiß abzuwaschen. Als ich herauskam, war Carlie schon angezogen.

»Soll ich dich mitnehmen?«

»Nö, ich geh rüber in Darcys Laden«, sagte sie. »Ich hab in eineinhalb Stunden einen Termin für Strähnchen. Schätze, ich bring ihr einen Kaffee mit. Vorausgesetzt, das Café hat offen nach eurem kleinen Krach gestern.«

Ich grunzte.

»Worum ging es da eigentlich?«, hakte sie nach. Offensichtlich wollte sie das Thema noch nicht wechseln. »Hab noch nie zuvor erlebt, dass du dich wegen einer Bedienung so ins Zeug legst. Sollte ich da vielleicht über was Bescheid wissen?«

Irgendwas an ihrer Stimme klang komisch … Moment.

»Was glaubst du, was das hier zwischen uns eigentlich ist?«, fragte ich sie stirnrunzelnd.

Sie zuckte mit den Schultern, doch ihr verletzter Blick war mir nicht entgangen. Fuck. Damit hatte ich nicht gerechnet. Carlie war ein nettes Mädchen, aber ich würde auf keinen Fall etwas Ernstes mit ihr anfangen.

»Es ist nur Sex, Baby«, erklärte ich ihr. »Das weißt du doch, oder?«

Sie sah mich nicht an. Double fuck. Okay, wahrscheinlich sollten wir nicht einfach so weitermachen. Nicht, wenn sie auf einmal anfing zu klammern und so. Wäre zwar nicht mein Problem gewesen, aber Deep stand auf sie, und solche Komplikationen konnte ich in meinem Leben nicht gebrauchen. Hoffentlich würde sie den kleinen Hinweis verstehen. Ich packte schnell mein Zeug zusammen, während sie in ihrer Handtasche herumwühlte. Die Frau war nicht dumm – in weniger als einer Minute war sie startklar.

»Soll ich dich anrufen?«, fragte sie, als ich die Wohnungstür für sie öffnete.

Ich zuckte mit den Schultern.

»Nein, ich hab wahrscheinlich viel zu tun. Warte nicht auf mich, okay?«

»Ich versteh, was du meinst«, sagte sie leise. Dann ging sie eilig die Treppe runter, um schnell von mir wegzukommen.

Ich schloss die Tür hinter mir und legte den Riegel vor, während ich mich fragte, wie ich nur so verdammt blöd hatte sein können. Sie war schon auf der Straße, als ich unten im Treppenhaus ankam und nach draußen ging.

Auf der Straße, wo sie mit jemandem redete.

Mit Joe Collins.

Ach du verdammte Kacke.

Joe Collins war gerade aus Beccas Haus gekommen. Etwas Dunkles, Hasserfülltes braute sich in mir zusammen. Ich überlegte, ob ich genügend Zeit hatte, ihn noch umzubringen und die Leiche verschwinden zu lassen, bevor ich mich mit Picnic Hayes treffen müsste.

Dann hatte mich die Realität wieder. Ich musste mir ein humorloses Lachen verkneifen. Das Karma holt einen rasend schnell ein, was?

Carlie hatte eine reingewürgt bekommen und Becca ebenso. Allerdings nicht von mir.

Eine halbe Stunde später war ich bereits kurz vor der Interstate, als ich ein Auto mit eingeschalteter Warnblinkanlage an der Seite stehen sah. Es war Beccas Subaru. Scheiße, das war ja mal wieder perfekt! Ich hatte nämlich keine Zeit dafür und wollte *echt* nicht mit ihr sprechen – nicht, nachdem ich gesehen hatte, wie dieses Arschloch aus ihrem Haus gekommen war.

Als ich sie zusammen in der Bar gesehen hatte, wäre ich beinahe durchgedreht. Ein plötzlicher Hass auf diesen Bastard, der sie im Arm hielt, war in mir aufgestiegen. Seit Jahren beobachtete ich Becca, und wenn ich nicht da war, sprangen meine Clubbrüder für mich ein. Soweit ich wusste, hatte sie keine ernsthaften Dates gehabt. Aber der Typ … ich hatte mich umgehört, und offenbar war Collins ein ehrlicher Kerl, der sich behaupten konnte. Genau die Sorte Mann, mit der sie wahrscheinlich zusammen sein sollte, weshalb ich ihn noch viel mehr hasste. Schwanzlutscher.

Die ganze Sache hatte mich ziemlich mitgenommen, besonders nachdem ich gesehen hatte, wie sie mit Blake auf dem Dach herumgerollt war.

Es war ja nicht so, dass ich die Wohnung genommen hatte, um in ihrer Nähe zu sein. Das hatte keine Rolle gespielt. Sicher, es hätte auch noch andere Wohnungen gegeben. Günstigere. Schönere. Aber die Lage mitten in der Stadt war einfach perfekt, so nah an all den … na ja, eigentlich gab es mitten in der Stadt gar nichts. Verdammt. Ich hatte keine Ahnung, was ich hier eigentlich tat – sie war verboten. Aber dann hatte ich sie gestern Abend gesehen, und die Verbote waren ein wenig gelockert worden …

Und jetzt stand sie da mit einer Panne am Straßenrand.

Ich wollte sie wirklich nicht sehen, echt nicht. Wollte ihre hübschen Titten nicht sehen, die heute Morgen besonders gut aussahen, da sie die Arme verschränkt hatte, die sie schön nach oben schoben. Auch ihre Haare interessierten mich nicht, ganz egal, wie sie um meinen Schwanz gewickelt aussehen würden. Wenn wir schon bei Dingen sind, die sich gut an meinem Schwanz machen würden – ihre Lippen sahen herrlich üppig aus.

Vielleicht ein wenig geschwollen, weil sie letzte Nacht Collins Schwanz gelutscht hatte?

»Was zum Teufel ist hier passiert?«, knurrte ich, als ich aus meinem Transporter stieg. Zumindest hatte sie eine gute Stelle zum Anhalten gefunden: eine dieser großen Flächen am Fluss, die von Pappeln beschattet waren.

»Er hat ein klackendes Geräusch von sich gegeben und ist dann einfach stehen geblieben«, sagte Becca, deren Blick zu mir zuckte. »Earl hilft mir bei der Reparatur – das tut er immer … Könntest du ihn vielleicht eventuell von der Tankstelle aus für mich anrufen?«

Ja. So sah ich aus.

»Pack deine Sachen und steig in den Transporter«, sagte ich zu ihr, während ich mich noch fragte, wann ich mich in einen dämlichen Masochisten verwandelt hatte. »Wohin wolltest du denn?«

»Nach Coeur d'Alene«, antwortete Becca. Sie war verdammt nervös. »Ich will dich nicht nerven. Ich kann einfach hier warten …«

»Ich hab keine Zeit für blöde Diskussionen. Steig einfach ein«, sagte ich zu ihr.

Mein Tonfall ließ sie zusammenzucken. *Pass auf, was du sagst, du Idiot.* Wenn sie mich nur nicht wie einen verfluchten Axtmörder anstarren würde. Damit lag sie allerdings womöglich gar nicht so weit daneben, wenn man meinen wartenden Auftrag berücksichtigte – Hayes brauchte mich wahrscheinlich wieder für Gott weiß was … Bei dem Gedanken runzelte ich die Stirn, was ihr ein leises Quieken entlockte.

»Hab ich dir jemals wehgetan?«, fragte ich abrupt. »Abgesehen von dieser einen Nacht – hab ich irgendwas getan, verdammt, dass dich auf die Idee bringt, ich würde auch nur daran *denken*, dir wehzutun?«

Becca schüttelte schnell ihren Kopf.

»Nein.«

»Dann hör auf, mich anzusehen, als ob ich ein Serienmörder wäre, und steig in den Scheißtransporter. Ich hab echt keine Zeit dafür, und ich kann dich nicht hierlassen. Beweg deinen Arsch.«

Becca schlüpfte noch kurz durch die Beifahrertür in ihren Wagen und vergönnte mir dabei den hübschen Ausblick auf ihren Arsch. Was meine Laune nicht unbedingt hob. Sie wühlte herum und kam mit einer ledernen Tragetasche wieder zum Vorschein. Ich sah ihr zu, wie sie absperrte. Dann stiegen wir beide in meinen Transporter und knallten die Türen zu.

Becca sah sogar noch verschreckter als sonst aus, was wohl seinen Grund darin hatte, dass ich mich wie ein Arschloch aufführte – aber das lag nur daran, dass sie mit Joe anstatt mit mir gefickt hatte. Wenn Joe so toll war, warum rettete er sie dann nicht, zum Teufel?

Du bist ein verdammter Idiot, du Arsch. Hör gefälligst auf, ihr Angst einzujagen, wenn du mit ihr schlafen willst!

»Was hast du vor in Coeur d'Alene?«, fragte ich, während ich zurück auf die Straße fuhr.

»Meine Schule ist dort«, antwortete sie. »Aber ich denke, du solltest mich einfach an der Tankstelle rauslassen. Ich fange eigentlich heute Abend im Moose an und muss sie anrufen und sagen, dass ich heute nicht in die Stadt fahren kann.«

»Ist das blöd für dich?«

»Kann man nichts machen ...«, antwortete sie mit leiser werdender Stimme.

Ich sah zu ihr rüber, doch sie wich meinem Blick aus. Mein Gott, wie mir das auf die Nerven ging. Wetten, dass sie Collins in die Augen gesehen hatte? Vor Blake hatte sie ganz sicher keine Angst, verdammt.

»Ich fahr dich hin«, beschloss ich. »Ich hab was in der Stadt zu erledigen. Und heute Abend nehm ich dich wieder mit und lass dich am Moose raus. Nach der Arbeit kannst du mit deiner Freundin heimfahren.«

»Du musst das nicht tun.«

»Das weiß ich«, antwortete ich in gereiztem Ton. Mann, was war nur mit mir los? *Du bist eifersüchtig, du Wichser ...* »Aber ich werde es trotzdem tun. Sag also einfach Ja und vergiss es. Du rufst Earl an, sobald wir wieder ein Netz haben. Er fährt hier raus, holt deinen Wagen und schleppt ihn in seine Werkstatt. Wenn du morgen auch eine Mitfahrgelegenheit brauchst, bringe ich dich überall hin.«

Shit, wenn ich so weitermachte, würde ich ihr bald anbieten, sie nach ihrer Schicht für einen Quickie zu Joe rauszufahren. Während der Fahrt schwiegen wir uns an – ich trommelte mit den Fingern auf dem Lenkrad, während sie stumm aus dem Fenster starrte. Wenige Minuten später kamen wir ans Kreuz Kingston, wo ich auf die Interstate abbog.

»Wie geht's dir eigentlich?«, durchbrach sie schließlich die Stille. »Ich hab dich länger nicht gesehen. Und gestern hab ich dich dann gleich zweimal gesehen.«

Ich hörte ihre Stimme kippen und lächelte zynisch.

»Dreimal«, erinnerte ich sie.

»Was?«

»Du hast mich dreimal gesehen. Im Diner, in der Bar und durch mein Fenster vom Dach aus.«

Sie schnappte nach Luft, und ich verkniff mir ein Lachen. Sie hatte wohl gedacht, sie käme so einfach davon, was?

»Okay, ich hab dich dreimal gesehen«, gab sie zu. »Was hast du in der Wohnung gemacht?«

»Das war doch offensichtlich, oder? Ich hab einen geblasen bekommen«, sagte ich und fühlte mich dabei schon etwas besser. Becca war vielleicht schreckhaft, aber nicht uninteressiert. Das hatte ich letzte Nacht gemerkt. Sie räusperte sich, und ich beschloss, Gnade walten zu lassen.

»Ich zieh dort ein. Hab gestern die Schlüssel bekommen – ich werde wohl eine Weile in der Stadt bleiben und brauch deshalb eine Unterkunft. Die Wohnung ist billig und praktisch. Ist das für dich ein Problem?«

»Nein, natürlich nicht«, sagte sie schnell.

Ich sah zu ihr rüber, doch sie weigerte sich immer noch, mir in die Augen zu sehen. Verdammte Scheiße … ich musste mich beruhigen und das Mädchen eine Weile in Ruhe lassen. *Sie* war damals das Opfer gewesen, nicht ich. Ich musste endlich mit dem Kopf nachdenken. Wozu sonst saß der oben auf meinen Schultern.

»Ernsthaft, wenn es für dich ein Problem ist, solltet du es jetzt sagen. Ich hab nicht lange darüber nachgedacht – wir wohnen schließlich in einer Kleinstadt. So viele Möglichkeiten gibt es da nicht. Außerdem passte der Preis.«

»Ich hab kein Problem damit.«

»Gut.«

Schweigen. Fünf Minuten später starrte sie immer noch zum Fenster raus. Ich hatte keine Ahnung, was los war. »Bist du sauer wegen irgendwas?«

Becca schüttelte ihren Kopf und sah mir dann endlich in die Augen.

»Nein«, sagte sie.

»Warum siehst du mich dann nicht an und redest nicht mit mir?«

»Ich rede doch gerade mit dir.«

»Laber keinen Scheiß – schon die ganze Fahrt versuchst du, mich zu ignorieren. Wenn irgendwas nicht stimmt, sollten wir darüber reden.«

»Du bist schuld daran, dass ich meinen Job verloren habe«, antwortete sie plötzlich.

»McDougal hat dich blöd angemacht. Egal, wie groß Blake ist, die ganze Truppe hätte er nicht alleine übernehmen können. Du hast deinen Job verloren, weil deine Chefin eine Zicke ist, die andere Leute für ihre eigenen Fehler verantwortlich macht. Und der erste Fehler bestand darin, so ein Arschloch überhaupt reinzulassen.«

»Das glaubst du doch selbst nicht?«

»Doch, genau das glaube ich, verdammt. Ohne sie geht es dir besser, und im Moose wirst du eh mehr verdienen.«

»Das ist der zweite Grund, warum ich sauer auf dich bin.«

»Welcher?«

»Das Moose! Ich will dort nicht arbeiten.«

»Weil du dort mehr Geld verdienen wirst? Mann, was für ein Schicksal – schlimmer als der Tod.«

»Jetzt tu nicht so«, antwortete sie mit einem schwachen Seufzer. »Hören wir auf mit den Spielchen, okay? Wir hatten was miteinander, und deswegen fühle ich mich unwohl. Ich will nicht, dass du mich dauernd daran erinnerst.«

»Du bist diejenige, die mich in meiner eigenen Wohnung ausspioniert hat, nicht andersrum, Becs. Wie gesagt, wenn du ein Problem damit hast, dass ich dort wohne, solltest du es jetzt ausspucken. Sonst mach ich einfach weiter.«

»Nenn mich nicht Becs.«

»Warum nicht, *Becs*?«

Giftig und vor lauter Frust fast zitternd starrte sie mich an. Was genau richtig war, weil ich ebenfalls ziemlich frustriert war. Und nicht nur wegen unserer verbalen Boxkämpfe. Wenn ich ihr wütendes Stimmchen hörte, wurde mein Schwanz noch härter, was mich eigentlich nicht so hätte überraschen sollen, weil alles an ihr diese Wirkung auf mich hatte. Anstatt mich also darauf zu konzentrieren, was die Reapers vielleicht von mir wollten, war mein Verstand zwischen zwei Filmen hin- und hergerissen. In dem einen war sie nackt, die Beine breit, und schrie vor Lust, während ich sie durchfickte. In dem anderen dieselbe Szene, nur dass es dieses Mal Collins war, der sie fickte.

Ich umklammerte das Lenkrad noch etwas fester und warf ihr nochmals einen Blick zu. Voll aufgestauter Energie trommelte sie mit ihren Fingern auf ihren Oberschenkel. Wahrscheinlich war Klein-Joey nicht Manns genug, es ihr richtig zu besorgen. Sie atmete tief ein und aus, sodass sich ihre Titten unter dem dünnen T-Shirt, durch das die Umrisse ihrer Brustwarzen zu sehen waren, hoben und senkten.

Die kleine Becca war ganz schön sauer.

Ich wollte sie ficken, *gottverdammt.*

Als ob das was Neues gewesen wäre – seit jener Nacht vor fünf Jahren wollte ich sie jeden Tag von früh bis spät ficken. Sie hatte sich die ganze Strecke von Südkalifornien bis nach Callup an mich geklammert, die Hände fest gegen meinen Bauch gepresst. Meinen Steifen hatte ich erst nicht mehr gespürte, als mein Unterleib durch die lange Fahrt auf dem Bike taub geworden war – und selbst dann war er noch hart gewesen. Ich hatte ihn eben nur nicht mehr gespürt.

»Ich will, dass wir miteinander auskommen«, sagte sie plötzlich mit einem schnellen Blick in meine Richtung. »Ich weiß, es ist kein Geheimnis, dass ich mich in deiner Gegenwart unwohl fühle. Aber wir leben in der gleichen Stadt, und ich muss endlich ein normales Leben führen. Dazu gehört, dass ich diese Sache hinter mir lasse. Vielleicht können wir Freunde sein.«

Freunde? Verflucht unwahrscheinlich.

»Was genau meinst du mit ›Freunden‹?«, fragte ich, bemüht darum, mit normaler Stimme zu sprechen.

»Nun, du fährst mich in die Schule«, antwortete sie. »Das ist sehr … freundlich … von dir. Wir sind jetzt auch Nachbarn. Warum können wir nicht einfach miteinander auskommen? Das wäre nicht so schräg wie unser jetziges Verhältnis.«

»Was für ein Verhältnis haben wir denn?«

»Gar keines«, antwortete sie. Als Reaktion zog sich mein Magen krampfhaft zusammen. »Aber vielleicht können wir Freunde sein. Wir sind Nachbarn, vielleicht können wir uns ja benehmen wie Nachbarn. Ich kann für dich was kochen oder so und mich damit dafür bedanken, dass du dich um mein Auto kümmerst.«

Der Vorschlag verblüffte mich, doch ich reagierte nicht. Zumindest nicht, indem ich etwas sagte. Doch mein Schwanz versuchte, sich durch meine Hose zu bohren, was unter den gegebenen Umständen nicht besonders hilfreich war.

»Hast du nun was mit Collins?«

Sie zuckte mit den Schultern.

»Wir sind letzte Nacht ausgegangen. Ich werde ihn wahrscheinlich wiedersehen. Bist du mit Carlie zusammen?«

Ich schnaubte.

»Ich bin mit niemandem zusammen.«

»Okay …«

Wieder wurde es still, doch dieses Mal war mir nicht danach, das Schweigen zu brechen. Nicht, wenn sie über Carlie sprechen wollte – das würde kein gutes Licht auf mich werfen. Und ganz sicher wollte ich nicht über Collins reden, verflucht noch mal. Ich beugte mich vor und schaltete Musik ein. Aus meinem Augenwinkel konnte ich beobachten, wie sie sich sichtlich entspannte. Seltsamerweise fühlte es sich trotz der Spannung in der Luft gut an, sie hier bei mir im Wagen zu haben.

Eine halbe Stunde später ließ ich sie vor ihrer Schule raus und versprach ihr, um fünf Uhr wiederzukommen, um sie abzuholen. Hoffentlich konnte ich mein Versprechen halten, egal welchen besch…önen Job Picnic Hayes für mich vorgesehen hatte. So, wie ich mein Glück kannte, musste ich eine Leiche verschwinden lassen.

Daumen drücken, dass es Joes Leiche war. Unwahrscheinlich, aber träumen darf man ja wohl.

Becca

Als ich wieder Netz hatte, meldete sich mein Handy mit einem entgangenen Anruf von meiner Mom. Wie immer, wenn ich ihren Namen las, durchzuckte mich ein perverser Hoffnungsschimmer. Vielleicht rief sie dieses Mal an, um mir zu sagen, dass sie es tatsächlich getan hatte, dass sie Teeny tatsächlich verlassen hatte. Jahr für Jahr versuchte ich sie davon zu überzeugen, dass sie einfach abhauen und bei mir leben sollte. Zweimal hatte sie schon gesagt, dass sie es tun würde, hatte aber in letzter Minute wieder einen Rückzieher gemacht. Das machte mich richtig fertig, was man nur schwer erklären kann, wenn man bedenkt, was für eine schreckliche Mutter sie gewesen war. Aber so ist das eben mit Eltern – man liebt sie trotz allem, weil es eben die eigenen Eltern sind und zu einem gehören.

Ich warf Batma… Puck einen heimlichen Blick zu und fragte mich, wie dämlich es wäre, sie in seiner Anwesenheit zurückzurufen.

Wahrscheinlich ziemlich dämlich.

Wir hatten nie über meine Mom gesprochen, aber der Gedanke, dass er nicht ihr größter Fan war, war wohl nicht weit hergeholt. Hoffentlich war der Anruf nicht dringend – ich würde bis zur Schulpause warten müssen, bis ich sie zurückrufen konnte. Normalerweise ließen sich unsere Gespräche in drei Kategorien unterteilen:

1. »Dieses Mal verlasse ich Teeny wirklich, Becca. Ich brauche nur etwas Geld für die Busfahrkarte, dann kann ich zu dir kommen.«
2. »Ich liebe dich, Baby.« In betrunkenem Tonfall. »Was ich getan habe, tut mir so leid. Du wirst es sehen. Wir kriegen das wieder hin. Wie eine richtige Familie.«
3. »Ich brauche Geld, meine Süße. Nur dieses eine Mal. Wir können die (Rechnung hier einfügen) nicht bezahlen und sie werden (Konsequenzen hier einfügen).«

Ich würde ja gerne behaupten, dass ich ihr nie Geld geschickt habe, doch das wäre gelogen. Ich liebte sie. Ich wollte sie zurückhaben. Ich wollte wieder ein ganzer Mensch sein, und irgendwas in meinem Hinterkopf sagte mir, dass das ohne eine Mommy nicht ging.

Zum Glück darf mein Hinterkopf nur selten Entscheidungen treffen, und er hat definitiv keinen Zugriff auf mein Konto. Nein, wenn ich ihr was schickte, dann nur kleine Beträge. Die zählten nicht.

(Genau.)

Anstatt also zurückzurufen, nutzte ich die Zeit lieber, um meine E-Mails zu checken, was ich daheim nicht tun konnte. Es waren nicht viele Nachrichten in meinem Posteingang. Spam-Mails für diverse »Vergrößerungsprodukte«. Eine kurze Info von Danielle, die mir mitteilte, dass sie Joe begegnet sei und er ihre Make-up-Tasche an meinen Türknopf gehängt habe, weil sie sie vergangene Nacht in seinem Transporter vergessen hätte – ob ich sie mit zur Arbeit bringen könnte?

Hm … Das würde kompliziert werden. Ich hatte mir noch nicht genau überlegt, wie das funktionieren sollte mit den Fahrten nach Hause und zur Arbeit. Ich sagte ihr per Mail, ich würde es versuchen, und steckte dann das Handy wieder in meine Handtasche.

Als wir vor der Schule ankamen, war ich ganz entspannt, und das trotz Pucks ach-so-freundlicher Gegenwart.

»Bis fünf«, grunzte er, als ich raussprang.

Ich wollte ihm noch sagen, dass er es bleiben lassen sollte, doch ich wollte Danielle nicht zumuten, die ganze Strecke zu fahren, nur weil ich Angst vor einem gewissen Biker hatte. Einem großen, kräftigen Biker, der zufällig auch der einzige Mann war, den ich jemals hatte …

»Danke fürs Mitnehmen«, sagte ich mit einem breiten, künstlichen Lächeln im Gesicht.

Was zum Teufel war mit mir los?

»Hi, Mom.«

»Becca, mein Baby! Ich bin so froh, dass du anrufst. Es war schrecklich, ich weiß gar nicht, was ich sagen soll, so schlimm ist es.«

»Was ist passiert?«, fragte ich, obwohl ich gar nicht sicher war, ob ich es tatsächlich wissen wollte …

»Teeny ist endgültig durchgedreht«, antwortete sie. Ausnahmsweise klang ihre Stimme nüchtern und halbwegs klar. »Ich glaube, er wird mir wehtun.«

»Mom, er prügelt dich seit Jahren windelweich. Was ist jetzt anders?«

»Nein, das waren doch nur kleine Meinungsverschiedenheiten«, ließ sie mich abblitzen. »Eine Ehe zu führen ist nicht so einfach. Das wirst du eines

Tages auch lernen, wenn du es jemals schaffst, einen Mann abzubekommen. Nein, das ist wirklich was anderes. Er war echt sauer und wütend. Gestern Abend hat er seine Pistole gezogen und sie mir eine Stunde lang an den Kopf gehalten. Seine Augen waren so schrecklich, Becca. Wie Teufelsaugen. Er behauptet, ich hätte ihn betrogen, und dafür soll ich nun bezahlen.«

Mir blieb die Luft weg.

»Mom, du musst da raus.«

»Ich weiß«, antwortete sie angestrengt flüsternd. »Er ist gerade heimgekommen. Ich versuch dich später anzurufen. Ich brauch Geld, Baby. Damit ich ihn verlassen kann. Wenn ich hier nicht rauskomme, bin ich tot.«

Dann legte sie auf.

Alles begann sich zu drehen, mir wurde ganz schwindlig im Kopf.

»Alles okay?«, fragte Caitlyn, eine meiner Mitschülerinnen. Offenbar hatte sie die letzten Worte meines Anrufs mitbekommen. Als ich zu ihr aufsah, betrachtete sie mich mit übertriebener Sorge. Zwischen ihren Fingern baumelte eine gerade angezündete Zigarette.

»Mir geht's gut«, sagte ich schnell. Toll. Jetzt würden bald alle Bescheid wissen, dass ich Ärger hatte, denn Caitlyn war die größte Tratsche der ganzen Schule, verdammt.

»Willst du darüber reden?«, fragte sie mit einer Stimme, die vor Mitgefühl troff. »Ich kann super zuhören, sagen die Leute.«

Und das Gehörte wiederholen.

»Es ist alles in Ordnung, wirklich«, erklärte ich ihr. »Mach dir keine Sorgen. Ich muss wieder rein.«

Doch es war absolut nicht in Ordnung.

Meine Gedanken wanderten hin und her. Ich beschloss, nicht mehr in den Unterricht zu gehen. Es brachte ja sowieso nichts, wenn ich mich nicht konzentrieren konnte. Ich packte meine Sachen zusammen und marschierte rüber zum Kaffeestand. Koffein löst vielleicht keine Probleme, doch schlimmer konnten sie dadurch auch nicht werden. Ich kaufte was zum Trinken und einen Muffin zum Mittagessen. Dann suchte ich mir einen Platz an der Seite des Hauses.

Teeny. Gott, wie ich den Mann hasste. Einmal war er mit einem Baseballschläger auf Mom losgegangen – ich war noch so klein gewesen, dass ich mich damals unter der Couch verstecken konnte. Ein anderes Mal hatte sie den Schläger in der Hand, was ganz gut gelaufen war, bis er seine Pistole gezogen und sie gezwungen hatte, ihn um Gnade anzubetteln, damit er sie nicht erschoss.

Bei der Szene war ich unter dem Tisch gesessen und hatte sie beobachtet.

Jetzt kriegte ich das Bild nicht mehr aus meinem Kopf raus. Jahrelang hatte ich panische Angst vor ihm gehabt, doch von Regina und Earl hatte ich gelernt, dass ich der Angst keine Macht über mein Leben einräumen durfte. Würde er sie wirklich umbringen?

Das konnte man nicht wissen.

Sie musste da raus. Vielleicht sollte ich sie zurückrufen …

»Da ist ein scharfer Typ, der nach dir sucht«, japste Caitlyn, als sie um die Ecke bog. »Er hat ganz dunkle Haare und wirkt furchteinflößend und extrem fickbar. Außerdem hat er eine irre Narbe im Gesicht. So eine Narbe, wie man sie in einem Kampf mit Piraten bekommen würde. Bitte sag mir, dass du diesen wunderschönen Mann vögelst – sonst verliere ich jeglichen Respekt vor dir.«

»Nein, er ist nur meine Mitfahrgelegenheit«, sagte ich im Aufstehen. Ich klopfte meinen Po ab, um Staub und Zweige abzuwischen. Caitlyn sah mich zuerst finster an, lächelte dann aber plötzlich. Die Arme, besonders schlau war sie echt nicht. Ihr kleines Hirn verarbeitete Informationen nur langsam und funkte jeden Gedanken direkt an ihr Gesicht.

»Stellst du uns vor?«

»Ich muss wirklich los«, antwortete ich und versuchte dabei, nicht die Augen zu verdrehen, als ich um die Ecke bog. Es stimmte, Puck wartete schon und sah wie immer übellaunig drein.

Einen Moment lang erwog ich, einfach umzudrehen und wegzulaufen. Ich könnte mich hinter der Schule verstecken und Danielle anrufen, um mich abzuholen.

Krieg dich wieder ein.

Okay, ich würde mich also zusammenreißen und wie eine Erwachsene benehmen. Am besten fing ich mit einer Entschuldigung für mein unhöfliches Benehmen heute Morgen an. Fühlte ich mich in seiner Gegenwart unwohl? Ja. War er unhöflich gewesen? Definitiv. Aber er hatte mich auch vom Straßenrand aufgesammelt, was man normalerweise mit gnädiger Toleranz und einem freundlichen Dankeschön erwiderte.

Er hätte schließlich nicht stehen bleiben müssen, oder?

Mit schnellen Schritten überquerte ich den Parkplatz und ging zu seinem Transporter, bevor die Mädels, die rauchend herumstanden, eine Gelegenheit bekamen, mich mit Fragen über ihn zu bombardieren. Sie würden sowieso versuchen, morgen alles über ihn aus mir herauszupressen – oh ja, Klatsch war an der Schule eine beliebte Freizeitbeschäftigung –, doch darüber würde ich mir später den Kopf zerbrechen.

»Danke fürs Abholen«, sagte ich, als ich in den Wagen kletterte. Mein Blick wanderte über ihn, und eine Welle der Lust schlug über mir zusammen. Schön. So hatte ihn Caitlyn genannt. Doch das entsprach nicht wirklich der Wahrheit. Er war zu wild und zu vernarbt, um schön zu sein. Aber mit »fickbar« hatte sie eindeutig ins Schwarze getroffen.

Er grunzte und drehte das Radio an, damit ich ruhig war. Und das war ich dann auch. Wir fuhren auf der Schnellstraße stumm aus der Stadt hinaus. Es war keine freundliche, angenehme Stille. Das Schweigen war seltsam und unangenehm, denn sein Körper stand so eindeutig unter Spannung, dass ich ganz nervös wurde. Würde er gleich durchdrehen?

Ich war bei Bikern aufgewachsen, wusste also genau, dass ich ihn besser nicht fragte, wie sein Tag so gewesen war und warum er ganz offensichtlich nicht glücklich und zufrieden war. Er würde es mir nicht sagen, und ich wollte es sowieso nicht wissen. Okay, eigentlich wollte ich es *schon* wissen, doch ich sollte es vermutlich besser nicht wissen. Wie auch immer, als wir von der Schnellstraße runter waren und die Straße am Fluss entlangfuhren, konnte ich das Schweigen nicht mehr ertragen. Ich musste etwas sagen.

Sag was Nettes. Locker die Stimmung ein wenig auf und vermittle ihm, dass du nicht mehr sauer bist.

»Willst du morgen zum Essen rüberkommen?«

Er antwortete nicht. Ich biss mir auf die Lippe, während ich ihn heimlich von der Seite betrachtete. Mein Gott, sah er gut aus. Nicht hübsch im traditionellen Sinne – nein, dafür sorgten schon seine Narbe und die gebrochene Nase. Der Zug war abgefahren. Und süß war er auch nicht. Zu furchteinflößend, um süß zu sein.

Aber sein Gesicht war irgendwie so unwiderstehlich. Und seine Haltung, die kontrollierte Macht, die in jeder seiner Bewegungen zum Ausdruck kam … Ich wurde schlichtweg wahnsinnig, wenn ich daran dachte. Es machte mich wahnsinnig und scharf und jagte mir eine Heidenangst ein – die Situation war unfassbar lächerlich. Entkommen konnte ich ihr jedoch nicht.

Ich musste mir immer wieder sagen, dass Puck ein Biker war und zudem nicht einer von den netten. Es gab einen *Grund*, warum die Silver Bastards Callup und all seine Einwohner beschützten. Sie taten das nicht, weil sie so nett waren – das glaubte ich keinen Moment lang. Nein, ihr Schutz galt ihrem Territorium, so, wie ein Hund seinen Knochen bewachte.

Die Silver Bastards beschmutzten vielleicht nicht ihr Nest, aber irgendwo mussten sie schließlich scheißen.

Seit ich Kalifornien verlassen hatte, war ich einer Grundregel gefolgt – ich nannte sie die Mom-Regel. Wenn du dir nicht sicher bist, überlege, was Mom tun würde. Dann tu das genaue Gegenteil. Hatte immer funktioniert. Mom liebte Biker, was hieß, dass ich mich von ihnen fernhalten musste. Auf einen netten Kerl warten musste.

Einen, der nett, normal und langweilig war …

Joe.

Igitt.

Als Joe mich küsste, stand ich irgendwie neben mir. Es gab kein brennendes Verlangen, kein heißes Begehren … Puck erregte mich schon allein durch seine Existenz. Wenn er dann auch noch persönlich direkt neben mir saß, war es fast unerträglich. Bis zum heutigen Tag gebe ich meinen Hormonen die Schuld an dem, was ich nun tat. Denn mein Verstand hatte hier sicher nichts zu melden. Ich hätte das Thema einfach einschlafen lassen sollen, dann wäre ich leicht davongekommen. Stattdessen musste ich die Klappe aufreißen und alles nur noch schlimmer machen.

»Du hast meine Frage vorhin nicht beantwortet.«

»Welche Frage?«

»Willst du morgen zum Essen zu mir kommen?«

Puck ignorierte mich, aber ich schwöre, dass seine Hände das Lenkrad plötzlich so fest umklammerten, dass es hätte entzweibrechen müssen. Der Wagen wurde plötzlich langsamer. Bei der nächsten Ausfahrt zum Fluss fuhr er ab und bremste hart. Einen Moment lang dachte ich, wir würden über die Uferbefestigung ins Wasser fliegen. Ich erstarrte, als Puck seine Tür öffnete, ausstieg und sie hinter sich zuknallte. Dann entfernte er sich ein paar Schritte vom Wagen und kickte gegen einen Stein, während er hinaus aufs Wasser sah.

Endlose Minuten vergingen.

Ich zappelte, denn ich wusste nicht, was los war. Schließlich siegte meine idiotische, selbstzerstörerische Neugier: Ich löste den Sicherheitsgurt, stieg aus und ging auf ihn zu. Er musste das Knirschen des Kieses unter meinen Füßen hören, doch er sagte nichts.

»Warum bist du ausgestiegen?«

Schweigen. Hatte er mich gehört? Dann drehte er sich voll unterdrückter Leidenschaft langsam um. Sein Blick loderte, als er sich an mich heranpirschte. Wie ein Raubtier, das sein Abendessen ins Visier nimmt, um es sich gleich zu schnappen – langsam, aber unausweichlich. Mist. Puck spielte auch gerne mit seinem Essen. Ich erinnerte mich noch daran, wie es in Kalifornien gewesen war.

Was für einen verdammten Fehler hatte ich gerade gemacht? Ich musste davonlaufen, doch es war zu spät – er hatte mich schon gegen den Transporter gedrängt, obwohl ich nicht mal sagen konnte, wie genau ich dort gelandet war.

»Was glaubst, was das hier zwischen uns ist?«, wollte Puck mit rauer Stimme wissen.

Meine Knie drohten nachzugeben, weshalb ich mich mit beiden Händen hinter mir am Wagen abstützte.

»Ich weiß nicht, was du meinst.«

»Du hast mich gerade zum *Essen* eingeladen«, erwiderte er höhnisch, so, als ob es sich um ein dreckiges Wort handeln würde. »Wofür hältst du mich eigentlich? Für eine deiner Freundinnen?«

Äh, da bestand wohl keine Gefahr. *Mist.* Verdammt, Puck war aber echt ganz schön groß. Er ragte über mir auf und nagelte mich allein mit der puren Kraft seiner Anwesenheit an diesem Platz fest. Mein Herz hämmerte, denn es war völlig überzeugt, dass Batman mich gleich fressen würde, wenn ich *nicht sofort das Richtige tat.*

»Ich halte dich für den Typen, der heute Morgen angehalten und mich mitgenommen hat, damit ich die Schule nicht versäume«, sagte ich atemlos. Pucks Mund verzog sich zu einem höhnischen Grinsen. Mein Gott, er hatte sich von einem fürchterlich attraktiven Mann in einen verflucht furchterregenden Mann verwandelt – und das schneller, als Danielle einen Shot runterkippen konnte. Und Danielle war echt *schnell.* »Du hättest es nicht tun müssen, aber du hast es getan. Außerdem bist du mein neuer Nachbar. Es war immer komisch und unangenehm, wenn wir uns begegnet sind. Vielleicht muss es ja nicht so sein.«

Er beugte sich vor und war nun dicht bei mir. Dann klatschte er auf beiden Seiten meines Körpers die Hände gegen das Metall.

»Unser Verhältnis ist etwas ungemütlich, weil ich dich auf einer Party gefickt habe, nachdem sich dein Daddy als Zuhälter betätigt hat«, sagte er schonungslos. »Das war ein Problem für mich, wenn man bedenkt, dass ich auf Bewährung raus war und so etwas gemeinhin als sexueller Missbrauch Minderjähriger betrachtet wird. Für dich war es ein Problem, weil es eine verdammt erniedrigende Erfahrung ist, vergewaltigt zu werden, ganz egal, wie es im Detail abläuft. Doch der beschissene Teil kommt erst noch – dich zu ficken war *gut*, Becca. Verflucht gut. Glaub mir, ich erinnere mich daran, wie es sich angefühlt hat, als du meinen Schwanz fest umklammert hast. Aber nicht mal du bist so gut, dass ich es hätte riskieren wollen, wieder ins Gefängnis zu wandern. Du kannst also sicher verstehen, warum ich sauer wegen der ganzen Lage war. Ich habe trotzdem das Richtige getan und dich da rausgeholt.«

Ich blinzelte schnell und versuchte, nicht ohnmächtig zu werden. Ich erinnerte mich ebenfalls noch daran, wie ich seinen Schwanz umklammert hatte. Die Erinnerung war irgendwie krank und verdammt verwirrend, aber trotzdem gut. Nicht nur gut, sondern einfach unglaublich. Bis zu dem Punkt, an dem er mir *wehgetan* hatte. *Warum macht mich das an?*

Shit. Daran musste irgendwie meine Mom schuld sein. Irgendwie hatte sie ihre einzige Superkraft an mich vererbt – die Fähigkeit, in jeder Ecke des Landes den schlimmsten Mann ausfindig zu machen und ihm zu verfallen. Das war die einzig mögliche Erklärung.

Doch Puck war noch nicht fertig gewesen.

»Weil ich deinen Arsch gerettet hab, scheinst du einen falschen Eindruck von mir bekommen zu haben, *Becs*. Du brauchst dir gar nicht einzubilden, dass ich zu der Sorte Mann gehöre, die das Richtige tut. Das ist nicht mein Ding. Ich bin der Typ, der tut, was er will, und zwar wann er will. Und du kannst mir ruhig glauben, dass ich in jener Nacht noch nicht genug mit dir angestellt habe, um dich vergessen zu können.«

Heilige Scheiße. Das musste ich erst mal verarbeiten. Dann kam er mit seinem Körper noch näher, und die ganze Sache wurde noch schlimmer. Ich konnte seinen Körper spüren. Nicht den ganzen Körper, sondern nur einen speziellen Teil, der sich in meinen Bauch grub. Er senkte seinen Kopf.

»Lass dir erklären, wie die Sache läuft«, fuhr Puck mit tiefer, rauer Stimme fort und berührte dabei mein Ohr mit seinen Lippen. Wenn ich meinen Kopf ein paar Zentimeter drehen würde, könnte ich seine Wange küssen.

Was zum Teufel war nur los mit mir?

Wie konnte ich auch nur daran *denken*, ihn zu küssen?

Weil du ihn willst, schrie mein Körper tief aus seinem Inneren. Da sprach mein Bauchgefühl. Nein, nicht der Bauch. Es war definitiv meine Muschi, die hier sprach.

Er ist stark, er wird dich beschützen. Er bringt dich zum Schreien, und dann fühlst du dich wunderbar. Er ist nämlich der härteste und übelste Kerl weit und breit, und nur so einen Typen willst du!

Seine Zähne schnappten nach meinem Ohr, zogen daran und sogen das Ohrläppchen in seinen Mund. Dann fuhr seine Zunge meinen Kiefer entlang. Wenn er mich nicht gegen den Transporter gedrückt hätte, wäre ich wohl einfach zu Boden gegangen. Doch Puck ließ mein Ohr wieder los und sprach weiter.

»Ich werde dich nicht heute hier am Straßenrand ficken, Becca, obwohl sich das im Moment nach einer verflucht guten Idee anhört. Und wenn ich dich das nächste Mal mit Collins, deinem wundervollen Toy Boy sehe, werde ich ihn nicht halb tot schlagen, weil er dich berührt hat. Aber die Sache ist so … du hast mich mit diesem ›Lass uns doch Freunde sein‹ herausgefordert, und jetzt ist Schluss damit. Ich bin nicht dein Freund, Becca. Ich war es nie und werde es nie sein. Ich kann der Mann sein, der dich fickt und dessen Eigentum du bist, oder der Mann, der dich im Auge behält und dafür sorgt, dass dein Stiefvater nicht vorbeischaut und wieder mitnimmt. Ja, sogar der Mann, der aufpasst, während du dir einen hübschen, netten Freund suchst, den du kontrollieren kannst und mit dem du dir ein Nest baust, um Babys zu machen wie normale Leute. Aber *wage* es nicht noch mal, irgendwelche Einladungen auszusprechen, außer du bist bereit, mit mir fertigzuwerden, verdammt. Und du brauchst gar nicht so zu tun, als ob du nicht genau wüsstest, was das heißt.«

Bevor ich nach Luft schnappen oder seine Worte begreifen konnte, nahm Puck mein Gesicht in beide Hände und küsste mich grob. Seine Zunge drängte sich tief in mich, während er einen seiner kräftigen Schenkel zwischen meine Beine schob. Die Lust in mir explodierte in einem verzweifelten, schmerzhaften Ausbruch, der meinen Verstand zum Schweigen brachte. Schon vor fünf Jahren war er stark gewesen, doch inzwischen war er noch muskulöser und breiter geworden. Ich wusste, dass ich absolut nichts tun konnte, um ihn zu aufzuhalten, selbst wenn ich es wollte.

Und noch nie hatte ich etwas weniger gewollt.

Plötzlich war es vorbei.

Ich fiel mit einem Plumps zu Boden. Zitternd und überwältigt hob ich eine Hand an meine geschwollenen Lippen. Puck trat zurück, seine Augen flackerten vor unterdrückter Lust. Dann kramte er nach etwas in seiner Hosentasche, was er offenbar nicht fand.

»Fuck!«, rief er, drehte sich um und stapfte zum Fluss. »Steig wieder in den verdammten Wagen.«

Ja, dagegen hatte ich nichts einzuwenden.

Fünf Minuten später riss er die Fahrertür auf, sodass der ganze Wagen schaukelte, und stieg ein. Mit quietschenden Reifen fuhren wir zurück auf die Straße, während der Schotter hinter uns aufspritzte, und machten uns auf den Weg zurück nach Callup.

Als er dann wieder das Radio einschaltete, hielt ich meinen Mund.

Puck ließ mich ungefähr eine Stunde vor Schichtbeginn am Moose raus. Noch am Nachmittag hatte ich vorgehabt, mich bis nach Hause fahren zu lassen, sodass ich duschen und mich umziehen könnte. Ganz zu schweigen von Danielles Make-up-Tasche, die ich auch mitnehmen wollte. Wahrscheinlich hing sie immer noch an meiner Tür …

Nach unserer kleinen Konfrontation war ich jedoch viel zu sehr damit beschäftigt gewesen, mit all dem Adrenalin, das mein Körper explosionsartig ausgeschüttet hatte, zurechtzukommen. Ich hatte ihn außerdem nicht um noch einen Gefallen bitten wollen. Als er also an der Bar hielt, sprang ich nur raus, um so schnell wie möglich von ihm wegzukommen. Ihm schien es ähnlich zu gehen, denn er wartete gerade noch darauf, dass die Wagentür zufiel, bevor er wieder losfuhr.

Jetzt saß ich an einem ramponierten Steintisch, der auf einem Flecken Gras auf der anderen Straßenseite stand, und starrte runter auf den Fluss, während ich versuchte, meine Gedanken zu ordnen. Der Anblick des über die Felsen fließenden Wassers beruhigte mich, wie immer. Egal, was gerade schieflief, zumindest lebte ich in einer schönen Gegend. Das war doch schließlich auch was wert, oder?

»Hast du mein Make-up mitgebracht?«, fragte Danielle fröhlich und ließ sich neben mir auf die Bank plumpsen.

Ich schüttelte meinen Kopf.

»Nö, ich hatte keine Gelegenheit mehr, nach Hause zu fahren«, erklärte ich ihr. »Ärger mit dem Auto. Ich musste bei Puck mitfahren.«

»Echt …?«, sagte sie gedehnt und mit deutlich hörbarem Fragezeichen.

»Echt«, erwiderte ich bestimmt.

Danielle betrachtete mich eine Minute lang nachdenklich und zuckte dann mit den Schultern.

Das liebte ich an ihr – sie wusste einfach, wann sie die Klappe halten sollte.

»Dann leih ich mir deines aus«, verkündete sie und griff nach meiner Handtasche. Sie wühlte darin herum und zog ein kleines Täschchen in kräftigen Farben hervor, in dem ich mein Make-up aufbewahrte. Ich hatte es vergangenen Monat aus einem alten Seidenkimono genäht, den ich in einem Secondhandshop in Kingston entdeckt hatte.

»Du weißt, dass du die verkaufen könntest. Hast du schon mit Regina darüber geredet, ob du ein paar in ihrer Teestube ausstellen könntest?«

»Noch nicht«, antwortete ich. »Ich hatte zu viel mit der Schule zu tun. Täschchennähen reicht nicht, um die Rechnungen zu bezahlen – ich muss mich auf das Wesentliche konzentrieren.«

»Da täuschst du dich vielleicht.« Danielle klappte meinen kleinen Spiegel auf und betrachtete ihr Gesicht. »Fuck, ich hab so viele Sommersprossen, dass ich schreien könnte. Raelene Korgee hat mir erzählt, dass es bei Ulta, drüben an der Fünfundneunzig, jetzt diese tolle Foundation geben soll. Ich würde sie gerne ausprobieren, aber sie kostet ein verdammtes Vermögen. Denkst du, sie würden dir ein Pröbchen geben, weil du vom Fach bist?«

Ich schüttelte den Kopf und spürte, wie ein Teil der Anspannung von mir abfiel. Danielle hatte immer diese Wirkung – sie war einfach so bodenständig. Sie erdete mich.

»Schön wär's. Mir gehen alle möglichen Dinge aus. Das Trinkgeld hier soll ja ganz gut sein. Vielleicht kann ich ein paar neue Herbstfarben kaufen«, antwortete ich.

Ernsthaft?, zischte mein Gewissen. *Du willst Make-up kaufen, während deine Mom mit Teeny und seinen Waffen in der Falle sitzt?*

Danielle trug meinen dunkelroten Lippenstift auf und presste nachdenklich die Lippen zusammen, um die Farbe zu verteilen.

»Ist das zu viel bei mir?«

Ich warf ihr einen Blick zu und schüttelte den Kopf.

»Nein, du kannst das tragen.«

Ich hörte ein Schnattern, und als ich aufsah, entdeckte ich eine Formation von Gänsen, die über uns hingwegflog. Der Sommer ging so schnell zu Ende … Bald würde Schnee fallen, was lange Fahrzeiten und teure Winter-Stromrechnungen bedeutete. Obwohl es einen gewissen Charme hatte, in einem über hundert Jahre alten Gebäude zu wohnen, gab es durchaus Nachteile. Einer davon war das Heizen. Wie viel Geld würde Mom realistischerweise brauchen, um abzuhauen? Konnte ich es mir leisten, ihr zu helfen?

»Blake hat versprochen, dass es gutes Trinkgeld gibt. Wetten, dass sie noch besser ausfallen, wenn wir ein bisschen Haut zeigen? Falls nicht, gibt es immer noch Plan B.«

»Wie lautet Plan B?«

»Natürlich oben bei Shanda Reed zu arbeiten.«

Ich riss empört die Augen auf und wandte mich zu ihr um.

»Ist das nicht …? Also, ich hab Gerüchte gehört, aber …«

»Es ist ein Puff, klar«, sagte sie recht zufrieden. »So heißt es zumindest. Mädchen können da eine Menge Geld verdienen.«

»Du redest einen Haufen Scheiße. Nie würdest du dort arbeiten!«

Danielle prustete los und schüttelte ihren Kopf.

»Du solltest dein Gesicht sehen!«

»Mein Gott, du hast mich echt erschreckt«, antwortete ich und versetzte ihr einen Stoß gegen die Schulter.

Sie schubste zurück, und plötzlich rangelten wir so heftig, dass ich herunterfiel. Danielle fiel hinterher, sodass wir uns immer noch lachend auf den Rücken wälzten.

»Es ist *wirklich* ein Puff«, sagte sie. »Blake hat mir gestern alles darüber erzählt – er war sturzbetrunken. Er hat gesagt, dass sie jedoch nie Mädels aus der Gegend nehmen. Es ist ein altes Hotel hinter Quincy, ganz hinten im Wald an einem alten See. War früher wohl eine kleine Ferienanlage oder so, bevor die Interstate da durch gebaut wurde. Er hat mir erzählt, dass Shanda Reed es in ein Bordell verwandelt hat, und dass die Frauen, die dort arbeiten, einen Haufen Geld verdienen. Von den Bergwerksarbeitern und von Typen, die aus Montana rüberfahren.«

»Warum schließt es der Sheriff nicht?«

»Oh, das wird niemals passieren. Wann hat der Sheriff zum letzten Mal jemanden hierhergeschickt? Quincy liegt weitere fünfzehn Meilen hinter Callup, wahrscheinlich hat er vergessen, dass es das überhaupt gibt. Mann, Shanda würde ihn erschießen, wenn er seine Nase in ihr Geschäft stecken würde. Sie ist echt 'ne Hexe – meine Mom ist mit ihr zur Schule gegangen. Sie hasst sie. Nö, ich wette, Shanda zahlt dem Sheriff was, damit er nicht in ihre Nähe kommt. Win-win-Situation. Das ist also mein neuer Plan B – wenn alles andere nicht klappt, können wir immer noch herumhuren.«

Sofort fühlte ich mich ernüchtert.

Ich war schon eine Hure gewesen. Vielleicht keine bezahlte, aber ich wusste alles darüber, wie es ist, Männern zu Diensten zu sein. Genau wie meine Mom.

»Eine Prostituierte zu sein ist nicht toll«, sagte ich unvermittelt. Ich setzte mich auf und begann, meine Make-up-Utensilien einzusammeln, die ins Gras gefallen waren.

Danielle starrte mich mit verblüffter Miene an.

»Alles in Ordnung mit dir? Ich hab nur Quatsch gemacht, das weißt du doch, oder? Ich würde das nie tun. Wenn ich echt verzweifelt wäre, würde ich in einem Stripclub arbeiten. Man muss ja schließlich nicht gleich zur Nutte werden, wenn man stattdessen mit dem Arsch wackeln und damit Geld verdienen kann.«

Ich zuckte mit den Schultern und setzte ein falsches Lächeln auf.

»Klar, alles okay. Aber es ist langsam Zeit für die Arbeit. Lass uns noch mal aufs Klo gehen, und dann geht's los. Einverstanden?«

KAPITEL VIER

Mein erster Abend im Moose fing gut an, was nach meinem beschissenen Nachmittag wirklich ein Segen war. Ich war froh, dass so viel los war. Je mehr ich arbeitete, desto weniger dachte ich an die Sache mit meiner Mom. Das war auch gut so, denn die Sache mit meiner Mom erinnerte mich an Kalifornien, was weitere Erinnerungen an meine außerordentliche Nacht mit Puck nach sich zog.

Der heiße Puck. Der furchteinflößende Puck. Puck, wie er mich gegen den Transporter presste und mit seinem Schwanz gegen meinen Bauch stieß, wie er in mein Ohr knurrte … War schon eine besonders beschissene Laune des Schicksal, wenn die besten Sexerinnerungen mit Schmerz, Leid und Angst verbunden waren, alles Gefühle, die ich in der Nacht unserer ersten Begegnung verspürt hatte.

Vielleicht kam ich deshalb bei Joe nicht in Fahrt – er hatte mir nie wehgetan.

Du bist also durchgeknallt, sagte ich mir. *Da bist du nicht die Erste und auch nicht die Letzte. Hör auf, darüber nachzudenken.*

Teresa gab uns als Erstes eine marineblaue Schürze, was wohl so eine Art einheitliche Arbeitskleidung darstellen sollte. Die ersten Stunden vergingen wie im Flug, weil wir die neue Karte und das Computerbuchungssystem kennenlernen mussten. Blake stempelte eine Stunde später. Dass er sich mit fast allem schon auskannte, machte es auch für uns einfacher. Außerdem hatte man mit Danielle in jedem Job Spaß. Was wichtig war, da die Bude voll war.

Erst gegen zehn Uhr wurde es anstrengender. Die Leute, die zum Essen dagewesen waren, hatten die Bar inzwischen verlassen, und die Küche war auch schon geschlossen. Jetzt bereiteten wir uns auf den Nachtflug mit den richtigen Trinkern vor. Kurz darauf tauchte eine Gruppe von Schülern aus der Northwoods Academy auf, die sich ganz offensichtlich unters einfache Volk mischen wollten.

Ich wusste ein paar Details über die Academy, weil Earl dort im vergangenen Jahr als Hausmeister gearbeitet hatte. Nichts Gutes. Sie war in den späten 90er-Jahren gegründet worden und war eine Aufbewahrungsanstalt für reiche, verwöhnte Bälger, die eigentlich in der Highschool und auf dem College sein sollten. Ihre wohlhabenden Eltern hatten ihnen einen »Aufenthalt in der Natur« verordnet – als Alternative zu einer Gefängnisstrafe. Es geht doch nichts über ein wenig Bestechungsgeld für den Richter, wenn man sich so ein sauberes Vorstrafenregister erhält.

Manche der Jungs und Mädels hatten natürlich auch nur einfach eine Familie, die sie loswerden wollte, weil sie nicht so wirklich dazupassten. Einige Eltern waren sogar Filmstars, das hatte zumindest Earl erzählt. Was auch immer der Grund dafür gewesen war, dass sie in Idaho gelandet waren – fast alle von ihnen waren widerwärtig und verflucht eingebildet.

Sie hatten sich rund um Callup einen schlechten Ruf erworben, weil sie mies mit den Einheimischen umsprangen. Earl riet mir immer wieder, mich von ihnen fernzuhalten. Ich hatte sogar Geschichten gehört, wonach sie Mädchen dorthin lockten und vergewaltigten. Ob das stimmte? Keine Ahnung … ich wollte es aber auch nicht rausfinden.

»Die sind doch nie und nimmer volljährig«, sagte ich zu Blake, während ich die Gruppe beobachtete. Gott sei Dank hatten sie sich in Danielles Bereich niedergelassen, weshalb nicht ich sie nach ihren Ausweisen fragen musste. Sie sahen aus wie Typen, die sich richtig aufregen, wenn die Bedienung sie nach ihrem Ausweis fragt. »Warum können wir sie nicht einfach rauswerfen?«

»Wir wissen nicht sicher, dass sie nicht volljährig sind«, sagte er mit einem Schulterzucken. »Ich glaube, in der Academy nehmen sie sie bis zweiundzwanzig. Die haben auch weiterführende Kurse und so Zeug – hängt nur davon ab, wie wichtig es ihnen ist, dem Gefängnis zu entgehen. Ich würde auch lieber ins Internat gehen als in eine Gefängniszelle.«

»Fragst du sie nach ihrem Ausweis?«

»Nie im Leben. Die haben reichlich Geld zum Ausgeben und können es nirgendwo anders loswerden. Wenn uns jemals jemand fragt, sagen wir einfach, wir dachten, wir hätten sie alle geprüft. Zumindest ein paar von ihnen haben sicher gefälschte Ausweise. So sind wir aus dem Schneider. Vergiss nicht, diese kleinen Scheißer sind stinkreich – allein die Schulgebühren sind scheißteuer dort. Wir bekommen gutes Trinkgeld und tun so, als ob wir sie nie gesehen hätten. Da haben alle was davon.«

Ich nickte langsam, während ich beobachtete, wie sie die Einrichtung im Zwielicht begutachteten und auf die glatt geschliffenen Tische aus Holzstämmen sowie die alten Sicherheitsschilder aus dem Bergwerk zeigten, die die Wände schmückten. Danielle schien keine Probleme mit ihnen zu haben, weshalb ich beschloss, mich um meine Tische und meine eigenen Angelegenheiten zu kümmern.

Gegen halb elf tauchte Joe auf.

Er setzte sich an die Bar und lächelte mich an, während er Blake begrüßte. Danielle zwinkerte mir vielsagend zu. Toll, das fehlte mir noch – meine beste Freundin als Kupplerin.

Wenn ich jedoch jemals normal sein wollte, sollte ich diese komische Puck-Besessenheit irgendwie überwinden. Vielleicht konnte ich Joe ja so lange was vorspielen, bis ich anfing, was zu empfinden. Schadete sicher nichts.

Als ich um elf Uhr Pause machte, sah mich Joe vielsagend an, weshalb ich ihn anlächelte. Er nahm mich an der Hand, um mich nach draußen zu führen. Wir gingen über den Parkplatz zu dem gleichen Fleckchen Gras mit Blick auf den Fluss, wo ich schon früher am Abend gesessen hatte. Joe kletterte auf den Steintisch und klopfte dann auf den Platz neben sich. So saßen wir eine Weile und starrten, eingehüllt vom Zirpen der Grillen und Quaken der Frösche, auf das dunkle Wasser. Ich hätte mich eigentlich komisch fühlen sollen, tat es aber nicht. In Joes Gesellschaft fühlte ich mich entspannt. Es war angenehm und wunderbar normal.

»Scheint heute gut zu laufen bei dir«, sagte Joe schließlich. »Gefällt dir der neue Job?«

»Besser, als ich dachte. Das Trinkgeld ist okay, und die Leute sind nett. Ich hatte es mir wesentlich durchgeknallter vorgestellt.« Die folgenden Worte wägte ich vorsichtig ab, beschloss aber dann, dass es mich wohl kaum umbringen würde, ein wenig offener zu sein. »Ich bin in einer ziemlich rauen Umgebung aufgewachsen – es gab viel Streit und so. Ich dachte, hier würde es ähnlich zugehen, doch bisher ist es weit davon entfernt.«

»Im Moose kann es manchmal schon rundgehen, doch die Barkeeper haben alles im Blick, und Teresa hat eine Flinte, die sie ohne zu zögern hervorholt, falls es nötig ist. Meistens ist es nur irgendein Idiot, der sich aufführt. Ich schätze, es gab mal einige hässliche Vorkommnisse vor ein paar Jahren, während der Vertragsstreitigkeiten drunten in der Evans-Mine. Sie haben die Silver Bastards gebeten, rauszukommen und die Dinge zu regeln. Dadurch haben sich alle wieder beruhigt. Das Moose ist in gewisser Weise das Herz der Gemeinde. Bei dem großen Feuer im Bergwerk Laughing Tess – das war vor unserer Zeit – haben sich alle hier versammelt, um auf Neuigkeiten zu warten. Ganze Familien haben hier in der Bar übernachtet.«

Ich erschauerte, weil ich an die Männer dachte, die ihr Leben tief im Inneren der Erde verloren hatten.

»In einem Bergwerk arbeiten, das könnte ich nicht«, sagte ich leise. »Ich hasse die Vorstellung, unter all der Erde und dem Gestein begraben zu sein. Macht dir das nie Angst?«

»Es ist nicht so schlimm, wie du es dir vorstellst«, antwortete er. »Man verdient gutes Geld, genug, um damit eine Familie zu ernähren. Aber ich will auch raus – als Arbeiter in einer Mine hat man keine Zukunft, so, wie das Geschäft die letzten Jahre gelaufen ist. Gott weiß, wie lange die Laughing Tess noch in Betrieb sein wird.«

Wieder schwiegen wir. Dann zog er mich an sich.

»Hast du morgen schon was vor?«

»Wie immer Schule«, antwortete ich. »Blake nimmt mich mit.«

»Willst du vielleicht abends essen gehen oder so?«

Ich dachte an mein heutiges Gespräch mit Puck und zitterte.

Joe hatte ganz offensichtlich Interesse an mir. Außerdem war er heiß, auf eine gesunde, kernige Art. *Puck ist heißer*, sagte meine innere Verräterstimme.

Ja, aber Joe ist normal, rief ich mir mit Nachdruck in Erinnerung.

»Warum kommst du nicht zu mir?«, sagte ich plötzlich. »Ich koch uns was. Vielleicht fährt Blake mich sogar noch beim Supermarkt vorbei, falls mein Auto noch nicht repariert ist.«

»Sicher«, sagte er. »Was ist mit deinem Auto?«

»Ist heute Morgen auf dem Weg zur Schule liegen geblieben. Earl repariert es gerade für mich.«

»Das ist echt blöd.«

»Ja.«

»Hast du den Unterricht verpasst?«

Ich hielt inne, während ich lauschte, wie das Wasser über die Felsen rauschte, und überlegte mir meine Antwort. »Nein, Puck Redhouse hat mich aufgelesen.«

Joe antwortete nicht, weshalb ich ihm einen schnellen Blick zuwarf. Er schien nachzudenken.

»Ich dachte, du hättest gesagt, da wäre nichts zwischen euch.«

»So ist es auch«, betonte ich und wünschte mir zugleich, dass das die Wahrheit wäre. Warum konnte ich mir Puck nicht aus dem Kopf schlagen?

Wie die Mutter, so die Tochter.

Nein. Ich würde nicht werden wie diese Frau. Ich *weigerte mich*.

»Wir hatten mal was miteinander, vor langer Zeit«, sagte ich langsam, während ich mir wünschte, einfach lügen zu können. Mom log ständig. »Es war aber keine Beziehung oder so. Nur wenige Leute wissen darüber Bescheid, dass ich drunten in Kalifornien gelebt habe, bevor ich hierherkam. Mein Stiefvater war ein Biker – er hing immer mit dem dortigen Club herum. Das waren nicht besonders sympathische Leute. Dort hab ich Puck getroffen.«

Joe war neben mir erstarrt. »Dann bist du mit ihm hierhergekommen?«

»Man könnte wohl sagen, dass er mich gerettet hat. Meine Lage dort war nicht besonders gut. Er erkannte das und half mir dabei, den Ort zu verlassen.«

»Hätte ihn nicht für den Typ ›Ritter in glänzender Rüstung‹ gehalten.«

Überrascht prustete ich los.

»Nein, das ist er wirklich nicht«, sagte ich. »Trotzdem hat er mich gerettet.«

»Das war also die Vergangenheit. Wie steht es jetzt zwischen euch beiden?«

»Da ist nichts«, sagte ich. »Na ja, er hat wohl ein Auge auf mich, so in der Art. Seltsamerweise fühle ich mich sicherer, wenn er in der Nähe ist. Aber gleichzeitig fühle ich mich auch unwohl – als wir uns zum ersten Mal sahen, wurde ich verletzt. Und daran war er beteiligt.«

»Klingt kompliziert.«

»Definitiv«, gab ich zu. *Kompliziert.* Das Wort traf es wirklich.

Und Joe war ein netter Typ ... ein Typ, der es nicht verdiente, dass ich ihm etwas vorspielte. Was zum Teufel hatte ich mir nur gedacht? Ich war nicht meine Mutter – ich benutzte Männer nicht. Zumindest nicht mit Absicht. »Wenn du mich vor zwei Tagen gefragt hättest, ob irgendwas zwischen uns ist, hätte ich gesagt ›Nie im Leben‹. Und es ist zwar immer noch nichts passiert, aber ... Ich mag dich sehr, Joe, deshalb will ich ehrlich sein ... er bringt mich ganz durcheinander, und ich weiß nicht, wie ich damit umgehen soll.«

Joe nickte langsam und lächelte mich schmerzerfüllt an.

»Weißt du, ich hab mich jahrelang gefragt, warum zum Teufel ich keine Frau kennenlerne, die keine Spielchen spielt. Jetzt sitzen wir hier, und du spielst keine Spielchen. Ist auch irgendwie beschissen.«

Ich gab seiner Schulter einen kleinen Rempler und wünschte mir, ich wäre nicht so durchgeknallt. Mit seinem Arm drückte er mich freundschaftlich an sich.

»Hör mal«, sagte er. »Lass uns einen Deal abschließen – du regelst deine Angelegenheiten, und wenn ich immer noch bereit bin und du Interesse hast, dann gib mir Bescheid. Aber ich suche was Ernstes und nehme an, dass du momentan nicht in der Verfassung dafür bist. Zuerst musst du das, was zwischen dir und Redhouse ist, klären.«

»Ist das die berühmte ›Lass uns Freunde sein‹-Ansage?«, fragte ich trocken. »Hab gehört, das soll *der* Todesstoß sein.«

Joe lachte.

»Nein, ich wäre gerne mehr als dein Freund – aber ich bin kein Idiot. Wenn du noch nicht bereit für eine Beziehung bist, kann ich das nicht ändern. Mir wäre es lieber, wenn du jetzt die Sache mit Puck regeln würdest.«

»Es gibt nicht wirklich was zu regeln«, erwiderte ich mit melancholischer Stimme. »Er und ich, wir haben keine wirkliche Beziehung und werden nie eine haben. Doch ich glaube, du hast recht – ich muss einen klaren Kopf bekommen. Aber bis dahin können wir trotzdem was zusammen machen und unseren Spaß dabei haben.«

»Vielleicht.«

Das Röhren von Motorrädern erfüllte die Luft. Das Licht ihrer Scheinwerfer wanderte über uns, als sie auf den Parkplatz fuhren. In Teenys Haus hatte ich eine ganze Menge gelernt. Mit fünfzehn Jahren konnte ich einen Joint rauchen, einen blasen und ohne Vorbereitungszeit für dreißig Männer kochen … und ich hatte gelernt, Motorräder an ihrem Sound zu unterscheiden und eines zu erkennen, wenn es jemand Wichtigem gehörte. Es stand damals schlimm um mich, doch es wäre noch schlimmer gewesen, wenn ich mich nicht versteckt hätte, sobald die übelsten Typen am Abend vorbeikamen.

Puck und seine Brüder von den Silver Bastards waren gerade angekommen. Das wusste ich ganz genau, obwohl ich, geblendet von den Scheinwerfern, ihre Gesichter nicht erkennen konnte. Alte Gewohnheiten wird man vermutlich nicht so schnell los.

»Deine Pause ist vorbei«, sagte Joe leise. »Ich bring dich wieder zurück.«

Er stieg vom Tisch, drehte sich zu mir um und hob mich herunter. Wir gingen über die Straße und über den knirschenden Kies, während die Bastards ihre Harleys in Reih und Glied aufstellten. Ich verbot mir, nach Puck Ausschau zu halten. War doch egal, wenn ich ein komisches Verhältnis zu ihm hatte und scharf auf ihn war. Das Leben steckt voller Dinge, die wir haben wollen und die zugleich nicht gut für uns sind.

Sahnetorte. Schokobrownies mit Eis zum Frühstück. Das letzte Bier nach all den anderen … schon klar, welches gemeint ist – das Glas, das kleine Kopfschmerzen in den ultimativen Kater verwandelt.

Vielleicht war das ja das Problem. Ich hatte einen gigantischen fünfjährigen Puck-Kater.

Puck war auf dekadente, schamlose Art gefährlich – so wie Sahnetorte um Mitternacht. Damals in meinem Zimmer hatte er aufgehört, als ihm klar geworden war, dass er mir wehgetan hatte – und ich war echt froh darüber gewesen. Doch das war nur ein Bruchteil dessen gewesen, was ein Mann wie er von einer Frau erwarten würde. Für mich war das zu viel gewesen, aber das hieß noch lange nicht, dass das nicht sein alltägliches Verhalten gewesen ist. Meine Schwäche für ihn führte in die Sackgasse. Zum ersten Mal in meinem Leben hatte ich etwas zu verlieren, wenn ich mich nicht zusammenriss. Es war also an der Zeit, vernünftig zu werden.

Inzwischen hatten die Bastards ihre Bikes abgestellt und marschierten auf die Bar zu, sodass wir ihnen auf halbem Weg begegneten. Sie waren wie ein Wolfsrudel, das uns von allen Seiten einkreiste. Ich spürte meine Anspannung, denn ich mochte es gar nicht, wenn ich von großen Kerlen in Lederkleidung umringt war.

Ein weiterer Grund, Puck aus dem Weg zu gehen.

Das war natürlich im Moment etwas schwierig, da er gerade direkt neben mir ging. Joe zu meiner Rechten, Puck zu meiner Linken. Der Unbehaglichkeitsfaktor hatte sich nochmals gewaltig gesteigert, und dieses schreckliche Gefühl der Spannung zwischen Puck und mir erwachte schlagartig wieder zum Leben. Ich warf ihm einen schnellen Blick zu, doch die Dunkelheit verbarg seinen Gesichtsausdruck. Wahrscheinlich eh besser.

Überrascht bemerkte ich, dass Joe nach meiner Hand griff. Puck gab ein leises Knurren von sich. Ich zitterte. Trotz all der Gründe, die gegen ihn sprachen, schaffte er es immer noch, mich scharf zu machen, ohne dass er es überhaupt darauf anlegte. Joe drückte beruhigend meine Finger, während ich ein nervöses Kichern unterdrücken musste. Nicht ein »Oh, wie komisch«-Kichern, sondern eher ein »Besser lachen, als völlig durchdrehen«-Kichern.

Also, dass nun Joe zu meiner Rechten und Puck zu meiner Linken ging, war nicht, wie zu erwarten, nur einfach unbehaglich, sondern sogar super-duper-unbehaglich, sodass es meine Vorstellungskraft in Bezug auf

Unbehaglichkeit schlicht sprengte. Die Spannung wuchs und wirbelte wie ein feindseliges Wesen um uns herum. Die ganze Zeit über hielt Joe meine Hand – er würde vielleicht nie mein Lover werden, aber er würde einen verdammt guten Freund abgeben.

Abgesehen von Puck eskortierten uns freundlicherweise drei weitere Silver Bastards. Bei den Bikes hatten sie einen Anwärter zurückgelassen. Er würde hier draußen stehen bleiben und aufpassen, je nachdem, wie lange die anderen in der Bar blieben. Und das alles nur, um ein Clubmitglied zu werden.

Das weckte Erinnerungen.

Manchmal fühlte es sich komisch an, so gut über die Welt der Motorradclubs Bescheid zu wissen, ohne eigentlich dazuzugehören. Ich war bei mehreren Motorradclubs aufgewachsen, nicht nur bei einem. Mom war immer wieder umgezogen, bis sie Teeny getroffen hatte. Als kleines Kind liebte ich die großen, lauten Maschinen, die so schnell fuhren. Jetzt war es wie russisches Roulette, wenn ich sie hörte – manchmal weckten sie schlimme Erinnerungen, manchmal fühlte ich mich beschützt. Früher träumte ich jede Nacht von Teeny. Von Teeny und den Männern, denen er mich gegeben hatte. Zum Glück träumte ich inzwischen nicht mehr davon. Zumindest nicht mehr so oft. Und auch wenn ich es ungern zugab, hatten die Silver Bastards doch eine Art Schutzzone für mich errichtet. Sie waren in der Nähe, sie schreckten Teeny ab, und sie würden mich beschützen.

Ziemlich schräge Sache, was?

»Gefällt dir der neue Job?«, fragte Boonie mich, als ob die ganze Situation nicht völlig bizarr und unangenehm wäre. Mann, vielleicht war sie das für ihn auch nicht. »Wurdest du schon wieder in 'ne Schlägerei verwickelt? Hast dich gestern Früh gut geschlagen. Ich war beeindruckt.«

»Äh, danke. Bisher läuft alles gut«, sagte ich und rückte ein wenig näher an Joe heran. Er legte mir lässig den Arm um die Schulter. Ich hätte ihn küssen können, denn er hatte definitiv keine Angst vor den Bastards, was wirklich ein Pluspunkt für ihn war. Boonie schnaubte belustigt, denn er durchschaute mich offenbar und fand das amüsant.

Puck schien es nicht so witzig zu finden … Zuvor hatte er bereits bedrohlich gewirkt, jetzt war er wieder im Raubtiermodus. Mein dämlicher Körper hielt das für extrem heiß.

Nach dem wohl längsten Marsch der Geschichte erreichten wir die breite Treppe, die zur vorderen Veranda der Bar hinaufführte. Das Gebäude hatte zwei Stockwerke, wobei im Obergeschoss früher ein Hotel untergebracht gewesen war. Nun, entweder ein Hotel oder ein Puff – die Antwort hing davon ab, wen man fragte. Die Tür ging auf, und helles Licht überflutete uns. Und schon war ich drinnen. Joe drückte mich zum letzten Mal, dann ließ er mich los. Ich wandte mich zur Bar und wäre beinahe mit Puck zusammengestoßen, der viel zu nahe bei mir stand.

»Vorsicht«, sagte er.

Danielle – mein Gott, wie ich die Frau liebte – kam rüber, packte mich am Arm und zog mich weg von den Männern in Richtung Theke.

»Diese Wichser von der Academy gehen mir total auf den Geist«, zischte sie, ohne das Drama, das sich bei mir abspielte, zu bemerken. (Sie war eine wirklich großartige Freundin, denn sie spürte meine Probleme und fand eine Lösung, *ohne sie auch nur selbst mitzubekommen.*)

»Blake will sie umbringen, aber ich halte ihn zurück. Meinst du, du könntest sie eine Weile übernehmen, damit ich nicht durchdrehe?«

»Sicher«, sagte ich und bückte mich schnell hinter die Theke, um meine Schürze hervorzuholen.

»Geht's dir gut?«, fragte Joe und schnappte sich einen Hocker. Weniger als drei Meter hinter ihm stand Puck, der uns aus schmalen Augen beobachtete. Seine Arme hatte er über der muskulösen Brust verschränkt. Mich überkam plötzlich der Drang, Joes Shirt zu packen, ihn zu mir herabzuziehen und ihn leidenschaftlich zu küssen. Nur um Puck zu ärgern. *Wirklich classy, Becca.* Ich zwang mich, Joe meine ganze Aufmerksamkeit zu schenken und den übellaunigen Biker hinter ihm, der uns giftig anstarrte, zu ignorieren.

»Sorry«, sagte ich.

Er legte den Kopf schräg.

»Wofür?«

»Dass ich so durcheinander bin«, antwortete ich und senkte den Kopf.

Joe streckte seine Hand aus und hob grinsend mein Kinn an.

»Nun, als dein *Freund* werde ich schon lernen, damit zurechtzukommen«, sagte er. »Hat sogar seine Vorteile.«

»Inwiefern?«

»Jetzt kann ich in deiner Gegenwart rülpsen und furzen.«

Ich rümpfte die Nase, und Joe lachte.

»Ich muss langsam nach Hause, morgen muss ich früh raus.«

»Pass auf dich auf«, sagte ich zu ihm.

»Du auch.«

Joe zwinkerte mir zu, drehte sich dann um und ging zur Tür raus. Puck stand noch immer da und sah sich alles an. Sein finsterer Gesichtsausdruck jagte mir einen Schauer über den Rücken.

Es war kein Angstschauer.

Puck

»Du bist erbärmlich«, verkündete Boonie mit einem höhnischen Grinsen in meine Richtung. Wir hatten einen der Stehtische im hinteren Teil des Moose genommen, von wo aus man den ganzen Raum im Auge behalten konnte. Collins war nicht mehr da, was auch besser so war. Als er seinen Arm um Becca gelegt hatte, war mein Blutdruck in die Höhe geschossen. Ich hatte mich dabei erwischt, wie ich mit der Pistole in meiner Hosentasche herumspielte. Boonie, der alte Schwanzlutscher, schien das für lustig zu halten. »Nimm sie dir doch, wenn du sie haben willst.«

»Ja, weil das so einfach ist.«

Er schnaubte und tauschte Blicke mit Deep und Demon. Deep zuckte mit den Schultern.

»Wenn du ein echter Mann bist, tust du, was getan werden muss«, murmelte er und griff nach seinem Bier.

»So, wie du das bei Carlie machst?«, fragte ich ihn mit hochgezogener Augenbraue. »Ist mir leider nicht entgangen, in wessen Bett sie letzte Nacht war.«

Deep kniff die Augen zusammen und beugte sich vor, doch Demon versetzte ihm einen Stoß in die Rippen. Mit Schwung. Die beiden waren das, was man Irische Zwillinge nannte – zwei Geschwister mit einem Altersunterschied von weniger als zwölf Monaten. Nie hatte ich Brüder erlebt, die so gern miteinander kämpften.

»Er hat recht«, sagte Demon. »Halt dein verfluchtes Maul.«

»Hier ist es hübsch«, verkündete Boonie. »Wir sollten öfter hierherkommen, was meint ihr?«

Ich ignorierte ihn und ließ mich auf meinem Hocker nieder, um den Raum zu scannen. Wir saßen in Beccas Bereich, und was ich hier sah, machte mich nicht glücklich. Ich wusste, dass sie eine gute Bedienung war, aber es war unübersehbar, dass sie gerade erst angefangen hatte. Sie hatte nicht nur einige Bestellungen durcheinandergebracht, sondern schien auch nicht den richtigen Rhythmus zu finden. Doch das war nicht, was mich störte.

Mich störte, dass sich niemand was aus diesen Fehlern zu machen schien. Ich hatte den hässlichen Verdacht, dass das an ihren kleinen, spitzen Brüsten, an ihrem freundlichen Lächeln und an ihrem knackigen Arsch lag, in den man ernsthaft mal reinbeißen müsste.

Sie brauchte dringend einen neuen Job, aber wirklich! Jeder Mann im Lokal wollte sie. Darunter auch ich. Besonders ich. Ich hasste die Kerle. Alle. Ich rutschte auf meinem Stuhl herum, denn jedes Mal, wenn ich mit ihr in einem Raum war, wurde meine Hose zu eng.

Es war Folter. Becca war in jeder Hinsicht so verdammt wundervoll, nicht nur was ihr Äußeres anging. Irgendwas an ihrer Haltung, ihren Bewegungen … Ich konnte es nicht genau ausdrücken. Als ob sie durchs Leben tanzte – zu einer Melodie, die außer ihr niemand hören konnte. Ich hatte noch nie eine Frau wie sie kennengelernt – sie war nicht nur sexy, sondern sie hatte bewundernswerten Kampfgeist.

Seit unserer ersten Begegnung war sie richtig erwachsen geworden. Ihr Busen war größer, ihr Arsch hatte nun schöne Rundungen, war aber keineswegs zu dick. Er wäre jetzt einfach perfekt, um sich beim Ficken daran festzuhalten. Auch ihre Lippen wirkten voller, und im Lauf der Jahre hatte sie ein Glitzern in den Augen entwickelt, das sie von einem hübschen Mädchen in ein sensationelles verwandelte.

Ganz zu schweigen davon, wie sie geschmeckt hatte.

Bei unserem letzten Kuss wäre ich beinahe in meiner Hose gekommen. Schon wenn ich nur daran dachte, bekam ich einen Steifen. Und zwar steifer, als er eh schon war. Ich war echt ein hoffnungsloser Fall.

Als ich sie bei unserer Ankunft mit Collins vor der Bar hatte sitzen sehen, waren mir tausend Mordpläne durch den Kopf gegangen. Ja, ich weiß, das hatte ich schon erwähnt, aber diese Sache war es echt wert, nochmals betont zu werden. Collins musste *sterben*. War mir egal, wie nett er war. Danach würde ich Becca hinter mir aufs Bike werfen und schleunigst abhauen …

Okay, mein Plan hatte ein paar Schwachstellen. Die größte Schwachstelle war wohl, dass sie mich hasste. Oder es zumindest tun sollte – ich hatte ihr wirklich guten Grund dafür gegeben.

Boonie stieß mich in die Rippen.

»Hab ich schon erwähnt, dass du erbärmlich bist? Wenn du sie willst, nimm sie dir. Ansonsten hör auf damit, weil du nämlich eine Schande für alle Männer im Allgemeinen und für die Silver Bastards im Besonderen bist.«

»Sie hat eine Scheißangst vor mir«, merkte ich an.

»Die hatte sie früher«, gab er zu. »Aber gestern hat sie sich in den Kampf gestürzt, als sie dachte, du bräuchtest Hilfe. Als es ernst wurde, ist sie nicht davongelaufen. Stattdessen wurde sie stinksauer – nicht schlecht, oder? Hör auf, dich wie ein verdammter Feigling aufzuführen.«

Ich antwortete nicht, weil ich das Gespräch nicht fortsetzen wollte. Doch Boonie war ein neugieriger Wichser, der nicht locker ließ. Stattdessen fing er ihren Blick ein und winkte sie zu uns rüber.

»Was kann ich für euch tun?«, fragte sie ihn freundlich. Nicht mich. Natürlich nicht mich. Wenn sie versuchte hätte, mich noch mehr zu ignorieren, hätte sie wohl bald irgendwo eine Zerrung gehabt.

»Eine Runde für den ganzen Tisch«, erwiderte Boonie. »Danach wollen wir ungestört sein.«

»Alles klar«, antwortete sie mit einem verständnisvollen Blick, der mich daran erinnerte, wie gut Becca das Leben kannte. Oder zumindest wie gut sie eine abgefuckte, kranke kleine Ecke unserer Welt kannte … Sie ging in Richtung Bar, änderte aber ihren Kurs, als die Gruppe von Schülern nach einer Bedienung brüllte. Sofort spannte ich mich an, doch Boonie ergriff meinen Arm.

»Du kannst sie nicht ständig beschützen«, sagte er. »Sie führen sich nur ein bisschen auf. Ist nicht das erste und auch nicht das letzte Mal, dass sie mit solchen Typen fertigwerden muss. Außer du willst sie zu deinem Eigentum machen, um sie vor all dem hier zu bewahren?«

Ich zeigte ihm den Mittelfinger, was ihn nur zum Lachen brachte. Einer der Schüler stand auf und schlurfte zu den Toiletten, wobei er eine Blondine hinter sich herzog. Er war groß und herausgeputzt wie ein verwöhnter Schnösel. Dunkles, wallendes Haar und stinknormale Tribal-Tattoos, weil ihm wahrscheinlich nichts Besseres eingefallen war, was er sich hätte stechen lassen können. Verdammtes Weichei. Seine kleine Freundin kicherte und warf den restlichen Babys einen Blick zu, der zeigen sollte, wie schockierend und aufregend sie es fand, dass sie sich zusammen eine dunkle Ecke suchten. Wahrscheinlich hatte er jeden Abend eine Neue, oder er hätte zumindest eine, wenn er nicht oben in dieser Schule für Idioten leben müsste, die zu reich waren, um sich selbst den Arsch abzuwischen.

Die Diamanten, die an den Ohren der Schlampe funkelten, waren echt. Dafür hätte ich mein Bike verwettet.

Becca sähe sicher sehr hübsch mit solchen Ohrringen aus … Aber wenn ich sie zu meinem Eigentum machte, würde sie das nie erleben – ein weiterer Grund, mich von ihr fernzuhalten, verdammt.

Sie kam mit unseren Drinks zurück und verteilte sie vor uns auf dem Tisch. Als sie gehen wollte, streckte Boonie sein Bein aus, sodass sie darüber stolperte und auf mir landete. Ich fing sie auf – natürlich. Ihr Körper war weich, und sie roch gut, nach Blumen oder so. Blumen und Minze? Keine Ahnung, verdammt, aber ich wollte sie am liebsten aufessen. Erinnerungen überkamen mich, angefangen beim süß-salzigen Geschmack ihrer Muschi bis zu den Lauten, die sie gemacht hatte, als sie gekommen war. Hitze durchfuhr meinen Schwanz, als sie sich von mir löste und uns wütend anstarrte.

»Danke, du Arsch«, murmelte ich Boonie zu, ohne ihn anzusehen. Denn ich war zu sehr damit beschäftigt, Becca hinterherzusehen, wie sie zurück zur Bar stolzierte. Ich war so darauf fixiert, ihren Arsch anzugeiern, dass ich fast was verpasst hätte. Die Blondine stolperte nämlich mit verstrubbelten Haaren und verschmiertem Lippenstift aus dem Gang zu den Toiletten. Dreißig Sekunden später folgte ihr der schnöselige Arsch mit heraushängendem Shirt und dämlich zufriedenem Grinsen im Gesicht.

All das wäre nicht weiter bemerkenswert gewesen, wenn er nicht direkt in unseren Tisch getorkelt wäre.

»Verpiss dich«, murmelte Deep. Doch der Junge richtete sich auf, und ich merkte, dass er nicht im Geringsten betrunken war. Er benahm sich vielleicht so, doch sein Blick war scharf und berechnend. Interessant.

»Ich hab euer Geld dabei«, murmelte er. »Shane hat gesagt, ihr hättet was für mich. Draußen in zehn Minuten.«

Wenige Sekunden später war er schon wieder weg und stolperte lachend auf seine Freunde zu. Boonies Gesicht zeigte keine Regung, doch als er nach seinem Drink griff und einen tiefen Schluck nahm, merkte ich ihm an, dass er recht zufrieden mit sich war.

»Was hatte das denn zu bedeuten?«, fragte Deep.

»Ein kleines Projekt, an dem ich gerade arbeite«, sagte Boonie. »Wir reden ausführlich im Gottesdienst darüber. Ich war mir nicht sicher, ob er es durchziehen würde. Das sollte ein Test werden.«

»Wer? Der kleine Scheißer?«, fragte Deep.

»Der Dad des kleinen Scheißers war ein Auftragskiller für die irische Mafia», sagte Boonie. Ich hob eine Augenbraue.

»Im Ernst?«, fragte ich. »Was zum Teufel macht er dann hier?«

»Er versucht, am Leben zu bleiben«, antwortete Boonie. »Beziehungsweise versucht er eher, einen zu beschützen, der versucht, am Leben zu bleiben. Shane McDonogh, der ein echter Mafia-Prinz war. Seine Mom

Christina heiratete Jamie Callaghan und hat den kleinen Shane drunten in Vegas großgezogen. Niemand wusste genau, wer sein Vater ist.«

Interessant. Sogar ich wusste, dass das Bergwerk Laughing Tess über fünf Generationen im Besitz der McDonoghs gewesen war. Fünf gewalttätige, wuterfüllte Generationen, in denen die Bergarbeiter, die Gewerkschaften und die McDonoghs miteinander um die Kontrolle über das Valley gerungen hatten.

Kurz nachdem ich aus dem Gefängnis entlassen worden war, war der alte Mann gestorben. Allerdings hatte er das Bergwerk nicht seiner Tochter vermacht. Es ging vielmehr direkt an seinen Enkelsohn.

»Ist er dann nicht der reichste Bursche von ganz Idaho?«, fragte ich.

Boonie schnaubte.

»Vielleicht sogar der reichste Bursche von ganz Nordamerika«, antwortete er. »Hilft ihm aber nichts. Seit Jahren wird das Testament angefochten. Mommy will ihre Mine wiederhaben.«

»Was will er dann von uns? Drogen? Da droben in der Schule muss es verdammt langweilig sein.«

»Er will unseren Schutz«, sagte Boonie zufrieden. »Er weiß, dass wir das Valley in unserer Hand haben. Auf dem Papier mag er reich sein, doch er hat nichts in der Hand und keine Leute zur Unterstützung. Kann droben in der Academy nur Däumchen drehen.«

»Echt 'ne nette Familie«, sagte ich. »Wenn er so viel Kohle hat, warum sucht er sich dann nicht einfach einen Anwalt, der das Ganze für ihn regelt? Wenn er das Bergwerk als Köder vorzeigt, kommen sie doch sicher angerauscht, um ihm zu helfen.«

»Ich kenn nicht die ganze Geschichte«, sagte Boonie. »Interessiert mich auch nicht. Mich interessiert nur, dass wir in zehn Minuten einen Haufen Geld für ein paar Waffen bekommen, sodass der junge Prinz nachts ein wenig besser schlafen kann. Unsere Diskretion ist ihm selbstverständlich einen kleinen Preisaufschlag wert …«

Ich grinste, denn Boonie hatte ein Talent für Geldgeschäfte.

»Wenn die Sache gut läuft, könnten wir über eine langfristige Lösung nachdenken, hab ich ihm gesagt«, fügte er hinzu. »Er hat große Pläne.

Blackthorne glaubt, dass er dem Silver Valley guttun könnte. Aber das ist schwer zu sagen.«

Deep hob seine Bierflasche und prostete ihm leise zu, während mein Blick wieder hinüber zu Becca wanderte. Sie hatte sich über einen Tisch gebeugt und wischte verschüttetes Bier auf, wobei ihr Arsch hin und her wackelte. Im Geiste drückte ich sie bereits runter und fickte ihr das Hirn raus.

»Vielleicht solltest du besser deinen Mund zumachen«, sagte Boonie mit einem kleinen Rempler. »Du willst schließlich nicht in dein Bier sabbern, oder? Jetzt aber austrinken, denn wir müssen gleich raus. Deep, du übernimmst die Veranda – geh eine rauchen und halt die Augen offen. Puck, du kommst mit mir. Außer du willst auch gerne eine rauchen gehen?«

Ich zog meine Hand wieder unter meiner Kutte hervor, wo ich gerade automatisch nach meinen imaginären Zigaretten gegriffen hatte. Boonie prustete los, was mir ganz recht geschah, weil ich so verdammt vorhersehbar war. Ich hatte vor sechs Monaten aufgehört zu rauchen, erwischte mich aber mindestens zehn Mal am Tag dabei, dass ich mir eine anstecken wollte.

Der dunkelhaarige Bursche stieß hinter der Bar zu uns. Seine kichernde Freundin war nirgendwo zu sehen. Ich sah ihn mir in der Dunkelheit genau an und versuchte, sein Alter zu schätzen. Zwanzig, einundzwanzig? Sein Blick war scharf, und seine Körpersprache hatte sich verändert. In der Bar hatte ich ihn für ein Weichei gehalten, doch jetzt sah die Sache anders aus.

Ich konnte mir nun vorstellen, dass er der Sohn eines Auftragskillers war.

»Willst du noch alle sechs?«, fragte Boonie, der eine lederne Satteltasche trug. »Sie sind sauber.«

»Ja«, sagte er leise. »Shane meinte, es wäre alles abgesprochen?«

Boonie nickte. Der Junge zog einen Umschlag hervor und warf ihn mir zu. Ich öffnete ihn und blätterte durch ein schönes, dickes Geldbündel. Nachdem ich die Menge im Kopf überschlagen hatte, bestätigte ich meinem President die Summe durch ein Nicken. Er öffnete die Satteltasche und zog eine dieser Einkaufstaschen aus Stoff hervor, die eng um ein hartes Päckchen gewickelt war, das aus Handfeuerwaffen bestand.

Der Bursche nahm sie entgegen.

»Willst du sie nochmals checken?«, fragte Boonie.

Der Junge schüttelte seinen Kopf und grinste uns schnell an.

»Ihr habt einen guten Ruf«, sagte er. »Das erkennen wir an. Ansonsten würden wir keine Geschäfte mehr mit euch machen wollen. Schickt mir eine Nachricht, wenn ihr eine Entscheidung getroffen habt.«

»Und wenn wir mit deinem Boss sprechen wollen?«

Er zuckte die Schultern.

»Das ist etwas komplizierter. Zum einen gibt es am Campus oben elektronische Fußfesseln. Und wir sehen ihn ungern in der ersten Reihe. Warten wir's ab.«

Das kam mir komisch vor, doch ich hielt meinen Mund. Ich musste darauf vertrauen, dass Boonie schon wusste, was er tat, und hob mir meine Fragen für den Gottesdienst auf. Vor Außenseitern fällt man einem Bruder nicht in den Rücken. Niemals, verdammt.

Der Junge nahm die Waffen und legte sie in den Kofferraum eines sehr sportlichen, kleinen BMW-Cabrios, das im Schatten seitlich neben dem Gebäude parkte. Das Auto schrie förmlich »Ich gehöre einer Prinzessin«, und ich hoffte wirklich, dass es der Wagen seiner Freundin war.

Dann wandte er sich wieder zu uns um.

»Ich freue mich auf die weitere Zusammenarbeit«, sagte er und streckte mir seine Hand entgegen. Interessant. Sein Handschlag war fest und kräftig. »Ich bin Rourke Malloy.«

»Puck.«

Er nickte und speicherte offensichtlich meinen Namen ab. Dann marschierte er davon, wobei seine Körpersprache von lässigem Selbstvertrauen zeugte. Ich warf Boonie einen Blick zu.

»Das war's?«

»So isses«, antwortete es. »Lass uns Deep holen und zurück zum Clubhaus fahren. Wir besprechen morgen alles im Gottesdienst.

Willst du noch mal rein, vielleicht um deiner Freundin Gute Nacht zu sagen?«

Die Frage ärgerte mich, weil ich so was Ähnliches vorgehabt hatte. Natürlich nicht, Gute Nacht zu sagen. Aber ich hatte mir überlegt, noch einen letzten Blick auf sie zu werfen, um zu sehen, ob sie klarkam.

Das konnte ich jetzt nicht mehr machen, das wusste Boonie.

Mann, ich brauchte dringend eine Zigarette. Das durfte ich aber auch nicht.

»Ich hasse dich.«

»Hör auf, dich wie ein Mädel aufzuführen, sondern regle lieber deine Angelegenheiten«, sagte er lachend. »Mach sie zu deinem Eigentum oder vergiss es.«

Fuck, ich wünschte, es wäre so einfach.

Becca

»Warte, ich bring dich raus«, sagte Blake. »Muss nur noch schnell was aus dem Hinterzimmer holen.«

Ich zog mir einen Stuhl hervor und ließ mich darauffallen, weil mich meine Füße einfach umbrachten. Ich war ja froh, dass er uns Mädels nicht um drei Uhr nachts allein über den dunklen Parkplatz wandern lassen wollte. Doch es war einfach unmöglich, mich noch auf den Beinen zu halten, während ich auf ihn wartete.

»Wie ist es denn gelaufen?«, fragte Danielle und schnappte sich den Stuhl neben mir. »Ich fand es besser, als erwartet – gar nicht so übel für einen ersten Abend. Spricht eigentlich für den Laden. Natürlich hat mir der Tisch mit den kleinen Wichsern kein Trinkgeld gegeben, was mich aber gar nicht gewundert hat. Wusste ich schon, als sie zur Tür reinkamen. Die halten sich echt für was Besseres, oder?«

Ich zuckte mit den Schultern, weil sie nicht wirklich eine Antwort erwartete.

»Sind die Damen bereit?«, fragte Blake.

»Ja«, sagte ich.

Er lachte und streckte seine beiden Hände aus, um uns wieder hochzuziehen.

»Wirst du denn nie müde?«, murmelte ich.

»Nö«, antwortete er mit außerordentlich munterer und selbstzufriedener Stimme. »Schier unerschöpfliche Energie. Hüte dich.«

»Ich zittere vor Angst.«

Danielle kicherte und stellte sich auf die Zehenspitzen, um ihm einen Kuss zu geben. Als er versuchte, sie festzuhalten und ebenfalls zu küssen, duckte sie sich unter seinem Arm hindurch und sprang ohne Vorwarnung auf seinen Rücken.

»Mannomann!«, murmelte Blake, während er ein wenig schwankte, dabei aber ganz glücklich aussah. Joe hatte recht gehabt – Blake stand echt auf sie. Shit. Hoffentlich machte sie ihn nicht fertig …

»Bring mich zu meinem Wagen«, befahl sie auf und nieder hoppelnd. »Wenn du ein braver Junge bist, bekommst du eine Belohnung.«

Er stakste in Richtung Tür, und ich folgte ihm, wobei ich mich wie das fünfte Rad am Wagen fühlte. Normalerweise war das bei den beiden kein Problem, aber es war spät, und ganz offensichtlich hätte Blake sie jetzt gerne daheim in seinem Bett gehabt. Dass er mich heimfahren musste, machte die Sache kompliziert, da meine Wohnung in der falschen Richtung lag.

»Es tut mir leid, dass mein Auto nicht hier ist«, erklärte ich ihr.

»Mach dir keine Gedanken«, sagte sie, als wir durch die Hintertür hinausgingen und sie dann abschlossen. Teresa war noch im Büro, doch sie hatte eine Wohnung im Obergeschoss, weshalb wir nicht auf sie warten mussten. Blake stieg die Stufen hinunter, und ich folgte ihm wie ein Hündchen. Wir hatten den Parkplatz zur Hälfte überquert, als ich in der Dunkelheit eine Bewegung wahrnahm.

»Shit«, zischte ich. »Da hinten ist jemand.«

»Wenn du ein Mörder bist, kannst du dich gleich verpissen!«, schrie Danielle. »Ich hab eine Pistole, und Blake hat schon mal jemanden mit bloßen Händen umgelegt, du Arsch!«

Blake blieb abrupt stehen.

»Bist du verrückt …?«

»Es geht darum, eine Atmosphäre der Angst zu erschaffen«, sagte Danielle in vertraulichem Ton. »So verscheuchen wir ihn. Wahrscheinlich ist es nur irgendein dämlicher junger Kerl, der sich einen Spaß mit uns erlaubt.«

Er – wer auch immer er war – bibberte offensichtlich nicht vor Angst. Das schloss ich aus der Art und Weise, wie er auf uns zumarschiert kam. Bei jedem seiner Schritte knirschte der Kies unter seinen Füßen. Meinem Gefühl nach fehlte nur noch die bedrohliche Musik im Hintergrund. Vielleicht der einsame Schrei eines Eistauchers … Blake ließ Danielle herunter und wirkte plötzlich so bedrohlich wie gestern während der Schlägerei.

Ich war extrem froh, dass er auf meiner Seite war.

Dann trat die Gestalt in den Lichtkreis um die Veranda. Puck. Ich verspürte ein unangemessenes Prickeln, denn ich erinnerte mich nur allzu gut an den Kuss heute Morgen … An kräftige Hände, die mein Gesicht umschlossen. An die nackte Begierde in seinen Augen und die Frustration, die in jeder seiner Bewegungen zu erkennen war.

Jetzt wartete er im Dunkeln auf mich.

Ich wusste nicht, ob ich erleichtert sein sollte, dass wir nicht ermordet werden würden, oder eher Angst haben sollte, weil Pucks Absichten, wie auch immer sie aussahen, sicherlich nicht rein und unschuldig waren. *Tritt ihm mit erhobenem Haupt entgegen*, beschloss ich. *Zeig einem Biker keine Schwäche.*

»Was machst du hier?«, fragte ich herausfordernd. »Reicht es nicht, dass Boonie mir bei der Arbeit ein Bein stellt? Das brauchst du gar nicht zu leugnen – ich hab seinen Gesichtsausdruck gesehen.«

»Ich dachte, du bräuchtest vielleicht jemanden, der dich heimbringt«, antwortete er mit weicher, dunkler Stimme. »Und ich bin gerade zufällig vorbeigekommen. Dachte mir, ich warte einfach mal.«

»Bist du ein verdammter Stalker oder so was?«, wollte Danielle unverblümt wissen.

»Danielle, ich komm schon zurecht«, protestierte ich.

»Dann kümmer dich drum«, murmelte sie. »Ich will heim, und er steht mir im Weg.«

Pucks Gesichtszüge erstarrten, und mir wurde klar, dass sie hier einen ganz falschen Weg eingeschlagen hatte. Danielle war mutig und loyal, aber ihr Selbsterhaltungstrieb war nicht sehr ausgeprägt. Dazu kam, dass Blake stets bereit war, sich mitten ins Geschehen zu stürzen, und Puck … Nun, darüber brauchten wir wohl gar nicht zu reden.

»Danielle, er hat mir heute aus der Patsche geholfen«, sagte ich schnell und ließ meine Starkes-Mädel-Attitüde schnell wieder fahren. »Es ist alles in Ordnung. Es kam nur ziemlich unerwartet, und ich bin müde. Und Puck: Dein Angebot ist echt nett, aber …«

Ich verstummte abrupt. Danielle und Blake wollten ganz offensichtlich allein miteinander sein, doch sie war eine gute Freundin und würde mich zuerst nach Hause fahren. Das hieß fast vierzig Minuten extra Fahrzeit mitten in der Nacht. Und das alles, damit ich nicht in Pucks Gesellschaft nach Hause fahren müsste.

Sie würde es jedoch tun, ohne auch nur eine Sekunde nachzudenken – so war sie. Aber sollte ich sie wirklich darum bitten, nur weil er mir irgendwie Angst einjagte?

»Weißt du was? Wäre toll, wenn du mich mitnehmen könntest«, sagte ich zu ihm und zwang mich, dabei zu lächeln. Blake warf mir einen schnellen Blick zu, während Danielle wieder zu protestieren begann.

»Du brauchst nicht …«

»Lass uns fahren«, erwiderte Puck und ergriff meine Hand.

Und schon stakste ich hinter ihm über den Parkplatz. Danielle kreischte, und Blake schnappte sie sich. Ich hörte sie in lautem Flüsterton streiten. Vermutlich war sie kurz davor, einen privaten Eine-Frau-Kreuzzug gegen Puck zu starten.

Plötzlich blieb er stehen und sah mich nachdenklich an.

»Wenn du's dir anders überlegt hast, kannst du jetzt noch umdrehen«, sagte er leise.

Ich fragte mich, ob er mehr damit meinte als nur die Fahrt. Was wollte ich? Ich war müde, meine Füße schmerzten, und Puck roch gut.

Ich sah hinüber zu meiner besten Freundin, die immer noch mit Blake stritt. Ich musste die Sache beenden.

»Danielle, es ist alles in Ordnung«, sagte ich so laut, dass meine Stimme quer über den Parkplatz schallte. »Puck kann mich heimfahren, und du kannst zu Blake gehen. Keine Sorge.«

Sie hielt inne, und Blake schlang einen Arm um ihren Hals, um sie an sich zu ziehen. Er sagte nichts, sondern wartete nur darauf, dass sie den Widerstand aufgab. Mit verschränkten Armen kniff Danielle die Augen zusammen.

»Wenn du ihr irgendwas antust, krieg ich dich, Redhouse«, drohte sie. Verdammt. Danielle war *echt krass drauf*.

»Bring deine Frau heim«, sagte Puck zu Blake. Danielle fuhr auf, doch Puck ignorierte sie und zog mich zu seiner Harley, die neben dem Gebäude parkte. Dann stieg er auf, kickte sie an, während ich erstarrt danebenstand, weil ich mich ganz schön getäuscht hatte. Aus irgendeinem Grund hatte ich angenommen, dass er mich irgendwie mit dem Transporter heimbringen würde.

Ich war seit fünf Jahren nicht mehr auf einem Bike gesessen.

Während meiner Kindheit hatten Motorräder eine große Rolle gespielt. Mann, meine Mom hatte sogar ein Foto von mir als Baby auf einem Bike. Womöglich war der Mann, der mich im Arm hatte, mein Vater – sie hatte das nie bejaht, aber auch nicht verneint. Und das eine Mal, als ich wirklich nachgebohrt hatte, hatte sie mir gesagt, ich solle mein verdammtes Maul halten. Vielleicht war er nur einer meiner vielen möglichen »Daddys« gewesen. Die Frage war wohl nicht zu beantworten.

Jetzt wollte Puck, dass ich mich hinter ihm aufs Bike setzte. Ich erinnerte mich noch daran, wie ich meine Arme fest um seinen Bauch geschlungen hatte, als wir Kalifornien verließen. Mein Gesicht hatte ich an seinem Rücken vergraben, während ich vor Schmerz und Angst zitterte. Stundenlang hatte ich geweint, was aber auch nichts änderte. Wir waren losgefahren und fuhren immer weiter, hielten nur zum Tanken und gelegentlich für eine Zigarette an. Sie wollten so schnell wie möglich raus

aus dem Gebiet der Longnecks, bevor jemand beschloss, mich zurückzuholen.

Nicht, dass die Silver Bastards panisch auf der Flucht gewesen wären.

Nie im Leben.

Aber sie hatten Besseres zu tun, als sich wegen irgendeines Mädchens, das sie auf einer Party aufgegabelt hatten, in einen Krieg verwickeln zu lassen.

»Steig auf«, sagte Puck und wandte sich zu mir um. Sein Gesicht lag im Dunkeln, doch ich hätte schwören können, dass seine Augen wie glühende Kohlen brannten. Was hatte ich mir nur dabei gedacht, als ich zustimmte, mit ihm loszufahren? Hatte ich meinen Verstand verloren?

Vielleicht.

Aber vielleicht war ich auch nur ein elender Feigling. Danielle und Blake hatten sich etwas gemeinsame Zeit verdient.

»Okay«, sagte ich und schwang mein Bein über das Bike. Ich atmete tief ein und legte meine Arme um seinen Bauch, bemüht, nicht daran zu denken, wie fest dieser Bauch war. Absolut kein Bierbauch. Puck fuhr vom Parkplatz hinaus auf den Asphalt.

Dann flogen wir durch die Nacht.

Komisch, wie man die Dinge, die einem Angst einjagen, in der Erinnerung aufbauscht.

Jahrelang war ich jedes Mal, wenn ich ein Motorrad hörte, zusammengezuckt. Sie standen für all das, was an meiner Kindheit furchtbar gewesen war – die Schmerzen, die Angst … Manchmal standen sie auch für das Gute. Für die Silver Bastards. Für Puck, der auf mich aufpasste.

Ob gut oder schlecht, eine Sache hatte ich völlig verdrängt – nämlich dass es ein *unglaubliches Gefühl* war, auf einem Bike über den Highway zu rauschen.

Die Nacht war noch warm, obwohl sich das in ein oder zwei Wochen ändern würde. Puck roch gut und hatte die große Maschine meisterhaft im Griff. Ich schloss meine Augen und konzentrierte mich darauf, wie sich sein Rücken an meiner Brust anfühlte, seine massive Kraft vor mir.

Verdammt, er war so heiß.

Natürlich schadete es auch nichts, dass ein starker Harleymotor wie der weltgrößte Vibrator zwischen meinen Beinen arbeitete. Jedenfalls hatte ich, nachdem wir eine Meile gefahren waren, meine Angst völlig vergessen – aus welchem Grund auch immer. Es ist sehr befreiend, hinter einem Mann, der alles unter Kontrolle hat, auf dem Bike zu sitzen. Du kannst dich festhalten und dich seiner Führung anvertrauen und dich darauf verlassen, dass er schon weiß, was er tut, und dich sicher nach Hause bringt.

Das war es, was mich durcheinanderbrachte.

Ich vergaß, dass ich Puck besser nicht trauen sollte.

Als wir losgefahren waren, hatte ich mich so unpersönlich wie nur möglich an ihm festgehalten. Zugegeben, auf einem Bike wird es immer irgendwie persönlich, doch das entschuldigt nicht, was ich als Nächstes tat. Ganz allmählich breitete ich meine Finger aus und legte sie breit auf seinen Bauch. Ich erspürte die Muskelstränge, genoss die leichten Bewegungen der Muskeln unter der Haut, wenn er sich in die Kurve legte.

Mein Körper ging mit und folgte seiner Führung.

Das reichte mir als Entschuldigung, um meinen Griff um seinen Körper zu verstärken: Eine Hand rutschte etwas weiter nach oben, die andere nach unten, bis ich das Metall seiner Gürtelschnalle spürte.

Das hat gar nichts zu bedeuten, sagte ich zu mir. *Jede würde sich so an ihm festhalten. Das gehört schließlich zum Motorradfahren dazu.*

Doch das stimmte nicht.

Mich beherrschte nur noch der Gedanke, dass ich meine Hand noch weiter wandern lassen könnte, um seinen Schwanz durch die Hose hindurch zu erkunden. Ob er wohl steif wäre? Bei der Vorstellung durchzuckte es mich, und meine Brustwarzen zogen sich zusammen. Ich spürte, wie ich feucht wurde, aber irgendwie fühlte es sich nicht real an. Nicht hier in der Dunkelheit, wo der Wind um uns pfiff und sein Gesicht sicher von meinem abgewandt war. Ich konnte einfach mein Gesicht an seinem Rücken bergen und so tun, als ob das alles gar nicht geschehen würde, oder? Als wir in Callup ankamen und er langsamer wurde, wand ich mich hin und her. Warum zum Teufel erging es mir bei Joe nicht so?

Puck fuhr durch die leere Main Street und bremste ab, als wir mein Eckhaus erreichten. Er bog ums Eck und fuhr langsam in die Seitenstraße, wo er schließlich stehen blieb. Als er den Motor abstellte, traf mich die plötzliche Stille wie ein Schlag ins Gesicht. Was tat ich da nur? Ich saß noch immer eng an seinen Rücken geschmiegt, eine Hand fast auf seiner Brust, die andere über seiner Gürtelschnalle.

»Danke«, sagte ich unvermittelt.

Seine Hände legten sich über die meinen, bevor ich entkommen konnte. In meinem Kopf brüllte ich leise »Scheiße«.

»Du fährst immer noch gerne auf einem Bike«, sagte er langsam mit tiefer, knurrender Stimme.

Ich versuchte, mit den Schultern zu zucken, was in unserer momentanen Situation aber nicht möglich war.

»Macht schon Spaß«, gab ich zu.

Er antwortete, allerdings nicht mit Worten. Stattdessen schob er langsam meine Hand weiter nach unten.

»Was tust du da?«, flüsterte ich.

»Du wolltest mich berühren«, antwortete er. »Aber du hast zu viel Angst.«

Meine Hand erspürte die harte Erhebung seiner Erektion, die sich gegen den abgenutzten Stoff seiner Jeans drückte. Lust und Verlangen trafen mich wie ein Schlag, schlängelten sich meine Wirbelsäule entlang und sammelten sich zwischen meinen Beinen.

Puck wollte mich. Sehr.

Meine Finger umklammerten ihn. Ich hatte das nicht vorgehabt, aber es fühlte sich so verdammt gut an … Puck erstarrte und legte seinen Kopf mit einem Seufzer zurück. Meine andere Hand grub sich in seine harten, kräftigen Brustmuskeln. Seine Finger umschlangen die meinen und drückten meine Hand so fest um seinen Schwanz, wie ich es mich nie getraut hätte.

Mein Körper hatte sich in ein zitterndes Etwas aus purer Lust verwandelt, und als er begann, meine Hand auf seinem Steifen auf und nieder zu bewegen, wäre ich fast gestorben. Nicht aus den Gründen, aus denen ich eigentlich hätte sterben *sollen*. Nämlich vor Angst und Entsetzen. Oh nein. Die Leere zwischen meinen Beinen schrie nach mehr, denn obwohl meine Beine weit auseinandergedrückt um ihn geschlungen waren, gab es auch nicht die kleinste Möglichkeit, mich irgendwie an ihm zu reiben.

Puck erschauerte. Ich verspürte eine Mischung aus Macht und schmerzendem Begehren. Der große, starke Mann war mir ausgeliefert, weil ich im Dunkeln seinen Schwanz durch eine Schicht Jeansstoff hindurch rieb.

Dann fing er an zu sprechen, und mir fiel wieder ein, dass Puck nie jemandem ausgeliefert war.

»Ich denke an dich«, sagte er mit gequälter Stimme. »Ich habe mir in Gedanken an jene Nacht schon tausend Mal einen runtergeholt. Ich hab auch unzählige Frauen gefickt, um eine zu finden, die dich ersetzen kann. Ich schwör's, Becca, wenn du eine andere wärst, würde ich dich einfach nehmen und hätte es hinter mir. Du hast dich in meinem Hirn wie ein Tumor eingenistet, der mich zerstört.«

Ich erstarrte. Plötzlich hatte mich die Realität wieder. Meine Hand hörte auf, sich zu bewegen, doch er verstärkte den Griff seiner Finger um die meinen und zwang mich, wieder anzufangen. Er war nun noch härter und größer, und ich fragte mich, ob es wohl sehr wehtat, dieses Monster in seiner Hose eingesperrt zu lassen.

Er wollte mich ficken. Unbedingt. Ich wollte ihn auch, doch seine Worte waren wie ein kalter Guss für mich gewesen, weil sie mich daran erinnerten, dass das hier kein Spiel war.

»So«, fuhr Puck in erschreckend leidenschaftlichem Tonfall fort, »ich glaube, dass es an der Zeit ist, die Dinge zu klären. Deine Hand auf meinem Schwanz gefällt mir. Dein Mund würde mir noch besser gefallen. Ich will deine Muschi, deinen Arsch – einfach alles. Keine Spielchen mehr, Becca. Du weißt, wer und was ich bin, und du weißt, dass ich nicht lieb und nett bin, wenn ich dich ficke. Lieb und nett kommt bei mir nicht infrage. Ich habe mich zurückgehalten wegen der Sache, die passiert ist. Und ich habe mich schuldig gefühlt. Doch das ist jetzt vorbei. Ich hab genug. Du hast dreißig Sekunden, um Nein zu sagen. Danach bring ich dich hoch, und dann ist alles möglich.«

Die Worte trafen mich wie ein Schlag in die Magengrube. Meine Hände klammerten sich reflexartig fest, und ich erschauerte, weil ich noch nie etwas mehr gewollt hatte, als mit ihm nach oben zu gehen. Einen Moment lang gelang es mir, den Nebel der Lust zu durchdringen und ihm die Millionen-Dollar-Frage zu stellen.

»Was meinst du damit – alles ist möglich?«

Puck gab ein raues, humorloses Lachen von sich. »Ich meine damit, dass ich nicht mehr länger um dich herumtanze. Du wurdest verletzt, ich hab mich schlecht dabei gefühlt. Aber heute Nacht hast du meinen Schwanz gepackt, und jetzt bin ich mit meiner Geduld am Ende. Wenn da nicht was zwischen uns gewesen wäre, würdest du jetzt schon unter mir liegen, Becca. Und ich werde nicht so tun, als wäre ich jemand, der ich nicht bin. Wenn ich eine Frau will, nehm ich sie mir. Ich behalte sie, bis wir fertig sind und ich sag, wo's langgeht, während wir Zeit zusammen verbringen. Keine Spielchen. Das ist jetzt deine letzte Chance, zu gehen.«

Meine Schenkel verkrampften sich, und ich wusste, was ich sagen wollte. Plötzlich erklang die Stimme meiner Mutter in meinem Kopf.

Kleine Schlampe.

War es ihr mit Teeny ähnlich ergangen? Wie oft hatte sie ihrem Körper das Denken überlassen?

»Ich sag, wo's langgeht, während wir Zeit zusammen verbringen.«

Puck ließ mich los, und ich hielt inne, wobei ich meine Hände noch einen Moment liegen ließ. Dann löste auch ich mich und rutschte zurück.

»Danke fürs Mitnehmen«, sagte ich mit unsicherer Stimme. »Und danke, dass du die Sache zwischen uns nun geklärt hast. Ich muss jetzt ins Bett. Es war ein langer Tag, und morgen Nachmittag hab ich Schule.«

Er erstarrte und saß regungslos wie eine kalte, frustrierte Statue. Ich kletterte vom Bike und musste mich dabei mit einer Hand an Pucks Schulter festhalten, weil sich meine Beine in Gummi verwandelt hatten. Schließlich ging ich zur Richtung. Ich rechnete damit, dass er irgendwas sagen oder mir vielleicht folgen würde.

Ein Teil von mir wollte das sogar.

Ich wollte, dass er mir die Entscheidung abnahm, mich dazu zwang, sodass ich mich nicht der Tatsache stellen müsste, dass ich ihn so sehr wollte, dass es schon wehtat. Das Leben wäre so viel einfacher, wenn ich nicht selbst dafür verantwortlich wäre … Aber wem machte ich was vor? Mein Leben war nie einfach gewesen. Puck sagte nichts, bis ich an der Haustür angekommen war. Dann sprach er ein letztes Mal.

»Vor fünf Jahren hab ich dir keine Wahl gelassen. Heute Nacht hattest du die Wahl. Wir sind also quitt.«

KAPITEL FÜNF

Mein Bett fühlte sich an wie ein Steinhaufen.

Ich fand einfach keine Ruhe, ganz egal, wie sehr ich mich herumwälzte. Pucks Worte gingen mir im Kopf herum und zerrten an meinen Nerven. Moms Anruf beschäftigte mich ebenfalls. Sie hatte nicht noch einmal angerufen, doch ich wusste sehr genau, dass ich sie besser nicht anrief. Nicht, wenn Teeny durchgeknallt war. Ein Teil von mir wünschte sich sogar, dass sie nicht anrufen würde. Ja, ich weiß, das ist nicht sehr nett. Aber sie zerstörte alles, was sie anfasste. Ich hasste es, wie ich mich nach einem Gespräch mit ihr fühlte, hasste mich, weil ich überhaupt ans Telefon ging, wenn sie mal wieder anrief. Vor allem hasste ich die Hoffnung und die Aufregung, die ich jedes Mal verspürte, wenn ich dachte, sie würde ihn tatsächlich verlassen – denn ich wurde immer wieder enttäuscht.

Um fünf Uhr morgens wurde mir klar, dass das nichts mehr werden würde mit dem Einschlafen, Ich konnte genauso gut aufstehen.

Der Kaffee konnte den Schlaf nicht ersetzen, half aber ein bisschen. Auch meine Lieblings-Playlist machte es besser. Als ich meine Singer-Nähmaschine anwarf, schimmerte das erste Licht des Morgens am Himmel. Ich hatte noch immer etwa Seide von dem Kimono übrig, aus dem ich meine Make-up-Tasche genäht hatte. Danielles Worte kamen mir wieder in den Sinn – vielleicht konnte ich wirklich ein paar davon verkaufen? Einzigartig waren sie auf jeden Fall …

Zwei Stunden später legte ich letzte Hand an ein völlig neues Taschendesign. Die Sonne stand am Himmel, und meine Augenlider waren schwer, doch ich stolperte zufrieden und beruhigt ins Bett. Ich würde noch eine Stunde schlafen, bevor die Schule losging – das sollte etwas helfen. Vielleicht hatte ich ja keinen Einfluss auf Puck oder meinen Job oder meine Mom …, aber wenn ich mich an meine Maschine setzte, kamen hübsche Sachen dabei raus. Sachen, die niemand sonst so hinbekam, weil sie direkt aus meinem Herzen kamen.

Das war doch auch was wert, oder?

Normalerweise hörte ich nur alle paar Monate von meiner Mom.

Ihr Handy war die Hälfte der Zeit deaktiviert, weil sie mit ihren Rechnungen nicht hinterherkam. Sie tauchte für fünf oder sechs Wochen ab, dann bekam ich wieder völlig überraschend einen Anruf von einer unbekannten, neuen Nummer. Oder sie schickte mir von einem öffentlichen Computer eine E-Mail oder rief mich von einem Handy, das jemand anderem gehörte, schnell an.

Ich wuchs auf, ohne zu wissen, dass es noch eine andere Lebensweise gab. So war es mit vielen Dingen bei uns. Die meisten Leute fänden es komisch oder unangenehm, keine verlässliche Verbindung zur Außenwelt zu haben. Bei mir und meiner Mom war das einfach so. Wenn die Rechnungen bezahlt wurden, war das Leben in Ordnung. Die restliche Zeit kamen wir irgendwie zurecht.

Mom war schon immer ein Motorradclub-Groupie gewesen. Ich konnte mich also nicht erinnern, jemals nicht von großen Männern und lauten Bikes umringt gewesen zu sein. Obwohl das jetzt schlimm klingt, war ich als Kind nicht ständig unglücklich. Ich erinnere mich, dass wir vor der Zeit mit Teeny herumgereist sind und dass ich mit den anderen Kindern meinen Spaß hatte.

Dann änderte sich alles.

Bevor sie ihn traf, war es gar nicht so übel, auch wenn wir eine Weile in unserem Auto gewohnt haben, nachdem der letzte Mann, mit dem sie sich eingelassen hatte, uns rausgeworfen hatte. Im Lauf der Jahre hatten wir oft im Auto geschlafen, deshalb machte mir das keine Angst. Sie machte ein Spiel draus, was ganz lustig war.

Eines Tages ließ mich Mom bei einer Freundin und verschwand eine Woche lang. Als sie zurückkam, sagte sie mir, ich hätte nun einen neuen Daddy und sein Name sei Teeny. Und dass wir alle zusammen eine Familie sein würden.

Dann zogen wir in sein Haus.

Am Anfang liebte ich es – ich hatte mein eigenes Zimmer und so.

Als die Schule in dem Jahr anfing, durfte ich in einem großen, gelben Schulbus mit einem Haufen anderer Kinder zur Schule fahren und fand dort sogar Freunde. Achtjährigen Kindern fällt es normalerweise nicht auf, wenn ein Mädchen in ihrer Klasse drei Tage lang nicht gebadet hat oder dass ihre Klamotten zu klein sind. Die Lehrer hatten uns natürlich auf dem Kieker – ich erinnere mich, dass komische Leute in Anzügen zu uns nach Hause kamen, in unseren Schränken die Lebensmittel begutachteten und meiner Mom eine Menge Fragen stellten –, doch immer noch hatte ich das Gefühl, dass ich dazugehörte.

Mit der Zeit wurde mir jedoch allmählich klar, dass irgendwas nicht in Ordnung war.

Zum einen wurde ich nach der Schule nicht zu anderen Kindern zum Spielen eingeladen, auch nicht zu ihren Geburtstagspartys. An meinem zehnten Geburtstag feierte ich eine Party, zu der nur ein einziges Mädchen kam. Ihre Mom hat sie nicht nur einfach abgeliefert. Sie stand die ganze Zeit herum und beobachtete nervös, wie meine Mom mit meinem Kuchen rummachte. Und dann fuhren sie wieder weg, bevor wir auch nur zusammen spielen konnten. Langsam lernte ich, dass ich Biker-Trash war. Und selbst wenn es die Kinder nicht begriffen – ihre Eltern wussten Bescheid.

Als ich schließlich in die Middleschool kam, hatten es auch die Kids verstanden.

Auf der einen Seite gab es die *Normalos,* und auf der anderen Seite gab es uns.

Aber als ich Kalifornien verließ, blieb dort auch die Biker-Trash-Becca zurück.

Regina und Earl sahen mich an und erkannten, wer ich wirklich war – ein junges Mädchen, das Hilfe brauchte. Sie nahmen mich in ihr Haus und ihre Herzen auf. Der Rest von Callup folgte ihnen. Zum ersten Mal in meinem Leben gehörte ich wirklich dazu. Nicht nur das, ich war in Sicherheit, umhüllt von mehreren Schutzschichten. Zuerst kamen Regina und Earl, dann meine neuen Freunde an der Schule. Deren Familien adoptierten mich ebenfalls, und über allem wachten die Silver Bastards, die die Stadt und ihre Bewohner als ihr Eigentum ansahen.

Selbst jetzt, trotz der seltsamen Geschichte mit Puck, war mein Leben gut.

Fast normal. Ich hatte einen Job, ich hatte die Schule, und ich hatte alles unter Kontrolle.

Komisch, wie ein einziger Telefonanruf alles zerstören kann.

Gegen zwei Uhr an diesem Nachmittag begann mein Handy wie verrückt zu klingeln, doch ich hatte gerade eine Übungsaufgabe angefangen und ignorierte es deshalb, nachdem ich kurz nachgesehen hatte, wer der Anrufer war. Mom. Shit. Ich würde sie nach der Schule zurückrufen müssen ... Dann rief sie vier Mal innerhalb von zehn Minuten an, was mich fast durchdrehen ließ. Es verging noch eine Stunde, bevor ich wegkonnte, um meine Mailbox abzuhören. Bei der ersten Nachricht klang sie noch relativ ruhig, zumindest auf der Mom-Skala.

»Baby, du musst mich sofort anrufen. Es ist wichtig.«

Bei der zweiten Nachricht klang sie schon aufgeregt. Es war zwar nichts Neues, dass meine Mom aufgeregt war: Sie war entweder in bester Stimmung oder kurz davor, komplett durchzuknallen – dazwischen gab es so gut wie nichts.

»Becca, ich hab gerade versucht, dich in deiner Wohnung zu erreichen. Ich weiß nicht, warum du nicht irgendwo wohnen kannst, wo der Empfang besser ist. Du musst mich wirklich anrufen. Und zwar jetzt.«

Doch erst die dritte Nachricht beunruhigte mich tatsächlich. Dieses Mal klang sie verängstigt. So richtig verängstigt. In Kombination mit den wiederholten Anrufen brachte das meine inneren Alarmsirenen auf Hochtouren.

»Es ist wichtig, Becca. Bitte ruf mich an. Ich muss sehen, dass ich von Teeny wegkomme – hier ist es nicht mehr sicher. Ich weiß, dass wir uns schon häufiger gestritten haben, doch jetzt brauch ich wirklich deine Hilfe.«

Ich schnappte nach Luft und zwang mich dann, mich wieder zu beruhigen. Sie hatte schon ein halbes Dutzend Mal gesagt, dass sie ihn verlassen würde. Und dann überlegte sie es sich wieder anders ... Würde sie die Sache wirklich durchziehen? Als ich noch jünger gewesen war, hatte ich mich immer gefragt, ob Teeny ein Zauberer war, weil er eine beinahe magische Macht über meine Mutter ausübte.

Mit zitternden Fingern rief ich sie zurück. Sie ging nicht ran. Dennoch hinterließ ich keine Nachricht. Wer weiß, ob Teeny nicht ihr Handy klaute und es abhörte. Deshalb schickte ich ihr lieber eine vage SMS.

ICH: Mom – ich bin bis fünf in der Schule und dann den ganzen Abend daheim. Ruf mich an.

Danach war ich zu nichts mehr zu gebrauchen. Ich konnte nur noch an Mom und Teeny denken, und ob sie es dieses Mal ernst meinte. Das war das Einzige, was mir bis halb fünf durch den Kopf ging.

Denn da erschien eine Ablenkung in Form eines scharfen Typen.

Die Neuigkeit breitete sich natürlich blitzartig in der Schule aus, und die Mädels flüsterten und kicherten. Ob gestresst oder nicht – ich war immer noch eine funktionsfähige menschliche Frau, weshalb ich beschloss, unauffällig aufs Klo zu gehen, um ihn mir näher anzusehen. Doch mir blieb die Luft weg.

Er war groß und muskulös, hatte kräftige Arme und blondes Stachelhaar.

Verdammter Mist.

Das war Pucks Freund Painter. Ich würde ihn überall erkennen, selbst wenn er keine Reaper-Kutte trüge. Ich *kannte* ihn zwar nicht, zumindest nicht direkt. Aber er war mit Puck im Gefängnis gewesen. Die Willkommensparty, die mein ganzes Leben verändert hatte, war halb für Painter und halb für Puck gedacht gewesen. Wir waren alle zusammen nach Idaho zurückgefahren, und mir war aufgefallen, dass mich Painter ein-, zweimal beobachtet hatte. Auf nachdenkliche und abschätzende Weise, so, als ob ich ein seltsames Wesen wäre, das schwer einzuordnen war.

Jetzt quatschte er gerade Anna an, die am Empfang saß. Deshalb schlich ich mich schnell weiter zum Klo. Warum? Keine Ahnung. Dass Painter hier war, hatte nichts mit mir zu tun. Wahrscheinlich. Aber das hieß noch lange nicht, dass ich mit ihm reden wollte.

Doch sein Anblick erinnerte mich an Puck, was meine Stimmung in den Keller sinken ließ. Ich dachte insbesondere darüber nach, warum ich nie, nie wieder mit ihm reden oder ihn auch nur ansehen sollte. Biker? Ja. Gefährlich? Ja. Auf furchteinflößende Weise heiß? Ja.

Ist gleich: Angsteinflößend.

Ich erweiterte meinen nur im Geiste ausgesprochenen »verdammten Mist« zu einem»verdammten Riesenmist mit einer Extraportion Scheiße obendrauf.«

Er ist nicht Teeny, doch er gehört dennoch zu Teenys Welt, ermahnte ich mich selbst. *Und in seiner Welt überreichen sie manchmal Mädchen im Teenageralter als Geschenk an Männer, die gerade aus dem Gefängnis gekommen sind, du Dödel. Hast du den Teil der Geschichte schon wieder vergessen? Puck Redhouse hat dich gerettet, um seinen eigenen Arsch zu retten. Das hier ist keine Romanze, und die Geschichte wird nicht mit »Und wenn sie nicht gestorben sind, dann leben sie noch heute« enden.*

Nein. Das war unfair. Puck hatte mehr getan, als seinen Arsch zu retten, als er mich aus Kalifornien mitgeschleift hatte. Er war nie wirklich in Gefahr gewesen – es war ja schließlich nicht so, dass ein Sondereinsatzkommando schon vor der Tür gestanden hätte, um ihn für Sex mit einer Minderjährigen einzubuchten. Niemanden auf dieser Party hatte es im Geringsten interessiert, was mir angetan wurde. Niemanden außer ihn. Er hatte mich gerettet, weil er tief in seinem Inneren ein anständiger Mensch war.

Die Sache mit der Romanze jedoch … war wohl 'ne Sackgasse. Wenn ich ein Happy End wollte, war Joe Collins der richtige Typ dafür.

All diese Gedanken teilte ich allerdings Blake, der mich nach der Schule heimfuhr, nicht mit. Er hatte montags, mittwochs und freitags einen Kurs drunten im North Idaho College: Wenn unsere Stundenpläne übereinstimmten, nahm er mich also mit. Das System funktionierte recht gut, obwohl es mir lieber gewesen wäre, wenn er Benzingeld von mir angenommen hätte. Zum Glück hatte mir Earl heute eine Nachricht hinterlassen und mir gesagt, dass mein Auto fertig sei und er es in der Seitenstraße hinter meiner Wohnung geparkt habe. Am Wochenende würde ich Blaubeeren pflücken gehen, um ihm einen Pie zu backen, beschloss ich. Earl liebte Blaubeer-Pie, und die Saison für Blaubeeren neigte sich dem Ende zu. Es hieß also: jetzt oder nie.

»Hast du heute Abend noch Zeit, mir die Haare zu schneiden?«, fragte Blake etwa eine Meile vor Callup.

»Sicher«, sagte ich zu ihm. Ich schnitt ihm jetzt schon eine ganze Weile die Haare. Zwar hatte ich noch keine Lizenz, doch so ein simpler Schnitt wie bei ihm war schnell gemacht.

»Das wäre toll. Um sieben fang ich im Moose an, aber ich hoffe, dass ich Danielle rechtzeitig abholen kann, damit wir noch was essen können, bevor unsere Schicht losgeht.«

»Klingt gut.«

»Hast du heute Abend schon was vor?«

»Nö, ich werde heute einfach daheim entspannen. Vielleicht ein bisschen Wein trinken und mich mit einem Buch aufs Dach setzen oder so.«

»Was ist mit Joe? Du könntest ihn anrufen.«

»Ich hatte eine anstrengende Woche«, sagte ich ausweichend. »War ganz schön was los. Ich brauch ein bisschen Zeit für mich.«

Normalerweise verbrachte ich den Freitagabend mit meinen Freunden, und wir unternahmen irgendwas. Heute freute ich mich aber wirklich aufs Nichtstun. Ich wusste, dass ich irgendwann jedes Wochenende arbeiten würde, doch bis Danielle und ich komplett eingearbeitet waren, wollte uns Teresa an den vollen Abenden nicht gleichzeitig in einer Schicht haben.

Vielleicht würde ich die Zeit nutzen, um all mein Kleingeld zu zählen und in Rollen zu verpacken. Ich warf mein Trinkgeld üblicherweise in ein großes Glasgefäß, das ich leerte, wenn es finanziell wirklich eng wurde. Falls Mom endlich Teeny verließ, würde ich es brauchen. Es würde zwar nicht ausreichen … Geld würde wohl immer ein Problem darstellen.

Freu dich nicht zu früh, ermahnte ich mich streng. *Sie verlässt ihn nicht. Vielleicht wird sie das nie tun.*

Zum Glück ließ Blake das Gesprächsthema »Joe« fallen und parkte den Wagen hinter meinem Haus. Wir gingen in einvernehmlichem Schweigen hoch, wo ich einen meiner bunt zusammengewürfelten Holzstühle in die Mitte des Wohnzimmers zog. Der Fußboden bestand aus ausgebleichtem, abgenutztem Parkett – ich liebte jeden einzelnen Quadratzentimeter. Zu den vielen Vorteilen gehörte, dass man nach dem Haareschneiden einfach alles aufkehren konnte.

»Okay«, sagte ich zu ihm. »Schwing deinen Arsch hier rüber, damit wir deine Haare waschen können.«

»Ich hol mir noch ein Bier, okay?«

»Sicher, bring mir auch eines mit«, sagte ich, während ich schnell ins Bad ging, um ein Shampoo zu holen.

»Nur eines«, erwiderte er in warnendem Ton. »Ich will schließlich nicht, dass du mir das Ohr abschneidest.«

Ich hörte, wie sich der Kronkorken mit einem Plopp löste. Dann reichte er mir die braune Flasche. Nach einem tiefen Schluck stellte ich das Warmwasser an, was immer ewig brauchte.

Blake zog sein Shirt aus und beugte sich über das Becken. Als ich begann, sein Haar zu waschen, tat er so, als ob er zusammenzuckte.

»Du bist so ein Weichei«, sagte ich zu ihm. »Hör auf zu jammern, oder ich schneid dir wirklich ein Ohr ab.«

»Warst du schon immer so eine Hexe? Ich hatte dich netter in Erinnerung.«

»Ich nehme bei Danielle Unterricht.«

Blake lachte. Ein paar Minuten später waren die Haare gewaschen, und ich gab Blake ein Handtuch, um sein Haar trocken zu rubbeln. Er wickelte das Handtuch gekonnt zu einem mädchenhaften Turban und poste »sexy« für mich.

»Wie seh ich aus?«, fragte er. »Fabelhaft?«

Ich schüttelte meinen Kopf und nahm nochmals einen Schluck Bier.

»Setz deinen fabelhaften Arsch hierhin. Sonst bleibt dir nicht mehr genügend Zeit fürs Essen.«

Während er es sich bequem machte, schaltete ich meine kleine Stereoanlage an. Ich hatte sie vergangenes Jahr nach Thanksgiving mit Regina in

Coeur d'Alene gekauft, als sie auf vierzig Dollar runtergesetzt gewesen war. Der Sound war trotzdem ziemlich gut. Wesentlich besser, als man es bei dem Preis erwarten würde.

»Okay, so wie immer?«, fragte ich. Dann stellte ich mich hinter ihn und legte ein zweites Handtuch um seine Schultern. Es bedeckte nicht so viel wie ein Umhang, doch ich verlangte auch nicht so viel Geld wie ein Friseursalon. Draußen hörte ich das Röhren eines Motorradauspuffs. Puck. Toll. Warum hatte er unbedingt neben mir einziehen müssen?

»Ja«, sagte Blake. »Du kennst mich – schlicht und einfach.«

Also ganz schlicht. Er trug sein Haar gern kurz; so kurz, dass er sich nicht ständig damit beschäftigen musste, was wiederum mein Leben einfach machte. Ein paar Schnippler, um das Haar am Oberkopf zu formen, und danach erledigte der Rasierer die meiste Arbeit. Zehn Minuten später hatten wir unser Bier ausgetrunken, und der Haarschnitt war auch fertig. Blake stand auf, um sich die Haarspitzen von der Brust zu wischen. Er reckte sich und sah mich lächelnd an.

»Weißt du, wenn ich nicht gar so verrückt nach Danielle wäre, würde ich garantiert dich anmachen, Becca«, sagte er.

Ich blinzelte verblüfft.

»Was?«

»Ich glaube, dir ist manchmal überhaupt nicht klar, dass du etwas ganz Besonderes bist«, sagte er und schnappte sich nebenbei sein Shirt, um es sich über den Kopf zu ziehen. »Joe ist echt in Ordnung. Er würde sich gut um dich kümmern. Vielleicht bist du nicht unsterblich in ihn verliebt, aber gib dich nicht mit irgendwem zufrieden, okay? Du hast was Besseres verdient.«

Ich starrte ihn mit offenem Mund an, während er mich schnell umarmte und einen Zehn-Dollar-Schein aus seiner Geldbörse holte. Er ließ mir immer gerne etwas als Dank da, auch wenn es nicht viel war. Doch es kam gerade recht: Bald war die Stromrechnung fällig, und ich war noch immer knapp bei Kasse.

»Du brauchst mir nichts zu zahlen«, erinnerte ich ihn. »Du fährst doch immer. Ich sollte dir Geld fürs Benzin geben.«

Blake verdrehte die Augen.

»Ich kann dich nicht fahren lassen«, sagte er mit einem Hauch von Humor in der Stimme. »Du weißt, was ich von weiblichen Autofahrern halte. Und nicht nur das: Du bist auch billig. In der Stadt müsste ich doppelt so viel zahlen.«

»Wow, du hättest es beinahe zur Tür rausgeschafft, ohne es zu vermasseln«, sagte ich und zeigte ihm den Mittelfinger. Er lachte und winkte mir kurz zu, während sich die Tür hinter ihm schloss.

Äh.

Ich war nun seit fast einem Jahr mit Blake befreundet, aber es gelang ihm immer noch, mich zu überraschen.

Während ich die abgeschnittenen Haare zusammenfegte, trank ich noch ein Bier. Dann duschte ich, um den Schmutz des Tages loszuwerden. Anschließend zog ich eine lockere Baumwollhose und ein Tanktop an. Das mit dem daheim ausspannen war nicht gelogen gewesen. Nicht mal meine Singer hätte mich momentan in Versuchung führen können …

Hungrig öffnete ich meinen Kühlschrank, um nachzusehen, was ich essen könnte. Doch ich musste lachen, denn das Fach war voller Bier – so wie immer. Und das, obwohl ich pleite war. Noch ein Zeichen, dass ich gute Freunde hatte. Meine Wohnung lag am günstigsten für uns alle, wenn wir uns treffen wollten. Ich hatte schon vor Längerem festgestellt, dass sich Bierflaschen vermehren, wenn man nur einen Grundstock legt. So wusste ich nicht mehr, wann ich zum letzten Mal Alkohol gekauft hatte, was verdammt gut war, weil ich nämlich auch nicht mehr wusste, wann ich ihn mir zum letzten Mal hätte leisten können.

Zwanzig Minuten später hatte ich mein Abendessen verspeist – gewöhnliche Makkaroni mit Käse (bei mir gibt's nur das Beste) – und fühlte mich angenehm entspannt. Es war fast halb neun, die Sonne war bereits hinter den Hügeln verschwunden. Es würde noch eine gute Weile hell bleiben, doch wenn man am Grund eines Tals lebte, war die direkte Sonneneinstrahlung leider begrenzt …

Wie an den meisten Abenden beschloss ich, aufs Dach hinauszuklettern. Ich schnappte mir eine Decke, breitete sie aus und legte mich darauf, um die Augen zuzumachen und über die Lage meiner Mom nachzudenken.

Würde sie ihn wirklich verlassen?

Die Vorstellung erschien mir zugleich aufregend und erschreckend. Jahrelang war ich so wütend darüber gewesen, dass sie mein Leben ruiniert hatte. Ich kann gar nicht sagen, wie oft ich geheult hatte, während Regina ihre starken, arbeitsgewohnten Arme um mich geschlungen hatte. Aber ganz allmählich hatte sich das geändert … Ich würde nicht behaupten, dass ich Mom vergeben habe, doch irgendwann lässt der Ärger nach. Letztes Jahr hatte ich die bewusste Entscheidung getroffen, mich allmählich von der Vergangenheit zu lösen. Manchmal schaffte ich es, andere Male gelang es mir nicht.

Aber vielleicht würde dieses Mal alles anders sein. Durfte ich hoffen? Nur ein bisschen?

»Welcher ist es nun?«

Mit einem Kreischen fuhr ich auf. Puck Redhouse saß mit verschränkten Armen und starrem Blick auf der Brüstung direkt vor mir.

»Wie bitte?«

»Welchen Typen fickst du?«, fragte er mit deutlicher Betonung. »Erst seh ich, wie dir Blake Carver am Arsch rumfummelt. Dann bist du mit Collins zusammen. Jetzt ist Blake wieder bei dir, und zwar halb nackt. Weiß deine Danielle überhaupt, was für eine Sorte von ›Freundin‹ du bist?«

Ich kniff meine Augen halb zusammen, als mir klar wurde, was er meinte. Schon riss ich den Mund auf, um ihm zu versichern, dass zwischen mir und Blake nichts lief. Doch dann schloss ich ihn schnell wieder, denn warum zum Teufel sollte ich mich vor Puck Redhouse verteidigen?

»Wie? Fällt dir keine Ausrede ein?«, fragte er mit angespannter Stimme.

»Was genau sollte ich denn sagen? Dass ich eine Schlampe bin, die mit allem schläft, was atmet?«

Damit hatte ich ihn überrascht. Nun ja – ich hatte mich selbst überrascht. *Alkohol ist echt ein Problem*, merkte mein Selbsterhaltungstrieb an. *Du solltest den furchterregenden Typen nicht verärgern, du blöde Kuh!*

»Das hab ich vermutlich verdient«, gab er nach einer langen Pause widerstrebend zu. »Es geht mich nichts an, mit wem du schläfst.«

Nur ein Wort von mir, und es würde ihn etwas angehen. Das hatte er letzte Nacht klar und deutlich gesagt. Und jetzt hingen diese Worte zwischen uns und nahmen mir die Luft zum Atmen. Ein unangenehmes Schweigen senkte sich herab. Ich warf einen Blick rüber zu meinem offenen Fenster und fragte mich, ob ich es schaffen würde, rechtzeitig hineinzuflüchten. Da wurde mir auf einmal klar, dass Puck mich und Blake gesehen haben musste – all meine Vorhänge waren aufgezogen.

Ich hatte mich zu sehr daran gewöhnt, dass seine Wohnung leer stand.

»Versteck dich, wenn du Angst vor mir hast. Nur zu«, stichelte Puck.

»Sehr erwachsen«, merkte ich mit halb zusammengekniffenen Augen an. »Du frotzelst, damit ich mich gezwungen fühle zu bleiben? Sind wir hier im Kindergarten?«

Puck lachte und stieß sich von der Brüstung ab. Dann ließ er sich neben mir auf der Decke nieder.

»Scheint zu funktionieren«, antwortete er. Seine Worte sollten lässig klingen, doch sein Tonfall war immer noch angestrengt. »Vielleicht sollte ich den Trick noch in anderer Hinsicht anwenden.«

Ich starrte übers Dach und wich seinem Blick aus. Etwas Kaltes berührte meine Hand. Ich ergriff die Bierflasche, die Puck mir anbot, und nahm einen tiefen Schluck.

»Danke«, sagte ich zu ihm, wobei ich meine innere Stimme ignorierte, die mir sehr bestimmt nahelegte, auf der Stelle den Mund zu halten, aber zackig. »Was schwebte dir denn so vor?«

»Ich will sehen, ob du noch eine Weile mit mir hier draußen bleibst«, sagte er langsam. »Ich will sehen, ob du mir die Wahrheit sagst.«

»Warum sollte ich das tun?«

»Das solltest du wahrscheinlich gar nicht«, antwortete er. »Genau genommen solltest du das absolut nicht. Ich bin nicht vertrauenswürdig, und ehrenhafte Absichten hab ich auch nicht. Du solltest sofort reingehen, Kleine. Näh dir ’ne Puppe oder so.«

»So ein dummes Gelaber«, sagte ich und ließ mich wieder komplett nach hinten sinken. »Wie soll ich denn jetzt noch reingehen können?«

»Das gehört alles zu meinem tückischen Plan«, gab er zu, während er seinen Kopf mit einem Arm abstützte.

»Ich bin kein kleines Mädchen«, betonte ich. »Ich bin erwachsen.«

»Ja, wenn du schon so betonen musst, dass du erwachsen bist, dann ist das nicht sehr überzeugend.«

»Warum musst du dich immer wie ein richtiger Arsch aufführen?«

»So bin ich nun mal.«

Ich schloss meine Augen und fragte mich, ob ich den Verstand verloren hatte. Ziemlich sicher sogar. Ich sollte reingehen, und zwar jetzt – doch ich konnte ihn neben mir *spüren*. Riechen. All die Erinnerungen überschwemmten mich: Wie er in jener Nacht meine Hand genommen hatte und mich hinters Haus geführt hatte. Wie er mich zwischen seine Beine gezogen hatte, sodass ich mich an seinen starken Körper hatte anlehnen können … Wie seine Hände über meinen Körper gewandert waren, mich im Licht des Feuerscheins berührt und erkundet hatten …

Ich hatte es geliebt.

Und vergangene Nacht. Da sollte ich besser gar nicht dran *denken*.

Es war alles so ein verfluchtes Durcheinander. Alles. Ich hatte ihn mir nicht ausgesucht und fühlte mich manchmal schuldig, weil es sich, bevor alles aus dem Ruder gelaufen war, so gut angefühlt hatte. Ich hätte Pucks Berührung nicht genießen dürfen, denn es war nicht in Ordnung. Nur Schlampen kriegen einen Orgasmus bei einem Typen, der sie vergewaltigt.

Ich war keine Schlampe. Ich war *normal*.

Aber das änderte nichts an der Tatsache, dass ich ganz definitiv bei Puck gekommen war. Er war nicht wie die anderen Männer gewesen. Nicht im Geringsten. Wenn ich von ihm träumte und schreiend aufwachte, dann waren das keine Angstschreie. Selbst jetzt merkte ich, wie meine Brustwarzen sich zusammenzogen. Wenn er mich jetzt ansähe, könnte er die Brustwarzen unter meinem Tanktop erkennen.

Verdammt, ich hatte ja nicht mal einen BH an.

»Erzähl's mir halt«, sagte er mit leiser, unwiderstehlicher Stimme.

»Was soll ich dir erzählen?«

»Mit wem du fickst«

»Das geht dich nichts an«, sagte ich beharrlich. »Ich bin dir keine Rechenschaft schuldig.«

»Schneidest du jedem die Haare?«, fragte er.

Der Themawechsel hatte mich überrumpelt, weshalb ich mir die Antwort nicht genau überlegte, bevor ich anfing zu sprechen.

»Das ist sozusagen das Ziel«, erwiderte ich. »Aber ich hab noch keine Lizenz, deshalb schneide ich nur Freunden die Haare. Ich darf auch kein Geld dafür verlangen.«

»Du tust es trotzdem. Ich hab gesehen, wie er dich bezahlt hat. Oder war das für andere Dienste?«

Idiot.

»Sag's du mir doch«, fauchte ich. »Du hast uns heimlich beobachtet, oder? Macht dich das an, Puck?«

»Nein. Ich hasse es, wenn dich andere Männer anfassen. Hast du das noch nicht mitbekommen?«

Dieses Geständnis ließ mich verstummen. Rundherum erklang nun das kräftige Zirpen der Grillen, die ihr leises Lied in der sich abkühlenden Luft erklingen ließen. Ich liebte solche Sommernächte, die mild und warm waren. Und so ruhig …

Es vergingen mehrere Minuten ohne höhnische Bemerkungen, und ich merkte, wie ich mich langsam entspannte. Es musste ja nicht immer zum Kampf kommen.

»Kann ich dich was fragen?«

»Sicher«, antwortete Puck mit tiefer Grummelstimme, die so sexy klang, dass ich erschauerte. Ich atmete tief ein und fragte mich, ob ich gleich einen Riesenfehler begehen würde. Doch ich hatte es schon immer wissen wollen, um zu begreifen, was an jenem Morgen in Kalifornien wirklich passiert war.

»Warum hast du es getan?«

»Was getan?«

»Warum hast du zu Teeny gesagt, dass ich schlecht im Bett war? Und hast mich danach gerettet? Also, wenn dir der Sex mit mir keinen Spaß gemacht hat, warum hat es dir dann überhaupt was ausgemacht? Niemand hat mir je davor geholfen ... Du warst nicht der Erste, dem er mich angeboten hat, weißt du? Keiner von denen hat sich auch nur im Geringsten für mich interessiert. Warum du?«

Er seufzte tief, und ich hörte das leise Klirren seiner Flasche, als er einen Schluck nahm und sie dann wieder abstellte.

»Fuck ... nun, zuallererst hab ich nie gesagt, du wärst 'ne Niete gewesen. Du warst eine absolut geile Sexbombe, die beste Frau, die ich je hatte. Ich hatte einem meiner Brüder erzählt, dass ich dir Angst eingejagt hatte, das ist alles. Teeny hatte uns belauscht, weil er so ein kleiner Schwanzlutscher ist. Ich schätze, er hat sich seinen eigenen Reim darauf gemacht. Ich wollte nie, dass er dir wehtut. Mann, ich hab mich echt schuldig gefühlt.«

Wow. All die Jahre hatte ich gedacht, ich hätte ihn enttäuscht. Verrückt, wie eine beiläufige Bemerkung die Macht besaß, mein Leben zu ändern. Es zu zerstören und mich zu retten, alles in einem Aufwasch. Das erschien mir irgendwie nicht richtig zu sein.

»Aber es waren nicht nur die Schuldgefühle – die ganze Geschichte machte mich stinkwütend. Alles daran. Als mir klar wurde, dass ich reingelegt worden war ... wahrscheinlich hatte ich Angst davor, womöglich wieder zurück ins Gefängnis zu wandern. Aber vor allem war ich verdammt sauer, dass ich weniger als einen Tag draußen war und schon wieder alles völlig im Arsch war. Ich hab nie dir die Schuld gegeben: Schließlich warst du das Opfer, nicht ich. Nachdem mir das klar geworden war, konnte ich dich nicht einfach dort lassen.«

Das war allerdings nicht die ganze Wahrheit. Er hätte mich völlig problemlos dort lassen können. Alle anderen hatten das ja auch getan.

»Ich kenne mich aus mit Motorradclubs«, sagte ich langsam. »Niemand spricht darüber, aber die Silver Bastards sind nicht unbedingt strahlende Helden, die stets legal handeln. Das ist die Realität. Teenys Haus war ein allgemeiner Treffpunkt für alle Arten von Bikern, und keiner von denen hatte sich je einen Scheißdreck um mich gekümmert. Du kannst mir nicht erzählen, dass dir davor noch nie eine Frau in Schwierigkeiten begegnet ist oder dass du versucht hast, sie alle zu retten.«

Ein leuchtender Streifen zog über den Himmel und verblasste so schnell, wie er erschienen war. Eine Sternschnuppe. Was sollte ich mir wünschen? Wahrscheinlich, dass Mom Teeny verließ. Was ich aber wirklich wollte, war, mich rüberzubeugen und Puck zu küssen.

Ich bin die Beste, die er jemals hatte.

»Die Clubs sind nicht alle gleich«, sagte Puck langsam. »Manche sind besser als andere. Ich behaupte nicht, dass die Bastards Unschuldslämmer sind, doch dein Stiefvater ist Abschaum und hätte auf unserem Gebiet nichts zu melden. Wir würden ihn ausschalten. Die Longnecks sind auch kein richtiger Club. Eigentlich sind sie noch unsere Verbündeten, doch wir haben jegliche Achtung vor ihnen verloren, das wissen sie. Das ist keine Entschuldigung für das, was passiert ist, aber ich kann dir sagen, dass in Callup so was nicht vorgekommen wäre. Die Silver Bastards vergewaltigen keine kleinen Mädchen.«

»Willst du mir sagen, dass deine Brüder nie ihre Frauen untereinander tauschen?«

»Alte Ladys und Familienmitglieder?«, fragte er. »Nö, ist echt nicht unser Ding. Wenn eine Clubhure mit fünf Männern vögeln will, ist das ihre Sache. Aber niemand wird sie dazu zwingen. Und Boonie würde es nicht zulassen, dass ein junges Mädel wie du damals zum Anschaffen geschickt würde – nie im Leben, verdammt noch mal. So eine Scheiße würden wir sofort unterbinden, und zwar für immer.«

»Das kann ich mir vorstellen«, gab ich zu. »Ich mag Darcy. Ich kenne sie zwar nicht so gut, aber als ich mir überlegt habe, ob ich auf die Kosmetikschule gehen soll, ist sie mit mir einen Kaffee trinken gegangen, und wir haben uns ein wenig unterhalten. Sie hat gesagt, wenn ich mich anstrenge, würde sie mir früher oder später einen Job in ihrem Day Spa anbieten.«

»Ja, so ist Darcy. Echt 'ne gute Frau. Mann, das ist alles so beschissen. Aber weißt du, die Beziehung zwischen deiner Mom und Teeny? Das ist nicht normal, zumindest nicht für einen richtigen Club. Wir halten immer zusammen. Wir müssen unseren Frauen vertrauen können – wenn die Cops kommen, müssen sie uns den Rücken freihalten. Man kann jemanden nicht prügeln, damit er loyal wird. Das funktioniert nicht.«

»Bei den Longnecks schon.«

»Das wird sie früher oder später zerstören. Angst jagt man denen außerhalb des Clubs ein. Doch innerhalb des Clubs geht es um Respekt, nicht um Angst. Sonst fällt alles auseinander. Angst zersetzt einen Club wie ein verdammtes Krebsgeschwür.«

Ich ließ mir seine Worte durch den Kopf gehen. Was er sagte, widersprach den Erfahrungen, die ich selbst gemacht hatte, doch ich konnte auch die Wahrheit darin erkennen. Fünf Jahre lang hatte ich nun die Bastards beobachtet: Er hatte recht. Sie waren ganz anders als die Longnecks, zumindest soweit ich das beurteilen konnte.

»Da muss ich echt drüber nachdenken«, murmelte ich schläfrig. Ein Gähnen überfiel mich, doch es gelang mir, es zu unterdrücken.

»Ich könnte einen Haarschnitt vertragen«, sagte Puck beiläufig.

»Ich dachte, wir können keine Freunde sein.«

»Manchmal werd ich sauer und sag dann dumme Sachen.«

Ich wünschte, ich könnte dem Bier die Schuld an meiner Antwort in die Schuhe schieben. Doch das wäre nicht fair. Die Schuld an dem, was als Nächstes passierte, trug einzig und allein ich.

»Okay, ich glaub, ich kann dir schon die Haare schneiden.«

KAPITEL SECHS

Puck

Von all den vielen schwachsinnigen Dummheiten, die ich in meinem Leben gemacht habe, war das hier vielleicht die allerdümmste.

Ich gab meinem Schwanz die Schuld für diese Entscheidung – die ganze vergangene Nacht über hatte ich mir die Gründe vor Augen geführt, die dafür sprachen, sie zu vergessen, weil das Leben einfach zu kurz ist. Danach hatte ich mir einen runtergeholt. Anschließend hatte ich mir vorgestellt, wie ich Collins umbrachte, bis ich schließlich wieder geil gewesen war.

(Ja, ja, für mich ergibt das auch keinen Sinn.)

Jetzt stand ich mitten in Beccas Küche und sah mich in ihrer winzigen Wohnung um, die ich zum letzten Mal gesehen hatte, als sie eingezogen war. Vor zwei Jahren hatte ich nämlich das Schloss geknackt und mich umgesehen. Unheimlich, oder? Wahrscheinlich schon, aber ich wollte sichergehen, dass sie eine sichere und anständige Wohnung gefunden hatte. Die Erinnerung an ihr Kleinmädchenzimmer drunten in Kalifornien verfolgte mich immer noch; von den Alkoholpfützen auf dem Boden bis zum Anblick meiner Kutte, die neben ihrer Schuluniform hing …

Es war so verdammt falsch gewesen.

Nicht dass ich in einem ordentlichen Umfeld aufgewachsen wäre. An meine Mutter konnte ich mich nicht mal mehr erinnern, aber ich war wie ein glücklicher Welpe meinem Dad und seinen Brüdern von den Silver

Bastards hinterhergetapst. Mann, es hatte immer eine Frau mit offenen Armen und einem großen Herzen gegeben, die mir was zum Essen gebracht hatte. In Bars abzuhängen ist zwar sicherlich kein wesentliches Merkmal einer glücklichen Kindheit, aber mein Dad hatte mich geliebt. Egal, was er sonst so verbockt hat oder wo wir gelandet sind, er hatte immer genügend Zeit für mich, wenn ich ihn brauchte. Es lief alles bestens, solange wir reichlich Abstand zum Arm des Gesetzes hielten.

Ich blinzelte, um mich zurück in die Gegenwart zu holen. Beccas Wohnung war zwar klein, aber nett mit Flohmarktmöbeln und Secondhandsachen eingerichtet. Offensichtlich hatte sie all diese Kissen und Überwürfe und so Zeug selbst genäht. Mann, ich weiß gar nicht, wie ich es beschreiben soll, doch alles passte irgendwie zusammen. Meine Bude war halt ein Ort, an dem man pennen konnte. Ihre Wohnung wirkte gemütlich, wie ein Zuhause.

In der Ecke des vorderen Zimmers stand ihre komische altmodische Nähmaschine in dem kleinen runden Türmchen. Darcy hatte mir ausführlich von Beccas Nähkünsten erzählt. Sie war gut, sogar richtig gut. So gut, dass Darcy sie letztes Jahr engagiert hatte, um neue »Übergardinen« (was zum Teufel das auch immer war) für ihren Laden zu nähen, was wirklich was heißen mochte. Das Zeug konnte man schließlich für ein paar Dollar bei Walmart kaufen.

Natürlich konnte mir Darcy in aller Breite erklären, warum Beccas Vorhänge besser waren als die von Walmart, was ich zwar nicht verstand, ihr aber sofort abnahm. Ihr Geschäft sah fantastisch aus. Wie aus einer Wohnzeitschrift.

Nachdem Becca nun Zeit gehabt hatte, sich einzurichten, war ihre Wohnung im Grunde perfekt. Natürlich wäre ich glücklicher, wenn sich die Tür im Erdgeschoß abschließen ließe, aber sogar ich musste zugeben, dass das wahrscheinlich kein großes Problem war. Niemand in Callup schloss seine Tür ab, außer diejenigen, die etwas zu verbergen hatten.

Meine Wohnung hatte drei Schlösser.

»Wie viel soll ich abschneiden?«, fragte Becca, während sie eifrig herumlief, um ihre Scheren und sonstiges Zeug zu holen. Was hatte ich mir nur dabei gedacht, verdammt? Ich ließ meine Haare wachsen, bis sie mich nervten, und dann schnitt ich sie ab. Momentan nervten sie mich nicht, deshalb brauchte ich also auch keinen Haarschnitt. Ganz einfach.

Doch als sie vorhin um Blake herumgewuselt war und an ihm herumgemacht hatte, wäre ich fast gestorben …

Mann, sie muss echt mal ihre verdammten Vorhänge zuziehen – und ich wollte, dass sie mich so berührte. Wollte, dass sie mir dasselbe gab wie ihm. Meine Vernunft sagte mir, dass da wahrscheinlich nichts zwischen ihnen lief. Darauf kam es aber nicht an, denn jedes Mal, wenn ich sie zusammen sah, wollte ich ihn zu Brei schlagen, verflucht.

Allein bei dem Gedanken wurde mein Schwanz schon steif. Genau. Das war ja auch nicht im Geringsten pervers, oder? Sollte wohl besser meinen Killerinstinkt ein wenig dämpfen …

»Okay, komm hier rüber, damit ich dir die Haare waschen kann.«

Ich griff nach meinem Shirt und zog es mir über den Kopf. Beccas Mundwinkel verzogen sich, als ob sie Zitronen gegessen hätte.

»Was ist los?«

»Warum hast du dein Shirt ausgezogen?«

»Blake hatte seines auch nicht an.«

»Er wollte nicht, dass es feucht wird.«

»Willst du jetzt wirklich darüber reden, dass was feucht wird?«

Sie wurde rot, und mein Schwanz pulsierte. Wo das wohl noch hinführte …? Ich hielt mir das Shirt vor die Hose. Tarntechnik. Wenn Becca auch nur eine verdammte Ahnung davon hätte, wie geil ich war, würde sie mich mit einem Tritt in den Hintern zum Fenster rausbefördern. Ich konnte mich aber beherrschen, wenn ich ihr dadurch näher käme.

Muschi. Ich hörte fast, wie mich Painters Stimme verhöhnte. Na, der konnte gerade reden!

»Okay, beug dich über das Becken«, sagte sie leise. Ich folgte ihren Anweisungen und beugte mich vor. Sie entriegelte die Mischbatterie, sodass eine überraschend moderne Schlauchverbindung zum Vorschein kam. »Earl hat das für mich installiert. Regina hat auch so eine Armatur bei sich zu hause, damit kann ich ihr super daheim die Haare waschen. Er hat es mir letztes Jahr als Weihnachtsgeschenk installiert, nachdem ich mit der Schule angefangen hatte.«

Ich achtete gar nicht auf ihre Worte, als das warme Wasser über mich strömte, weil mir Earl scheißegal war. Als sie sich vorbeugte, konnte ich ihren sauberen, frischen Duft riechen, der ein wenig an Orangen erinnerte. Nicht so stark wie ein Parfüm oder so. War vermutlich einfach die Seife, die sie verwendete. Ihre Titten berührten mich an der Seite, als sie das Wasser abstellte und nach dem Shampoo griff.

Waren ihre Brustwarzen hart?

Dann gruben sich Beccas Finger in meine Haare, was wohl die süßeste Folter aller Zeiten war. Ich erinnerte mich daran, wie ebendiese Finger sich um meinen Schwanz geschlossen und ihn gedrückt und bearbeitet hatten, bis ich jegliche Denkfähigkeit verloren hatte. An dem Abend war ich sturzbetrunken gewesen, aber ich hatte zum Glück keinen Blackout. Das Einzige, was noch schlimmer gewesen wäre, als aufzuwachen und zu merken, was ich getan hatte, wäre der Verlust dieser Erinnerungen gewesen – wenn man schon in den Knast muss, wäre es doch echt eine verdammte Schande, so ein wunderbares Verbrechen zu vergessen. Ich holte mir mithilfe dieser Erinnerungen noch immer mindestens ein Mal pro Woche einen runter, weil ich ein verdammter Masochist bin.

»Geht's so?«, fragte Becca mit sanfter, heiserer Stimme.

»Ja, bestens«, konnte ich gerade noch krächzen. Sie beugte sich noch weiter vor, und ich spürte, wie ihre Brüste sich gegen mich drückten – hatte sie Blakes Haare auch so gewaschen?

Das fand ich aber nicht gut. Gar nicht gut.

Die Kopfhautmassage dauerte lange, viel länger als nötig. War ihre Sehnsucht nach Berührung ebenso groß wie die meine? Dachte sie an meinen Geschmack oder wie sie meine Haare gepackt und geschrien hatte, als ich ihre Muschi geleckt hatte? Immer wieder wanderten ihre Finger massierend und glättend über meine Haut ...

»Okay, es ist Zeit, die Haare auszuspülen«, flüsterte sie und trat unruhig von einem Fuß auf den anderen.

Ich unterdrückte ein Stöhnen. Fuck. Das tat körperlich weh. Warmes Wasser rann über meinen Kopf. Wenn Becca auch nur einen Funken Vernunft hätte, würde sie meinen Schoß mit kaltem Wasser ansprühen.

Sie griff nach der Spülung, sodass ihre Titten wieder meine Seite berührten, und ich spürte sie erschauern. Mann. Ihr ging es also ebenso. Mein Schwanz schrie um Hilfe. Ich langte so unauffällig wie möglich nach unten und drückte meinen Handballen auf meinen Steifen, um ihm Erleichterung zu verschaffen. Die Mischung aus Druck und Schmerz fühlte sich irgendwie gut an, was echt krank war.

Beccas Hände wühlten weiter, und ich fing an, im Kopf Motorradteile durchzugehen. Ich war nicht sicher, wie lange ich das noch aushalten würde. Tat sie das absichtlich?

Fuck, hoffentlich.

»Fast fertig«, flüsterte sie.

In ihrer Stimme hörte ich dieselbe qualvolle Lust, die ich in meinem ganzen verdammten Körper spürte. *Nimm sie*, flüsterte meine innere Stimme. *Wirf Becca auf den Tisch und fick sie, bis sie anfängt zu schreien. Wenn Blake und Collins angerannt kämen, um sie zu retten, könntest du sie erschießen und sie dir dann über die Schulter werfen und in die Berge flüchten. Jetzt mach schon.*

Mannomann. Ich musste mich ernsthaft zusammenreißen, und zwar schnell.

Becca spülte mein Haar nochmals aus und wickelte dann ein Handtuch um meine Haare. Ich stand mit wackligen Knien auf und marschierte ins Wohnzimmer, wo noch Blakes Stuhl stand und mich verhöhnte.

»Mach die Vorhänge zu«, brachte ich zwischen zusammengebissenen Zähnen hervor. »Die Leute können sonst alles sehen, was du hier drin treibst. Wie bei einem verdammten Aquarium.«

»Ich würde mir da wesentlich mehr Gedanken machen, wenn nach Anbruch der Dunkelheit in Callup jemand auf die Straße gehen würde«, antwortete sie ruhig. »Nachts werden die Bürgersteige hochgeklappt, Puck.«

»Mach die verdammten Vorhänge zu«, wiederholte ich und erstickte fast an den Worten. Becca zuckte mit den Schultern und gehorchte. Mein Blick folgte ihrer anmutigen Gestalt, während sie sich durchs Zimmer bewegte. Die Frau war perfekt. Wie eine Tänzerin. Mann, was würde ich dafür geben, sie an einer Stange tanzen zu sehen. Bei unserer letzten Unterhaltung, als ich gesagt hatte, ich könnte der Mann sein, der zusieht, wie sie heiratet und eine Familie gründet und ein normales Leben führt, hatte ich eindeutig gelogen …

Der Mann war ich nicht.

Ich hatte mich selbst betrogen und so getan, als ob ich jemand wäre, der ich nicht war. Nur weil ich dachte, dass es so richtig wäre. Doch bei einer Sache hatte ich ihr die Wahrheit erzählt – ich war definitiv kein Typ, der das Richtige tat. War ich noch nie gewesen. Alles war jetzt auf einmal völlig klar, weil ich genau wusste, was ich tun musste.

Becca in Ruhe lassen?

Sie ein nettes, normales Leben führen lassen, mit einem netten, normalen Mann, der einen normalen Job hatte und gleich, nachdem er ausgestempelt hatte, nach Hause kam?

Letzte Nacht war mir das sogar gelungen. Ich hatte sie davonkommen lassen, anstatt sie in mein Bett zu schleifen, wo sie eigentlich hingehörte.

Aber heute Abend hatte ich wieder jegliche Selbstkontrolle verloren.

»Okay«, sagte sie, während sie sich hinter mich stellte. Sie rubbelte meinen Kopf mit dem Handtuch ab und zog es dann weg, damit sie mir mit ihren Fingern leicht durchs Haar fahren konnte.

»Wie hättest du es gerne?«

»Was?«

»Deine Haare? Wie hättest du sie gerne geschnitten?«

»Äh, ist mir egal«, gelang es mir zu sagen, während meine Gedanken rasten. »Was deiner Meinung nach gut aussieht.«

Becca erstarrte.

»Du wolltest nicht wirklich, dass ich dir die Haare schneide, oder?«

»Oh doch, genau das hier wollte ich«, murmelte ich. Die Aussage stimmte zu hundert Prozent. »Du hast ja nicht die geringste Ahnung.«

»Ich glaube, dass das vielleicht keine gute Idee ist«, antwortete sie zögernd. »Ich hatte heute Abend schon vier Bier, weißt du. Vielleicht sollten wir einfach ins Bett gehen.«

Die Worte hatten einen bedeutungsschweren Nachhall.

»Ja, gehen wir ins Bett.«

Sie kicherte nervös. »Ich kann nicht fassen, dass ich das gerade gesagt habe.«

»Komm her«, sagte ich zu ihr. Dann nahm ich ihre Hand und zog sie vor mich. Becca stand schließlich zwischen meinen gespreizten Beinen und griff wieder nach oben, um mit meinen Haaren zu spielen. Ihr Blick war ein wenig glasig, und ihre Brustwarzen waren steinhart, was kaum zu übersehen war, da die Vorderseite ihres Tanktops klitschnass war.

Ein Mann mit Manieren hätte sie darauf aufmerksam gemacht.

Stattdessen legte ich meine Hände um ihre Taille und zog sie noch näher an mich.

»Wie sollte ich mir denn deiner Meinung nach die Haare schneiden lassen?«

»Gar nicht. So wie jetzt, locker und ohne Schnitt, sind sie perfekt. Das steht dir.«

Ich erwiderte ihren Blick und fuhr mit meinen Händen über ihre Seiten, bis meine Daumen an der Unterseite ihres Busens ankamen. Als sie schwankte, griff ich nach dem Stoff, um ihn Stück für Stück hochzuschieben. Die weichen Hosen, die sie anhatte, saßen locker auf ihren Hüften, sodass ein Streifen ihres Bauchs sichtbar war. Die kleine Einbuchtung in der Mitte lockte mich.

»Das ist keine gute Idee.«

»Wahrscheinlich solltest du dann besser nicht drüber nachdenken«, antwortete ich. Ihr Bauch duftete nach Babypuder und schmeckte himmlisch. In meinem Bauch brannte das Verlangen und pulsierte abwärts in meinen Schwanz. Ganz gemächlich küsste ich mich voran in Richtung ihrer Brüste, was gar nicht meine Art war. Ich hatte mich nicht nur wegen unserer ersten Begegnung von ihr ferngehalten, sondern auch, weil ich so bin, wie ich bin. Ich mach keine Komplimente und rede nicht von Liebe machen und all der Scheiße. Ich mag harten und groben Sex, ohne mich zu zurückhalten zu müssen. Im Lauf der Jahre hatte ich einige Frauen verschreckt, was mir reichlich egal gewesen war. Wenn sie mir nicht geben konnten, was ich haben wollte, waren sie nutzlos.

Bei Becca musste man jedoch sanft vorgehen. Dieses Mal war ich der Nutzlose.

Ich konnte aber zumindest so tun als ob. Eine Zeit lang wenigstens. Ich wanderte weiter nach oben und schob mit meiner Nase ihr Tanktop zur Seite, bis ich die Unterseite ihrer Brust fand, um an ihr zu saugen. Eine Hand rutschte hinunter zu ihrer Arschbacke, umfasste und knetete sie, bis Becca seufzte und sich an mich lehnte. Ich war an ihrer Brustwarze angekommen und leckte daran.

Becca schnappte nach Luft und grub ihre Hände fest in mein Haar.

Ich zog die Brustwarze fest in meinen Mund und schmeckte sie, während meine Gedanken zurück zum letzten Mal wanderten, als wir das getan hatten. Ich hatte ihr wehgetan, aber Mann, es war so geil gewesen. Jedes Mal, wenn ich daran dachte, fühlte ich mich schuldig – was also sehr oft der Fall war. Eigentlich täglich. Mein Schwanz war hart wie eine Bohrprobe, jeden Herzschlag spürte ich als schmerzhaftes Pulsieren. Becca stöhnte. Was für ein leises, süßes Geräusch.

Das war's – das Ungeheuer in mir kämpfte sich frei, um die Lüge zu vernichten.

Schluss mit dieser »Ich bin ganz lieb«-Scheiße.

Sie quiekte, als ich plötzlich aufstand und sie packte, und schlang instinktiv ihre Beine um meine Taille, was mir ganz recht war. Meine Finger gruben sich tief in ihren Arsch, während ich meinen Steifen gegen Beccas weichen Körper presste. Der schmerzhafte Druck und die Enge in meiner Jeans waren schrecklich und wundervoll zugleich, weil wir endlich Fortschritte machten und uns meinem Ziel näherten.

Ich stieß mit meinen Hüften vor und zurück, griff mit einer Hand nach oben, um in ihr Haar zu greifen und ihren Kopf grob zurückzureißen. Mein Mund näherte sich ihrem Hals, wo ich biss und sog und leckte, während sie begann herumzuzappeln.

Versuchte sie zu entkommen?

Zu spät.

Endlich war Becca meiner Gnade ausgeliefert, nachdem ich jahrelang nur an sie gedacht hatte, sie mir vorgestellt hatte, mir mit ihrem Gesicht vor Augen einen runtergeholt hatte, während ich mich wand und vor Frust fast verging. Ihre Unschuld und ihr Alter waren wie ein Stoppschild für meinen Schwanz gewesen …

Inzwischen war sie erwachsen.

Ich ging sechs Schritte durchs Zimmer und ließ uns auf die Couch fallen, wo ich sie mit meinem Körper festnagelte. Dann packte ich ihre Hände und zog sie hoch über ihren Körper, sodass ich sie genauso in der Falle hatte wie in meinen kranken Fantasien.

»Puck«, stöhnte sie.

Ich brachte sie mit meinem Mund zum Verstummen, bevor sie die Gelegenheit bekam, noch mehr zu sagen. Meine Zunge tauchte tief in ihren Mund, nahm sie in Besitz und markierte sie, so, wie ich es mit meinem Samen machen würde, sobald wir endlich unsere Klamotten los wären. Wie das genau vonstattengehen sollte, war mir nicht so ganz klar … Die Gesetze der Physik besagten, dass ich von ihr runtermüsste, um meine Jeans auszuziehen. Doch jedes Mal, wenn meine Hüften gegen die ihren stießen, stieg meine Entschlossenheit, genau dort zu bleiben, wo ich war, bis ich kam, verdammt.

Schließlich löste ich meinen Mund von ihrem, wanderte wieder runter zu ihren Titten und sog hart daran, weil ich sie unbedingt noch mal schmecken wollte.

»Puck«, sagte sie wieder, wobei ihre Stimme voll Verlangen und Ergebenheit war.

Ich ignorierte sie, langte zwischen uns nach unten, erspürte ihren Hosenbund und schob meine Hand hinein. *Fuck*, war sie feucht. Meine Finger glitten hinein und öffneten sie schnell und hart. Becca kreischte, während sich ihr Rücken nach oben wölbte und von der Couch hob. Mein Daumen fand ihre Klit und begann damit zu spielen, obwohl ihre Hände sich zu befreien versuchten.

Oh mein Gott.

So feucht, so tief und wunderbar … ich konnte es kaum erwarten hineinzukommen. Aber es galt ja schließlich die Regel »Ladys first«, deshalb machten meine Finger weiter, während Becca nach Luft schnappte und nochmals meinen Namen rief. Wir kamen schnell voran – wahrscheinlich zu schnell –, doch der Gedanke, jetzt langsam zu machen, wäre mir nicht in den Sinn gekommen. Wimmernd schrie sie auf.

Der Moment war nah. *Verdammt* nah.

Sie würde bald kommen. Dann wäre ich an der Reihe. Und mir fiel ums Verrecken nichts ein, was ich jemals so sehr gewollt hätte. Becca explodierte an meiner Hand. Ich spürte, wie sie pulsierte und erschauerte, wie sie meine Finger so fest zusammenpresste, dass ich mich wieder daran erinnerte, wie eng sie sich um meinen Schwanz geschmiegt hatte.

»Heilige Scheiße«, flüsterte sie, als sie sich wieder etwas beruhigt hatte. »Heilige *Scheiße*. Puck, was zum Teufel war das? Was *war* das, bitte?«

»Du weißt verdammt genau, was das war«, sagte ich mit rauer Stimme zu ihr, während ich nach unten griff, um meine Hose aufzumachen. Kondom. Ich brauchte ein Kondom. Fuck, ich hatte meine Geldbörse nicht dabei, sie lag drüben in meiner Wohnung. Okay, ich hatte zwei Möglichkeiten: Ich konnte eines holen gehen oder fragen, ob sie eines hatte … Beide Optionen waren schlecht. Sehr schlecht. Wenn ich wegging, würde sie vielleicht davonkommen. Und ganz sicher wollte ich nicht wissen, ob sie Kondome hatte.

Das war der Moment, als das Telefon klingelte.

»Mom«, sagte Becca mit großen Augen.

Verdammt. Ich war vielleicht kein normaler Typ, aber sogar ich wusste, dass Mädels nicht »Mom« sagten, kurz nachdem sie gekommen waren.

Das weiß jeder.

Das Telefon klingelte nochmals. Becca drückte ihre Hand kräftig gegen meine Brust.

»Ich muss rangehen«, murmelte sie. Ich blieb, wo ich war, während ich mich fragte, wie zum Teufel wir von dem Punkt, an dem sie meinen Namen geschrien hatte, zu dem Punkt gelangt waren, an dem sie über ihre Mutter sprach. »Sie hat schon mehrmals versucht, mich zu erreichen. Irgendwas Schlimmes ist passiert.«

Während das Telefon weiterklingelte, drang es allmählich an mein Bewusstsein: Becca hatte nicht vor, das, was wir begonnen hatten, auch zu Ende zu bringen. Mein Schwanz pulsierte, meine Eier waren steinhart, und plötzlich war ich alles andere als glücklich.

»Ruf sie zurück«, knurrte ich.

Becca boxte mich gegen die Brust, ihr Gesicht wurde wütend.

»Geh gefälligst von mir runter. Ich muss ans Telefon gehen. Jetzt.«

Becca

Puck sah mit dunklem Blick auf mich herab und atmete angestrengt. Ich konnte spüren, wie sehr er mich wollte – seinen Schwanz, der sich zwischen meine Beine grub, konnte ich kaum ignorieren –, und ich erinnerte mich genau daran, wie er sich tief in meinem Körper angefühlt hatte.

Wundervoll. Schmerzhaft. Furchteinflößend.

Wieder klingelte das Telefon.

»Ich muss rangehen«, flüsterte ich. »Es ist wichtig.«

Er knurrte mich an und rollte sich von mir herunter. Es tat fast weh, seine Hitze und sein Gewicht nicht mehr zu spüren. Ich sprang auf und rannte zum Telefon, als gerade der Anrufbeantworter ansprang. Moms Stimme erklang.

»Becca, wo zum Teufel steckst du?«, fragte sie atemlos. »Du hast gesagt, ich soll dich daheim anrufen. Ich muss dringend mit dir reden, Baby.«

Ich schnappte mir das Mobilteil und drückte auf den Knopf, bevor sie weiterreden konnte. Hinter mir spürte ich Pucks feindselige Stimmung und seinen Frust. Doch im Augenblick konnte ich daran nichts ändern, weshalb ich mich auf das Telefon konzentrierte.

»Mom, ich bin hier.«

»Becca!«, antwortete sie erleichtert. »Ich bin so froh, dass du rangegangen bist. Herzchen, ich muss schnell machen. Teeny ist unten, er ist wieder betrunken. Ich glaube, er wird mir was antun, wenn ich hierbleibe. Du musst mir Geld schicken, damit ich abhauen kann.«

Ihre Worte trafen mich mit Wucht und ließen meine Gefühle explodieren, sodass sie in ganz unterschiedliche Richtungen davonstoben. Angst, natürlich. Und Wut. Ich war wütend auf Teeny … aber auch auf *sie*, weil irgendwas an der Sache faul klang, so sehr ich es mir auch gewünscht hatte, dass sie ihn verließ. Bei Mom ging es letztlich immer nur um Geld. Warum sollte es dieses Mal anders sein?

»Mom, ich hab kein Geld «, sagte ich leise. Ich hörte, wie Puck hinter mir erstarrte und dann irgendwas murmelte. Doch ich ignorierte ihn und steckte mir stattdessen einen Finger ins Ohr, um mich auf meine Mutter zu konzentrieren.

»Baby, mir ist klar, dass du nicht in Geld schwimmst«, sagte sie. »Aber dieses Mal ist es wirklich ernst. Es geht nicht um eine nicht bezahlte Telefon- oder Stromrechnung oder vielleicht eine verdammte Rechnung der Autowerkstatt. Der Mann ist echt durchgeknallt, und er sagt, er bringt mich um. Ich muss hier weg, und zwar schnell. Du musst mir sofort Geld schicken.«

Bei ihren Worten wurde mir kalt. *Sie umbringen?*

»Wie viel brauchst du?«

»Zweitausend Dollar.«

Ich erstarrte.

»Mom, so viel habe ich nicht.«

»Du hast ein Auto, oder?«

»Für das würde ich nie zweitausend Dollar bekommen«, sagte ich unverblümt. »Selbst wenn ich alles, was ich besitze, verkaufen würde, hätte ich nicht so viel Geld.«

»Denk dir was aus«, erwiderte sie verzweifelt. »Baby, ich kann ohne deine Hilfe hier nicht weg, und hierbleiben kann ich auch nicht. Ich weiß, dass ich eine beschissene Mutter war – das ist mir klar. Aber ich liebe dich, ich habe dich immer geliebt. Und ich weiß, dass du mich liebst.«

»Mom, hier geht es nicht darum, ob ich dich liebe. Ich hab das Geld nicht, und kann es auch nicht herzaubern.«

»Kannst du es dir von jemandem leihen?«, fragte sie. »Mach einen Typen glücklich und hau ihn dann um Geld an?«

Mein Magen verkrampfte sich.

»Nein.«

»Du bist doch hübsch, du warst immer ein hübsches Ding«, bettelte sie. »Warum gehst du nicht strippen? Du könntest das Geld an ein oder zwei Abenden verdienen und es mir dann schicken. Ich würde es ja selbst tun, aber die wollen mich nicht. Nicht in meinem jetzigen Zustand. Ich bin zu alt, Baby.«

Ich schloss meine Augen und versuchte mir vorzustellen, wie ich vor einer Horde von Männern, die mich anstarrten, meine Klamotten auszog. Nein. Nie im Leben. Wie konnte sie es wagen, mich so etwas auch nur zu fragen?

»Ich kann meine Spardose mit dem Trinkgeld ausleeren«, sagte ich. »Doch da ist nicht viel drin, vielleicht fünfzehn oder zwanzig Dollar. Ich schick sie dir morgen. Mehr kann ich nicht machen.«

Ihre Stimme wurde eisig.

»Er wird mich umbringen«, fauchte sie. »Was für ein Mädchen bist du nur? Du lässt deine Mutter lieber sterben, als deine Klamotten auszuziehen. Hier hast du noch ganz andere Dinge getan. Und glaub nicht, ich hätte vergessen, wie du bei deiner Abfahrt geweint hast. Du wolltest nicht mit diesem Jungen wegfahren. Ich hab dich dazu gezwungen, um dein Leben zu retten. Und jetzt willst du nicht dasselbe für mich tun?«

Mir wurde schlecht und schwindlig. Warum? Warum tat sie das nur?

»Ich schick dir mein Trinkgeld«, wiederholte ich langsam. »Es muss noch jemand anderen geben, den du fragen kannst, Mom. Kannst du nicht Geld von Teeny klauen, während er schläft?«

»Du bist undankbar«, zischte sie und legte auf.

Ich fuhr mir mit den Fingern durchs Haar und versuchte, mich wieder zu beruhigen, während ich das Telefon auf den Tisch legte. Was war das gewesen, verdammt? Sollte ich ihr glauben?

Nein.

So schlimm konnte es nicht sein. Mom kam immer irgendwie durch. Wenn sie ihren Mann wirklich verlassen wollte, konnte sie einfach ins

Auto steigen und wegfahren – ich kannte Teeny. Er würde sauer werden und sie vielleicht einmal durchprügeln. Dann würde er umkippen, und sie könnte abhauen.

»Warum schickst du dieser Frau überhaupt was?«

Ich fuhr zusammen und wandte mich um zu Puck. Er ragte über mir auf. Seine Miene war so wütend, dass ich nach Luft schnappte.

»Ich hab ganz vergessen, dass du hier bist.«

Sein Gesichtsausdruck wurde noch finsterer.

»Hast du bekommen, was du wolltest?«, fragte er höhnisch. Dann langte er nach unten und packte seinen Schwanz durch seine Jeans hindurch, wobei er ihn obszön drückte. »Du hast mich nämlich in der Luft hängen lassen.«

Ernsthaft? Ich sah ihn aus schmalen Augen an.

»Meine Mom sagt, dass Teeny sie umbringen will«, sagte ich und betonte dabei jedes Wort. »Sie braucht zweitausend Dollar, um abzuhauen und hierherzukommen. Unter den Umständen steht dein Schwanz nicht an erster Stelle.«

»So ein Gelaber«, antwortete er schnaubend. »Sie braucht zweitausend Dollar, um Drogen zu kaufen oder um irgendwelche Schulden zu begleichen, damit sie deinen Stiefvater nicht unter die Erde bringen, wo er hingehört.«

Ich zuckte nur mit den Schultern, denn er hatte nicht unbedingt unrecht.

Was ich aber nicht zugeben wollte.

»Dieses Mal klang sie anders«, sagte ich. Ich hasste die Schwäche, die aus meiner Stimme klang. Er hielt mich wahrscheinlich für eine leichtgläubige Idiotin. Vielleicht war ich das auch. Aber vielleicht hatte sie jetzt endgültig genug und wollte weg von ihm. Würde ich es mir je verzeihen, wenn Teeny sie ernsthaft verletzte? »Ich will sie vor ihm retten.«

»Komm her.«

»Warum?«, fragte ich.

Puck hob eine Augenbraue.

»Wir waren noch nicht fertig.«

»Gerade hat meine Mom angerufen, um mir zu sagen, dass ihr Mann sie *umbringen* würde«, erklärte ich ihm verzweifelt. »Und du willst trotzdem ficken? Was für ein Arschloch macht denn so was?«

Er tat einen Schritt auf mich zu und nahm meine Hand, um sie vorne auf seine Jeans zu pressen. Seine Wangen waren dunkelrot verfärbt, sodass das Weiß seiner Narbe hervorstach. Manchmal vergaß ich einfach, wie furchterregend Puck sein konnte.

»Ein Arschloch, das weiß, dass sie dich verarscht. Und es stimmt, ich will immer noch ficken«, sagte er. »Ich hab jetzt fünf Jahre lang daran gedacht, seit ich dich aus dieser Hölle gerettet habe. Erinnerst du dich? Es *war* nämlich eine Hölle, und sie ist der Teufel, verdammt. Die Hexe war deine Zuhälterin, und du willst ihr jetzt auch noch Geld schicken? Was zum Teufel hast du geraucht?«

Ich erstarrte. *Idiot.* Natürlich war er nicht der Einzige, auf den ich sauer war, aber er war derjenige, der gerade vor mir stand.

»Sie ist meine Mutter«, sagte ich zu ihm. »Und trotz allem liebe ich sie. Ich weiß nicht warum, aber so ist es nun mal. Und du hast nicht das Recht, mich deswegen zu verurteilen. Ich habe nicht vor, ihr einen Haufen Geld zu schicken. Ich *habe* keinen Haufen Geld. Aber wenn es so wäre, dann ginge es dich, verdammt noch mal, nicht das Geringste an.«

Puck beugte sich vor und schob sein Gesicht dicht an das meine. Ein Muskel in seiner Wange zuckte.

»Jetzt geht es mich was an.«

»Seit wann?«

»Ich denke, seit dem Zeitpunkt, an dem du für mich gekommen bist.«

Ich schnappte nach Luft und entzog ihm meine Hand. Eigentlich versuchte ich es nur, denn er ließ meine Hand nicht los. Dann legte er seine andere Hand um meinen Nacken und zog mich grob an sich. Seine Lippen bedeckten die meinen, und seine Zunge bohrte sich in meinen Mund. Doch im Geiste hörte ich immer noch die Stimme meiner Mutter: *»Er wird mich umbringen.«*

Ich biss auf Pucks Lippe, und zwar nicht liebevoll.

»Mann«, sagte er und wich abrupt zurück. Seine Zunge fuhr über die kleine Bisswunde, die zu bluten angefangen hatte.

»Wir haben einen Fehler gemacht«, sagte ich, bemüht, ihn dabei nicht anzusehen. Das war schwierig, da er immer noch meinen Nacken umklammerte. Ich versuchte, mich zu befreien, doch sein Griff verstärkte sich nur noch und erinnerte mich daran, dass er wesentlich stärker war als ich.

In dem Moment wurde mir klar, in welcher Lage ich steckte.

Ich war vielleicht wegen meiner Mom aufgewühlt – aber gerade hielt mich ein großer, starker Mann fest, der auch etwas aufgewühlt war, weil er kein Happy End bekommen hatte.

Ein furchterregender Biker.

Ich fuhr mir mit der Zunge über die Lippen, denn plötzlich machte ich mir aus einem anderen Grund Sorgen.

»Ich will keinen Sex«, platzte ich heraus.

»Vor fünf Minuten wolltest du aber.«

Ich suchte in seinen Augen nach einer Spur von Wärme und Mitgefühl. Doch alles, was ich sah, war brennendes Verlangen, noch weiter aufgepeitscht durch Wut. Pucks Griff wurde noch fester. Mit meiner freien Hand berührte ich seine Brust. Ich wünschte mir, ich könnte hineingreifen und den Rest von Mitgefühl ausfindig machen, den er da drinnen vielleicht irgendwo versteckte.

An der Oberfläche war davon nichts zu spüren, so viel war klar.

Ich schluckte. »Ich will jetzt wirklich schlafen gehen. Alleine. Das heute Abend hatte ich nicht so geplant, und ich muss gründlich darüber nachdenken.«

»Jetzt erzählst du mir also, du wolltest das alles nicht? Meine Finger sind nämlich noch immer tropfnass von deiner Muschi. Du kannst ja gerne das Gegenteil behaupten, aber normalerweise bedeutet das, dass eine Schlampe es besorgt haben will.«

Schlampe? Oh, das gefiel mir nicht. Nicht im Geringsten. Ich vergaß meine Angst und wechselte wieder zu »angepisst«. Das fühlte sich besser an – Wut tat mir gut.

»Lass. Mich. Los«, sagte ich mich zusammengebissenen Zähnen.

Puck starrte mich wütend an, ließ mich aber dann so plötzlich los, dass ich fast umfiel.

»Du bist verrückt«, sagte er und trat einen Schritt zurück. »Ich habe es dir besorgt, aber ein Anruf von dieser Fotze, und du vergisst mich komplett. Tu nicht so, als ob du nicht genauso scharf wie ich gewesen wärst – jetzt hast du bekommen, was du wolltest, und plötzlich hast du kein Interesse mehr.«

»Ja, ich schätze, ich bin schuldig«, zischte ich. »Ich steh auf dich, du Arsch. Als du mich also bedrängt hast, hab ich nicht Nein gesagt, weil es sich gut angefühlt hat. Ist das ein Verbrechen? Vielleicht hältst du mich für eine Schlampe, du Arsch. Aber selbst Schlampen haben die *Wahl*, mit wem sie schlafen wollen. Du hast was Furchterregendes an dir, Puck. Ich weiß, was du wirklich bist, und damit will ich nichts zu tun haben. Du bist stark und schlägst Leute, und ich will mit jemandem über meine Mom reden, aber alles, was dich interessiert, ist Ficken!«

»So ein Gelaber«, sagte er kopfschüttelnd. »Ich hätte dich schon vor Jahren ficken können, wenn es mir nur um Sex gegangen wäre, *Becs*. Doch du bedeutest mir tatsächlich was, deshalb hab ich dich in Ruhe gelassen. Aber keine Sorge – ich bin kein kompletter Idiot. Verrückte riech ich meilenweit gegen den Wind, und allmählich fängt es hier drin an zu stinken. Lass uns also alles auf den Tisch legen. Deine Fotze von Mutter hat dich dazu gebracht, mit fremden Männern zu schlafen. Ich hab deinen Arsch gerettet. Warum sollten wir auch nur eine Sekunde unseres Lebens mit dieser Fotze verschwenden?«

Ich biss meine Zähne zusammen, denn entschieden zu viele Gefühle überfluteten mich, sodass meine Hände anfingen zu zittern.

»Weil du einer dieser Männer warst«, sagte ich mit kalter Stimme zu ihm. »Falls du dich nicht mehr erinnerst: *Teeny hat mich gezwungen, mit dir zu ficken*. Ich hatte meine Befehle und befolgte sie. Ich bin froh, dass du mich danach gerettet hast, aber glaub nur nicht, dass es das leichter gemacht hat, als du mich niedergedrückt und mir *deinen Schwanz in den Arsch gesteckt hast*. Das hat wehgetan, Puck. Sogar sehr. So sehr, dass ich kaum auf deinem verdammten Bike sitzen konnte, nachdem sie mich gezwungen hatte aufzusteigen. Erinnerst du dich an den Teil? Mom sah für mich eine Gelegenheit zu flüchten und hat sie ergriffen – und du brauchst nicht zu denken, dass das einfach für sie war. Sie ging wahrscheinlich davon aus, dass er sie deswegen umbringen würde, und tat es trotzdem. Also red dir nur ein, dass du ein großer Scheißheld bist und meine Mom böse ist, weil sie mir so viel angetan hat. Aber ich bin nicht so blöd, darauf reinzufallen. Auf dieser Party waren keine guten Jungs. Ihr wart alle schlecht. Ja, ihr alle. Jetzt verpiss dich und verschwinde aus meiner Wohnung.«

Er starrte mich an und wusste endlich mal nicht, was er antworten sollte.

Nein.

Puck Redhouse blinzelte mich nur an wie ein großer Vollidiot.

»Die Tür ist da drüben«, erinnerte ich ihn mit kühler Stimme.

»Du bist echt ’ne verdammte Schlampe.«

Ich zuckte mit den Schultern.

»Besser ’ne Schlampe als ein Vergewaltiger. Raus!«

KAPITEL SIEBEN

Samstag

Becca

Was zum Teufel ist nur mit mir los?

Ich betrachtete mein Spiegelbild und suchte nach einem Hinweis dafür, dass und warum ich wohl so ein Trottel war. Der Spiegel verriet mir nichts Neues, nichts, was darauf hinwies, dass ich gestern Abend einen der besten Orgasmen meines Lebens gehabt hatte, gefolgt von einem kompletten emotionalen Zusammenbruch.

Oh, und dann war da noch die Tatsache, dass ich den Mann niedergemacht hatte, der wahrscheinlich mein Leben gerettet hatte. Auch sehr nett. Eine Frau sollte nach so einem Abend wirklich Spuren im Gesicht tragen. Doch alles war wie immer. Nur die üblichen glatten, braunen Haare, langweiligen Augen und der Mund, der einen Hauch Lipgloss vertragen konnte, falls ich vorhatte auszugehen. Zumindest waren meine Zähne geputzt … Ich konnte zwar meine Erinnerungen nicht wegputzen, hatte aber zumindest einen verdammt frischen Atem. Das war doch auch was wert, oder?

Eine ordentlich durchgeschlafene Nacht wäre mir allerdings lieber gewesen, aber auch das hatte ich vermasselt. Stattdessen hatte ich stundenlang wie eine Wahnsinnige genäht. Das Summen meiner Singer klang durch die Wohnung, während ich die missratenen Stoffe aus meiner Stofftonne zerfetzte. Nichts wurde so, wie ich es mir vorstellte, egal, was ich anpackte. Alle Stücke sahen furchtbar und verkehrt aus, so wie ich selbst.

Um fünf Uhr morgens war ich auf dem Boden zusammengesunken und vor lauter Erschöpfung eingeschlafen.

Als das Telefon klingelte, griff ich danach, in der Erwartung, Danielles Stimme zu hören. Sie hatte mir versprochen, mich heute Morgen nach dem Aufwachen anzurufen. Für elf Uhr hatten wir vereinbart, uns die Nägel zu machen, ein wöchentliches Ritual, das ich aus einer Reihe von Gründen lieb gewonnen hatte: Die Gelegenheit, an einem willigen Opfer, das sich nie beschwerte, wenn meine Designinnovationen danebengingen, zu üben, spielte dabei keine geringe Rolle.

»Becca?«

»Mom?«, fragte ich verblüfft. Sie war gestern Abend so wütend gewesen. Der Streit, den ich mit Puck gehabt hatte, ging mir immer noch durch den Kopf. Er hatte recht gehabt – sie hatte mich so oft verletzt. Warum sollte ich sie immer wieder in mein Herz lassen?

Weil du sie liebst, flüsterte mein Herz. Das war echt beschissen, denn es stimmte ja.

»Es tut mir leid, Baby«, sagte sie mit gedämpfter Stimme. »Ich konnte die ganze Nacht nicht schlafen. Ich hätte nicht so mit dir reden sollen. Du musst dich ja selbst um alles kümmern, das verstehe ich.«

»Geht's dir gut?«

Sie antwortete nicht, hustete aber rau.

»Mir geht's gut«, flüsterte sie.

Ich wusste, dass das nicht stimmte.

»Was hat er getan?«

»Nichts. Mir geht's gut. Mach dir keine Sorgen wegen mir. Ich bin sicher, dass alles gut wird.«

»Hat er dir gestern Abend wehgetan?«

Sie zögerte wieder. »Du weißt, wie er ist. Ich glaube, er hat mir den Arm gebrochen. Er ist dick geschwollen, aber ich kann nicht zum Arzt. Ich hab nur eine Chance, ihn zu verlassen. Die will ich nicht riskieren.«

Eine riesige, gemeine Faust packte meine Eingeweide und drückte fest zu.

»Ich zähl die Münzen in meiner Trinkgelddose«, flüsterte ich. »Ich schick es dir. Vielleicht kann ich noch was verkaufen.«

»Das wird nicht reichen. Mach dir keine Mühe.«

»Mom ….«

»Baby, es ist vorbei. Du musst dein eigenes Leben leben. Ich liebe dich.«

Dann legte sie auf. Ich starrte wie versteinert auf das Telefon und rannte dann ins Bad. Gerade noch in letzter Sekunde erreichte ich die Toilette. Ich begann zu würgen und übergab mich, bis mein Magen wehtat und meine Kehle brannte.

Ich musste mir etwas überlegen. Ich konnte einfach nicht zulassen, dass Teeny meine Mutter tötete.

Leider wusste ich überhaupt nicht, wie ich ihn aufhalten könnte.

Danach fühlte sich alles unwirklich an.

Ich wusste nichts mit mir anzufangen, weshalb ich das Durcheinander aus zerfetzten Stoffen und losen Fäden aufräumte, das ich in der Nacht zuvor fabriziert hatte. Dann rief Danielle an und erinnerte mich daran, meine Schmutzwäsche zu unserem Maniküretermin mitzubringen. Gedankenverloren trug ich alles runter zu meinem Auto.

Was für eine verrückte Woche

Erst der Job, dann meine Mom … Oh, und Puck. Was zum Teufel sollte ich wegen Puck unternehmen? Vielleicht musste ich ja gar nichts tun – wenn er nur ein bisschen Hirn im Kopf hatte, würde er nie wieder mit mir reden. Nicht nachdem ich wie eine Wahnsinnige explodiert war – oder wie eine aufgeblähte Tomate, die jemand in der Sonne hatte verrotten lassen.

Ich sah rüber zu Pucks Hauseingang und fragte mich, ob er wohl daheim war.

Er hatte eine Entschuldigung von mir verdient.

Natürlich war er ein Arsch gewesen. Aber ihn als Vergewaltiger zu bezeichnen ging zu weit, denn das war einfach nicht wahr. Er hatte keine Ahnung gehabt, was in dieser seltsamen, das ganze Leben verändernden

Nacht tatsächlich passiert war. Er hatte gedacht, ich sei irgendein Mädchen, das er auf einer Party kennengelernt hatte. Ein normales Mädchen, das mit ihm schlafen wollte. Und ich hatte ihn in dieser Einschätzung bestärkt. Als er schließlich dahintergekommen war, hatte er das Richtige getan, obwohl es für ihn tausendmal leichter gewesen wäre, mich einfach dort zu lassen.

Er hatte mich gestern Abend als Schlampe bezeichnet und hatte sogar recht damit.

Jetzt musste ich mich wie eine Erwachsene benehmen und meinen Fehler eingestehen. Wann würde mich mein Temperament nicht mehr in Schwierigkeiten bringen?

Als ich den Weg entlangging, erfüllten mich völlig widerstreitende Gefühle. Ich hoffte, er wäre da, damit ich mich entschuldigen und es damit hinter mich bringen könnte. Ich hoffte auch, dass er nicht aufmachen würde, weil es blöd sein würde, ihm gegenüberzutreten, und ich keine Lust darauf hatte. Was als Nächstes geschah, nahm der ganzen Situation die Spannung. Ich erreichte den Hauseingang, der aber verschlossen war. Es gab keine Klingel, keine Sprechanlage, keine Möglichkeit, demjenigen in der Wohnung mitzuteilen, dass er Besuch hatte. Ich sah mich nach seinem Bike um, konnte es aber nirgendwo entdecken. Wo auch immer Puck war – ich konnte ihn nicht kontaktieren.

Na dann. So viel zu meinem Plan.

Ich stapfte zurück zum Auto, während ich darüber nachdachte und mir die Gedanken durch den Kopf wirbelten. So viele Dinge in meinem Leben liefen schief, doch zumindest gab es ein Problem, das ich lösen konnte.

Alle meine Jeans waren schmutzig.

Ebenso meine Höschen, meine Bettwäsche, BHs und alles andere. Ich stieg ins Auto und fuhr rüber zu Danielle für unsere wöchentliche Maniküre-Wäsche-Party, denn selbst wenn es gerade ziemlich beschissen läuft im Leben, muss man doch die Wäsche waschen.

»Gestern Nachmittag habe ich mir diesen neuen, pinken Nagellack gekauft«, verkündete Danielle stolz, als wir uns endlich an ihrem Tisch niedergelassen hatten. Im Hintergrund wirbelte und zwirbelte ihre brummende Waschmaschine im Flur meine Wäsche herum. »Vielleicht lasse ich mir die Haare im passenden Ton färben. Daumen rauf oder runter?«

»Was?«, fragte ich, während ich versuchte, mich zu konzentrieren. Meine Welt war über mir zusammengebrochen, und dennoch saßen wir hier und sprachen über Nagellackfarben.

Echt schräg.

»Pink?«, hakte sie nach.

Ich blinzelte, um mich zu sammeln.

»Oh, echt süß«, sagte ich zu ihr. »Sorry, ich hatte einen komischen Morgen.«

»Was war los?«

Ich holte tief Luft und fragte mich, wo ich anfangen sollte.

»Also, meine Mom hat gestern Abend angerufen. Sie hat gesagt, dass Teeny durchgeknallt ist. Sie hat mich um Geld gebeten, damit sie ihn verlassen kann.«

Danielle machte große Augen und stellte den Nagellack ab. Sie wusste nicht genau über mein Leben in Kalifornien Bescheid, doch sie wusste so viel, dass ihr die Scheißbedeutung meiner Worte klar war.

»Nee, oder? Nach all den Jahren denkt sie tatsächlich ernsthaft darüber nach?«, flüsterte sie. »Was hast du gesagt wegen dem Geld?«

Ich zuckte mit den Schultern. »Ich hab Nein gesagt. Sie will zweitausend Dollar, und so viel hab ich nicht. Dann hat sie gesagt, dass ich eine furchtbare Tochter bin und es meine Schuld ist, wenn er sie umbringt.«

»What. The. Fuck«, sagte Danielle und verzog wütend ihr Gesicht.

»Puck hat gemeint, dass sie mir nur Geld aus der Tasche ziehen will. Wahrscheinlich hat er recht – sie versucht ständig, mir Geld aus der Tasche zu ziehen.«

»Moment.« Sie hielt eine Hand hoch. »Noch einmal zurück an den Anfang. Was hat Puck auf einmal in dieser Geschichte zu suchen? Oh mein Gott! War er etwa bei dir?«

Puck. Die Erinnerung an die letzte Nacht schlug über mir zusammen, sodass ich anfing zu zittern. Ich hatte mir alle Mühe gegeben, nicht an ihn zu denken und auch nicht an die Entschuldigung, die ich ihm noch schuldete. Mein Gott, warum musste alles auf einmal passieren? Meine Vergangenheit spülte wie ein Tsunami über mich hinweg. Ich bekam fast keine Luft mehr.

»Das ist eine schwierige Frage. Es ist ziemlich kompliziert«, erklärte ich ihr, während ich meine Augen schloss. Kompliziert? Das war eine verdammte Untertreibung. »Gestern Abend hab ich was Dummes getan.«

»Was denn?«, wollte sie wissen. Ich antwortete nicht. »Heilige Scheiße, hast du mit Puck geschlafen?«

»Nein!«, beharrte ich.

»Du lügst«, sagte sie rundweg. »Du bist eine beschissene Lügnerin, Becca – da musst du echt noch dran arbeiten. Das braucht man im Leben dauernd. Also, wie war er? Ich wollte ihm schon immer mal die Kleider vom Leib reißen ...«

»Danielle!«

»Nein, nein. Ich werde es nicht tun, ganz klar«, betonte sie. »Aber ich bin deine Freundin, Becca. Sprich mit mir. Vielleicht kann ich dir helfen.«

»Es ist ein ganz schönes Durcheinander«, sagte ich langsam. »Ich hab dir das noch nie erzählt: Drunten in Kalifornien hatte ich Sex mit Puck.«

Ihre Augenbrauen wanderten nach oben, und ihr Unterkiefer fiel nach unten. Wortwörtlich. Wie bei einer Comicfigur.

»Wow. Aber warst du da nicht erst zwölf oder so?«

»Ich war gerade sechzehn geworden. Er war einundzwanzig.«

»Ganz schön beschissen, Becca.«

Ich zuckte mit den Schultern. »Da, wo ich herkomme, war das keine große Sache. Ich meine, eigentlich ist es *schon* eine große Sache, aber es war nicht seine Schuld. Er hatte keine Ahnung, wie jung ich war. Man hatte ihn reingelegt. Mein Stiefvater hatte das arrangiert.«

Danielle schluckte.

»Was willst du damit sagen?«

»Teeny hat mich an Puck übergeben. Der war gerade aus dem Gefängnis freigekommen. Und zwar genau *an dem Tag*. Sie veranstalteten eine Party für ihn, und ich bin ihm aufgefallen. Da befahl mir Teeny, dass ich ihn glücklich machen soll. Sonst würde ich es bereuen. Du kommst aus einer netten Familie, Danielle – meine war anders. Solche schlimmen Sachen passieren ständig, besonders bei Motorradclubs wie den Longnecks. Die Welt steckt voller böser Menschen. Und ich bin ja auch nicht die Einzige, weißt du. Alle möglichen Mädchen lassen sich von einem Biker einwickeln und fahren mit ihm. Manchmal sind sie minderjährig. Manchmal wollen sie wieder weg und schaffen es dann nicht …«

»Das ist ja widerlich.«

»So ist es eben«, antwortete ich leise. »Und Puck war nicht der Erste. Die anderen waren … entsetzlich. Mit Puck hat es mir sogar gefallen, zumindest, bis er grob wurde.«

»Ich hab gehört, dass er ziemlich wild sein soll«, murmelte sie. »Hat er dir wehgetan?«

»Ja, aber er hat damit aufgehört, als ich ihn darum gebeten habe. Das war auf abgefuckte Weise irgendwie auch süß. Doch danach ging alles den Bach runter. Puck erzählte einem seiner Freunde, dass ich's nicht gebracht habe, und Teeny hat es mitgekriegt. Am nächsten Morgen hat er mich dann verprügelt.«

Danielle schluckte.

»Du musst mir das nicht erzählen. Ich weiß, ich hab dich aufgefordert, mir alles zu erzählen. Und ich bin für dich da. Aber ich wollte dich nicht dazu zwingen, alles auf einmal rauszulassen, wenn du das nicht wirklich willst.«

»Nein, es tut gut, mal darüber zu reden«, gab ich zu. »Der einzige Mensch, der darüber Bescheid weiß, ist Regina. Also, Puck fand heraus, was passiert war, und war ganz sauer. Verdammt sauer. Er war nur auf Bewährung draußen, wäre also womöglich wieder ins Gefängnis gewandert. Also hat er Teeny zusammengeschlagen und mich mitgenommen. Ich bin einfach auf sein Bike gestiegen, und wir sind losgefahren. Seitdem war ich nicht mehr dort und hab auch meine Mom nicht mehr gesehen.

Er brachte mich nach Callup. Der Club bat dann Regina und Earl, mich aufzunehmen. Das haben sie auch getan. Den Rest kennst du. Das wär's also mit mir und Puck. Ein Riesenhaufen Scheiße.«

»Verdammt«, antwortete sie stirnrunzelnd. »Und jetzt lebt er gegenüber von dir, einmal quer übers Dach. Ist das okay für dich?«

»Ich glaube schon«, antwortete ich. »Meine Gefühle für ihn sind ganz komisch. Er macht mir Angst – sie machen mir alle Angst. Manchmal verknotet sich mein Magen, und ich will mich kurz übergeben, wenn ich einen Biker sehe. Aber gleichzeitig bin ich wahrscheinlich nur noch am Leben, weil er sich eingemischt und mich gerettet hat. Die Silver Bastards waren gut zu mir, Danielle. Wirklich gut. Sie waren in der Unterzahl, weißt du. Sie sind ein großes Risiko eingegangen, als sie mich gerettet haben. Auf der Heimfahrt hat mir Boonie versprochen, dass sie mich beschützen, solange ich sie brauche. Und das haben sie auch getan. Letztes Jahr, als ich Regina erzählt habe, dass ich an die Kosmetikschule will, hat sie mit Darcy darüber gesprochen. Wusstest du, dass sie eine Lizenz für Massagen und eine für Kosmetik hat? Darcy darf sogar Permanent Make-up machen. Sie hat mir auch gesagt, sie würde mir nach meinem Abschluss einen Job besorgen, entweder in ihrem Geschäft oder bei jemandem, den sie kennt.«

»Ich habe mich immer gefragt, was für eine Verbindung es zwischen dir und dem Club gibt«, sagte Danielle leise. »Ich wusste, dass die Sache kompliziert ist – die Leute reden ja normalerweise, wenn jemand neu in der Stadt ist. Aber niemand hat Klatschgeschichten über dich erzählt. Der Club hat sie zum Schweigen gebracht.«

»Ja …«

»Und was war jetzt mit Puck?«

»Nachdem ich neulich nachts mit ihm nach Hause gefahren bin, war plötzlich alles anders. Wahrscheinlich überrascht dich das nicht, dass zwischen uns eine Spannung in der Luft liegt. Das war schon immer so, aber jetzt bin ich erwachsen. Ich habe versucht, mit ihm darüber zu reden, dass wir ja Freunde sein können, und er hat klargestellt, dass es zwischen uns nur alles oder nichts geben kann. Ich habe Nein gesagt. Dann hat er mich mit Blake gesehen.«

»Blake?«, fragte sie und setzte sich kerzengerade hin.

Ich wedelte mit der Hand.

»Beruhig dich wieder, Mädchen. Er wollte, dass ich ihm nach der Schule die Haare schneide. Ich hab nicht daran gedacht, meine Vorhänge zuzumachen. Deshalb konnte uns Puck beobachten, als Blake sein Shirt auszog, so wie immer, du weißt schon. Und kurz davor hat mich Puck abends mit Joe gesehen – du weißt schon, im Moose –, und ich vermute mal, dass es ihn gestört hat. Wir haben also eine Weile auf dem Dach miteinander geredet. Anschließend wollte er, dass ich ihm auch die Haare schneide. Ich hab zugestimmt, und er kam mit rein. Kurz gesagt, wir haben rumgemacht, und er hat mir's auf der Couch besorgt. Dann hat meine Mom angerufen, bevor wir weitermachen konnten.«

Eine Minute lang sagte Danielle keinen Ton. Schließlich stand sie auf und ging ruhig hinüber zum Kühlschrank, um eine Flasche Fireball-Whiskey aus dem Eisfach zu holen. Sie öffnete sie und gab sie mir wortlos. Ich trank direkt aus der Flasche und spürte, wie der Zimt in meiner Kehle brannte. Es gelang mir sogar, die Flasche nicht fallen zu lassen, als ich husten musste. Danielle nahm sie mir wieder ab und genehmigte sich selbst einen Schluck, bevor sie sie zwischen uns auf den Tisch stellte.

»Das ist ganz offiziell die verrückteste Geschichte, die ich je gehört habe. Wie ist jetzt der Stand der Dinge zwischen dir und Puck?«

»Nun, er hat zu mir gesagt, dass mich Mom nur ausnutzt, woraufhin ich sauer wurde. Ich hab ihn einen Vergewaltiger genannt und hab ihn aus der Wohnung geworfen.«

Schweigen.

»Er hat mich nicht vergewaltigt«, fügte ich hinzu. »Er hat mich gerettet.«

»Du hast gewonnen«, sagte sie nach einer kurzen Pause.

»Was gewonnen?«

»Den Abgefuckt-Preis«, erwiderte sie. »Ich dachte, der ist mir sicher, wegen Blake und mir – egal, macht nichts. Du hast ihn also als Vergewaltiger bezeichnet und rausgeworfen, weil er gesagt hat, dass dich deine Mom vielleicht nur ausnutzen will?«

»So ungefähr. Außerdem wollte er Sex nach dem Anruf, hat gesagt, ich hab ihn hängen gelassen. Heute Früh wollte ich mich bei ihm entschuldigen, doch ich konnte keinerlei Lebenszeichen in seiner Wohnung entdecken. Natürlich kann es sein, dass er mich einfach nur ignoriert. Wahrscheinlich bin ich momentan nicht seine Lieblingsperson. Verdammt, was soll ich nur tun, Danielle?«

Sie neigte nachdenklich den Kopf zur Seite.

»Was willst du denn tun?«

»Ich will glücklich sein.«

»Da bräuchte ich schon mehr Anhaltspunkte. Willst du Puck?«

»Nein«, sagte ich langsam. »Also, eigentlich ja. Ich will Puck so sehr, denn der Sex mit ihm wäre einfach genial. Aber ich kann nicht damit umgehen – er ist so überwältigend, weißt du? Und ich habe keine Ahnung, was ich wegen meiner Mom unternehmen soll. Als sie heute Morgen noch mal angerufen hat, hat sie sich entschuldigt, hat gesagt, sie muss ihren eigenen Weg gehen, und dass ich eine gute Tochter bin. Bis dahin war ich sauer auf sie, aber jetzt fühle ich mich nur schuldig. Ich will ihr helfen, aber ich habe keine zweitausend Dollar. Und was ist, wenn sie ihn tatsächlich verlässt? Ich meine, wo wird sie leben? Bei mir? Ich liebe sie, und ich will, dass sie ihm entkommt, aber es wäre echt schwierig, wenn sie bei mir leben würde. Ich bin mir nicht sicher, ob sie überhaupt noch richtig tickt – im Lauf der Jahre ist sie so oft verprügelt worden, und sie hat eine Menge Drogen genommen. Wenn man es realistisch sieht, wäre ich wohl viel zu beschäftigt damit, mich um sie zu kümmern, und hätte gar keine Zeit für eine Beziehung. Ich bin einfach nur fertig. Das ist alles zu viel für mich.«

»Dann tu es nicht.«

»Tu was nicht?«

»Nichts davon«, sagte sie. »Lass uns mal annehmen, deine Mom meint es ernst und verlässt ihn. Du kannst irgendwo anders eine Wohnung für sie suchen. Sich um jemanden zu kümmern heißt nicht, dass du mit der Person auch zusammenwohnen musst. Ich helfe dir dabei – alle möglichen Frauen verlassen ihre Männer, und es gibt Frauenhäuser und so was. Du musst das nicht alles alleine stemmen.«

»Nein, ich will sie bei mir haben«, betonte ich, was auch nicht gelogen war. »Sie ist eine unglaublich beschissene Mom, aber sie ist immer noch meine Mom, und ich liebe sie.«

»Okay, das bedeutet also, dass du Puck loswerden musst«, sagte sie. »Sollte nach letzter Nacht nicht allzu schwierig werden.«

»Ich muss mich immer noch bei ihm entschuldigen.«

»Ja, allerdings hat er sich wie ein Idiot aufgeführt. Du brauchst dich also nicht allzu sehr zu geißeln. Sag ihm einfach, dass es dir leidtut, und geh wieder. Kurz und knapp.«

»In Ordnung.«

»So, und nun zu deiner Mom. Du sagst, sie braucht zweitausend Dollar??«

»Das sagt sie zumindest.«

»Das ist doch dummes Gelaber. Sie soll in ein Frauenhaus gehen und sich dort ein oder zwei Wochen verstecken. Danach kauft sie sich eine Busfahrkarte nach Callup. So funktioniert das.«

»Das kostet immer noch Geld«, sagte ich zu ihr. »Und ich bin mir nicht sicher, ob sie in ein Frauenhaus gehen würde. Sie ist ein Sturschädel.«

Danielle seufzte. »Wenn sie nicht in ein Frauenhaus will, will sie ihn auch nicht ernsthaft verlassen. Daran werden zweitausend Dollar auch nichts ändern. Du brauchst genügend Geld für ihre Fahrt hierher, aber sie muss den ersten Schritt machen. Das kannst du nicht für sie tun.«

Ich nickte langsam, denn sie hatte recht.

»Es kommt alles in Ordnung, Becca«, sagte Danielle und beugte sich vor, um mich an den Schultern zu fassen. Mit liebevollem Blick sah sie mir in die Augen. Ich wusste, sie würde mich unterstützen. *Mein Gott, ich habe echt Glück, dass ich so eine Freundin habe.* »Wir lieben dich alle. Diese Scheiße mit Puck wird sich auch wieder abkühlen – er findet jemand anderen, und dann ist das hier Geschichte. Mach dir keine Sorgen, okay?«

Ich nickte wieder und ignorierte den winzigen Schmerz, den ich verspürte. Nur ein weiteres Symptom dafür, wie durcheinander ich war, denn die Vorstellung von Puck mit einer anderen Frau besserte nicht unbedingt meine Laune.

Nein.

Mir war eher zum Kotzen.

Hoffentlich sprach da nur der Fireball-Whisky.

Nach meinem Besuch bei Danielle ging es mit meinem Tag endlich bergauf.

Normalerweise mache ich Dinge gern mit mir selbst aus, aber dieses Mal hatte es funktioniert, darüber zu sprechen. Meine beste Freundin war einfach so bodenständig und vernünftig, dass ich mich, als wir mit unseren Nägeln fertig waren, fast wieder wie ein Mensch fühlte. Sie hatte schließlich recht.

Ich *musste* das alles nicht tun.

Mom hatte sich schon vor Langem ihr eigenes Grab geschaufelt – niemand erwartete von mir, dass ich sie rettete. Egal, wofür ich mich entschied – es lag ganz allein bei mir.

Es war auch meine Entscheidung, Puck zurückzuweisen. Wenn ich keine Beziehung haben wollte, dann war es eben so. Es verstieß schließlich nicht gegen das Gesetz, wenn man Single war. Doch eine Entschuldigung hatte er definitiv verdient. Würde es schwer sein, mit ihm zu reden? Ja. Aber ich hatte schon Schlimmeres überlebt.

Blieb die Sache mit Mom. Diese Entscheidung würde schwierig werden. In gewisser Hinsicht wäre es wesentlich leichter gewesen, wenn sie mich nicht zurückgerufen hätte. Unser Gespräch von heute Morgen warf mich völlig aus der Bahn – meine Mom entschuldigte sich normalerweise nicht. Nie. Das Verhalten war etwas ganz anderes als ihre üblichen Tricks, und das jagte mir Angst ein.

Was, wenn ich ihr das Geld nicht schickte und er sie tatsächlich umbrachte?

Aber selbst wenn ich es gewollt hätte, wie hätte ich ihr zweitausend Dollar schicken sollen? Geld fällt schließlich nicht vom Himmel.

Der Gedanke ließ mir keine Ruhe, während ich mit meiner sauberen Wäsche nach Hause fuhr. Ich hielt noch mal vor Pucks Wohnung, denn ich hoffte, dass er da wäre, sodass ich die Sache hinter mich bringen könnte. Manchmal muss man das Pflaster eben schnell abreißen. Natürlich war er nirgendwo zu sehen. Anstatt im eigenen Saft zu schmoren und herumzugrübeln, beschloss ich, meinen ursprünglichen Plan für heute in die Tat umzusetzen und Blaubeeren pflücken zu gehen.

Drei Stunden später hatte ich so viele von den winzigen purpurnen Beeren, dass ich damit einen Pie für Earl backen konnte. Mit etwas Glück hätte ich noch genügend übrig für ein paar Muffins. Dass ich etwas so Einfaches geschafft hatte, hob meine Laune. Als ich vor meiner nächsten Schicht noch schnell duschte, erwischte ich mich sogar dabei, wie ich laut zur Musik aus dem Radio mitsang. Ich musste mich bei einem furchterregenden Biker entschuldigen, und meine Mom wurde womöglich in genau diesem Moment ermordet – was war schon dabei?

Zum Frühstück würde ich Muffins essen.

Um neun Uhr abends half nicht mal mehr der Gedanke an meine Muffins, denn die Arschlöcher (und Arschlöcherinnen) von der Northwoods Academy hatten ihre dazugehörigen Hintern genau in meinen Bereich des Moose gepflanzt.

Soweit ich das beurteilen konnte, war diese Schule nichts als eine Arschlochfabrik.

»Ich dachte, die dürfen das Schulgelände nicht verlassen«, zischte ich Danielle zu, wobei ich mein Tablett neben ihr auf den Tresen knallen ließ. Sie musste heute Abend nicht arbeiten, war aber vorbeigekommen, um mich moralisch zu unterstützen. Wahrscheinlich wollte sie Blake während der Pause nicht nur moralisch unterstützen. Der Glückliche. »Verflucht, warum sind die schon wieder hier?«

»Das weiß der Teufel«, antwortete sie mit einem Schulterzucken. »Pass auf die blonde Tussi mit den Diamanten auf. Ich hab mir letztens den Arsch aufgerissen, um all ihre Bestellungen auf die Reihe zu kriegen. Einer der Typen hatte ein verdammt gutes Trinkgeld dagelassen. Einen Fünfziger. Sie hat ihn gegen einen Zwanziger ausgetauscht und das restliche Geld selbst eingesteckt.«

Ich hob meine Augenbrauen. Die »blonde Tussi« sah ungefähr wie achtzehn aus. Ihre Klamotten kosteten wahrscheinlich mehr als mein Auto.

»Glaubst du, die braucht Geld?«, fragte ich fasziniert.

»Ist mir scheißegal – das Trinkgeld hatte ich mir verdient. Spuck ihr in den Drink, falls du die Gelegenheit dazu hast, okay?«

Lachend tat ich ihren Vorschlag ab. Ich konnte es mir nicht leisten, noch einen Job zu verlieren. Das hieß aber natürlich nicht, dass ich der Tussi nicht doch in den Drink spucken würde. Bei der erstbesten Gelegenheit würde ich es tun. Niemand verarscht meine Freunde.

Ich wollte nur nicht riskieren, dass jemand mitbekam, wie ich den Vorschlag begrüßte. Es war außerdem gut, nun über die Sache mit dem Trinkgeld Bescheid zu wissen – ich würde Blondie im Auge behalten.

Dreißig Dollar waren eine halbe Tankfüllung.

Eine Stunde später beschloss ich, dass es nicht ausreichte, in ihren Drink zu spucken. Ich hatte noch nie Leute getroffen, die es weniger verdienten, als menschliche Wesen bezeichnet zu werden. Alle miteinander. Na ja, fast alle … Unter den zehn Personen, die an den beiden Tischen entlang der Wand saßen, war einer, der über dem ganzen Scheiß zu stehen schien. Er war eindeutig der Anführer der Gruppe, unverkennbar das Alphatier. Sie versuchten alle, seine Aufmerksamkeit zu erregen, doch er ignorierte sie.

Der Typ war etwa in meinem Alter und hatte dunkle, lockere Haare. Ich konnte nicht genau sagen, warum er anders war. Abgesehen von der Aura der Unberührbarkeit, die ihn umgab. Er lachte und redete genau wie die anderen auch. Er trug dieselbe Uniform aus sauteuren Designerklamotten, die wie die Filmstarversion von Möchtegern-Landeiern beim Ausgehen wirkten. Und ganz offensichtlich sah er seinen Reichtum als selbstverständlich an.

Ich hätte ihn beinahe mit dem restlichen Gesocks in einen Topf geworfen …

Doch sein Blick wanderte ständig beobachtend durch den Raum. Mehr als einmal blieb er an mir hängen. So, als ob er herauszubekommen versuchte, wie ich tickte tief in meinem Inneren. Ich hätte nicht sagen können, ob er tatsächlich nur ein reicher Bursche war, der sich mal in die Niederungen des Landlebens begeben wollte, oder ob er ein besonders raffiniert getarntes Raubtier war.

Irgendwas an ihm erinnerte mich an Puck.

Genau das fehlte uns hier – noch mehr furchterregende Typen.

Im Lauf des Abends kamen immer mehr Leute. Es war richtig viel los. Teresa hatte für den Abend eine Liveband gebucht, und um elf Uhr schnappte sich Danielle ihre Schürze und begann mitzuhelfen. Als Teresa sie sah, fragte ich mich, ob wir Ärger bekommen würden, doch sie sagte nur: »Vergiss nicht, deine Stunden aufzuschreiben …«

Ungefähr zu dem Zeitpunkt tauchten Boonie und Darcy auf. Zehn Minuten später erschien Puck mit Deep, Demon und Carlie im Schlepptau. Ich hatte den ganzen Tag lang nach ihm Ausschau gehalten, da ich entschlossen war, mich für meine Worte vom Abend zuvor zu entschuldigen. Jetzt, da er nun hier war, jagte mir der Gedanke, mit ihm zu sprechen, eine Heidenangst ein. Dennoch musste ich es tun. Je eher, desto besser. Ich stellte mein Tablett ab und trat der Gruppe in den Weg, als sie den Raum durchquerte.

»Puck, hast du eine Minute Zeit?«

Puck ignorierte mich völlig. Als ob ich gar nicht existierte. Ich wollte ihn deswegen hassen, doch ich konnte es ihm nicht wirklich übel nehmen – ich hatte ihn als Vergewaltiger bezeichnet, was ganz schön heftig ist, so sehr man es auch dreht und wendet. Deep und Demon folgten Pucks Vorbild und marschierten wortlos an mir vorbei. Am schlimmsten war jedoch Carlie. Sie ignorierte mich nämlich nicht.

Oh nein. Sie lächelte mich an, mit Mitleid im Blick.

Sie bemitleidete mich, verflucht.

Schlampe.

Offenbar hasste Gott mich, denn Boonie und Darcy hatten sich bereits in meinem Bereich niedergelassen, was hieß, dass ich Puck und seinen Motorradclub-Brüdern wie ein Hündchen hinterherdackeln durfte, um ihre Bestellungen aufzunehmen. Wie ich das allerdings anstellen sollte angesichts dieses demonstrativen Schweigens, war mir reichlich rätselhaft. Boonie löste das Problem, indem er für den ganzen Tisch eine Runde bestellte. Schnell zog ich mich wieder hinter den Tresen zurück.

»So ein Mist«, flüsterte Danielle im Vorbeigehen. Anscheinend hatte sie unsere kleine Aufführung beobachtet. (So wie alle anderen in der

Bar. Die Situation an sich war ja noch nicht unangenehm genug gewesen, oder?) »Das ist echt übel.«

»Was soll ich tun?«

»Find einen Weg, dich zu entschuldigen, und hoff, dass er eine andere Bar zum Trinken findet«, antwortete sie. »Sonst kannst du nicht viel tun.«

»Find einen Weg, dich zu entschuldigen.« Das sagte sich so leicht – sie war schließlich nicht diejenige, die ignoriert wurde. Ich blieb ein paar Minuten an der Bar stehen, doch dann waren die Drinks fertig und warteten auf mich.

Auftritt Becca.

Ich trug sie rüber zum Tisch der Biker und versuchte, Pucks Blick einzufangen. Carlie saß zwischen ihm und Deep. Ich fragte mich, mit welchem Mann sie wohl heute hier war. Beim letzten Mal im Café war sie eindeutig mit Puck zum Frühstücken gekommen … Ich zwang mich, sie freundlich anzulächeln, obwohl ich sie lieber vergiftet hätte. Puck gehörte mir.

Moment. Wo war *die* Idee denn plötzlich hergekommen? Puck gehörte nicht mir. Kein bisschen. Ich *wollte* ihn ja nicht einmal.

Lügnerin.

Die nächste halbe Stunde lang ertappte ich mich dabei, wie ich die beiden beobachtete, um herauszufinden, ob sie zusammen waren. Doch Puck achtete nicht wirklich auf Carlie. Wenn überhaupt, dann schien sie eher mit Deep zusammen zu sein. Gut. Ich hoffte, sie würden heiraten und fünfzig Babys bekommen, bis sie richtig fett wurde. Dennoch saß sie jetzt neben Puck und war letztens auch mit ihm unterwegs gewesen. Als ob sie Salz in meine Wunden streuen wollte, war Carlie überfreundlich und nett zu mir, als ich zurückkam, um die leeren Gläser einzusammeln.

»Du bist Becca, oder?«, fragte sie. »Wir hatten beim letzten Mal keine Gelegenheit, uns zu unterhalten …«

»Sie ist niemand«, sagte Puck und schnitt ihr das Wort ab

Carlie schnappte nach Luft und sah von mir zu Puck und wieder zurück. Die anderen beobachteten uns stumm, während sich mein Herz zusammenzog.

Ich wollte davonlaufen. Mich verstecken. So tun, als ob nie was gewesen wäre.

Nein.

Es war an der Zeit, die Sache klarzustellen.

Ich stellte mein Tablett auf den Tisch und drückte die Schultern zurück, wobei ich Puck direkt in die Augen sah.

»Ich muss dir etwas sagen«, erklärte ich mit lauter Stimme, sodass ich trotz der Musik zu verstehen war. »Was ich gestern Abend gesagt habe, war falsch. Es tut mir leid. Es stimmt nicht. Du bist kein Vergewaltiger.«

Carlie schnappte wieder nach Luft, und Darcy blinzelte. Die Männer beobachteten uns nur schweigend. Kurz schloss ich meine Augen und wünschte mir, woanders zu sein, wenn ich sie wieder öffnete. Egal wo. Pech gehabt – als ich meine Augen wieder aufmachte, starrte mich Puck an. Wie zwei glühende Kohlen brannte sein Blick.

Gut. Offensichtlich hatte ich nun seine ganze Aufmerksamkeit.

»Ich glaube, ich muss etwas klarstellen«, fuhr ich fort. »Vor fünf Jahren, als ich dich in Kalifornien getroffen habe, gab ich mir jede Mühe, dir vorzuspielen, dass ich das Ganze auch wollte. Teeny hatte das alles eingefädelt, und ich habe mitgespielt. Du warst ebenso ein Opfer wie ich. Du hast mich nicht vergewaltigt, und sobald dir klar war, was lief, hättest du gehen können. Stattdessen hast du mich gerettet. Dafür werde ich dir für den Rest meines Lebens dankbar sein. Ich habe dich gestern Abend einen Vergewaltiger genannt, weil du mir Dinge erzählt hast, die ich nicht hören wollte. Ich bin wütend geworden. Ich werde oft wütend, wenn man's genau nimmt. Das ist echt ein Problem, deshalb möchte ich mich entschuldigen. Danke, dass du mich nach Idaho gebracht und mein Leben gerettet hast.«

Danach schnappte ich mir mein Tablett und marschierte mit zitternden Händen davon. Danielle wartete an der Bar auf mich und sah mich mit forschendem Blick an.

»Du hast es getan?«

»Jawohl.«

»Ernsthaft? Vor ihnen allen?«

»Jawohl.«

»Geht's dir gut?«

Ich überlegte. »Nein, ich glaube, ich dreh gleich durch.«

»Geh zurück in die Küche und setz dich in den Kühlraum«, sagte sie schnell. »Ich übernehme für dich. Bleib dort drin, bis du dich beruhigt hast.«

»Kannst du ihn sehen?«

»Puck?«

»Natürlich«, zischte ich. »Sieht er mich an? Er hat nichts gesagt. Keiner von ihnen hat was gesagt.«

»Ja, er beobachtet uns«, antwortete sie, während ihr Blick zu ihm hinüberzuckte. »Aber er steht nicht auf und kommt auch nicht zu uns rüber. Er trinkt nur sein Bier und beobachtet uns. Sein Gesichtsausdruck ist irgendwie furchteinflößend. Setz dich in den Kühlraum. In der kalten Luft wirst du dich bald besser fühlen. Egal, was passiert, ich bin hier – vergiss das nicht. Und Blake auch. Wir halten zu dir.«

Ich nickte, ging schnell an Blake vorbei hinter die Bar und stürzte in die Küche. Gordon, der Koch, hatte schon vor Stunden alles geputzt. Dennoch hing noch immer der schwache Duft von Gebratenem in der Luft. Ich öffnete die Tür des großen Kühlraums und schaltete das Licht an, als ich hineinging. Hinter mir schloss sich die Tür und sperrte alle Geräusche aus der Bar aus. Ich schnappte mir den kleinen Stuhl neben dem Wandregal und setzte mich darauf.

So ein Kühlraum ist was Wunderbares.

Zuallererst ist er natürlich kalt. In einer Restaurantküche ist das sehr willkommen, denn dort ist es während der Arbeit an dem riesigen Grill immer heiß. Im Sommer ist es sogar noch heißer. Der Kühlraum wird dann zur Oase. Heute war er meine Zufluchtsstätte, obwohl ich bereits merkte, wie der dünne Schweißfilm, der nach dem Bedienen auf meiner Haut lag, allmählich eiskalt wurde. Die leichte Gänsehaut beruhigte mich. Ich atmete tief ein und genoss die Stille.

Ich würde es schaffen. Ich würde wieder da rausgehen, Puck ansehen und anlächeln. Und anschließend ihn und seine Freunde bedienen. Dabei würde ich auch meinen Kopf hoch tragen, denn ich hatte keine Wahl. Callup war eine kleine Stadt. Wenn ich sie nicht verlassen wollte, würde ich ihnen dort früher oder später immer wieder begegnen.

Natürlich *könnte* ich Callup verlassen.

Wie immer, wenn ich ans Wegziehen dachte, lehnte mein Verstand die Idee sofort ab. Ich liebte Callup, und ich fühlte mich hier sicher – daran hatte sich nichts geändert.

Die Tür des Kühlraums öffnete sich.

»Alles in Ordnung?«, fragte Blake. »Muss ich irgendjemanden umlegen?«

Ich lächelte, denn ich wusste, dass er nicht nur Witze machte. Seinetwegen musste ich mich zusammenreißen und wieder rauskommen. Wegen ihm, Danielle, Regina und Earl und all den anderen, die zu meinem Leben gehörten. Was war schon dabei, wenn mich Puck hasste?

Es gab schon früher Leute, die mich hassten.

»Ja, mir geht's gut«, sagte ich zu ihm.

Er griff nach meiner Hand und zog mich auf die Beine.

»Teresa hat nach dir gefragt«, sagte er. »Ich hab ihr gesagt, du holst gerade frische Zitronen.«

Ich sah mich um, entdeckte den durchsichtigen Plastikbehälter mit den Zitronenscheiben und holte ihn hervor. Blake lächelte mich beruhigend an.

An seiner Hand ging ich wieder hinaus in die Bar.

KAPITEL ACHT

Puck

Es war ein Wunder, dass mein verdammtes Bierglas nicht zersprang, wenn man bedachte, wie fest ich es umklammerte.

»Danke, dass du mich nach Idaho gebracht und mein Leben gerettet hast.«

Beccas Worte gingen mir immer noch durch den Kopf. Eine Zeit lang, genau genommen eine Stunde lang, wollte ich sie gestern Abend umbringen, nachdem sie mich einen Vergewaltiger genannt hatte. Nach allem, was ich für sie getan hatte, nach allem, was ich ihr gegeben hatte … Endlich hatte ich sie dort gehabt, wo sie sein sollte. Und sie zog dann so eine Scheiße ab.

Verrückte Schlampe.

Und es funktionierte, weil ich mich tief in meinem Inneren noch immer schuldig fühlte wegen dieser Nacht. Noch schuldiger, wenn ich daran dachte, dass ich die letzten fünf Jahre darüber nachgedacht hatte, wie sich dies Nacht wiederholen ließe. Nach unserem Streit hatte ich sie drüben in ihrer Wohnung beobachtet (*Mach deine verdammten Vorhänge zu, Becca*), wie sie wie eine Verrückte an ihrer dämlichen Nähmaschine arbeitete. Während ich mit gebrochenem Herzen dasaß, vergnügte sich Becca mit irgendwelchen verfluchten Näharbeiten.

Schließlich schnappte ich mir meine Schlüssel und fuhr mit dem Bike am Fluss entlang, bis ich zum Highway kam. Dort hatte ich angehalten und nach Osten, Richtung Montana, gesehen. Ich hatte daran gedacht, dorthin zu fahren, um alles hinter mir zu lassen. Den Club, Becca, einfach alles.

Ich hätte mit meinem Bike losfahren können, frei wie der Wind, bis das Leben wieder einen Sinn ergab.

Aber natürlich tat ich es nicht.

Ich war mir immer noch nicht sicher, warum nicht.

Becca ging vorbei, in den Händen ein schweres Tablett. Ihr Hintern wackelte, als ob er nur darauf wartete, einen Klatscher abzubekommen. Mann, ich wollte sie *immer noch* ficken. Sie bediente diese Arschlöcher von der Academy, die sich alle um zwei Tische an der Wand drängten. Die Mädchen benahmen sich wie selbstsüchtige kleine Fotzen, die so taten, als ob sie erwachsen wären. Als eine Becca schwach anredete, wurde ich sauer.

Das ergab keinen Sinn – ich war doch selbst wütend auf sie, weshalb ich keine Ahnung hatte, warum es mir etwas ausmachte, wenn jemand anderes sie mies behandelte. Ich vermute mal, ein Teil von mir betrachtete sie immer noch als mein Eigentum.

Aber so genau wusste ich das auch nicht, verdammt.

Während sich die Mädchen aufführten und wegen ihrer Drinks rumzickten, checkten die Jungs sie ab, als ob sie eine Stripperin beim Poledance wäre. Fast rechnete ich damit, dass ihr einer eine Dollarnote vorne ins tief ausgeschnittene T-Shirt steckte.

Hm … Wenn das passierte, würde ich den kleinen Schwanzlutscher umlegen müssen. Da war nichts zu machen.

»Ich glaube, du solltest das Ding mit Malloy klarmachen«, sagte Boonie so plötzlich, dass ich auffuhr. »Er will reden. Es darf aber nicht zu auffällig sein.«

Ich sah zu ihm rüber. Deep hatte Carlie auf seinen Schoß gezogen und befummelte sie demonstrativ. Sie warf mir hin und wieder einen Blick zu und überlegte vielleicht, ob sie mich damit eifersüchtig machen könnte. Ich ignorierte ihre Blicke, weil Deep sie im Auge hatte, selbst wenn ihr das selbst noch nicht klar war.

»Lass uns aufs Klo gehen«, sagte Darcy und schnappte sich Carlies Arm.

Carlie nickte und schlüpfte hinter dem Tisch hervor. Dann verschwanden die beiden Frauen im hinteren Flur, sodass wir ungestört übers Geschäft reden konnten.

»Warum willst du, dass ich das übernehme?«, fragte ich Boonie leise, während ich mich vorbeugte.

»Das ist sinnvoller, ihr steht euch altersmäßig näher«, sagte Boonie. »Wenn so ein Junge rausgeht, um mit einem alten Mann zu reden, fällt das den Leuten eher auf. Ich will, dass du ihn dir mal anschaust und mir sagst, was du von ihm hältst.«

Ich zuckte mit den Schultern, denn ich nahm ihm die Begründung nicht ganz ab, doch Boonie hatte offensichtlich seine Gründe. Mann, außerdem war alles, was für ein wenig Abstand zu Becca sorgte, im Moment willkommen.

»Okay.«

Zehn Minuten später stand Rourke auf und ging in Richtung Ausgang, wobei er eine Packung Zigaretten aus seiner Tasche zog.

Was für eine Scheiße.

Jetzt musste ich da raus und so tun, als ob ich rauchen würde. Deep grinste mich spöttisch an. Eine Sekunde lang dachte ich sogar, sie wollten mich verarschen. Dann stupste mich Boonie mit seinem Stiefel an, und ich sah ihm in die Augen. Dem Mann ging es nur ums Geschäft – nein, der wollte mich nicht reinlegen.

»Ich geh eine rauchen«, verkündete ich. Dann stand ich auf und marschierte zum Ausgang. Ich öffnete die Tür und sah mich um, bis ich Rourke an der Ecke der Veranda entdeckte, wo er sich gerade lässig eine ansteckte.

»Hast du eine für mich?«, fragte ich ihn.

»Sicher«, sagte er und reichte mir sein Päckchen.

Ich zog eine raus. Sie fühlte sich so gut in meinen Fingern an, dass es schon wehtat. Fuck, ich wollte eine rauchen. Fast so sehr, wie ich Becca wollte.

Beides würde mich umbringen.

»Feuer?«, fragte er.

Ich dachte nach, schüttelte dann aber meinen Kopf. Wenn jemand rauskam, würde ich sie anzünden, aber im Moment waren wir allein. Ich würde mit ihm reden und mir die Zigarette aufheben, bis ich sie tatsächlich zur Tarnung brauchen würde.

So bin ich. Ein verdammter Heiliger.

»Was gibt's?«, fragte ich ihn. »Boonie hat gesagt, du wolltest reden.«

»Ich glaube, wir haben ein Problem, bei dem uns der Club helfen kann«, sagte er langsam. »Es geht um das Vegas Belles – der neue Stripclub, der in der Nähe der Grenze zwischen Washington und Idaho aufgemacht hat. Hab gehört, dass er dem Stripclub der Reapers Konkurrenz macht.«

Ich zuckte mit den Schultern und fragte mich, worauf er hinauswollte. Vor ein paar Tagen hatte Painter davon erzählt. Malloy hatte recht. Die Einnahmen im Line waren eingebrochen, seit der neue Club nicht weit weg aufgemacht hatte. Noch hatten sie nichts unternommen, aber das würde nicht für immer so bleiben. Früher oder später würde das Vegas Belles entweder den Reapers zugeschlagen werden oder dichtmachen – so lief es eben in North Idaho.

»Hab noch nicht viel darüber gehört«, sagte ich.

»Der Laden ist nur eine Fassade für die Callaghans«, sagte Rourke, während er sich nach vorne über das Geländer beugte. »Jamie Callaghan bringt sich schon mal in Stellung und bereitet sich auf Shane McDonoghs einundzwanzigsten Geburtstag vor. Dann wird sich für uns alles entscheiden. Wenn Jamie die Oberhand behält, lassen sie Shane verschwinden, und das Valley wird die Kontrolle über die Laughing-Tess-Mine für immer verlieren. Und ihr wollt nicht, dass Jamie die Kontrolle übernimmt, das darfst du mir glauben.«

»Was interessiert dich das?«, fragte ich. »Erklär's mir – ein kleiner Vertrauensbeweis könnte hier einiges bewirken.«

»Sie haben mich nach Northwoods geschickt, um Shane im Zaum zu halten«, erwiderte er. »Wir betrachten ihn als einen von uns, weißt du? Die Callaghans hatten eigentlich immer vor, ihn einzusetzen, aber er war nie besonders gut darin, Befehle zu befolgen. Ich vermutlich auch nicht.«

»Was ist mit deinem Vater?«, fragte ich offen. »Er ist kein Mann, mit dem man sich anlegen sollte. Was wird er wohl dazu sagen?«

»Er ist auch kein Callaghan«, antwortete Rourke schulterzuckend. »Sie halten ihn vielleicht für einen, aber mein Dad kümmert sich nur um sich selbst und um sonst niemanden. Nicht um mich, nicht um meine Mutter. Kein bisschen. Das Arschloch ist mir so was von scheißegal.«

Interessant. Das passte nicht zu unseren Informationen.

»Was für einen Plan habt ihr dann?«

Er sah mich mit neugierigem Blick an.

»Ist der MC dabei oder nicht?«

»Ich kann das nicht entscheiden«, sagte ich. »Die Brüder stimmen ab. Wenn ich etwas zum Abstimmen mitnehmen soll, dann musst du es mir erst geben.«

»Na schön«, sagte er und drückte seine Zigarette aus. Er hatte kaum geraucht, und ich fragte mich, ob er überhaupt Raucher war. Was für eine Verschwendung. Mann, ich wollte mir echt eine anstecken. Es juckte mich wortwörtlich in den Fingern. »Shane muss durchhalten, bis er einundzwanzig ist. Dann endet sein gerichtlich verfügter Hausarrest, und er übernimmt die Laughing Tess. Klingt ganz einfach, aber sie versuchen, uns ständig Knüppel zwischen die Beine zu werfen und das Testament seines Großvaters anzufechten. Dämliche Klagen, Anhörungen wegen geistiger Unzurechnungsfähigkeit, was auch immer. Wir glauben, dass sie letzte Woche versucht haben, ihn zu vergiften, obwohl wir es nicht sicher wissen.«

»Ich dachte, sie bräuchten ihn lebend?«

»Was heißt schon ›lebend‹«, murmelte er. »Wenn sie einen Weg fänden, ihn in jemanden zu verwandeln, der nur noch dahinvegetiert, wären sie damit völlig zufrieden. Seine Mom würde die Vormundschaft beantragen und die Laughing Tess übernehmen. Damit hätten die Callaghans gewonnen – wenn Christina den Mund aufmacht, kommt Jamies Stimme raus. Ich bin hier, um euch zu sagen, dass es an der Zeit ist, sich für eine Seite zu entscheiden. Und dass der Club Shane unterstützen muss. Sonst ist das Silver Valley im Arsch.«

Ich nickte, denn ich vermutete, dass er recht hatte. Sie würden das Valley anzapfen, und alles würde in andere Kanäle fließen, bis nichts mehr übrig war. Es war ihnen ja, verflucht noch mal, schon gelungen, die Bergleute in den Arsch zu ficken. Die örtliche Gewerkschaft hier forderten seit Jahren bessere Sicherheitsvorkehrungen, doch die nationale stellte sich einfach taub. Das hatten wir den Callaghans zu verdanken.

»Was wollt ihr also von uns?«

»Shane möchte dich treffen«, sagte er. »Wir schmuggeln dich heute Abend in die Schule. Wir haben eine Party geplant, zu der viele junge Leute aus der Gegend kommen. Das ist deine Tarnung, falls dich jemand dort entdeckt. Dann bist du nur irgendein Arschloch, das sich an der Academy besaufen will, auf der Suche nach einem Mädel, einem Kampf oder was auch immer.«

Das erklärte, warum Boonie mich ausgewählt hatte. Mit sechsundzwanzig war ich nicht mehr wirklich ein »Jugendlicher«, aber ich war der Jüngste unter den Vollmitgliedern des Clubs.

»Okay«, sagte ich. »Ich komme zu euch, um mit ihm zu reden. Aber ich brauche Infos, die ich meinem President jetzt gleich präsentieren kann.«

»Wir sind natürliche Verbündete. Ihr wollt Sicherheit fürs Valley, Shane will Sicherheit fürs Valley. Kurz gesagt: Euer Club und der Reapers MC müssen das Vegas Belles aus dem Weg räumen. Jamie Callaghan wird diese Woche vorbeikommen, um nach dem Rechten zu sehen – wahrscheinlich ist das die beste Gelegenheit, die wir kriegen. Wir liefern alle Infos zu seinem Besuch, ihr kümmert euch um die praktische Seite und lasst die Muskeln spielen. Eine Win-win-Situation.«

Ich dachte darüber nach, bevor ich nickte.

»Ich rede mit Boonie«, sagte ich zu ihm. »Dann fahr ich rauf zur Schule. Aber vergiss nicht, wir spielen keine Spielchen. Verstanden?«

Rourke lachte und klang dabei älter und zynischer, als es einem Jungen in seinem Alter zustand.

»Es gibt bereits eine lange Liste von Leuten, die uns umlegen wollen«, sagte er. »Glaub mir, wir wollen nicht noch einen Namen darauf sehen.«

»Na gut.«

Ich rollte die unangezündete Zigarette zwischen meinen Fingern. Eigentlich sollte ich sie zerdrücken und von der Veranda werfen. Stattdessen steckte ich sie in meine Hosentasche.

Scheiß-Rauchen. Scheiß-Becca.

Vielleicht würde ein schöner Abend mit den Callaghans für klare Verhältnisse sorgen.

Schließlich hatte ich nicht viel zu verlieren, egal, wie die Sache ausging. Rourke Malloy hatte allerdings mit einem recht: Wir wollten ganz sicher nicht, dass Jamie Callaghan die Laughing Tess übernahm.

Becca

Nach meiner kleinen Auszeit im Kühlraum ging es mir wieder besser. Puck redete immer noch nicht mit mir, aber alles in allem war das wohl das kleinere Übel. Ich spürte, dass mir sein Blick ständig folgte, zwang mich aber, nicht weiter darauf zu achten.

Dabei half mir, dass in der Bar viel los war und mich die Schüler in den Wahnsinn trieben, weil sie sich wegen ihrer Drinks beschwerten. Angeblich hatte ich alle Bestellungen durcheinandergebracht. Als Blake zum dritten Mal »Sex on the Beach« nachmixen musste – *»Irgendwie passt er noch nicht so ganz. Welchen Wodka hat er denn verwendet? Und ist das da Ananassaft? Ich wollte Ananassaft«* –, war ich so weit, dass ich sie vergiften wollte.

Es war schon ein Fulltimejob, mit ihrem Scheiß Schritt zu halten. Ich musste sie ständig beobachten. Deshalb fiel es mir auf, als der Furchterregende aus der Bar schlenderte, um eine zu rauchen. Puck folgte ihm.

»Hast du das gesehen?«, fragte ich Danielle leise, als wir einander am Servicetresen begegneten. »Puck ist diesem Typen gefolgt. Meinst du, da ist irgendwas im Busch?«

»Nö«, sagte sie bestimmt. »Und wenn's so wäre, würdest du's eh nicht wissen wollen. Kümmer dich also nicht drum.«

Da hatte sie nicht unrecht.

Leider waren die restlichen Schüler nach wie vor durstig, und als ich wieder an ihren Tisch kam, versuchte mich ein Typ mit schlammbraunen Haaren anzutatschen. Ich wich ihm mit starrem Lächeln aus. Er wiederum schenkte mir ein spöttisch-besoffenes Grinsen, was dann die sehr angeheiterte Rothaarige neben ihm wütend machte.

»Geht's vielleicht noch langsamer?«, zischte sie mich an.

»Sorry«, sagte ich mühsam mit zusammengebissenen Zähnen. Doch als ich wieder an den Tresen kam, beugte ich mich rüber zu Danielle, die gerade eine Bedienpause einlegte, um Gläser abzuspülen.

»Ich hab genug von diesen Wichsern«, zischte ich. »Einer wollte mir gerade an den Hintern langen.«

»Lass mich das übernehmen. Was haben sie bestellt?«

»Noch zwei Pitcher.«

Mit einem Augenzwinkern schnappte sie sich einen Pitcher, tauchte ihn schnell ins Seifenwasser und füllte ihn etwa acht Zentimeter hoch mit Flüssigkeit. Dann begann sie, das Bier obenauf zu gießen.

»Du wirst gefeuert!«, zischte ich und sah mich um, ob irgendjemand hergeschaut hatte. Niemand achtete auf uns, außer Blake, der eine Augenbraue hob, aber nichts sagte.

»Ich hab nicht mal offiziell Schicht«, antwortete sie, holte sich den zweiten Krug und wiederholte ihren Trick. »Ich helfe doch nur ein paar Freunden. Ist nicht meine Schuld, wenn Teresa mir nicht beigebracht hat, wie man richtig abspült. Bring diesen Arschlöchern ihr Bier – dein Job ist es, einen exzellenten Service zu bieten, ob du sie magst oder nicht.«

Ich grinste sie an.

»Ich liebe dich.«

»Ich weiß«, antwortete sie absolut überzeugend mit der Stimme von Han Solo.

Dreißig Sekunden später stellte ich die Krüge in die Mitte ihres Tisches und biss mir auf die Lippe, um nicht loszukichern. War ich deswegen ein schlechter Mensch? Ganz sicher. Aber als das Arschloch mich wieder am Bein packte und an der Innenseite meiner Oberschenkel herumfummelte, verflüchtigten sich auch die verbliebenen Schuldgefühle. Der Idiot hatte echt eine ordentliche Lektion verdient und noch mehr dazu. Wichser.

Zehn Minuten später kam Puck mit seinem neuen Freund wieder in die Bar. Er sprach mit Boonie und warf mir einen Blick zu. Wir starrten uns quer durch den Raum an. Für seine Gedanken hätte ich meine Nähmaschine hergegeben.

Er schüttelte den Kopf und marschierte wieder hinaus.

Doch dann wurde ich abgelenkt, weil der Alphatyp mir zuwinkte. Ich ging zu ihm rüber und merkte verblüfft, dass er sehr groß war. Er war auch nicht so jung, wie ich gedacht hatte. Wahrscheinlich in meinem Alter.

»Kannst du für alle die Rechnung fertig machen?«, fragte er. »Wir fahren wegen einer Party zurück zur Schule.«

Als ob mich das interessieren würde, wo sie hinfuhren. Ich wollte nur, dass sie verschwanden.

»Klar.« Ich zog die Kreditkarten durch und brachte ihnen die Belege, wobei ich mich zum Lächeln zwang, obwohl ich ihnen lieber den Mittelfinger gezeigt hätte. Dann schnappte ich mir ihre leeren Gläser, und zwar mit einer Bewegung, die alles andere als unauffällig war. Nur so als kleinen Hinweis, dass sie sich endlich verpissen sollten. Hoffentlich würden sie nicht am Trinkgeld sparen. Doch ich war bereit, bei ihnen stehen zu bleiben, um sicherzugehen.

Doch in dem Moment schnippte der Fummler nach mir, als ob er einen Hund herbeirufen würde.

Ich wirbelte zu ihm herum, in der Absicht, ihm mein Tablett mit schmutzigen Gläsern auf den Kopf zu knallen.

»Lass mich machen«, sagte Danielle grimmig. »Geh hinten raus und beruhig dich eine Minute – falls Teresa ein Problem damit hat, erklär ich es ihr. Jetzt gib mir das Tablett und schwing deinen Hintern. Raus mit dir.«

Nachdem ich ihr das Tablett übergeben hatte, machte ich mich auf die Socken und ging vorbei an den Toiletten nach hinten durch die »Nur für Personal«-Tür auf die Veranda. Sobald sich die Tür hinter mir geschlossen hatte, fiel die Anspannung von mir ab. Mann, wie ich solche Typen hasste. Hier draußen waren die Geräusche aus der Bar nur gedämpft zu hören. Ich saß auf den Stufen, die Arme um meine Knie geschlungen, und atmete tief ein und aus, um mich wieder zu beruhigen.

Die Welt war voller Arschlöcher. Das kotzte mich echt an.

Ich hörte, wie vor dem Haus ein Motorrad aufjaulte – es klang wie Pucks. Von hier hinten war ich mir nicht sicher … vielleicht war es auch das eines anderen Fahrers. Wahrscheinlich war er schon längst weg. Warum fühlte ich mich in seiner Gegenwart so willenlos, während mich irgendein fremder Typ, der mich in der Bar angrapschte, schrecklich wütend machte?

Wahrscheinlich, weil der kleine Wichser da drinnen keine wirkliche Gefahr darstellte, selbst wenn er es darauf anlegte. Er war kein Biker, kein Badass, nicht mal ein richtiger Mann. Nur ein verwöhntes Bürschchen, das sich für was Besseres hielt, einfach weil er reiche Eltern hatte. Fünf Minuten später hatte ich mich beruhigt, weshalb ich aufstand und meinen Po abklopfte, bevor ich wieder hineinging. Ich kam an Teresas Büro vorbei und drückte die »Nur für Personal«-Tür auf, die in den Gang vor den Toiletten führte.

Prinz Fummel wartete auf mich, ein schleimiges Grinsen im Gesicht.

»Wie wär's mit einem Kuss?

Oh nein. Nie im Leben.

Nur über meine Leiche.

Als er sich auf mich stürzte, zog ich mein Knie hoch und traf ihn, zornig wie ein Racheengel, voll in die Eier. Er brüllte wie ein Baby. Darcy kam mit weit aufgerissenen Augen aus der Damentoilette gestürzt.

»Alles in Ordnung?«, wollte sie mit einem Seitenblick auf das Geschehen wissen.

»Mir geht's bestens«, verkündete ich. Ich wünschte mir nur, ich hätte ihn schon vor einer Stunde erledigt. Wichser.

»Was zum Teufel ist hier los?«, fragte Teresa, die nun auch noch in den engen Gang kam. Hinter ihr drängten sich Danielle und Blake und ein Haufen anderer Leute, darunter die betrunkene Rothaarige. Sie kreischte und fiel neben ihrem sich windenden Freund auf die Knie.

»Sie hat ihn angegriffen! Ruft die Polizei – die soll diese kleine Schlampe verhaften!«

In dem Moment schob sich der schwarzhaarige Alphatyp durch die Menge, packte sie am Arm und riss sie zurück.

»Geh raus und warte am Auto«, befahl er ihr. Sie begann zu protestieren, doch ein tödlicher Blick von ihm ließ sie schlagartig verstummen. Verdammt.

»Wir unterhalten uns in meinem Büro«, sagte Teresa mit fester Stimme. »Ich kümmere mich um die Sache.«

»Klar«, sagte ich, da mein durch den Angriff erhöhter Adrenalinlevel inzwischen so weit gesunken war, dass mir bewusst wurde, was ich getan hatte. Ich würde innerhalb von einer Woche zum zweiten Mal meinen Job verlieren. Wie war das nur möglich? Während der letzten fünf Jahre hatte ich mir jeden Tag die Frage gestellt, was meine Mom in einer bestimmten Situation tun würde. Dann tat ich stets das Gegenteil … doch jetzt stand ich hier. Weil ich zugeschlagen hatte. Zum zweiten Mal.

»Alle zurück«, verkündete Darcy mit lauter und autoritätsgewohnter Stimme. »Die Sache hier geht euch nichts an. Geht wieder rein und trinkt weiter.«

»Er ist betrunken und hat sie schon den ganzen Abend über angestarrt«, sagte der Schwarzhaarige zu Teresa. »Und er hat sie bereits mindestens ein Mal begrabscht. Ich bin mir sicher, dass sie sich nur verteidigt hat.«

»Ich weiß«, erwiderte Teresa, die ihm direkt in die Augen blickte. »Ich hab genug von eurem Mist. Du schnappst dir besser deine Freunde und verschwindest schleunigst von hier.«

Der Grabscher stöhnte und setzte sich auf.

»Ruft die Cops. Ich will sie verklagen.«

»Die Klage kannst du gerne an mich schicken«, sagte Teresa unbeeindruckt.

»Das wird nicht nötig sein«, sagte der Alphatyp mit glatter Stimme. »Sein Benehmen tut ihm leid, und als Entschuldigung möchte er ihr ein großzügiges Trinkgeld geben. Er wird nicht wiederkommen. Steh auf, du Wichser.«

Er versetzte seinem Freund einen Tritt, um seiner Forderung Nachdruck zu verleihen. Wir beobachteten gemeinsam, wie der Idiot langsam aufstand. Zu meiner Verwunderung griff er in seine Hosentasche und zog seine Geldbörse heraus. Er blätterte durch die Geldscheine, nahm dann einen Fünfziger und hielt ihn mir hin.

»Zweiter Versuch«, bellte der Dunkelhaarige.

Das Arschloch öffnete erneut seine Geldbörse und holte einen zweiten Fünfziger hervor.

»Jetzt entschuldige dich.«

»Es tut mir leid«, zischte er.

»Raus mit dir. Warte im Auto, verdammt.«

Der Grabscher warf mir noch einen bösen Blick zu und stapfte davon, ganz offensichtlich unter Schmerzen.

»Die Sache tut mir sehr leid«, sagte der Dunkelhaarige. Seltsamerweise schien er seine Worte an Darcy zu richten, was keinen Sinn ergab. Aber schließlich ergab die ganze Geschichte keinen Sinn.

»Ich rede mit Boonie«, antwortete sie. »Er wird sich melden.«

»Danke.«

Mit großen Augen sah ich Danielle an. *Was zum Teufel sollte das schon wieder heißen?*, fragte ihr Blick. Ich zuckte mit den Schultern, weil ich nicht die geringste Ahnung hatte.

»In mein Büro«, wiederholte Teresa. Ich bekam wieder ein komisches Gefühl im Magen. Zumindest hatte ich genug verdient, um meine Handyrechnung zu zahlen, bevor ich gefeuert wurde … »Alle anderen gehen wieder rein und trinken was. Die Show ist vorbei.«

»Okay, erzähl's mir, ohne herumzureden«, sagte sie, sobald wir in ihrem Büro waren und sie die Tür geschlossen hatte. »Was zum Teufel ist da draußen losgewesen?«

»Er hat mich schon den ganzen Abend angegrabscht«, sagte ich langsam und gab mir dabei Mühe, nicht zu defensiv zu klingen. »Beim letzten Mal hat er mir die Hand zwischen die Beine gesteckt. Danielle hat mich rausgeschickt, damit ich wieder runterkomme. Als ich dann reinkam, hat er mir aufgelauert. Ich musste mich verteidigen.«

Teresa starrte mich nachdenklich an. Shit. Das war's dann wohl – sie hatte mich angehört, und jetzt würde es wohl gleich kommen …

»Okay«, sagte sie schließlich. »Meinst du, du hältst deine Schicht bis zum Ende durch? Falls du lieber nach Hause willst, kommen wir schon zurecht.«

Was?

»Ich habe einen deiner Gäste angegriffen«, erinnerte ich sie verwirrt.

»Nein, ein Gast hat dich angegriffen«, antwortete sie. Ein harter Glanz war in ihre Augen getreten. »Ich weiß, dass wir den Ruf haben, eine Bar zu sein, in der es hoch hergeht. Aber niemand belästigt mein Personal. Der Junge hat Glück, dass du ihn erwischt hast, bevor ich rausgekommen bin.«

»Oh ...« Wow. Damit hatte ich jetzt gar nicht gerechnet. »Na dann, äh ... schätz ich, dass ich an die Arbeit gehen kann. Mir fehlt nichts. Er hat mir nicht wehgetan.«

»Wunderbar«, sagte sie. »Trink eine Kleinigkeit zur Beruhigung, und dann geht's wieder los. Und keine Sorge, der kleine Scheißer wird dich nicht noch mal belästigen. Darcy wird sich darum kümmern.«

»Warum ...?« Ich schloss meinen Mund, ohne meine Frage zu beenden, denn mir war klar geworden, dass ich die Antwort nicht wissen musste oder wollte. Nö. Am besten einfach alles auf sich beruhen lassen. Deshalb verließ ich das Büro und genehmigte mir einen Drink.

Dann begann ich wieder zu bedienen.

Darcy und Boonie waren noch da. Darcy warf mir einen besorgten Blick zu. Ich beschloss, so zu tun, als ob nichts gewesen wäre. Danielle kam zu mir rüber und legte mir den Arm um die Schulter. »Geht's dir gut?«

»Bestens«, antwortete ich. »War keine große Sache. Ich glaube, der Laden gefällt mir.«

Danielle lächelte und stupste mich mit ihrer Schulter an.

»Mir auch.«

Zum Glück waren es nur noch ein paar Minuten bis zur letzten Runde. Der Rest des Abends war wie im Flug und ohne besondere Vorkommnisse vergangen. Um drei Uhr morgens schleppte ich mich erschöpft, aber zufrieden in meine Wohnung. Ich legte Musik auf, schnappte mir ein Glas Wasser und setzte mich an den Tisch, um mein Trinkgeld zu zählen. Es war kein Vermögen, aber ich würde die Stromrechnung zahlen können und eine weitere Woche etwas zum Essen haben, wenn ich sparsam lebte.

Die Arbeit im Moose war also ganz in Ordnung.

Ich sah rüber zu meiner Singer und fühlte mich zum ersten Mal an diesem Tag voller Hoffnung. Die schlanke, schwarze Maschine mit den goldenen Aufschriften und Gravuren verlockte mich, was mich zum Lachen brachte. Vielleicht würde ich morgen mit dem Quilt anfangen, den ich schon seit Längerem geplant hatte. Das Muster, die Jakobsleiter, hatte ich schon genau vor Augen.

Was war schon dabei, wenn mich Puck hasste? Ich hatte es vermasselt, aber bei dem Versuch, es wieder hinzubiegen, mein Bestes gegeben. Was mit meiner Mom passieren würde, wusste ich auch nicht. Aber wenn sie sich so weit zusammenriss, dass sie Teeny verließ, würde ich für sie da sein. Wenn nicht, hatte ich zumindest bewiesen, dass ich auf mich aufpassen konnte.

Sonntag

Puck

»Du hättest mich verdammt noch mal anrufen sollen«, erklärte ich Boonie. Ich hätte ihm liebend gerne eine verpasst.

Wir hatten uns im Clubhaus zu unserem wöchentlichen Treffen versammelt. Darcy hatte Pancakes, Eier und Bacon für uns gemacht, als wir angekommen waren, und ich hatte ihr meine Hilfe angeboten. Ich bin nämlich ein hilfsbereiter Mensch.

Außerdem wollte ich wissen, ob Becca gestern Abend nach meiner Abfahrt noch mal etwas über mich gesagt hatte.

Nicht, dass ich das öffentlich zugegeben hätte. Um Himmels willen … Doch da stand ich nun in der Küche und half dabei, das Frühstück herzurichten, in der schwachen Hoffnung, dass Darcy Mitleid mit mir bekäme. Vielleicht würde sie mir ja ein Informationshäppchen reichen. Und tatsächlich erzählte sie mir von Becca, dem Wichser im Gang und der Reaktion von Rourke Malloy.

Dreißig Sekunden später stand ich Nase an Nase mit Boonie und verlangte Antworten.

»Warum sollte ich dich anrufen?«, fragte er spöttisch. »Du hast mehr als einmal getönt, dass du sie nicht als dein Eigentum beanspruchen willst. Sie hatte die Situation selbst gut im Griff – ganz schön tough, die Kleine.«

»Wir haben sie immer beschützt«, protestierte ich. »Er braucht 'nen Denkzettel, verdammt.«

Boonies Blick wurde starr.

»Wir haben sie im Auge behalten, das stimmt«, sagte er. »Aber sie ist kein Clubeigentum. Mach sie zu deinem Eigentum, wenn du willst, dass wir sie wie eine Alte Lady behandeln. Komm endlich in die Gänge oder lass es ganz bleiben.«

Ich wollte protestieren, ihm eine verpassen oder mit ihm streiten oder ihm einfach nur sagen, dass er sich verpissen soll. Mein President starrte mich offen an, denn er hatte recht, das wussten wir beide. Sie gehörte mir nicht. Würde der Club Becca auch weiterhin beschützen? Absolut. Wir beschützten alle Einwohner von Callup, falls es nötig war ... Aber sie hatte sich letzte Nacht selbst beschützt, und es hatte keinen direkten Angriff gegen die Bastards gegeben.

»Mach sie zu deinem Eigentum oder lass sie in Ruhe«, fügte Boonie mit todernster Stimme hinzu. »Dieses beschissene Hin und Her bringt's echt nicht. Wir alle haben sie im Moose gehört. Entweder reicht dir das, was sie gesagt hat, oder eben nicht. Der Ball liegt in deiner Hälfte des Spielfelds.«

Ich sah ihn giftig an, weil er nun mal recht hatte. Dennoch war ich frustriert. Sie machte mich noch wahnsinnig – darüber hatte ich gestern Abend beim Genuss meiner zerdrückten Zigarette gründlich nachgedacht, bevor ich vom Parkplatz gefahren war.

Jawohl. So weit war es schon gekommen, einfach erbärmlich. Ich war tatsächlich allein im Dunkeln gesessen und hatte wie ein verdammter Robert-Pattinson-Klon im Dunkeln nach einem Mädchen gelechzt.

Zumindest rauchte ich, anstatt zu glitzern.

Boonie zuckte mit den Schultern.

»Zeit für den Gottesdienst. Komm mit.«

Ich nahm meinen Platz an dem ramponierten, alten Tisch ein, den wir im hinteren Zimmer aufgestellt hatten. Zwölf Brüder stießen noch zu uns; die fünf anderen hatten nicht kommen können. Zwei waren im Ruhestand, auch wenn sie noch immer ihre Kutte trugen. Einer musste arbeiten, und die anderen beiden waren in Montana zu Besuch bei einem anderen Chapter.

Ich hatte eigentlich nie vorgehabt, in Callup zu bleiben. Ich war ein Junge aus Montana, durch und durch ... Aber irgendwie hatte ich es nie geschafft, wieder aufzubrechen, nachdem ich aus dem Gefängnis gekommen war. Becca spielte dabei natürlich auch eine Rolle. Und die Reapers – Painter und ich waren eng befreundet. Wir trafen uns normalerweise mindestens ein Mal pro Woche. In letzter Zeit, seit der Geschichte mit ihm und Melanie, nicht ganz so häufig, aber so läuft's nun mal.

»Wir sind hier, um die Sache mit Shane McDonogh zu diskutieren«, verkündete Boonie. »Es gibt neue Entwicklungen. Puck, willst du es uns mitteilen?«

»Gestern Abend hab ich also vor dem Moose mit Rourke Malloy geredet«, legte ich los und zwang mich zur Konzentration. »Das Gespräch hat mir die Augen geöffnet. Wir wissen, dass McDonogh in eine Art Machtkampf mit Jamie Callaghan, seinem Stiefvater, verwickelt war. Zwar hatten wir keine Details, aber gestern hab ich eine ganze Menge Neuigkeiten gehört. Hammerhartes Zeug, echte Scheiße. Malloy hat mir gesagt, dass die Callaghans fest entschlossen sind und McDonogh davon abhalten wollen, sein Erbe anzutreten – er soll nächstes Jahr, wenn er einundzwanzig wird, die Kontrolle über die Laughing Tess übernehmen. Malloy behauptet, dass die Gewerkschaft hier ihn unterstützt.«

»Das ist wahr«, sagte Deep leise. »Obwohl es uns gegen den Strich geht, dass wir einen McDonogh unterstützen. Wir haben mitgemacht in der Hoffnung, dass er nach seinem Daddy gerät, nicht nach seinem Großvater. Kade Blackthorne ist überzeugt, dass in seinen Adern das richtige Blut fließt. Bis dahin nehmen die meisten von uns ihre eigene Notfallausrüstung mit. Dem Zeug, das wir im Bergwerk haben, trau ich nicht. Müsste ausgetauscht werden.«

Ich runzelte die Stirn.

»Wessen Blut?«

»Blackthornes«, sagte Deep. »Es geht das Gerücht, dass Bull Blackthorne Shanes Dad war. Er war der President der lokalen Gewerkschaft damals, als Christine McDonogh ihren Daddy ein wenig ärgern wollte – sie war eine Weile mit Blackthorne zusammen. Dann war Bull auf einmal tot und Christine schwanger. Plötzlich heiratete sie Jamie Callaghan und zog nach Vegas. Seitdem war sie nicht mehr hier, außer wenn sie Geld brauchte.«

»Es ist nur ein Gerücht«, sagte Boonie mit einem Stirnrunzeln. »Verdammt, letztendlich ist es doch egal, wer der Vater des Jungen war. Es kommt doch nur darauf an, ob er besser fürs Valley ist als seine Mom und ihr Ehemann.«

»Er wird besser sein«, sagte Deep. »Schlechter geht nämlich gar nicht.«

»Wir hoffen, dass die Sicherheitsausrüstung erneuert wird, wenn Shane das Bergwerk übernimmt«, fügte Demon leise hinzu. »Zumindest ist das die Hoffnung bei unserer Gewerkschaft vor Ort. Der Landesgewerkschaft ist das scheißegal. Ich hab mir meine Notfallausrüstung selbst gekauft. Falls noch mal ein Feuer ausbricht, will ich nicht sterben, nur weil die Firma McDonogh nicht für die verbesserte Ausrüstung zahlen will.«

»Die Typen von der Landesgewerkschaft werden von den Callaghans kontrolliert«, sagte Boonie.

»Nun, Malloy sagt, dass Callaghan und seine Schlampe versuchen, Shane für verrückt erklären zu lassen, um ihn lebenslang einsperren zu können«, fuhr ich fort.

»Ich schätze, dass ist der einzige Weg für sie – wenn sie das schaffen, würde seine Mom die Mine übernehmen.«

»Sie haben genügend Geld und reichlich Anwälte «, sagte Boonie.

»Er will ein Bündnis«, fuhr ich fort. »Nach meinem Gespräch mit Malloy bin ich rauf zur Academy. Die Schüler haben hinten im Wald irgend so eine Party veranstaltet. Malloy hat das als Vorwand genutzt, um mich reinzuschmuggeln, damit ich mich mit McDonogh persönlich treffen konnte.«

Deep sah interessiert auf.

»Sieht er Bull so ähnlich, wie sie immer sagen?«

Ich zuckte mit den Schultern.

»Keine Ahnung – ich komm nicht aus der Gegend, weißt du noch?«

»Mann«, murmelte Deep. »Zu nichts zu gebrauchen, verdammt.«

»Er hat das, was Malloy gesagt hat, bestätigt«, fuhr ich fort, während ich ihm den Mittelfinger zeigte. »Laut den beiden steckt hinter dem Vegas Belles Callaghan. Was keine große Überraschung ist. Painter sagt, die Reapers hätten das schon lange vermutet. Also ein Punkt für McDonogh. Er sagt, sie waschen im Club Geld aus dem Bergwerk. Sobald sie komplett die Kontrolle übernommen haben, meint Painter, sitzt das Valley schnell auf dem Trockenen.«

»Das kann ich mir vorstellen«, sagte Demon. »Schon jetzt erzählen sie uns nur Scheiße – da passt einiges einfach nicht zusammen. Es heißt, die Firmentreuhänder stehen auf der Lohnliste der Callaghans.«

»Aber was wollen sie denn von uns?«

»Laut McDonogh kommt nächste Woche sein Stiefvater zu Besuch. Er weiß noch nicht genau wann, aber der Stiefvater wird zum Stripclub fahren, was bedeutet, dass wir dort an ihn rankommen. McDonogh und seine Leute liefern uns die Informationen, die Bastards und die Reapers führen die Sache durch. Mit einem einzigen Überfall erledigen wir die Callaghans und den Stripclub. Eine Win-win-Situation.«

Ich schwieg.

»Was glaubst du?«, fragte Boonie. »Wollen sie uns reinlegen?«

»Ich wüsste nicht, welchen Grund McDonogh dafür hätte«, antwortete ich, während mir verschiedene Szenarios durch den Kopf gingen. »Der Junge trägt eine Fußfessel und kann das Schulgelände nicht verlassen. Ist irgend so ein schickes System mit Computersteuerung, hab noch nie so was gesehen. Er ist wütend, keine Frage. Wahrscheinlich auch verängstigt. Wenn es stimmt, was er sagt, kann er dieses Spiel auf tausend verschiedene Arten verlieren.«

»Wir sollten es tun«, sagte Demon bestimmt. »Dieser neue Stripclub macht den Reapers nichts als Ärger. Das allein ist schon Grund genug. Und wenn es einen Weg gibt, McDonogh zu beschützen und die Kontrolle über die Tess zurückzugewinnen, stehen die Bergleute voll hinter uns.«

»Eine Sache kommt mir allerdings komisch vor«, sagte Boonie nachdenklich. »Warum hintergeht Rourke Malloy seine eigene Familie? Die Geschichte mit den Waffen hab ich ja noch verstanden – reine Selbstverteidigung. Ich bin sicher, sie haben reichlich Feinde. Aber wenn Malloy das durchzieht, und die finden das raus? Dann setzen sie einen Killer auf ihn an, egal, wer sein Vater ist. Das macht es vielleicht sogar noch schlimmer. Sein Dad arbeitet seit Jahrzehnten für die Callaghans. Das ist purer Verrat.«

»Malloy sagt, dass sein Dad nichts taugt«, erwiderte ich. »Irgendwelche Familienscheiße.«

»Er wirkt wie ein schlauer Bursche«, sagte Boonie. »Glaubst du wirklich, dass jemand, der auch nur halbwegs klar im Kopf ist, sich die irische Mafia zum Feind macht, nur weil er Ärger mit Daddy hat? Das klingt mir nach Selbstmord.«

»Nur wenn er verliert«, merkte ich an. »Manchmal muss man sich für eine Seite entscheiden und kämpfen. Malloy hat das offenbar getan.«

Die Worte hingen in der Luft.

»Wir wissen auch, auf welcher Seite wir stehen sollten«, sagte Deep. »Nicht alle hier im Raum haben unter Tage gearbeitet, aber das ist das Herz unserer Gemeinschaft. Die Laughing Tess hält uns am Leben. Wenn wir die Gelegenheit erhalten, sie zu schützen, müssen wir sie ergreifen. Sonst sind wir nicht die Männer, für die ich uns gehalten habe.«

»Ich schätze, das war eine gute Zusammenfassung«, sagte Boonie langsam. »Will sonst noch jemand was sagen?«

Niemand sprach.

»Also in Ordnung. Alle dafür?«

Gemeinsam mit den anderen gab ich meine Zustimmung. Danach beschäftigten wir uns mit anderen Themen. Einer unauffindbaren Fasspumpe oder so. Ich ließ meine Gedanken treiben und fragte mich, warum zum Teufel ich auf ein Mädel abfahren musste, das mich hasste.

Vielleicht war es irgendeine göttliche Strafe.

Ich berührte die Narbe in meinem Gesicht und überlegte, wie mein Leben verlaufen wäre, wenn ich ein Mädchen gewesen wäre. Ich und Becca, wir waren beide in dieses Club-Leben hineingeboren worden … Ich war genau wie sie umgeben von harten Männern und in unsicheren Verhältnissen aufgewachsen. Inzwischen war ich selbst einer von ihnen. Mein Dad hatte immer auf mich aufgepasst, aber ich musste mich selbst beweisen und einen Blutpreis dafür zahlen.

Einen Blutpreis und eine Gefängnisstrafe.

Becca hatte nie diese Gelegenheit bekommen.

Wenn ich je Kinder bekäme, sollten es besser Jungs sein, verflucht. Ha ha, als ob ich so ein Glück haben würde. Ich stellte mir ein kleines Mädchen mit Beccas großen Augen vor, das zu mir aufsah und mich anlächelte. Dann stellte ich sie mir in dem Alter vor, in dem Becca gewesen war, als wir uns zum ersten Mal begegneten. Jung. Viel zu jung, verdammt. Dennoch war ich scharf auf Becca gewesen, ich krankes Arschloch.

Wenn irgendein Typ meine Tochter so anfassen würde, würde ich ihn umlegen.

In dem Moment wurde es mir klar. Eines Tages wollte ich Kinder haben. Und in meiner Vorstellung sahen sie aus wie Becca. Warum war ich eigentlich immer noch sauer auf sie, verdammt? Im Lauf der Jahre war bei uns einiges schiefgelaufen. Und trotzdem war ich gestern Nacht wie ein Stalker allein in der Dunkelheit gesessen und hatte geraucht, anstatt die Realität zu akzeptieren. Worauf wartete ich denn bitte schön noch?

Scheiß drauf!

»Noch irgendwas?«, fragte Boonie. »Sonst sind wir hier fertig.«

»Hey, ich hab noch was«, sagte ich, selbst überrascht von meinen eigenen Worten.

»Was denn?«

»Ich mache Becca Jones zu meinem Eigentum.«

Boonie prustete.

»Ich glaube, du hast sie schon vor fünf Jahren zu deinem Eigentum gemacht, du Idiot«, sagte Demon.

»Das ist doch nichts Neues.«

»Nein, ich meine, ich will sie echt zu meinem Eigentum machen. Jetzt. Ich hab genug vom Rummachen. Ich werde sie zu meiner Alten Lady machen.«

»Wurde auch Zeit«, sagte Boonie und verdrehte fast die Augen. »Wenn du noch länger rumgejammert hättest, hätte ich dich höchstpersönlich erschossen. Hat irgendwer ein Problem damit, dass Puck Becca nimmt?«

Ich sah mich am Tisch um und blickte jedem meiner Brüder ins Gesicht. Wehe, wenn einer aufmucken würde.

»Sie weiß, wann man besser den Mund hält«, sagte Miner. »Kann sich wehren, wenn's rundgeht. Die wird bestens zurechtkommen.«

Die anderen nickten, und eh ich michs versah, hatte ich eine Alte Lady.

Sollte ihr wohl besser Bescheid sagen. Würde sie mit mir herumstreiten? Ein bisschen vielleicht, aber das war schon in Ordnung. Das brachte Leben in die Bude.

KAPITEL NEUN

Becca

Nach einer ruhigen Nacht sieht das Leben gleich besser aus. Und letzte Nacht hatte ich endlich gut geschlafen. Erst am frühen Nachmittag war ich unter der Decke hervorgeschlüpft. Geduscht hatte ich immer noch nicht.

Das Einzige, was an diesem Tag auf meiner To-do-Liste stand, war der Pie für Earl.

Teresa war mit meiner Arbeit gestern Abend mehr als zufrieden gewesen, weshalb sie mich von Dienstag bis Samstag für die Abende eingeteilt hatte. Das war zwar nicht unbedingt optimal für mein Privatleben, aber genau das Richtige, um ordentlich Geld zu verdienen.

Da ich auch montags Schule hatte, war der Sonntag mein einziger komplett freier Tag, und ich hatte vor, ihn zu genießen.

Ich hatte gerade meinen Kaffee ausgetrunken, als ich Pucks Motorrad draußen in der Seitenstraße hörte. Die vorige Nacht ging mir wieder durch den Kopf. Er hatte auf meine Entschuldigung überhaupt nicht reagiert. War er immer noch wütend? Und spielte das für mich überhaupt eine Rolle? Ich hatte bereits beschlossen, dass ich nichts mehr mit ihm zu tun haben wollte. Weshalb sollte es mir also etwas ausmachen?

Und wie es mir etwas ausmachte!

Der Motor verstummte. Dann hörte ich Schritte im Treppenhaus. *Mist.* Das war doch wohl nicht er? Und wenn doch? Was wollte er? Was sollte ich sagen? Dann klopfte er an die Tür – ich konnte nicht mehr denken. Langsam stand ich auf und wünschte mir, ich hätte mir zumindest die Mühe gemacht, mir die Haare zu kämmen, oder meine Schlafanzughose aus- und eine andere anzuziehen.

Es ist völlig egal, wie du aussiehst, rief ich mir in Erinnerung. *Du wirst nicht mit ihm rummachen. Vergiss es.*

Leichter gesagt, als getan.

Ich ging hinüber zur Tür, sperrte sie auf und öffnete sie langsam.

Draußen stand Puck mit einem Gesichtsausdruck, aus dem ich nicht schlau wurde. Er sah gut aus. Richtig gut. Er trug seine übliche Uniform aus verwaschener Jeans, Lederstiefeln und einem T-Shirt, unter dem seine Tattoos sichtbar waren. Auch seine Kutte hatte er an. Das dunkle Leder und die auffälligen Aufnäher erinnerten mich nochmals daran, wie gefährlich er tatsächlich war.

»Puck«, sagte ich. Er trat ein und ließ seinen Blick über mein Gesicht wandern. Das fühlte sich nicht gerade angenehm an, ich stand da wie gelähmt. Als ob ein Raubtier seine Beute ins Visier nahm. Puck war gut aussehend, doch keinesfalls hübsch. Die Narbe, die quer über sein Gesicht verlief, gab ihm einen brutalen Anstrich. Sein ganzes Leben war brutal. Ich wusste, dass ich ihm nicht trauen konnte. Aber als er nun vor mir stand, musste ich mich schwer zusammenreißen, um ihn nicht zu berühren. Denn ich wollte ihn festhalten oder mit meinen Fingern durch seine Haare fahren, um herauszufinden, ob sie immer noch so weich waren, wie ich sie in Erinnerung hatte.

Ihm ging es genauso. Sein Blick war voll wildem Verlangen. Puck schlang eine Hand um meinen Nacken und ließ dann ein hungriges Knurren vernehmen: »Becca.«

Plötzlich bedeckte sein Mund den meinen. Meine Lippen öffneten sich für seine Zunge, während die Erde zu schwanken begann. Ich spürte, wie seine Hände über die Rückseite meiner Pyjamahose glitten und tief nach unten fuhren, wo sie sich um meinen Hintern legten. Meine Arme umfingen seinen Hals, und alle dummen Zweifel waren mit einem Schlag verschwunden.

Genau so musste es sein.

Mein Herz war vielleicht noch nicht bereit für eine echte Beziehung mit Puck, doch mein Körper war zu hundert Prozent dabei und wollte mit ihm vögeln. Vorzugsweise jetzt, stehend – gegen die Wand. Das war auch gut so, denn ich hätte meinen Kopf nicht bewegen können, selbst wenn ich es gewollt hätte. Seine Finger hatten sich zu fest in mein Haar gekrallt und es zurückgezogen. Sein harter Schwanz presste sich an mich, und als er begann, mit mir Richtung Schlafzimmer zu marschieren, kam ich gar nicht auf die Idee, zu protestieren.

Genau genommen kam ich auf gar keine Idee.

Kompletter Hirnkollaps.

Ich spürte nur noch ihn, ich wollte nur noch ihn. In mir, auf mir, um mich herum. Als meine Kniekehlen ans Bett stießen, drückte er mich hinunter. Nicht auf die sanfte Tour. Nein. Puck bedeckte mich mit seinem Körper und ließ nur so viel Abstand, dass er mein Gesicht betrachten konnte. Sein Blick brannte sich wie glühende Kohlen in meine Seele.

»Wenn du nicht willst, dann sag's jetzt«, sagte er durch zusammengebissene Zähne, während er seine Lederkutte auszog. Ich schüttelte schnell meinen Kopf. Er packte den Rand meiner Hose und zerrte sie meine Beine hinunter.

Dann griffen seine Hände an seinen Gürtel, um ihn herauszuziehen. Er öffnete seinen Reißverschluss, und da war er dann – voll erigiert und größer, als ich ihn in Erinnerung hatte. Fasziniert starrte ich ihn an, während ich mir die Lippen leckte. Puck stöhnte.

»Sieh mich nicht so an«, knurrte er. »Ich will dir nicht wehtun, aber wenn du so weitermachst, könnte es trotzdem passieren.«

Schnell zog er ein Kondom heraus und rollte es über, bevor sein Schwanz sich gegen meine Körperöffnung drängte. Alles ging so schnell. War ich bereit für ihn? Würde er mich verletzen? Mein Körper verkrampfte sich.

Puck hielt nicht mal inne.

Sein Schwanz dehnte mich und füllte mich so schnell aus, dass ich in einer Mischung aus Schmerz und Lust nach Luft schnappte, die so stark war, dass sie selbst eine ganz neue Art von Schmerz darstellte. Sein Körper bedeckte mich, seine Hüften pressten sich gegen die meinen, als ob er nicht das Risiko eingehen wollte, seinen Schwanz auch nur ein winziges Stückchen rauszuziehen.

Da er damit auch seinen Beckenknochen gegen meine Klit presste, beschwerte ich mich nicht gerade.

»Fester«, stöhnte ich, während ich meine Finger in seinen Bizeps grub. Puck hämmerte drauflos und nagelte mich in meine durchgelegene Matratze. Bei jedem Stoß ächzte er, als ob sein Leben davon abhinge. Ich selbst schwebte über dem Abgrund, denn ich wartete verzweifelt auf die Erlösung, die nur er mir schenken konnte. Lust, Begehren und Anspannung wirbelten wie ein Gewittersturm durch meinen Körper und drängten mich unglaublich schnell in Richtung Ziellinie.

Puck packte meine Knöchel und riss sie nach oben über seine Schultern. Der neue Winkel änderte alles, denn durch die Hebelwirkung gelang es ihm, noch tiefer in meinen Körper einzudringen, was einfach unvorstellbar war.

»Berühr dich«, verlangte er mit gepresster Stimme. »Besorg es dir, während ich dich ficke. Ich besitze jetzt deinen Körper – zeig mir, was er alles kann.«

Ich gehorchte atemlos und rieb über meine Klit. In meinem ganzen Leben hatte sich noch nie etwas so gut angefühlt. Pucks Blick bohrte sich in meinen und hielt ihn gefangen, während sein Schwanz mich folterte. Mein Orgasmus kam mit solcher Geschwindigkeit, dass ich mich schreiend zusammenkrümmte. Mit einem wilden Grinsen im Gesicht begann er, so fest zuzustoßen, dass mir schnell klar wurde, dass ich danach womöglich Schwierigkeiten beim Gehen hätte.

Doch das war mir egal.

Jeder Stoß traf mich tief in meinem Inneren, wo mein Körper so erhitzt und empfindlich war, dass er sich doppelt so groß anfühlte. Gott im Himmel … Er besaß mich tatsächlich, so, wie er es gesagt hatte. Mein Körper erkannte seinen Meister, selbst wenn ich es nicht tat. Ich wollte ihm zu Gefallen sein, ihm gehorchen und ihn befriedigen. Plötzlich kam Puck.

Sein Körper erschauerte, und ich spürte das Pulsieren seines Schwanzes tief in mir.

Seine Hand krallte sich wieder in meine Haare, um meinen Kopf für einen nochmaligen wilden Kuss zur Seite zu ziehen, während sein Samen sich bis zum letzten Tropfen in mich ergoss.

Nur unser Keuchen war zu vernehmen.

Schließlich zog er ihn raus und nahm das Kondom ab, bevor er seinen Körper wieder auf meinen legte. Ich seufzte. Noch nie hatte ich etwas Derartiges gespürt – nicht mal annähernd. Nicht mal damals, als er mich in Kalifornien gevögelt hatte und ich zum ersten Mal gekommen war.

»Nett«, gelang es ihm schließlich zu sagen. »Und auch höchste Zeit, verdammt.«

Ich antwortete nicht, denn was soll ein Mädchen nach so einer Bemerkung auch sagen? »Allerherzlichsten Dank« passte nicht wirklich zu einer derartigen Situation. Anstatt zu sprechen, schlang ich meine Arme um ihn und zog ihn an mich. Er lag mit seinem ganzen Gewicht auf mir, und wir lagen einfach da, um wieder zu Atem zu kommen.

»Das kam etwas unerwartet«, sagte ich schließlich. Puck antwortete nicht, sondern rollte sich nur zur Seite, sodass er neben mir lag. Ich betrachtete fasziniert die Linien seines Gesichts.

»Ich nehme deine Entschuldigung an«, sagte er schließlich. »Falls dir das noch nicht klar war.«

Ich lachte.

»Ja, das hatte ich mir schon irgendwie gedacht.«

»Wir haben lange genug Spielchen gespielt«, fuhr er fort. »Es ist kein Geheimnis, dass ich dich will – scheint auf Gegenseitigkeit zu beruhen. Es ist an der Zeit.«

An der Zeit? Ich fragte mich, was er wohl damit sagen wollte. Oh mein Gott, hoffentlich meinte er »an der Zeit, mehr Sex zu haben …«

»Wenn ich mich recht entsinne, bist du schnell wieder bereit«, sagte ich, wobei ich zwischen uns nach unten griff. Sein Schwanz war gar nicht ganz weich geworden. Die Haut fühlte sich unter meinen Fingern seidig und glatt an. Darunter spürte ich, wie er wieder hart wurde.

»Lass uns reinen Tisch machen«, sagte er. Sein ernster Tonfall verwirrte mich. »Hier geht es nicht um eine einmalige Sache. Ich will dich zu meinem Eigentum machen, Becca. Ich hab schon mit dem Club darüber geredet – sie wissen, dass du mir gehörst.«

Ich erstarrte.

»Ich kann mich nicht erinnern, zugestimmt zu haben«, sagte ich langsam. »Eigentlich habe ich über alles nachgedacht und beschlossen, dass ich absolut nicht bereit für eine Beziehung bin. Die ganze Sache mit Mom, die Schule …«

»Wir schwänzeln jetzt schon seit fünf Jahren umeinander herum«, sagte Puck mit harter Stimme. »Es war keine wirkliche Beziehung … keine normale Beziehung … verdammt, ich weiß nicht, was es war, aber wir wissen beide, dass es stimmt. Was auch immer da zwischen uns ist – es war bereits in der Nacht da, als wir uns zum ersten Mal gesehen haben.«

Ich betrachtete sein Gesicht und überlegte, ob ich ihm diese Theorie abnahm. Er war in meinem Leben eine feste Größe. Aber von diesem Beziehungsgerede fühlte ich mich ein wenig überwältigt.

»Gestern Abend hast du nicht mal mit mir gesprochen«, erwiderte ich, bemüht, nicht in Panik zu verfallen. »Dann tauchst du hier auf, fickst mich und sagst, dass wir irgendwas miteinander haben. Irgendwie hab ich den Eindruck, dass mir da ein Puzzleteil fehlt.«

»Du bist kein normales Mädchen«, sagte er mit sanfterer Miene. Er nahm eine Haarsträhne von mir und drehte sie zwischen seinen Fingern. »Du bist in einem schlechten Umfeld aufgewachsen, und es sind dir schlimme Dinge zugestoßen. Ich bin ein Teil dieser Geschichte. Auch ich bin in einem schlechten Umfeld aufgewachsen, allerdings habe ich nicht so viel Scheiße erlebt wir du. Die Sache ist die – Typen wie ich folgen nicht denselben Regeln wie alle anderen. Ich mache meine eigenen Regeln. Und ich lebe schnell und gefährlich, so schnell, dass ich keine Zeit für Spielchen habe, sobald ich etwas Gutes entdeckt habe. Du bist etwas Gutes, egal, welche Probleme du mit dir herumschleppst.«

»Ich will normal sein«, flüsterte ich. »Ich bin nicht wie du.«

»Tja, dumm gelaufen, aber so ist das Leben«, antwortete er und beugte sich gleichzeitig vor, um mich sanft zu küssen. Als ich spürte, wie seine Lippen über die meinen fuhren, wurde ich abgelenkt. Ich merkte, wie er mich wieder umfing. Sein Schwanz in meiner Hand wurde härter. Meine Finger fuhren sehnsüchtig an seinem Steifen entlang.

Dann zog er sich plötzlich zurück.

»Becs, du bist jetzt meine Frau. So ist es eben.«

Hm ... Plötzlich war Puck etwas weniger heiß.

»Darf ich auch was dazu sagen?«

»Das hast du doch bereits. Du hast deine Wahl getroffen. Du hast mich in deine Wohnung, deinen Körper gelassen. Wir sind viel zu lange um den heißen Brei herumgeschlichen.«

»Wenn man mit jemandem fickt, heißt das noch lange nicht, dass man fest mit ihm zusammen sein will«, informierte ich ihn mit angespannter Stimme. »Und nenn mich nicht Becs. Ich heiße Becca.«

»Okay, wir machen einen Kompromiss«, antwortete er. »Wir schlafen eine Weile miteinander, wie wär's damit? Versprich mir nur, dass du in der Zeit mit keinem andern schläfst, dann schauen wir einfach mal, was sich so entwickelt.«

Ich kniff meine Augen halb zusammen.

»Ich bin nicht blöd«, sagte ich. »Und ich bin auch keines von diesen dummen kleinen Mädchen, die du mit einem Lächeln manipulieren kannst. Ich weiß genau, was es heißt, wenn ein Mann wie du auf eine Party geht oder eine Tour unternimmt. Du wirst alles ficken, was sich bewegt, und ich sitze wartend daheim.«

Puck lachte.

»Das Wort ›ficken‹ gefällt dir richtig gut, was?«

»Ist ja auch ein gutes Wort.«

»Nun, lass es mich so erklären«, sagte er. »Ich habe eine ganze Menge Frauen *gefickt* – aber letztendlich ist eine Muschi wie die andere. Aber du bist nicht so. Du bist etwas Besonderes, und ich bin kein Junge mehr, der es nicht zehn Minuten aushält, ohne seinen Schwanz irgendwo einzutunken. Ich bin bereit für etwas, das über Sex hinausgeht.«

»Seit wann denn das?«

Ein seltsamer Ausdruck trat auf sein Gesicht.

»Seit heute Morgen«, erwiderte er. »Seit ein paar Stunden.«

»Das ergibt doch gar keinen Sinn«, beharrte ich.

Puck lachte wieder, warf sich dann auf den Rücken, wobei er mich festhielt und auf sich zog.

»Das Leben ergibt nicht immer einen Sinn, Becs. Du musst einfach nehmen, was kommt.«

»Du sollst mich nicht so nennen, hab ich gesagt.«

»Lass uns einen Deal abschließen. Gib zu, dass wir ein Paar sind, dann nenne ich dich ab sofort Becca.«

Ertappt runzelte ich die Stirn.

»Hab ich's mir doch gedacht. *Becs.* Jetzt zieh deine Klamotten an. Packen wir fürs Mittagessen ein Picknick ein. Ich will mit dir rausfahren.«

Puck

Eine Stunde später stand Becca am Ende eines Felsvorsprungs und starrte hinab ins Wasser. Ich war mit ihr am nördlichen Arm des Coeur d'Alene River entlanggefahren und hatte die ganze Zeit über ihre eng um mich geschlungenen Arme und ihre an mich gepressten Brüste genossen. Jetzt waren wir am Big Rock, der genau das war, wonach er klang – ein riesiger Granitfels, der über das Wasser ragte.

»Ich kann nicht fassen, wie klar das Wasser ist«, flüsterte sie.

Ich folgte ihrem Blick. Unter uns lag ein tiefes und breites natürliches Becken voll glasklarem Wasser. Ich konnte jeden einzelnen der bunten Steine, die den Boden bedeckten, deutlich erkennen. Ein Fisch, der keine Ahnung von der Gefahr hatte, die über ihm lauerte, schwamm entspannt vorbei.

Ich konnte es immer noch nicht glauben, dass sie wirklich hier war, dass es uns endlich gelungen war, all den Mist hinter uns zu lassen. Dass wir endlich zusammen waren. Na ja, sie war noch nicht zu hundert Prozent überzeugt, aber das würde noch kommen. Sie gehörte nicht zu den

Mädels, die herumhurten, trotz ihrer Vergangenheit. Vielleicht gerade wegen ihrer Vergangenheit. Mann, ich fühlte mich in ihrer Gegenwart so verdammt gut.

»Warte erst, bis du reinspringst«, erklärte ich ihr. »Es ist kalt, aber verdammt geil. Dein Herz fängt an zu rasen. Der totale Adrenalinkick. Das gibt's doch nicht, dass du noch nie hier warst.«

Becca sah mit entzückter Miene zu mir hoch.

»Ich versteh es auch nicht«, sagte sie. »Wenn ich herausbekomme, dass mir Danielle das absichtlich vorenthalten hat, erwürge ich sie.«

»Sie kennt die Stelle sicher«, sagte ich zu ihr. »Jeder, der in der Gegend aufwächst, kommt hierher, um Partys zu feiern. Alle kennen sie.«

Ich deutete hinter uns auf das Graffiti, das einen der Felsen bedeckte und besagte, dass der Abschlussjahrgang 2002 die Welt beherrschen würde. Ob das wohl wie geplant geklappt hatte?

Konnte ich kaum sagen, denn ich hatte keinen Highschool-Abschluss in der Tasche. Dafür hatte ich mein Allgemeinbildungsdiplom, das GED, im Jugendknast gemacht. Bisher war ich damit gut durchgekommen. Mir half natürlich, dass die Bastards nicht allzu viel Wert auf Schulabschlüsse legten. Sie interessierten sich vielmehr dafür, dass ich drei Mal einen Deal im Verfahren abgelehnt hatte.

»Ich bin überrascht, dass nicht mehr Leute hier sind«, fuhr ich fort. »An einem Sonntagnachmittag ist es hier normalerweise rappelvoll.«

»Vermutlich hast du sie mit deinem Bike verschreckt«, sagte Becca mit trockener Stimme. »Oder vielleicht lag's auch daran, dass du sie angeknurrt hast.«

Ich lachte, denn sie hatte nicht unrecht. Bei unserer Ankunft war eine Gruppe von Jugendlichen hier gewesen. Doch sie waren schnell verschwunden, als sie meine Kutte gesehen hatten. Das war mir nur recht gewesen, denn ich hatte mir schon seit Langem vorgestellt, wie es wohl wäre, mit einer nackten Becca in dem Wasserbecken herumzuplantschen. Und wenn wir gerade dabei sind …

»Okay, zieh dich aus«, sagte ich zu ihr und griff nach meinem Shirt. Schnell zog ich es über meinen Kopf. Doch Becca stand da und starrte mich an. Nicht mit einem »Mann, bist du sexy«-Blick, sondern mit einem »Was zum Teufel denkst du dir dabei?«-Blick.

»Was ist?«

»Du willst nackig schwimmen gehen?«, fragte sie mit einem überraschten Quieken,

»Becca, das Wasser ist kalt. Wenn du mit deinen Klamotten reinspringst, frierst du dir auf der Heimfahrt den Arsch ab. Komm, zieh dich aus.«

»Und wenn jemand kommt?«

Ich zuckte mit den Schultern.

»Du siehst toll aus, Baby, aber du hast nichts, was die Welt noch nicht gesehen hätte. Du bist ausgestattet wie alle anderen, deshalb bezweifle ich, dass sie allzu schockiert sein werden.«

Sie wurde rot, was richtig süß aussah. Lustig, wenn man bedachte, dass sie unter Bikern aufgewachsen war. Wir waren nicht gerade besonders schamhaft. Ich zog meine Stiefel aus und ließ dann meine Hose runter. Mein Schwanz war schon wieder hart. Nicht schlecht, denn ich hatte sie heute Nachmittag schon zwei Mal gefickt – das erste Mal auf ihrem Bett und das zweite Mal in der Küche, mitten unterm Kochen. Aus irgendeinem Grund hatte ich damit gerechnet, dass das zweite Mal langsamer ablaufen würde, nicht so leidenschaftlich, aber ihr nackter Anblick machte mich einfach unheimlich an. Das war nicht zu ändern.

»Okay«, kicherte Becca, während sie sich umsah.

Sie hätte sich keine Sorgen zu machen brauchen. Wir waren an der alten Straße am Fluss, weit weg von der Hauptstraße nach Callup. Die einzigen Spuren der Zivilisation waren ein paar alte Brückenpfeiler, die in der Ferne über den Bäumen emporragten.

Dann zog Becca ihr Shirt aus, und ich vergaß das Schwimmen völlig.

Mann, hatte sie hübsche Titten. Ganz rund und vorstehend, mit festen rosa Brustwarzen, die wirklich dringend eine Behandlung durch meine Zunge vertragen konnten. Ich griff nach ihr, doch sie wich mir aus. Und plötzlich konnten wir unsere Klamotten gar nicht schnell genug ausziehen.

Wir waren nicht auf der Spitze des Felsens, aber doch so hoch, dass ich überrascht war, als sich Becca umdrehte und ohne eine Sekunde zu zögern runtersprang. Ich sah zu, als sie wie eine Kanonenkugel ins Wasser eintauchte, sich dann wieder nach oben strampelte und lachend und nach Luft schnappend durch die Oberfläche stieß.

»Oh mein Gott, es ist scheißkalt!«, rief sie. »Du hast mich nicht gewarnt. Es ist kälter als der Fluss selbst.«

»Es ist tief und liegt im Schatten«, schrie ich grinsend zurück.

Dann tauchte ich hinein, erfüllt von einem unbeschreiblichen Glücksgefühl. Ich zerteilte das eiskalte Wasser und kam gute drei Meter von ihr wieder an die Oberfläche. Doch sofort stürzte ich mich auf sie, weil ich diese harten Brustwarzen spüren wollte, die nun ganz feucht waren.

Becca lachte und spritzte mich voll. Schon packten sie meine Arme und zogen sie eng an meinen Körper, sodass unsere glatten Körper aneinander entlangglitten und -rieben.

»Es ist wirklich verdammt kalt«, sagte sie. »Aber sobald alles taub wird, ist es nicht mehr so schlimm.«

Da hatte sie recht – ich konnte nicht mal mehr meinen Schwanz spüren und hatte den Eindruck, dass sich meine Eier in meinen Körper verkrochen hatten.

»Ich hätte Lust, dich im Wasser zu ficken, aber ich vermute mal, das wird wohl nicht klappen«, gab ich zu.

Sie kicherte und beugte sich vor, um mich zu küssen. Ich genoss den Moment. Auch wenn mein Schwanz außer Betrieb war, war das doch das beste Date, das ich jemals gehabt hatte. Ja, es war ein Date. Machte mir aber nichts aus. Ich war ein Vollidiot gewesen – warum hatte ich nur so lange gewartet?

Sie hat diese Zeit gebraucht, du Idiot.

Mit einem kräftigen Beinschlag legte ich mich flach auf den Rücken und zog sie auf mich. Während ich an ihren Lippen sog, wanderten meine Hände ungestört über ihren Körper. Da fiel mir eine angenehme Art ein, um meine Finger aufzuwärmen …

Becca erschauerte, und ich bildete mir ein, dass das nicht nur an der Kälte lag.

Ihre Arme legten sich um meine Schultern und hielten mich fest. Es gefiel mir sehr, sie so zu umarmen.

Dann bäumte sie sich auf und drückte mich unter Wasser.

Als ich brüllend und prustend wieder an die Oberfläche kam, schwamm sie gerade, so schnell sie konnte, von mir weg und lachte dabei hysterisch.

»Das wirst du mir büßen!«, schrie ich, während ich mich an die Verfolgung machte.

»Wie denn? Willst du mir den Hintern versohlen?«

»Eine tolle Idee, Baby. Da bin ich sehr dafür.« Dreißig Sekunden später hatte ich sie wieder. Wir rangen im Wasser und spritzten uns gegenseitig nass, bis ihre Lippen sich blau verfärbten.

Zum Glück hatte ich einen Plan, wie ich sie wieder aufwärmen konnte.

Dazu musste ich allerdings meinen Schwanz wieder auftauen.

Eine Stunde später lagen wir trocken und glücklich im Gras am Flussufer. Ich hatte sie geleckt, sie hatte mir einen geblasen, und dann hatten wir, weil's so schön war, noch eine Runde gefickt.

Das Leben war großartig.

Leider ging die Sonne langsam unter. Das Flusstal war so schmal, dass es schnell dämmerte. Becca kletterte auf mich, setzte sich rittlings auf meinen Schoß und stützte ihre Hände an meiner Brust ab. Ich legte die Hände um ihre Hüften und begutachtete meine Frau.

Unter ihrem Tanktop trug sie keinen BH – den hatte ich irgendwie verloren, als ich unsere Klamotten vom Fels herabgeholt hatte. Na ja, schöner Mist. Jetzt hatte sie also nur das Top und ihre Jeans an. Damit sah sie bei Gott aus wie aus einem feuchten Bikertraum. Ihre nassen Locken hingen herab. Auf ihrer Nase zeichnete sich ein ganz leichter Sonnenbrand rosa ab.

»Dir ist klar, dass ich dich behalten werde, oder?«, fragte ich. »Wir können es nennen, wie du willst, aber die Sache ist was Ernstes. Gib's zu.«

Becca neigte ihren Kopf zur Seite und lächelte mich sanft an.

»Ja, ich schätze, es ist was Ernstes«, flüsterte sie. Dann beugte sie sich vor und küsste mich.

Ich war mitten im Bikerhimmel angekommen. Was für ein Jammer, dass ich ums Verrecken keinen mehr hochkriegte – schlicht und einfach ausgefickt, echt schade.

Aber wenn man es recht bedachte, dann war das doch ein schönes Problem.

Becca

Puck schnarchte. Nicht stark, sondern nur so, dass es süß war.

»Süß« war eigentlich nicht das passende Eigenschaftswort für ihn, aber wenn er schlief, trat irgendwie ein weicher und sanfter Ausdruck auf sein Gesicht. Die Narbe war natürlich noch da, aber er war völlig entspannt und glücklich, was man ihm auch ansah. Mir war immer noch nicht ganz geheuer bei seinem »Ich werde dich behalten«, aber es würde schon noch werden, da hatte er recht. Was auch immer das hier war – es war auf jeden Fall was Ernstes, das mich auch glücklich machte.

Wir spät war es? Der Wecker sagte fünf Uhr morgens … Ich brauchte einen Schluck Wasser. Deshalb schlüpfte ich aus dem Bett, tappte leise in meine Küche und nahm mir einen Becher. Wir hatten uns dafür entschieden, in meiner Wohnung zu bleiben, weil es dort einfach hübscher und gemütlicher war.

Das Blinken des Anrufbeantworters fiel mir ins Auge, nachdem ich mir das Wasser geholt hatte. Jemand hatte angerufen. Vielleicht während wir zusammen geduscht hatten? Ich nahm mein Mobilteil und drückte auf den Knopf.

»Becca, meine Kleine, ich bin's, Mom. Ich hab dir gesagt, alles is in Ordnung und mir geht's gut. Mir geht's nicht gut, Liebes, er hat mich ganz schön verprügelt. Mein Arm ist eindeutig gebrochen, und ich bin mir ziemlich sicher, dass ich eine Gehirnerschütterung hab. Ein paar von den Mädels haben vorgeschlagen, mich ins Krankenhaus zu fahren, aber ich hab Angst davor. Wenn die Cops Teeny schnappen, sperren sie ihn nur ein paar Stunden ein. Falls er auf Kaution freikommt, wird es noch schlimmer. Du musst mir wirklich Geld schicken. Viel Geld. Sonst komm ich hier nicht lebend raus. Ich hasse es echt, dass ich dir das antun muss, mein Baby, aber es ist wirklich ernst. Ich will nicht sterben.«

Mein Mageninhalt kam mir hoch – so hatte sie noch nie geklungen. Als ob sie gewürgt worden wäre. Ich wusste, wie sich das anfühlte. Mich hatte er auch einmal gewürgt.

Mir wurde klar, dass ich etwas unternehmen musste. Puck hatte sicher recht – die Frau war ohne Frage eine Schwindlerin. Trotzdem war sie meine Mom, und sie glaubte wirklich, sterben zu müssen. Das hörte man ihrer Stimme an.

So was kann man nicht faken.

Ich ging rüber zu meiner Singer, setzte mich davor und ließ meine Finger über das schwarze Email und die goldene Beschriftung wandern. Sie war über hundert Jahre alt ... Das kostbarste Stück, das ich besaß. Wie viel sie wohl wert war? Sollte ich ausprobieren, ob ich sie verkaufen konnte?

Ich dachte an Reginas freundliches, liebevolles Gesicht, die Falten um ihre Augen ... wie sie mich in den Armen gehalten hatte, als ich geweint hatte.

Das war nicht mit Gold aufzuwiegen.

Und auch die Singer war unbezahlbar. Ich hatte kein Recht, sie zu verkaufen. Sie gehörte mir nicht wirklich. Ich benutzte sie nur, bis sie zu ihrem nächsten Besitzer wanderte, denn so einen Gegenstand kann man nicht kaufen oder verkaufen.

Stattdessen ging ich rüber zu meinem Trinkgeldglas und zählte die Häufchen aus Kleingeld. Zwanzig Minuten später wusste ich, dass ich 122,16 Dollar hatte, einschließlich der hundert Dollar, die ich von Prinz Fummel bekommen hatte.

Zusammen mit dem Geld von meinem Konto machte das 144,79 Dollar – meine gesamte Barschaft, die ich als Mensch besaß, und zwar ohne dass ich meine Stromrechnung bezahlt oder meinen Benzintank gefüllt hätte.

Das würde reichen müssen. Ich würde sie in der Früh anrufen.

»Alles okay?«, fragte Puck, als ich wieder ins Bett schlüpfte.

»Ja, alles in Ordnung«, flüsterte ich und hoffte, dass es stimmte. Er grunzte und zog mich schützend in seine Arme. Nicht einmal die Erinnerung an Moms Stimme konnte mich danach noch wach halten.

Es ist etwas Herrliches, aufzuwachen und festzustellen, dass ein heißer Typ neben einem liegt. Eigentlich sind daran gleich mehrere Dinge herrlich, und dass er mich auf den Bauch drehte, um mich von hinten zu ficken, war nicht das schlechteste davon.

Ja, der Teil war echt gut.

Sogar noch besser fand ich, dass er mir dabei half, ein großes Frühstück zuzubereiten. Ich hatte nichts zu Hause, deshalb löste er das Problem, indem er übers Dach spazierte und seine eigene Küche plünderte. Zusammen brieten wir Eier mit Speck und kochten Kaffee. Dann setzten wir uns gemeinsam hin, so wie ein richtiges Paar.

»Wie sieht denn deine Tagesplanung so aus?«, fragte er. »Ich weiß, dass du tagsüber in die Schule gehst …«

»Ich habe etwa zwanzig bis dreißig Wochenstunden Schule«, erklärte ich ihm. »Eigentlich ist es ein Ganztagsprogramm, doch für mich haben sie eine Ausnahme gemacht. Abends bin ich derzeit bei Teresa, von Dienstag bis Samstag.«

Er runzelte die Stirn.

»Da hast du aber nicht viel Freizeit.«

»Ich bin ein vielbeschäftigtes Mädchen«, sagte ich, während mir klar wurde, dass das womöglich ein Problem war. »Ich bin ganz auf mich allein gestellt, Puck. Wenn ich das Schulgeld nicht zahle, wird es auch niemand anderes tun. Ich habe keine Angst vor harter Arbeit.«

»Wie lange dauert es noch, bis du deinen Abschluss hast?«

»Wahrscheinlich sechs Monate, wenn alles gut läuft. Falls nicht, dann länger. Ich wusste schon, als ich anfing, dass es hart wird. Aber ich will nicht für den Rest meines Lebens als Bedienung arbeiten. Von Callup wegziehen will ich auch nicht. Da bleiben nicht so viele Möglichkeiten.«

Er nickte, wirkte aber immer noch nicht wirklich begeistert.

»Dann hast du also heute Schule?«

»Ja, ich muss mich bald fertig machen«, sagte ich. »Ich muss um zehn dort sein. Um drei bin ich dann fertig, sodass ich noch genügend Zeit habe, um einen Pie für Earl zu backen, bevor ich zum Essen zu ihnen fahre.«

Er lehnte sich zurück und verschränkte die Arme. »Du willst mir also erzählen, dass Schule und Pie wichtiger sind als ich?«

Ich lächelte entschuldigend.

»Zu meiner Verteidigung muss ich sagen, dass es ein Blaubeer-Pie ist – die letzten Beeren der Saison«, sagte ich. »Ich würde dich ja einladen mitzukommen, aber ich glaube, ich brauche ein wenig Zeit, um es ihnen zu erklären. Das ist ein großer Schritt für mich … dass ich mit dir zusammen bin, meine ich.«

»Ich vermute mal, sie werden gar nicht so überrascht sein, wie du glaubst. Aber ich nehme an, dass sie ziemlich früh ins Bett gehen. Ich komm danach rüber.«

»Da vermutest und glaubst du aber allerhand«, murmelte ich zwischen zwei Schluck Kaffee.

Er hob seine Augenbrauen, was mich zum Lachen brachte. »Okay, vielleicht hast du ja recht.«

»Ich hab heute eine Menge zu erledigen«, sagte er. »Womöglich sollte ich auch besser damit anfangen. Mit etwas Glück bin ich rechtzeitig zurück, um dir ein Stück Pie zu klauen.«

»Das klingt aber sehr schmutzig.«

»Deswegen hab ich es auch gesagt«, antwortete er. Dann beugte er sich über den Tisch und packte mich am Nacken, um mir einen Kuss mit Kaffeegeschmack auf die Lippen zu drücken. Die Art und Weise, wie er das immer machte, war so kontrollierend und besitzergreifend. Eigentlich hätte mich das stören sollen. Stattdessen machte es mich an.

Ich war so kaputt.

Wir bestellt vibrierte mein Handy, kurz nachdem ich die Hauptstraße erreicht hatte. Normalerweise hätte ich gewartet und später die Mailbox abgehört. Aber heute wollte ich Mom sagen, dass ich Geld für sie hatte.

»Becca?«, flüsterte sie mit rauer, brüchiger Stimme. »Becca, bist du das?«

»Ja, Mama«, sagte ich. Auch noch der letzte Rest der strahlenden Laune, die von meinem Morgen mit Puck stammte, war inzwischen verflogen. »Ich habe deine Nachricht bekommen. Wie geht es dir?«

»Nicht so gut«, flüsterte sie. »Du musst mich hier rausholen.«

»Ich habe hundertvierundvierzig Dollar«, sagte ich zu ihr. »Die kann ich dir heute schicken. Es reicht zwar nicht für die Busfahrkarte, aber zumindest kommst du damit in ein Frauenhaus.«

Schweigen.

»Baby, ich hab dir erklärt, dass ich zweitausend brauche«, sagte sie. »Ich meine, natürlich möchte ich, dass du mir alles schickst, was du hast. Aber es wird nicht reichen, nie im Leben.«

Ich schloss die Augen, rieb darüber und drückte auf mein Nasenbein.

»Mom, das ergibt keinen Sinn. Du kannst in ein Frauenhaus gehen. Die verstecken dich, bis alles verheilt ist und du weiterreisen kannst. Wir sparen auf eine Fahrkarte nach Spokane, und ich hol dich dann ab und bring dich zu mir nach Hause.«

Wieder Schweigen, dann ein schwerer Seufzer.

»Es gibt da etwas, was ich dir noch nicht erzählt habe«, sagte sie. »Es geht nicht nur um die Busfahrkarte. Ich brauche Geld, um ein paar der Clubmädels zu bezahlen.«

»Mom, wenn dein Leben in Gefahr ist, interessiert es mich überhaupt nicht, was du diesen Frauen schuldest, verdammt, wenn sie so dämlich waren, dir überhaupt was zu leihen. Das hier ist die Realität – ich habe hundertvierundvierzig Dollar. Das ist alles. Wenn ich dir das Geld schicke, kann ich weder meine Strom- noch meine Gasrechnung bezahlen.«

Sie gab ein raues, humorloses Lachen von sich, das sich in einen furchtbar quälenden Husten verwandelte, der gute dreißig Sekunden anhielt. Es klang so, als ob sie gerade ihre Lunge raushusten würde.

»Ich wünschte, es wäre so einfach«, sagte sie. »Sie überwachen mich. Teeny ist überzeugt, dass ich abhauen werde, deshalb hat er dafür gesorgt, dass ich unter ständiger Beobachtung stehe. Ich muss sie bestechen. Wenn ich das tue, lassen sie mich gehen, und ich kann zu dir kommen. Das Leben hier hat sich ganz schön verändert, Becca. Ich brauche dieses Geld, sonst werde ich in diesem Haus hier sterben. Bitte, ich flehe dich an … Scheiße, er kommt. Ich muss los.«

So endete das Gespräch.

Mit zitternden Händen saß ich in meinem Auto und überlegte, was zu tun war. Ich musste sie retten, das war ganz klar, denn ich konnte sie nicht einfach sterben lassen, nur weil ich zu zimperlich war, wenn es ans Geldverdienen ging. Vielleicht konnte ich ja doch mal bei diesem Stripclub vorbeischauen? Ich wusste, dass ein Mädchen beim Strippen recht schnell eine Menge verdienen konnte – meine Mom hatte das so gemacht.

Als ich an Puck denken musste, schob ich sein Gesicht einfach zur Seite. Ich konnte mir nicht *gleichzeitig* seinetwegen und wegen meiner Mom Sorgen machen. Und nach Geld würde ich ihn sicher nicht fragen. Da konnte er noch so viel übers »behalten« reden! Ich war immer noch für mich selbst verantwortlich. Für diese Unabhängigkeit hatte ich zu hart gekämpft, um sie jetzt einfach aufzugeben. Mom war eine Frau, die in Abhängigkeit lebte. Und was hatte es ihr gebracht?

Also. Geld. Ich brauchte Geld, und zwar schnell.

Aber eines nach dem anderen – als Erstes rief ich in der Schule an und gab Bescheid, dass ich heute nicht kommen würde.

Dann suchte ich nach der Adresse des Stripclubs, der nicht schwer zu finden war. In unserer Gegend gab es nur zwei Clubs – der Flächennutzungsplan wurde von behördlicher Seite sehr streng eingehalten, was meiner Meinung nach auch daran lag, dass der Reapers MC seine Finger im Spiel hatte. Wie es einem zweiten Club gelungen war, so nahe beim Stripclub der Reapers eine Genehmigung zu erhalten, war mir ein Rätsel. Doch ich zweifelte keine Sekunde, dass jemand dafür eine schöne Summe eingestrichen hatte.

Da war er. Vegas Belles. Sie machten um elf Uhr auf, sodass ich gerade noch Zeit hatte, kurz anzuhalten und mich ein wenig zurechtzumachen, bevor ich hinfuhr.

Hoffentlich stellten sie gerade Mädels ein.

Ich würde ja gerne behaupten, dass ich noch nie in einem Stripclub gewesen bin. Und noch viel lieber würde ich behaupten, dass ich keinerlei Erfahrung im Poledance hatte. Doch leider hatte ich ein richtiges Talent dafür.

Woher ich das wusste?

Nun, vor vielen Jahren hatte ich eine Menge Zeit in Stripclubs verbracht. Als ich noch klein war, griff Mom in Notzeiten immer aufs Strippen als Einkommensquelle zurück, da es immer noch besser war als wirkliche Prostitution (Plan C) und als der Versuch, einen Dummen zu finden, der sie durchfütterte (Plan A). Ich war in Stripclubs, um Stripclubs und um Stripclubs herum aufgewachsen. Mann, ich war nicht nur eine Nacht unter einem Frisiertisch oder auf einem Haufen abgelegter Klamotten eingeschlafen.

Die meisten Stripperinnen hatten ein großes Herz, zumindest was kleine Mädchen anging. Wenn sie sich nicht gerade eine Line zogen, gaben sie mir Bonbons. Eine brachte mir sogar bei, wie man sich für die Bühne schminkt. Als ich dann zehn war, war ich eine Meisterin des Fachs. Ich hatte nie selbst in einem Club gearbeitet, aber wenn ich in Kalifornien geblieben wäre, hätte ich es sicher getan.

Ein oder zwei Nächte würden mich nicht umbringen.

Ich hatte bei Walmart angehalten, um mir einen billigen, aber sexy String und einen tief ausgeschnittenen BH vom Wühltisch zu kaufen, die ich in der Kundentoilette gleich angezogen hatte. Dann war ich nach Post Falls gefahren und hatte vor dem Gebäude des Vegas Belles geparkt, wo ich darauf wartete, dass sie aufmachten. Leider stand das Haus nicht weit weg vom Line, das vom Reapers MC betrieben wurde. Deswegen hatte ich immer, wenn ein Auto oder ein Bike vorbeifuhr, das Bedürfnis, mich zu ducken. Ich kannte die Clubmitglieder zwar nicht gut, aber vor fünf Jahren war ich mit ihnen gefahren. Painter und Puck hingen oft zusammen ab – ich hatte sie schon zusammen auf ihren Bikes gesehen. Ich konnte es nicht riskieren, dass mich einer von ihnen sah und es Puck erzählte. (Ja, ich weiß, ich hatte gesagt, es ginge ihn nichts an, aber blöd war ich schließlich auch nicht. Puck würde an die Decke gehen, wenn er wüsste, was ich da vorhatte.)

Um elf Uhr ging die Tür auf. Ich richtete mein Haar, trug nochmals Lippenstift auf und marschierte hinein, während ich mir Mühe gab, selbstbewusst zu wirken.

Ein Türsteher empfing mich am Eingang und begutachtete mich mit hochgezogenen Augenbrauen von oben bis unten.

»Stellt ihr momentan Leute ein?«, fragte ich fröhlich.

»Manchmal«, sagte er. »Hängt davon ab, was der Boss gerade braucht und wie gut du bist. Er ist noch nicht da. Du kannst an der Bar warten.«

Schöner Mist.

»Okay, danke«, sagte ich mit strahlendem Lächeln. Nie den Türsteher verärgern – das hatte mir meine Mom schon früh beigebracht. Ein stinkiger Türsteher kann einem Mädchen ganz schön Ärger bereiten. Ich ging rüber zur Bar und setzte mich hin. Eine Frau im Bustier bereitete alles für den Tag vor – sie sah ungefähr aus wie dreißig. Hochtoupierte blonde Haare und starkes Make-up.

»Tanzen oder bedienen?«, fragte sie mit recht freundlicher Stimme.

»Ich hab schon einen Job als Bedienung«, antwortete ich schulterzukkend. »Noch einen brauche ich nicht.«

Sie nickte.

»Hast du hier in der Gegend schon mal getanzt?«, fragte sie ganz nebenbei.

Ich fand ihre Frage interessant … Sie hatte mich nicht direkt nach dem Line gefragt, aber was anderes gab es eigentlich nicht.

»Nein, aber ich habe ein bisschen Erfahrung«, sagte ich, ohne mich festzulegen.

Sie nickte nachdenklich und beugte sich dann über die Bar zu mir.

»Du siehst mir nach einem netten Mädchen aus, weshalb ich ehrlich sein will. Wenn du da reingehst, erwarten sie wahrscheinlich einen Blowjob. Bist du bereit dafür?«

Ich machte große Augen, obwohl ich eigentlich nicht überrascht hätte sein dürfen. Davon hatte ich natürlich schon gehört. Höchstwahrscheinlich hatte meine Mutter das auch ein- oder zweimal gemacht. Aber das Line war bekannt dafür, dass es Mädchen zu nichts zwang … Ich war davon ausgegangen, dass es hier ebenso wäre, nachdem die beiden Stripclubs ja in direkter Konkurrenz zueinander standen. Ganz schön blöd von mir.

»Ernsthaft?«

Sie nickte mit angesäuertem Gesicht.

»Ja«, sagte sie. »Ist echt scheiße. Ich habe zwar kein Problem damit, wenn das jemand machen möchte, aber wenn du nur schnell Geld verdienen willst, bist du wahrscheinlich besser dran, wenn du ein paar Nummern schiebst.«

Ich richtete mich auf, weil sich mir der Magen umdrehte.

»Oder du könntest rüber ins Line gehen; dort bekommst du einen ordentlichen Job«, fügte sie hinzu. »Die behandeln dich besser.«

Ich runzelte die Stirn. »Warum arbeitest du hier, wenn es im Line besser ist?«

»Das ist 'ne komplizierte Geschichte.«

»Ja, mein Leben ist auch kompliziert. Ins Line kann ich nicht gehen.«

Ihre Augen funkelten neugierig, während sie sich auf die Lippe biss. Irgendwas stimmte hier nicht. Auf welcher Seite stand sie eigentlich?

»Willst du ein Glas Wasser oder so?«, fragte sie. »Es wird eine Weile dauern, bis Mr. McGraine kommt. Er ist der Geschäftsführer.«

»Danke, gern«, sagte ich abwesend, während ich einen Dollarschein rauszog, um ihr ein Trinkgeld zu geben.

Sie lehnte es dankend ab und stellte ein Glas vor mich hin. Während ich trank, sah ich mich im Club um. Die Deko war wirklich komplett auf Las Vegas ausgerichtet. An den Wänden hingen Neonschilder, daneben große Wandbilder von verschiedenen Casinos und Attraktionen. An einer Wand stand eine Reihe von Spielautomaten und Videopoker, obwohl klar darauf stand »Dekoration«.

Aber sicher.

Die Bühne war von Röhren aus kleinen, weißen Lichtern umgeben. Die Stangen waren in unterschiedlichen Farben beleuchtet. Der ganze Laden war verdammt kitschig, hatte aber dennoch irgendwie einen runden, glatten Look.

Auf Hochglanz poliert.

Genau wie Vegas.

Alles war bereit, doch niemand tanzte. Das lag wahrscheinlich daran, dass noch alles leer war. Offensichtlich waren die meisten notgeilen Männer der Gegend noch nicht wach und bereit.

»Die Deko haben sie echt ganz schön hinbekommen«, sagte ich mit einem Kopfnicken in Richtung Bühne, was die Barkeeperin mit einem Schulterzucken quittierte. Als eine andere Frau auf den Tresen zugeschlendert kam, wandte sie sich demonstrativ von mir ab. Die Frau war jung und hübsch, doch auf ihrem Gesicht war ein verblassender blauer Fleck zu sehen, den sie überschminkt hatte. Sie war wie ein Showgirl angezogen.

»Hey«, sagte sie leise.

»Hi«, erwiderte ich, während ich mich fragte, ob ich gleich noch eine Warnung bekommen würde.

»Willst du hier tanzen?«, fragte sie. Ich nickte. »Du solltest schnell verschwinden. Geh jetzt. Das ist kein guter Laden hier.«

»Lisa – hast du nicht zu tun?«, fragte ein Mann mit kalter Stimme.

Lisa erstarrte, nickte aber dann schnell und schlich davon. Ich wandte mich um und entdeckte den Mann, der einen Anzug trug und ein breites, freundliches Lächeln im Gesicht.

»Hi, ich bin Lachlan McGraine. Ich bin der Geschäftsführer und habe gehört, dass du gerne Tänzerin bei uns werden möchtest?«

Er wirkte so nett und normal. So völlig und absolut harmlos, dass es schon wieder unheimlich war. Irgendwas hatte er an sich, dass sich mir die Nackenhaare sträubten … Sein Lächeln war einfach eine Spur zu sanft, sein Blick zu leer.

Vielleicht verlor ich auch einfach nur meinen Verstand. Die Barkeeperin hatte mich ganz verrückt gemacht, beschloss ich. Und Gott weiß, was Lisa genau gemeint hatte.

»Unterhalten wir uns in meinem Büro«, sagte er.

Ich stand auf und ging in die Richtung, in die er wies. Seine Hand legte sich eine Spur zu fest auf meinen Poansatz. Es war keine Berührung, mit der er mich lotsen wollte. Sie fühlte sich eher so an, als ob er mich kontrollieren wollte.

Wir gingen durch eine Tür in einen langen schwarzen Flur, der an einem Notausgang endete. Davor stand ein großer Mann. Als ich auf ihn zukam, wanderte sein Blick langsam und voller Absicht über meine Figur.

Mir gefiel der Laden nicht. Nicht im Geringsten.

»Hier ist mein Büro«, sagte McGraine, während er eine Tür an einer Seite des Flurs öffnete. In dem großen Zimmer standen ein breiter Schreibtisch, eine Couch mit Tisch und zwei bequeme Ledersessel. Am anderen Ende war ein Tanzstange auf einer niedrigen Bühne montiert.

McGraine schloss die Tür und lehnte sich vorne an seinen Schreibtisch. Er bot mir keinen Stuhl an.

»Hast du denn schon mal getanzt?«

»Meine Mom hat es mir beigebracht«, sagte ich. »Ich bin in Kalifornien aufgewachsen. Sie hat da unten in einigen Clubs gearbeitet.«

»Warum willst du hier arbeiten?«

Ich lächelte, da ich mir dachte, dass die Antwort eigentlich klar wäre.

»Ich will mehr verdienen als das, was ich als Bedienung bekomme. Ich geh noch zur Schule, weshalb ich mir den Job nicht wirklich aussuchen kann.«

»Und warum hast du das Vegas Belles ausgewählt?«

Um nicht den Reapers über den Weg zu laufen.

»Weil ihr neu seid und ich gehört habe, dass die Mädels hier gut verdienen.«

»Hast du's im Line versucht?«

»Nein.«

Er hob eine Augenbraue.

»Gibt's ein Problem mit dem Reapers MC?«

Schnell schüttelte ich meinen Kopf. Zu schnell, wurde mir klar, denn er grinste höhnisch. Mist.

»Okay, zieh deine Klamotten aus und tanz für mich«, sagte er. »Sehen wir mal, was du kannst.«

Ich schluckte, weil es jetzt wirklich ernst wurde. Als ich den Saum meines Shirts nahm, sah ich runter und erinnerte mich. Das letzte Mal hatte ich das im Haus meines Stiefvaters getan. Er hatte mir dabei zugesehen. Gemeinsam mit seinen Freunden.

Ich hatte mir geschworen, das nie wieder zu tun – nicht so.

»Welche Schichten sind denn noch frei?«, fragte ich eilig, um Aufschub zu erzwingen. »Ich meine, wenn Ihnen mein Tanzstil gefällt.«

»Momentan brauchen wir jemanden für unter der Woche tagsüber.«

»Nicht am Abend?«

»Nicht für eine Neue. Nein«, sagte er. »Wir bekommen ständig neue Mädels direkt aus Vegas. Einheimische bekommen die Tagesschichten, bis sie sich nach oben gearbeitet haben.«

Erleichterung durchströmte mich. Tagsüber konnte ich gar nicht arbeiten – sonst würde ich meinen Platz in der Schule verlieren. Sie waren eh schon so nett gewesen, sich nach meinen Arbeitsplänen zu richten. Doch es war einfach so, dass ich nachmittags in der Schule sein musste. Sonst könnte ich nie meinen Abschluss machen.

Das konnte ich nicht. Ich konnte nicht all meine Zukunftspläne aufgeben, nur um Geld für Mom zu verdienen – ich wusste doch nicht mal, ob sie mir die Wahrheit sagte ... Sie hatte mich immer angelogen, um Geld von mir zu bekommen. So war sie nun mal.

»Es tut mir leid, das passt für mich leider nicht«, sagte ich schnell. »Ich kann nicht unter der Woche arbeiten. Ich sollte besser gehen.«

Er nickte langsam und schob sich wieder hoch.

»Sicher«, antwortete er. »Komm einfach wieder, wenn du's dir anders überlegst. Ich habe dich noch nicht tanzen gesehen, aber du bist mein Typ. Wahrscheinlich finden wir eine Schicht für dich.«

Bei den Worten »mein Typ« zuckte sein Blick über meinen Busen, was mich beinahe hätte kotzen lassen. Zum Glück öffnete er die Tür, sodass ich schnell rauskonnte. Die Barkeeperin zwinkerte mir zu, als ich vorbeiging. Ich ekelte mich vor mir selbst. Die Luft draußen erschien mir frisch, die Sonne schien hell. Im Stripclub hatte ich mich wie in der Falle gefühlt, wie in einer verrückten Parallelwelt. Natürlich war das nur meine Einbildung gewesen. Das Gebäude an sich sah ganz nett aus.

Aber als ich drinnen gewesen war, hatte ich das Gefühl gehabt, völlig am falschen Fleck zu sein. Vermutlich war ich nicht mehr so tough wie früher. In meinem neuen Leben – meinem *normalen* Leben – musste ich das ja auch nicht sein.

Jetzt musste ich mir einen anderen Weg einfallen lassen, um meiner Mom zu helfen. Ich stieg in mein Auto und fuhr zur Bücherei, denn es schien mir ein guter Ort, um nachzudenken. Zumindest bestand dort die Möglichkeit, die Computer zu benutzen. Auch wenn ich meiner Mom nicht genügend Geld schicken konnte, musste es doch Hilfen für Frauen in ihrer Lage geben …

Zwei Stunden später hatte ich alles, was ich brauchte.

Direkt in meiner alten Heimatstadt gab es ein Frauenhaus. Ich hatte sogar mit der Leiterin telefoniert. Sie versprach mir, dass sie einen Polizeiwagen mit einer ausgebildeten Sozialarbeiterin hinschicken würden, sobald Mom bereit war, von dort wegzugehen.

Alles, was sie brauchten, war ein bestimmter Zeitpunkt und ein bestimmter Ort.

Ich umklammerte den Zettel mit den Telefonnummern und trat hinaus aufs grüne Gras vor der Bücherei. Es gab ein hübsches Fleckchen unter einem Baum auf der anderen Seite des Parkplatzes. Entschlossen, es hinter mich zu bringen, ging ich dorthin, um mich auf den Boden zu setzen. Dann wählte ich die Nummer meiner Mom.

»Hast du das Geld?«, fragte sie ohne Begrüßung.

Ich stählte mich innerlich und wurde vor lauter Aufregung rot im Gesicht.

»Nein. Ich konnte nicht mehr Geld auftreiben. Aber ich habe was Besseres – ich habe Leute ausfindig gemacht, die dir helfen können. Du musst sie nur anrufen, und sie kommen mit der Polizei raus, um dich abzuholen. Die machen so was ständig. Dazu ist nur ein Anruf nötig, sonst nichts. Sie unterstützen uns sogar beim Kauf der Busfahrkarte, damit du zu mir nach Callup kommen kannst.«

Eine Minute lang sagte sie gar nichts. Dann kreischte sie so laut, dass mir fast das Trommelfell geplatzt wäre.

»Du undankbare kleine Schlampe! Wenn ich gedacht hätte, dass mir so eine Schnepfe mit der Polizei helfen könnte, hätte ich sie schon längst angerufen. Ich habe selbst ein Handy, verdammte Scheiße. Du bist so ein arrogantes Miststück geworden, dass du völlig vergessen hast, was es bedeutet, sich um seine Familie zu kümmern. Es ist mir scheißegal, wie du an das Geld rankommst – klau es, fick mit jemandem, tu, was nötig ist. Ansonsten ...«

Ich unterbrach die Verbindung und ließ mein Handy ins Gras fallen.

Heilige Scheiße.

Ich spürte, wie mir Tränen in die Augen stiegen, wischte sie aber weg, weil sie mich einfach am Arsch lecken konnte.

Puck hatte recht.

Mom benutzte mich. Schon wieder. Ich hatte ihr einen Ausweg aufgezeigt, und sie dachte nicht mal darüber nach. Das bedeutete, dass sie nie ernsthaft vorgehabt hatte hierherzukommen. Warum ging ich überhaupt ran, wenn sie anrief? Ich hatte genug. *Genug*. Nie wieder. Sie konnte sich verpissen, und mein bisschen Geld, das ich noch hatte, würde ich ihr auch nicht schicken. Damit würde ich meine verdammten Rechnungen zahlen, wie eine verantwortungsbewusste Erwachsene.

Ich schnappte mir mein Handy und stand auf, um zu meinem Auto zu marschieren. Vor der Heimfahrt würde ich noch meine Stromrechnung zahlen und anschließend den Pie für Earl backen. Dann würde ich mit ihm und Regina zu Abend essen – mit meiner richtigen Familie – und diese widerliche Schlampe drunten in Kalifornien einfach vergessen.

Nur weil sie mich auf die Welt gebracht hatte, musste ich mich noch lange nicht von ihr verarschen lassen.

Auf der Fahrt hörte ich laut meine Lieblingsmusik und sang inbrünstig mit, weil ich mich zum ersten Mal in meinem Leben wirklich frei fühlte.

Ich hatte jetzt mein eigenes Leben, was sich ziemlich gut anfühlte. Vielleicht würde Puck wieder bei mir übernachten. Bei der Vorstellung musste ich grinsen.

Das alles würde sie mir nicht kaputtmachen – ich würde es nicht zulassen.

KAPITEL ZEHN

Zwei Stunden später war die ganze Küche voller Rauch, und der Rauchmelder lärmte ohrenbetäubend. Earl gab sich nicht mit halben Sachen zufrieden, wenn es um meine Sicherheit ging. Ich hatte erst vor ein paar Sekunden gerochen, dass der Pie anbrannte, doch jetzt herrschte Bombenalarmstimmung in meiner Küche.

Mist.

Als ich den Ofen öffnete, fiel mir auf, dass ich zu viel Füllung in den Pie gegeben hatte. Sie war über die Kruste hinausgequollen und auf den Boden des Ofens getropft. Ich zog den Pie raus und stellte ihn auf ein Kuchengitter, dann knallte ich die Ofentür zu und lief los, um die Fenster aufzureißen.

In dem Moment klopfte jemand an die Tür. Mein Herz schlug einen Purzelbaum …

Puck? Er hatte ja angekündigt, auf ein Stück Kuchen vorbeischauen zu wollen, aber als ich heimgekommen war, hatte ich sein Bike nirgendwo gesehen. Ich hatte versucht, bei ihm anzurufen. Keine Antwort. Ich nahm an, dass er ein Handy hatte, aber selbst wenn ich die Nummer gehabt hätte, wäre das hier im Valley völlig nutzlos gewesen.

»Hallo du«, sagte ich, während ich die Tür aufriss.

Puck griff wie üblich nach meinem Nacken und zog mich für einen langen, intensiven Kuss an sich, nach dem ich nach Luft schnappte. Schließlich ließ er mich los und lehnte seine Stirn an die meine.

»Gibt es einen bestimmten Grund dafür, dass deine Küche in Flammen steht?«

Langsam schüttelte ich meinen Kopf, wobei sich sein Kopf zu meinem Entzücken mitbewegte. Es war echt süß – so was machten Mädchen mit ihren Freunden in Fernsehsendungen.

»Die Piefüllung ist herausgequollen«, sagte ich.

Stirnrunzelnd zog er sich zurück.

»Heißt das, dass ich kein Stück bekomme?«

»Was, wenn ich dir sage, dass wir stattdessen heißen Sex haben?«

Immer noch stirnrunzelnd hob er eine Augenbraue.

»Du hast die Frage nicht beantwortet.«

Ich versetzte ihm einen Schlag auf die Schulter, woraufhin er dumm grinste, mich an sich zog und mich auf den Kopf küsste.

»Ich nehme den Sex«, sagte er. »Aber ich muss zugeben, dass ich enttäuscht wegen des Pies bin.«

»Der geht schon noch. Es ist nur ein bisschen davon auf dem Ofenboden angebrannt. Er sieht zwar nicht besonders hübsch aus, schmeckt aber immer noch gut. Aber ich nehme ihn mit zu Earl und Regina.«

»Die sind schon alt und können nicht so viel essen. Bring mir die Reste mit, dann werde ich's schon überleben. Jetzt lass uns diese Sache mit dem Sex hinter uns bringen.«

Ich warf einen Blick auf die Uhr.

»Wir haben ungefähr eine halbe Stunde, dann muss ich los«, sagte ich. »Aber ich muss erst sauber machen.«

»Kein Problem.«

Zehn Minuten später hatte er mich an die Wand meiner winzigen Dusche gepresst, eines meiner Beine um seine Hüfte, seinen Mund an meinem Hals und seine Finger tief in mir. Es war ziemlich eng in der Dusche und etwas seltsam, aber zugleich ganz wundervoll.

»Heilige Scheiße«, stöhnte ich. »Ich kann's kaum fassen, wie gut sich das anfühlt.«

»Wird noch besser«, sagte Puck. Plötzlich packten seine Hände meine Schenkel und hoben sie gerade hoch genug, dass er seinen Schwanz in mich schieben konnte. Er füllte mich ganz aus, während seine Hüften sich an die meinen drückten und ich mich an der Duschwand abstützte. Eigentlich hätte es wehtun sollen. Tat es aber nicht. Ganz und gar nicht.

Irgendwie war es ein perfekter Moment.

Dann begann er, sich zu bewegen, und mir wurde klar, dass »perfekt« eher eine allgemeine Daseinsform beschrieb und weniger einen kurzen Augenblick, denn es wurde von Sekunde zu Sekunde besser, ohne Scheiß.

»Verdammt, fühlt sich das gut an«, murmelte er und begann, sich schneller zu bewegen. Ich spürte, dass sich die Spannung schneller als sonst aufbaute. Das hier fühlte sich anders als zuvor an. Glitschiger, heißer … härter.

Meine Finger gruben sich in seine Muskeln. Dann traf er diesen bestimmten Punkt ganz tief drinnen: Ich bog meinen Rücken durch und zog ihm meine Nägel über die Haut. Er zeigte keinerlei Reaktion. Wer weiß, ob er es überhaupt gemerkt hatte. Inzwischen war mein ganzer Körper bis in die letzte Faser angespannt. Die süße Erlösung stand kurz bevor.

»Fester«, stöhnte ich. »Stoß fester zu.«

»Red weiter«, grunzte er. »Das ist verdammt scharf.«

»Dein Schwanz fühlt sich besser an als …«

»Sag *nicht* den Namen eines anderen Typen.«

Ich prustete unabsichtlich los.

»Nein«, keuchte ich. »Das hatte ich nicht vor.«

»Was wolltest du denn sagen?«, fragte er, während er kräftig zustieß.

»Mein Vibrator«, konnte ich mit Mühe sagen. »Manchmal stelle ich mir abends vor, dass er dein Schwanz ist.«

»Mein Gott.«

Kaum zu glauben, aber er stieß noch tiefer in mich rein. In etwa zehn Sekunden würde ich kommen.

Fünf … vier … drei …

Bumm.

Meine Welt explodierte. Ich umklammerte seinen Schwanz so fest, dass es wehtun musste, doch er erstarrte nur, bis ich spürte, wie er tief in mir abspritzte. Das Wasser lief an uns herab, während wir uns aneinanderklammerten, bemüht, unter dem Gewicht unseres gemeinsamen Vergnügens nicht zusammenzubrechen.

Dann löste sich Puck von mir und ließ mich behutsam wieder hinunter.

»Ich glaube, du hast mir Hautstreifen aus dem Rücken gekratzt«, sagte er.

Ich drehte ihn auf der kleinen Fläche herum.

»Mist.« Ganz zweifellos hatten meine Fingernägel leuchtend rote Blutspuren auf seiner Haut hinterlassen. »Das ist ein bisschen grausig. Tut mir echt leid.«

»Mir nicht«, sagte er. »Mir gefällt's, wenn's etwas rauer zugeht, Becca. Du brauchst dich nicht zurückzuhalten.«

Ich wusste nicht, was ich dazu sagen sollte, weshalb ich beschloss, die Bemerkung einfach zu ignorieren. Stattdessen schöpfte ich etwas Wasser mit meiner Hand und spülte mich zwischen den Beinen ab …

Oh. Fuck.

»Wir haben kein Kondom genommen«, flüsterte ich geschockt. »Verdammt, wir haben kein Kondom genommen!«

Puck erstarrte.

»Da hab ich nicht mal dran gedacht«, gab er zu. »Ich wollte einfach in dich rein. Nimmst du irgendwas?«

»Nein«, sagte ich.

Wir starrten einander versteinert an.

»Äh«, sagte er schließlich. »Hast du irgendeine Ahnung, an welchem Tag deines Zyklus du gerade bist?«

»Kennst du dich damit aus?«

»Ich bin ein erwachsener Mann, Becca«, sagte er. »Kein Zwölfjähriger. Natürlich kenne ich mich damit aus. Wie hoch ist die Gefahr, dass ich dich gerade geschwängert habe?«

Ich schüttelte schulterzuckend den Kopf.

»Keine Ahnung«, gab ich zu. »Ich hab meine Tage noch nie besonders regelmäßig gehabt.«

»Dann ist wahrscheinlich alles in Ordnung«, sagte er. »Ich hab übrigens nichts, falls du dir Sorgen machst.«

Ich blinzelte und versuchte zu verstehen, was er gerade gesagt hatte.

»Okay.«

»Okay.«

»Äh, ich glaube, ich muss mir die Haare waschen, bevor ich losfahre«, sagte ich schließlich.

»Soll das ein zarter Hinweis sein, dass du mich aus der Dusche raushaben willst?«, fragte er mit leicht belustigter Stimme.

»Ja, ich glaub schon.«

Puck legte eine Hand links und rechts an meinen Kopf, zog mich an sich und sah mir tief in die Augen.

»Es ist nichts passiert, in Ordnung? Du machst dich jetzt fertig, dann fährst du los und genießt dein Abendessen. Mach dir keine Sorgen deswegen.«

Aber sicher doch. Keine Sorgen. Nicht eine einzige.

Earls Blaubeer-Pie dampfte noch, als ich um halb sechs die Wohnung verließ – Regina brachte immer Punkt sechs Uhr das Essen auf den Tisch und hatte nicht viel Verständnis für Leute, die zu spät kamen.

Die Eile war es allerdings wert, denn ich liebte alles, was Regina kochte. Fast so sehr, wie ich Sex mit Puck liebte.

Es war keine Sterneküche, aber es schmeckte immer großartig, weil Regina keine halben Sachen machte. Oh nein. Wenn es Kartoffelbrei gab, dann kochte sie die Kartoffeln, gab echte Butter und Sahne und eine Spur Salz dran und fabrizierte damit etwas, das mit dem fertigen Mist, den man im Laden kaufen kann, nichts mehr zu tun hatte.

Nach Earls Herzanfall hatte ich mit ihr über andere Zubereitungsarten gesprochen. Sie hatte mich angesehen, als ob ich den Verstand verloren hätte, und hatte gesagt, sie würde aufhören, Butter ans Essen zu geben, sobald er mit Trinken und Rauchen aufhören würde. Wenn er sich nicht genügend Gedanken über seine Gesundheit machen würde, gäbe es keinen Grund, dass sie Sachen essen sollte, die nach Holzleim schmeckten.

Selbstverständlich stand auch heute Butter auf dem Tisch.

Das Essen war heute Abend so gut wie immer – Hirschbraten (dank Earl) mit Gemüse, Kartoffeln und Soße, gefolgt von warmem Pie mit Eis.

Regina und Earl drängten mich nie, ihnen etwas zu erzählen, und ich hatte eigentlich gar nicht vorgehabt, die Sache mit meiner Mom zu erwähnen. Doch wenn wir so zusammen am Tisch saßen, fing ich irgendwann ganz von selbst an zu erzählen. So war es auch heute Abend. Während ich zusah, wie Earl den Braten aufschnitt, berichtete ich ihnen unvermittelt von den Anrufen und meinem nachmittäglichen Besuch im Vegas Belles Gentlemen's Club.

»Ich kann es nicht fassen, dass ich wieder auf ihren Mist reingefallen bin«, sagte ich und stocherte dabei mit der Gabel in meinen Kartoffeln herum. »Man möchte meinen, ich wäre inzwischen schlauer.«

»Wir sind darauf programmiert, unsere Eltern zu lieben«, sagte Regina. »Das gehört zum Menschsein dazu. Irgendwas ist allerdings bei der Programmierung deiner Mom als Mutter schiefgelaufen, sonst würde sie dich besser behandeln. Das heißt nicht, dass du Schuldgefühle haben musst, weil du ein Herz hast.«

»Wie hat dir der Stripclub gefallen?«, fragte Earl mit leuchtenden Augen.

Ich verschluckte mich.

»Netter Versuch«, sagte Regina, die ihm einen Klatscher mit dem Servierlöffel verpasste. »Unser Mädchen hätte sich beinahe vor fremden Männern ausgezogen. Und da willst du ernsthaft hören, wie es in dem Club aussah?«

Als Regina weitergrummelte, warf mir Earl einen Blick zu und blinzelte. Ich verkniff mir ein Kichern – der Mann war schon immer ein Spaßvogel gewesen, dem es gefiel, seine Frau ein wenig zu verarschen. Sie rechnete nie damit, egal, wie oft er sie schon auf den Arm genommen hatte.

»Soll ich den Pie holen?«

»Aber klar doch«, sagte Earl »Mit Eis?«

»Würde ich dir jemals Blaubeer-Pie ohne Eis vorsetzen?«, fragte Regina streng. »Du magst ja vielleicht ein vergesslicher alter Trottel sein. Ich dagegen habe noch alle Tassen im Schrank. Becca, komm mit in die Küche.«

Ich verdrehte kurz die Augen, sodass es nur Earl mitbekam, und verließ hinter ihr das Esszimmer. Ihr Haus war nichts Besonderes – nur ein kleines, fast hundertjähriges Haus mit zwei Stockwerken, dem man sein Alter deutlich ansah. Doch nichts in der Welt fühlte sich so sicher und so warm an wie dieses Haus. Mit meiner Mutter hatte ich nie ein Heim gehabt, aber hier hatte ich ganz sicher eines.

»Darf ich bitten?«, sagte sie mit großer Geste, als sie auf den Pie wies. Das war eine große Ehre – normalerweise servierte sie den Pie und trat den niederen Dienst des Eisausteilens an mich ab. »Ich bin stolz auf dich. Du hast gesagt ›Bis hierher und nicht weiter‹, sodass diese Frau dich nicht weiter ausnutzen kann. Es war sicher nicht leicht.«

»Nein, ganz und gar nicht«, gab ich zu, während ich den Kuchenheber und ein scharfes Messer hervorholte. »Ich bin auch froh, dass ich es getan habe. Sie hat schon genug angerichtet.«

»Das kann man wohl sagen, verdammt.«

Regina ließ mich als Erste aus der Küche marschieren, um stolz den Pie zu präsentieren. Ich stellte ihn in die Mitte des Tisches und wünschte mir dabei, dass er nicht einen Ring aus leuchtend violettem Saft und Füllung gehabt hätte, der an der Seite herausgequollen war.

»Sieht toll aus«, sagte Earl.

»Sieht aus, als ob ihn eine Zweijährige gemacht hätte«, antwortete ich in kläglichem Ton.

»Es kommt nicht darauf an, wie er aussieht«, sagte Regina. »Auf den Geschmack kommt es an. Steh nicht einfach nur rum – teil die Nachspeise aus, bevor wir hier alle verhungern.«

Earl und ich fingen an zu lachen, denn in Reginas Haus würde nie jemand verhungern. Die wahre Gefahr bestand darin, eines Tages mit einem Gewicht von zweihundert Kilo aufzuwachen. Ich durchschnitt die blättrige Kruste, sodass die immer noch warme Füllung zum Vorschein kam. Regina reichte mir einen Teller, und ich hob ein Stück heraus, auf das ich noch die winzigen Beeren häufte, die an der Seite herausgekullert waren.

»Also«, sagte ich beiläufig. »Ich hab Neuigkeiten. Ich bin mit jemandem zusammen. Irgendwie zumindest.«

»Echt?«, fragte Regina. Sie schaufelte eine ordentliche Portion Eis auf den Pie und reichte Earl den Teller, während ich ein weiteres Stück aus der Form holte. »Ist es dieser Collins? Ein guter Junge.«

»Die Jungs von der Gewerkschaft glauben, dass einiges in ihm steckt«, fügte Earl hinzu. »Du könntest es schlimmer treffen.«

Ich schluckte. »Ich treffe mich mit Puck Redhouse.«

Schweigen.

Als ich aufsah, starrten sie mich beide an.

»Ich weiß, dass es zwischen uns ein bisschen komisch war ...«

»Das ist aber stark untertrieben«, sagte Regina. »Aber nur weil du eine Bombe hast platzen lassen, heißt das noch lange nicht, dass du mit dem Pie-Austeilen aufhören kannst. Vielleicht bist du doch noch nicht so weit.«

»Um ein Date mit Puck zu haben?«

»Nein, um die Verantwortung für den Blaubeer-Pie zu übernehmen«, antwortete sie und unterdrückte ein Lächeln. »Kann nicht behaupten, dass mich das mit Redhouse überrascht. Ich hab gesehen, wie er dich im Breakfast Table neulich beobachtet hat. Er war immer schon schwer verknallt in dich. Mir war nur nicht klar, dass es dir auch so geht.«

»Ich weiß nicht, ob es eine gute Idee ist«, gestand ich. »Es jagt mir irgendwie Angst ein – aber er macht mich auch glücklich.«

»Du lässt dich auf etwas ganz Neues ein«, antwortete sie. »Das jagt einem immer Angst ein. Das bedeutet nicht, dass du es nicht tun solltest. Pass auf, dass er dich ordentlich behandelt, dann wird das schon alles.«

Zehn Minuten später saß ich entspannt, aber zum Platzen voll auf meinem Stuhl.

»Möchtest du noch ein Stück?«, fragte Regina.

Ich schüttelte meinen Kopf, denn nach dieser Mahlzeit würde ich eine Woche lang nichts mehr zum Essen brauchen. Gott sei Dank musste ich später nicht mehr arbeiten – schon das Aufstehen zum Tischabräumen hatte mich fast umgebracht.

»Kannst du allein abspülen?«, fragte Earl Regina, was mich überraschte. »Ich hab in der Garage was für unser Mädel. Wahrscheinlich braucht sie das jetzt noch nötiger ...«

Regina warf ihm einen Blick zu, der Bände sprach.

»Sicher – besprecht ihr nur eure wichtigen Angelegenheiten.«

Er zwinkerte ihr zu und stand dann mit zufriedenem Gesichtsausdruck auf, um sich zu strecken.

»Was ist denn los?«, fragte ich ihn, sobald wir in der Garage waren.

»Diese Sache mit deiner Mom ist eine üble Geschichte«, sagte er. »Du weißt immer noch nicht, wie es weitergeht. Wenn sie sich wirklich entschließt, ihn zu verlassen und herzukommen – wärst du dann noch sicher?«

»Sie wird nicht kommen«, sagte ich knapp. »Du hast sie nicht gehört. Sie will mich nur austricksen, um an Geld zu kommen. Wieder einmal.«

»Wenn das der Fall ist, ist sie ganz offenbar verzweifelt«, erwiderte er. »Und verzweifelte Menschen sind gefährlich. Ich hab ein schlechtes Gefühl bei der Sache. Ich bin zwar stolz, dass du dich behauptet hast, aber ich glaube nicht, dass die Sache damit erledigt ist. Ich hab da was, was du in Zukunft bei dir tragen solltest.«

Als er hinüber zu dem riesigen Metallschrank ging, eine Sonderanfertigung, in der er sein Werkzeug und seine Waffen aufbewahrte, riss ich die Augen auf. Der Schrank stammte noch aus der Laughing Tess, wo er dreißig Jahre unter Tage verbracht hatte, bevor ihm die McDonogh Corporation vor zwei Jahren gekündigt hatte. Die Arbeit an der Schule hatte einen richtigen Abstieg für ihn bedeutet, doch er hatte es mit Würde getragen.

An dem Metallschrank hing ein Schloss, was gar nicht zu Earl passte, weil er und Regina normalerweise nicht mal ihre Haustür absperrten. Dann öffnete er es und zog eine alte Zigarrenkiste von einem der Regalböden, um sie zu seiner Werkbank zu tragen. Dort hob er den Deckel an, sodass ein kleiner Revolver sichtbar wurde, der am Griff mit Perlmutt eingelegt war.

»Der gehörte meiner Mutter«, sagte er mit kräftiger, schlichter Stimme. »Mein Dad gab ihn ihr, als er in den Zweiten Weltkrieg zog. Sie hatte ihn am Tag zuvor geheiratet. Ich möchte, dass du ihn bekommst.«

Ich machte große Augen.

»Das kann ich nicht annehmen«, flüsterte ich.

»Doch, das kannst du«, sagte er. »Es ist eine tolle Waffe, die prima in Schuss ist. Sie ist klein und leicht, für eine Frauenhand entworfen. Nicht nur das – sie ist auch nirgendwo registriert. Ich hoffe, dass du sie nie benutzen musst, aber wenn Teeny Patchel sich hier jemals blicken lässt, nimmst du diese Waffe und jagst ihm eine Kugel ins Hirn. Dann rufst du mich an, und wir überlegen uns, was wir mit der Leiche anstellen. Das gilt übrigens auch für Puck Redhouse.«

Mir fiel der Kinnladen runter.

»Das meinst du doch nicht ernst.«

»Du kennst mich doch, Kleine. Wenn's um Waffen geht, mache ich keine Scherze.«

Das stimmte allerdings. Earl war sein ganzes Leben lang auf die Jagd gegangen. Er hatte den Hirsch geschossen, den wir zum Abendessen verspeist hatten, und hatte mir gleich in meinem ersten Jahr bei ihnen beigebracht, wie man Wild aufbricht und zerlegt, weil *»jemand, der eine Waffe besitzt, genau wissen sollte, was eine Kugel einem lebendigen Wesen antun kann«.*

»Ich glaube nicht, dass ich jemanden erschießen muss.«

»Gut«, antwortete er lächelnd. »Lass uns hoffen, dass es nie dazu kommt. Aber du solltest wissen, dass wir für dich da sind. Egal, was passiert. Du bist wie unser eigen Fleisch und Blut. Wir werden dich immer lieben, egal, was du tust.«

Mir stiegen die Tränen in die Augen, und er hustete verlegen.

»Lass uns rausgehen, um sie ordentlich einzuschießen », grummelte er.

Ich lächelte und folgte ihm hinaus. Sie lebten zehn Meilen außerhalb der Stadt. Oben am Hang, wo sie wohnten, hatte Earl auf einer Weide seinen eigenen kleinen Schießstand eingerichtet.

Die folgende Stunde schossen wir zusammen. Während es allmählich dämmerte, erzählte er mir dumme Witze, und ich lachte darüber. Im Lauf der Jahre hatten wir unzählige Abende so verbracht. Aus mir würde nie eine Jägerin werden, denn Waffen waren mir schnurzegal. Aber ich liebte es einfach, mit Earl zu schießen.

Schließlich war es so dunkel, dass wir die Ziele nicht mehr sehen konnten, weshalb wir beschlossen, Schluss zu machen. Wir schlenderten zurück zum Haus, wo ich Pucks Motorrad neben meinem kleinen Subaru stehen sah. Der Anblick ließ mich langsamer werden. Was machte er hier?

Er aß in aller Ruhe ein Stück Pie.

Das fand ich heraus, als ich mit der Zigarrenkiste in der Hand in die Küche marschiert kam.

»Hey, Becca«, sagte er und nickte mir zu. Regina saß neben ihm und trank ihren Kaffee, als ob sie seit Jahren die besten Freunde wären. »Sorry, dass ich so reingeplatzt bin, aber ich wusste nicht, wann du zurückkommst, und ich war eh in der Gegend.«

Ich öffnete meinen Mund, um zu sagen, dass ich das für eine faule Ausrede hielt. Doch dann wurde mir klar, dass es sogar wahr sein könnte. Boonie und Darcy wohnten ein paar Meilen weiter den Berg runter.

»Er ist nicht einfach so reingestürmt«, unterstützte ihn Regina. »Er ist vorbeigefahren und hat dein Auto gesehen. Ich habe ihn dabei erwischt, wie er dir eine Nachricht unter den Scheibenwischer geklemmt hat. Natürlich habe ich ihn gleich eingeladen.«

Puck lächelte mich an, aß seinen Pie auf und erhob sich. »Bist du fertig? Können wir fahren?«

»Ja«, sagte Earl. »Ich muss ins Bett. Denk daran, was ich dir gesagt habe, Becca. Ich bin zwar ein alter Mann, aber ich meine, was ich sage.«

Puck sah mich mit hochgezogener Augenbraue an, was ich mit einem Schulterzucken beantwortete, weil ich ihm nie im Leben verraten würde, dass Earl mir mehr oder weniger angeboten hatte, seine Leiche verschwinden zu lassen, wenn er mich schlecht behandelte. Stattdessen suchte ich meine Sachen zusammen, wonach Regina mir einen Teller mit Resten in die Hand drückte, begleitet von der strengen Anweisung, so bald wie möglich wiederzukommen.

»Earl hat also nicht das Gewehr rausgeholt. Das ist ein gutes Zeichen«, sagte Puck, als wir rausgingen. *Oh Puck, wenn du wüsstest …* »Ich folge dir auf meinem Bike zurück in die Stadt. Wir schlafen wieder bei dir.«

»Da scheinst du dir aber sehr sicher zu sein.«

»Jawohl«, antwortete er, was mich zum Lachen brachte.

Es war eine verrückte, gefühlsmäßig völlig durchgeknallte Woche gewesen, die sich wie eine Achterbahnfahrt angefühlt hatte. Doch zumindest hatte ich immer noch Regina und Earl. Das Motorrad erwachte hinter mir röhrend zum Leben, und im Rückspiegel sah ich Pucks Scheinwerferlicht.

Jetzt hatte ich also Regina und Earl und Puck. Na ja, Puck hatte ich nur, solange ich ihn nicht erschießen musste. Falls es dazu kommen würde, hätte ich zweifellos Earl als Unterstützung.

Er hatte mich immer unterstützt.

Pucks Hand glitt zwischen meine Beine und schob sie auseinander. Ich wusste nicht, wie viel Uhr es war – es fühlte sich wie fünf Uhr morgens an. Blinzelnd warf ich einen Blick auf den Wecker. Acht Uhr morgens. Unmöglich, es konnte nicht später als sechs Uhr sein … Ich stöhnte, weil ich müde war und noch länger schlafen wollte. Dann spürte ich plötzlich einen Mund an meiner Klit und fing aus ganz anderen Gründen zu stöhnen an. Eine Stunde später rollte ich mich angenehm wach von Puck herunter und plumpste neben ihm auf die Matratze. Der Tag konnte beginnen.

»Du bist ein ziemlich guter Wecker.«

»Ich mach mich gerne nützlich«, sagte er. »Wann musst du in der Schule sein?«

»Heute erst um elf.« Ich warf einen Blick auf den Wecker. Neun Uhr morgens – ich hatte noch eine Stunde, bevor ich losmusste. Zeit, um zu frühstücken und zu duschen. Etwas zum Abendessen sollte ich mir auch besser einstecken. Meine Schicht begann erst um sieben, aber Teresa hatte eine Nachricht hinterlassen und angefragt, ob ich früher kommen könnte. Das Geld konnte ich definitiv gebrauchen. Nachdem ich die Stromrechnung bezahlt und den überflüssigen Shoppingtrip zu Walmart unternommen hatte, blieben mir nur noch vierzehn Dollar. Gerade genug, um über die Runden zu kommen, sofern ich mit Blake mitfuhr und nicht zu viel aß. Ich wollte mich aufsetzen, doch Puck zog mich am Arm wieder nach unten.

»Nur einen Moment«, sagte er. »Ich wollte noch über etwas mit dir reden.«

»Über was denn?«

»Arbeitest du morgen Abend?«

»Ja, morgen ist Mittwoch«, antwortete ich neugierig. »Warum?«

»Wir haben da eine kleine Feier im Clubhaus«, sagte er.

Ich schlang meinen Arm um ihn, um mich an ihn zu kuscheln. Ich hatte da so meine Vermutung, worauf das Ganze hinauslief. Und es gefiel mir gar nicht.

»Ich muss arbeiten«, wiederholte ich mit fester Stimme.

»Und wenn ich mit Teresa rede, damit sie dir den Abend freigibt? Wäre das okay? Sie schuldet mir noch was. Wäre ja eine einmalige Sache. Aber wir bekommen Besuch von außerhalb. Ich möchte, dass sie dich sehen.«

Seine Ausdrucksweise kam mir komisch vor.

»Ich möchte, dass sie dich sehen.« Nicht *»Ich möchte, dass sie dich kennenlernen«.*

Puck wollte, dass sie mich begutachteten, als ob ich etwas wäre, was man besitzen und benutzen könnte ... Das weckte Erinnerungen, die nicht gerade angenehm waren.

»Ich mag keine Bikerpartys«, sagte ich. »Ich sollte wahrscheinlich besser arbeiten – ich bin noch nicht lange genug dort, um um einen Gefallen zu bitten. Und leisten kann ich es mir eh nicht.«

Er schwieg und zeichnete einen kleinen Kreis auf meiner Schulter.

»Dir ist klar, dass ich in einem Motorradclub bin, oder?«, fragte er schließlich leicht amüsiert. »Bikerpartys nehmen in meinem Leben einen wichtigen Platz ein, und sobald du meine Alte Lady bist, auch in deinem.«

Ich stützte mich auf und starrte ihn giftig an.

»Ich bin nicht deine Alte Lady. Wir sind halt irgendwie zusammen, das ist alles.«

»Irgendwie zusammen und haben außerdem nichts mit irgendjemandem sonst«, betonte er. »Du sitzt hinter mir auf dem Bike und stehst unter meinem Schutz. Das ist ziemlich nahe dran an einer Alten Lady.«

»Nein«, sagte ich unter heftigem Kopfschütteln. »Ich meine es ernst, Puck. Ich will das nicht. Wir können zusammen sein, Sex haben, was auch immer. Doch ich werde nie die Alte Lady von irgendjemandem sein. Das hab ich alles zu Genüge erlebt.«

Blitzartig schoss sein Blick von meinem Busen hinauf zu meinen Augen. »Was zum …? Hast du eben gesagt, dass du schon mal eine Alte Lady warst?«

Ich seufzte und ließ mich wieder neben ihm niedersinken. »Sorry, ich hab von meiner Mutter gesprochen. Ich hab gesehen, was es bedeutet, eine Alte Lady zu sein. Nicht nur bei ihr, sondern auch bei den anderen Frauen. Alles ganz lustig und spaßig, bis dir jemand eine verpasst, weil du das Bier nicht schnell geholt hat. Nichts für mich.«

»Du laberst mal wieder kompletten Müll.«

»Leck mich am Arsch«, sagte ich im Aufstehen. Ich ging in Richtung Badezimmer und schnappte mir dabei ein paar Klamotten. So einen Scheiß musste ich mir echt nicht anhören. Schon gar nicht von Puck. Von niemandem.

»Du sagst mehr oder weniger, dass ich dich irgendwann schlagen werde, aber wenn ich mich dagegen wehre, bin ich das Arschloch?«, fragte er mit harter Stimme. »Mann, Becca. Du bildest dir echt ganz schön was ein. Ich hab dir rein gar nichts getan, und allmählich hab ich keine Lust mehr, dich ständig daran zu erinnern.«

Ich drehte mich blitzschnell um und machte schon den Mund auf, um ihn zu beschimpfen, als es mir plötzlich klar wurde:

Puck hatte recht.

Ich hatte ihn heftig beleidigt. Schon wieder. Ich schloss meinen Mund und blinzelte.

»Da hast du recht«, sagte ich schließlich langsam. »Ich bin noch nicht bereit für eine Beziehung. Aber was du gesagt hast, war auch nicht besonders nett.«

»Ich sag, was ich denke.«

Wir sahen uns prüfend an, doch dann schüttelte ich meinen Kopf. »Ich glaube nicht, dass das funktionieren wird. In meinem Leben geht alles drunter und drüber. Es ist verrückt. Ich habe nicht die Kraft für eine Beziehung.«

Puck stand auf und kam geschmeidig wie ein Raubtier auf mich zu. Dann beugte er sich vor, nahm meinen Kopf in die Hände und flüsterte mir ins Ohr: »Du machst die Sache unnötig kompliziert. Ich hab dich auf eine Party eingeladen. Ich will dich herzeigen, weil du wunderschön bist und ich stolz darauf bin, dass ein Mädchen wie du sich einen Kerl wie mich ausgesucht hat. Ist das so furchtbar, wenn ein Mann solche Gefühle für seine Frau hat?«

Ich erschauerte, weil er immer noch nach Sex roch und ich mehr davon wollte.

»In Ordnung«, antwortete ich leise. »Aber nur, wenn Teresa einverstanden ist. Und keine Clubrituale oder solchen verrückten Scheiß.«

»Du musst gar nichts machen«, sagte er. »Du zeigst, dass du mich respektierst, und ich zeige, dass ich dich respektiere. Dann werden wir beide unseren Spaß haben.«

Ich griff nach unten und umfasste seinen wieder steif werdenden Schwanz, um ihn leicht zu drücken.

»Wir werden unseren Spaß haben«, stimmte ich zu, in der Hoffnung, dass es tatsächlich so sein würde. Einen Versuch war es wert. Und ich war mir sicher, dass er meine Schicht absagen könnte. Der Motorradclub war ebenso eng mit dem Leben im Valley verbunden wie das Bergwerk oder die Gewerkschaft – wenn sie um einen Gefallen baten, sagten die Leute Ja. Nicht aus Angst, sondern aus Respekt. Das war der Unterschied, wurde mir plötzlich klar. Der Unterschied zwischen dem Club, in dem ich aufgewachsen war, und diesem Club hier.

Respekt.

Vielleicht würde ja doch noch was aus der Sache werden …

»Hey, Puck?«

»Ja, Becs?«

»Es tut mir leid, dass ich dich so angegangen bin. Es ist zwar keine Entschuldigung, aber manchmal geht einfach mein Temperament mit mir durch«, gab ich zu.

»Das ist mir auch langsam klar geworden«, antwortete er. Dann küsste er mich, und ich vergaß, warum ich vorhin so verärgert gewesen war.

Mittwochmorgen

Puck

Painter gab mir zur Begrüßung eine halbe Umarmung und einen Schlag auf den Rücken. Ich trat zurück und betrachtete ihn. Wir hatten uns beide gut gehalten – am Gefängnis lag das sicherlich nicht. Es hatte uns härter gemacht. Und es hatte dafür gesorgt, dass ich das Leben nun mehr schätzte. Bei Painter war es anders gewesen – ich konnte mich nicht daran erinnern, wann ich ihn zum letzten Mal hatte lächeln sehen, ganz zu schweigen von lachen. Wahrscheinlich war das gewesen, als wir mit seinem Kind – Izzy – in den Park gegangen waren.

Nachdem er wieder im Staatsgefängnis gelandet war, war es noch schlimmer mit ihm geworden. Wenigstens hatte er diesmal in Idaho eingesessen, sodass ich ihn regelmäßig besuchen konnte. Er hatte seinem Club im Gefängnis gedient und hatte getan, was er tun musste. Doch es hatte ihn verändert, und zwar viel mehr als unsere gemeinsame Zeit im kalifornischen Knast.

Aber eines hatte sich nicht verändert. Das unlösbare Band, das wir in unserer Zelle geknüpft hatten, war stärker als Blut. Er war für jetzt und für immer mein Bruder.

»Schön, dich zu sehen«, sagte ich unbeschwert, so, als ob nicht sechs Jahre Vergangenheit schwer auf uns lasteten.

»Find ich auch«, erwiderte er.

Die restlichen Reapers waren schon im Clubhaus, aber wir nahmen uns immer ein paar Minuten, um miteinander zu sprechen. Das stammte noch aus unserer Zeit im Gefängnis – man wusste nie, was als Nächstes kam, weshalb man immer auf alles vorbereitet sein musste.

»Sollte ich über irgendwas Bescheid wissen?«, fragte ich ihn. Er zuckte mit den Schultern und machte ein verschlossenes Gesicht. Auch recht.

»Warst du schon im neuen Stripclub?«, fragte er. »Hab gehört, dass wir heute darüber reden.«

»Ja«, sagte ich. »War letzte Woche dort zum Abchecken. Die Callaghans sind nicht sparsam mit ihrem Geld, was?«

»Wir hatten ein paar Mädels, die übergelaufen sind«, antwortete er. »Ich hab nicht viel damit zu tun, aber ich vermute mal, dass sie bald zurückkommen. Offenbar ist doch nicht alles Friede, Freude, Eierkuchen im Vegas Belles. Wir haben auch ein paar Leute dort platziert, die uns auf dem Laufenden halten.«

»Das überrascht mich nicht«, antwortete ich und griff nach meinen Zigaretten. »Verdammt. Ich hab vergessen, dass ich aufgehört habe.«

Painter prustete.

»Ich hab da was gehört.«

Ich verkniff mir ein idiotisches Grinsen, weil ich wusste, worauf er anspielte, und fühlte mich wie einer der Trottel, über die wir uns im Knast immer lustig gemacht hatten, wenn sie zum Besucherzimmer gewatschelt waren, um ihre Freundin zu treffen. Aber hey, allein der Gedanke an Becca machte mich schon glücklich.

»Tatsächlich?«

»Du hast jetzt eine Alte Lady?«, fragte er. »Diese hübsche Kleine, die wir aus Kalifornien mitgebracht haben? Wie ist das denn passiert?«

»Vermutlich wollte ich einfach nicht mehr warten.«

»Wusste gar nicht, dass du gewartet hast.«

»Das wusste ich selbst nicht so genau«, erwiderte ich. »Jetzt weiß ich es. Seit jener Nacht hat es in mir geschlummert.«

»Wenn du anfängst, Gedichte über sie zu schreiben, schneid ich dir eigenhändig die Kehle durch.«

»Warst du schon immer so ein Arschloch?«

»Ja.«

»Komisch, erinnere ich mich gar nicht mehr dran. Vermutlich war ich zu sehr damit beschäftigt, deinen Arsch zu retten.«

»Denk doch, was du willst. Lass uns reingehen. Ich will diese Sache besprechen und dann endlich ein Bier trinken. Wie sieht's mit Muschis bei euch aus?«

»Du änderst dich auch nie, was?«

»Seh keinen Grund dafür«, antwortete er. »Kann's kaum erwarten, dein Mädchen zu sehen. Sollte ihr wohl 'ne Menge Dinge über dich erzählen. In einer Beziehung kommt es sehr auf Ehrlichkeit an.«

»Wenn du das tust, leg ich dich um«, warnte ich ihn.

Er grinste. »Stell dich hinten an. Mel war zuerst da.«

»Danke für die Gastfreundschaft«, sagte Picnic Hayes, während er seinen Blick durch den Raum wandern ließ. Der President der Reapers sah mich an und nickte kurz. Hayes hatte selbst Kinder, und in der Sache mit Becca hatte er mich wirklich unterstützt. Seitdem behandelte er mich wie einen echten Bruder, was auch den anderen auffiel. Ich war ihm was schuldig.

»Schön, dass ihr hier seid«, antwortete Boonie. »Ihr wisst, dass wir immer für euch da sind. Soll ich anfangen?«

Picnic grunzte zustimmend, obwohl von vornherein klar war, dass Boonie als Erster sprechen würde. Wie so vieles andere in unserer Welt war auch das ein Zeichen von Respekt. Unser Verhältnis wurde von Respekt bestimmt, der uns Zusammenhalt gab. Möge Gott dem Idioten helfen, der das nicht verstand.

Glücklicherweise schien Shane McDonogh das sehr genau zu begreifen, was bei unseren Gesprächen und Verhandlungen mehr als deutlich geworden war.

»Ich hab das zwar schon mit Pic besprochen«, sagte Boonie. »Aber wir haben heute Morgen nochmals mit McDonogh und Malloy geredet. Nach ihren Quellen wird Jamie Callaghan den Vegas Belles Gentlemen's Club morgen Nachmittag besuchen«, erklärte er mit einer Spur von Spott in der Stimme. »Deswegen haben wir dieses Treffen mitten in der Woche anberaumt. Sie wissen nicht, wie lange er hierbleiben wird, aber er landet um zehn Uhr und will dann direkt nach einem Geschäftsessen zum Club fahren.«

»Ihr wisst alle, dass das Geschäft im Line schlecht läuft«, sagte ein anderer Reaper, ein großer Mann namens Gage. »Und ein paar Mädchen haben gekündigt. Ist keine Riesensache, aber der Verlust von Kunden ist schon ein Problem für uns. Die Bullen beobachten, wie viele Autos vor dem Line vorfahren. Je mehr Verkehr dort herrscht, desto mehr Geld können wir durchschleusen, ohne dass sie Verdacht schöpfen. Offensichtlich haben die Callaghans dasselbe vor. Das bedeutet Ärger für uns alle.«

Deep hob eine Hand, und Boonie nickte ihm zu.

»Das Management hat gerade eine weitere Forderung der Gewerkschaft nach einer Verbesserung der Sicherheitseinrichtungen in der Tess abgelehnt. Keine Ahnung, wie viel ihr über die Lage dort wisst, aber hier geht es um mehr als nur um unsere Clubs. Das Bergwerk sorgt für über zwei Drittel des Einkommens im Valley – na ja, des versteuerten Einkommens …« Einige Männer lachten. Deep redete weiter: »Die Callaghans haben die nationale Gewerkschaft in der Hand, und inzwischen ist ziemlich klar geworden, dass sie das Bergwerk übernehmen wollen. Wir müssen sie davon abhalten. Ansonsten wird es früher oder später noch einen großen Unfall geben. Beim letzten Unglück wäre beinahe ganz Callup hopsgegangen. Wir haben ein gutes Leben hier. Das wollen wir nicht verlieren.«

Nach diesen wahren Worten sahen sich alle im Raum ernüchtert um. Es war zwar schon über zwanzig Jahre her, aber der Rauch dieses Feuers hing sozusagen noch immer über dem Valley. Selbst wenn ich damals noch ein kleiner Junge in Montana gewesen war. Man konnte hier nicht atmen, ohne die bedrückenden Erinnerungen zu spüren, die in der Luft lagen.

»Wie zuverlässig sind die Informationen über diesen Jungen?«, fragte Hayes. »Ich stimme zu, dass wir etwas unternehmen müssen, fürs Valley und um das Line zu schützen. Aber wir werden nur eine einzige Chance bekommen. Wenn wir reingehen und Jamie Callaghan nicht erwischen, verbessern sie die Sicherheitsvorkehrungen, sodass wir wahrscheinlich nicht mehr an ihn rankommen.«

»Puck hat persönlich mit McDonogh gesprochen«, sagte Boonie. »Erzähl uns, was du darüber denkst.«

Ich überlegte mir meine Worte genau. Von meinen Ausführungen hingen Leben ab, eine Verantwortung, die schwer auf mir lastete.

»Er ist jung«, sagte ich schließlich. »Aber nicht dumm. Er weiß, dass es hier um sein Leben geht. Sie können ihn vielleicht nicht einfach so töten, doch sie können ihn womöglich für ›nicht zurechnungsfähig‹ erklären lassen und bis an sein Lebensende wegsperren. Er weiß, dass wir hier in der Gegend seine besten Verbündeten wären … wir und die Gewerkschaft. Das Band zwischen uns und der Gewerkschaft ist inzwischen so stark, dass man uns nur im Doppelpack bekommt. Ich sehe deshalb keinen Grund, warum er uns anlügen sollte. Er hat mehr zu verlieren als wir.«

Hayes und Boonie warfen sich einen Blick zu, und ich spürte, wie im ganzen Raum die Spannung stieg. Natürlich würden wir noch eine Weile darüber diskutieren und am Ende darüber abstimmen, aber im Grunde war es jetzt schon in diesem Moment beschlossene Sache.

»Wir kämpfen also morgen?«, fragte Gage. »Wenn das so ist, sollte ich meine Leute dort darauf vorbereiten. Ich will nicht, dass sie ins Kreuzfeuer geraten, wenn es sich vermeiden lässt.«

»Wen hast du alles dort drinnen?«, fragte Boonie.

»Maryse als Barkeeperin«, sagte er. »Lisa als Bedienung. Milasy und Renee tanzen – beide sind für morgen Nachmittag eingetragen. Ich weiß, wir brauchen morgen Informationen, aber ich will sie vor dem Angriff aus der Schusslinie nehmen. Sie haben sich für den Club in große Gefahr begeben.«

»Lasst uns möglichst früh schon Männer reinschicken«, sagte Deep. »Sollen sich als Kunden tarnen und dann herausfinden, wer zu Callaghan gehört und wer nur zuschauen wird. Es gehen fünf oder sechs Männer rein, bevor wir losschlagen, dann stehen die Chancen etwas besser.«

»Okay«, sagte Hayes. »Wer war noch nicht dort?«

Einige Männer hoben die Hand, darunter Painter. Das überraschte mich. Ich warf ihm einen Blick zu, den er mit herausfordernd erhobener Augenbraue quittierte. Prinz von Mösingen schien sich nicht mehr so häufig unters Volk zu mischen … interessant.

Hayes deutete nach und nach auf acht Männer, darunter meinen besten Freund.

»Wir fangen gegen Mittag an, euch einzeln reinzuschicken. Trinkt langsam. Setzt euch nicht zusammen und redet auch nicht miteinander. Wenn sie einen von euch erwischen, ignorieren das die anderen, außer ihr bekommt ein Zeichen, verstanden? Wir koordinieren die Aktion von außerhalb, je nachdem, was ihr berichtet, und schicken euch eine Textnachricht, bevor wir reinkommen. Sind alle damit einverstanden?«

Zustimmendes Raunen erfüllte den Raum.

»Die, die ausgewählt wurden, bleiben noch kurz hier, damit wir alles noch mal besprechen können«, sagte Boonie. »Der Rest von euch kann wieder rausgehen und unsere Gastfreundschaft genießen. Ein paar unserer Ladys haben hart gearbeitet, um für Essen und ein anständiges Unterhaltungsprogramm zu sorgen. Nur keine Scheu, langt ruhig kräftig zu. Wer einen Schlafplatz für heute Nacht braucht, meldet sich bei mir. Dann finden wir schon was.«

Und schon war's vorbei. Ich verließ das Zimmer und ging durch den Flur in den Hauptraum. Wir hatten vor ein paar Jahren eine alte Bar übernommen, nachdem sie dichtgemacht hatte. Immobilien waren im Valley günstig zu haben. Die Bar hatten wir in ein verdammt gutes Clubhaus verwandelt. An der rückwärtigen Seite hatten wir das Gelände mit fast zwei Meter hohem Maschendrahtzaun abgesperrt, der von Stacheldraht gekrönt wurde. Dazu noch eine Feuerstelle, Musik und Darcys Talent für dramatische Effekte? Das Gelände war fast perfekt.

Das Einzige, was fehlte, war Becca.

Ich ging zur Tür raus, nickte dabei dem Anwärter zu, der die Bikes bewachte, und schwang dann mein Bein über meine Harley. Es war an der Zeit, meine Frau abzuholen.

KAPITEL ELF

Becca

Es war fast neun Uhr, als Puck an der Tür klopfte. Er hatte mir gesagt, dass er etwas später kommen würde. Aber aus irgendeinem Grund war ich gegen acht Uhr überzeugt, dass er es sich anders überlegt hatte – dass diese ganze Geschichte zwischen uns nur ein verrückter Traum gewesen war.

Wenn man bedenkt, dass ich nicht recht wusste, was ich von unserer Beziehung halten sollte, hätte ich mich eigentlich besser fühlen sollen. Stattdessen war es, als ob etwas an meinen Gedärmen nagen würde. Ich wollte ihn. Und zwar sehr. Und nicht nur im Bett. Mir gefiel die Vorstellung, wie er in meiner Tür stand – groß, muskulös und so heiß. Mein Mann.

Als er endlich auftauchte, war ich schon seit Langem fertig und saß an meiner Singer. Auch ein paar Drinks hatte ich schon gekippt, denn obwohl ich ihn so sehr wollte, war ich doch noch immer ein wenig nervös wegen meiner ersten Bikerparty nach fünf Jahren. Ich beschloss, dass diese Unsicherheit eine unschlagbare Ausrede war, um mich schon an der Tür auf ihn zu stürzen. Puck zuckte nicht mal mit der Wimper, sondern fing mich auf und begann, mich zu küssen. So vermittelte er mir recht deutlich und ohne Worte, dass auch er sich darüber freute, mich zu sehen.

Als wir schließlich beide nach Luft schnappen mussten, hatte ich die Party völlig vergessen. Ich wollte Puck nur ins Schlafzimmer zerren, wo wir es wie zwei wilde Tiere treiben würden.

»Beruhig dich«, murmelte er, wobei er meine Wangen mit seinen Händen umfing. »Du weißt doch, dass ich sehr fürs Rein und Raus bin, aber heute Abend will ich mit dir angeben. Du bist was Besonderes, Baby. Das sollen sie alle sehen.«

Seine Worte wärmten mich durch und durch, weshalb ich nicht allzu heftig protestierte. Stattdessen schnappte ich mir eine leichte Jacke und folgte ihm zur Tür raus, in der Hoffnung, dass er sich in mir nicht getäuscht hatte. Ich war unschlüssig gewesen, was ich anziehen sollte – ich wusste, dass wir auf seinem Bike fahren würde, was meine Auswahl ein wenig eingrenzte. Trotzdem wollte ich vor seinen Freunden gut aussehen.

Gott sei Dank hatte mir Danielle geholfen.

Als ich um fünf aus der Schule kam, wartete sie schon in der Wohnung auf mich (sie hatte natürlich einen Schlüssel). Auf meiner Couch hatte sie sieben verschiedene Outfits ausgebreitet, die von »Bikerhuren-Traum« bis zu »Lehrerin der Sonntagsschule besucht den Club« reichten. Ich hatte mich für die Variante in der Mitte entschieden – »Bikerschlampe beim Kirchgang«. Oder vielleicht war es eher »Kirchgängerin auf der Suche nach heißem Sex«?

Das ist ein bisschen schwer voneinander abzugrenzen.

Entsprechend trug ich nun tief auf den Hüften sitzende, hautenge Jeans mit schwarzen Stiefeln, die stylish, aber praktisch waren. Sie hatten einen schönen Absatz und schwarze Spitzen hintendran. Zusammen mit der Jeans ließen sie meine Beine lang und schlank erscheinen, würden mich aber auch vor dem Auspuff der Harley schützen. Die Jeans bot zusätzlich den Vorteil, dass sie zwar eine Menge Haut bedeckte, aber dennoch verdammt sexy war. Falls mir jemand an den Hintern greifen wollte, würde er nur eine Handvoll Jeansstoff spüren.

Im oberen Bereich wählten wir eine andere Herangehensweise. Danielle steckte mich in ein schwarzes Tanktop mit tiefem Ausschnitt, das meinen Busen schön zur Geltung brachte. Sie wollte, dass ich es weiter runter zog, um die Oberkante meines BHs hervorspitzen zu lassen, was mir aber übertrieben erschien. Als Kompromiss zog ich einen wundervollen roten BH mit schwarzer Spitze an, falls das Shirt sich selbstständig machte und hinunterrutschte. Es war unglaublich scharf, aber dennoch nicht zu unanständig. Meine Schultern waren nackt, und meine Haare flocht sie mir zu einem Zopf.

Dann schminkte ich mir Smokey Eyes und legte ziemlich dunklen, pflaumenfarbenen Lippenstift auf. Ta-da! Jetzt fühlte ich mich sexy und wohl in meiner Haut, ohne jedoch halb nackt herumzulaufen.

Puck war offenbar derselben Ansicht, denn als wir auf die Straße traten, drückte er mich gegen die Hauswand und küsste mich wieder. Ich schlang meine Arme um seinen Hals und spürte durch meine Kleidung hindurch, wie er seinen Schwanz an mich presste. Als wir uns atemlos voneinander lösten, wandte ich mich bittend an ihn: »Vergessen wir die Party und gehen wieder rauf. Nur du und ich.«

Puck erstarrte, lehnte sich etwas zurück und sah mich stirnrunzelnd an.

»Du brauchst keine Angst zu haben, Becca«, sagte er. »Du kennst doch schon die meisten Leute aus dem Club, verdammt. Darcy wird dort sein und wahrscheinlich Carlie. Es kommen auch ein paar der Reapers und Painter. Das sind alles keine furchterregenden Fremden, Baby.«

Unglücklicherweise war die erste Antwort, die mir rausrutschte, recht vielsagend.

»Carlie ist *nicht* eine meiner Freundinnen.«

»Eifersüchtig?«, flüsterte Puck und küsste mich seitlich auf den Hals.

Ja, verflucht, ich war eifersüchtig.

»Als ob es mich interessieren würde, mit wem du zusammen warst.«

Pucks Gesicht verfinsterte sich. »Mich hat es aber immer interessiert, mit wem du zusammen warst. Ich lag immer im Bett und musste daran denken. Ob du mit jemandem fickst, wie du dich dabei fühlst. Ob er dir wehtut. Ich wollte nicht, dass du dich in jemanden verliebst. Und ich hasste die Vorstellung, dass dich vielleicht jemand belästigt. Ich konnte mich nicht entscheiden, was ich mehr hasste – du allein und unglücklich oder mit irgendeinem Arschloch zusammen, mit dem du das Leben genießt.«

»Vielleicht war ich ja ein kleines bisschen eifersüchtig auf Carlie«, gab ich zu.

»Wenn wir noch länger über diesen Mist reden, verpassen wir die Party.«

»So spät ist es doch noch gar nicht«, protestierte ich überrascht.

»Ja, aber es ist Mittwochabend, und ich hab morgen einen wichtigen Job zu erledigen«, sagte er. »Clubangelegenheiten. Wir treffen uns zwar häufig mittwochs, aber viele der Jungs arbeiten am Donnerstag. Um Mitternacht ist die Party vorbei.«

Während er mich zu seinem Bike zog, ging mir eine seiner Bemerkungen durch den Kopf. Etwas, worüber ich mir schon Gedanken gemacht hatte.

»Puck, womit verdienst du eigentlich dein Geld?«

Er erstarrte und drehte sich dann zu mir um.

»Warum fragst du?« Sein weicher Tonfall verbarg nur schlecht die Härte dahinter. Plötzlich war Puck der Furchteinflößende wieder da – er war völlig anders als der Mann, mit dem ich die letzten paar Tage zusammen gewesen war. Wie konnte er nur so schnell die Masken wechseln, und wo steckte der echte Mann darunter?

»Wir müssen alle unsere Rechnungen zahlen«, fuhr ich mit ruhiger Stimme fort. »Ich arbeite als Bedienung. Blake ist hinter der Bar. Joe geht ins Bergwerk. Worauf lasse ich mich bei dir ein?«

»Du weißt, dass ich die Frage nicht beantworten kann«, sagte er. Die Härte war immer noch da, aber in seinem Blick bemerkte ich eine Spur von Mitgefühl. »Du bist in einem Club aufgewachsen. Ich habe nie behauptet, etwas zu sein, was ich nicht bin.«

»Du hast gesagt, die Silver Bastards wären anders.«

Um seine Lippen spielte ein Lächeln.

»So anders nun auch wieder nicht. Komm schon. Lass uns fahren.«

Das Clubhaus war nur zehn Minuten entfernt – eine alte Bar gleich vor der Stadt. Ich war natürlich schon tausend Mal vorbeigefahren, war aber noch nie drin gewesen. Es war für wilde Partys bekannt. Ein oder zwei Mal vor jeder Wahl führte der Sheriff eine Razzia durch – ich hatte mich immer gefragt, warum dabei nie jemand verhaftet wurde. Dann hatte Blake es mir eines Tages verraten.

Der Sheriff tat nur das Allernötigste, um die County Commissioners zu beschwichtigen. Laut Blake waren die Commissioners nicht gerade Fans des Clubs. Der Sheriff sah die Sache pragmatischer. Wenn der Club nach dem Rechten sah, kontrollierte das »kriminelle Element« sich in gewisser Weise selbst. Die Verbrechensrate sank, und nur darauf kam es an.

Ich vermutete, dass es zudem gewisse Zahlungen gab. Offenbar erhielt der Polizei-Unterstützungsfonds jedes Jahr einige üppige anonyme Spenden, über die niemand reden wollte.

Das System funktionierte.

Ich sprang von Pucks Bike und half ihm dabei, es rückwärts zwischen die aufgereihten Harleys zu schieben. Es erschien mir alles so vertraut und zugleich fremd. Drei Anwärter hingen draußen herum, zwei Silver Bastards und ein Reaper. Sie vermieden es, mich anzustarren. Mit einem von ihnen war ich auf die Highschool gegangen.

Bei den Longnecks waren auch immer Anwärter herumgehangen.

Plötzlich wünschte ich mir noch einen kleinen Drink, denn ich war erschreckend nüchtern. Laute Musik dröhnte aus der Bar. Als Puck einen Arm um meinen Hals schlang und auf das Gebäude zuging, wollten meine Füße sich nicht bewegen.

»Es ist alles in Ordnung«, flüsterte er und drückte mich an sich. »Denk daran, das sind meine Brüder. Es sind die Leute, die dich gerettet haben. Sie werden dich beschützen, so wie ich. Das wird gar nicht so schwer – du weißt, wie du dich verhalten musst. Ich habe erlebt, wie schwierig es für Mädchen ist, für die der Club ganz neu ist. Du hast ihnen so vieles voraus.«

Ich nickte und hoffte, dass es stimmte. Dann schloss ich meine Augen und atmete seinen Duft ein, was die zu erwartende Reaktion auslöste. Meine Brustwarzen zogen sich zusammen, meine Schenkel wurden unruhig, und als er seine Hand zu meinem Po runtergleiten ließ, um ihn kurz zu drücken, war meine Welt plötzlich wieder bunt geworden.

»Ich bin bereit«, flüsterte ich.

Die Party war ganz anders, als ich erwartet hatte – zum einen war sie bei Weitem nicht verrückt genug. Wenn ich an Motorradclub-Partys dachte, kamen mir Stripperinnen, die von der Decke baumelten, in den Sinn, außerdem Alkohol in Strömen und Leute, die überall herumballerten. Die Longnecks waren kaputt, laut und meist hackedicht. Halt, eher *immer* hackedicht.

Vom Verstand her wusste ich schon lange, dass die Reapers und Silver Bastards anders waren. Die Bastards feierten natürlich auch – so hatte schließlich alles angefangen –, aber bei ihnen lief alles irgendwie besser, und sie waren nicht so unzivilisiert. Weniger eine Gang, eher eine verschworene Gemeinschaft.

Heute Abend war dieser Unterschied deutlich erkennbar.

Tranken die Leute Alkohol? Ja, ohne Frage. Und es spazierten ziemlich leicht bekleidete Mädchen herum. Doch es herrschte keine »Alles-ist-erlaubt-Atmosphäre«. Alles hatte seine Ordnung, und die Männer betranken sich nicht sinnlos. Die Reapers und die Silver Bastards unterhielten sich leise in kleinen Grüppchen. Was sollte das denn für eine Party sein?

Fuck. Dahinter steckte doch irgendetwas. Irgendwas Großes. Ich musste es wissen.

Ich schlang meine Arme um Puck und drückte mich an ihn, um in sein Ohr zu flüstern.

»Bist du sicher, dass du morgen was zu tun hast? Ich könnte ja die erste Stunde ausfallen lassen …«

»Sorry, Baby«, antwortete er abwesend. »Ich hab echt was Wichtiges zu erledigen.«

Mist. Mist. *Verdammter.*

Die planten was, irgendwas Übles. Ich hatte diese Art von Spannung in der Luft zu oft mitbekommen, als dass ich sie jetzt ignorieren konnte. Puck würde morgen in Gefahr sein, und ich würde nicht erfahren, worum es genau ging. Er könnte sogar sterben. So ging es in dieser Welt zu. Und ich hatte mir geschworen, mich nie wieder hineinziehen zu lassen. Doch hier stand ich nun.

Und zwar mittendrin. Zuvor mochte ich das noch verleugnet haben, doch das ging nun nicht mehr. Wenn Puck morgen etwas zustieße, würde mich das womöglich umbringen.

Ich hatte mich in das Arschloch verliebt – wie die Mutter, so die Tochter.

»Painter, du kennst Becca ja schon«, sagte Puck und lenkte mich so von meinen dunklen Gedanken ab. Als ich aufsah, entdeckte ich den großen, schlanken Biker mit dem markanten Gesicht und dem blonden Stachelhaar, dem ich in Teenys Haus zum ersten Mal begegnet war. Ich wusste, dass er über ein Jahr mit Puck im Gefängnis verbracht hatte. Jetzt waren sie enge Freunde. Den Mann umgab eine Aura des Schreckens, die nicht wegzudiskutieren war, weshalb ich mich zwang, sie einfach zu ignorieren.

Alle Männer in Pucks Welt waren furchteinflößend. Ich musste mich zusammenreißen und damit klarkommen.

»Schön, dich wiederzusehen«, sagte ich, entschlossen, meine Vergangenheit direkt anzusprechen. »Ich glaube, ich habe mich nie bei dir wegen Kalifornien bedankt. Ich hoffe, du nimmst es mir nicht übel.«

Er nickte und sah mich abschätzend an. Ich konnte ihn damals nicht einschätzen und konnte es immer noch nicht. Er schien zumindest nicht offen feindselig mir gegenüber. Das war wohl ein gutes Zeichen.

»Du bist jetzt also Pucks Eigentum?«, fragte er. »Interessant. Pass gut auf ihn auf.«

Ich lächelte nervös, weil seine Worte nicht eben beruhigend waren. Zum einen hatte ich nie zugestimmt, Pucks Eigentum zu sein, doch offensichtlich hatte er dem Club was anderes erzählt. Und zweitens war das *»Pass gut auf ihn auf«* nicht als Frage oder als Aufforderung gedacht gewesen, sondern eher als Drohung. Wenn ich nicht auf Puck aufpasste, würde sich Painter bald um mich kümmern. Anscheinend machte er keine halben Sachen, wenn es um seine Freunde ging. Das war ja auch gut so, entschied ich. Morgen würden sie in Gefahr sein – ich wollte, dass ein starker Mann an Pucks Seite stand und ihm den Rücken freihielt.

»Pass du auch gut auf ihn auf«, sagte ich lächelnd zu Painter. »Dazu sind Brüder doch da, oder?«

Er riss die Augen auf, und ich hatte das Gefühl, dass ich ihn überrascht hatte. Gut. Ich war nicht mehr das kleine Mädchen, das er vor fünf Jahren kennengelernt hatte, und das sollte er besser wissen.

Puck lachte auf und gab mir einen Klaps auf den Hintern.

»Willst du was trinken?«, fragte er. Ich nickte und wünschte mir, Painter würde aufhören, mich anzustarren. »Komm hier rüber.«

Wir gingen zur Bar, hinter der noch ein Anwärter stand. Wie viele dieser Typen waren eigentlich hier? Ich hatte nie wirklich herausgefunden, wie viele Silver Bastards es in Callup gab. Sie schienen irgendwie ständig zu kommen und zu gehen, was es schwierig machte, den Überblick zu behalten.

Das war bestimmt auch so beabsichtigt.

Eine Minute später hielt ich ein Bier in der Hand und folgte Puck durch den Raum. Er ging auf Boonie und auf den President der Reapers zu, wie ich schnell erkannte.

Vom Alter her hätte er mein Vater sein können. Dennoch war er kräftig und auf eigenartige Weise heiß. Außerdem hatte er einen komischen Namen …

»Pic, das hier ist Becca«, sagte Puck. »Sie gehört jetzt zu mir.«

Picnic Hayes. So hieß er. Ich lächelte ihn an und wünschte mir, dass ich das Bier schon runtergekippt hätte. Sein Anblick ließ mich an die Longnecks und an unsere verrückte Fahrt nach Norden denken.

»Schön, dich wiederzusehen«, sagte er. »Ich hab gehört, dass dich Puck endlich zu seinem Eigentum gemacht hat. Hoffe, dass alles gut läuft bei euch.«

»Sie ist ganz schön tough«, warf Boonie ein. »Hättest sie letzte Woche im Breakfast Table sehen sollen. Irgendein Arschloch hat Puck angegriffen, und sie hat ihm eine Kaffeekanne übergezogen. Hat deswegen ihren Job verloren.«

Picnic hob eindeutig verblüfft eine Augenbraue, und ich merkte, wie sich ein Lächeln auf meine Lippen schlich. Ich hatte mich tatsächlich auf den Kerl gestürzt, was sich auch noch gut angefühlt hatte. Als ich Pic zum letzten Mal gesehen hatte, war ich ein schwaches, kleines Opfer gewesen. Jetzt war ich stark.

Ich konnte mich behaupten.

»Gut gemacht!«, sagte Picnic. »Puck, hast du eine Minute Zeit? Ich wollte noch ein paar Dinge mit dir besprechen.«

»Sicher«, sagte Puck. »Lass mich erst einen Platz für Becs finden.«

Mein neu entdecktes Selbstvertrauen schwand. Es war nie die Rede davon gewesen, dass er mich auf der Party allein lassen würde. Ich ließ meinen Blick wieder über die Party wandern, die mir auf einmal einen wesentlich finstereren und furchteinflößenderen Eindruck machte. Die Mädchen schienen verschreckt herumzuschleichen, so, als ob ihnen gleich jemand Schläge versetzen würde, wenn sie nicht aufpassten. Die Männer schienen größer zu sein. Und übellauniger.

Ich nahm schnell einen Schluck Bier und zwang mich zur Ruhe. Die wahre Bedrohung steckte in meinem Kopf.

»Hey, würde ich dich hier je ganz alleine lassen?«, fragte Puck leise, während wir weggingen.

»Ich glaube, du hast meine Gedanken gelesen«, sagte ich nervös. »Ich will nicht allein sein.«

»Wir suchen Darcy. Du kannst bei ihr bleiben, bis ich fertig bin. Danach hol ich dich wieder ab. Vergiss nicht, wenn du mit mir zusammen bist, bist du mit dem ganzen Club verbunden. Wir sind alle für dich da, Becs. Du magst dich hier vielleicht nicht sicher fühlen, aber du bist es. Niemand kann dir wehtun, solange wir zusammen sind. Jeder Mann hier drinnen ist mein Bruder, und eines Tages werden die Frauen deine Schwestern sein. Darcy ist wahrscheinlich in der Küche.«

Puck marschierte quer durch den Raum, zwischen Männer- und Frauengrüppchen hindurch, die die ehemalige Bar bevölkerten. Eine ganze Reihe der Frauen waren Alte Ladys, fiel mir auf. Einige trugen Kutten, und andere verströmten ein Selbstvertrauen, das zeigte, dass sie einfach dazugehörten. Ich sah auch einige der Männer, die ich unten in Kalifornien getroffen hatte. Einen riesengroßen Reaper, an dessen Namen ich mich noch erinnerte. Horse. An seinem Arm klebte eine kleine, lebhafte Braunhaarige. Als sie über etwas lachte, klang es freundlich und glücklich.

Da war noch einer, an den ich mich erinnerte. Rooper? Booger? Shit, sein Name fiel mir nicht ein. Er war allein, aber als ein Mädchen mit einem Drink zu ihm kam und versuchte, sich an ihn zu schmiegen, schickte er sie weiter.

Im hinteren rechten Bereich der Bar war ein Gang. Als wir ihn betraten und weitergingen, wurde die Musik lauter. Auf der linken Seite waren einige Türen, von denen zwei als Toiletten markiert waren. Dann kamen wir an einer offenen Tür vorbei. Ich warf einen Blick in den großen Raum und sah einen schweren Holztisch. An einer Wand hingen mehrere, offensichtlich alte Kutten mit den Aufnähern der Silver Bastards. Puck runzelte die Stirn und schloss die Tür.

Okay, hier fanden wohl die Gottesdienste statt.

Der Flur öffnete sich zu einem großen Küchenbereich. An dem einen Ende stand ein Grill. Mehrere Frauen drängten sich rund um einen Tresen in der Mitte und richteten Platten mit Essen her. Darcy gab ihnen Anweisungen. Als sie mich entdeckte, trat ein breites Lächeln auf ihr Gesicht.

»Becca!«, rief sie und kam, sich sexy in den Hüften wiegend, auf mich zugeschlendert. Sie musste fast fünfzehn Jahre älter als ich sein, vielleicht sogar noch mehr, doch die Frau wusste immer noch, wie man sich bewegte.

»Ich muss mit Boonie und Picnic reden«, sagte Puck. »Kannst du bitte ein Auge auf Becca haben, damit sie sich hier wie zu Hause fühlt? Ich will sie nicht alleine lassen, zumindest erst, wenn sie sich wohlfühlt.«

Darcy nickte, während ein verständnisvoller Ausdruck über ihr Gesicht huschte. Im Lauf der Jahre hatte ich mich immer wieder gefragt, wie viel sie über mich wusste. Bei den Longnecks erfuhren die Frauen nie irgendwelche Geheimnisse. Ich hatte vermutet, dass Darcy über fast alles, was sich bei den Bastards tat, Bescheid wusste, unter anderem eben auch, wo und unter welchen Umständen sie mich gefunden hatten. Ihr Gesichtsausdruck hatte mir nun diese Vermutung bestätigt.

»Kannst du mir helfen?«, fragte sie. »Wir haben draußen ein Büfett aufgebaut, und die erste Runde wurde schon aufgegessen. Jetzt füllen wir alles wieder auf und bereiten die Nachspeise vor. Heute Abend gibt es nur Aufschnitt, nichts Besonderes. Meine Damen, das hier ist Becca.«

Die Frauen lächelten mich an und murmelten »Hallo«, während ich mir am Spülbecken die Hände wusch. Ich hatte gerade meinen Platz eingenommen und war dabei, Käsescheiben zu verteilen, als Carlie durch die hintere Tür hereinkam.

»Das Fass muss man bald austauschen«, verkündete sie. Dann sah sie mich. Ich hielt die Luft an – sie hatte etwas mit Puck gehabt. Und das war nun vorbei. Und jetzt?

»Hey, Becca«, sagte sie fröhlich. Zu fröhlich? »Deep hat erzählt, dass du heute vielleicht kommst. Hab gehört, dass du nun mit Puck zusammen bist. Freut mich für dich.«

Ja, entschieden zu fröhlich. Sie wollte immer noch was von ihm. Das hielt sie allerdings nicht davon ab, zu mir rüberzukommen und mich mit anscheinend ehrlich gemeinter Freude zu umarmen. Zu meiner Überraschung nutzte sie die Gelegenheit, um mir etwas ins Ohr zu flüstern: »Wir sind beide große Mädchen, oder?«, sagte sie. »Ich freue mich für dich und Puck und hab kein Problem mit dir. Aber diese Zicken hier warten nur darauf, dass ich zu heulen anfange oder so. Und ich will verdammt sein, wenn ich das tue. Es würde mir viel bedeuten, wenn du mich so behandeln würdest, als ob wir schon eine Weile Freundinnen wären. So könntest du mir helfen, das Gesicht zu wahren.«

Dann trat sie zurück und sah mich mit einem Hauch von Verzweiflung im Blick an.

»Ich wusste ja gar nicht, dass ihr euch kennt«, bemerkte jemand mit durchtriebener und gehässiger Stimme. Als ich aufsah, warf Darcy gerade einem Mädchen in sehr kurzen Shorts und Bikinitop einen Blick zu. Ich kannte sie natürlich. Bridget Marks – schon auf der Highschool war sie eine Fotze gewesen, und seitdem hatte sie sich anscheinend nicht verändert.

Ich verspürte plötzlich Mitgefühl für Carlie.

»Wir kennen uns schon ewig«, sagte ich laut. »Carlie und ich hatten in letzter Zeit nur wenig Gelegenheit, was zusammen zu unternehmen. Mit all der Arbeit und der Schule bin ich noch immer ziemlich eingespannt, weißt du? Dich hab ich auch schon lange nicht mehr gesehen, Bridget. Wie geht's dir? Hast du inzwischen deinen Abschluss gemacht?«

Und mit einem Mal hatten sich die Machtverhältnisse im Raum verschoben, von Bridget zu mir. Denn sie hatte die Schule abgebrochen, das wusste jeder. Sonst hatte sie auch nicht viel geleistet, außer sich von zwei verschiedenen Typen schwängern zu lassen. Nicht, dass sie jetzt die Kinder großzog, oh nein. Die hatte sie bei ihrer Mom abgeladen, um weiterfeiern zu können.

Carlie legte mir einen Arm um die Schultern und lachte. »Du hast mir gefehlt, Becca.«

Die Behauptung war so lächerlich, dass ich selbst lachen musste. Ausmanövriert stampfte Bridget den Flur hinunter. Eigentlich gefiel mir Carlie, entschied ich. Was für eine Überraschung! Ich trank mein Bier aus und dachte mir, dass vielleicht doch noch alles ein gutes Ende nehmen würde.

»Becca, hast du einen Moment Zeit?«, fragte Darcy.

»Sicher«, sagte ich, während ich mich fragte, ob sie uns wegen unseres kleinen Spielchens zur Rede stellen würde.

Oh weh. Als ich hinter ihr hinausging, landeten wir in einem großen eingezäunten Bereich. In einem Ring aus Steinen brannte ein Lagerfeuer, und aus großen Lautsprechern dröhnte die Musik.

»Hier drüben«, sagte sie und packte eine Seite eines Mülleimers neben einem mit Essen beladenen Tisch. Hier draußen waren doch einige Leute, wenn auch nicht eine Riesenmenge. Vielleicht dreißig Personen? »Kannst du mir helfen, das wegzubringen?«

Ich packte den anderen Griff, und zusammen schleppten wir die Tonne Richtung Tor an der Seite des Zauns. Ein Mann mit Silver-Bastards-Kutte öffnete es stirnrunzelnd für uns.

»Kann ich dir helfen, Darcy?«

»Geht schon«, sagte sie fröhlich. Dann waren wir draußen und marschierten an der Seite des Gebäudes entlang, wo es deutlich leiser war. »Vielen Dank für deine Hilfe. Ich wollte mit dir reden und dachte mir, dass wir uns gleichzeitig um das hier kümmern könnten. Das ist der einzige Weg, um sich hier mal in aller Ruhe zu unterhalten, weißt du?«

»Ja, das kann ich mir vorstellen«, erwiderte ich in der Hoffnung, nicht gleich Ärger zu bekommen. »Worum geht's denn?«

»Ich wollte nur hören, ob es dir gut geht«, sagte sie. »Du und Puck, ihr kennt euch jetzt schon eine ganze Weile. Trotzdem ging nun alles sehr schnell. Diese Jungs fackeln nicht lange, wenn sie beschlossen haben, dass sie ein bestimmtes Mädchen haben wollen. Ist bei dir alles in Ordnung?«

Ich stolperte im Dunkeln über einen Stein und hätte beinahe meine Seite der Plastiktonne ausgelassen. Wir blieben einen Moment stehen, um zu verschnaufen.

»Ich denke, es geht mir gut«, sagte ich schließlich. »Du weißt, wie ich in Callup gelandet bin?«

»Ich weiß alles, was Boonie weiß, zumindest, was dich angeht«, gab sie zu. »Und ich habe natürlich das gehört, was du neulich in der Bar gesagt hast.«

Ups. Meine öffentliche Beichte hatte ich ja ganz vergessen. »Ich wette, Carlie würde zu gerne wissen, was da los war.«

»Carlie ist ein gutes Mädchen«, antwortete Darcy. »Sie war in Puck verknallt, du weißt, wie das in einem Club läuft. Er steht nicht auf sie, und als ihm klar wurde, dass Gefühle im Spiel waren, hat er das Ganze beendet. Das Beste, was er tun konnte. Du hast sie vorhin gerettet. Einige dieser Zicken können es nicht erwarten, das Seil durchzuschneiden, wenn ein Mädchen abstürzt.«

»So sind Frauen nun mal«, sagte ich langsam.

Darcy runzelte die Stirn.

»Nicht alle Frauen«, erwiderte sie mit harter Stimme. »Diese Mädchen kommen hier an, ficken mit einem der Jungs und denken dann, sie gehören zu uns. Ist mir völlig egal, wie viele Brüder eine gevögelt hat – wer einer der Schwestern dumm kommt, wird sich bald umschauen. Wir müssen zusammenhalten. Carlie ist noch keine Alte Lady, aber in meinen Augen ist sie trotzdem eine Schwester.«

»Darf ich dich was fragen?«

»Sicher. Ich weiß nicht, ob ich dir eine Antwort geben werde. Aber wenn ich kann, dann tue ich es.«

»Die Longnecks – das ist der Motorradclub, mit dem mein Stiefvater abhing – hatten eine Menge Clubhuren. Ist das bei den Silver Bastards auch so?«

»Ja«, antwortete sie. »Wir leben in einem freien Land, und die Brüder bringen ständig Gäste hierher. Manche von ihnen bleiben länger, andere nicht. Manche stellen fest, dass sie hier nicht so willkommen sind, wie sie dachten.«

»Ärgert dich das nicht?«

»Boonies Schwanz ist für mich das Einzige, was zählt«, antwortete sie in nüchternem Tonfall. »Was die Frauen angeht, interessiert es mich weniger, mit wem sie schlafen, als was sie ansonsten anstellen. Wie gesagt, wer sich mit den Schwestern anlegt, ist schnell wieder weg. Bridget wird nicht wiederkommen, wenn sie weiterhin so eine Scheiße von sich gibt.«

»Bei den Longnecks durften Alte Ladys nicht diese Entscheidungen treffen.«

Darcy setzte ein süßes Lächeln auf. »Bei den Silver Bastards dürfen wir das auch nicht. Doch irgendwie werden trotzdem auf magische Weise die richtigen Entscheidungen getroffen. Niemand weiß, wie das vor sich geht. Vermutlich ist es einfach unser gutes Karma, das für uns arbeitet.«

Mir fiel die Kinnlade runter. Darcy zwinkerte mir zu.

»Du glaubst, dass uns die Männer nicht brauchen?«, fragte sie. »Boonie schläft gerne neben mir. Wenn die Alten Ladys ein Mädelswochenende in Seattle machen, ist ihm kalt, und er fühlt sich einsam. Wenn wir nicht zurückkämen, wäre es noch viel kälter und einsamer. Und einmal haben wir es fast eine Woche lang vergessen. Zum Glück kam wieder alles ins Lot, und wir fanden den Weg nach Hause. Heutzutage läuft jedoch meist alles besser, und es werden schneller Lösungen gefunden.«

Ich machte große Augen.

»Ernsthaft?«

»Seh ich aus wie eine Frau, die sich verarschen lässt?«

Da blieb mir nichts mehr zu sagen.

»Lass uns den Müll wegbringen. Ich bin sicher, dass Puck dich bald abholt. Aber vorher will ich dich noch all den Mädels vorstellen. Der Junge ist verrückt nach dir – echt süß. Wie ein Pitbull, der sich in ein Kätzchen verknallt hat.«

Lachend packte ich meine Seite der Tonne, die wir bis vors Haus schleppten. Einer der Anwärter kam angerannt, zog die Mülltüte heraus und knotete sie zu. Dann warf er sie auf die Ladefläche eines alten Pickups am Ende des Parkplatzes. Danach machten wir uns auf den Rückweg.

»Was macht die Schule?«, fragte Darcy. »Morgan ist schwanger und hat gesagt, dass sie eine Weile aussetzen möchte, wenn das Baby da ist. Ich könnte im Laden gut deine Hilfe gebrauchen.«

»Ich bekomme meine Lizenz erst in sechs Monaten«, gab ich zu. »Ich kann nicht ganztags zur Schule gehen, wenn ich ständig bis drei Uhr morgens arbeiten muss.«

Darcy nickte nachdenklich. Dann waren wir wieder am Tor angekommen. Als ich reinging, entdeckte ich Puck und Painter, wie sie sich gerade Pappteller am Büfett vollluden.

»Geh zu deinem Jungen zum Spielen«, sagte Darcy zu mir. »Genießt euren freien Abend zusammen.«

Eifrig nickend marschierte ich zu ihm. Dabei fiel mir auf, dass die Party draußen langsam in Gang kam. Ein paar Mädchen tanzten, und eine davon hatte sogar ihr Shirt ausgezogen. Als Puck mich sah, grinste er mich an und gab mir einen Becher Bier.

»Versuchst du, mich betrunken zu machen?«

»Nur so bekommt der arme Bastard Sex«, erläuterte Painter. »Du solltest ihm später einen schönen Mitleidsfick geben. Sonst winselt und jammert er die ganze Nacht. Wird halt langsam alt.«

»Verpiss dich einfach«, sagte Puck zu ihm, während er mich für einen Kuss an sich zog. Er schmeckte gut, so wie Whisky. Ich fand später nie heraus, was aus dem Bier geworden war, das ich in der Hand gehalten hatte, denn fünf Sekunden später hatte ich meine Beine um seine Taille geschlungen, und er spazierte über das Gras auf den hinteren Teil des Geländes zu. Sein harter Schwanz presste sich zwischen meine Beine, und meine Finger gruben sich verzweifelt in sein Haar.

Ich hörte vereinzelte Rufe und Pfiffe, und eine Sekunde lang stiegen die Erinnerungen an eine Party vor vielen Jahren in mir auf. Eine, wo mich ein anderer Biker in die Dunkelheit gezerrt hatte. Er hatte mich mit sich gezerrt und mir wehgetan.

Schließlich kamen wir hinten an, wo mich Puck auf einem Holztisch absetzte.

»Fuck, ich bin verrückt nach dir«, murmelte er. Meine Erinnerungen verblassten augenblicklich. Er stand zwischen meinen Beinen und ließ keinen Zweifel daran, dass er seine Worte ernst meinte. »Ich weiß, dass du dir Sorgen wegen heute Abend gemacht hast, aber du machst das super. Sag, dass ich aufhören soll, sonst ficke ich dich genau hier, Becca. Ich glaub nicht, dass ich noch länger warten kann.«

Noch immer war Musik zu vernehmen, doch hier hinten hüllte uns die Dunkelheit ein. Es fühlte sich seltsam abgeschieden an, trotz all der Leute. Eine Reihe niedriger Büsche schirmte uns zum Großteil ab. Puck zog mein Tanktop herab, um meine Brust aus dem BH zu heben. Dann bedeckte er die linke Brustwarze mit seinem Mund, und die Lust überwältigte mich. Ich ließ mich nach hinten auf den Tisch fallen, er beugte sich über mich und ließ seine Hände nach unten wandern.

Da wurde mir klar, dass ich einen ernsthaften taktischen Fehler begangen hatte.

»Mannomann, sind diese Jeans eng«, grinste er, als er nach Luft schnappen musste. An meiner Taille spürte ich seine Finger, die vergeblich versuchten, in die Hose zu schlüpfen. »Wie ein verdammter Keuschheitsgürtel.«

Ich verkniff mir ein Kichern und drückte gegen seine Brust.

»Lass mich aufstehen, dann kümmere ich mich darum.« Er knurrte und richtete sich auf, um mir Platz zu machen. Ich rutschte vom Tisch und griff an meinen Reißverschluss. Unglücklicherweise musste ich dabei an seinen Reißverschluss denken, was mich ablenkte. Wenige Sekunden später hatte ich seinen Schwanz herausgeholt und wichste ihn kräftig mit meiner Hand, während er stöhnte.

Das Geräusch erinnerte mich an unsere erste gemeinsame Nacht, die ja ganz gut angefangen hatte.

Ich kniete mich nieder und beschloss, es wiedergutzumachen.

»Becca …«

Ich lachte, als ich ihn tief in mich aufnahm, sodass er die Vibrationen meines Lachens spüren konnte. Nachdem meine Finger seine Eier gefunden hatten, schmeckte ich ein paar salzige Lusttropfen. Puck schwankte, legte mir aber dann die Hand auf den Kopf, um mich zu führen.

»Ich könnte dir stundenlang dabei zusehen«, sagte er. »Wie du vor mir kniest mit feuchten, glänzenden Lippen, nachdem du meinen Schwanz gelutscht hast. Da fehlt nur noch eines.«

Plötzlich zogen seine Finger an meinen Haaren und lösten den Zopf, sodass mir mein Haar auf die Schultern fiel. Ich öffnete meinen Mund, um ihn wieder in mich aufzunehmen, und genoss den Geschmack. Was auch immer morgen passieren mochte – in diesem Moment gehörte Puck Redhouse mir. Mir allein.

Puck

Mund oder Muschi? Fuck, ich konnte mich nicht entscheiden, was ich mehr liebte. Aber ich hatte etwas gelernt: Egal, an welchem Ort im Inneren von Beccas Körper ich mich gerade befand, ich wollte einfach für immer dort bleiben. Doch ihre verdammten Jeans würde ich morgen entsorgen. Da kann eine Frau in einer Hose noch so fickbar aussehen – wenn man das verdammte Ding nicht runterkriegt, sobald es an der Zeit ist, ihr an den Hintern zu gehen, ist es für meine Bedürfnisse völlig ungeeignet.

Beccas Zunge fuhr am unteren Ende meines Schwanzes entlang, während ihre Finger meine Eier bearbeiteten. Wenn sie so weitermachte, würde ich bald kommen. Und schon konnte ich eine Entscheidung treffen.

Muschi.

Indem ich an ihrem Haar zog, befreite ich mich und zog sie zugleich hoch, sodass sie vor mir stand. Ein zufriedenes Lächeln wölbte ihren süßen Mund. Meine Hände glitten hinunter zu ihrer Taille, wo sie an der Jeans herumfummelten.

»Zieh endlich diese dämliche Hose aus«, knurrte ich vor lauter frustrierter Lust.

Sie machte große Augen.

»Ich dachte …?«

»Runter mit der verdammten Hose«, wiederholte ich, während ich an meinen Schwanz griff. »Ich will rein. Jetzt.«

Das Verlangen verdunkelte ihre Miene. In der Ferne hörte ich jemanden rufen, aber es war mir so was von scheißegal, was gerade auf der Party los war. Becca öffnete ihren Reißverschluss und zog die Hose mit viel Hüft- und Hinterngewackel hinunter.

»Verdammt, ich hab diese Stiefel an …«

Ich packte sie an der Schulter, drehte sie um und beugte sie über den Tisch. Ihre Hände streckten sich nach vorne, als sie sich abstützen wollte. Und schon drängte sich mein Schwanz an ihren Arsch. Da kamen Erinnerungen hoch – wie heiß sie gewesen war, wie eng. Ich wollte wirklich wieder da rein, und wie! Ihr Körper verkrampfte sich, weshalb ich ihre Hüfte streichelte und dann zwischen uns griff, um ihre glitschig-süße Muschi zu finden.

Ja, sie war bereit.

Irgendwie gelang es mir, lange genug durchzuhalten und noch schnell ein Kondom überzustreifen. Ich musste sie so schnell wie möglich dazu bringen, die Pille zu nehmen – als ich sie neulich ohne alles gefickt hatte, war das ein unglaubliches Gefühl gewesen. So wollte ich sie immer haben. Das Kondom schnalzte an seinen Platz, ich glitt in sie hinein und füllte sie mit einem kräftigen Stoß meiner Hüften ganz aus. Becca quiekte, und ich packte sie bei den Schultern, um so jede Bewegung ihres Körpers kontrollieren zu können.

Jetzt gehörte er mir.

Ich begann mit kräftigen, gleichmäßigen Stößen, obwohl ich nicht so tief wie sonst eindringen konnte. Ihre Hose quetschte ihre Beine seltsam aneinander. Irgendwie funktionierte es trotzdem – auf diese Weise presste sie meinen Schwanz sogar noch stärker zusammen. Jede Bewegung brachte mich näher zum Höhepunkt, während sich mein Samen in meinen Eiern sammelte. Ich erstarrte und hielt eine Sekunde lang inne, weil ich noch nicht kommen wollte.

»Puck …«, flüsterte Becca, während sich ihr Körper von innen an den meinen klammerte. Ich glaube, mein Herz blieb stehen, bis sie mich wieder losließ. Dann tat sie es noch einmal und wackelte dabei mit den Hüften nach hinten. »Fick mich, Baby. Ich bin fast so weit.«

Ich wickelte mir eine Handvoll ihrer Haare um die Hand und zog ihren Kopf zurück, während ich richtig zustieß. Meine andere Hand umklammerte ihre Hüfte so fest, dass ich wahrscheinlich Spuren hinterließ. Becca wand sich und schnappte jedes Mal nach Luft, wenn ich in sie eindrang. Wenn ich ihn wieder rauszog, wimmerte sie.

Das war der Moment, in dem ich wirklich loslegte.

Im Hintergrund spielte Musik. Menschen riefen und lachten, und sicher beobachteten uns auch einige von ihnen. Das war mir egal. Meine ganze Welt hatte sich auf den Anblick ihres Arschs verengt, der gegen meinen Schwanz prallte, auf ihre auf dem Tisch ausgestreckten Arme, während ich sie fester und fester durchfickte. Dann kreischte sie und explodierte förmlich. Ihre Muschi quetschte mich so stark zusammen, dass es wehtat. Ich drängte mich hindurch, denn ich war meiner eigenen Erlösung schon verdammt nah.

Da kam es schon. Geschmolzene Lava schoss aus meinen Eiern, während mir schwarz vor Augen wurde. Einen Moment lang schwebte ich frei im Raum und wartete darauf, dass die Realität wieder Besitz von mir ergriff.

Oh Mann. *Oh Mann.*

Ich griff nach unten, um das Kondom festzuhalten, und zog langsam meinen Schwanz raus, obwohl ich mir wünschte, für immer da drinnen zu bleiben. Becca war über dem Tisch zusammengebrochen und keuchte so heftig, dass ihr Rücken auf- und niederging. Ihr Arsch reizte mich, und obwohl ich gerade so intensiv gekommen war, wollte ich sie schon wieder. Gleich hier und jetzt.

Beim ersten Mal hatte ich ihr wehgetan. Jetzt musste ich ihr zeigen, dass das nicht so sein musste. Doch heute Abend war das wohl nicht drin … Und irgendwann wollte ich meinen Samen in ihrem Gesicht sehen. Und in ihren Haaren. Ihn dort verteilen und sie so für immer markieren.

Mann, ich musste mir echt mal 'ne Liste machen.

Langsam stützte sich Becca ab, wandte sich um und sah mich an. Was für ein wunderschönes Mädchen. Leuchtende Wangen, halb geschlossene Augen, wirres Haar … Ich wollte ihr meinen Namen auf die Stirn tätowieren. Ich würde jeden Mann umbringen, der versuchte, sie anzufassen. Ohne Scheiß.

»Nicht schlecht«, konnte sie gerade noch sagen. Dann kicherte sie, und ich wusste, dass ich echt im Arsch war. Davon würde ich mich nie wieder erholen. Verdammt, ich wollte es nicht mal.

In den Augen des Clubs war Becca Jones vielleicht mein Eigentum, aber in Wirklichkeit gehörte ich ihr. Und es gab nichts, was ich dagegen hätte tun können.

KAPITEL ZWÖLF

Becca

Viel zu viele Gedanken rasten durch meinen Kopf, als wir zur Party zurückkehrten. Ich wartete darauf, dass die Angst wiederkam. Ich sollte mir Sorgen darüber machen, dass mich Puck mit anderen Männern teilen würde. Mit wem ich als Nächstes mitgehen müsste. Wie viel sie mich zwingen würden zu trinken oder ob ich Drogen nehmen müsste …

Stattdessen zwickte meine Hose an einigen Stellen, und am Bauch hatte ich ein paar Schürfwunden. Wahrscheinlich hatte ich mir auch einen Splitter eingezogen. Ansonsten fühlte ich mich gut.

Glücklich.

Immer wenn ich daran dachte, was wir gerade getan hatten, musste ich wieder loskichern. Puck glaubte wahrscheinlich, dass ich betrunken war. Aber das war ich gar nicht. Nicht mal wirklich angeheitert. Nein, ich musste nur ständig daran denken, dass ich gewonnen hatte.

Becca Jones war zu einer Frau geworden, die sich mit ihrem süßen Freund auf einer Party vergnügen konnte – okay, das war wahrscheinlich nicht die richtige Bezeichnung für Puck, aber man versteht doch wohl, was ich meine.

Und nicht nur das: Keiner machte sich die Mühe, mich anzustarren, obwohl ich etwas angeschlagen und eindeutig gut durchgefickt aussah. Sie waren zu sehr damit beschäftigt, zwei halb nackte Mädchen anzustarren, die miteinander rummachten. So war es – nicht ein einziger Mensch interessierte sich dafür, was ich gerade da hinten im Dunkeln getrieben hatte. Ein verdammt befreiendes Gefühl.

Als wir am Büfett vorbeikamen, merkte ich erst, wie hungrig ich war. Ich war sozusagen am Verhungern. Hatte wohl nach unserer Nummer Appetit bekommen.

»Lass uns was zu essen holen«, sagte ich. »Ich glaube, ich habe dich vorher dabei unterbrochen.«

»Nur zu deiner Information: Das kannst du jederzeit tun, wenn du Lust hast«, sagte Puck zu mir. »Dann würde ich als glücklicher Mann sterben.«

»Bisschen melodramatisch, was?«

Er drückte liebevoll meinen Hintern (allmählich konnte ich da ein gewisses Muster erkennen), und wir schnappten uns Pappteller, auf die wir unser Essen luden. Anschließend suchten wir uns einen Platz an einem Tisch, der etwas näher am Feuer stand.

»Puck«, sagte ein Mann. »Erzähl uns was über dein Mädchen.«

Demon und Deep, die beiden Brüder, die fast wie Zwillinge aussahen, setzten sich uns gegenüber an den Tisch. Ich hatte sie schon in der Stadt gesehen und hatte sie auch bedient, aber noch nie richtig mit ihnen gesprochen.

»Ihr kennt Becca«, sagte Puck. »Sie arbeitet im Moose, erinnert ihr euch?«

»Hi«, sagte ich und hoffte, dass ich nicht irgendwas Ekliges zwischen den Zähnen hatte.

»Hab gehört, dass du letztens einen kleinen Zusammenstoß hattest«, sagte Demon. »Geht's dir gut?«

Zusammenstoß? Oh ja, der Fummelschüler. Igitt.

»Es war keine große Sache«, antwortete ich. »Eines der Arschlöcher von der Academy hat versucht, mich anzugrabschen. Ich hab mich um ihn gekümmert.«

Die Erinnerung, wie er kreischend auf dem Boden herumrollte, ließ mich lächeln. Puck knurrte frustriert, und Deep lachte laut los.

»Darcy hat gesagt, dass sie ihm fast die Eier abgerissen hat«, sagte er. »Pass besser auf deine auf. Würde mir sehr leid für dich tun, wenn du einen kleinen Unfall hättest.«

»Ihr seid unglaublich komisch, alle beide. Ernsthaft, wenn dieser Typ sich hier je wieder blicken lässt, sagt ihr mir Bescheid. Dann bring ich ihn um.«

Puck machte keine Witze.

»Teresa hat ihn für immer vor die Tür gesetzt«, sagte ich. »Selbst wenn sie das nicht getan hätte, bräuchte ich mir, glaub ich, keine Sorgen machen. Da war noch ein anderer Junge dort, mit dunklen Haaren. Ich denke, du hast ihn auch kennengelernt.« Puck erstarrte. »Er schien ziemlich sauer deswegen zu sein. Hat sich sogar für das Benehmen seines Freundes entschuldigt. Und zwar bei Darcy. Ist das nicht interessant?«

»Faszinierend«, knurrte Puck.

»Gut, dass deine Frau jemanden hatte, der sie beschützt hat«, sagte Deep im Plauderton. »Aber mach dir keine Sorgen – es wird ihr schon nichts passieren. Höchstwahrscheinlich. Im Moose geht es hoch her, und die Typen, die dort hingehen, kämpfen gerne, aber … nun ja, so ist es eben. Hast du eine Pistole, Becca?«

»Halt die Fresse«, sagte Puck und stand plötzlich auf. »Becca, willst du noch einen Drink?«

»Ja«, sagte ich, während ich mir überlegte, ob ich mir mit einem Tritt gegen Deeps Schienbein Ärger einhandeln würde. Wäre es vielleicht sogar wert.

»Bin gleich wieder da«, sagte Puck. »Deep und Demon passen auf dich auf, o.k.?«

Demon nickte und grinste dämlich, als Puck wegging.

»Du hast ihn verscheucht«, beschuldigte ich ihn.

»So isses«, sagte Deep. »Wollte mit dir über Carlie reden.«

Ich schüttelte meinen Kopf. »Da gibt es nichts zu sagen.«

»Du weißt, dass sie mit ihm gevögelt hat, oder?«

»Darüber will ich nicht reden.«

»Solltest du aber«, antwortete er. »Weil ich gehört habe, dass ihr jetzt BFFs seid, was mir komisch vorkommt. Mädels machen so was nicht. Was zum Teufel ist da los?«

Hatte ich mich verhört? Oder hatte ich nur vergessen, wie schnell sich Klatsch in einem Club rumsprach … Und seit wann verwendeten Biker den Ausdruck »Best Friends Forever«? Eigentlich hieß es ja, nur Frauen würden gerne tratschen, doch meiner Erfahrung nach waren die Typen sogar noch schlimmer.

Hier hatten wir ein typisches Beispiel.

»Ist es so ungewöhnlich, dass sich zwei Frauen freundschaftlich umarmen?«

»Ja, schon, besonders wenn eine von ihnen mit dem Typen fickt, den davor die andere hatte.«

»Was interessiert dich das?«

»Carlie gehört mir. Ich will wissen, was in ihrem Kopf vor sich geht. Vielleicht kannst du es mir sagen.«

Das ließ mich stirnrunzelnd innehalten.

»Was?«, fragte ich.

»Sie gehört mir.«

»Aber sie hat mit Puck geschlafen.«

»Ich habe die Hälfte aller Frauen hier heute Abend gebumst, sogar ein paar der Alten Ladys. Das ändert nichts daran, dass Carlie mir gehört. Ich will wissen, ob sie über Puck hinweg ist. Was hat sie zu dir gesagt?«

Das war vermutlich die eigenartigste Unterhaltung, die ich je geführt habe. Doch eins wusste ich genau. Es verstieß gegen die Regeln, das, was mir Carlie gesagt hatte, weiterzuerzählen.

»Sie wollte einfach nur Hallo sagen.«

Deep starrte mich an, und ich starrte zurück. Keiner von uns beiden blinzelte.

In dem Moment fing Demon zu lachen an. »Da kommst du nicht weiter, Bro. Lass es bleiben.«

Als der Augenblick vorüber war, beschloss ich, mich intensiv mit meinem Sandwich zu beschäftigen. Diese Diskussion musste ein Ende haben. Zum Glück kam ein anderer Mann vorbei und setzte sich zu den Brüdern an unseren Tisch. Er machte sich nicht die Mühe, mit mir zu reden, was mir gerade recht war. Diese Kartoffelchips wollten schließlich auch noch gegessen werden. Ich musste mich konzentrieren.

»Habt ihr schon die Neuigkeiten gehört?«, fragte der neue Typ.

»Welche denn?«

»Bozeman Chapter – die Alte Lady des President hat ihn rausgeworfen. Hat ihn erwischt, wie er mit 'ner anderen rumgemacht hat.«

»Sie ist 'ne Zicke«, sagte Demon. »War sie schon immer. Ohne sie ist er besser dran. Versteh sowieso nicht, warum die noch zusammen waren.«

»Wegen dem Geld«, mischte sich Deep ein. »Du weißt doch, dass ihre Familie steinreich ist, oder? Er hätte sie schon vor langer Zeit verlassen sollen – sie versucht seit Jahren, seine Eier wegzusperren. So kann ein Mann doch nicht leben.«

Toll. Puck hatte mich nicht nur allein gelassen, sondern auch noch in einem Nest voller Sexisten abgesetzt. Wobei natürlich so ziemlich alle Typen zu dieser Kategorie gehörten …

»Frauen sollten daheim bleiben«, verkündete der Fremde. »Mit Geld kommen sie nur auf dumme Ideen. Die Zicke hat ihr eigenes Geld und redet zu viel. Hält sich für den Boss.«

»Entschuldigung«, sagte ich abrupt, während ich aufstand. »Ich muss auf die Toilette.«

»Puck hat gesagt, dass du warten sollst«, sagte Deep zu mir. Dabei packte er mich am Arm. Seine Stimme klang ernst. Obwohl er meinen Arm nicht gerade quetschte, spürte ich doch, dass er keinen Scherz machte. »Deshalb wartest du.«

Die Angst, von der ich geglaubt hatte, sie wäre verschwunden, schlug wie eine Welle über mir zusammen. Ich war von großen Männern umgeben. Von furchteinflößenden Männern. Sie konnten tun, was sie wollten, und ich konnte sie nicht davon abhalten. Puck war nicht hier.

»Okay«, flüsterte ich und schluckte.

»Mann, jetzt benimm dich nicht wie ein Arschloch«, sagte Demon zu seinem Bruder. Er sah mich mit ernstem Gesicht an. »Noch weiß nicht jeder, wer du bist, Becca. Puck will nur, dass dir nichts passiert. Deshalb hat er dich gebeten, hier bei uns zu bleiben. Deep ist nur angepisst, weil du ihm nicht erzählen willst, was Carlie gesagt hat.«

Ich schluckte und versuchte, mir einzureden, dass Deep vielleicht groß und tough war, aber auf einer anderen Ebene nur ein jammernder, kleiner

Junge, der ein Spielzeug haben wollte. Nicht, dass das irgendwas geändert hätte. Kleine Jungs machten ständig ihr Spielzeug kaputt.

»Hier ist dein Bier«, sagte Puck und ließ sich neben mir nieder. »Alles in Ordnung?«

Ich nickte, während ich Deep unverwandt anstarrte.

»Könnte nicht besser sein.«

Vorhin war ich nicht betrunken gewesen, doch jetzt sah die Sache schon anders aus. Ja, das Zimmer schwankte eindeutig hin und her. Ich stand in einer lächerlich winzigen Toilette und wusch mir energisch die Hände. Ich war so dumm gewesen, die Klobrille zu berühren, und obwohl die Klos zu Beginn der Party zweifellos mehr oder weniger sauber gewesen waren (Darcy kam mir nicht wie eine Frau vor, die Schmutz duldete), wünschte ich mir jetzt doch, dass ich irgendwo draußen gepinkelt hätte. Ein paar dieser Typen konnten echt nicht zielen …

Puck wartete im Flur auf mich. Ich hatte mir gerade die Hände an meiner Jeans abgewischt (Papierhandtücher gab's nicht mehr – sollte ich vielleicht jemandem Bescheid sagen?), als ich Schreie hörte. Ich öffnete die Tür und lugte vorsichtig hinaus. Puck war verschwunden. Aus dem Hauptraum drangen weitere Schreie, danach ein lautes Krachen.

Shit.

Ich schlich hinaus und machte mich dabei möglichst klein. Schließlich wollte ich nicht mitten in einer Schlägerei landen. Doch wenn Puck weggegangen war, musste es um etwas Ernstes gehen. Ich konnte mich nicht einfach im Klo verstecken.

Am Ende des Flurs stand eine Gruppe von Mädchen, die aufgeregt miteinander redeten.

»Was ist los?«, fragte ich, bevor ich merkte, dass eines der Mädchen Bridget war. Zum Glück war sie zu aufgeregt, um herumzuzicken.

»Einer der Reapers kämpft mit Clay Allen«, sagte sie. »Er ist ein Hangaround. Kam mit einem Mädchen hier rein, und der Typ ist einfach durchgedreht.«

»Ist Puck dabei?«

»Oh ja …«, antwortete sie mit schadenfrohem Unterton.

Toll.

»Entschuldigung«, sagte ich, wobei ich mich durchquetschte. Eine Mauer aus großen, breiten Rücken nahm mir die Sicht, weshalb ich rüber zur Bar rannte und hinaufkletterte, um zu sehen, ob mein Mann mitkämpfte. Ich hoffte sehr, dass ich mich täuschte. Denn ich hatte hier noch keine Kaffeekannen entdeckt, mit denen ich ihm hätte beistehen können.

Ich entdeckte Puck sofort. Er kämpfte nicht, sondern stand nur in einem Ring aus Bikern, die zusahen, wie Painter den unglückseligen Clay Allen zu Brei schlug. Ich hatte seinen Namen nie zuvor gehört. Er war nicht aus Callup.

Eine Frau kreischte, und ich sah, dass der President des Reapers MC jemanden in seinen muskulösen Armen gefangen hielt. Sie kickte und kreischte stinkwütend herum.

»Du Arschloch!«, brüllte sie.

Ich konnte nicht sagen, ob sie Painter, Picnic oder den Typen auf dem Boden meinte. Der große Mann mit dem grimmigen Gesicht hielt sie nur noch fester.

Painter schlug heftig auf Allen ein. Bei jedem Schlag waren schmerzhaft feucht-klatschende Geräusche im ganzen Raum zu hören. Nach einer gefühlten Ewigkeit schritt Puck ein, packte Painter und zog ihn zurück. Der schüttelte ihn ab, bereit, wieder zuzuschlagen. Doch als Puck etwas zu ihm sagte, hielt der große blonde Mann keuchend inne.

»Schafft ihn hier raus«, befahl Painter. Keiner bewegte sich. »Schafft ihn hier raus, verdammte Scheiße, bevor ich ihn umlege!«

»Fuck«, sagte Horse und trat vor, um Allen unter den Armen zu packen. Eine Gasse öffnete sich für ihn, sodass er den Mann aus dem Clubhaus ziehen konnte. Painter wandte sich zu dem Mädchen um und marschierte zielstrebig und mit drohender Miene auf sie zu. Picnic schob sie schnell hinter seinen Körper. Dann wandte er sich wieder um und starrte Painter mit verschränkten Armen nieder.

»Lass es gut sein, Junge.«

»Das geht dich nichts an«, knurrte Painter. »Sie ist schließlich hierhergekommen.«

»Ich wusste nicht mal, wo wir hinfahren!«, brüllte sie hinter dem Rücken des Reapers hervor. »Es war nur ein Date, du Arschloch.«

»Er ist ein verdammter Biker. Du hast gegen unsere Abmachung verstoßen, Mel. Schwing deinen Hintern hier rüber.«

»Lass es gut sein«, wiederholte Picnic mit fester Stimme. »Ich hab keine Lust, mich heute mit diesem Scheiß zu befassen. Painter, schau, dass du nach Hause kommst. Melanie, du bleibst bei mir.«

Painter knurrte. Dann schob das Mädchen Picnic einfach zur Seite, was mich völlig überraschte. Wie zum Teufel hatte sie das gemacht? Und schon brüllte sie Painter so laut ins Gesicht, dass es mir in den Ohren wehtat.

»Verpiss dich aus meinem Leben, verflucht noch mal! Es geht dich gar nichts an, was ich tue, verdammter Mist.«

»Fuck«, verkündete Picnic. »Ich hab genug von euch beiden.«

Damit drehte er sich um und ging weg. Es dauerte zwar eine Weile, bis es dem Mädchen klar wurde, doch dann trat ein seltsamer Ausdruck auf ihr Gesicht. Painter begann zu lächeln – und es war kein nettes Lächeln.

»Ich fahr dich nach Hause, Mel«, sagte er mit einer Stimme, in der eine leise Drohung mitschwang. »Dort können wir reden. Da sind wir ganz ungestört, weißt du?«

Die unglückliche Melanie sah sich um und begriff, dass sie von Männern umgeben war, die sich dem President der Reapers anschlossen.

»Fuck …«

»Das machen wir vielleicht auch«, sagte Painter. Dann packte er ihre Arme und begann, sie Richtung Tür zu ziehen. Wieder schrie sie, dieses Mal aus Angst. Ich sah, wie sich Darcy mit entschlossener Miene nach vorne drängte. Boonie fing sie ab. Melanie begann, auf Painter einzuschlagen, was ihn nur zum Lachen brachte. Dann warf er sie sich wie ein Feuerwehrmann über die Schulter und trug sie zur Tür hinaus.

Schweigen senkte sich herab. Nach einer Ewigkeit wirbelte Darcy herum und starrte Boonie wütend an, bis er sie losließ. Anschließend starrte sie uns ebenso an.

»Die verdammte Küche ist geschlossen«, verkündete sie. »Ich fahre heim.« Sie stolzierte zur Eingangstür hinaus, ohne sich auch nur umzusehen. Boonie schüttelte seinen Kopf, und ich hörte einige Männer lachen.

Mannomann. Was war da gerade passiert?

»Becca?« Puck stand mit ernstem Gesicht vor mir und sah zu mir herauf. »Soll ich dir runterhelfen?«

»Nein«, sagte ich schnell. Ich musste so schnell wie möglich raus aus diesem Clubhaus, verdammt. Ich hatte zwar keine Ahnung, wer diese Frau war oder warum Painter den Typen verprügelt hatte, doch ich begriff, dass gerade etwas Schlimmes passiert war. Ich ließ mich auf meinen Po plumpsen und glitt von der Bar. »Können wir heimfahren?«

»Ja«, sagte Puck. »Der Abend verlief nicht ganz so, wie ich erhofft hatte.«

Konnte man wohl sagen.

Er nahm meine Hand, blieb kurz stehen, um sich von Boonie, Picnic und ein paar anderen zu verabschieden. Ich sah niemanden an, da ich viel zu sehr damit beschäftigt war, nicht auszuflippen. Dann waren wir draußen bei Pucks Bike, er kickte den Motor an, und wir fuhren dröhnend die Straße entlang. Ich klammerte mich fest an ihn und vergrub meinen Kopf an seinem Rücken, während ich mich fragte, was ich zu ihm sagen würde, wenn wir nach Hause kämen.

Puck

»Ich glaube, du solltest heute Abend drüben in deiner Wohnung schlafen«, sagte Becca zu mir.

Wir standen vor ihrer Wohnung, die sie absichtlich noch nicht aufgesperrt hatte. Die Botschaft war klar. »Ich muss darüber nachdenken, was heute passiert ist.«

»Lass uns darüber reden«, antwortete ich, obwohl ich wusste, dass ich am Arsch war.

Becca war völlig durch den Wind. Die kleine Show, die Painter da mit Melanie abgezogen hatte, hatte ihre Gefühle gehörig durcheinandergewirbelt.

»Ich denke, ich habe alles ziemlich genau gesehen.« Sie setzte eine verschlossene Miene auf und weigerte sich, mich anzusehen.

»Nein, ich glaube, dass du etwas gesehen hast, was völlig aus dem Zusammenhang gerissen war. Deshalb kannst du es wahrscheinlich nicht verstehen«, widersprach ich. »Sag mir nur eins – hast du dich vor dem Kampf amüsiert?«

Sie sah weg, nickte dann aber.

»Weißt du doch.«

»Was du nicht verstehst, darfst du nicht verurteilen. Das ist eine Sache zwischen den beiden. Glaub mir, es ist kompliziert und geht nur die beiden etwas an. Nicht dich, nicht mich, nicht den Club.«

»Beunruhigt dich denn gar nicht, dass er sie einfach rausgeschleift hat? Das war doch eine Entführung!«

Becca blickte mit flammendem Blick wieder zu mir auf. Hervorragend – mit ihrem Ärger konnte ich umgehen. Diese unheimliche, schweigende Gleichgültigkeit war tausend Mal schlimmer.

»Picnic Hayes ist praktisch der Stiefvater dieses Mädchens.«

Sie erstarrte. Falscher Ansatz. In ihrer Welt waren Stiefväter nicht die netten Typen.

»Oder besser ihr Pflegevater«, erklärte ich. »So wie du und Earl. Shit. Er ist mit der Frau verheiratet, die sie mit aufgezogen hat. London. Schau mal, das klingt jetzt alles ganz falsch. Aber du musst mir glauben, dass er nie zulassen würde, dass ihr was zustößt. Er hat nur genug davon, ständig zwischen den beiden zu stehen, weil sie es sich in den Kopf gesetzt haben zu streiten. Es gibt ein paar Sachen, über die sie sprechen müssen – eigentlich eine Menge Sachen. Vielleicht tun sie das jetzt. Das war es, was heute Abend passiert ist. Painter würde lieber sterben, als ihr wehzutun.«

»Dem Typen, mit dem sie da war, hat er jedenfalls ordentlich wehgetan. Was hatte das denn zu bedeuten?«

»Das ist echt eine komplizierte Sache«, sagte ich, während ich mir mit der Hand durchs Haar fuhr. »Lass uns reingehen.«

»Nein«, sagte Becca, doch sie klang dabei nicht mehr wütend. Nur müde. »Ich brauche Zeit, um nachzudenken. Das ist alles so schnell gegangen.«

Gelaber. Was war schon dabei, wenn wir schnell zusammengekommen waren – wir kannten uns schließlich seit fünf Jahren, was die Sache dann eben beschleunigt hatte.

»Willst du Schluss machen?«

»Nein.« Sie schüttelte ihren Kopf. »Aber ich brauche eine Pause, Puck. Überleg mal, wie sich mein Leben in der vergangenen Woche geändert hat. Ich will eine Weile allein sein.«

Noch mehr Gelaber. Ich wollte sie so packen, wie Painter Mel gepackt hatte, sie über meine Schulter werfen und ihr zeigen, zu wem sie jetzt gehörte. Zu mir. Für immer und ewig. Aber Becca war nicht Mel, sie brauchte Zeit für sich. Für eine Nacht wäre das okay. Eine einzige Nacht. Dann würde ich ihr sagen, wie der Hase lief.

»Wahrscheinlich sehe ich dich erst wieder nach deiner Schicht morgen Abend«, sagte ich, weil ich an unseren Angriff auf das Vegas Belles dachte. »Ich hab den ganzen Tag zu tun.«

Sie verzog das Gesicht, und einen Moment lang dachte ich, sie würde weinen. Dann schüttelte sie wieder ihren Kopf, sogar als sie sich an mich lehnte und ihre Arme um mich schlang

»Ich bin einfach furchtbar müde«, sagte sie. »Ich will alleine schlafen. Warum treffen wir uns nicht am Freitag zum Essen, um über alles zu reden? Oder wenn du morgen Abend nichts vorhast, könntest du im Moose vorbeischauen?«

Ich umarmte sie und küsste sie auf den Kopf.

»Geh ins Bett«, sagte ich, so sehr mir das gegen den Strich ging. »Wenn ich nicht ins Moose komme, reden wir am Freitag.«

Da war noch ein anderes Problem. Wir mussten unser Timing in den Griff kriegen. Nach Arbeit und Schule hatte sie fast keine Zeit mehr für mich. Vielleicht würde sie es erlauben, dass ich ihr ein wenig half?

Becca nickte, drehte sich um und holte einen Schlüssel aus der Hosentasche. Ich musste ihr ein besseres Schloss besorgen, entschied ich. Dieses Scheißteil war viel zu leicht zu knacken.

»Gute Nacht«, sagte sie leise. Dann ging sie rein und schloss die Tür.

Mist, verdammter.

Painter brauchte echt einen Tritt in den Arsch. Vielleicht hätte ich morgen nach dem Angriff Zeit, denn das hier war ein Haufen Scheiße.

Becca

Seltsamerweise schlief ich in der Nacht wirklich gut.

Das konnte kaum an meinem Seelenfrieden liegen oder daran, dass ich nun alles gründlich durchdacht hatte. Ganz und gar nicht. Aber die Kombination aus Alkohol, Sex und einem Adrenalincrash reichte, um mich völlig zu erledigen, was wirklich schön war.

Am nächsten Morgen wachte ich früh genug auf, um noch zu duschen und ein wenig zu nähen, bevor ich in die Schule musste. Nähen war immer wie eine Therapie für mich gewesen – und auch jetzt beruhigte es mich. Leider war es noch viel zu früh, um mit Danielle über die Sache mit Puck zu reden. Sie schlief sicher noch.

Und Puck selbst war wahrscheinlich schon weg. Würde er gesund wieder von dem, was der Club heute vorhatte, zurückkommen? Das war eine berechtigte Frage, die ein beängstigendes Licht auf unsere Beziehung warf. Angenommen, wir blieben zusammen und wurden zu einem Paar wie Boonie und Darcy. Wollte ich wirklich so genau wissen, wie sein Leben aussah?

Wie konnte ich mit jemandem zusammen sein, wenn ich nicht mal wissen wollte, wer er wirklich war? Was er wirklich tat?

Ich schlug mich mit all diesen Gedanken herum, während ich vorsichtig einen Streifen roter Seide durch die Singer laufen ließ. Die Anspannung hatte nachgelassen, aber so ganz bei mir war ich immer noch nicht. Die Maschine zerknitterte und verdrehte ständig den zarten Stoff.

Es war wie eine verdammte Metapher für mein Leben.

Zehn Minuten später hatte ich es geschafft, genau als das Telefon läutete. Ich hielt die Maschine an und dehnte meine Nackenmuskeln, als ich hinüberging, um den Anruf entgegenzunehmen.

Das war das Einzige, was mir am Nähen nicht gefiel: Manchmal war ich so vertieft, dass ich ganz vergaß, mich zu bewegen. In dem Moment, als ich ranging, zersprang meine Welt in tausend Scherben.

»Becca?«

Teeny. Ich hatte seine Stimme jahrelang nicht mehr gehört, aber dieses eine Wort, mein Name, war genug, um mich in die Vergangenheit zurückzuschleudern. Ich krümmte mich zusammen und verkroch mich in mir selbst. Oh mein Gott, wie ich diesen Mann hasste. Moment. *Nein.* Ich weigerte mich, mir das von ihm antun zu lassen. Nie wieder.

»Was zum Teufel willst du von mir?« *Sehr gut.* So mit ihm zu reden hatte ich bisher noch nie gewagt. Ich klopfte mir im Geiste auf die Schulter.

»Ich hab schlimme Neuigkeiten für dich, Süße«, antwortete er. In seiner Stimme klang ein Ton mit, der sich wohl wie Trauer anhören sollte. Doch es klang selbstgefällig. Selbstgefällig und eingebildet. Ich konnte beinahe den dazugehörigen Gesichtsausdruck auf seinem spitzen, an ein Wiesel erinnernden Gesicht sehen. »Es geht um deine Mutter.«

»Was ist mit ihr?«, fragte ich gepresst.

»Sie hat mich verlassen«, sagte er mit kälterer Stimme. »Und dann hatte sie einen Unfall. Vor zwei Nächten. Ist mit dem Auto direkt eine Klippe runtergestürzt. Hatte natürlich getrunken. Und jetzt ist sie tot. Das ist alles sehr traurig.«

Seine Worte trafen mich wie echte Schläge. Nein, wie Messerstiche. Wie Messer, die mir den Bauch aufschnitten, sodass meine Eingeweide als zuckender, blutiger Haufen auf dem Küchenboden landeten.

»Du lügst doch.«

»Nein, Süße, ich lüge nicht. Sie war noch wilder und irrationaler als sonst. Hat verrückte Geschichten erzählt, kannst du dir das vorstellen? Ich hab versucht, sie aufzuhalten, aber sie wollte einfach nicht hören. Du weißt, wie sie sich benimmt, wenn sie betrunken ist. Als die Cops zu uns nach Hause kamen, konnte ich es erst auch nicht glauben. Gestern Morgen musste ich ihre Leiche identifizieren. Sie ist es ganz sicher.«

»Fick dich«, knurrte ich. »Sie hat erzählt, dass du sie verprügelt hast. Was hast du mit ihr gemacht?«

»Nichts, Becca. Sie hat sich selbst was angetan.«

Ich legte auf und sah mich in der Wohnung um. Die Tränen stiegen mir in die Augen. Ich wollte ihm nicht glauben – log er vielleicht doch? Oh mein Gott. *Bitte.* Das Telefon läutete nochmals. Teeny.

»Leg nicht auf«, sagte er schnell.

»Du lügst«, sagte ich mit ausdrucksloser Stimme. »Du lügst, so wie immer. Was für ein Spielchen spielst du, Teeny?«

»Du verschließt die Augen vor der Wahrheit, Becca. Aber keine Sorge, ich hab ein Foto im Leichenschauhaus gemacht, sodass du es selbst sehen kannst. Vielleicht solltest du es dir nicht ansehen – es ist ein verstörendes Bild … Aber tu, was du für richtig hältst.«

Dann lachte er, und ich wusste, dass es wahr war. Sie war wirklich tot.

Teeny war viel zu stolz auf sich. In dem Moment wusste ich, dass er sie getötet hatte.

Sie ermordet hatte, so, wie sie es vorhergesagt hatte.

Und ich hatte es zugelassen.

Plötzlich stieg eine Erinnerung an sie in mir auf. Ich war vielleicht fünf, sechs Jahre alt gewesen. Es war an Halloween. Sie hatte mich wie eine kleine Prinzessin angezogen. Sie war als Königin verkleidet, und wir waren stundenlang von Haus zu Haus gezogen und hatten »Süßes oder Saures« aufgesagt, um Süßigkeiten einzusammeln. Danach hatten wir zusammen im Wohnzimmer geschlafen.

Ich konnte mich nicht mehr an die Stadt erinnern oder daran, wo wir gelebt hatten oder so was … aber ich erinnerte mich an die Kronen, die wir zusammen gebastelt hatten. Das Gestell hatte sie aus Draht gebogen, das wir dann mit Alufolie überzogen. Als Deko kam noch Glitter drauf. Sie war so wunderschön gewesen.

»Sie ist wirklich tot, oder?«, flüsterte ich leise.

»Ja«, antwortete er. »Sie ist wirklich tot. So ist das Leben – sie war eine schlechte Ehefrau und hat bekommen, was sie verdient hat.«

Ich warf das Telefon quer durchs Zimmer.

Dieser widerliche Bastard.

Es läutete wieder. Nicht das, das ich gerade geworfen hatte, sondern das in meinem Schlafzimmer. Er lauerte dort auf mich wie ein giftiger Zwerg, der entschlossen war, alles, was ich liebte, zu zerstören. Ich sollte nicht rangehen. Ich wusste, dass ich nicht rangehen sollte.

»Hallo«, sagte ich schwach.

»Das mit deiner Mom ist wirklich traurig«, sagte Teeny. »Ich bin natürlich untröstlich. Es ist furchtbar, wenn man seine Ehefrau verliert. Zum Glück habe ich schon jemanden anderen kennengelernt. Das macht mein Leben einfacher, nachdem sie nun weg ist. Deswegen dachte ich, es wäre am besten, diese letzte Entscheidung in deine Hände zu legen.«

»Welche Entscheidung?«

»Sie wurde natürlich schon eingeäschert«, sagte er. »Man kann eine Leiche ja nicht ewig herumliegen lassen. Es ist deine Entscheidung, was als Nächstes passiert, Becca. Am Lebensende gibt es bestimmte Ausgaben – und das ist alles nicht billig.«

Mein Körper fühlte sich taub an. Ich starrte durchs Zimmer und versuchte zu begreifen, dass meine Mutter tatsächlich tot war. Dann verstand ich seine Anspielung.

»Das ist alles nicht billig.«

Plötzlich begriff ich alles.

»Was willst du?«, fragte ich. Die Gefühle in meiner Stimme erstarben, weil ich die Antwort bereits kannte. Teeny wollte Geld.

Teeny wollte immer Geld.

Ich spürte den Triumph dieser widerwärtigen Kröte durch das Telefon hindurch.

»Dreitausend Dollar«, sagte er. »Wenn du mir die schickst, bekommst du von mir die Asche deiner Mutter. Ich schick dir eine Nachricht mit dem Foto ihrer Leiche und ein Foto von ihrer Sterbeurkunde, sobald wir aufgelegt haben. Du hast drei Tage, um das Geld zu schicken. Ansonsten werf ich sie in den Müll.«

Damit war das Telefongespräch beendet.

Mein Gott, nicht mal Teeny konnte so bösartig sein. Und doch. Er war zu allem fähig, das wussten wir beide. Ich ging aus der Küche und ließ mich auf einen Stuhl fallen, wobei ich gegen den Tisch stieß. Eine Vase mit Wildblumen, die ich vergangenes Wochenende gepflückt hatte, kippte um und hinterließ eine große Wasserpfütze. *Gottverdammt.* Ich griff danach und warf sie mit all meiner Kraft gegen die Wand. Das klirrende Geräusch klang wunderbar. Scharf. Sauber.

Befreiend.

Ich sah mich in der Wohnung nach Dingen um, die ich noch werfen konnte.

Was ich sah, war so erbärmlich, dass mir ganz schlecht davon wurde. Im Lauf der Jahre hatte ich die Wohnung durch tausend Kleinigkeiten in ein Heim verwandelt. Einige der Sachen hatte ich selbst gemacht, zum Beispiel die Kissen und Vorhänge. Überwürfe. Ich hatte billige Kunstposter aufgehängt, als ob mir das auf irgendeine Art Klasse verleihen würde.

Wem wollte ich damit etwas vormachen, zum Teufel?

Es kam nicht darauf an, was ich tat oder wo ich lebte – eine Sache würde sich nämlich nie ändern: Becca Jones war Trash. Meine Mom war Trash gewesen. Jetzt war sie tot, und der verdammte Scheißkerl wollte mir *immer* noch sagen, was ich zu tun hatte. Er war wie eine giftige Spinne, der ich nie entkommen konnte.

All das hier war eine Lüge.

Es war an der Zeit, alles zu zerstören.

Ich stand so abrupt auf, dass der Stuhl krachend nach hinten umkippte. Dann stapfte ich in die Küche und packte das Küchenmesser, das mir Regina bei meinem Auszug geschenkt hatte. Es war scharf. Vielleicht zu scharf, weil ich mich mehr als ein Mal daran geschnitten hatte. Es blieb auch immer scharf, weil Earl mir einen Schleifstein dafür gegeben hatte. Und verrückt, wie er war, war er sich auch nicht zu gut dazu, stichprobenartige Kontrollen durchzuführen, um sicherzugehen, dass ich mein Werkzeug, meine Küchengeräte und sonstige Maschinen ordentlich in Schuss hielt.

Ich hob das Messer und prüfte die Schneide mit dem Finger, bis eine rote Linie erschien.

Der Schmerz fühlte sich gut an.

Denn er war einfach und leicht zu begreifen, im Gegensatz zu dem Schmerz, der mich jedes Mal durchfuhr, wenn ich mir das Gesicht meiner Mutter vorstellte. Hatte er sie totgeprügelt? Erschossen? Sie vielleicht einfach betrunken gemacht und das Auto über die Klippe geschoben – das wäre ganz einfach gewesen.

Warum zum Teufel habe ich keinen Weg gefunden, ihr das Geld zu besorgen?

Ich packte das Sofakissen, das ich aus Earls alten Hemden genäht hatte, und stach mit dem Messer tief hinein, wobei ich mir vorstellte, es wäre Teenys Gesicht. Dann riss ich es auf, zog die Füllung heraus und warf sie auf den Boden. Als Nächstes war ein Wandbehang mit Sonnenmuster an der Reihe, den ich aus Stoffstreifen zusammengenäht hatte. Das war schnell geschehen. Danach machte ich mich über die Poster her. Sie ließen sich fast zu leicht zerreißen. Das schöne Geräusch dabei befriedigte mich allerdings nicht.

Ich wirbelte herum, während ich Ausschau nach weiteren Dingen hielt, die ich zerstören konnte.

Die Vorhänge. Die zu zerreißen würde sich bestimmt besser anfühlen … Es würde schwieriger sein, was ja nur gut war. Der rote Stoff war schwerer, und ich musste einen Stuhl holen, um richtig ranzukommen. Denn als ich versucht hatte, sie mit einem Ruck herunterzureißen, war es mir nicht gelungen.

Earl hatte die Vorhangstangen montiert, und Earl machte keine halben Sachen.

Zuerst zerschnitt ich sie in Streifen, genoss dabei das Geräusch, das mein Messer beim Durchtrennen der Fäden machte. Dann zerrte ich die Stangen herunter und warf sie in verschiedene Richtungen quer durchs Zimmer. Sie waren wie Speere, die Löcher in Teenys Brust bohrten.

Auf dem Boden lagen Häufchen von Stoffstreifen, die Pfützen aus Blut glichen.

Ich betrachtete meine Couch. Ich wollte sie töten. Ich wollte *alles* töten.

Ich ging darauf zu und entschied mich, mit den Polstern anzufangen, bevor ich mir den Rahmen vornahm. Dafür könnte ich meinen Hammer hernehmen.

Fick dich, Teeny!

Ein von einem Gegenstand reflektierter Sonnenstrahl traf mein Auge.

Meine Singer.

In Licht gebadet stand sie im Erker und rief mich zu sich.

Die Maschine war ein Kunstwerk. Glatte schwarze Wölbungen. Perfekt geölt, wartete sie nur darauf, etwas Schönes zu erschaffen. Sie war mit echtem Blattgold verziert, und selbst der Elektromotor konnte ihre Pracht nicht schmälern.

Diese Singer war eine wahre Schönheit.

Nur schade, dass Schönheit eine *verdammte Lüge* war.

Regina hatte sie mir gegeben, und ich war so stolz gewesen, dass sie sie mir anvertraut hatte. Wie dumm ich gewesen war. Sie hatte mir gesagt, ich solle damit ein neues Leben für mich erschaffen. So eine Maschine gab eine Mutter ihrer Tochter als Symbol ihrer Liebe. Aber nur in einer echten Familie.

In einer normalen Familie.

Da stand sie nun im Sonnenlicht und wies mahnend wie ein Mittelfinger nach oben.

Und zeigte mir damit, wo ich hingehörte.

Schluss damit! Schluss mit all dem hier! Mit grimmiger Entschlossenheit ging ich an der Couch vorbei. Meine Entscheidung stand fest. Natürlich ruinierte ich meinen großen Auftritt, indem ich über die Tonne stolperte, in der ich meine Stoffe aufbewahrte, und auf die Nase fiel. Das Messer flog in hohem Bogen davon. Irgendwo in meinem Hinterkopf registrierte ich, dass meine Nase wehtat.

Ich wischte mit meinem Handrücken darüber und betrachtete dann fasziniert das leuchtend rote Blut auf meiner Haut.

Das Blut zwischen meinen Beinen war rot gewesen. Nachdem Teeny mich zum ersten Mal gehabt hatte, nahm mich Mom mit ins Bad und duschte mich ab. Ich erinnerte mich daran, wie das schmutzige Wasser in einem Strudel herumwirbelte, bevor es im Abfluss verschwand. Ich weiß nicht, was ich danach erwartet hatte.

Nein, das ist gelogen.

Ich hatte erwartet, dass sie mich retten würde.

Ich hatte erwartet, dass sie mich ins Auto setzen würde, um weit, weit weg zu fahren. Stattdessen weinte sie, und ich weinte auch. Aber als sie fertig war, änderte sich gar nichts, außer dass Teeny nun regelmäßig nachts in mein Zimmer kam. Dann begann er, mich mit seinen Freunden zu teilen, was noch mehr Blut bedeutete.

Ich packte das Holzgestell der Singer an einer Ecke und hielt mich fest. Die Beine waren aus Gusseisen – ein wahres Kunstwerk. Die ganze verfluchte Maschine war ein kreatives Kunstwerk, sie war einfach perfekt und hatte in meinem Leben, verdammt noch mal, nichts verloren.

Gar nichts.

Ich zog mich mühsam auf die Beine und griff dann nach unten, um das ganze Ding hochzuheben. Es war schwer, aber nicht zu schwer für mich. Ich war kein nutzloses, zartes Mädchen, das verwöhnt und überbehütet worden war. Oh nein. Ich war stark. Ich hatte Vergewaltigungen überlebt, ich hatte Teeny überlebt, und ich würde auch den Verlust meiner Mom überleben, verdammt noch mal.

Ich brauchte zwei Anläufe, bevor ich die Singer hoch genug heben konnte, doch ich schaffte es.

Dann drehte ich mich zum Fenster um. Die Sonne stand über den Bergen und hüllte mich in ihr Licht, so, wie sie zuvor die Singer beschienen hatte.

Mom würde diese Sonne nie wieder sehen.

Ich hob die Maschine an und warf sie mit einem Schrei durch das gewölbte Glasfenster. Ein Klirren erfüllte die Luft. Der Klang erschien mir wundervoller, als ich mir hätte vorstellen können. Undeutlich nahm ich wahr, dass Glassplitter in meinen Haaren und in meiner Kleidung steckten. Aber das war mir scheißegal.

Oh ja.

Ich war noch nicht fertig.

Ich griff nach der Tonne mit den Stoffen und hob sie hoch. Ganz oben lagen die Quadrate, die ich für das Jakobsleitermuster zugeschnitten hatte. Diese blöden, idiotischen, dämlichen kleinen Scheißteile … Ich leerte die

Plastiktonne durchs Fenster aus und warf sie dann hinterher, wo sie der zertrümmerten Maschine auf der Straße Gesellschaft leisten konnte.

»Was zum Teufel ist da los?«, schrie jemand.

Ich sah raus und erblickte drei Personen, die sehr verblüfft zu mir hochstarrten. Eine davon war Eva, meine frühere Chefin. Sie hatte Augen und Mund weit aufgerissen. In Kombination mit ihrem starken Make-up und den gefärbten roten Haaren sah sie aus wie ein Clown. Ein widerlicher, ekelhafter Clown. Ich zeigte der Schlampe den Mittelfinger, griff dann nach der Plastikbox, in der ich all mein Kreativ-Zubehör aufbewahrte. Der Deckel flog herunter, als ich sie hinauswarf, sodass Fäden und Bänder wie bei der farbenfrohen Explosion eines Textilfeuerwerks in die Luft flogen.

Plötzlich rebellierte mein Magen.

Zu viel Schmerz, zu viel Ärger, zu viel Adrenalin. Das Frühstück kam wieder hoch, und zwar ziemlich schnell. Ich rannte in Richtung Badezimmer, verpasste es aber, weil ich stattdessen mit meinem Küchentisch zusammenstieß. Dort übergab ich mich zum ersten Mal. Heraus kam eine eklige Mischung aus halb verdauten Essensresten und frischem Blut aus meiner Nase. Fürs zweite Mal schaffte ich es dann bis zum Waschbecken.

Keuchend und heulend stand ich da. Draußen brüllten immer noch Leute herum. Dann hörte ich jemanden gegen meine Wohnungstür hämmern.

Mir wurde schlagartig klar, dass ich etwas Furchtbares angerichtet hatte.

Ich hatte Reginas Nähmaschine zerstört.

Die Maschine, die ich nicht hatte verkaufen wollen, um das Leben meiner Mutter zu retten. Was zum Teufel war nur mit mir los? Wie konnte ich das Leiden meiner Mutter ignorieren, nur einer verdammten Maschine wegen?

Oh mein Gott, wie sollte ich das nur Regina erklären?

Langsam stand ich auf. Während die Realität auf mich einstürzte, ignorierte ich das Hämmern an der Tür. Teeny hatte meine Mom ermordet und würde ungestraft davonkommen. Ich würde nicht mal ihre Asche erhalten, außer ich bezahlte ihn dafür.

Aber das würde ich nicht tun.

Schlicht und einfach ... *Nein.*

Das laute Hämmern gegen meine Tür ließ nicht nach, doch ich achtete gar nicht darauf, denn plötzlich wusste ich, was ich zu tun hatte. Warum war ich da früher nicht darauf gekommen? Ich spürte, wie hysterisches Gelächter in mir aufstieg, als ich in mein Schlafzimmer rannte und mir einen Rucksack schnappte. Ich musste mich beeilen – jederzeit konnte jemand Regina und Earl anrufen, um ihnen mitzuteilen, dass ich den Verstand verloren hatte. Dass ich ihr kostbares Erbstück auf die Straße geworfen hatte.

Vielleicht würden sie mir das vergeben. Wahrscheinlich sogar. So waren sie eben. Doch jetzt hatte ich nicht die Zeit, das herauszufinden. Ich hatte viel zu viel zu tun und konnte es nicht riskieren, von ihnen aufgehalten zu werden – das Letzte, was ich jetzt brauchte, war, sie als meine Komplizen mit in den Abgrund zu stürzen. Ich begann, Klamotten zusammenzusuchen und sie in den Rucksack zu stopfen. Schließlich beugte ich mich übers Bett, nahm die Zigarrenkiste vom Nachtkästchen und steckte sie ebenfalls ein.

Badezimmer.

Während ich mir mit einer Hand die Zähne putzte, suchte ich mit der anderen meine Toilettenartikel zusammen. Shampoo, Spülung, Rasierer. Make-up. Alles landete im Rucksack, den ich mir über die Schulter warf. Meine Handtasche hing noch immer an dem kleinen Haken neben meiner Tür. Darin hatte ich mein ganzes Geld – vierzehn Dollar. Es war so erbärmlich. Damit würde ich nicht mal meinen Benzintank füllen können.

Doch ich wusste, wo ich mehr bekommen konnte.

Ich riss die Tür auf und rannte beinahe Eva über den Haufen. Ich drückte mich an ihr vorbei und ignorierte, was sie mir zurief. Eva war nicht mehr wichtig. Nichts war mehr wichtig. Mein kleines blaues Auto wartete auf der Straße auf mich. Es war ein zuverlässiges Auto, jetzt musste es noch besser sein, denn wir hatten eine lange Fahrt vor uns.

Bis nach Kalifornien.

Und wenn ich angekommen war? Nun, dann würde ich Teeny Patchel mit meinem anderen Erbstück von Regina und Earl töten. Endlich einen Schlussstrich unter diesen Wahnsinn ziehen.

Ich konnte es nicht erwarten.

KAPITEL DREIZEHN

Eine Stunde später hielt ich vor dem Vegas Belles Gentlemen's Club an. Adrenalin und Wut waren verflogen, nun war ich müde, aber weiterhin wild entschlossen. Mein Handy hatte während der ganzen Fahrt geklingelt. Regina. Earl. Danielle. Blake. Sogar Darcy hatte versucht, mich zu erreichen. Mein Anfall war anscheinend das größte Event in Callup seit … nun, seit meiner Schlägerei im Breakfast Table vergangene Woche.

Ups.

Aber das war auch egal – ich hatte etwas zu erledigen. Über Callup würde ich mir hinterher Gedanken machen. Es war sogar wahrscheinlich, dass ich nie wieder hierherkommen würde. Ich konnte Puck genauso wenig zum Komplizen machen wie Regina und Earl – er hatte schon genug Zeit im Gefängnis verbracht. Die Vorstellung, ihn zu verlassen, tat weh. Doch der Gedanke, dass Teeny weiterleben würde, schmerzte noch viel mehr.

Ich musste dem Ganzen ein Ende setzen. Ihm ein Ende setzen. Vielleicht würde ich Glück haben und bei ihm die Asche meiner Mutter finden, doch darauf kam es nicht an.

Es kam nur darauf an, ihn umzubringen.

Dafür brauchte ich Geld, genug Geld, um runter nach Kalifornien zu fahren und um hoffentlich wieder zu entkommen, wenn ich mit ihm fertig war. Natürlich hätte ich versuchen können, es mir zu leihen. Doch wer mir half, wurde zu meinem Mordkomplizen. Das ging gar nicht. Das musste ich alleine erledigen, ich durfte niemanden mit reinziehen. Ich war vielleicht nicht viel besser als meine Mutter, aber wenigstens würde ich niemand anderen mit mir in den Abgrund reißen.

Ich würde einen Tag lang im Vegas Belles arbeiten und so viel Geld wie möglich verdienen. Dann würde ich losfahren. Wenn mir unterwegs das Geld ausginge, würde ich an einem anderen Club anhalten und es nochmals tun.

Was für ein Jammer, dass ich meine kostbare Selbstachtung nicht schon früher abgelegt hatte, um meine Mom zu retten.

Der Türsteher erkannte mich wieder. Ich hatte natürlich unterwegs angehalten, um mich frisch zu machen und etwas Passenderes anzuziehen. Ich erinnerte mich an die Worte der Barkeeperin und fragte mich, ob sie ihre Blowjob-Bemerkung ernst gemeint hatte.

Wahrscheinlich.

Na ja, ich hatte schon Schlimmeres tun müssen.

»Nochmals willkommen«, sagte er und öffnete die Tür für mich. »Hast du dich entschieden, nun doch zu arbeiten?«

»Ja«, sagte ich und setzte mein freundlichstes, unverrücktestes Gesicht auf. »Beim letzten Mal habe ich kalte Füße bekommen – jetzt bin ich bereit.«

»Das ist dein Glückstag heute«, sagte er mit einem Zwinkern. Mein Gott, Männer waren echt dämlich. »Der große Boss kommt heute von außerhalb, und drei der Mädchen haben sich krankgemeldet. Wenn du nicht gerade auf die Nase fällst, bekommst du sicher einen Job, gar kein Problem.«

Na so ein Glück. Wurde ja auch langsam Zeit, dass für mich mal was gut lief.

Drinnen arbeitete wieder die gleiche Barkeeperin. Sie runzelte die Stirn, als sie mich sah, und ich fragte mich, was wohl ihr Problem war. Dann wurde mir klar, dass es völlig egal war, weil ich schließlich nicht hier war, um sie zu beeindrucken. Ich musste sie nur überzeugen, dass sie mich so lange arbeiten ließen, bis ich ein paar hundert Dollar verdient hatte.

Danach würde ich sie nie wiedersehen.

Sie kam zu mir rüber.

»Du solltest von hier verschwinden«, sagte sie leise. »Heute ist kein guter Tag, um hier anzufangen.«

»Ich brauche das Geld. Ist der Geschäftsführer hier?«

Sie nickte und deutete dann auf die Tür zum Flur.

»Geh hinter in sein Büro«, sagte sie. »Bald kommen einige VIPs. Er ist beschäftigt, beeil dich also.«

»Danke.«

»Nichts zu danken«, murmelte sie. »War verdammt dämlich, noch mal hierherzukommen.«

Dämlich? Sie hatte ja keine Ahnung. Als ich durch den Raum ging, bemerkte ich, dass nur eine Bedienung arbeitete. An der Bühne, wo ein Mädchen langsam tanzte, saßen zwei Männer. Sie war nicht wirklich mit dem Herzen dabei, was ich ihr nicht übel nehmen konnte. Bei zwei Kunden verdiente man einfach nicht genug Geld.

Shit.

Was würde ich tun, wenn ich nicht genug verdiente? Mit gedrückten Daumen ging ich hinüber zur Tür, die zum Büro führte. Draußen im Flur standen drei kräftige Männer mit »Security«-Shirts. Noch mehr Rausschmeißer.

»Ich soll mit Mr. McGraine über einen Job reden«, sagte ich, während ich von einem zum anderen sah. »Die Barkeeperin schickt mich her. Ich habe diese Woche schon mal mit ihm gesprochen – er hat gesagt, ich soll wiederkommen, wenn ich es mir anders überlegt habe.«

Einer der Typen nickte.

»Er telefoniert gerade. Warte eine Minute, dann frag ich ihn.«

»Okay.«

Die Zeit verging nur langsam, während wir vor der Tür herumstanden. Ich versuchte, so auszusehen, als ob ich wüsste, was ich tat. Einer der Männer checkte mich völlig ungerührt von oben bis unten ab. Ein zweiter schaute etwas auf seinem Handy nach, während der dritte – derjenige, der mit mir gesprochen hatte – still und stumm wie eine Statue dastand.

Irgendwie unheimlich.

Ich spürte, wie ein nervöses Kichern aus meinem Inneren aufstieg, und schluckte es gnadenlos wieder hinunter. Ich konnte es mir nicht leisten, das hier durch irgendeinen Blödsinn zu vermasseln. Schließlich klopfte der große, stumme Typ an die Tür, so, als ob er auf ein geheimes Signal antwortete, das nur er hatte hören können.

»Ja?«

»Hier ist ein Mädchen, Boss, das mit dir reden möchte«, sagte er. »Sie sagt, dass sie diese Woche schon mal hier war. Sie sucht Arbeit.«

»Schick sie rein.«

Er nickte mir zu, als er die Tür öffnete. Es war so weit. Ich nahm einen tiefen Atemzug und trat ein. Drinnen waren drei Männer – McGraine und zwei, die ich nicht kannte. Alle drei hatten einen Anzug an. In dem Zimmer herrschte eine angespannte Atmosphäre.

»Hi«, sagte ich, bemüht, selbstbewusst zu wirken. »Ich weiß nicht, ob sie sich erinnern, aber …«

McGraine schnitt mir das Wort ab.

»Willst du immer noch tanzen?«

»Äh, ja, will ich.«

»Toll, du kannst sofort anfangen«, sagte er zu mir. »Die halbe Mannschaft hat sich krankgemeldet. Du kannst Lapdance machen. Ich will dich nicht auf der Bühne haben, bis ich gesehen habe, wie du tanzt. Bald kommen ein paar Gäste – du tust, was auch immer sie dir sagen. Wir werden dann hinterher schon zu einer Einigung kommen, verstanden? Mach dir keine Gedanken darüber, ob du vorne genügend Geld einsammelst. Du bekommst, was wir dir schuldig sind, und obendrauf einen Bonus in bar.«

Das klang nicht ganz sauber. Ich kniff die Augen halb zusammen.

»Haben Sie das vielleicht schriftlich …?«

»Später«, fauchte er. »Schwing deinen Hintern in die Garderobe und mach dich fertig. Sie werden in zwanzig Minuten da sein.«

McGraine ging mit schnellen Schritten rüber zur Tür und öffnete sie. »Crouse – du bringst sie zurück. Eines von den anderen Mädels soll ihr alles über das Haus und die Regeln erzählen.«

Dann schob er mich zur Tür raus – und es war ein richtiger Schubser, mit seiner Hand auf meinem Hintern. Da stand ich nun vor dem Rausschmeißer, der mich schon vorhin mit Blicken ausgezogen hatte.

Natürlich musste Crouse das unheimliche Ekel sein. Mein Glück wieder mal. Er lächelte mich an.

»Komm mit.«

Die »Garderobe« war eher eine Umkleide – offensichtlich hatte das Budget nicht mehr dafür gereicht, den Mädels mehr als das Allernötigste angedeihen zu lassen. Es gab eine Reihe von Metallspinden an einer Wand, zwei große Spiegel und einen Tresen mit einem Spülbecken.

Drei Mädchen waren dabei, sich fertig zu machen – eine davon war eindeutig eine Bedienung. Sie trug eine schwarze Korsage, einen kurzen schwarzen Rock und eine schwarze Netzstrumpfhose. Ihre Absätze waren gute zwölf Zentimeter hoch; allein bei ihrem Anblick taten mir schon die Füße weh.

»Eine neue Tänzerin«, verkündete Crouse, während er die Frauen begutachtete. Eine trug BH und String, die andere war angezogen wie eine Cowgirlnutte mit Lasso. Die Frauen zuckten zusammen, als sie Crouses Stimme hörten. Ich hatte den Eindruck, dass das Betriebsklima im Vegas Belles nicht sonderlich gut war.

Mir konnte das egal sein. Ich wollte schließlich nur das Geld.

»Hi, ich bin Venus«, sagte das Cowgirl. »Wann hast du angefangen?«

»Gerade eben«, antwortete ich, wobei ich mich ein wenig nervös fühlte. »Mr. McGraine hat mich gerade erst eingestellt.«

Sie warfen sich Blicke zu.

»Du Glückliche«, sagte die Bedienung. »So einfach ist es nicht immer. Heute stecken sie in der Klemme – eine Reihe von Leuten ist nicht aufgetaucht.«

»Sie haben gesagt, dass ich nicht auf die Bühne darf, bis ich vorgetanzt habe«, erklärte ich. Die Sache war mir ein wenig unangenehm. Wenn die Barkeeperin die Wahrheit gesagt hatte, hatten diese Frauen wesentlich mehr gemacht, als nur sich vorzustellen. »Ich soll nur Lapdances machen.«

»Versuch, sie in eins der Champagnerzimmer zu locken«, sagte das halb nackte Mädchen. Sie beugte sich nach vorne zum Spiegel und trug sorgfältig mehrere Schichten Wimperntusche auf. »Wenn du den richtigen Typen erwischst, ist das so gut, als ob du auf der Bühne wärst. Du darfst nur nicht vergessen, der Bedienung ein Trinkgeld zu geben.«

»Danke, Claire«, sagte die Frau in Schwarz. Sie band sich eine kleine Schürze um die Taille und lächelte mich an. »Du machst das sicher toll.«

Dann drehte sie sich um und ging aus der Garderobe.

»Was wirst du anziehen?«, fragte Venus, das Cowgirl.

»Äh, ich habe Dessous dabei«, sagte ich, während ich mich verlegen umsah.

»Such dir einen Spind aus«, sagte Claire. »Egal welchen. Leg dein Zeug rein und zieh den Schlüssel ab. Die Barkeeperin passt darauf auf, während du tanzt.«

Das erschien mir nicht gerade das beste System zu sein, aber im Grunde wäre es auch egal, wenn jemand meinen Spind ausräumte. Ich würde eh nur einen Tag hier sein. Meine Handtasche und einen Ersatzschlüssel hatte ich im Auto versteckt. Earl hatte im Kofferraum ein geheimes Fach eingebaut. Deshalb brauchte ich mir wohl keine Sorgen zu machen, außer jemand klaute das ganze Auto. Aber wenn das geschah, war ich sowieso am Arsch.

»Lass mal sehen, was du anhast«, sagte das Cowgirl.

Ich zog mein Shirt aus und zeigte ihnen den schwarz-roten BH, den ich vor ein paar Tagen bei Walmart gekauft hatte. Er war nicht perfekt, würde aber wohl gehen. Dann öffnete ich den Reißverschluss meiner Hose und zog sie aus. Darunter trug ich einen dazu passenden String. Sie warfen sich einen unbeeindruckten Blick zu – offenbar hing die Latte im Vegas Belles wesentlich höher als in einem MC-Clubhaus.

Würde ich mir merken.

»Nach unserer Schicht gehe ich mit dir zum Shoppen«, sagte Claire. »Wenn du was anderes anhast, verdienst du auch mehr. Aber für heute muss das wohl reichen.«

»Danke«, antwortete ich. »Wie weit zieht ihr euch für die Lapdances aus?«

»Im Hauptraum lässt du deinen BH an«, sagte Claire. »Wir gehen hier auf Vollkontakt, aber wenn sie deine Titten sehen wollen, müssen sie einen Raum mieten. Du nimmst dir eine Bedienung mit … Oh verdammt.«

»Was denn?«, fragte ich angespannt.

»Wir haben nicht genug Bedienungen.« Sie sah mich an und runzelte die Stirn. »Okay, so ist die Lage. Du darfst eigentlich nicht in eines der Zimmer gehen, wenn du keine Bedienung dabei hast. Sie bringen die Drinks, aber sie passen auch auf dich auf, damit dir nichts passiert. Manchmal halten sich die Typen nicht an die Regeln, weißt du? Die Bedienung kann dir einen Rausschmeißer holen … Aber heute sind nur zwei Bedienungen da, was bedeutet, dass du alleine sein wirst.«

»Ich schätze, wir müssen den Securityleuten einfach Bescheid sagen, dass sie in der Nähe bleiben sollen«, sagte Venus. »Wenn wir sie brauchen, können wir immer noch schreien.«

»Ich will wieder zurück ins Line«, jammerte Claire. »Das hier ist einfach lächerlich, verdammt. Ich hätte nicht herkommen sollen. Und alle guten Schichten bekommen eh die Tänzerinnen aus Vegas.«

Ein Mann streckte den Kopf zur Tür rein.

»In zwei Minuten bist du dran«, sagte er zu ihr, bevor er wieder verschwand.

»Das ist Trey. Er kümmert sich um die Musik und die Ansagen«, erklärte Claire. »Okay, lasst uns rausgehen. Wenn du irgendwelche Fragen hast, frag ruhig. Es ist kaum jemand da draußen im Moment, aber am Nachmittag sollte mehr los sein. Viele Typen kommen mittags vom Technologiepark für einen Quickie her.«

»Quickie?«, fragte ich.

»Was im Champagnerzimmer passiert, bleibt dir überlassen«, sagte Claire mit einem Augenzwinkern. »Du darfst nur nicht vergessen, dass das Haus einen Anteil erhält. Lisa, sie ist auch eine Tänzerin, hat alles in die eigene Tasche gesteckt. Kurz darauf hat sie jemand auf dem Parkplatz verprügelt. Du kommst sicherlich selbst drauf weshalb, oder?«

»Shit.«

»Ja. Okay, gehen wir.«

Es ist eine Sache, tapfer zu entscheiden, dass man sein Geld für einen Road Trip/Amoklauf in einem Stipclub verdienen will. Eine ganz andere Sache ist es, das dann auch tatsächlich zu tun. Inzwischen waren knapp fünfzehn Männer im Club. Ich wusste, dass sie Geld hatten und ich ihnen das abknöpfen wollte. Ich wusste nur nicht genau, wie ich anfangen sollte.

»Geh rüber zu ihm und frag ihn, ob er einen Lapdance will«, sagte die freundliche Bedienung, die neben mich getreten war. »Sieh dir den Typen da drüben in der Ecke an. Er sitzt jetzt schon seit einer halben Stunde da. Ich bin sicher, dass er dich für einen Dance bezahlen würde – er schaut kaum auf die Bühne, was bedeutet, dass er wegen was anderem hier ist. Gibt auch ordentlich Trinkgeld. Ich liebe diesen Typen.«

Sie nickte in Richtung einer Figur, die im Halbdunkel saß.

»Okay, das schaffe ich«, sagte ich und marschierte auf ihn zu.

Die bräuchten wirklich mal bessere Beleuchtung hier drinnen, dachte ich mir. Dämmriges Licht war sicher jeder Stripperin angenehm, aber die Ecke da hinten glich eher einem schwarzen Loch.

Als ich einen Blick an die Decke warf, fiel mir auf, dass die Glühbirne kaputt war – deshalb konnte ich ihn erst sehen, als es zu spät war.

»Hi, möchtest du vielleicht, dass ich für dich tanze?«, fragte ich. Eine Hand schoss vor und packte mich am Handgelenk. »Hey, das ist nicht erlaubt ...«

Meine Worte stockten, als er sich nach vorne beugte. Oh fuck. Dann stand er auf, und ich beschloss, dass ich in meinem vorigen Leben etwas wirklich Schreckliches verbrochen haben musste. Es war Painter. Der Painter, der gestern eine Frau gegen ihren Willen aus dem Clubhaus geschleift hatte.

So. Eine. Verdammte. Scheiße.

»Lass uns ins Champagnerzimmer gehen«, knurrte er leise und drohend.

»Äh, ich glaube nicht, dass das eine gute Idee ist«, antwortete ich, während ich versuchte zu entkommen. Er gab jedoch keinen Millimeter nach.

Sein finsterer Blick glich dem eines Raubtiers. Das hatte ich schon mal gesehen. Bei Puck. Painter war auf der Jagd. Ich musste so schnell wie möglich raus hier. Sofort.

»Ich hab einen Fehler gemacht«, brabbelte ich. »Ich geh jetzt. Du kannst Puck sagen, dass ich heimfahre. Wir können dort reden.«

»Zu spät«, sagte er. »Champagnerzimmer. Jetzt. Beweg deinen Hintern.«

Mir wurde schwindlig.

»Was hast du mit mir vor?«, fragte ich im Flüsterton.

»Gibt's ein Problem?«, fragte ein Mann. Als ich aufsah, bemerkte ich Crouse, der über uns aufragte. Painter griff noch fester zu, während ich überlegte, ob ich Ja sagen sollte. Dann würde er mit Crouse kämpfen, und ich könnte entkommen. Zwischen Callup und Kalifornien musste es Tausende von Stripclubs geben – ich würde einfach in einen von denen gehen.

Ja. Perfekte Lösung.

Ich hatte gerade den Mund aufgemacht, als ich noch jemanden entdeckte. Hinter dem Rausschmeißer.

Demon.

Oh verdammte Scheiße hoch zwei, dachte ich mir. Plötzlich wurde mir alles klar. Das Treffen gestern Abend. Puck, der heute »was zu erledigen« hatte. Die Clubs hatten etwas geplant, und wenn jetzt zwei der Brüder hier waren, war es ziemlich wahrscheinlich, dass ich nun genau da hineingeraten war.

Das Vegas Belles war schließlich gar nicht weit vom Line entfernt … Das war übel. Echt übel.

»Alles in Ordnung«, quiekte ich. »Er ist ein alter Freund – ich war nur überrascht, ihn hier zu sehen. Wir gehen jetzt ins Champagnerzimmer.«

Dabei packte ich Painters Hand und zog ihn quer durch den Schankraum zum Flur, wo die Champagnerzimmer waren.

Auf dem Weg dorthin entdeckte ich einen, zwei … drei weitere Männer aus dem Clubhaus.

Keiner von ihnen trug seine Kutte.

Definitiv eine größere Operation. Painter folgte mir mit grimmiger Miene, bis Crouse die letzte Tür auf der rechten Seite für uns öffnete.

»Du brauchst eine Bedienung«, sagte der kräftige Mann zu mir.

»Die anderen Mädchen haben mir gesagt, dass wir heute ohne sie arbeiten«, erwiderte ich. »Weil so viele nicht zur Arbeit gekommen sind.«

Oh Mann. Sie mussten geahnt haben, was los war ... Allmählich wurde mir alles klar. Die Barkeeperin, die meinte, es sei ein schlechter Tag, um anzufangen. Die Tatsache, dass die Hälfte der Belegschaft fehlte.

»Ich bin draußen«, sagte Crouse und sah Painter giftig an. »Sie ist neu, und ich mag sie. Mach nur keinen Blödsinn mit ihr, sonst wirst du's bereuen.«

Mit einem hohen, nervösen Lachen schloss ich die Tür und wandte mich an Painter.

»Wo bin ich da reingeraten, verdammt?«, fragte ich.

Er trat mit düsterer Miene nach vorne.

»Wenn du das hättest wissen sollen, hätten wir es dir schon gesagt. Verstehst du, wie's läuft? Was zum Teufel machst du hier, Becca? Puck glaubt, dass du in der Schule in Sicherheit bist. Weiber, die meine Brüder anlügen, mag ich nicht.«

Ich schluckte, weil ich bemerkt hatte, dass er zwischen mir und der Tür stand. Jetzt erst wurde mir klar, dass es vielleicht keine so gute Idee gewesen war, mit ihm hier reinzugehen. Keine Zeugen. Crouse stand ja vielleicht draußen, aber im Club wurde auch laute Musik gespielt. Würde er mich überhaupt hören, falls ich nach Hilfe schrie?

»Sie haben gesagt, dass heute wichtige Leute in die Stadt kommen. Seid ihr deswegen hier?«, fragte ich, um ihn abzulenken. Das Zimmer war relativ klein. Ich spürte die Wand in meinem Rücken. Painter kam ganz nahe an mich ran, sein Körper schien angespannt und unnachgiebig. Dann beugte er sich vor und flüsterte mir direkt ins Ohr.

»Ist dir klar, was ich hier drin mit dir anstellen könnte?«, fragte er. »Wie gefährlich das ist? Ich könnte dich vergewaltigen, Becca. Dich umbringen. Dich irgendwie unter Druck setzen. Zum Teufel, ich könnte dich sogar dazu zwingen, die Silver Bastards auszuspionieren, oder? Oder ist das schon längst passiert? Arbeitest du für die Callaghans? Puck wird gerne Genaueres erfahren wollen.«

Er griff sich eine meiner Locken, strich mit dem Finger durch und streichelte meine Schulter.

»Ich brauche nur ein wenig Geld«, sagte ich entsetzt. »Das hier erschien mir die beste Methode, schnell an Geld ranzukommen. Eine Schicht, dann wäre ich schon weggewesen und hätte die Stadt verlassen. Puck muss es nie erfahren.«

»Puck und ich lügen uns nicht an«, fauchte Painter und trat einen Schritt zurück. Er fuhr sich mit der Hand durch seine Haare, wobei er mich giftig ansah. »Wir haben zusammen *gesessen*, weißt du, was das bedeutet? Mein Leben war Tag für Tag in seiner Hand – selbst wenn ich es versuchen würde, könnte ich ihn nicht anlügen.«

»Nicht mal zu seinem Schutz?«, flüsterte ich.

Painter schüttelte den Kopf.

»Du hast dabei sowieso nichts zu melden, also halt verdammt noch mal das Maul«, antwortete er. »Hier ist bald der Teufel los. Ich liebe meinen Bruder, und aus irgendeinem Grund bist du ihm wichtig, weshalb du jetzt mein Problem bist. Ich nehme an, dass es hier drinnen Videoüberwachung gibt: Wir müssen also eine Weile lang so tun als ob. Ich setze mich auf diesen großen, bequemen Stuhl, und du setzt dich auf meinen Schoß und zappelst bisschen rum. Komm mir nicht zu nah und mach mich nicht noch wütender, als ich eh schon bin. Wenn es so weit ist, sag ich dir, was du tun sollst.«

Damit wandte er sich um und setzte sich auf den glatten Lederstuhl in der Mitte des Zimmers. Ich hatte mich so auf Painter konzentriert, dass ich den Stuhl kaum wahrgenommen hatte.

»Platz.«

Dann zückte er sein Handy und begann, Textnachrichten zu schicken, ohne mich weiter zu beachten. Ich ging zu ihm und platzierte meinen Hintern im String auf seinem Schoß, während ich inständig betete, dass ich keinen Steifen spüren würde.

Oh, Gott sei Dank. Da war nichts.

Vor Erleichterung seufzte ich auf – ich hatte schon früher mit Männern geschlafen, um selbst zu überleben, doch ich war nicht sicher, ob ich das nochmals ertragen könnte. Nicht mit Pucks Freund. Ich schloss meine Augen und begann, mit meinem Hintern zu wackeln, wobei ich darauf achtete, so gut wie möglich Abstand zu Painter zu halten.

Hat es in der Geschichte der Menschheit jemals eine unangenehmere Situation gegeben?

Nein. Ganz sicher nicht. Ich wollte verschwinden, einfach nicht mehr existieren.

»In ein paar Minuten geht's los«, sagte Painter leise. Dabei solltest du dir im Klaren darüber sein, dass nicht *dein* Kopf rollt, wenn du hier Bockmist baust.«

»Was willst du damit sagen?«

»Du bist Pucks Alte Lady. Das bedeutet, dass er für alles, was du tust, verantwortlich ist. Wenn du es heute vermasselst, ist er derjenige, der dafür bezahlen muss. Überleg dir also genau, was du tust. Bisher ist es noch eine Privatangelegenheit zwischen ihm und dir. Es ist nicht so, dass irgendjemand dein Verhalten toll finden wird. Doch es wird seine Aufgabe sein, dich zu bestrafen, nicht unsere. Doch sobald deine Handlungen den Club schädigen, wird die Strafe auf einem anderen Level ausgeteilt.«

Mir drehte sich der Magen um, beinahe hätte ich mich übergeben.

»Ich wusste nicht, dass ihr heute hier sein würdet«, flüsterte ich, während ich mich fragte, ob er mir je glauben würde. War das überhaupt wichtig? »Wenn ich es gewusst hätte, wäre ich nie hergekommen. Ich wollte nur genug Geld verdienen, um die Stadt verlassen zu können … Es tut mir leid. Mein Gott, ich hab alles vermasselt.«

»Heb dir das für Puck auf. Mich interessiert deine Scheiße nicht.«

Eine schreckliche, eigenartige Stille senkte sich herab, während ich mich weiterhin an ihm rieb. Ich begann im Geiste zu zählen und mich auf jede einzelne Zahl zu konzentrieren, um nicht auszuflippen und alles noch viel schlimmer zu machen. Dann drang ein lauter Schrei von draußen herein, der die Musik übertönte, gefolgt von mehreren dumpfen Schlägen.

»Jetzt geht's los«, sagte Painter und schob mich von seinem Schoß. Ich landete auf meinen Knien und krabbelte ihm schnell aus dem Weg. »Du bleibst hier drinnen, verhältst dich ruhig und baust keinen Mist. Wenn alles vorbei ist, schick ich Puck rein, damit er dich abholt. Sprich mit niemandem darüber, sonst werde ich dich persönlich schnappen und umbringen. Verstanden?«

Ich nickte schnell und sah ihn mit großen Augen an.

»Verstanden.«

Painter nickte, bevor er zur Tür eilte, um sie zu öffnen. Dann warf er mir einen letzten Blick zu. »Mein Bruder hat was Besseres verdient als dich.«

Wieder nickte ich, denn ich war voll und ganz seiner Meinung. Puck hatte wirklich was Besseres verdient.

Puck

Als Boonie und ich beim Vegas Belles ankamen, stellten wir den Transporter dahinter ab. Ein Anwärter saß auf dem Fahrersitz – er würde auch dort sitzen bleiben, damit wir sofort losfahren konnten, wenn wir wieder rauskamen. In nicht mal einer Minute würden wir rüber zur Hinterseite des Gebäudes gehen, wo Maryse, die wir eingeschleust hatten, uns den Notausgang bei den Champagnerzimmern aufschließen würde. Wir hatten eine ganze Weile darüber diskutiert, wo wir am besten reingehen sollten – der Rest des Clubs war durch den Vordereingang rein. Der andere Ausgang wäre zwar näher am Büro, aber Maryse konnte nicht so leicht dorthin gelangen. Nicht nur das: Auch alle Feuerkraft der Callaghan-Leute würde sich auf diesen Bereich konzentrieren.

Ein weiterer Transporter hielt in der Nähe des Hinterausgangs an und wartete. Soweit wir wussten, ahnten die Männer im Inneren des Gebäudes nichts von dem Angriff. Jamie Callaghan und seine Entourage waren vor fünf Minuten reinmarschiert. Wenn alles gut lief, würde er weniger als zehn Minuten in dem Gebäude bleiben.

Mein Handy vibrierte.

PAINTER: Problem. Becca ist hier drin. Hab sie in eins der Nebenzimmer gesteckt. Sie ist in Sicherheit, aber wir müssen sie rausholen, bevor wir fahren.

Was zum Teufel?

Einen Moment lang dachte ich, mein Kopf würde explodieren. *Becca sollte doch in der Schule sein.* Ich begann damit, eine Antwort zu tippen, merkte dann aber, dass es sinnlos war. Wir hatten keine Zeit, darüber zu reden oder uns gar einen neuen Plan auszudenken. Painter hatte mir mehr als einmal das Leben gerettet – ein Gefallen, den ich erwidert hatte. Ich musste ihm einfach vertrauen.

»Becca ist da drinnen«, sagte ich zu Boonie.

Er nickte nur knapp, obwohl ich wusste, dass er sicher neugierig war. Tausend Szenarios gingen mir durch den Kopf, eines schlimmer als das andere. So sehr ich es drehte und wendete – es gab keine Entschuldigung dafür, dass sie da drinnen war. Nicht eine einzige. Oh Mann, hatte sie die ganze Zeit für die Callaghans gearbeitet? Unmöglich.

»Es wird Zeit«, sagte Boonie. Wir marschierten in Richtung Tür, die sich wie auf ein Stichwort öffnete. Maryse hielt sie auf, während wir hineingingen, und stürzte dann auf den Transporter zu. Der Anwärter würde sie beschützen, bis es Zeit war aufzubrechen. Ich kam an den Nebenzimmern vorbei, wobei ich mich fragte, in welchem wohl Becca war. Doch das war jetzt auch egal – der beste Weg, um sie jetzt zu beschützen, war, die Operation so schnell und so effizient wie möglich durchzuziehen.

Danach könnte ich sie in aller Ruhe erwürgen.

Wir durchquerten den Flur und kamen in den Hauptraum. Painter und Gage hatten zwei Gruppen von Leuten als Geiseln genommen und waren damit unserem Zeitplan schon voraus. Sechs von ihnen waren offensichtlich Kunden, Männer in Panik, die zusammen mit mehreren Stripperinnen und Bedienungen in eine Ecke getrieben worden waren.

In der Mitte des Raums standen vier weitere Männer mit den Händen auf dem Kopf. Zwei trugen »Security«-Shirts, während die anderen beiden Anzüge anhatten.

Ein Teil von Jamie Callaghans Entourage. Es waren insgesamt drei gewesen.

Wenn wir vorhin richtig gezählt hatten, bedeutete das, dass sich noch sechs weitere Männer im Gebäude aufhielten. Der Großteil der Brüder war nicht zu sehen. Laut Plan waren sie in Richtung Büro gegangen, hatten hoffentlich Callaghan und McGraine geschnappt und durch die Hintertür in die Transporter gezerrt.

»Ist bei euch alles in Ordnung?«, fragte Boonie.

»Alles unter Kontrolle«, antwortete Painter. »Das andere Team ist bereits hinten im anderen Flur.«

»Okay, ich gehe zu ihnen«, sagte Boonie. »Puck gibt mir Deckung, während ich nach hinten gehe. Dann geht er kurz alle Räume durch und hält mit euch die Stellung.«

»Das klingt gut«, rief Gage.

Einer der Kunden meldete sich zögerlich.

»Wir wollen keinen Ärger machen«, sagte er. »Das ist eine Sache zwischen euch Jungs – wir wissen von nichts. Lasst uns gehen, und wir werden nie darüber reden, was wir hier gesehen haben. Das verspreche ich.«

»Verhaltet euch ruhig, dann passiert euch nichts«, sagte Boonie. »Ihr habt recht – hier geht es nicht um euch. Wenn ihr euren Mund haltet, wird in einer Stunde alles wie zuvor sein, so, als ob nie was geschehen wäre. Falls ihr redet, seid ihr natürlich tot. Wir erwischen euch, egal, wo ihr hingeht. Es gibt Hunderte von uns im ganzen Land. Schweigen ist also das Beste, was ihr machen könnt.«

Eine der Bedienungen begann, leise zu schluchzen.

»Hättest ja nicht für die Konkurrenz zu arbeiten brauchen«, fauchte Boonie mit herzloser Stimme. »Halt also dein Maul, verdammt.«

Sie legte sich den Arm über den Mund, um das Schluchzen zu dämpfen. Zeit, weiterzugehen. Mit der Waffe in der Hand folgte ich Boonie durch den Raum. Die Tür zum zweiten Flur stand offen. An der hinteren Wand des Flurs hielten Ruger und Horse Wache. Zwei weitere Rausschmeißer lagen vor ihnen auf dem Boden. Die Hände hatten sie hinter ihren Köpfen verschränkt.

»Alles geräumt«, sagte Ruger und nickte Boonie zu. »Sie sind im Büro.«

Boonie marschierte durch den Flur, während ich mich wieder zum Hauptraum umwandte.

»Sind wir schon überall durch?«, fragte ich, um in die nächste Phase einzutreten.

»Überprüf die Bar noch mal und geh dann zu den Champagnerzimmern«, sagte Gage. »Wir haben mitgezählt – da hinten ist niemand mehr außer Becca, außer es hat sich jemand schon dort versteckt, bevor der Club aufgemacht hat. Check die Zimmer und komm danach wieder zurück, um uns mit den Geiseln zu helfen.«

Alles lief nach Plan.

Ich ging zurück in den Flur, wo ich begann, die Türen aufzureißen. Es gab sechs Zimmer, die ersten vier waren leer. Dann öffnete ich die fünfte Tür. Zuerst hätte ich Becca fast übersehen – sie hatte sich in einer Ecke hinter der Tür verkrochen. Als sie mein Gesicht sah, wurde sie leichenblass.

»Ich kann das erklären«, flüsterte sie. Ihr Anblick – halb nackt, wie sie war – hätte mich eigentlich anmachen sollen. Stattdessen wurde ich eiskalt. Fünf Jahre. Fünf verdammte Jahre hatte ich auf diese Frau gewartet, sie behandelt, als ob sie aus Glas wäre. Mich zurückgehalten. Und jetzt ließ sie ihre Titten in einem verdammten Stripclub herumbaumeln. Wie lange arbeitete sie schon hier? War sie überhaupt jemals zur Schule gegangen?

Nein, sie konnte noch nicht lange hier arbeiten, sonst hätte sie sicher jemand gesehen. Das ergab alles keinen Sinn, aber das war im Moment auch egal. Ich musste sie hier rausschaffen und das letzte Zimmer überprüfen. Sobald wir fertig waren, würde ich schon herausfinden, was zum Teufel hier los war.

Verdammte Schlampe.

»Raus mit dir«, sagte ich, während ich sie am Arm packte und hinaus in den Flur zerrte. »Geh zur Hintertür raus. Dort steht ein Transporter – steig ein und warte auf mich.«

Sie nickte schnell und stolperte auf den Notausgang zu.

Ich wandte mich der letzten Tür zu.

Und plötzlich wurde es ernst.

KAPITEL VIERZEHN

Becca

Ich werde nie vergessen, wie Puck mich ansah, als er mich im Champagnerzimmer fand. Weder Ekel noch Zorn waren in seinem Gesicht zu lesen … keine Enttäuschung stand darauf geschrieben.

Sondern etwas viel Schlimmeres.

Er hatte einfach durch mich hindurchgesehen. Seine Augen waren so tot wie die von Painter gewesen. Bis zu dem Moment war es mir gelungen, nicht an ihn, nicht an die Auswirkungen meines Handelns auf unsere Beziehung zu denken. Es war schließlich nicht so, dass ich vorgehabt hatte, nach Kalifornien zu fahren und danach wieder zurückzukommen, um dort weiterzumachen, wo wir stehen geblieben waren.

Genau genommen hatte ich gar nicht darüber nachgedacht.

Jetzt, als ich nach dem Bügel an der Notausgangstür griff, brach die Realität mit aller Gewalt über mich herein.

Ich hatte uns zerstört. Was auch immer dieses »uns« bedeutet hatte – ich hatte es zerstört, weil ich durchgeknallt war.

Nur noch ein weiterer Beweis, dass alles, wofür ich in Callup gekämpft hatte, eine Lüge war.

Mädchen wie ich bekamen kein Happy End. Wir bekamen düstere Stripclubs und Männer mit Knarren, bis die ganze Sache in einer Orgie der Gewalt endete. Wenn wir Glück hatten, landeten wir auf der Seite der Mörder und nicht auf der der Opfer.

Pucks Blick nach war ich wohl auf der falschen Seite gelandet.

Ich drehte mich ein letztes Mal zu ihm um – nie im Leben würde ich brav im Transporter sitzen und auf ihn warten. Der Club hatte hier was zu erledigen. Jagd auf mich zu machen gehörte wohl nicht dazu. Wenn ich es bis zu meinem Auto schaffte, hatte ich eine Chance zu entkommen.

Puck streckte die Hand gerade nach der letzten Tür aus, als sie auch schon zwischen uns aufkrachte. Crouse kam die Fäuste schwingend heraus und erwischte Puck unter dem Kinn, sodass er durch den Flur flog. Die Pistole flog hinterher, und schon hatte sie Crouse in der Hand. Er richtete sie auf Puck, der nun bewegungslos am Boden lag.

Heilige Scheiße.

Was zum Teufel sollte ich nur tun?

»Schnell raus, Kleine«, knurrte Crouse über seine Schulter. »Das hier hat nichts mit dir zu tun. Schau, dass du rauskommst. Mach schnell, bevor uns die Scheiße hier um die Ohren fliegt.«

Mein Blick zuckte von ihm zu Puck. Das war's. Crouse hatte mir den Ausweg gewiesen, den ich auch nehmen sollte. Für Puck konnte ich sowieso nichts tun.

Geh durch die Tür und renn zum Auto. Du hast keine Wahl.

Schreie drangen aus dem Hauptraum. Dann erschien Painter am Ende des Flurs. Er hatte seine Waffe gezogen und auf Crouse gerichtet. Der große Mann hatte seine eigene Pistole fest im Griff und zielte nach wie vor auf Puck.

Eine Pattsituation.

»Das Mädel kann verschwinden«, sagte Crouse mit einer Kinnbewegung in meine Richtung. »Sie hat nichts mit der Sache zu tun.«

Painter fixierte mich mit seinen Augen und nickte knapp. Plötzlich drang Britney Spears Stimme fröhlich und munter aus dem Lautsprecher und klang so daneben, dass ich am liebsten meinen Kopf gegen die Wand geschmettert hätte.

Kopf … schmettern …

In einer Halterung direkt neben der Tür hing ein hübscher roter Feuerlöscher von beachtlicher Größe. Plötzlich wusste ich genau, was ich tun musste. Ich griff danach und nahm in heraus, während ich Painters starren Blick erwiderte. Seine Miene blieb ausdruckslos und verriet nichts. Leise schlüpfte ich aus meinen High Heels, hob den Metallkanister über meinen Kopf und hielt ihn hoch.

Das Geräusch, das er beim Aufprall auf Crouses Kopf machte, war so laut, dass es nicht mal von der Musik übertönt wurde. Puck erwachte schlagartig zum Leben, rollte sich auf die Seite und sprang auf. Was verdammt gut war, denn aus Crouses Pistole löste sich ein Schuss, der dort, wo Puck noch Sekunden zuvor gelegen hatte, ein Loch hinterließ.

So was passierte in Filmen nie.

In einem Film wäre Crouse auch sofort bewusstlos zu Boden gestürzt, was auch nicht der Fall war. Er war jedoch verdammt wacklig auf den Beinen, weshalb es nicht gerade ein fairer Kampf war, als Puck ihn packte und ihm seine Waffe abnahm.

Dann war alles vorbei.

Crouse stand schwankend und mit erhobenen Händen in der Mitte des Flurs.

»Raus mit den anderen«, knurrte Puck ihn an.

Der große Rausschmeißer sah mich ein letztes Mal an und zwinkerte mir zu, was mich echt schockierte. Was zum Teufel hatte das wieder zu bedeuten?

Offensichtlich fragte Puck sich das auch, denn ich merkte, dass er uns genau beobachtete. Toll. Genau was ich brauchte.

»Hau ab, solange du noch kannst, Mädel«, sagte Crouse nochmals und wankte dann den Flur entlang. »Männer wie wir tun dir nicht gut.«

»Bring sie raus zum Transporter«, fauchte Painter Puck an. »Irgendwas ist hier faul. Vielleicht steckt sie mit ihm unter einer Decke.«

Puck nickte und packte mich mit hartem, unbeugsamem Griff am Arm. Als wir die Tür öffneten und aus der dunklen Unterwelt des Clubs in die klare, frische Luft traten, schien uns die Sonne hell ins Gesicht.

»Du hast eine Menge zu erklären«, sagte er, während er mich in den Transporter schob. Ich fiel auf den harten Boden, wo mich Puck mit Handschellen an die Innenwand des Fahrzeugs fesselte.

Nun. Das war also die Geschichte mit dem Strippen.

Wir folgten schweigend dem Transporter, in dem Jamie Callaghan mit seinen Leuten untergebracht war. Boonie saß vorne mit dem Anwärter, während Painter und ich nach hinten die Augen offen hielten. Becca kauerte frierend in der Ecke. Ich rechnete jeden Moment damit, dass sie weinen, betteln oder zumindest irgendeine Art von Gefühl zeigen würde.

Doch sie sah mich nicht mal an – war völlig in ihrer eigenen Welt.

Warum zum Teufel war sie in dem Club gewesen? Das ergab alles keinen Sinn. Im schlimmsten Fall hatte sie für die Callaghans gearbeitet, aber das war aus einer Reihe von Gründen unwahrscheinlich, wobei einer der wichtigsten wohl war, dass sie versucht hatte, einen Mann zu töten, um mich zu retten.

(Und im Ernst – der Anblick von Becca, wie sie in BH und Höschen zum Angriff übergegangen war, würde in meinen zukünftigen Fantasien einen Ehrenplatz einnehmen. Jedes Mal, wenn ich dran dachte, spürte ich, wie sich mein Schwanz regte.)

Doch sexy zu sein reichte nicht aus als Entschuldigung. Ich musste mich der Realität stellen. Wenn es nur die geringste Möglichkeit gab, dass sie für die Callaghans spionierte, würde Blut fließen. Konnte das sein? Nein. Becca hatte keinerlei Verbindungen zu ihnen. Nicht nur das – wenn sie regelmäßig im Vegas Belles gearbeitet hätte, anstatt in die Schule zu gehen, hätte ich davon erfahren. Wir überwachten den Laden zwar nicht rund um die Uhr, doch wir hatten unsere Spitzel. Die hatten uns eine Liste der Mitarbeiter gegeben. Sie hatte nicht darauf gestanden.

Laut Maryse war sie zuvor nur ein Mal dort gewesen. Das hatte sie mir erzählt, kurz bevor wir sie hatten aussteigen lassen. Die Frau hatte keinen Grund zu lügen.

Der Transporter schwankte, als wir vom Highway runterfuhren und auf die Schotterstraße zum Arsenal abbogen. Die alte Festung der Nationalgarde gehörte den Reapers und diente ihnen als Clubhaus, Absteige und provisorisches Gefängnis. Auch das Land rundherum im weiten Umkreis gehörte ihnen.

Jamie Callaghan und seinen Leuten stand eine sehr unangenehme Nacht bevor.

Zum Glück war das nicht mein Problem – ich war mit meiner Rolle nach dem Angriff fertig. Sobald wir sie ausgeladen hätten, würde ich Becca auf mein Bike setzen und sie mit nach Hause nehmen, um ein paar Antworten von ihr zu erhalten. Ich sah sie noch einmal an und änderte meine Pläne. Zuerst musste ich ihr was zum Anziehen organisieren. Dann würde ich sie auf mein Bike setzen. Vielleicht sollte ich sie auch ficken. Ja. Das klang doch nach einem Plan. Danach würde ich aber definitiv ein paar Antworten bekommen. Als der Transporter anhielt, stiegen Painter und ich aus und knallten die Türen hinter uns wieder zu.

Boonie kam mit einem Stirnrunzeln auf mich zu.

»Lässt du sie da drinnen?«, fragte er ganz nebenbei.

»Nein, aber ich will erst selbst noch mal mit ihr reden «, sagte ich.

»Hast du den Eindruck, dass es hier um eine Clubangelegenheit geht? Ansonsten schlag ich vor, das als Privatsache zu behandeln.«

»Der Rausschmeißer stand auf sie«, meldete sich Painter zu Wort. »Aber ich glaube, er kannte nicht mal ihren Namen. Sie gefiel ihm nur, das sagt Maryse auch. Becca war nur dort, um schnell ein paar Dollar zu verdienen – es gibt keinen Grund, den Club einzuschalten.«

Boonie nickte.

»Ich rede mit Pic darüber, aber im Grunde stimme ich dir zu«, sagte er. »Das ist dein Problem, Puck. Hast du irgendeine Ahnung, warum sie einen Job als Stripperin gesucht hat? Ich kapier das einfach nicht.«

»Puck, kann ich mit dir reden?«, rief eine Frauenstimme.

Als ich aufsah, entdeckte ich London, Picnic Hayes' Alte Lady, die gerade auf mich zukam. Die anderen »eskortierten« Callaghan und seine Männer aus dem Transporter direkt an ihr vorbei ins Gebäude, doch sie achtete gar nicht auf sie. Stattdessen sah sie mich stirnrunzelnd an.

Toll, verdammt. Picnic schickte sich an, einen Typen zu foltern, und London wollte *mir* einen Vortrag halten.

»Was ist?«, fragte ich sie. Dabei war mir klar, dass mein Tonfall beinahe unverschämt klang, weil ich sie noch nie gemocht hatte. Arrogante

Schnepfe. Außerdem hatte sie Pic verraten. Das hatte ich ihr nie wirklich verziehen.

»Darcy hat mich vorhin angerufen«, sagte sie.

»Was ist los?«, fragte Boonie. »Ist alles in Ordnung?«

»Es geht um Pucks Alte Lady«, sagte London. »Darcy wollte euch nicht anrufen, weil sie wusste, dass ihr zu tun habt, aber es ist was Schlimmes passiert.«

Ich wartete. »Was denn?«

»Sie sagt, Becca sei heute irgendwann ausgerastet. Angeblich hat sie eine Nähmaschine aus ihrer Wohnung auf die Straße geworfen, direkt durchs Fenster. Und noch ein paar andere Sachen. Dann soll sie in ihr Auto gestiegen sein. Seitdem geht sie anscheinend auch nicht mehr ans Telefon. Sie wissen nicht, ob sie noch im Valley ist oder was passiert ist, aber ihre gesamte Wohnung wurde wohl zerstört. Laut Darcy gibt es keine Anzeichen, dass jemand bei ihr war oder dass sie angegriffen wurde – sie meint, dass sie es wohl selbst getan hat.«

Mannomann. Die Sache wurde immer schlimmer, was für ein Scheiß.

»Fuck«, murmelte Boonie.

Ich fuhr mir über die Stirn. Was immer auch passiert war, das Becca veranlasst hatte, in diesen Stripclub zu fahren, musste wirklich heftig gewesen sein.

»Noch etwas«, sagte London, während sie in ihrer Hosentasche kramte. »Sie haben die Anruferliste auf ihrem Telefon daheim überprüft. Bevor sie losgefahren ist, bekam sie mehrere Anrufe von dieser Nummer.«

Sie zog einen Zettel hervor und reichte ihn mir. Die Vorwahl von Südkalifornien. Plötzlich war alles sonnenklar. Wut überkam mich. Mann, ich wollte auf etwas einschlagen. Es war so offensichtlich.

»Es hört nie auf, verdammt. Das war ihre Mutter – die Schlampe ist wie eine Krankheit.«

»Was ist los?«, fragte Boonie.

»Die Fotze wollte Geld von ihr«, knurrte ich. »Spielte beschissene Spielchen, doch Becca fällt jedes Mal darauf rein. Wenn was passiert wäre, hätte sie vermutlich sowieso nicht mit mir darüber geredet. Wir haben uns schon deswegen gestritten.«

»Darcy macht sich Sorgen«, sagte London. »Wenn du eine Ahnung hast, wo Becca ist, solltest du sie anrufen und es ihr sagen. Ich denke, es wird noch mehr Leute geben, die eine Erklärung haben wollen.«

Scheiße, verdammte – das hatte mir gerade noch gefehlt. Ein Komitee.

»Sie ist hier im Transporter«, sagte ich, bemüht, meine Stimme zu kontrollieren. Ich wollte schreien oder kicken. Gott, wie ich die Schlampe hasste. »Kannst du Darcy anrufen und ihr sagen, dass alles in Ordnung ist?«

London sah mich kalt an. »Wenn ihr Frauen in einem Transporter ins Clubhaus bringen müsst, ist ganz sicher nicht alles in Ordnung.«

Ups. Da war doch was. Verdammt.

»Das ist eine ganz andere Situation als bei dir, London«, sagte Boonie. »Glaub's mir. Halt uns auf dem Laufenden, Puck.«

»Klar«, sagte ich und drehte mich zum Transporter um. Ich schob die Tür auf und kletterte rein, um Beccas Handschellen aufzuschließen. Da ich den Eindruck hatte, dass wir mehr Publikum hatten, als uns lieb war, zog ich die Tür wieder hinter mir zu.

»Was passiert jetzt?«, fragte sie mit dumpfer Stimme.

Warum ließ sie sich von ihrer Mom nur so behandeln? Vor fünf Jahren hatte ich ihren Arsch in Kalifornien gerettet, und dennoch kam sie jedes Mal gelaufen, wenn diese Frau nach ihr pfiff. So eine verdammte Scheiße.

»Jetzt erzählst du mir erst mal, warum du deine Wohnung zerstört und deine Nähmaschine aus dem Fenster geworfen hast«, sagte ich, während ich die Handschellen öffnete. Becca setzte sich auf und rieb ihr Handgelenk. »Dann machen wir mit dieser Stripgeschichte weiter.«

»Ich wollte dem Club keinen Ärger machen«, sagte sie und ignorierte damit die erste Frage. »Was auch immer da unten abging – ich hatte nichts damit zu tun. Ich weiß überhaupt nichts über das Vegas Belles.«

»Ich weiß. Komm, schwing deinen Hintern raus.«

Ich öffnete die Tür, und sie rutschte heraus. Sie war noch immer barfuß. London sah zwischen uns beiden hin und her, schüttelte dann aber den Kopf.

»Willst du Klamotten für sie?«

»Ja, das wäre toll.«

»Nehmt das Zimmer im zweiten Stock«, sagte sie tonlos. »Ich schicke Mellie mit etwas zum Anziehen zu euch hoch.«

»Mellie ist hier?«, fragte Painter.

»Ja, ich passe heute Abend für sie auf Izzy auf«, antwortete London.

»Warum?«

»Geht dich nichts an.«

Painter kniff seine Augen halb zusammen. Scheißegal. Ich hatte selbst schon genug Ärger.

»Gehen wir«, zischte ich Becca zu. Sie folgte mir schweigend und ignorierte die neugierigen Blicke der Reapers und Silver Bastards, die noch auf dem Hof umherliefen.

Becca

»Hier rein«, sagte Puck.

Immer noch wie betäubt betrat ich den Raum und drehte mich zu ihm um. Als er in Gefahr gewesen war, hatte ich diesen Ausbruch von Energie gespürt. In dem Moment war auf einmal alles ganz klar und deutlich gewesen. Danach waren meine Gefühle wieder verblasst zu einem dumpfen Schmerz, eine Mischung aus Trauer und Schuld.

Puck schloss die Tür und lehnte sich mit verschränkten Armen an die Wand. »Okay, erzähl mir, was zum Teufel los ist.«

»Meine Mom ist tot«, sagte ich, denn ich hatte beschlossen, ihm alles zu erklären. »Ich brauche Geld, um nach Kalifornien zu fahren, und hatte mir überlegt, einen Nachmittag im Club zu arbeiten, um dort schnell ein paar Dollars zu verdienen.«

Er seufzte und kratzte sich mit der Hand am Kinn.

»Tut mir leid wegen deiner Mom«, sagte er schließlich. »Ich nehme an, dass du deswegen ausgeflippt bist und deine Nähmaschine aus dem Fenster geworfen hast?«

»Zu meiner Verteidigung muss ich sagen, dass Eva gerade draußen vorbeiging. Ich hatte eigentlich gehofft, dass ich sie erwische.«

»Das ist nicht witzig, Becca.«

»Oh, ich halte das sehr wohl für einen Witz«, erwiderte ich bitter. »Weißt du, was ich die letzten fünf Jahre zu erreichen versucht habe?«

»Was?«

»Mich nicht in meine Mutter zu verwandeln«, antwortete ich. »Und wo bin ich jetzt? In einem MC-Clubhaus mit nichts am Leib als meiner Unterwäsche. Und wozu ist dieses Bett hier?«

Er warf verwundert einen Blick darauf – das Ding war alt und ramponiert, die Decke so dünn, dass man sie kaum als solche bezeichnen konnte.

»Das ist eines der Zimmer, das die Alten Ladys nicht sauber machen, oder?«, fragte ich mit hochgezogener Augenbraue. »Ich weiß, was das hier ist. Hier drinnen läuft Ficken am laufenden Band, richtig? Du und all deine Freunde mit irgendeiner armen Hure, die doof genug war, da mitzumachen. Ich habe mir geschworen, dass ich so einen Raum nie wieder betrete, Puck. Und kaum ruft mich Teeny an, stehe ich kurz darauf wieder genau dort, wo ich angefangen habe.«

Pucks Gesichtszüge erstarrten.

»Du kannst nicht mehr klar denken«, sagte er kalt. »Es tut mir leid, dass deine Mom tot ist, aber du musst jetzt deinen Mund halten.«

»Leck mich am Arsch, Puck.«

Mit grimmiger Entschlossenheit kam er auf mich zu.

»Du hättest zu mir kommen sollen, wenn du Geld brauchst«, sagte er. »Ich bin dein Alter Mann. Wenn so eine Scheiße passiert, musst du mich anrufen.«

Ernsthaft?

»Ich glaube, du vergisst da einiges«, fauchte ich. »Erstens bist du nicht mein Alter Mann, erzählst aber trotzdem ständig allen Leuten, dass ich deine Alte Lady bin. Ich habe nicht Ja gesagt, Puck. Da gehören zwei dazu, wusstest du das?«

»Becca ...«

»Behandle mich nicht so herablassend«, fuhr ich fort. Langsam gewann der Ärger die Oberhand, und das dumpfe Gefühl ließ nach. Das fühlte sich gut an. Echt gut. »Ich bin erwachsen und kümmere mich schon jahrelang selbst um meine Sachen.«

»Das machst du ganz super! Wo sind deine Klamotten, Becca? Oh, Moment mal. Die hast du ja bei einem Angriff auf einen Stripclub verloren. War das bevor oder nachdem du alles, was du besitzt, aus dem Fenster geworfen hast?«

»Teeny hat meine Mutter ermordet!«

Puck erstarrte.

»Was?«

»Er hat sie umgebracht«, sagte ich mit zugeschnürter Kehle. Shit. Gleich würde ich wieder weinen. Und ich wollte doch nicht weinen. Ich wollte stark und wütend sein. Ich wollte mich konzentrieren. »Sie hat mich gewarnt. Sie hat gesagt, er würde sie umbringen, wenn ich ihr kein Geld für die Flucht schicke, aber ich hatte nicht genügend Geld. Ich bin Anfang der Woche schon mal zum Stripclub gegangen, denn ich hatte mir überlegt, dass ich dort das Geld für sie verdienen könnte. Aber ich konnte es einfach nicht tun, weil ich an meine kostbare Würde und an die Schule und an dich gedacht habe, du Arsch. Ja, so war es. Ich wollte dich nicht verlieren, deswegen ließ ich sie im Stich. Jetzt ist sie tot. Er hat sie umgebracht.«

Puck trat auf mich zu, doch ich hielt eine Hand hoch. Er ignorierte sie, und ich ließ mich in seine Arme fallen, während die Tränen endlich zu fließen begannen. Dann streichelte er sanft meinen Rücken. Mein Gott, warum war er nur so nett? Es machte alles noch schlimmer.

Ich wollte kämpfen, nicht weinen.

»Okay, lass uns die Sache mal genauer betrachten«, sagte er schließlich. »Zunächst mal – sorry, dass ich das fragen muss: Hast du irgendeinen Beweis, dass sie tot ist? Vielleicht lügt er dich ja nur an.«

»Auf meinem Handy«, flüsterte ich. »Es ist in meinem Auto, das am Stripclub steht. Er hat mir Fotos geschickt. Aus der Leichenschauhalle. Und eine Sterbeurkunde. Es ist wahr.«

»Okay«, antwortete er. »Und woher weißt du, dass er sie getötet hat?«

»Weil er es zuvor angedroht hat. Sie hat mich angefleht, sie zu retten, und ich hab es nicht getan. Ich bin schuld daran.«

»Nein«, sagte er. Plötzlich sah er mir direkt in die Augen, während er mit beiden Händen meine Schultern umklammerte. »Du hast mit dieser Sache nichts zu tun. Es war nicht deine Schuld – sie hat sich selbst für dieses Leben entschieden und dafür, dich zu verletzen und zu benutzen. Du hast Nein zu ihr gesagt, weil du schlau genug warst, dich selbst zu retten. Wurde auch langsam Zeit, verdammt.«

»Den letzten Satz konntest du dir einfach nicht verkneifen, oder?«

Er antwortete nicht, presste aber er die Lippen aufeinander. Gut. Damit hatte ich ihn getroffen.

Schweigen senkte sich herab.

»Warum brauchst du Geld für Kalifornien?«, fragte er schließlich. »Wird er eine Trauerfeier abhalten?«

Verbittert schüttelte ich meinen Kopf. »Nein, aber er hat gesagt, dass ich ihm was zahlen muss, wenn ich ihre Asche haben möchte. Viel Geld.«

»Du verarschst mich, oder?«

»Dreitausend Dollar. Wenn ich ihm die nicht schicke, wirft er ihre Asche weg.«

Pucks Gesicht verfinsterte sich. Ich sah, wie sich die kleinen Muskeln an seinem Kiefer anspannten. »Er hat also angerufen, um dir mitzuteilen, dass deine Mom tot ist, und um dich danach auszunehmen. Becca, in dem Club hättest du nie im Leben dreitausend Dollar verdient. Zumindest nicht an einem Tag – und dir musste doch klar sein, dass ich nach dir suchen würde, sobald ich gehört hätte, was passiert ist. Was hattest du wirklich vor?«

Ich dachte über die Frage nach. Wenn ich ihn mit irgendeiner Antwort abspeisen konnte, würde ich früher oder später mein Auto wiederbekommen. Dann könnte ich immer noch losfahren, um Teeny umzulegen.

»Beantworte die verdammte Frage, Becca.«

»Ich wollte ihre Asche selbst abholen.«

»Du weißt, dass ich dir dabei helfen würde.«

»Deine Hilfe ist nicht ohne Hintergedanken.«

»Ich hab's kapiert«, sagte er plötzlich. »Du glaubst, du brauchst mich nur lange genug zu ärgern, dann werd ich schon aufgeben. Antworte mir endlich. Warum wolltest du nach Kalifornien fahren?«

»Ich wollte ihn umbringen«, gab ich zu. »Erst wenn er tot ist, werde ich mich frei fühlen können. Das klingt vielleicht verrückt, aber dieser Mann ist durch und durch böse und verdient es nicht zu leben. Deswegen habe ich mit niemandem gesprochen – ich wollte euch nicht zu meinen Komplizen machen.«

Puck knurrte. Dann löste er sich von mir und marschierte hinüber zum Fenster. Er beugte sich vor und umklammerte den Rahmen so stark, dass seine Fingerspitzen weiß wurden. Wahrscheinlich sollte ich froh sein, dass es nicht meine Kehle war, die er zudrückte.

»Bist du nicht auf die Idee gekommen, dass ich mich darum kümmern könnte?«, fragte er mit zusammengebissenen Zähnen.

Ich sah ihn verständnislos an.

»Was meinst du damit?«

»Du hast mich mal gefragt, welchen Job ich für den Club mache. Ich löse Probleme. Teeny ist ein Problem.«

Ich schluckte.

»Das kannst du nicht machen.«

»Doch, kann ich«, antwortete er und wandte sich wieder um, um mich anzusehen. Unter seinem finsteren Blick fing ich an zu zittern. Ich hatte ihn erst ein Mal so gesehen, und zwar an dem Morgen, als er mich mit sich genommen hatte. Heißer Zorn, der unter einer Oberfläche kalter Entschlossenheit loderte. Extrem gefährlich. »Wenn du willst, dass er stirbt, werde ich mich darum kümmern. Aber du musst verdammt noch mal mit mir darüber reden.«

»Du klingst wie ein Verrückter«, sagte ich unbedacht. *Shit.* »Ich glaub's nicht, dass ich das gerade gesagt habe.«

Puck kam zu mir und packte mich am Nacken, sodass ich gegen ihn prallte. Die Stimmung zwischen uns hatte sich verändert – zuvor waren wir nur wütend gewesen. Jetzt war da noch etwas anderes.

»Du gehörst zu mir«, knurrte er, während er mit der andere Hand über meine Wange fuhr. Ich spürte, wie sich seine Finger um meinen Kiefer legten, entschieden zu nah an meiner Kehle. »Das heißt, dass ich mich um dich kümmere. Ich dachte, du wärst in Sicherheit, sodass dich dein

Stiefvater nicht mehr bedrohen kann. Aber er tut dir immer noch weh, du bist also alles andere als in Sicherheit. Jetzt werde ich dieses Problem lösen, damit er dir nie wieder wehtun kann. Das macht mich nicht zu einem Verrückten, sondern zu deinem Alten Mann.«

Dann nahm er mich mit seinem Mund in Besitz, indem er brutal seine Zunge in mich hineinstieß.

Der ganze schreckliche Tag, all das Adrenalin, all die Dinge, die passiert waren, brachen auf einmal über mich herein. Den ganzen Nachmittag über war ich im Inneren langsam gestorben, doch jetzt fühlte ich mich wieder lebendig. Ich griff mit meinen Händen in sein Haar und zog ihn so fest an mich, wie ich es noch nie zuvor getan hatte. Puck stöhnte und schob mich dann nach hinten, runter auf das Bett.

Die Matratze war weich und durchgelegen. Die Decken waren alt und ausgebleicht. Die Bettlaken waren Gott weiß wann gewechselt worden.

Es war mir egal.

Wichtig war nur, wie es sich anfühlte, als er meine Beine auseinanderschob. Dann spürte ich seine Hand zwischen uns beiden, wie sie sich zielstrebig unter meinen String schob. Seine Finger trafen in meine Mitte wie eine Kugel ins Schwarze und drangen tief in mich ein.

Mein Rücken bog sich durch, als ich mich um ihn zusammenzog. Ich kam nicht sofort, doch es fühlte sich fast so an. So, als ob sich all die Spannung, die ich den ganzen Tag lang verspürt hatte, auf einen Schlag lösen wollte, was aber nicht ganz ohne seine Hilfe ging.

Puck löste sich von meinem Mund, senkte seinen Kopf und packte meinen BH mit seinen Zähnen. Eine meiner Brüste drängte heraus, und er sog den Nippel so fest in seinen Mund, dass es fast wehtat. Zwischen meinen Beinen explodierte das Verlangen. Die Spannung schoss von meinen Brüsten bis zu meiner Klit, wo er begonnen hatte, mich mit seinem Daumen zu bearbeiten.

»Puck«, stöhnte ich.

Er zog sich zurück und lachte rau.

»Gibt doch nichts Besseres als wütenden Sex, hey?«

Seine Worte trafen mich ins Mark.

Wütender Sex. Das umschrieb perfekt, was ich von ihm wollte ... Etwas Dunkles, Grobes, was sich nicht um seine Bedürfnisse scherte.

Ich richtete mich auf, legte meine Hand auf seine Brust und stieß ihn von mir. Damit hatte er nicht gerechnet, sodass er tatsächlich zur Seite fiel. Und schon war ich über ihm und ritt ihn, während ich an seinem Shirt zerrte. Puck war ziemlich schlau – er brauchte nicht lange, um sich das Shirt über den Kopf zu ziehen. Ich griff an meinen Rücken, um den BH-Verschluss zu öffnen, doch meine Finger spielten nicht mit. Schließlich zog ich einfach das ganze Teil über meinen Kopf. Und schon lag ich auf seiner Brust und rieb meine Brustwarzen gegen die seinen, während ich meine Klit durch seine Hose gegen seinen Schwanz presste.

»Du bist nicht mein Alter Mann«, knurrte ich und starrte ihm dabei in die Augen. Puck fletschte die Zähne, während seine Hände meinen Hintern packten, sodass sich seine Finger tief ins Fleisch gruben. Seine Hüften schoben sich mir entgegen.

»Du gehörst mir. Da kannst du sagen, was du willst. Das ist meine Muschi, mein Arsch. Die teile ich mit niemandem. Ich werde dich beschützen, und du bist für mich da. Es gibt absolut nichts, was du dagegen tun könntest.«

Seine Finger gruben sich erneut in mich. Dann flog ich plötzlich durch die Luft und streckte die Beine empor, um sie um seinen Körper zu schlingen, während mich seine Hüften in die Matratze hämmerten.

»Das hier«, sagte er, während er mit seinen Fingern zustieß. »Das hier gehört mir.«

Pucks andere Hand fand mein Arschloch und begann, sich vorzuarbeiten.

»Auch das gehört mir«, fügte er hinzu. »Und wenn ich will, ficke ich dich auch in den Mund. Du willst es. Gib's zu.«

»Halt die Klappe.«

»Nein«, sagte er und zog seine Hände abrupt zurück. Dann legte er sie links und rechts von meinem Kopf auf die Matratze und drückte sich nach oben, wodurch sein Schwanz fest gegen meine Muschi gedrückt wurde. Sehr hübsch.

Aber warum bewegte er sich nicht?

Ich brauchte seine Bewegungen, wollte, dass er sich an meiner Klit rieb und mich zum Schreien brachte. Die Spannung in mir musste irgendwie abgebaut werden. Sonst würde ich noch wahnsinnig werden – dieses verrückte Gefühl hielt schon den ganzen Tag lang an. Das hier war die erste sinnvolle Tätigkeit, die erste Handlung, die meiner Seele nicht wehtat.

»Gottverdammt, Puck!« *Ich brauche dich.* Doch aussprechen konnte ich es nicht. Die Befriedigung gönnte ich ihm nicht.

»Gib zu, dass du meine Alte Lady bist«, knurrte er nochmals. »Sag es, und ich fick dich, bis du nicht mehr denken kannst.«

»Nein.«

Puck atmete tief und rau ein und begann, sich vom Bett zu erheben.

»Ja«, keuchte ich, wobei ich an seinen Po griff und ihn verzweifelt an mich zog. »Ich werde deine Alte Lady sein. Oder was auch immer. Aber fick mich endlich!«

Pucks Blick flackerte, und schon griff er zwischen uns, um seine Hose runterzureißen. Sekunden später drang er in mich ein. Mein gesamter Körper erschauerte, und ich schrie vor Erleichterung auf.

Aber natürlich war ich noch nicht so weit. Ich brauchte mehr Bewegung, mehr Penetration, einfach mehr.

Doch für den Einstieg war es verdammt gut.

Pucks Hüften schoben sich tief nach unten, immer und immer wieder. Ich versuchte zuerst, mich seinem Rhythmus anzupassen, aber es war hoffnungslos. Er war zu schwer und zu stark. Zu schnell. Ich konnte nur irgendwie zusehen, dass ich halbwegs mitkam, während er ein ums andere Mal zustieß.

Wir waren schon so nahe dran.

Mir brach am ganzen Körper der Schweiß aus, sodass ein dünner Film unsere Haut bedeckte und jede Berührung umso besser machte. Puck legte eine Pause ein.

Als ich aufstöhnte und ihm meine Finger ins Fleisch grub, lachte er.

Dann senkte er seinen Kopf und gab mir einen langen, langsamen Kuss.

»Meine Alte Lady zu ficken gefällt mir«, sagte er mit spöttischem Blick. Ich quetschte ihn tief in mir zusammen, um mich für diese kleine Grausamkeit zu rächen, was ihn erneut auflachen ließ. »Bestraf mich nur weiter so, Baby. Irgendwie werd ich es schon überleben.«

Ich schlug ihm auf den Hintern, woraufhin er sich aufbäumte, aber dann seine Arbeit wieder aufnahm. Er bewegte sich wieder; dieses Mal mit ausgiebigen, langsamen Stößen. Der Winkel war genau richtig, und sein Becken drückte sich jedes Mal fest gegen meine Klit, so fest, dass es fast schon wehtat.

Dann zog er sich wieder zurück und begann eine neue Runde.

Bei jeder Runde kam ich dem Orgasmus näher, aber doch noch nicht nahe genug. Eine Ewigkeit verging, während ich mich nach Luft schnappend unter ihm wand.

»Bitte …«, stöhnte ich, obwohl ich nicht sicher war, worum ich genau bat.

Dann änderte er wieder seinen Rhythmus, indem er hineinstieß und dann eine kleine Pause mit einem Dreher einlegte. Nach dem zweiten Dreher war alles vorbei. Erleichtert atmete ich tief ein und kam mit aller Kraft. Zum ersten Mal, seit ich den Telefonanruf wegen meiner Mom erhalten hatte, konnte ich wieder klar denken. Puck kam stöhnend und zitternd im selben Augenblick und spritzte seinen Samen tief in mich hinein.

Dann brach er über mir zusammen.

»Wir sollten uns öfter streiten«, sagte er schließlich nach einer langen Pause.

Ich nickte.

»Ja, definitiv.«

»Du bist immer noch meine Alte Lady.«

»Wenn ich Ja sage, hörst du mir dann zu?«

»Klar.«

»Ich will nicht, dass du Teeny tötest.«

Puck erstarrte.

»Was willst du damit sagen?«, fragte er wachsam.

»Ich will ihn umbringen«, flüsterte ich. »Du hast keine Ahnung, was er mir angetan hat. Ich muss das tun, Puck. Ich will den Blick in seinen Augen sehen, wenn er stirbt. Ich will, dass er genauso viel Angst hat wie ich. Ich will ihn das spüren lassen, was er meiner Mom angetan hat. Und dann soll er um Gnade betteln, bis zu dem Moment, in dem ich ihm einen Kopfschuss verpasse.«

Puck rollte sich auf die Seite und legte sich den Arm übers Gesicht.

»Und du hast mich verrückt genannt«, murmelte er. »Du hast keine Ahnung, wovon du sprichst, Becca. Es kommt nicht darauf an, wie sehr es jemand verdient hat zu sterben – wenn du jemandem das Leben nimmst, verlierst du auch ein Stück deines eigenen Lebens.«

»Ich werde es tun«, sagte ich zu ihm. »Glaubst du wirklich, dass du mich aufhalten kannst? Früher oder später werde ich einen Weg finden, wenn du mir nicht dabei hilfst.«

Er seufzte.

»Lass mich darüber nachdenken.«

Das war's. In dem Moment wusste ich, dass ich gewonnen hatte. Ich konnte es nicht erwarten, Teeny in die Augen zu sehen, wenn ich ihm die Pistole in den Mund schob.

Dreitausend Dollar.

Er war einfach zu gierig geworden.

Puck

»Boonie, hast du eine Minute Zeit?«

Ich fand meinen President im Keller, wo er mit verschränkten Armen an einer Betonsäule lehnte. Ich war oft genug hier unten gewesen und wusste, dass es kein angenehmer Ort war. Hier brachten die Reapers ihre Gefangenen her. Manche von ihnen kamen wieder raus. Manche nicht.

Ich hatte keine Ahnung, in welche Kategorie Jamie Callaghan gehörte, und es war mir auch egal.

Die Metalltür zu einem der Zimmer ging auf, und Picnic kam heraus.

»Es gibt ein Problem«, sagte er zu Boonie. »Oder zumindest Komplikationen.«

»Und welche?«

»Callaghan sagt, dass er gegen Shane McDonogh etwas in der Hand hat. Was Richtiges. Er hat Vorkehrungen getroffen – wenn er verschwindet, fliegt McDonogh alles um die Ohren.«

»Leg McGraine um«, sagte Boonie. »Dann kommt Jamie schon zur Vernunft.«

Pic schüttelte seinen Kopf.

»Ich hätte eine andere Idee«, sagte er. »Wenn wir zwischen Callaghan und McDonogh vermitteln, hätten wir alle mehr Zeit, um eine endgültige Lösung auszuarbeiten.«

»Das Valley kann es sich nicht leisten, Callaghan am Leben zu lassen.«

»Er ist nur einer von vielen«, sagte Picnic. »Wenn du ihn umbringst, taucht bald darauf ein Neuer auf. Damit änderst du gar nichts. Wenn wir ihn jetzt laufen lassen, ist er willens, das Vegas Belles zu schließen. Damit wäre nicht nur unsere Konkurrenz ausgeschaltet, sondern er erleidet einen Rückschlag, weil er nicht mehr so einfach Geld aus dem Bergwerk in andere Kanäle leiten kann.«

»Wir sollten mit McDonogh darüber reden«, sagte Boonie nachdenklich. »Ich verstehe, was ihr meint, aber wir brauchen sein Einverständnis.«

»Warum?«

Boonie seufzte müde. »Weil es hier um mehr geht als um deinen verdammten Stripclub, Reese. Es geht um eine längerfristige Sache hier, bei der das ganze Valley auf dem Spiel steht. Ich will mit ihm reden, bevor wir eine Entscheidung treffen.«

»Schick Malloy eine Mail«, schlug ich vor. »McDonogh ist schwer zu erreichen, aber vielleicht können sie dich reinschmuggeln, so, wie sie es mit mir gemacht haben.«

»Ich glaube kaum, dass ich mich so gut in die Umgebung einfügen könnte wie du«, sagte Boonie mit trockener Stimme.

Ich schüttelte meinen Kopf.

»Das ist egal. Du triffst dich mit ihm im Wald hinter dem Gebäude, da sieht dich sowieso niemand. Ich war auch dort. Das hätte jeder machen können.«

»Ich werd's versuchen.« Boonie zog sein Handy raus und schaltete es ein.

»Hey, ich brauch dich noch schnell«, sagte ich, wobei ich mir wünschte, dass ich ihn nicht unterbrechen müsste. »Die Geschichte mit Becca ist ziemlich ernst.«

»Was ist los?«, fragte Picnic.

»Ihre Mom ist tot. Deshalb ist sie heute Morgen ausgeflippt. Becca ist überzeugt, dass ihr Stiefvater sie umgebracht hat, und hat beschlossen, ihn zu stellen und ihm eine Kugel in den Kopf zu jagen.«

Plötzlich hörten sie mir aufmerksam zu.

»Was zum Teufel?«

»Sie ist ins Vegas Belles gegangen, um schnell ein paar Dollar zu verdienen. Wollte nach Kalifornien fahren und ihn erschießen. Ganz offensichtlich kann sie nicht mehr klar denken … Ich weiß nicht, wie sie sich das Ganze vorgestellt hat, verdammt.«

»Eine verzweifelte Frau sollte man nicht unterschätzen«, sagte Pic mit grimmiger Stimme.

»Ich hab ihr gesagt, dass ich es tun würde«, sagte ich. »Ich will nicht, dass er ihr den Rest ihres Lebens auf dem Gewissen lastet. Bin mir nicht sicher, ob sie damit umgehen könnte.«

»Sie ist stärker, als du glaubst«, sagte Boonie. »Aber ich verstehe, was du meinst. Wie sieht dein Plan aus?«

»Ich hab mir gedacht, dass ich erst mal rausfinden sollte, ob ich einen Krieg anzettele, wenn ich den Kerl unter die Erde bringe. Er ist ein Hangaround der Longnecks, und sein Bruder trägt die Kutte.«

»Die kannst du vergessen«, sagte Picnic wegwerfend. »Ich geb Shade als unserem National President Bescheid, aber das wird ihn kaum interessieren. Die sind schwache Feiglinge – wir haben keinen Respekt vor ihnen.«

Ich spürte, wie meine Anspannung etwas nachließ. Eine Sache weniger, über die ich mir Sorgen machen musste.

»Wenn das so ist, würde ich gerne runterfahren und mich selbst um die Angelegenheit kümmern«, sagte ich. »Becca will mitkommen, und ich habe zugesagt. Ich vermute mal, ich kann noch einen Nomaden einsammeln, damit er mir dabei hilft, sie im Auge zu behalten, während ich den Job erledige.«

»Klingt gut«, sagte Boonie. »Halt uns auf dem Laufenden.«

»Mach ich.«

Er beugte sich vor zu einer kräftigen Umarmung und klopfte mir auf den Rücken. Picnic folgte ihm. Danach ging ich wieder nach oben.

Ich entdeckte Becca in der Küche, wo sie sich mit London unterhielt. Sie trug zu weite Jeans und ein verwaschenes Reapers-Supporter-Shirt. Ich hatte sie noch nie in Klamotten gesehen, die so unsexy waren, aber an ihr sahen die Sachen trotzdem gut aus.

Echt seltsam.

Ich stellte mich hinter sie und legte meine Hände um sie auf ihren Bauch. London beobachtete uns, während sie schluckweise ihren Kaffee trank.

»Braucht ihr was für unterwegs?«, fragte sie. »Sandwiches? Snacks?«

»Woher weißt du, dass wir wohin fahren?«, fragte Becca.

»Ich hab ein Näschen für Ärger«, sagte London trocken. »Fahrt vorsichtig.«

Ich zog Becca an mich, hoffend, dass London falsch lag. Teeny umzulegen sollte nicht schwieriger sein, als einen Käfer zu zertreten. Er war die ganze Aufregung gar nicht wert – hoffentlich konnte ich Becca davon überzeugen, dass sie das auch einsah.

KAPITEL FÜNFZEHN

Becca

Puck weigerte sich, vor dem nächsten Morgen aufzubrechen, obwohl ich flehte und bettelte. Er sagte, es sei schon zu spät, womit er wohl recht hatte.

Sauer war ich trotzdem.

Zuerst wollte er mich zum Übernachten zurück nach Callup bringen, was ich rundweg ablehnte. Nach dem, was ich angerichtet hatte, war ich noch nicht bereit, Regina und Earl gegenüberzutreten. Doch allein lassen wollte er mich auch nicht. Deshalb verbrachte ich ein paar Stunden im Arsenal in der Küche mit London Hayes, der Frau von Reese Hayes. Darcy hatte angerufen, weil sie offenbar nach mir sehen wollte. Doch nachdem London meinen schockierten Gesichtsausdruck gesehen hatte, überredete sie Darcy, lieber daheim zu bleiben.

Ich war nicht so mutig, Danielle zu verraten, wo ich gerade war, schickte ihr aber eine SMS, um ihr mitzuteilen, dass ich in Sicherheit und bei Puck war. Sie war ein toughes Mädchen, und ich war mir sicher, dass sie sonst mit Blakes Unterstützung versucht hätte, ins Arsenal einzufallen. Die Chancen, dass ihr das gelingen würde, standen gar nicht schlecht. Man konnte ja viel über Danielle sagen, aber als Feigling konnte man sie sicher nicht bezeichnen.

Regina und Earl wollten ebenfalls mit mir reden.

Ich konnte es einfach nicht. Inzwischen wussten sie sicher, was ich getan hatte …

Callup war nicht gerade bekannt für seine Verschwiegenheit. Ich flehte Puck an, sie anzurufen und ihnen zu sagen, dass es mit gut ginge.

Er runzelte die Stirn, tat es aber dann.

Dann fuhr er nach Callup, um eine Tasche zu packen, und hielt kurz am Moose, weil er Teresa über den Tod meiner Mom informieren wollte. Sie reagierte ganz wunderbar, was meine Schuldgefühle noch vergrößerte, weil ich sie zuvor nicht angerufen hatte.

Je länger ich auf dem Bett kauerte (nein, nicht in dem ekligen im zweiten Stock; sobald Puck beschlossen hatte, mich im Arsenal zu lassen, hatte er ein richtiges Zimmer für mich gesucht), desto schuldiger fühlte ich mich. Es gab genügend Menschen, denen ich etwas bedeutete. Menschen, die mir alles gegeben hatten. Doch als meine Welt zusammengebrochen war, hatte ich sie nicht um Hilfe gebeten.

Wenn all das vorüber war, würde ich zu ihnen gehen. Sie sollten wissen, wie sehr ich sie liebte und wie viel sie mir bedeuteten.

Nun, außer wenn ich ins Gefängnis käme.

Das war allerdings inzwischen eher unwahrscheinlich, da ich ja Puck dabeihatte. Okay, er war schon mal geschnappt worden – aber nur ein Mal. Er hatte doch hoffentlich inzwischen gelernt, wie man seine Spuren verwischte, oder?

Mein Gott, das hoffte ich sehr. Ich wollte nicht, dass er meinetwegen ins Gefängnis wanderte. Doch er schien sich keine großen Sorgen deswegen zu machen – das wusste ich, weil er es mir erzählte, als er nach seiner Rückkehr ins Arsenal zu mir ins Bett stieg.

»Ich bin dein Alter Mann«, sagte er. »Du musst mir vertrauen. Ich kümmere mich darum.«

»Was genau hast du vor?«, fragte ich. Mein Kopf lag auf seiner Brust. »Ich bin mit dabei – ich muss den Plan kennen.«

»Dein Job ist es, meinen Anweisungen zu folgen«, antwortete er.

Ich öffnete meinen Mund, um zu protestieren, doch er drehte mich auf dem Bett herum. Dann waren plötzlich seine Finger in mir, und ich vergaß meine Frage völlig.

Die Fahrt würde etwa zwanzig Stunden dauern, was wir auf zwei Tage aufteilen wollten. Ich hatte vorgeschlagen, dass wir, wenn wir nicht gleich losfuhren, uns überlegen sollten, ob wir nicht am Freitag in einem Stück durchfahren könnten. Puck hatte erklärt, dass es eher von Nachteil wäre, wenn wir völlig erschöpft ankämen. Doch er war damit einverstanden, am nächsten Morgen um sechs Uhr zu starten, um den ganzen Tag lang fahren zu können.

Wir fuhren am Freitagabend nach dem Essen gerade von einer Raststätte los, als Teeny anrief. Wie gelähmt starrte ich auf mein Handy.

»Was soll ich tun?«

»Geh ran«, sagte Puck. »Sag ihm, dass du das Geld für ihn besorgst – du kannst ihm erzählen, dass du mich deswegen bearbeitest. Dann frag ihn nach der Asche deiner Mutter oder so. Irgendwas, damit er anfängt zu reden. Vielleicht sagt er was, das uns weiterhilft.«

Ich nickte und ging ran: »Hallo?«

»Becca, ich hab damit gerechnet, dass du dich meldest«, antwortete mein Stiefvater mit aalglatter, selbstzufriedener Stimme. »Hast du dich schon entschieden?«

»Ich bin dabei, das Geld aufzutreiben«, sagte ich, indem ich Pucks Worte nachsprach. »Äh, ich kenn da einen Typen … wir sind noch nicht so lange zusammen. Er weiß noch nicht so recht, ob er mir helfen will. Ich brauch noch ein bisschen Zeit, um ihn zu überreden.«

Teeny lachte wissend.

»Kleine Schlampe.«

Ich wollte das Handy aus dem Fenster des Transporters werfen. Stattdessen sah ich rüber zu Puck, der ruhig und stark neben mir saß. Er drückte meinen Schenkel, eine winzige Berührung, die mich beruhigte.

»Ich tue alles, was nötig ist«, sagte ich zu Teeny. »Was hast du jetzt vor? Ich kann mir vorstellen, dass das irgendwie verrückt ist …«

»Ruf mich an, wenn du das Geld hast«, sagte er und beendete das Gespräch.

Das war's also mit den Informationen. Ich legte das Handy weg und starrte nach vorne auf den gelben Mittelstreifen.

»Hatte wohl keine Lust auf einen Schwatz?«

»Nö, alles rein geschäftlich. Will nur sein Geld.«

»Es ist noch nicht zu spät«, sagte Puck.

»Zu spät wofür?«, fragte ich.

»Die Sache abzubrechen«, erwiderte er. »Du kannst immer noch umdrehen. Ich kann mich immer noch an deiner Stelle um ihn kümmern.«

Ich dachte über seine Worte nach, denn allmählich wurde es ernst. Wollte ich wirklich einen Menschen töten? Würde das irgendein Problem lösen? Je länger ich darüber nachdachte, desto sicherer war ich mir meiner Antwort.

»Ich will ihm in die Augen sehen und ihm sagen, dass er meinetwegen stirbt. Ich will, dass er um Gnade bettelt und sagt, dass es ihm leidtut … Ich will, dass er weint. Dann erschieße ich ihn trotzdem. Und es wird absolut richtig sein.«

»Erinnere mich daran, dass ich dich besser nicht wütend mache«, sagte Puck gut gelaunt. Ich wandte mich ihm zu. Sein Blick war weiterhin auf die Straße gerichtet. Eine Hand lag lässig auf dem Lenkrad. Seine Haare waren verwuschelt, er trug ein verblasstes Shirt und eine noch verwaschenere Jeans. Von Kopf bis Fuß war er ein harter Kerl, stark und muskelbepackt.

Unpassenderweise schlug eine Welle der Lust über mir zusammen.

»Weißt du, es ich echt unheimlich, dass meine Mom tot ist und ich trotzdem noch Sex mit dir haben will.«

Puck sah mich an.

»Nicht wirklich«, sagte er. »Wenn alles drunter und drüber geht, ist das eine Ablenkung. Mir geht es mit Adrenalin genauso. Nach einem guten Kampf hab ich am meisten Bock zu ficken.«

»Daran erinnere ich mich«, murmelte ich erschaudernd. Er war so überwältigend gewesen, als ich ihn zum ersten Mal getroffen hatte. Als er damals meine Hand genommen hatte, war deutlich der Hunger in seinem Blick zu lesen gewesen.

»Keine Sorge«, fuhr er fort. »Egal, wie müde wir sind – wenn wir am Hotel ankommen, reiße ich mich noch einmal genügend zusammen, um dich zu ficken. Dann schläfst du besser.«

»Das war ja wohl eine der arrogantesten Bemerkungen, die du je von dir gegeben hast«, stotterte ich. »Mein Gott, wofür hältst du mich eigentlich? Für eine lästige Pflicht?«

Puck lachte.

»Ich verarsch dich so gerne.«

Ich versetzte ihm einen Schlag. Zu meiner Enttäuschung zuckte er nicht mal zusammen. Ich hätte genauso gut eine Mücke sein können. »Dafür wirst du noch bezahlen. Vielleicht frage ich nach einem Zimmer mit zwei Betten, sodass du alleine schlafen darfst.«

»Du darfst dir das Zimmer nicht aussuchen«, sagte er. »Ich bezahle, und ich will ein King-Size-Bed. Aber selbst wenn du bezahlen würdest, würdest du doch in meinem Bett landen. So läuft es hier, Baby. Du gehörst jetzt zu mir.«

Er machte keine Witze.

»Wenn du so redest, werde ich nervös.«

»Warum?«

»Weil ich wirklich hart dafür gearbeitet habe, mir ein eigenes Leben aufzubauen. Ich will die Kontrolle nicht an jemand anderen abgeben – und ich bin eine Person, kein Ding. Ich werde dir niemals ›gehören‹.«

Puck nickte, antwortete aber nicht. Ich beobachtete ihn eine ganze Weile und wartete auf eine Reaktion. Schließlich schaltete er den Blinker ein. Wir fuhren von der Straße ab, er stellte die Schaltung auf Parken und drehte sich dann zu mir. Sein Blick war todernst, nicht die Spur eines Lächelns lag auf seinen Lippen. Im Transporter war es ganz still.

»Du musst das endlich verstehen, Becca«, sagte Puck langsam. »Du gehörst mir. Du scheinst zu glauben, dass du darüber immer noch verhandeln könntest, das geht aber nicht. Ich hab dich zu meinem Eigentum gemacht, und der Club hat zugestimmt. So funktioniert das in meiner Welt. Ende der Geschichte.«

Die Worte trafen mich tief, und ich spürte, wie mein Blutdruck in die Höhe schnellte.

»Das heißt noch lange nicht, dass du mir sagen kannst, was ich zu tun habe.«

»Ich fahre nach Kalifornien, um einen Mann für dich umzubringen. Diskutieren wir wirklich darüber, in welchem Bett du schläfst?«, fragte er, während er sich zu mir rüberbeugte.

Ich wich aus, doch Puck war zu schnell für mich. Mit einem Klick löste sich mein Sicherheitsgurt. Dann packte er mich am Hals und zog mich zu sich hinüber, bis unsere Nasen sich fast berührten.

»Du gehörst mir. Ich habe vor fünf Jahren um dich gekämpft und hab dich dann wieder gehen lassen. Das war deine Chance, auf Abstand zu gehen. Jetzt hast du mich aufgefordert zurückzukommen, und ich bin hier und werde nicht mehr gehen. Ich werde für dich töten. Und würde sogar für dich sterben. Aber ich werde dich nicht mehr gehen lassen, Becca. Und ich werde auch nicht zulassen, dass du wieder gehst. Kapier das endlich.«

Ich zitterte, weil ich merkte, wie ernst es ihm damit war. Das war furchteinflößend … und total heiß. Es erschien mir so falsch – was für eine Frau findet so eine Drohung scharf?

Ich offensichtlich.

Pucks Lippen berührten die meinen, seine Zunge fuhr ihren Rand entlang. »Mach auf.«

Als er seine Zunge hineinschob, schmolz ich dahin. Mit einer Hand fuhr ich ihm durchs Haar und klammerte mich daran. Die andere Hand glitt nach unten, blieb an seinem Schenkel hängen und drückte ihn. Puck stöhnte und führte die Hand wieder weiter nach oben zu seinem steifen Schwanz. Ich packte und drückte ihn. Puck rutschte mit seinem Hintern ein Stück nach unten, sodass ich leichter zugreifen konnte.

Mit den Fingern fuhr ich auf und ab und fing an, ihn durch die Jeans hindurch zu wichsen. Irgendwo in meinem Hinterkopf registrierte ich, dass er mich durch Sex ablenken wollte, was mich aber nicht interessierte. Ich liebte es einfach, wie er unter meiner Berührung erschauerte.

Schließlich löste sich Puck von meinem Mund und lehnte seinen Kopf an die Kopfstütze. Ich sah ihn an, wobei ich weiterhin seinen Schwanz bearbeitete, und er erwiderte meinen Blick. Dann fuhr ich mir mit der Zunge über die Lippen. Er stöhnte.

»Blas mir einen.«

Ich nickte und sah ihn weiterhin an, während meine Finger an seinem Reißverschluss herumfummelten. Ungeduldig schob er meine Hand weg, hob kurz seine Hüften und zog sich die Jeans runter. Dann zog mich seine Hand, die immer noch in meinem Nacken lag, näher heran.

Das wäre der ideale Zeitpunkt für eine temperamentvolle, wohldurchdachte Debatte über das Thema »Kann oder soll eine Frau jemandes Eigentum sein?« gewesen. Leider machte mich die Situation viel zu sehr an. Meine Brustwarzen hatten sich zusammengezogen und diese gewisse Stelle zwischen meinen Beinen ebenfalls.

Langsam holte ich seinen Schwanz hervor, beugte mich über ihn und leckte die Unterseite seiner Eichel. Puck stöhnte, während er seine andere Hand hob, um mit meinen Haaren zu spielen.

»Nimm ihn in den Mund.«

Mein Mund öffnete sich, und ich gehorchte, wobei ich die Unterseite meiner Zunge gegen seinen Steifen drückte. Meine Hand legte sich um seinen Schaft, um ihn zu bearbeiten, während mein Kopf begann, auf und nieder zu wippen. Dabei führte mich Puck und gab den Rhythmus vor.

Früher hatten mich andere Männer so angefasst – schlechte Männer. Ich wusste, wie leicht man in dieser Position unter Druck gesetzt werden konnte. Normalerweise brauchte ich nur daran zu denken und bekam schon höllische Angst. Jetzt machte es mich echt an, was mir so krank erschien, dass ich gar nicht länger darüber nachdenken wollte. Es würde nichts Gutes dabei rauskommen, wenn ich mich meinen eigenen Abgründen stellte.

Mit einer Sache hatte Puck allerdings recht gehabt – wir hatten irgendwo in der Vergangenheit die Grenze überschritten, und jetzt gab es kein Zurück mehr.

Er atmete schneller, und ich spürte, wie sich sein Griff verstärkte und grober wurde. Er tat mir nicht weh, ließ mir aber auch nicht mehr viel Kontrolle über die Situation. Seltsamerweise fühlte sich das irgendwie befreiend an, denn ich musste nicht darüber diskutieren, wie es mir ging oder ob ich einen Fehler machte. Den Punkt hatten wir weit hinter uns gelassen. Es kam nur noch darauf an, wie Puck in meinem Mund schmeckte und wie sich sein glatter Steifer zwischen meinen Fingern anfühlte.

Er war fast so weit. Das konnte ich daran erkennen, dass die länglichen Erhebungen auf seinem Schwanz hart wurden und daran, dass er jedes Mal, wenn ich ihn wieder in meinen Mund sog, nach Luft schnappte. Meine Zunge wurde langsam taub, doch ich machte weiter und schob alle Gedanken beiseite, da ich entschlossen war, ihn kommen zu lassen.

Vielleicht würde er es dann mir besorgen.

Das hätte mir jedenfalls gefallen. Unter dem lockeren Baumwollrock, den mir London heute Früh gegeben hatte, zappelten meine Beine unruhig umher. Eigentlich hatte ich im Kofferraum meine eigenen Klamotten, die wir aus meinem Auto beim Stripclub geholt hatten. Doch es war nicht nötig gewesen, mich extra umzuziehen.

Schade, dass wir reichlich verknotet auf unbequemen Autositzen lagen. Ich hätte nämlich zu gern unter meinen Rock gegriffen, um mich zu berühren, während ich ihn berührte.

Was in der derzeitigen Position allerdings schlecht möglich war.

»Becca, du bist so verdammt scharf«, stöhnte Puck. »Wenn ich an all die Sachen denke, die ich mit dir vorhabe …«

Das hätte mir Angst einjagen sollen. Stattdessen sog ich ihn nur noch tiefer ein, als seine Hand meinen Kopf ein wenig fester nach unten schob. Seine Schwanzspitze berührte meinen Rachen. Ich begann zu würgen, woraufhin er sofort seinen Griff lockerte.

Das kam für mich überraschend.

Nicht, dass ich hatte würgen müssen, sondern dass er ein wenig zu grob gewesen war, es bemerkt und dann losgelassen hatte. Er hatte mir nicht wirklich wehgetan. Ich hatte keine Panik bekommen und hatte auch keine Angst, dass er mich zu fest nach unten zwingen würde. Mann, ich war immer noch scharf auf ihn.

Heilige Scheiße.

Ich begann zu lachen, was sich verdammt komisch anfühlt, wenn man gerade jemandem einen bläst. Ich riss mich zusammen und versuchte, mich wieder zu konzentrieren, doch eine seltsam alberne Fröhlichkeit drohte mich immer wieder zu überwältigen.

Ein Mann hat mir seinen Schwanz in den Hals geschoben, bis ich würgen musste, und ich hatte dabei keine Angst.

Weitere Pruster drangen seltsam stoßweise aus meinem Mund. Schließlich zog mich Puck an den Haaren, bis ich seinen Schwanz losließ.

»Es ist verdammt unheimlich, wenn du meinen Schwanz so anlachst. Willst du mir sagen, was so lustig ist?«

Ich richtete mich auf und sah ihm ins Gesicht. Armer Puck. Ich lächelte ihn an.

»Du hast mir keine Angst gemacht.«

»Hä?«

»Gerade eben – du hast deinen Schwanz zu tief in meinen Hals geschoben und hattest dabei sogar deine Hände auf meinem Kopf und so. Dann musste ich würgen, und du hast mich losgelassen.«

»War ja auch nicht mein Ziel, dich umzubringen«, antwortete er offenbar verwirrt.

»Aber genau das ist es ja – ich hatte keine Angst, als du es getan hast. Ich wusste, dass du mir niemals wehtun würdest. Das ist ein ganz neues Gefühl für mich.«

Ein schockierter Ausdruck trat auf sein Gesicht.

»Willst du mir sagen, dass du jedes Mal, wenn wir gefickt haben, Angst hattest?«

Ich schüttelte schnell den Kopf. »Nein, aber zum ersten Mal hatte ich keine Angst zu sterben, als ein Mann mir seinen Schwanz in den Hals geschoben und meinen Kopf dabei festgehalten hat.«

Plötzlich verblasste mein Lächeln.

»Mann, wenn ich das laut sage, klingt das verdammt abgefuckt.«

Puck nickte langsam, sah mich aber immer noch wachsam an. Als ein Sattelschlepper vorbeifuhr, schwankte der Transporter hin und her.

»Verdammt«, sagte ich. »Ich glaube, der Typ hat uns gesehen.«

»Na und?«

»Er hat sicher gedacht, dass ich dir gerade einen blase.«

»Du *hast* mir gerade einen geblasen.«

Oh mein Gott, der Mann war so was von unmöglich. Ich warf ihm einen giftigen Blick zu, und er seufzte.

»Okay, die Tatsache, dass es dir keine Angst einjagt, wenn ich dich ficke, ist toll. Nachdem wir das jetzt geklärt hätten – mein Schwanz schaut immer noch raus, und ich frage mich allmählich, ob ich ihn wieder wegpacken soll.«

Er sagte es ganz lässig wie ein harter Kerl, doch die Frage in seinem Blick war ernst gemeint. Der Arme – wahrscheinlich hatte er wegen mir schon dicke Eier. Zum Glück wusste ich, wie ich das ändern konnte … Ich lächelte zu ihm hoch, fuhr mir mit der Zunge über die Lippen und beugte mich wieder nach unten.

Nach ein paar Minuten wanderten seine Hände wieder auf meinen Kopf. Dann atmete er angestrengter, und seine Hüften wölbten sich mir entgegen. Ein Triumphgefühl stieg in mir auf, denn ich diesem Moment besaß ich ihn – Puck gehörte mir, so einfach war das.

Eine Stunde später kostete ich den Triumph immer noch aus. Ich konnte nicht aufhören zu lächeln und quatschte über alles Mögliche, bis Puck mich am liebsten erwürgt hätte. Das wusste ich so genau, weil er es mir sagte. Interessierte mich aber nicht, denn meine gute Laune ließ ich mir nicht verderben.

»Ich kann es immer noch nicht fassen«, sagte ich zu ihm. »Ich habe überhaupt nicht an Teeny gedacht!«

»Denkst du normalerweise an deinen Stiefvater, wenn ich dich ficke?«, fragte er.

»Nein, tu ich nicht«, erklärte ich und verdrehte die Augen. »Es ist einfach, dass er … na ja, es hat ihn angemacht. Mich halb zu ersticken.«

Pucks Miene wurde finster, und ich sah, wie seine Finger das Lenkrad umklammerten. »Warum hast du mir das noch nie erzählt, verdammt?«

»Äh, das ist nicht wirklich der perfekte Gesprächseinstieg, Puck. ›Hi, ich heiße Becca. Meine Lieblingsfarbe ist rot, und ich hasse es, wenn jemand versucht, mich mit seinem Schwanz zu ersticken.‹ Äh, ne. Das geht ja gar nicht.«

Sein Klammergriff am Lenkrad verstärkte sich noch.

»Du hast mitten dabei gelacht, weil ich dir nicht wehgetan habe«, fauchte er. »Wenn es noch mehr so Dinge gibt, die dir Furcht einflößen, sollte ich das wissen. Was, wenn ich dir wirklich Angst gemacht hätte?«

»Das wirst du nicht tun«, sagte ich lächelnd, denn es stimmte. »Das ist mir endlich klar geworden. Deshalb hab ich gelacht – es war nichts Schlechtes, sondern etwas Wunderbares.«

Puck sah mich mit einem etwas schmerzerfüllten Blick an. Ich griff nach seinem Bizeps und drückte ihn.

»Ich vertraue dir, Puck. Das klingt vielleicht verrückt, aber mir wurde das gerade erst klar, und irgendwie finde ich das aufregend.«

Er antwortete einen Moment lang nicht, doch dann ließ er seinen rechten Arm fallen und nahm meine Hand.

»Ich weiß nicht, was ich sagen soll«, gab er schließlich zu. »Ich kann dir nur versprechen, dass du meine Frau bist und ich dir nicht wehtun werde. Wir können alles ausprobieren, was du nur möchtest. Und ich will nicht leugnen, dass mich harter Sex anmacht. Aber ich würde dich nie absichtlich verletzen, Becca.«

»Ich weiß. Ich hätte nie gedacht, dass ich jemanden wie dich kennenlerne … Das bedeutet, dass Teeny nicht gewonnen hat. Er hat meine Mom besiegt, mich aber nicht. Ich hasse ihn immer noch und will, dass er stirbt. Aber er hat nicht gewonnen. Das ist alles, was zählt.«

Puck

Becca schnarchte.

Nicht laut und störend. Eher ein sanftes, unregelmäßiges Schnurren. Wir waren einige Stunden von Las Vegas entfernt in einem beschissenen Hotel, das wir nach sechzehn Stunden Fahrt angesteuert hatte. Der Laden war echt eine Absteige, was uns aber beiden egal war, da wir fix und fertig waren. Becca war sofort eingeschlafen, doch ich war hellwach und starrte an die Decke.

Sie hatte angefangen zu lachen, weil ich sie mit meinem Schwanz nicht halb zum Ersticken gebracht hatte.

Ich hatte ihre Hand genommen und die richtigen Dinge gesagt. Aber jedes Mal, wenn ich wieder darüber nachdachte, wurde ich von einer mörderischen Wut gepackt. Beccas Stiefvater war Abschaum, das war keine neue Erkenntnis. Ich hatte gesehen, wie er sie schlug. Ich hatte gewusst, dass er sie vergewaltigte. Dass er sie an andere Männer ausgeliehen hatte ... Ich hatte sogar gewusst, dass er sie immer noch im Schlaf verfolgte. Mir war nur nicht klar gewesen, dass sie beim Sex an ihn denken musste.

Ich wusste nicht recht, was ich davon halten sollte, aber ich war mir ziemlich sicher, dass meine momentanen Gefühle falsch waren – denn ich war eifersüchtig.

Beccas Gedanken sollten mir gelten, wenn ich bis zu den Eiern in ihn steckte. Nur mir. Immer mir. Ich hatte den Wichser schon bei unserer ersten Begegnung nicht ausstehen können. Dieses Gefühl hatte sich in Hass verwandelt, als ich gesehen hatte, wie er sie schlug. Als ich ihr angeboten hatte, ihn zu töten, hatte ich es ernst gemeint. Teeny Patchel nahm anderen die kostbare Luft zum Atmen, was besser irgendjemand ändern sollte.

Und jetzt hatte ich noch einen weiteren Grund dafür.

Ich konnte es nicht erwarten, diesem Wichser das Lebenslicht auszublasen und das letzte Flackern in seinen Augen zu sehen.

Das Wegwerfhandy, das ich mir geschnappt hatte, bevor wir Coeur d'Alene verließen, brummte neben dem Bett. Ich griff danach und entdeckte eine Nachricht von Diesel, einem der Nomaden, den ich kontaktiert hatte.

DIESEL: Wach?

Ich schickte ihm eine mühsam mit einer Hand getippte Antwort.

ICH: Ja.

DIESEL: Rufst du an?

ICH: In fünf Minuten.

Ich zog meinen Arm unter Becca hervor, stand auf und schlüpfte in meine Jeans. Dann nahm ich das Handy und ging hinaus auf den überdachten Gang. Die ruhmreichen Tage dieses Ladens lagen wohl in den 60er-Jahren. Seitdem war nichts erneuert oder repariert worden, soweit ich das einschätzen konnte. Auf dem Parkplatz standen nur noch zwei andere Autos, und der Empfang hatte nachts geschlossen.

»Hey«, sagte Diesel, als er ranging.

»Danke, dass du mich zurückrufst – ich hab da eine Geschichte, bei der ich deine Hilfe brauchen könnte. Hab gehört, dass du in der Nähe von San Diego bist?«

»Ja, ich hatte hier unten was zu erledigen«, antwortete Diesel.

Er war ein Reaper, und wir hatten uns zwei- oder dreimal bei verschiedenen Gelegenheiten gesehen. Kein netter Typ, aber ein verlässlicher Bruder.

»Picnic hat gesagt, dass du vielleicht der Richtige wärst«, sagte ich. »Die Mom meiner Alten Lady ist gestorben. Jetzt will der Stiefvater Geld von ihr, damit er meinem Mädel die Asche aushändigt. Ich glaube, wir müssen da was unternehmen.«

Diesel grunzte.

»An was hast du gedacht?«

»An was Größeres wahrscheinlich.«

»Verstehe«, antwortete er. »Ich kann mitmachen. Wann bist du da?«

»Morgen«, erwiderte ich. »Der Typ lebt in Santa Valeria. Wir erreichen gegen zwei oder drei die Stadt. Ich schätze, ich werde Becca erst mal irgendwo unterbringen, und dann können wir auf die Jagd gehen.«

»Klingt gut.«

»Da ist noch was.«

»Was denn?«

»Sie glaubt, dass sie mit uns kommt.«

Diesel prustete überrascht los.

»Ach du meine Güte.«

»Genau«, antwortete ich. »Aber das wird sie nicht einsehen. Wenn wir Verbündete in der Nähe haben, könnte ich jemanden gebrauchen, der sie im Auge behält.«

»Ich schau mal, wen ich organisieren kann«, antwortete er. »Vielleicht ruf ich Shade an – ich weiß, dass ein paar Devil's Jacks in der Stadt sind. Er könnte sie für mich kontaktieren.«

»Danke.«

Wir machten noch einen Treffpunkt aus, bevor ich auflegte. Jetzt fühlte ich mich besser. Ich bezweifelte nicht, dass ich mit Teeny alleine fertigwerden würde, aber ein bisschen Verstärkung war nie verkehrt. Und Becca brauchte einen Babysitter. Eine Sache hatte ich nämlich gelernt, und zwar, dass sie nie das tat, was ich erwartete.

Als ich wieder zurück ins Zimmer schlich, schlief sie immer noch. Ich sperrte die Tür hinter mir ab und schob einen Stuhl unter den Türgriff. Dann stieg ich ins Bett und zog sie wie eine Decke über mich. Ihr daunenweiches Haar floss über meine Brust und unter mein Kinn.

Ja, es würde sich verdammt gut anfühlen, Teeny umzulegen. Ich musste nur dafür sorgen, dass Becca in Sicherheit war. Vor ihm und vor sich selbst. Falls irgendjemand für diesen Mord bezahlen müsste, würde es nicht mein Mädchen sein.

Dafür würde ich sorgen, verdammt.

Becca

Wir kamen gegen drei Uhr nachmittags in Santa Valeria an. Puck war den ganzen Tag über schweigsam und düsterer Stimmung gewesen. Das wunderte mich nicht sonderlich. Ich hatte zwar noch nie zuvor einen Mord geplant, aber vermutlich war das alles in allem keine Sache, die man auf die leichte Schulter nehmen sollte.

In Idaho hatte das alles so einfach ausgesehen. Wir würden hierherfahren, Teeny suchen und ihn dann erschießen. Aber jetzt, da wir hier waren? Mir gingen eine Menge logistischer Fragen durch den Kopf.

»Wie genau wollen wir vorgehen?«, fragte ich Puck, als wir an einer Tankstelle hielten. Vor fünf Jahren hatte es das Gebäude noch nicht gegeben, so viel wusste ich noch. Diese einzige Veränderung reichte, um mich aus dem Konzept zu bringen. Mir wurde klar, was ich über meine Heimatstadt, meine Mom und Teeny alles nicht mehr wusste.

»Weiß ich noch nicht«, antwortete er, während er seine Geldbörse hervorzog.

Ich hatte immer noch meine jämmerlichen vierzehn Dollar plus Wechselgeld in meiner Geldbörse. Zwar hatte ich versucht, Puck das Geld als meinen Anteil an den Auslagen zu geben, doch er hatte es nicht angenommen.

»Sobald ich dich in einem Hotel untergebracht habe, werde ich mich heute Nachmittag mal umsehen. Danach können wir planen.«

Er stieg aus dem Transporter und ging auf das Tankstellengebäude zu, um im Voraus zu zahlen, da wir auch schon bisher alles bar bezahlt hatten. Puck war sehr vorsichtig gewesen, um unterwegs keine Spuren zu hinterlassen. Er hatte sogar mein Handy konfisziert und mir stattdessen ein Wegwerfhandy gegeben, in dem nur eine einzige Telefonnummer gespeichert war – die des Handys, das er momentan verwendete.

An dem Morgen, an dem wir das Arsenal verlassen hatten, hatte er mir sogar einen gefälschten Führerschein gegeben. Ich nahm an, dass er auch einen hatte. Er hatte auch neue Nummernschilder auf sein Fahrzeug montiert. Als ich ihn darauf ansprach, hatte er mich nur schweigend angestarrt.

Ich beschloss, aufs Klo zu gehen, öffnete meine Tür und stieg aus. Als ich zu den gegenüberliegenden Zapfsäulen hinübersah, blieb mir die Luft weg.

Was. Zum. Teufel.

Ich verlor wohl meinen Verstand, denn dort drüben stand meine Mutter und betankte gerade einen ramponierten Camaro.

Nein. Das konnte nicht wahr sein, oder? Ich ging auf sie zu, während ich mich fragte, ob das wohl nur wieder ein Traum war. Ich hatte eine Reihe solcher Träume gehabt: Träume, in denen mir Regina sagte, ich hätte alles nur geträumt. Mom ginge es gut und sie hätte Teeny verlassen, und wir würden alle bis an unser Lebensende glücklich zusammen leben.

Dann wachte ich normalerweise auf, und es tat wieder genauso weh, als ob ich sie gerade erst verloren hätte.

»Mom?«, fragte ich zögernd. Die Frau erstarrte und wandte sich dann langsam zu mir um. Vor Schock riss sie die Augen auf. Oder war es Entsetzen? »Mom, bist du's wirklich?«

Mit großen Augen schüttelte sie den Kopf. Ich streckte meine Hand nach ihr aus, während sie anfing zu zittern.

»Becca …«, flüsterte sie. »Es tut mir so … Ich hab nicht geglaubt … Es tut mir so leid, Baby. Ich wollte dir nicht wehtun.«

Plötzlich war mir alles klar. Das hier war kein Wunder. Sie wusste, dass ich sie für tot gehalten hatte – ihre ganze Körperhaltung verriet ihre Schuldgefühle. Heilige Scheiße.

»Geht es nur ums Geld?«, fragte ich, wobei ich merkte, dass tief in mir etwas zerbrach. »Ist das wirklich nur wieder einer deiner Tricks? So ist es doch, oder? Du dachtest, ich schicke dir dreitausend Dollar. Und was dann? Hättest du mir dann eine Schachtel mit Asche vom Lagerfeuer zurückgeschickt? Was zum Teufel ist nur mit dir los!?«

Bei den letzten Worten hob ich meine Stimme zu einem Kreischen. Tränen rannen über ihr Gesicht, während sie die Hand nach mir ausstreckte. Ich zuckte zurück. Mir wurde bewusst, dass ich kurz vor einem Nervenzusammenbruch stand.

»Es tut mir leid«, sagte Mom, während ihr Blick hin und her zuckte. Wir boten ein herrliches Schauspiel. Ach wie blöd. »Ich muss gehen.«

Erstarrt sah ich zu, wie sie die Zapfpistole aus dem Auto rauszerrte. Dann stieg sie ein und brauste mit quietschenden Reifen davon. Den Tankdeckel hatte sie liegen gelassen. Er rollte über den Boden und blieb etwa zwei Meter von meinem Fuß entfernt liegen.

Was war gerade passiert, verdammt noch mal?

»Becca, geht's dir gut?«

Als ich aufsah, entdeckte ich Puck, der mich verwirrt anstarrte. Nein. Es ging mir nicht gut. Mir schossen die Tränen in die Augen, und ich stürzte mich in seine Arme.

»Baby, du musst mir sagen, was los ist«, sagte er nach ein paar Sekunden. Sein ganzer Körper war angespannt – bereit zum Kampf. Shit. Ich musste mich zusammenreißen.

»Es war meine Mom«, sagte ich, wobei ich mich zwang, nicht mehr zu schniefen. »Sie lebt.«

Puck erstarrte.

»Was?«

»Ich bin aus dem Transporter gestiegen, um aufs Klo zu gehen. Dann hab ich da rübergeschaut und meine Mom gesehen.«

Ein leicht schockierter Ausdruck trat auf sein Gesicht, der durch Mitleid gemildert wurde.

»Schatz, es ist nicht ungewöhnlich, dass man glaubt, einen toten Menschen zu sehen.«

»Nein, sie war es wirklich, Puck«, sagte ich überzeugt. »Ich habe mit ihr gesprochen. Sie hat mich mit meinem Namen angesprochen, hat gesagt, dass es ihr leidtut. Dann ist sie in ihr Auto gestiegen und davongefahren. Das hier ist ihr verdammter Tankdeckel.«

»Was zum Teufel?«

»Es ist ein Trick«, sagte ich, wobei ich mich wie der dümmste Mensch auf Erden fühlte. »Sie hat mich immer wieder angerufen und um Geld angebettelt. Und ich hab immer wieder Nein gesagt. Deshalb musste sie es anders probieren.«

»Diese verdammte Fotze«, knurrte er. Er ließ mich los und wirbelte in seiner Hilflosigkeit und seinem frustrierten Zorn zum Transporter herum. Einen Moment lang dachte ich, er würde dem Fahrzeug einen Schlag versetzen. Dann riss er sich doch noch zusammen.

»Steig ein.«

»Puck …«

»Steig in den Transporter.« Sein Gesicht war finster vor Zorn; diesen schrecklichen Gesichtsausdruck hatte ich bereits ein paar Mal bei ihm gesehen. Oh fuck. Das verhieß nichts Gutes. Ganz und gar nicht.

Moment. Mom war am Leben. Das war gut. Ich wollte doch nicht, dass sie tot war, oder?

Widersprüchliche, verwirrte Gefühle überwältigten mich, als ich auf meinen Sitz kletterte. Halb unbewusst bekam ich mit, dass Puck draußen den Wagen auftankte. Meine Gedanken flogen, doch sie waren so schnell, dass es mir nicht gelang zu begreifen, was gerade passiert war.

Mom war am Leben. Sie hatte nur so getan, als wäre sie tot. Hatte es ihrer Tochter vorgespiegelt.

Für verdammte dreitausend Dollar.

Als es mir endlich klar wurde, durchzuckte mich der Schmerz. Schmerz. Erleichterung. Schock. Verletztheit.

Wie konnte ich ihr so egal sein, dass sie mich für Geld durch diese Hölle hatte gehen lassen? *Weil sie ein Junkie und eine Betrügerin ist. Sie interessiert sich nur für sich selbst. Verdammte Scheißschlampe.*

Der Wagen schwankte, als Puck einstieg. Er starrte geradeaus. Sein ganzer Körper bebte vor Zorn.

»Jetzt ist Schluss damit.«

»Womit?«, fragte ich.

»Diese Scheiße mit deiner Mom«, antwortete er. »Ab heute hast du nichts mehr mit ihr zu schaffen. Du wirst nie wieder mit ihr reden. Die Frau ist Gift für dich, verdammt, und hat in deinem Leben nichts mehr zu suchen.«

»Wie bitte?«, fragte ich und drehte mich zu ihm. In meinem Kopf wirbelten Tausende unterschiedlicher Gefühle umher – Mom war *tot* gewesen, und dann war sie's auf einmal nicht mehr. Sie hatte mich betrogen und benutzt und behandelt, als ob ich kein fühlendes menschliches Wesen wäre. Und jetzt wollte mir Puck auch noch vorschreiben, wie ich mich fühlen sollte?

Diese Scheiße musste ich mir von ihm nicht anhören, und es war mir auch völlig egal, ob er vielleicht recht hatte – die Entscheidung lag nicht bei ihm.

»Es ist an der Zeit, die Sache zu beenden. Ich habe jetzt fünf Jahre mit angesehen, wie das Miststück an dir herumzerrt. Ich hab die Schnauze voll. Schluss damit. Ich bring dich ins Hotel, und dann werde ich sie mir vorknöpfen. Morgen Früh fahren wir zurück nach Idaho.«

Der Gefühlswirbel in meinem Kopf verdichtete sich und verwandelte sich in Wut. Doch weil ich diese Wut nicht an Mom auslassen konnte, die ja abgehauen war, richtete sie sich gegen Puck. Er hatte sich gerade selbst eine Zielscheibe mit der Aufschrift »Riesenarsch« auf die Stirn gemalt. Und es war mir scheißegal, ob es fair war, ihn anzugreifen, oder nicht. Ich war erwachsen und konnte verdammt noch mal meine eigenen Entscheidungen treffen.

»Für wen hältst du dich eigentlich? Warum glaubst du, dass du mir sagen kannst, was ich tun soll?«

Als Puck den Schlüssel im Zündschloss drehte und der Motor des großen Transporters röhrend ansprang, zuckte sein Wangenmuskel. »Ich bin dein Alter Mann, und es ist meine Aufgabe, dich zu beschützen. Ich meine es ernst, Becs. Wir fahren morgen wieder zurück, und du wirst nie wieder mit diesem Miststück in Kontakt treten.«

Oh nein. So konnte er nicht mit mir reden.

»Fick dich«, knurrte ich. »Du hast nicht das Recht, mir vorzuschreiben, was ich tun darf und was nicht. Ich bin nicht dein Eigentum, und du wirst mich nicht kontrollieren.«

Er drehte sich um, um mich anzusehen. Der lodernde Zorn auf seinem Gesicht ließ mich verstummen. Heilige Scheiße. Ein kleiner Teil von mir wollte sich ducken und ihn anflehen, mir nicht wehzutun. Aber nein. Ich war kein kleines Mädchen mehr, und ich würde nicht zulassen, dass Puck Redhouse mich herumschubste.

»Du tust, was ich dir sage, Becca. Sie hat dich angelogen. Sie hat dich durch die Hölle gehen lassen. Was für eine wahnsinnige Schlampe erzählt ihrem Kind, dass sie tot ist, nur um schnell mal etwas Geld zu verdienen? Wenn du immer noch nicht fertig mit ihr bist, hast du echt einen verdammten Knall. Wir fahren gleich morgen Früh los.«

Vor lauter Zorn sah ich rot, ohne Scheiß und wortwörtlich. So wütend war ich. Ich wollte ihn töten, ihn zerstören. Mir wurde klar, wer er war. Jetzt kam das Bikerarschloch zum Vorschein, von dem ich lange gewusst hatte, dass es in ihm steckte.

»Deswegen werde ich nie deine Alte Lady sein«, fauchte ich. »Letztendlich seid ihr alle gleich.«

»Ich bin zu angepisst, um mit dir jetzt darüber zu diskutieren«, sagte er und legte ruckartig den Gang ein. Mit quietschenden Reifen bog er wieder auf die Straße, genau wie meine Mom. Wieder durchzuckte mich ein heftiger Schmerz, der meine Wut verrauchen ließ. Warum hatte sie das nur getan? Wie hatte sie das nur tun können? Was hatte ich nur verbrochen, um so eine Frau als Mutter verdient zu haben?

Scheiß auf sie.

Und scheiß auf Puck. Dafür, dass er recht hatte mit dem, was er über sie sagte. Und dafür, dass er all die Dinge sagte, über die ich nicht laut nachdenken wollte.

Scheiß auf alle.

Ich begann zu weinen.

KAPITEL SECHZEHN

Puck

Mich juckte es in den Fingern, Beccas Mom umzulegen – sie und ihren Ehemann, den kleinen Hurensohn. Sie waren schon zu lange am Leben und hatten alles beschmutzt und zerstört, womit sie in Berührung gekommen waren. Die beiden waren eine verdammte Plage für die gesamte Menschheit.

Und jetzt weinte Becca. War ich jetzt plötzlich der Bösewicht in der Geschichte?

Fuck. Ich wusste, dass ich mich wie ein Arschloch benommen hatte. Das war mir schon in dem Moment klar gewesen, als ich die Worte ausgesprochen hatte. Es war allerdings nicht so, dass das, was ich gesagt hatte, falsch gewesen wäre – hier war endgültig Schluss für die Schlampe und ihren Mann. Falls sie jemals wieder versuchen sollten, Kontakt zu ihr aufzunehmen, würde ich sie beide umbringen.

Vielleicht brachte ich Teeny sowieso noch um.

Aber war es notwendig gewesen, so über Becca herzufallen? Das war ein taktischer Fehler gewesen, und obendrein verhielt sich so nur ein Arschloch. Sie brauchte Mitgefühl, Freundlichkeit und einfühlsame Worte. Dafür hatte ich noch nie ein Händchen gehabt.

Darcy.

Ich würde Darcy anrufen, die mir dann erklären würde, was zu tun war. Erleichterung überkam mich, als wir auf den nächsten kleinen

Scheißparkplatz fuhren, der zu einem weiteren kleinen Scheißmotel gehörte. Diesel war bereits da und wartete auf dem kleinen Grasfleck, der ganz offensichtlich die Raucherzone war.

Zigaretten.

Verdammt, ich wollte eine rauchen. Ich konnte sie schon schmecken. Nach einer Zigarette wäre ich in der Lage, mich um Becca zu kümmern. Das war die Lösung. Beim Einparken warf ich ihr einen Blick zu und zuckte zusammen. Sie weinte immer noch stumm vor sich hin und weigerte sich, mich anzusehen. Stattdessen starrte sie aus dem Beifahrerfenster und schniefte, weil ihre Mutter ihr das Herz herausgerissen hatte und ich mich danach wie ein Arschloch aufgeführt hatte. Mann. Was für ein Höllentag. Ich musste irgendwas sagen, das kapierte sogar ich. Was für ein Pech, dass ich nicht die geringste Ahnung hatte, was ich sagen sollte.

»Ich bin gleich wieder da«, sagte ich zu ihr und öffnete meine Tür. Zehn Minuten später kam ich mit zwei Schlüsseln zurück, die zu einem Zimmer am Ende des Gebäudes gehörten. Becca wischte sich über die Augen, als ich ihre Sachen auslud, folgte mir aber zum Zimmer. Dann entdeckte sie Diesel und blieb stehen.

»Der Biker da beobachtet uns«, flüsterte sie.

»Ja, ich weiß«, antwortete ich mit angespannter Stimme. *Schaff sie ins Hotel, dann kannst du eine rauchen.* »Ich hab ihn darum gebeten, sich hier mit uns zu treffen.«

»Warum?«

»Zur Verstärkung«, sagte ich. »Ich stürze mich ungern in so eine Sache, wenn mir nicht einer den Rücken freihält. Er ist ein Verbündeter – das ist alles, was du wissen musst.«

Mit den Taschen in der einen Hand öffnete ich das Hotelzimmer und ging hinein. Sah genauso aus wie jedes andere abgefuckte Zimmer dieser Welt. Abgenutzte Bettwäsche aus Polyester und ein Fernseher, der so alt war, dass er wahrscheinlich noch Röhren hatte.

»Wir müssen reden«, sagte Becca leise, während sie die Tür zumachte.

Als ich zu ihr rübersah, starrte sie mich mit waidwundem Blick an. Wow, dieser Tag wurde von Minute zu Minute besser.

»Worüber?«

»Wirst du mir eine Frage beantworten?«

»Sicher.«

»Hattest du jemals vor, mich Teeny töten zu lassen?«

Ich beobachtete sie, wobei mir klar wurde, dass dies eine Fangfrage war. Eine Fangfrage, der ich mich auch noch freiwillig gestellt hatte.

»Warum willst du das wissen?«

»Du wolltest keine Pläne mit mir schmieden«, sagte sie langsam. »Und jetzt finde ich heraus, dass du dich mit einem anderen Typen hier verabredet hast. Der will sicher nicht eine Frau, die er noch nie gesehen hat, als Zeugin haben. Warum bescheißt du mich? Ich bin kein Kind, Puck.«

»Ich bescheiße dich nicht, und ich halte dich auch nicht für ein Kind«, sagte ich zu ihr, wobei ich mir mit der Hand durch die Haare fuhr. Mann, ich brauchte echt 'ne Zigarette. »Aber du hast recht – ich hatte nicht vor, dich jemanden umbringen zu lassen. Du hast jetzt schon genügend Scheiß und finstere Erinnerungen in deinem Leben, Becs. Glaub mir, wenn du einem Mann das Leben nimmst, trägst du ihn für den Rest deines Lebens mit dir herum. Ich verstehe, dass du Teenys Tod willst. Aber die Last würde ich dir niemals auferlegen, verdammt. Dafür bedeutest du mir viel zu viel.

»Du scheinst mich für eine Art Porzellanfigürchen zu halten. Ich werde nicht zerbrechen, Puck. Ich bin eine erwachsene Frau, die Schlimmes durchgemacht hat. Ich hab's überlebt, und jetzt mache ich weiter. Du hättest mir vertrauen sollen.«

»Aber es ist mein Job, dich zu beschützen«, sagte ich, während ich mich im Hinterkopf fragte, wie zum Teufel ich diese Situation zu einem guten Ende bringen konnte.

»Du kannst mich nicht immer beschützen«, flüsterte Becca. »So läuft's nicht im Leben. Schau, es tut mir leid, dass ich die Beherrschung verloren habe. Ich bin nicht dumm – ich weiß, dass mich Mom reingelegt hat, und ich weiß, dass ich den Kontakt abbrechen muss. Aber das war etwas, das ich selbst herausfinden musste. Wenn du mir Befehle erteilst, werde ich nur sauer und höre nicht mehr zu.«

Ich seufzte. »Ja, verstanden. Mir tut es auch leid, dass ich mich wie ein Arsch benommen habe. Hör mal, ich muss jetzt raus, um mit Diesel zu reden. Vielleicht gehen wir einen trinken oder so. Wird nicht länger als ein oder zwei Stunden dauern, ist das in Ordnung? Ich glaube, ein wenig Abstand würde uns beiden jetzt ganz guttun.«

Sie nickte, sah aber weg. »Ja, Abstand ist eine gute Idee.«

Ihre schnelle Zustimmung gefiel mir nicht – sollte es sie nicht stören, dass ich weggehen wollte? Fuck, was wollte ich eigentlich?

Eine Zigarette. Ja. Erst mal eine rauchen. Ein bisschen runterkommen … danach könnten wir reden und eine Lösung finden. Mannomann, Beziehungen waren echt verdammt kompliziert. Kein Wunder, dass es Painter nicht schaffte, seine aufrechtzuerhalten.

Becca

Puck hatte mich noch nie ernst genommen.

Darüber brauchte ich mich nicht wundern, so sehr ich es auch drehte und wendete.

So ging es in der Welt der Motorradclubs eben zu. Eine Alte Lady sollte besser keine Fragen stellen. Und sie steckt schon gar nicht ihre Nase in Clubangelegenheiten, nicht mal, wenn es gar keine echten Clubangelegenheiten sind.

Puck hatte mir erzählt, die Silver Bastards wären anders als die Longnecks, aber so anders waren sie nun auch wieder nicht. Und jetzt?

Wir mussten einen Kompromiss finden, oder die ganze Sache würde den Bach runtergehen. Das jagte mir schreckliche Angst ein, denn trotz unseres Streits konnte ich den Gedanken, ihn zu verlieren, nicht ertragen.

Ich ließ mich auf das Bett des Motelzimmers fallen und fragte mich, was zum Teufel mit mir los war. Irgendwas stimmte doch da nicht, oder?

Puck behandelte mich wie ein Kind, und meine Mom behandelte mich so, als ob ich gar kein richtiger Mensch wäre. War es überhaupt von Bedeutung, dass Puck nicht vorgehabt hatte, mich Teeny töten zu lassen? Im

Grunde war das zweitrangig. In erster Linie ging es hier darum, dass mich meine Mutter verarscht hatte. Wieder einmal.

Für mich konnte sie genauso gut tot sein.

Ich rollte vom Bett, ging ins Bad und wusch mir das Gesicht mit kaltem Wasser ab. Das fühlte sich schon besser an ... Sobald Puck zurückkäme, würden wir uns mal richtig unterhalten. Ich wollte mit ihm zusammen sein, keine Frage. Aber ich würde nie eines dieser Püppchen werden, die nickten und lächelten, wenn ihnen ihr Mann es befahl.

Mein Magen knurrte, und ich verkniff mir ein Lächeln. Auch wenn meine Welt in Scherben lag, musste ich ganz offensichtlich trotzdem noch etwas essen. Ich ging rüber zum Fenster und sah auf der anderen Seite des Parkplatzes ein Denny's-Schnellrestaurant. Vielleicht sollte ich es mir gut gehen lassen und herausfinden, wie weit ich mit vierzehn Dollar in so einem Restaurant kam. Ich schnappte mir das Handy und wählte Pucks Nummer.

»Hey«, sagte er. Er war gleich beim ersten Klingeln rangegangen.

»Hey«, antwortete ich mit komischem Gefühl in der Magengrube. »Äh, tut mir leid, dass ich dich störe, aber ich hab irgendwie Hunger. Hast du was dagegen, wenn ich rüber zu Denny's gehe? Es ist gleich gegenüber.«

»Ja, ich kann es sehen«, erwiderte er. »Okay. Iss was und komm dann gleich wieder zurück. Ruf mich an und gib mir Bescheid, sobald du wieder im Zimmer bist. Ich brauche noch eine Weile.«

»In Ordnung.«

Ich schnappte mir meine Handtasche und sah nach, ob die kleine Pistole, die mir Earl gegeben hatte, noch drin war. Zwar rechnete ich nicht damit, dass ich sie brauchen würde, doch nach allem, was passiert war, schien mir nichts mehr unmöglich zu sein.

Wie sich herausstellte, konnte man sich mit vierzehn Dollar bei Denny's eine ganze Menge kaufen.

Nach dem Essen fühlte ich mich besser. Was allerdings dazu führte, dass ich anfing, mich schuldig zu fühlen, weil ich meine Wut an Puck ausgelassen hatte. Nicht, dass ich nun völlig seiner Meinung gewesen wäre. Ganz und gar nicht. Aber es war an der Zeit, der Realität ins Auge zu blicken – es fiel mir schwer, mit meinen Wutgefühlen angemessen umzugehen. Und wenn ich keinen anderen Weg fand, um mit ihm zu kommunizieren, würde uns das früher oder später auseinanderbringen.

Die Bedienung brachte mir die Rechnung, und ich zählte ab, was ich ihr schuldete, und legte noch dreißig Prozent Trinkgeld dazu. Nun hatte ich noch genau einen Dollar übrig. Ich schüttelte meinen Kopf und ließ ihn auf den Tisch fallen. Warum auch nicht, verdammt? Dann ging ich aufs Klo. Ich hörte, wie eine andere Frau hereinkam und in die Kabine neben mir trat. Ich beendete mein Geschäft und stellte meine Handtasche auf den Waschtisch, um mir die Hände zu waschen. Gerade griff ich nach dem Papierhandtuch, als ich aus dem Augenwinkel sah, wie sie aus der Kabine kam.

Es war meine Mutter.

An der Tankstelle hatte ich sie mir nicht so genau angesehen. Ich war zu verblüfft gewesen. Jetzt betrachtete ich jede einzelne Falte um ihren Augen, die grauen Strähnen an ihren Schläfen, das Zittern ihrer Hände … Mom kleidete sich noch immer wie ein Bikerbabe, hatte aber inzwischen jenes zähe, ledrige Aussehen, das die Folge eines zu harten Lebens ist.

»Es tut mir leid«, flüsterte sie, während sie mir in die Augen sah. Der tiefe Schmerz in ihrer Stimme klang so echt, dass ich es ihr beinahe abgenommen hätte. Dann fiel es mir wieder ein – Mom war kein Mensch. Sie hatte keine echten Gefühle, nicht so wie andere Menschen. Niemand, der echte Gefühle hatte, würde tun, was sie getan hat.

»Ich will mich entschuldigen«, sagte sie. »Bitte, Baby. Ich hab Mist gebaut, das ist mir jetzt klar geworden.«

»Halt die Klappe.«

»An der Tankstelle ist mir bewusst geworden, dass ich dich seit *fünf Jahren* nicht gesehen habe. Du bist so anders, Baby. Ganz erwachsen. Ich kann es gar nicht fassen, dass ich dich beinahe wieder verloren hätte. Bitte lass uns reden.«

»Du hast nichts zu sagen, was mich interessieren würde.«

Sie runzelte die Stirn und griff in ihre Tasche. In dem Moment wurde mir klar, dass hier irgendwas faul war. Gerade als ich nach meiner Handtasche greifen wollte, zog sie eine Pistole hervor.

»Lass sie fallen und geh vom Waschbecken weg«, sagte sie mit kalter Stimme.

Ich ließ sie fallen und starrte sie unentwegt an.

»Ich wünschte, er hätte dich umgebracht«, flüsterte ich.

Sie zuckte zusammen, hielt aber dennoch die Pistole auf mich gerichtet.

»Du wirst vor mir aus dem Restaurant rausmarschieren, als ob alles in Ordnung wäre«, sagte sie zu mir. »Wir werden durch den Ausgang auf der anderen Seite gehen, die nicht zum Hotel hin zeigt. Sobald wir draußen sind, steigst du ins Auto, und wir fahren weg.«

Ich schüttelte meinen Kopf.

»Mach schon. Erschieß mich. Ich würde lieber sterben, als mit dir ins Auto steigen.«

»Du bist nicht die, die sterben wird. Teeny ist draußen; er hat deinen Freund im Visier. Wenn du nicht tust, was ich sage, ruf ich ihn an, und er wird abdrücken. Geh los.«

Der Rücksitz ihres Autos war voller Müll und alter Fast-Food-Einwickelpapiere. Ich saß meiner Mom gegenüber und starrte sie wütend an, während sie mit einer Hand die Waffe auf mich gerichtet hielt. Mit der anderen Hand drückte sie sich ihr Handy ans Ohr. Meine Handtasche hatte sie auf den Vordersitz geworfen.

»Ich hab sie«, sagte sie.

Wenige Sekunden später öffnete Teeny die Fahrertür und setzte sich rein. Ich schrie und griff nach der Tür, denn ich hatte keine Witze gemacht, als ich gesagt hatte, dass ich lieber sterben würde, als mit ihnen zu fahren. Teeny legte hektisch den Gang ein und bretterte vom Parkplatz, während sich Mom auf mich stürzte, sodass mein Kopf gegen das Fenster donnerte. Jemand hatte uns gesehen. Es musste uns einfach jemand gesehen haben. Wenn ich nur rauskäme, müssten sie mich hierlassen.

»Beruhig dich, verflucht noch mal!«, brüllte Teeny über seine Schulter nach hinten.

Für mich hieß das nur, dass ich mich noch stärker wehren musste. Dann trat er abrupt auf die Bremse, woraufhin Mom und ich gegen die Vordersitze donnerten.

Teeny drehte sich zu mir um, hob seine Waffe und zielte auf meinen Kopf.

»Ich mochte dich noch nie«, flüsterte er. »Glaub mir – ich hab kein Problem damit, abdrücken.«

»Sei nicht verrückt«, bettelte meine Mom. War da eine Spur echten Gefühls in ihrem Blick? »Becca, wir wollen dir nicht wehtun. Alles wird gut – du musst nur genau tun, was wir dir sagen. Zuerst werde ich dir die Hände und Füße mit Panzertape fesseln. Du musst dich beruhigen, Liebling, sonst tust du dir noch weh.«

Gebannt starrte ich auf die Waffe. Ich musste mich entscheiden, denn Teeny meinte es ernst. Das konnte ich ihm ansehen.

Plötzlich fühlte ich mich nicht mehr bereit zu sterben.

Mein Stiefvater funkelte mich mit der Pistole in der Hand wütend an, während Mom mit einer Rolle Panzertape herumhantierte. Ich spannte meine Muskeln an, um mir ein wenig extra Spielraum zu verschaffen, während sie mich fesselte. Innerhalb einer Minute hatte sie meine Hände und Füße gefesselt und sogar ein Stück Klebeband über meinen Mund geklebt.

Teeny grunzte zustimmend und fuhr wieder zurück auf die Straße.

»Mach dir keine Sorgen, Schatz«, sagte Mom und legte mir einen Arm um die Schultern, um mich an sich zu ziehen, als ob ich ein kleines Mädchen wäre … und sie mich nicht gerade entführen würde. »Mama ist hier. Ich passe gut auf dich auf.«

Wir fuhren gut fünfundvierzig Minuten raus in die Wüste, vorbei an unserem alten Haus und ein ausgetrocknetes Flussbett entlang. Schließlich hielt Teeny vor einem Wohnmobil. Eines von diesen alten, so wie das, in dem Walter White in *Breaking Bad* Meth gekocht hat.

So, wie ich meine Mom kannte, hatte sie sich von der Serie inspirieren lassen.

Das Wohnmobil stand offenbar schon lange hier draußen. Ich fragte mich, ob es überhaupt noch fahrtauglich war. Wahrscheinlich nicht. Nachdem sie mich aus dem Auto gezerrt hatten, hoppelte ich mühsam in den Camper, Mom auf der einen und Teeny auf der anderen Seite. Drinnen roch es wie Katzenpisse. Sie hatten hier eindeutig Meth gekocht. Toll. Bei meinem Glück würde das Ding gleich in die Luft fliegen.

Mom half mir, mich auf eine kleine Couch auf einer Seite des Wohnmobils zu setzen. Ich erwartete ein Verhör, doch stattdessen setzte sie sich mit Teeny auf zwei Stühle an einem kleinen Tisch gegenüber der Couch. Teeny ließ meine Handtasche auf den Tisch knallen und holte meine Geldbörse raus.

»Nichts«, sagte Teeny nach einer Minute. »Wo ist dein Geld?«

Ich brauchte eine Minute, bis mir klar wurde, dass er mit mir sprach. Ich zuckte die Schultern, da ich ja nicht antworten konnte. Er knurrte, beugte sich vor und zog mir mit einem Ruck das Band vom Mund. Dabei wurde die oberste Hautschicht mit abgerissen. Mann, tat das weh!

»Ich hab es euch die ganze Zeit gesagt – ich hab kein Geld. Ich arbeite als Bedienung, und ich geh in die Schule. Mein letztes Geld hab ich gerade fürs Frühstück ausgegeben.«

»Was ist denn mit deinem Freund?«, fragte Mom in fast neckischem Ton. Ich nahm an, dass sie beschlossen hatte, die »interessierte Mutter« zu geben, um Informationen aus mir rauszulocken. Konnte sie gerne haben.

»Erinnerst du dich an den Typen, der mich nach Idaho mitgenommen hat? Der dich verprügelt hat?«

Teeny machte eine finstere Miene, und Mom wurde tatsächlich rot.

»Das waren wilde Zeiten damals«, sagte sie schnell. »Ich schätze, wir erinnern uns alle und fragen uns …«

»Was ist mit ihm?«, wollte Teeny wissen.

Heilige Scheiße, er hatte Puck gar nicht mit der Waffe bedroht, wurde mir plötzlich klar. Nie im Leben hätte Teeny Pucks Gesicht nicht erkannt.

»Er ist jetzt mein Alter Mann und hat ein paar Freunde mitgebracht …«, sagte ich höhnisch grinsend. »Wahrscheinlich sind sie schon auf dem Weg hierher. Bist du dir sicher, dass du ihn wütend machen willst?«

Sie starrten mich beide ausdruckslos an.

»Der ist das?«, fragte Mom schließlich. »Dieser Junge?«

»Er ist kein Junge, und wenn er rausfindet, was ihr getan habt, wird er nicht glücklich sein. Wenn ihr mich laufen lasst, pfeif ich ihn zurück. Ansonsten seid ihr am Arsch.«

Teeny war der Mund offen stehen geblieben, was mich zum Lachen brachte. Ich konnte es mir nicht verkneifen. Ich konnte tatsächlich den kleinen Hamster in Teenys Kopf schneller und schneller in seinem Rad rennen sehen. Er schluckte.

»Wir haben es nicht böse gemeint«, sagte er schnell. »Du weißt, wie impulsiv ich bin. Aber das hat nie was zu bedeuten.«

»Friss Scheiße, Teeny«, sagte ich verächtlich.

Er wurde zornig. Mist. *Das Arschloch mit der Waffe sollte man besser nicht verärgern!*

»Wir müssen sie umlegen«, verkündete Teeny.

Mein Herz blieb stehen, und meine Mom sah geschockt von ihm zu mir.

»Was willst du damit sagen?«, fragte sie. »Wir können sie nicht töten. Sie ist meine Tochter.«

»Als ob dir das was ausmachen würde«, murmelte er. »Ich hab sie an den halben Club verkauft – da hast du nie was dagegen gehabt.«

»Sie war ein großes Mädchen und konnte damit umgehen«, zischte Mom, wobei sie ihre Augen halb zusammenkniff. Zu einem anderen Zeitpunkt hätte ich ihre Besorgnis vielleicht rührend gefunden. Aber jetzt wollte ich einfach nur nicht sterben. Panisch sah ich mich nach etwas um, das ich als Waffe benutzen konnte. Irgendetwas. Leider schränkte mich das Panzerband stark ein.

In dem Moment gingen Mom und Teeny aufeinander los. Er schrie Beleidigungen, während sie sich kreischend und fauchend in eine ausgewachsene Furie verwandelte. Meine Handtasche stand noch immer am

Tisch. Soweit ich mich erinnerte, befand sich die Waffe seitlich in einer Reißverschlusstasche, die Teeny noch nicht entdeckt hatte. Er hatte sich auf meine Geldbörse konzentriert.

Wenn ich an meine Pistole rankäme, könnte ich vielleicht … Was? Sie mit meinen gefesselten Händen packen?

Fuck.

Plötzlich richtete Teeny seine Waffe mitten auf mein Gesicht. Er stand mit zitternden Händen über mir. In seinem Blick konnte ich meinen Tod lesen. Gleich würde es passieren. In echt. Es heißt, dass man im Moment des Todes sein Leben an sich vorbeiziehen sieht – bei mir war es nicht so. Ich konnte nur daran denken, wie sehr ich Puck liebte. Plötzlich war mir schrecklich klar, dass ich mir etwas Wunderbares hatte entgehen lassen. Warum hatte ich das nur getan? Ich hätte das Zusammensein mit ihm einfach genießen können.

»Teeny, du kannst sie nicht erschießen«, sagte meine Mom. »Das ist meine Kleine. Ich hatte kein Problem damit, dass wir ihr das Geld abnehmen. Aber das hier ist was anderes. Du wirst sie nicht töten. Das lass ich nicht zu!«

»Halt's Maul, verdammt«, knurrte Teeny sie an. Dann konzentrierte er sich wieder auf mich. »Hör auf, mich anzusehen. Mach die Augen zu. Mach sie zu!«

Ich schloss die Augen, während meine Gedanken dahinrasten. Die Pistole klickte, als er den Hahn spannte.

Völlig unerwartet hörte ich meine Mutter vor Zorn aufheulen. Teeny schrie überrascht auf, und dann hörte ich ein Knacken und ein Geräusch, als ob etwas zermalmt würde. Ihr dürft mir glauben, diese beiden Geräusche sollte man besser nicht gleichzeitig hören.

Etwas Heißes, Nasses traf mich ins Gesicht. Zugleich hörte ich ein schweres Gewicht zu Boden fallen.

Als ich die Augen aufriss, sah ich, wie meine Mom mit einem Baseballschläger auf Teeny einschlug. Mit einem verdammten Alu-Baseballschläger. Heilige Scheiße. Ein ums andere Mal ließ sie ihn auf Teenys Kopf krachen, sodass ringsumher Blut aufspritzte. Schlagartig war ich wieder mitten in der Realität angekommen und konnte einzelne Worte von ihr verstehen.

»Nein! Nein! Du wirst meinem Baby nicht wehtun, du schwanzlutschendes Arschloch!«

Ich rutschte auf der Couch so weit weg, wie nur irgendwie möglich, um den Spritzern aus Blut, Haaren und grauen Teilchen zu entgehen, die ich wirklich absolut nicht auf mir haben wollte.

»Mom!«, rief ich, bemüht um eine beherrschte Stimme. Ich schien nicht zu ihr durchzudringen. »Mom! Du kannst aufhören, Mom. Er ist jetzt tot.«

Keuchend wurde sie langsamer. Der Baseballschläger fiel ihr aus der Hand und knallte auf das verblasste Linoleum.

»Er ist tot«, flüsterte Mom. Sie sah aus wie eine Figur aus einem Horrorfilm: Strähnige, wirre Haare, die voll blutiger Stückchen herunterhingen. Ihr Gesicht und ihre Brust waren voller Spritzer. Dann lächelte sie mich an, sodass ich einen ihrer halb verrotteten Schneidezähne sah.

»Tut mir leid«, sagte sie nach einer langen Pause mit einer Kopfbewegung in Richtung Teeny. Ich schluckte und überlegte, was zum Teufel ich sagen oder tun sollte. Ich war nicht tot, das war ja schon mal gut. Doch obwohl sie mich gerettet hatte, jagte Mom mir eine Heidenangst ein, denn sie war offensichtlich komplett übergeschnappt.

»Ich muss los«, verkündete sie. Ich konnte nicht sagen, ob sie mit mir oder mit sich selbst redete. »Ich muss hier raus. Die dürfen mich so nicht finden.«

»Warte, du musst mir helfen. Hilf mir nur, das Band abzumachen. Nimm mich mit. Lass mich in der Stadt raus. Dann ist alles gut.«

Sie sah mit misstrauischem Blick auf mich herab. Misstrauisch und fast wild ... wie ein in die Enge getriebenes Tier. Ich konnte nicht mal sagen, ob sie mich erkannte.

Verdammt. Mitten in der Wüste gefangen in einem Wohnmobil, zusammen mit einer Leiche und einer Verrückten.

»Ich muss los«, sagte sie wieder und schnappte sich meine Handtasche. Meine Geldbörse schob sie wieder hinein. Dann marschierte sie ans hintere Ende des Campers. Ich hob meine Hände und begann, mit den Zähnen an dem Band zu zerren. Ich musste mich befreien und schleunigst von hier verschwinden. Vermutlich würde mir Mom nicht wehtun, aber wer wusste das schon. Sie hatte ganz offensichtlich jeglichen Bezug zur Realität verloren.

Ich hatte einen Streifen des Bands gelockert, als sie mit einem hellroten Koffer zurückkam.

»Also, okay«, sagte sie, während sie über Teenys Leiche stieg, um mich schnell auf die Wange zu küssen. »Du bleibst schön hier, ich kümmere mich um alles. Mach dir keine Sorgen, Schatz.«

Sie lächelte mich an, wandte sich dann um und kletterte aus dem Wohnmobil. Nur wenige Sekunden später hörte ich, wie sie die Autotür zuschlug, bevor sie davonfuhr.

Ich sah auf Teenys Leiche hinab und schloss die Augen.

Was für eine verdammt beschissene Situation.

KAPITEL SIEBZEHN

Ich brauchte etwa zehn Minuten, um das Band von meinen Händen zu entfernen. Die Füße waren danach ein Klacks. Dann stand ich auf und ging in den hinteren Teil des Wohnmobils. Ich weiß nicht, was ich dort hoffte zu finden – solange es keine blutige Leiche war, war mir alles recht.

In dem winzigen Badezimmer warf ich im Spiegel einen Blick auf mich. Auf meinem Gesicht war Blut. Blut und … Stückchen von Teenys Hirn? Oh fuck. Fuck. Während ich versuchte, nicht in Panik auszubrechen, stellte ich das Wasser an und schrubbte mich wie verrückt ab. Nach ein paar Minuten gab der Wasserhahn ein pfeifendes Geräusch von sich, und es kam kein Wasser mehr. Ich klammerte mich an die Kante des Waschtischs, um zu Atem zu kommen.

Zumindest war mein Gesicht sauber. Was zum Teufel sollte ich als Nächstes tun?

Du schaffst das. Mein Handy war in der Handtasche gewesen, ebenso meine Pistole. Gott sei Dank hatte Puck mich mit einer falschen Identität ausgestattet: Wenn Mom meine Handtasche irgendwo wegwarf, würde ihr Inhalt wenigstens nicht sofort auf mich verweisen.

Fuck, wenn das mein größtes Problem gewesen wäre. Nein, der Ruhm gebührte dem toten Typen, der draußen vor der Klotür auf mich wartete. Ich wusste nicht, wo ich war, ich hatte kein Handy, und das einzige Fluchtfahrzeug, das mir eventuell zur Verfügung stand, war ein fahrendes Methlabor. Natürlich war die Gefahr groß, dass der Camper sowieso nicht mehr fuhr, was meine ganze Lage noch wesentlich besser machte, oder?

Ich musste mich umsehen und herausfinden, was ich vielleicht gebrauchen konnte. Oh, ausflippen durfte ich dabei auch nicht.

Nachdem ich bis zehn gezählt hatte, öffnete ich die Klotür und trat hinaus in den Flur. Rechts von mir war ein kleines Schlafzimmer. Ich durchsuchte es, was nicht einfach war, weil Mom offenbar den Raum vorhin geplündert hatte. Überall lagen Klamotten rum. Ein paar Tütchen mit Gras. Als ich eine Schublade aufzog, entdeckte ich darin einen Dildo mit getrockneten Krusten darauf.

Igitt …

Fast hätte ich die zweite Schublade nicht geöffnet, aus Angst, dort Ähnliches zu finden. *Reiß dich zusammen – du könntest sonst hier draußen sterben.* Ich zog die Schublade auf und traf voll ins Schwarze, und zwar in Form einer 38er Halbautomatik, die mich anstrahlte. Ich schnappte mir die Pistole und prüfte das Magazin. Voll geladen. Na, das war doch *wunderbar*. Schon etwas besserer Stimmung suchte ich weiter, in der Hoffnung, vielleicht ein Handy oder Schlüssel zu finden. Dreißig Minuten später war ich immer noch auf der Suche. Verdammte Scheiße. Es gab nur noch einen Ort, an dem ich noch suchen konnte. Am offensichtlichsten Ort.

Ich musste Teenys Leiche durchsuchen.

Ich biss mir auf die Lippen, ging zu ihm rüber und stieß ihn vorsichtig mit dem Fuß an.

Ich wusste, dass er tot war, aber irgendwie rechnete ich immer noch damit, dass er aufspringen und mich anbrüllen würde oder so.

Tat er aber nicht.

Mein Stiefvater erschien mir jetzt kleiner. Er war nie wirklich groß und breit gebaut gewesen – hätte ich mich damals wehren können, wenn ich mich ein bisschen mehr angestrengt hätte? Ich hatte nie wirklich gegen ihn angekämpft. Zumindest nicht mehr nach dem ersten Mal. Ich hatte zu viel Angst davor gehabt.

Jetzt wirkte er einfach nur noch armselig. Fast unecht. Als er mich vergewaltigt hatte, hatte er nach altem Schweiß und Schnaps gestunken. Jetzt roch er nach rohem Hamburger. Es war so furchtbar banal – sollte ein toter Mensch nicht nach mehr als rohem Fleisch riechen? Wenn es ihm gelungen wäre, mich zu erschießen, würde ich jetzt auch so riechen. Wie irgendeine Tüte mit Hackfleisch.

Ich versuchte, mich nicht zu übergeben, während ich mich über ihn beugte. Ich packte ihn an der Hüfte und rollte den Körper auf die Seite, sodass ich an seine Hosentaschen rankam. Darin fand ich einen Schlüsselbund und ein Handy. Als ich es anschaltete, hinterließen meine Finger blutige Streifen auf dem Display.

Kein Empfang. Fuck.

Vielleicht halfen mir die Schlüssel weiter. Ich ging ans vordere Ende des Wohnmobils, wobei ich mich fragte, ob ich die Kiste überhaupt fahren könnte, falls sie denn ansprang.

Die Frage war müßig, da keiner der Schlüssel ins Zündschloss passte.

Und jetzt?

Ich war mir nicht sicher, wie lange ich schon hier in dem Camper war, doch es fühlte sich an, als ob mehrere Stunden vergangen wären. Die Sonne brannte vom Himmel, sodass der Raum schrecklich heiß wurde. Eine Fliege summte vorbei und landete auf Teenys Leiche. Als ich von Weitem ein Motorrad hörte, war ich plötzlich ganz aufgeregt.

Puck kommt, um mich zu retten! Nur, dass Puck mich gar nicht retten konnte, weil sein Bike noch immer in Idaho war. Das Röhren des Motorrads wurde immer lauter.

Ich lief vor und versperrte die Tür des Wohnmobils. Dann stürzte ich in das kleine Schlafzimmer. Versteckt hinter einem verblassten Vorhang blinzelte ich vorsichtig raus und sah, wie ein Motorrad neben dem Wohnmobil zum Stehen kam. Ein Mann mit Longnecks-Kutte stieg ab. Als er seinen Helm abnahm, blieb mir die Luft weg.

Es war Bax – Teenys Bruder.

So eine verdammte Scheiße!

Panisch packte ich die 38er und setzte mich mit dem Rücken an die Schlafzimmerwand. Was sollte ich nun tun? Mich verstecken? Das ganze Fahrzeug wackelte, als Bax an die dünne Tür hämmerte. Ich hörte, wie er Teeny verfluchte. Dann erzitterte wieder das Wohnmobil, als er mit seiner Schulter die Tür rammte. Wenige Sekunden später kam er rein.

»Oh mein Gott«, murmelte der Mann, während ich mir die Szene vorstellte. Sein Bruder am Boden, Hirnmasse und Haare im Raum verteilt. Die Mordwaffe gleich daneben, mit Blut und Schleim verschmiert. »Teeny, du kleines Arschloch.«

Das Wohnmobil wackelte erneut, als der große Mann herumging. Ein atemloses, pfeifendes Geräusch. Weinte er etwa? Meine Anspannung wuchs, als Sekunde um Sekunde verstrich – würde er das Schlafzimmer durchsuchen? Wenn er mich fand, war ich am Arsch. Ich würde ihn erschießen müssen. Am besten erschießen, bevor er überhaupt mitbekommen hatte, dass ich hier war.

Ich sah hinunter auf die Pistole und schluckte. Würde ich das schaffen?

Ein weiteres Geräusch drang durch meine Gedanken zu mir durch; ein zweites Fahrzeug kam näher. Ich hörte, wie es in Richtung Camper abbog und lauter wurde, bis es davor zum Stehen kam. Bax musste es auch gehört haben, weil er sich aufrichtete und seine Waffe lud.

Eine Tür wurde zugeschlagen. Ich packte meine eigene Waffe und glitt zum Fenster, um rauszuspitzen. Puck kam gerade aus seinem Transporter, die halbautomatische Pistole einsatzbereit vor sich. Sein Freund von den Reapers stieg auf der anderen Seite aus. Ich beobachtete, wie sie in einem großen Kreis um das Wohnmobil gingen, wohl um die Umgebung auszukundschaften.

Nein. Nein. Nein. Ich hatte keine Ahnung, wie er mich gefunden hatte, doch eine Sache war ganz klar – wenn ich nichts unternahm, würde er direkt einem wütenden Longneck in die Arme laufen, der auf Rache aus war. Eine seltsame, schreckliche Ruhe überkam mich, und ich verstand plötzlich, warum Puck mich vorhin so angeschrien hatte.

Ich musste ihn beschützen.

Alles andere war egal.

Ich zog mich vom Fenster zurück und bewegte mich langsam zur Tür, die ich, ohne ein Geräusch zu machen, öffnete. Bax stand wartend da, mit der Waffe in der Hand. Er dehnte seine Nackenmuskeln und lächelte dabei. Ich konzentrierte mich auf mein Ziel, während die Welt zusammenschrumpfte, bis nur noch wir zwei darin existierten.

Ich kannte diesen Blick in seinem Gesicht. Arrogant. Selbstsicher.

Genau so hatte er ausgesehen, kurz bevor er mich vergewaltigt hatte. Ich hob meine Waffe, ging in Position und zielte sorgfältig.

Dann drückte ich den Abzug.

Ich spürte den Rückstoß der Waffe in meinen Händen, hielt sie aber dennoch sicher in der Hand, während ich beobachtete, wie Bax zuckend zur Seite fiel und mit einem dumpfen Geräusch auf dem Boden landete. Seine Waffe polterte auf den Boden. Ich trat vor, bereit, nochmals zu schießen, während die Männer draußen zu schreien anfingen.

Puck klang nicht sonderlich vergnügt, dachte ich mir, wobei ich mich fragte, was mir daran so lustig erschien. Es war nicht normal, wenn man lachen wollte, kurz nachdem man einem Mann eine Kugel verpasst hatte … Vielleicht wurde ich nun endgültig verrückt?

Und wenn schon. Was Puck anging – über den konnte ich mir später Sorgen machen. Jetzt musste ich erst mal überprüfen, ob Bax wirklich komplett ausgeschaltet war. Seine Waffe schob ich mit dem Fuß beiseite. Dann stand ich über ihm, mit der Pistole auf seinen Kopf zielend.

»Puck, bist du da draußen?«, rief ich.

»Becs? Bist du's?«

»Ja«, schrie ich zurück. »Ich bin hier drin. Es sind noch zwei Typen hier, aber ich glaube, sie sind beide tot. Die Tür müsste offen sein, kommt rein.«

Hinter mir hörte ich die Tür quietschen und anschließend Pucks keuchenden Atem.

»Dein Mädel macht keine halben Sachen«, sagte der Reaper.

»Becs, lass deine Waffe fallen und tritt einen Schritt zurück«, sagte Puck zu mir. »Ich hab sie im Visier, du gehst also besser aus der Schusslinie.«

Das musste er mir nicht zweimal sagen.

Ich ging zurück ins Schlafzimmer, wo ich meine Pistole vorsichtig auf der schmutzigen Ablage platzierte. Puck betrat das Wohnmobil und stieß jede der Leichen mit dem Fuß an. Keine von beiden bewegte sich. Dann sah er mich kurz an, um mit seinem Blick meinen Körper auf Verletzungen abzusuchen.

»Mir geht's gut«, beruhigte ich ihn. »Ich hab zwar gerade einen Typen umgelegt, aber davon abgesehen ist alles in Ordnung.«

Puck hob eine Augenbraue.

»Bist du sicher, dass mit dir alles in Ordnung ist?«, fragte er.

Ich dachte gründlich über die Frage nach – irgendwie fühlte sich alles so weit weg an. Ich spürte, wie mein Herz schlug, aber so, als ob es gar nicht zu mir gehören würde.

»Vielleicht hab ich einen Schock«, gab ich schwankend zu.

»Fuck«, murmelte er und stürzte quer durch den Camper, um mich aufzufangen.

Ich schlang meine Arme um seinen Hals und sog den Geruch seines Körpers ein. Das hier war real – Puck stand tatsächlich hier und hielt mich fest.

Alles würde wieder in Ordnung kommen.

»Wie hast du mich gefunden?«

»Deine Mom hat mich von deinem Handy aus angerufen«, murmelte er. »Hat mir gesagt, wohin ich fahren muss. Sie hat gesagt, du bräuchtest meine Hilfe, um hier aufzuräumen.«

»Sie hat Teeny umgebracht«, gelang es mir zu sagen, obwohl mir der Kopf schwirrte. *Und sie hat Puck angerufen, um mich zu retten.* »Er wollte mich erschießen, nachdem er gehört hat, dass du mein Alter Mann bist – wahrscheinlich konnte er sich ausmalen, dass du ihn kriegen würdest, sobald ich dir gesagt hätte, was er getan hat.«

»Du solltest also einfach verschwinden? Dachte er, das würde mir nicht auffallen?«

Ich lachte bitter auf. »Denken war noch nie seine Stärke.«

»Bringen wir sie hier raus«, sagte der große Reaper. »Über das Zeug könnt ihr später auch noch reden. Wir müssen den Camper abfackeln – das sollte alle Beweise, die uns gefährlich werden könnten, vernichten.«

»Wird denn niemand das Feuer bemerken?«, fragte ich und runzelte verwirrt die Stirn.

Er sah mich schulterzuckend an.

»Vielleicht«, gab er zu. »Deswegen müssen wir ja verschwinden. Mit etwas Glück interessiert es hier niemanden, dass wieder mal ein Wohnmobil ausgebrannt ist. Nur ein weiteres missglücktes Drogenexperiment. Wir bringen das hier zu Ende, und ihr zwei fahrt danach sofort zurück nach Idaho. Ich haue in die andere Richtung ab.

»Steig in den Transporter«, sagte Puck zu mir.

Ausnahmsweise schien es mir gar keine schlechte Idee zu sein, seine Anweisungen einfach zu befolgen. Offensichtlich kannte er sich mit solchen Geschichten besser aus als ich.

Zwei Stunden später waren wir auf dem Weg nach Norden. Der Camper war schnell in Flammen aufgegangen und explodiert, als wir wegfuhren. Ich vermute mal, das ist ganz normal, wenn man ein Meth-Labor anzündet.

In Santa Valeria versteckte ich mich hinten im Transporter, während Puck unsere Sachen aus dem Motelzimmer holte. Ich hatte keine Ahnung, ob irgendjemand meine Entführung vor dem Denny's beobachtet hatte, und wollte es auch nicht herausfinden.

»Also, jetzt erzähl mal«, sagte Puck, sobald wir die Stadtgrenze hinter uns gelassen hatten. »Wie zum Teufel bist du in diesem Camper gelandet?«

Ich sah hinab auf meine Handgelenke und fuhr mit einem Finger über die Striemen, die durch das Panzerband entstanden waren. Mom war eigentlich recht behutsam mit mir umgegangen, doch als ich versucht hatte, mich zu befreien, hatte ich wild daran herumgerissen.

»Mom hat mir bei Denny's aufgelauert. Sie hat mir eine Pistole ins Gesicht gehalten. Ich hab ihr gesagt, sie soll sich verpissen, aber sie hat gesagt, dass Teeny dich im Visier hat und dich erschießt, wenn ich nicht ihren Anweisungen folge. Wir sind raus zum Auto gegangen. So haben sie mich gekidnappt und in die Wüste verschleppt. Anscheinend haben sie gedacht, dass ich das Geld dabeihätte, um Teeny zu bezahlen.«

Pucks Kiefermuskeln spannten sich an, und er setzte zum Reden an.

»Nein«, sagte ich zu ihm, während ich seinen Arm ergriff. »Ich weiß, dass du wütend bist. Ich bin auch wütend, aber dieses Mal lassen wir die

Wut nicht am anderen aus. Das war eine beschissene Situation, doch zumindest sind wir beide am Leben. Das ist mehr, als Teeny sagen kann. Ich will nur verdammt schnell hier weg und nach Hause.«

Puck runzelte die Stirn.

»Du solltest mir zumindest dafür danken, dass ich deinen Arsch gerettet hab«, sagte er schließlich frustriert.

»Danke, dass du meinen Arsch gerettet hast«, sagte ich. Ich war stolz, dass wir dieses Mal nicht angefangen hatten zu streiten. »Aber ich hatte mich schon selbst gerettet, weißt du.«

»Wenn man davon absieht, dass du mit zwei Leichen mitten in der Wüste gestrandet warst. Ja, vermutlich hast du recht. Du hattest praktisch schon alle Probleme gelöst, als wir dort ankamen.«

»Das Bike von Bax war dort – das hätte ich nehmen können.«

»Du kannst Motorradfahren?«, fragte er eindeutig verblüfft.

Ich verdrehte meine Augen. »Ich bin auf einem Bike aufgewachsen. Natürlich kann ich Motorradfahren.«

»Das war mir nicht klar«, antwortete er, wobei er mich mit neuem Respekt im Blick ansah. »Aber was hattest du vor? Wolltest du völlig blutverschmiert in die Stadt fahren? Und was ist mit dem forensischen Beweismaterial? Du kannst nicht einfach eine Spur aus Leichen zurücklassen, Becs. Komm, das musst du zugeben.«

»Okay, du hast mir den Arsch gerettet«, gab ich zu. »Aber ich hab mich auch selbst gerettet. Und ich hab dich gerettet. Bax hat dir aufgelauert – er hätte dich einfach durch die Tür hindurch erschossen.«

»Da hast du vermutlich recht«, sagte Puck. »Weiß ich übrigens zu schätzen.«

Eine Weile fuhren wir schweigend weiter.

»Ich kann's nicht fassen, dass sie mich wieder drangekriegt hat«, sagte ich schließlich. »Und nur falls das nicht klar ist – ich hab genug von ihr. Du hattest schon immer recht. Ich hätte bereits vor langer Zeit aufhören müssen, auf ihre Anrufe zu reagieren. Wahrscheinlich haben sie mich für eine komplette Idiotin gehalten, weil ich immer wieder auf ihren Scheiß reingefallen bin.«

Puck versuchte nicht, auf dem Thema herumzureiten, das musste man ihm lassen. Er legte nur die Hand auf mein Knie und drückte einmal zu.

»Warst du überrascht, als sie Teeny angegriffen hat?«

Ich zuckte mit den Schultern und legte meine Hand auf die seine.

»Ich weiß nicht, was ich davon halten soll – ich weiß immer noch nicht, warum sie mich angelogen hat oder warum sie dann beschlossen hat, ihn aufzuhalten. Vermutlich ging ihr die Vorstellung, dass er mich töten würde, irgendwie zu weit. Wahrscheinlich werde ich es nie erfahren.«

»Wahrscheinlich nicht«, stimmte er zu.

Ich beugte mich vor, um das Radio einzuschalten.

Beim Reden musste ich zu viel denken.

»Becca, du solltest ins Bett kommen.«

Ich stand neben dem Fenster und blickte auf den im Dunkeln liegenden Parkplatz herab. Das Niveau unserer Hotels war noch ein Stückchen gesunken, falls das überhaupt möglich war. Puck sagte, je beschissener die Hotels seien, desto unwahrscheinlicher sei es, dass sich jemand an uns erinnerte. Wenn man dieser Logik folgte, waren wir jetzt absolut in Sicherheit. Ich hatte draußen bereits zwei Drogendeals beobachtet und hätte gewettet, dass die beiden Mädchen mit reichlich Make-up im Gesicht und sehr hohen High Heels an den Füßen nicht nur eine Party in ihrem Zimmer feierten.

»Ich muss immer wieder an Teeny denken«, gab ich zu. »Mom hat unzählige Male auf ihn eingeschlagen. Das Blut spritzte überall herum. Wie in einem Horrorfilm. Und nicht nur das. Ich habe heute auch einen Mann getötet. Ich sollte doch wohl irgendwas fühlen – Schuld oder vielleicht Aufregung oder Triumph oder so was. Aber ich bin einfach nur müde.«

»Komm ins Bett«, sagte er noch mal, während er die Decke neben sich zurückzog.

Ich ging zu ihm rüber und kletterte ins Bett, um mich an ihn zu schmiegen.

»Bist du sauer auf mich?«

»Weshalb?«, fragte er. »Da musst du mich schon genauer fragen, damit ich darauf antworten kann.«

»Wegen allem. Weil ich ihre Anrufe angenommen habe. Weil ich Teeny zugehört habe … weil ich dich überhaupt hierhergeschleift habe.«

Puck griff mit seinen Fingern in mein Haar und fuhr sanft hindurch. Dann seufzte er.

»Vielleicht ein bisschen«, gab er zu. »Aber vor allem bin ich glücklich, dass du lebst. Als deine Mom anrief, war es, als ob die Welt um mich herum stehen geblieben wäre. Ich konnte nur noch daran denken, dass du vielleicht irgendwo tot in der Wüste liegst. Hätte ja passieren können.«

»Es tut mir leid, dass du das durchmachen musstest«, sagte ich. »Aber wegen Teeny und seinem Bruder kann ich einfach nicht bedrückt sein. Und ich weiß, es klingt beschissen, doch ich bin froh, dass mich meine Mutter gerettet hat. Vielleicht liebt sie mich noch auf ihre Weise, selbst wenn sie ein Fall für die Klapse ist. Für dich hört sich das wahrscheinlich verrückt an, aber ich fühle mich dadurch wesentlich besser. Es ist nicht so, dass ich sie jemals wiedersehen oder mit ihr reden möchte – keine Sorge.«

Er küsste mich aufs Haar und zog mich fester an sich.

»Und jetzt?«, fragte ich ihn.

»Wir sollten schlafen«, erklärte er. »Wenn wir früh aufstehen und durchfahren, sind wir morgen Abend in Idaho.«

»Nein, ich meine, was ist mit uns?«

»Was ist mit uns?«, fragte er mit einer Spur von Humor in der Stimme. »Ich bin gerade quer durchs Land gefahren, um einen Mord für dich zu begehen. Vor ein paar Stunden hab ich dabei geholfen, zwei Leichen zu verbrennen, um deine Spuren zu verwischen. Das verlangt ein gewisses Maß an Hingabe von meiner Seite, findest du nicht?«

»Na ja, wenn man es so betrachtet …«

Puck küsste mich. Fest. »Schlaf jetzt. Morgen haben wir eine lange Fahrt vor uns.«

Ich kuschelte mich an ihn und merkte, wie ich mich langsam entspannte. Dann fiel mir etwas Wichtiges ein.

»Puck!«, sagte ich, während ich mich abrupt aufsetzte.

Er stürzte sich auf seine Pistole. Bereit zum Einsatz. Ich erstarrte.

»Was ist los?«, flüsterte er gepresst. »Hast du was gehört?«

Ich schüttelte den Kopf, wobei ich die Waffe anstarrte. »Könntest du die vielleicht wieder hinlegen?«

Er nickte und senkte dann langsam die Waffe.

»Was ist los?«, fragte er nochmals.

Ich lachte nervös, weil ich mir etwas doof vorkam.

»Äh, heute dachte ich ja, ich würde sterben ...«

»Ich versuche gerade, nicht daran zu denken.«

»Also ...«, sagte ich und schüttelte dann den Kopf. Es war nicht der richtige Zeitpunkt. »Gehen wir wieder schlafen. Wir können morgen drüber reden.«

»Becs, was auch immer dir eingefallen ist, verdammt, spuck's einfach aus.«

»Ich liebe dich. Als mich Teeny erschießen wollte, konnte ich nur daran denken. Ich liebe dich und wünschte, ich hätte nicht so oft mit dir gestritten. Wir müssen über eine ganze Menge Dinge reden, das macht mir Angst. Aber was auch immer passieren wird – du solltest wissen, was ich für dich empfinde. Du musst es nicht erwidern.«

Mann, war das eine komische Situation. Puck drehte sich um und legte die Waffe nieder. Dann legte er seine Hand an meinen Nacken und zog mich an sich, sodass meine Stirn an der seinen ruhte.

»Ich liebe dich auch«, sagte er. »Ich weiß nicht, wann das passiert ist, aber irgendwann muss es wohl passiert sein. Liebe auf den ersten Blick soll ja angeblich Schwachsinn sein, und vielleicht stimmt das ja auch. Aber was auch immer ich in dieser ersten Nacht für dich gefühlt habe, hat sich in etwas Wahres verwandelt. Ich lass dich nie wieder los.«

»Was heißt das also?«, fragte ich. »Ich will mein Leben immer noch selbst unter Kontrolle haben.«

Puck seufzte und lachte dann leise.

»Das müssen wir später rausfinden, ich bin nämlich wirklich verdammt müde«, gab er zu und ließ sich wieder aufs Bett fallen.

Ich kuschelte mich erneut an ihn und legte meine Hand auf seine Brust, während ich meine Augen schloss.

KAPITEL ACHTZEHN

Zwei Monate später

Puck

Ich trat hinaus aufs Dach und schloss die Glastür zu meiner Wohnung hinter mir. Die Luft war kalt, wenn auch noch nicht frostig. Noch konnte ich den Herbst riechen. Bald würde ich die Reifen am Transporter wechseln müssen. Und mein Bike für den Winter einmotten. Natürlich hatte ich dann noch das Schneemobil, mit dem man richtig Spaß haben konnte – allerdings nicht so viel wie mit meinem Bike.

»Hast du ans Brot gedacht?«, rief Becca durch ihr offenes Fenster. Als ich das Baguette hochhielt, damit sie es sehen konnte, lächelte sie. Autsch. Ihr Lächeln versetzte mir jedes Mal wieder einen Schlag in die Magengrube. Die Schläge wurden sogar heftiger. Ich war einfach verrückt nach diesem Mädchen.

»Danke«, sagte sie, als ich näher kam.

Ich beugte mich vor und küsste sie, während ich mich fragte, in welchem Bett wir heute Abend landen würde. Normalerweise schlief ich bei ihr, aber manchmal schaute sie auch bei mir vorbei. Sie nahm meine Hand, als ich eintrat, und zog mich zum Tisch.

»Komm, setz dich hin«, sagte sie. »Willst du was trinken?«

»Wow, das hast du ja toll hergerichtet.«

Das konnte man wohl sagen. Der Tisch war mit einem dunkelrotbraunen Tuch bedeckt, das mir bekannt vorkam – sie hatte es mit der brandneuen Singer-Nähmaschine gesäumt, die Regina letzte Woche vorbeigebracht hatte. Sie war zwar nicht antik, schien aber recht gut zu funktionieren. Beim Anblick der Maschine hatte Becs wie ein Baby geheult.

Das war nicht der einzige Moment gewesen, in dem sie geweint hat. Becs hatte schreckliche Angst gehabt, dass ihre Pflegeeltern ihr das, was sie getan hatte, nie vergeben würden. Deshalb war sie Earl und seiner Frau nach unserer Heimkehr noch zwei Tage lang aus dem Weg gegangen. Irgendwann hatte ich genug davon, deshalb hatte ich Becca ohne Vorwarnung auf mein Bike gesetzt und zu ihnen rausgefahren. Zuerst lag ein peinliches Schweigen in der Luft, das bald abgelöst wurde von Umarmungen und Tränen und mehr Desserts, als gesetzlich erlaubt sein sollte.

Danielle hatte ihr nicht so schnell verziehen: Sie brüllte Becca fast eine Stunde lang an, bevor sie sich entschloss, nicht weiter sauer auf sie zu sein. Blake stand mit verschränkten Armen hinter ihr und starrte mich die ganze Zeit über an. Ich hatte das Gefühl, dass er dachte, das Ganze sei irgendwie meine Schuld gewesen. Wie auch immer, ich war froh, dass ich nicht mit ihm kämpfen musste. Danach brachen die Mädels in Tränen aus und fielen sich um den Hals. Das war der Punkt, an dem Blake und ich beschlossen, uns zusammenzutun und schleunigst zu verschwinden.

»Hier hab ich dein Lieblingsbier«, verkündete Becca, als sie den Kühlschrank öffnete. »Und ich habe dir einen Pie gebacken. Die Spaghetti sind in einer Minute fertig.«

Ich nahm mir ein Bier und schnappte mir einen Stuhl, von wo aus ich den Blick auf ihren süßen kleinen Hintern genießen konnte, der hin- und herschwang, während sie im Zimmer umhereilte. Becca warf mir einen ziemlich unsicheren Blick zu. Dann blinzelte sie, und ich fragte mich, ob ich mir das nur eingebildet hatte.

»Lief's gut in der Schule?«

»Ja, es war alles bestens«, erwiderte sie. »Äh, da wir gerade von der Schule sprechen … ich ändere meinen Stundenplan vielleicht ein wenig. Ich habe beschlossen, dass ich nicht noch vier Monate auf meinen Abschluss warten will. Sie haben gesagt, dass ich wieder ganztags zur Schule gehen kann, damit es ein bisschen schneller geht.«

Ich runzelte die Stirn. »Du rennst doch eh schon hektisch zwischen Schule und Moose hin und her. Wie willst du das denn schaffen?«

Becca runzelte die Stirn und sah mich an, doch bevor sie antworten konnte, klingelte der Küchenwecker.

»Die Nudeln sind fertig.«

Fünf Minuten später reichte sie mir einen Teller, der so voll war, dass er für den ganzen verdammten Club gereicht hätte.

»Das ist eine ganze Menge«, sagte ich mit einem Blick zu ihr.

Becca lächelte unsicher, während sie ihren Teller abstellte. Ich wartete darauf, dass sie irgendwas sagen würde, doch es kam nichts. Stattdessen nippte sie nervös an ihrem Wasser. Was zum Teufel war hier los?

»Willst du ein Bier?«

Becca schüttelte ihren Kopf und seufzte. »Wir müssen reden.«

»Das sind die Worte, die jeder Mann gerne hört«, murmelte ich. Ich lehnte mich zurück, verschränkte die Arme über der Brust und wartete ab. Schweigend verknotete sie ihre Finger.

»Baby, du kannst es mir einfach erzählen«, sagte ich schließlich, während ich spürte, wie eine dunkle Ahnung in mir aufstieg. Hatte ihre Mutter sich gemeldet? Ich wusste, dass sich Becca ihrer Gefühle für sie nicht ganz sicher war. Ich dagegen schon. Es stimmte zwar, dass sie Teeny davon abgehalten hatte, Becca zu guter Letzt umzubringen. Doch der einzige Grund, warum sie ihrer Tochter zu Hilfe hatte eilen müssen, war der, dass sie sie davor in diese verdammte Lage gebracht hatte.

Ich hoffte, dass sie tot war. Das wäre das Beste für alle.

»Nun, wir haben noch nie über die Zukunft gesprochen«, sagte Becca langsam. »Manchmal frage ich mich … Wie stellst du dir unsere Zukunft vor, Puck?«

Ich runzelte die Stirn.

»Was meinst du?«

»Also, ich meine, glaubst du, dass wir länger zusammenbleiben werden?«

»Du bist meine Alte Lady«, antwortete ich, während ich einen ordentlichen Schluck Bier nahm. »Was gibt's da noch zu sagen?«

»Wir kommen bisher gut miteinander aus«, sagte sie vorsichtig. »Und du weißt, dass ich dich liebe. Aber ich will dich nicht einsperren.«

»Ich fühl mich nicht eingesperrt, Becca.«

Sie sah mich mit stetem Blick an, ihre Hände lagen gefaltet auf dem Tisch.

»Ich bin schwanger.«

Ich blinzelte. »Wie bitte?«

»Ich bin schwanger«, wiederholte sie.

Mir fiel auf, dass sie ihre Finger so verkrampft hatte, dass sie ganz weiß geworden waren. Na schön. Bei mir drückte gerade was ziemlich heftig auf die Brust.

»Wie ist das passiert?«

Becca erstarrte.

»Wir haben ein paar Mal das Kondom vergessen, erinnerst du dich?« Ihr Tonfall klang feindselig. Verdammt.

»Du bist also wirklich schwanger?«

»Ja, ich bin schwanger«, antwortete sie, während sie mich aus schmalen Augen ansah. »Wenn du abhauen willst, sag's jetzt gleich. Ich werde nicht wie meine Mom, sondern werde dieses Kind ordentlich aufziehen. Dazu brauche ich keinen Mann, der unseren Arsch rettet.«

Ich runzelte die Stirn.

»Ich bin kein Mann zum Arschretten, ich bin der Vater des Kindes. Und warum zum Teufel glaubst du, dass ich abhauen will?«

»Weil eine Familie eine Menge Arbeit bedeutet – damit ändert sich das ganze Leben.«

Bedeutungsschwer hingen ihre Worte in der Luft, und plötzlich wurde mir klar, dass es tatsächlich so weit war: *Ich werde Vater!* Tausend Gedanken explodierten in meinem Kopf und rasten dann so schnell dahin, dass ich sie gar nicht alle fassen konnte. Wir bräuchten eine größere Wohnung – zwar nicht sofort, aber ich würde kein Kind in einer Wohnung an der Hauptstraße aufziehen. Es könnte ja aus dem Fenster fallen.

Mann. Kinder fielen ständig irgendwo raus. Oder liefen davon. Wurden gekidnappt, ermordet … *Fuck.*

Hoffentlich war's kein Mädchen. Ein Mädchen könnte ich nicht verkraften.

»Deswegen willst du die Schule schneller abschließen, oder?«, fragte ich Becca.

Sie nickte und biss sich dabei auf die Lippe.

»Wenn ich jetzt keinen Abschluss mache, schaffe ich es vielleicht später nicht mehr.«

»Das versteh ich …« Shit. Wie konnte sie arbeiten und zugleich ihren Abschluss machen? Da wurde es mir plötzlich klar – mit einem Baby musste Becca endlich zulassen, dass ich ihr half. War ja auch höchste Zeit, verdammt. Ich hatte ihr dieses ganze Gerede von *»Ich bin eine unabhängige Frau, die für sich selbst sorgen kann«* bisher durchgehen lassen, aber jetzt war Schluss damit. Jetzt waren wir zu dritt.

Zu dritt. Wow.

»Okay, wir brauchen also eine Wohnung«, sagte ich zu ihr. Meine Gedanken rasten dahin. »Welche, ist mir egal, aber ich sehe nicht ein, warum wir mehr als eine Miete zahlen sollen. So sparen wir Geld, dann kannst du im Moose kündigen, deinen Schulabschluss machen …«

»Heißt das, wir bleiben zusammen?«

Diese Frage brachte mich durcheinander. Ich betrachtete ihr Gesicht: Sie wirkte angespannt und nervös. Toll. Nach allem, was wir durchgemacht hatten, dachte mein Mädchen immer noch, dass ich sie schwanger sitzen lassen würde.

»Mann, Becca«, knurrte ich. »Für was hältst du mich eigentlich?«

»Ich liebe dich«, sagte sie, wobei ihr plötzlich Tränen in die Augen traten. Verdammt. Schon wieder Tränen … Heilige Scheiße, vielleicht waren das ja die Schwangerschaftshormone. Das würde eine Menge erklären. Seit unserer Rückkehr war Becca der reinste Wasserhahn gewesen. »Aber ich lerne dich doch gerade erst kennen. Wir haben noch nicht mal über Kinder geredet. Magst du Kinder überhaupt?«

»Ich bin dein Alter Mann, Becs. Das bedeutet, dass wir das zusammen schaffen. Und ja, ich mag übrigens Kinder.«

»Wir können ja noch nicht mal Lebensmittel kaufen, ohne uns zu streiten«, flüsterte sie. »Ich weiß, dass wir langsam besser werden, aber ich bin erst einundzwanzig, Puck. Wir sind erst seit zwei Monaten zusammen. Wie sollen wir denn da Eltern werden?«

Ich dachte über die Frage nach, schüttelte dann aber meinen Kopf.

»Wir tun es einfach, Baby.«

»Aber …«

»Nein«, sagte ich. Schnell stand ich auf und zog sie zu mir hoch. Sie schmiegte sich in meine Arme, wo ich sie festhielt. War ihr Bauch schon größer? Ich griff zwischen uns nach unten und legte die Hand auf ihren Bauch. Da drin war mein Kind. Ich fragte mich, wie er aussah. Oder war es eine sie?

Fuck. *Schau lieber, dass du ein Junge wirst, du kleiner Scheißer.*

»Becca, ich verspreche dir …« Ich schluckte. »Ich verspreche dir, dass ich mich um dich und das Baby kümmern werde.«

»In Ordnung.«

Ich steckte meine Nase in ihr Haar. Roch sie anders? Irgendwie … schwangerer? Es ließ sich nicht wirklich sagen.

»Puck?«

»Ja, Becs?«

»Es tut mir leid. Ich glaube, ich habe ein wenig Angst. Ich liebe dich.«

Ich verkniff mir ein nervöses Lachen, weil ich auch ein wenig Angst hatte. Dann stellte ich mir ein kleines Baby mit Beccas Gesichtszügen vor, stellte mir vor, wie sie es stillte … Meine Frau stillt mein Kind. Verdammt. Wie fühlte ich mich denn dabei? Das Wort »Liebe« erschien mir zu armselig für so ein intensives Gefühl.

»Es wird alles gut«, sagte ich zu ihr in der Hoffnung, dass ich recht behalten würde. »Ich liebe dich auch, Becs. Und nicht nur, weil deine Titten größer werden … obwohl ich mich darauf am meisten freue, glaube ich.«

»Leck mich«, lachte sie und gab mir einen Klaps auf die Hand.

Ich ließ sie gerade so weit weg, dass sie glaubte, mir entkommen zu können, und zog sie dann schnell wieder in meine Arme.

»Ich liebe dich«, flüsterte ich nochmals und küsste sie auf die Stirn. »Fuck, ich kann's nicht glauben, dass da ein Baby in dir ist.«

»Es macht mir Angst«, flüsterte sie. »Werden wir das wirklich schaffen?«

»Ja. Ich glaube schon.«

»Ich will es nicht vermasseln.«

»Okay«, sagte ich zu ihr.

»Was ist okay?«

»Wir werden es nicht vermasseln. Das verspreche ich dir.«

»Bist du sicher?«, fragte sie.

Dieses Mal konnte ich mir das nervöse Lachen nicht verkneifen, weil ich einfach nicht die leiseste Ahnung hatte. Ich legte meine Hand wieder auf ihren Bauch und schüttelte den Kopf.

Heilige Scheiße.

EPILOG

Sechs Jahre später

Becca

»Du wirst es definitiv vermasseln«, sagte ich zu Danielle und grinste sie dabei spöttisch an. Sie saß an meinem Küchentisch, in den Händen eine Tasse Tee. Ihre Finger waren so verkrampft, dass sie ganz weiß geworden waren. »Jeder vermasselt es. Aber das Gute ist, dass Kinder wirklich stark sind. Die halten einiges aus. Du wirst es schaffen.«

»Aber ich will die perfekte Mom sein«, sagte sie mit angespannter Stimme. »Ich habe immer gedacht, dass ich zuerst alles geregelt kriege. Ich meine, okay, es läuft ganz gut, aber wir haben eine Bar, um Himmels willen. Wie kann ich in einer Bar arbeiten und mich um ein Baby kümmern?«

»Wie konnte ich meinen Schulabschluss machen, gerade erst eine Beziehung mit Puck anfangen und ein Baby bekommen?«, fragte ich mit einem Schulterzucken. »Du tust es einfach, weil es sein muss. Ich verspreche dir – sobald das Baby auf der Welt ist, bist du viel zu beschäftigt und müde, um dir darüber Sorgen zu machen, ob du alles richtig machst. Wenn das Kind am Abend noch lebt, hast du schon gewonnen.«

Danielle verdrehte ihre Augen und zeigte mir den Mittelfinger. Sie dachte, ich würde Blödsinn reden, damit sie sich besser fühlte. Ha … sie würde schon noch sehen.

»Also, Regina will wissen, welchen Kuchen sie zur Babyparty mitbringen soll.«

»Schokokuchen«, antwortete sie, während sie an einem Fingernagel herumzupfte. »Ich versteh immer noch nicht, warum wir die Männer nicht auch einladen können.«

»Weil mir Blake fünfzig Dollar gegeben hat, damit er nicht eingeladen wird«, erklärte ich ihr. Bevor sie antworten konnte, kam mein Sohn Gunnar in die Küche gestürmt.

»Katy will mich erschießen!«, schrie er und hatte mit seinen drei Jahren noch so seine Mühe, die Worte richtig auszusprechen. »Sie wird mich töten!«

Ich schnappte den Jungen und schwang ihn hoch auf meine Hüfte.

»Ich komm gleich wieder«, sagte ich zu Danielle. Sie nickte mit finsterem Blick. Wahrscheinlich hätte ich Blake doch nicht verpetzen sollen.

Ich trat durch die Tür und sah am Ende unseres kleinen Rasens meine Tochter. Unser Haus war nichts Besonderes – nur ein kleines Häuschen mit zwei Schlafzimmern, das am Ende eines Canyons stand –, doch wir waren umgeben von Wäldern, und die Kinder liebten es, zwischen den Bäumen herumzustreunen.

»Katy Redhouse!«, rief ich. »Komm sofort her!«

Als sie angerannt kam, merkte ich, dass sie wieder im Dreck gespielt hatte. Das Kind war von den Knien abwärts völlig verschlammt. Ihre Hände waren ebenfalls voll.

»Warum versuchst du, deinen Bruder zu erschießen?«, fragte ich.

Sie grinste mich an und präsentierte so eine riesige Zahnlücke.

»Weil er die Silver Bastards geärgert hat«, sagte sie stolz. »So einen Scheiß dürfen wir nicht durchgehen lassen, verstanden?«

Oh, und wie ich sie verstanden hatte. Ich hörte die Stimme ihres Vaters direkt aus ihrem Mund.

»Ich bin mir ziemlich sicher, dass die Silver Bastards auf sich selbst aufpassen können«, antwortete ich trocken. »Sag deinem Bruder, dass es dir leidtut. Dann könnt ihr beide eine Weile mit dem Gartenschlauch spielen.

Probier mal, wie viel Matsch du ohne meine Hilfe abbekommst. Sobald du ganz sauber bist, kriegst du ein Eis.«

Katy und Gunnar sahen sich an und kreischten vor Begeisterung los. Dann stürmten sie ums Haus herum zum Gartenschlauch.

Perfekt.

Auf dem Weg zur Garage hörte ich das Röhren einer Harley, die gerade angelassen wurde – noch eines von Pucks Reparaturprojekten. Als er zum ersten Mal eines mit nach Hause gekarrt hatte, hatte ich ihn für verrückt gehalten. Dann hatte er es aber mit einem Gewinn von dreitausend Dollar verkauft. Plötzlich erschien er mir gar nicht mehr so verrückt.

Ich klopfte ans Tor und stieß es auf. Puck hockte neben dem Bike und stocherte am Motor herum, bis er stotternd ausging.

»Wie läuft's?«

»Gut«, grunzte er. »In ungefähr einer Woche sollte ich damit fertig sein.«

»Weißt du, dass deine Tochter vorhat, deinen Sohn zu erschießen?«

Puck hielt inne und sah mich mit gehobener Augenbraue an.

»Ernsthaft?«

»Ja, offenbar hat er die Silver Bastards verärgert, deswegen wird sie ihn aus dem Weg räumen.«

Puck stand auf und wischte sich die Hände ab. Mist. Wir waren jetzt seit sechs Jahren zusammen, und das Arschloch wurde immer noch heißer. Das erschien mir irgendwie unfair, wenn man bedenkt, dass ich zwei Schwangerschaften hinter mir hatte.

Puck grinste spöttisch und stolzierte auf mich zu. »Du siehst heute sehr sexy aus, Mrs. Redhouse.«

»Wenn schon, dann *Ms.* Redhouse, und versuch nicht, das Thema zu wechseln«, sagte ich zu ihm, während ich mir ein Lächeln verkniff. »Du hast da einiges zu erklären. Deine Tochter scheint sich für einen knallharten Biker zu halten.«

Er griff nach meinem Nacken und zog mich an seinen Körper, so, wie er es Tausende Male im Lauf der Jahre gemacht hatte. Und doch machte es mich immer wieder an.

»Für mich klingt das nach schlechter Erziehung«, murmelte er, während er mich aufs Kinn küsste. »Weiß sie nicht, dass Mädchen keine Clubmitglieder werden können?«

»Der Logik scheint sie nicht folgen zu wollen«, erklärte ich ihm. »Im Ernst – du solltest die Kinder nicht so ein Zeug hören lassen.«

»So sind wir aber nun mal«, antwortete er.

Ich versuchte, ihm zu widersprechen, aber er ließ mir keine Gelegenheit dazu, sondern küsste mich so leidenschaftlich, dass ich sogar das Denken vergaß. Dann umfassten seine Hände meinen Hintern, hoben ihn hoch und trugen mich hinüber zu seiner Werkbank.

»Die Kinder sind draußen«, flüsterte ich. »Sie könnten reinkommen …«

»Die spielen mit dem Gartenschlauch«, erwiderte er. »Ich kann sie hinterm Haus hören. Wir haben mindestens zehn Minuten.«

Ich überlegte. Danielle wartete in der Küche, doch sie war ein großes Mädchen. Und er hatte recht, was die Kinder anging.

»Okay«, flüsterte ich.

Puck schob seine Finger in meine Jeans und zerrte sie runter bis zu meinen Knien. Ich balancierte mühevoll auf einem Bein, um einen Schuh auszuziehen. Er hielt mich fest, drehte mich um und drückte mich auf die Werkbank, während ich anfing zu lachen.

»Du solltest das etwas ernster nehmen, *Ms.* Redhouse.« Seine Finger griffen zwischen meine Beine und glitten an meiner Öffnung entlang und wieder zurück. Dann ersetzte er seine Finger durch seinen Schwanz.

»Fuck …«, seufzte ich, als er tief in mich eindrang.

»Genau darum geht's hier. Mann, alle Frauen weltweit sollten diese Kegelübungen nach der Geburt machen«, murmelte er. »Deine Muschi ist enger als vor den Kindern, ohne Scheiß.«

Ich zog meine Muskeln fest zusammen, denn mit Komplimenten kommt man bei einem Mädchen immer weiter.

»Danielle hat panische Angst, dass sie das Leben ihres Babys versauen wird.«

Puck lachte. »Hast du ihr gesagt, dass es dafür schon längst zu spät ist?«

Ich öffnete meinen Mund, um ihm zu antworten, doch in dem Moment stieß er besonders fest zu, und mein Hirn stellte die Arbeit ein. Oh *wow*. Draußen hörte ich die Kinder schreien. Versuchte Katy wieder, ihren Bruder zu erschießen? Ich beschloss, dass es mir egal war.

»Du bist so verdammt scharf«, flüsterte Puck, während er seine Finger in meine Hüften grub. Er hielt inne, und ich schob mich nach hinten, da ich nicht wollte, dass er aufhörte. Er langte um meinen Körper herum, um meine Klit zu berühren.

»Oh Gott!«, stöhnte ich und wölbte meinen Rücken. »Das ist so gut, Baby.«

Puck küsste meinen Nacken und begann, sich wieder schneller zu bewegen.

Mit jedem Stoß füllte er mich aus, und ich bewegte mich hin und her, wollte immer mehr. Ich war nicht in der Stimmung für Spielchen und Neckereien. Ich wollte nur gefickt werden. Und zwar ordentlich.

Kein Problem.

Das war es für uns nie. Puck wusste genau, was ich wollte, und schon bald war ich kurz davor zu kommen.

»Sag, dass du es willst.«

»Ich will es.«

»Was willst du?«

»Deinen Schwanz.«

»Den bekommst du, Baby.«

Puck ließ alle Zurückhaltung fahren und fickte drauflos, während ich stöhnend explodierte. Nur Sekunden später kam er auch, heftig erschauernd. Schließlich zog er ihn raus, und ich schaffte es mit Ach und Krach, mich wieder auf meine spaghettiweichen Beine zu stellen. Dass meine Jeans immer noch um meine Schenkel hing, half dabei dabei nicht sonderlich.

»Alles klar?«

»Alles bestens«, erwiderte ich und zog die Hose hoch. »Du denkst, dass du mich abgelenkt hast, aber das ist dir nicht gelungen. Wir sollten über die Liebe zur Gewalt reden, die deine Tochter an den Tag legt.«

»Mom!«, rief Katy.

Schnell fummelte ich an meiner Hose herum, um sie zu schließen, und stolperte dann zur Tür.

»Ja?«

»Die Post ist da! Kann ich nachschauen?«

»Sicher, Schätzchen!«

Puck hatte sich gerade hinter mich gestellt und seine Arme um meine Hüfte geschlungen, als Katy in die Garage stürzte und mit einem violetten Umschlag herumwedelte.

»Schaut mal«, sagte sie. »Ich wette, es ist eine Geburtstagseinladung.«

Ich nahm den Brief und betrachtete ihn näher. Kein Absender, abgestempelt in Chicago. Stirnrunzelnd schob ich einen Finger unter die Lasche und riss sie auf.

Es war eine Karte zum Muttertag, was etwas komisch war, da wir schon Juni hatten.

Liebe Becca,

ich habe vor Kurzem gehört, dass du noch ein Baby bekommen hast. Okay, das war vor drei Jahren, aber ich habe es erst jetzt erfahren. Ich will nur, dass du weißt, dass ich glücklich für dich bin und stolz darauf, was du alles erreicht hast. Ich wünschte, ich hätte dir eine bessere Mutter sein können. Pass auf dich auf und gib den Kleinen ab und zu einen Kuss von mir.

Alles Liebe
Mom

In der Karte lag ein Zwanzigdollarschein.

»Verdammt«, sagte Puck, der über meine Schulter gesehen und mitgelesen hatte.

»Verdammt«, echote Katy in ernstem Tonfall.

Ich schloss die Karte und schob sie zusammen mit dem Geld zurück in den Umschlag. Dies war das vierte Mal, dass sie mir im Lauf der Jahre geschrieben hatte, obwohl das letzte Mal schon so lange zurücklag, dass ich mich gefragt hatte, ob etwas passiert war. In der letzten Karte hatte ein Zehndollarschein gelegen und ein gepresstes Gänseblümchen.

»Kann ich ein Eis haben?«, fragte Gunnar, der seinen Kopf durch die Tür steckte.

»Aber sicher, Kleiner«, sagte Puck. Er löste sich von mir und ging zu dem alten Kühlschrank, den er hier in die Garage gestellt hatte. Ich hörte, wie er die Schublade des Gefrierfachs öffnete und den beiden Kindern die Leckerei gab. »Willst du auch eines, Becs?«

Ich stopfte den Umschlag in meine hintere Hosentasche und schüttelte meinen Kopf.

»Nein, danke«, antwortete ich ihm. »Ich sollte zu Danielle gehen, um ihr zu helfen.«

Er erwiderte einen Moment lang meinen Blick, zuckte dann aber mit den Schultern.

»Lieb dich.«

»Lieb dich auch.«

Ich ließ die drei allein und eilte wieder zurück ins Haus, während ich über die Zeilen meiner Mutter nachdachte. Sechs Jahre, vier Karten … Insgesamt vielleicht hundert Wörter.

So viel war also von uns geblieben.

Als ich mit Katy schwanger gewesen war, hatte ich mir monatelang über all die Dinge Sorgen gemacht, die ich falsch machen würde. Letztendlich war es alles gar nicht so schwer gewesen – gib ihnen was zu essen, ein Bussi aufs Aua. Sorg dafür, dass sie saubere Klamotten haben, zumindest halbwegs saubere.

Oh, und bleib unbedingt bei ihnen.

Egal, was sonst passiert war, dafür hatte ich jedenfalls gesorgt. Vermutlich war ich doch nicht die Tochter meiner Mutter.

Anmerkung der Autorin:

Diese Bonusszene spielt in der Northwoods Academy in der Nacht, in der auch der Angriff auf den Vegas Belles Gentleman's Club im Band *Im Bann der Rocker* stattfindet.

BONUSEPILOG

Shane

Ich lag auf dem Rücken und ließ mich treiben, während ich zu der gewölbten Decke des schönsten Hallenschwimmbads im Staate Idaho hinaufstarrte. Mein Urgroßvater Keiran McDonogh hatte es, wie auch die anderen Teile meines Gefängnisses, in den 1920er-Jahren für seine Frau errichtet. Von dem Haus war sie genauso wenig begeistert gewesen wie von Keiran. Sie war eine der vielen McDonogh-Bräute gewesen, die im Lauf der letzten hundert Jahre ihre Ehemänner nicht hatten ausstehen können und damit ein Vorbild abgaben, dem meine zukünftige Frau eines Tages vermutlich folgen würde.

Natürlich nur, falls ich lange genug lebte, um zu heiraten.

Was eine gewagte Annahme war.

Hoffentlich würden meine Chancen nach der heutigen Nacht steigen. Rourke Malloy, mein bester Freund und persönlicher Leibwächter, war in diesem Moment mit Vertretern des Silver-Bastards-Motorradclubs unterwegs. Mit etwas Glück war mein Stiefvater, Jamie Callaghan, bereits tot. In den vergangenen vier Jahren hatte ich so viele Rückschläge erlebt, dass ich mir keine wirkliche Hoffnung erlaubte, doch wahrscheinlich kamen meine jetzigen Gedanken einem Gefühl der Hoffnung ziemlich nahe.

Selbstverständlich würde sein Tod nicht all meine Probleme lösen. Meine eigene Mutter hatte diese Woche bereits ein Mal versucht, mich zu vergiften. Mich rettete nur die Tatsache, dass sie mich nicht wirklich umbringen durfte, was das Ganze noch komplizierter machte. Ein bleibender Zustand der Unzurechnungsfähigkeit würde ihren Zwecken jedoch völlig genügen.

Und all das, weil ich das »Glück« gehabt hatte, die Laughing-Tess-Silbermine zu erben. Was für ein Witz. Tess musste sich über mich totlachen, weil ich hier in einem Luxusgefängnis saß wie meine Urgroßmutter. Natürlich hatte sie nie eine gerichtlich verfügte Fußfessel umgeschnallt bekommen. Die Schlampe hatte eben Glück gehabt.

Das verdammte Ding scheuerte furchtbar an meinem Fuß, davon, was es meiner persönlichen Würde antat, mal ganz zu schweigen.

Eine Tür wurde zugeschlagen, was im ganzen Bad hallte. Als ich mich aufrichtete, sah ich, dass Rourke zurück war. Er stand am Rand und starrte auf mich herab. An seiner Miene konnte ich ablesen, dass er keine guten Neuigkeiten mitbrachte.

Fuck.

Ich schwamm auf ihn zu und genoss dabei, wie sich meine Muskeln dehnten und wieder zusammenzogen. Der Pool war das Einzige, was ich in dieser Hölle mochte. Sollte ich irgendwie überleben und in sechs Monaten die McDonogh Corporation übernehmen, würde ich als Allererstes die jetzigen Bewohner des Hauses rauswerfen und dann alles in die Luft jagen.

Als ich den Beckenrand erreichte, stemmte ich mich hoch und kletterte raus. Während ich auf Rourke zuging, der mir ein Handtuch reichte, lief mir das Wasser über den Rücken. Ich wischte mir das Gesicht ab und sah ihn dann an.

»Jamie ist nicht tot, oder?«

Rourke zuckte mit den Schultern. »Hat nicht ganz so geklappt, wie wir uns das vorgestellt haben. Laut Boonie hat er ein beschissenes, aber sehr wirksames Druckmittel. Wenn es denn stimmt.«

»Was für ein Druckmittel?«

Mein bester Freund kniff seine Augen leicht zusammen und betrachtete mich dann, als ob er mich nie zuvor gesehen hätte. Dann schüttelte er den Kopf.

»Ist echt übel, Shane.«

»Wissen wir, was es ist?«

»Ja.«

»Und?«

»Du bist nicht wirklich verwandt mit Seamus McDonogh. Callaghan hat bei deiner Mom einen DNA-Test machen lassen – hab keine Ahnung, wessen Tochter sie ist, aber seine ist sie nicht. Wenn das rauskommt, verlierst du alles.«

»Heilige verfluchte Scheiße«, flüsterte ich. Das Blut in meinem Kopf rauschte, weil das etwas war, womit ich nie im Leben gerechnet hätte.

»Grandma hat herumgehurt?«

»Offensichtlich«, sagte Rourke. »Sobald du Jamie umlegst, wird dir alles um die Ohren fliegen. Er hält nur den Mund, weil er immer noch hofft, dass er Christine dazu benutzen kann, alles zu übernehmen.«

Ich sah weg und versuchte, all das, was er mir gerade erzählt hatte, zu verarbeiten.

»Weißt du, ob er die Wahrheit sagt?«

»Da gibt es nur eine Möglichkeit, um das herauszufinden«, antwortete er. »Willst du es wirklich riskieren, dass am Schluss rauskommt, dass du kein echter McDonogh bist? Verdammt, ich an deiner Stelle würde deine ganzen verdammten Ahnen ausgraben und verbrennen lassen.«

Fuck. Er hatte recht. Ich machte gerade den Mund auf, um ihm zu antworten, als laute Schritte durch den Raum hallten. Ich wirbelte herum und begab mich sofort in Verteidigungshaltung. Neben mir hatte Rourke dasselbe getan – es war zwar eine gute Weile her, dass wir wortwörtlich um unser Leben gekämpft hatten, aber wir blieben gern in Übung.

Ich sah mich suchend um, denn ich wollte den Eindringling entdecken. Ein Spion? Hey, um so ein Geheimnis zu bewahren würde ein Mann auch töten. Ein Mann wie ich.

»Komm raus«, sagte ich im Plauderton. Fast schon freundlich. »Wir können über alles, was du gerade gehört hast, reden, aber wir gehen nicht weg, bis wir dich gefunden haben. Das könnte eine lange Nacht werden, und je länger ich warten muss, desto ungeduldiger fühle ich mich.«

Keine Antwort, doch ich glaubte zu hören, wie jemand nach Luft schnappte.

Gut, sie waren schlau genug, Angst zu haben. Mit Angst konnte ich umgehen. Rourke und ich sahen uns an und verständigten uns ohne Worte. Er ging zurück zur Tür und blockierte dort den Eingang, während ich das Becken umrundete. Das Geräusch war von dieser Seite gekommen.

Es gab nur einen Ausgang, außer unser Spion war stark genug, die schweren Schiebetüren am Liefereingang weiter hinten zu bewegen. Was unwahrscheinlich war, da jede von ihnen mehrere hundert Pfund wog und inzwischen wahrscheinlich zugerostet war.

Ich folgte der Linie aus hellblauen und goldenen Kacheln am Boden zu den Kisten mit Schwimmausrüstung – Schaumstoffgewichten und anderem Zeug, das sie in den Wassergymnastik-Kursen verwendeten. Dort war der beste Ort, um sich zu verstecken. Ich war fast dort angelangt, als ich hörte, wie die Haupteingangstür mit einem Knall aufging. Ich drehte mich um und sah ein Mädchen hereinspazieren, das einen zweiteiligen Badeanzug trug, den sogar meine Oma etwas zurückhaltend gefunden hätte.

Sie starrte mich völlig verschreckt an.

Ich erkannte sie. Lola. Lola Sanders. Sie war eine der wenigen Schülerinnen, die ohne gerichtlichen Beschluss hier waren. Wahrscheinlich weil ihre Eltern nicht wussten, was sie sonst mit ihr anfangen sollten.

Rourke glitt hinter sie und schloss die Tür mit einem lauten Klicken.

Sie schnappte nach Luft und wirbelte vor Angst zitternd herum. Ich hatte sie noch nie anders erlebt. Lola war eines dieser geisterhaften Mädchen, die an den Rändern des wirklichen Lebens lebten. Sie versteckte sich in ihrem Zimmer, machte nur Onlinekurse. Außerdem hatte ich keine Ahnung, wie und wann sie etwas aß, denn im Speisesaal hatte ich sie noch nie gesehen.

»Äh, ich suche nur nach Piper«, sagte sie. »Vor einer Minute war sie noch hier …«

Wilde Befriedigung durchzuckte mich. Mit Piper Givens würde ich klarkommen – sie hatte Geldprobleme, und ich hatte sonst noch so einiges gegen sie in der Hand. Bisher war ich ihr aus dem Weg gegangen, aus den verschiedensten Gründen. Einer der wichtigsten war die Tatsache, dass ich viel zu viel Zeit damit verbrachte, mir vorzustellen, wie sie meinen Schwanz lutschte.

Was meiner Sache hier nicht wirklich helfen würde.

»Verstehst du dich gut mit Piper?«, fragte Rourke, der so leise hinter sie getreten war, dass sie zusammenzuckte, als er plötzlich sprach. Er schob sich nahe an sie ran und hob einen Arm, den er ihr um Schultern und Hals legte. Fast wie eine Umarmung, nur dass es keine Umarmung war.

Wenn er auf ihre Schlagader drückte, wäre sie in weniger als dreißig Sekunden bewusstlos.

»Wir sind Freundinnen«, antwortete sie. Ihr Blick wurde panisch. Rourke beugte sich vor und flüsterte ihr etwas ins Ohr. Sie gab ein erschrockenes Quieken von sich und schüttelte dann ihren Kopf. Seinen anderen Arm legte er nun ebenfalls um sie, bettete eine ausgebreitete Hand auf ihren nackten Bauch und presste sie fest an sich.

Durchtrieben grinsend sah er mich an.

Schien, als hätte mein Freund ein neues Spielzeug gefunden. Interessant, aber nicht wirklich überraschend. Ich hatte Lola immer nur in formlosen Klamotten, in Sweatshirts und Oversize-T-Shirts gesehen. Zum ersten Mal konnte ich ihre Figur richtig in Augenschein nehmen – nicht übel. Gar nicht übel. Rourke hatte im Bett gerne Abwechslung, etwas, was hier an der Academy nicht so einfach war.

Lola stand eine große Überraschung bevor.

»Piper, du musst jetzt rauskommen«, rief ich mit spöttischer Stimme. »Wäre doch echt schade, wenn Lola etwas Schlimmes zustoßen würde. Wenn du unser Gespräch gehört hast, dann weißt du, dass ich nicht nur so daherrede. Du kannst zwar nicht entkommen, hast aber noch die Möglichkeit, sie zu beschützen. Sonst geb ich sie Rourke.«

Mein Freund grinste, weil wir beide wussten, dass ich sie ihm sowieso geben würde.

Als ich mich umdrehte, konnte ich sehen, wie Piper hinter der Schwimmausrüstung langsam aufstand. Sie trug einen leuchtendroten

Bikini. Obwohl er nicht besonders freizügig war, verbarg er ihre Kurven nicht unbedingt.

Fuck. Ich schätze, Piper als Zeugin zu haben war besser als eine der besser vernetzten Schülerinnen, aber sie führte mich so in Versuchung, dass es schon wieder gefährlich war.

»Komm da raus.«

Sie trat hinter den Kisten hervor und kam langsam auf mich zu. Piper war eine der älteren Schülerinnen hier – sie war zwanzig, genau wie ich –, und ich konnte sehen, dass sie genau begriff, was es bedeutete, dass sie unser Gespräch mit angehört hatte. Die Furcht stand ihr ins Gesicht geschrieben, denn sie hatte die Geschichten gehört, die man sich über mich und Rourke erzählte.

»Ich wollte euch nicht belauschen«, flüsterte sie, als sie schließlich vor mir stand. Das war ganz offensichtlich die Wahrheit. Sie war keine Spielerin, im Gegensatz zu so vielen anderen hier. »Ich werde es nie jemandem verraten, versprochen. Lasst uns gehen. Lola hat doch nicht einmal was gehört.«

Ich lächelte sie an und sah dann wieder rüber zu Rourke. Er hielt seine Gefangene immer noch fest und flüsterte leise in ihr Ohr, während seine Finger über ihren Bauch strichen. Ich hatte keine Ahnung, was er zu ihr sagte, doch Lola hatte ihre Augen weit aufgerissen und war kurz davor, in Panik auszubrechen.

Perfekt.

Ich wandte mich wieder an Piper und zuckte mit den Schultern. »Ich will dir nicht wehtun. Du hast hiermit nichts zu tun, und es gibt keinen Grund, dich leiden zu lassen. Aber ich kann dich auch nicht einfach gehen lassen …«

Hinter mir stieß Lola plötzlich einen spitzen Schrei aus, während mein Freund lachte. Pipers Blick zuckte zwischen uns hin und her. Ich konnte genau den Moment spüren, in dem sie in Panik verfiel. Ohne einen Ton rannte sie auf die Tür zu.

Rourke ließ Lola los und schnitt Piper mühelos den Weg ab. Ich ging auf die beiden zu, weigerte mich dabei aber, mich schneller als mit einem langsamen Raubtiertrott zu bewegen, der ihr noch mehr Furcht einflößen sollte. Vielleicht klingt das sadistisch, doch es war wirklich zu ihrem Besten. Wenn ich Piper nicht vom Reden abhalten könnte, würde ich sie töten müssen.

Völlig unvermutet tat nun Lola etwas, was ich nicht vorhergesehen hatte: Statt sich zu einem winselnden Bündel zusammenzurollen, griff sie Rourke an, um Piper Luft zu verschaffen. Und zwar nicht armselig armwedelnd, wie es ein kleines Mädchen machen würde. Sie zielte genau auf seine Eier, und wenn sein Dad nicht einer der tödlichsten Auftragskiller in der Geschichte der Callaghans gewesen wäre, hätte er jetzt vielleicht ein Problem gehabt.

Doch Rourke schien völlig verzaubert, als er sie am Fuß packte und mühelos Richtung Boden beförderte. Wenn sie mit dem Kopf aufgeschlagen wäre, hätte das tödlich enden können. Aber das Mädel hatte Glück, denn er hatte stattdessen beschlossen, mit ihr zu spielen. Kurz bevor sie aufprallte, fing er ihren Kopf ab.

Sie würde immer noch eine Prellung davontragen, aber zumindest keine Gehirnerschütterung.

Mit einem Zwinkern wandte sich Rourke wieder Piper zu, die schlagartig stehen geblieben war.

»Komm wieder zurück«, sagte ich zu ihr, mit einer Spur von Ungeduld in der Stimme. »Du kannst mir nicht entkommen. Ich bin immer noch bereit, mir dir zu reden, aber langsam verliere ich die Geduld.«

»Lauf!«, zischte Lola.

Rourke legte ihr eine Hand auf den Mund. Wieder überraschte sie mich, indem sie ihn biss. Dieses Mal lachte er völlig verzückt.

»Lola, du begehst einen großen Fehler«, sagte ich leichthin. »Erst wenn du dich tot stellst, wird er dich in Ruhe lassen.«

»Ihr seid beide verfluchte Psychopathen!«, zischte Piper, während sie von einem zum anderen sah. Drei Sekunden lang hielt ich ihren Blick gefangen. Dann stürmte sie los. Dieses Mal konnte ich nicht widerstehen. Piper war schnell, aber ich war dreißig Zentimeter größer und in wesentlich besserer körperlicher Verfassung. Dennoch gelang es ihr, mir fast eine Minute lang zu entkommen, während sie wie eine Sekretärin, die um den Schreibtisch herum vor ihrem Boss flüchtet, rund um das Schwimmbecken raste.

Inzwischen war mein Schwanz steinhart.

Rourke lachte die ganze Zeit und verspottete mich, obwohl Lola sich in seinen Armen wand. Dann drängte ich Piper in die Ecke, und sie wirbelte keuchend zu mir herum. Ein dünner Schweißfilm bedeckte ihr Gesicht, und bei jedem Atemzug tanzten ihre Brüste.

Ihre Taille war schmal, doch ihre Hüften breit. Nicht fett, sondern ideal gebaut, um einen Mann in sich aufzunehmen.

Mich.

»Gib auf«, flüsterte ich und fixierte sie dabei. Sie schüttelte ihren Kopf. Es war an der Zeit, die Sache zu beenden.

Blitzschnell war ich bei ihr, hielt ihr mit einer Hand den Mund zu und rang sie nieder auf den Boden. Selbst jetzt wehrte sich Piper noch heftig, warf ihren Körper hin und her, bis ich dachte, dass ich gleich den Verstand verlieren würde.

Schließlich hatte ich sie am Boden liegen, meinen harten Schwanz zwischen ihren Arschbacken, die nur durch den dünnen Stoff unserer Badekleidung geschützt wurden. Instinktiv schob ich ihre Beine auseinander und presste mich an sie.

»Das hättest du nicht tun sollen«, flüsterte ich ihr ins Ohr, während ich einen Moment lang meine Augen schloss, um meine Selbstbeherrschung wiederzuerlangen. Es hatte als Spiel begonnen, aber die Gefahr lag darin, dass ich Piper wollte. Ich wollte sie schon so lange, und jetzt hatte ich sie. »Ich nehme jetzt meine Hand von deinem Mund. Wenn du schreist, wirst du dafür bezahlen.«

Ich nahm meine Hand weg.

»Bitte vergewaltige mich nicht«, wimmerte sie.

Meine Arschbacken zogen sich zusammen, sodass meine Schwanzspitze direkt gegen ihre Öffnung drückte. Verdammt.

Stöhnend zog ich mich zurück.

Weiter hinten hörte ich Lola kreischen, doch ich machte mir nicht die Mühe, einen Blick auf Rourkes neues Spielzeug zu werfen. Piper hielt mich völlig gefangen. Ich beugte mich vor und fuhr mit den Lippen über ihr Ohr, während ich drohend und mit Berechnung zu ihr sagte: »Wenn du jemand anderes wärst, müsste ich dich umbringen, weil du uns belauscht hast. Aber du hast Glück, Mädel. Du hast mit der Sache hier nichts zu tun und hast jetzt eine einzige Chance. Wenn du den Mund hältst, brauchst du dir keine Sorgen zu machen. Wenn ich aber den geringsten Verdacht habe, dass du geredet hast, geht es nicht nur dir an den Kragen, sondern auch Charlie. Verstanden?«

Sie wirkte wie versteinert.

»Woher weißt du was über Charlie?«

Ein triumphierendes Gefühl überkam mich, denn jetzt hatte ich sie in der Hand.

»Ich weiß alles«, flüsterte ich. »Ich weiß Bescheid über das Gerichtsverfahren. Über den Sorgerechtsstreit. Ich weiß sogar, was du in der Nacht, als es passiert ist, getan hast. Ich will dir nicht wehtun, Piper. Du bist ein unschuldiges Mädchen und hast das hier nicht verdient. Halt deinen Mund, verdammt, dann wird nie jemand was erfahren.«

»Das werde ich.«

»Ich lass dich jetzt los. Du gehst zurück in dein Zimmer und sprichst niemals mit jemandem darüber. Halte dich von Lola fern und verrate auch deiner Mom nichts. Dann wirst du glücklich und zufrieden bis an dein Ende leben.«

Piper nickte verzweifelt. Ich sog tief ihren Duft ein, zwang mich dann aber aufzustehen. Die Hand, die ich ihr zum Aufstehen reichte, wollte sie nicht nehmen. Stattdessen krabbelte sie auf Händen und Knien von mir weg. Schließlich stand sie auf und rannte davon.

Wenige Sekunden später waren Piper und Lola weg.

Ich sah Rourke an und grinste spöttisch.

»Sie hat recht«, sagte er. »Du bist wirklich ein verdammter Psychopath.«

»Nein, stimmt nicht. Wenn ich einer wäre, hätte ich sie getötet. Das wäre am sichersten, das wissen wir beide.«

Er lachte.

»Das wäre eine Verschwendung – ich wette, die siehst du nie wieder. Sie wird so verängstigt sein, dass sie ihr Zimmer nicht mehr verlässt.«

Ich zuckte mit den Schultern.

»Immer noch besser, als tot zu sein. Du musst für mich eine Nachricht an den Club überbringen. Nur weil wir Jamie nicht umlegen können, heißt das noch lange nicht, dass wir ihm keinen Denkzettel verpassen können. Auf lange Sicht wird sich das vielleicht sogar als Vorteil für uns erweisen.«

Eine noch unveröffentlichte Bonus-Erzählung wartet auf der nächsten Seite …

Verführerischer Bastard

Anmerkung der Autorin:

Darcy und Boonie, beide Ende dreißig, sind zwei Figuren, die in den Reapers- und Silver-Valley-Romanen auftreten. Ihre Liebesgeschichte begann zwanzig Jahre vor dem Anfang von *Im Bann der Rocker*.

KAPITEL EINS

Callup, Idaho

Vor fünfundzwanzig Jahren

»Du passt hier nicht mehr mit rein!«, zischte Erin, die aus einer engen Lücke zwischen zwei Felsblöcken zu mir heraufstarrte. Ich ballte meine Hand zu Faust, denn ich hätte ihr gerne eine mitten ins Gesicht gegeben.

Das hier war *mein* Versteck – sie kannte es nur, weil ich es ihr gezeigt hatte. In der Ferne hörte ich die Jungs einander etwas zurufen. Kurz darauf schrie ein Mädchen. Auf dem Heimweg von der Bushaltestelle hatten wir schon die ganze Woche lang ein komisches Versteckspiel gespielt, obwohl es mir ein wenig unfair erschien, dass sich immer die Mädchen verstecken mussten. Leider waren es fünf Jungs gegen vier von uns, weshalb die Jungs sagten, wo's langging.

»Blöde Schlampe«, sagte ich zu Erin und kletterte weiter den Hügel hoch. Die konnte lange warten, bis ich in Mathe wieder mal ihren Arsch rettete.

Es war Schwerstarbeit, sich zwischen den Bäumen durchzukämpfen, und nach ein paar Minuten keuchte ich schon. Der Hang war steil und von dichtem Unterholz bewachsen, weshalb ich beim Hochklettern zu viel Lärm machte. Mist. Ich hatte mit Boonie um fünf Dollar gewettet, dass er mich vor fünf Uhr nachmittags nicht erwischen würde. Allerdings hatte ich kein Geld, um ihn zu bezahlen. Es war dumm von mir gewesen, aber in letzter Zeit hatte er mich so oft verarscht. Das ging schon einige Wochen so.

Wenn er rausfand, dass ich kein Geld hatte, ließ er mich Gott weiß was machen. So, wie ich mein Glück kannte, würde er mich zwingen, wieder einen Wurm zu essen.

Kennengelernt hatte ich Riley Boone, als ich vier Jahre alt war. Wir waren nach Callup in Idaho gezogen, nachdem mein Vater seinen Rücken ruiniert hatte und in Frührente gegangen war. Boonies Familie wohnte neben uns. Jeden Nachmittag stieg er nach dem Kindergarten wie ein König, der gerade ein Land erobert hatte, aus dem Schulbus. Die erste Woche ignorierte er mich völlig, bis ich ihn damit beeindruckte, dass ich an dem Baum hinter seinem Trailer fast neun Meter in die Höhe geklettert war. Sie mussten die Feuerwehr rufen, um mich wieder runterzuholen, aber das war es wert gewesen. Denn ich hatte den Respekt in den Augen des fünfjährigen Boonie gesehen.

Zu Ehren meines Erfolgs gab er mir einen Wurm. Ich hatte mich verliebt. Am nächsten Tag zwang er mich, den Wurm zu essen. Seitdem wurde unsere Beziehung etwas kompliziert.

Acht Jahre später nahm ich immer noch ziemlich viel auf mich, um ihn zu beeindrucken.

Ich hatte den Hang nun fast zur Hälfte erklommen, obwohl mich mein Rucksack beim Klettern nach unten zog. Ich war schon zuvor so weit oben gewesen – Mann, ich hatte im Lauf der Jahre den Großteil der Schlucht erkundet –, aber so hoch wie jetzt kletterte ich so spät am Nachmittag normalerweise nicht. Es war ein bisschen riskant. Wenn ich zu weit kletterte, würde ich es nicht rechtzeitig nach Hause schaffen, um das Essen für meinen Dad herzurichten.

Keine schöne Vorstellung.

Andererseits würde mich Boonie hier oben vielleicht nicht suchen. Er hielt sich für so raffiniert und tough, aber ich war auch ziemlich raffiniert.

Die Schreie aus der Ferne wurden leiser, je höher ich kletterte. Der Hang war jetzt ganz schön steil. Von Weitem hörte ich das leise, melodiöse Plätschern eines Flusses. Durch die dick belaubten Äste der immergrünen Bäume drang das Licht kaum bis auf den Boden. Farne, Moose und hübsche Blümchen wuchsen überall.

Leider sind Farne, Moose und Blümchen nicht groß genug, um sich dahinter zu verstecken.

Als ich einen umgestürzten Baum entdeckte, musste ich lächeln. Der Stamm war gar nicht so dick, doch er lag seitlich, angelehnt an mehrere andere Baumstämme, und bildete so eine natürliche Stufe am Hang.

Einfach perfekt.

Ich kletterte darüber und folgte dem Stamm bis dorthin, wo er in ein kleines Gebüsch gekracht war. Wenn ich da reinkroch, wäre ich völlig unsichtbar. Wenige Sekunden später lag ich flach auf dem Bauch und spitzte von meinem Aussichtspunkt den Hang hinunter, mit mir selbst höchst zufrieden. Es war schon halb fünf. In einer halben Stunde wäre ich Siegerin. Wurde auch langsam Zeit, denn es schien, als ob mir Boonie immer voraus war.

Aber dieses Mal nicht. Ha.

Am Hang unter mir raschelte etwas. Ich erstarrte und blickte schnell hin und her. Wieder raschelte es. Etwa dreißig Meter rechts von mir schwankten einige Zweige. Da unten war jemand, doch solange ich ruhig blieb, würden sie mich nicht entdecken.

Beweg dich nicht. Atme nicht. Lass ihn nicht gewinnen.

Als plötzlich ein Stiefel mitten auf meinem Rücken landete, schrie ich auf.

»Hey, Darce«, sagte Boonie. »Hab anscheinend wieder gewonnen.«

»Verdammt«, stöhnte ich, während ich meine Stirn auf die Kiefernnadeln sinken ließ. »Wie hast du das geschafft?«

»Ich war die ganze Zeit knapp hinter dir«, sagte er. »Wann lernst du's endlich? Du kannst mich nicht schlagen.«

Das verdiente keine Antwort, weshalb ich ihm auch keine gab.

Stattdessen stützte ich mich auf meine Hände und versuchte aufzustehen, doch sein Stiefel hielt mich an Ort und Stelle.

»Mann, Boonie. Was ist mit dir los?«

»Fünf Dollar. Los, zahlen.«

Ich seufzte, wobei ich mich fragte, warum zum Teufel ich mich von ihm dazu hatte überreden lassen.

Zeit für die Beichte.

»Ich hab kein Geld«, gab ich zu. Boonie sagte zuerst gar nichts. Dann hob er langsam seinen Stiefel und gab mich frei. Shit.

Würde er sich jetzt wie ein Arsch aufführen?

»Dreh dich um«, sagte er.

Ich rollte mich herum und sah zu ihm auf, während ich mir wünschte, dass ich meine Klappe nicht so weit aufgerissen hätte. Boonie war niemand, den man verarschen konnte. Er geriet öfter in Schwierigkeiten als die anderen Jungs aus unserem Jahrgang. Er hing seit Neuestem sogar mit ein paar von den älteren Jungs aus dem Trailerpark rum, seit er letzten Sommer so in die Höhe geschossen war. Jetzt war er über eins achtzig groß. Mir ging durch den Kopf, dass ich ihn eigentlich gar nicht mehr richtig kannte. Wir waren altersmäßig nur sechs Monate auseinander, doch ich war erst in der achten Klasse.

Mist.

»Kann ich aufstehen?«

»Hast du fünf Dollar?«

»Nein«, gab ich mit einem flauen Gefühl im Magen zu.

Boonie ließ sich neben mir auf die Knie fallen und sah mich mit einem wissenden Grinsen an. »Das wusste ich schon, als ich dir die Wette angeboten habe.«

»Was soll das heißen?«

»Du musstest dir von Erin einen Dollar für was zum Trinken leihen. Und daheim würdest du nie Geld liegen lassen. Sonst würde es dein Dad nehmen.«

Nun. Anscheinend kannte Boonie dagegen mich nur zu gut.

Ich setzte mich auf. Wir saßen uns gegenüber, die Gesichter so nah beieinander, dass es schon unangenehm war. Eine seltsame Anspannung lag in der Luft. Ich kannte ihn schon fast mein ganzes Leben, aber in den vergangenen paar Monaten war er distanzierter gewesen. Jetzt wusste ich nicht, wie ich mich in seiner Gegenwart verhalten oder was ich sagen sollte.

Erin war verknallt in ihn und fand ihn scharf. Als ich mir sein Gesicht näher ansah, verstand ich, was sie meinte – er hatte ausgeprägte Gesichtszüge, und sein kurzes, dunkles Haar war so zottelig, dass ich es berühren wollte. Es nach hinten streichen, aus dem Gesicht heraus, sodass ich ihn besser sehen konnte.

Das war total verrückt: Ich sollte nicht solche dämlichen Sachen über Boonie denken. Wir waren immer entweder Freunde oder Feinde gewesen.

Doch das hier war gerade etwas anderes. Etwas, das mir Angst machte.

Boonie hob eine Hand an mein Haar, und ich zuckte zurück. Ich spürte, wie meine Wangen heiß wurden.

»Was willst du?«, flüsterte ich.

»Was glaubst du?«

Ich fuhr mir mit der Zunge über die Lippen, während meine Augen jede seiner Bewegungen beobachteten. Als er sich ein wenig vorbeugte, schnappte ich nach Luft.

»Seid ihr da oben?«, rief Erin mit schriller Stimme. »Darcy! Wo bist du? Ist Boonie bei dir?«

Ich sah ihn misstrauisch an. »Erin steht auf dich.«

Er zuckte mit den Schultern.

»Na und?«

»Sie ist meine Freundin.«

»Komm her.«

»Wir sollten los«, sagte ich und rutschte auf den Kiefernnadeln nach hinten. Meine Jeans blieb an einem Zweig hängen und hielt mich auf. Boonie kroch nach vorne, über meinen Körper. Er berührte mich nicht, doch seine Knie klemmten meine ein. Dann setzte er seine Hände links und rechts von meinem Gesicht auf.

»Gib mir einen Kuss, und wir sind quitt.«

Ich wusste nicht, was ich sagen sollte. Sein Blick war so dunkel und durchdringend. Ich wusste, dass er schon Mädchen geküsst hatte, vielleicht sogar mehr als geküsst. Ich hatte ihn sogar ein paar Mal aus Shanda Reeds Trailer kommen sehen. Sie war sechzehn, und alle wussten, dass sie herumhurte. Ich verurteilte sie deswegen nicht – sie hatte häufig auf mich aufgepasst, als ich klein war, und hatte mir immer Zeltfestungen gebaut. Ich mochte sie gern.

Aber ich hatte das Gefühl, dass sie mit Boonie keine Festungen gebaut hatte.

Wieder fuhr ich mir mit der Zunge über die Lippen. Ich wusste, dass ich ihm eigentlich einen Schlag in die Eier versetzen sollte.

Stattdessen sah ich zu, wie sein Kopf immer näher kam. Dann berührten seine Lippen ganz zart die meinen. Etwas Seltsames und völlig Neues regte sich tief in mir. Ein Gefühl der Unruhe und des Begehrens. Als er mit den Zähnen an meinen Lippen knabberte, öffnete ich mit einem leisen Seufzer meinen Mund.

Und seine Zunge schlüpfte hinein.

Heilige Scheiße.

Erin sagte, Zungenküsse wären was für Schlampen. Kein Wunder, dass Shanda eine Schlampe war – das hier war nämlich einfach unglaublich. Boonie legte seinen Körper auf meinen, sodass ich spürte, wie mich sein Gewicht in die Kiefernnadeln drückte.

Sein Kuss war jetzt härter, seine Zunge tauchte tief in mich ein, und seine Finger spielten mit meinen Haaren. Ich konnte nicht mehr denken, nicht mehr atmen, gar nichts mehr tun außer fühlen, während er einen seiner kräftigen Oberschenkel zwischen meine Beine schob.

In dem Moment spürte ich es.

Etwas Hartes drückte gegen meinen Bauch.

War das etwa …?

Oh mein Gott!

»Darcy«, rief Erin wieder. Sie war schon fast bei uns, und wir erstarrten beide. Boonie hob seinen Kopf und blickte mich in gespanntem Schweigen an. In seinen Augen brannte ein Universum, und ich wusste, dass es zwischen uns nie wieder wie früher sein würde. Seine Hüften zuckten unruhig.

»Darcy, wo zum Teufel bist du?«, rief sie wieder.

Ich öffnete meinen Mund, um ihr zu antworten, doch bevor ein Laut hervordringen konnte, legte mir Boonie einen Finger auf die Lippen.

»Sei still. Sie kann uns nicht sehen«, flüsterte er, während er sein Becken gegen das meine presste. Plötzlich wusste ich genau, worauf das hier hinauslaufen würde. Boonie war zwar nur sechs Monate älter als ich, aber bei diesem Spielchen war er mir um Jahre voraus.

Ich war nicht bereit dafür. Ganz und gar nicht.

»Ich komme, Erin!«, rief ich abrupt.

Boonie kniff die Augen leicht zusammen, schob sich jedoch zurück, damit ich mich hinsetzen konnte. Dann zog er mich auf die Beine. Ich behielt ihn misstrauisch im Auge, während ich nach meinem Rucksack griff und ihn mir über die Schulter hängte.

»Ich komm gleich!«, schrie ich und trat gleichzeitig den Rückzug an.

»Stopp«, sagte Boonie.

Ich schüttelte den Kopf.

»Deine Haare sind voller Kiefernnadeln«, fügte er leise hinzu. »Lass mich dir helfen, sonst bekommst du daheim Ärger.«

Mist. Er griff nach meiner Schulter und drehte mich um, während er mit den Fingern durch meine Haare kämmte. Die Berührung ließ mich erschauern. Ich wollte mich an ihn schmiegen, um zu spüren, wie er seine Arme um mich schlang.

Stattdessen wartete ich, bis er fertig war, und machte mich dann auf den Weg nach unten.

»Erin, ich komm runter«, rief ich mit einem Blick zurück auf Boonie. »Warte auf mich, ich bin gleich da.«

Boonie beobachtete mich, als ich wegging, machte aber keinerlei Anstalten, mir zu folgen. Das war auch anders als sonst. Wir hatten im Lauf der Jahre genauso viel miteinander gestritten wie gespielt, aber meist waren wir vereint gegen den Rest der Welt gewesen – ich war daran gewöhnt, dass er an meiner Seite stand. Doch diesen Jungen gab es nun nicht mehr. Er hatte sich in eine andere Person verwandelt. In einen Jungen, der hart und wild und manchmal sogar ein wenig furchteinflößend war.

Ich wünschte mir verzweifelt, dass er mich noch einmal küsste.

Als ich Erin erreichte, begann sie über den Abschlussball der Achtklässler zu plappern, ohne etwas von den weltbewegenden Ereignissen zu ahnen, die sich weiter oben am Hang abgespielt hatten. Ich folgte ihr den Hügel hinunter zur Straße, wo wir auf dem Schotterweg Richtung Trailerpark marschierten.

»Alle anderen sind schon heimgegangen«, verkündete sie. »Ich hab ewig gebraucht, um dich zu finden. Was hast du denn gemacht?«

Ich zuckte mit den Schultern.

»Ich hatte keine fünf Dollar. Boonie durfte mich unter keinen Umständen finden.«

»Egal«, antwortete sie.

Ich fragte mich, ob sie mir überhaupt zugehört hatte. Wahrscheinlich nicht. Das tat sie nie. Normalerweise regte mich das auf, aber heute passte es mir wunderbar in den Kram.

Es war kurz nach fünf, als wir durch den uralten Holzzaun schlüpften, der den Six Mile Gulch Trailerpark umgab und bei dem mindestens die Hälfte der Latten fehlten. Mein Dad würde mit seinem Bier weggetreten vor dem Fernseher hängen, und Mom hatte die Spätschicht im Lebensmittelladen. So hatte ich an einem normalen Abend reichlich Zeit, um das Abendessen herzurichten.

Doch als wir den Schotterweg in der Mitte erreichten, merkte ich, dass dies kein normaler Abend war.

Meine Schritte verlangsamten sich, als ich die Grüppchen verängstigter und aufgeregter Erwachsener sah. Manche von ihnen weinten sogar. Auf den Stufen saßen Kinder und beobachteten sie mit großen Augen. Drüben bei den Blackthornes stand Granny Aurora verloren auf der Veranda. So hatte ich sie noch nie erlebt – normalerweise war sie der Fels in der Brandung, an den sich alle klammerten. Stets hatte sie warme Cookies und ein Glas kalte Milch für uns. Ich bekam ein flaues Gefühl im Magen. Irgendwas Schlimmes war passiert.

Etwas wirklich Schlimmes. Angst und noch etwas Furchterregenderes hingen in der Luft.

»Was ist denn los?«, fragte Erin mit zittriger Stimme. Shanda rannte zu uns rüber. Ihr Gesicht war mit Wimperntusche verschmiert.

»Hast du Boonie gesehen?«, fragte sie atemlos.

»Er kommt wahrscheinlich gleich, er war direkt hinter uns«, sagte ich zu ihr. Den irritierten Blick, den Erin mir zuwarf, ignorierte ich. »Was ist passiert?«

»Im Silberbergwerk ist ein Feuer ausgebrochen – muss wohl schlimm sein. Sehr schlimm.

»Das ist doch unmöglich«, sagte ich verwirrt. »Da unten sind nur Felsen, was soll da schon brennen?«

»Das weiß niemand, aber es brennt ganz sicher. Boonies Stiefvater war heute unten. Jim Heller, Pete Glisson und Buck Blackthorne auch. Wir müssen Boonie finden und herholen, seine Mom dreht total durch. Niemand weiß, ob sie es rausgeschafft haben oder nicht.«

Oh Mist. Boonies Mom ging es schon die letzten Jahre nicht gut. Sein Stiefvater war zwar auch nicht ganz auf der Höhe, aber Candy Gilpin war schon an guten Tagen reif für die Klapse. In einer richtigen Krise würde man sie nicht mehr kontrollieren können. Möglicherweise schoss sie dann einfach wild herum und traf andere Leute.

»Fuck«, flüsterte ich und rannte schon über den staubigen Boden zu unserem Trailer. Dort warf ich meinen Rucksack auf die Veranda, schnappte mir mein Fahrrad und fuhr schnell den Weg runter zur Straße. Boonie konnte ja nicht so weit hinter mir gewesen sein, oder?

Zwei Minuten später sah ich ihn. Als er so auf mich zukam, wirkte er eher wie ein Mann als wie ein Junge. Als ich bremste, schlitterte mein Fahrrad noch ein Stück, sodass ich fast einen Unfall gebaut hätte.

»Was zum Teufel?«

»Das Bergwerk«, keuchte ich. »Es brennt in der Laughing Tess. Dein Stiefvater ist da unten, und dein Mom braucht dich.«

Boonies Gesicht wurde blass. Ich stieg gerade von meinem Fahrrad, um es ihm zu geben. Doch er war schon losgerannt. In dem Moment blickte ich zufällig zum Himmel auf und sah, wie eine Säule aus dickem, schwarzem und ölig wirkendem Rauch langsam über dem Bergrücken aufstieg.

Heilige Scheiße. Was zum Teufel war dort unten nur passiert? Eine halbe Meile unter Tage in der Finsternis.

Ist es nicht komisch, wie wir ein Unglück in trockene, sterile Zahlen verwandeln?

Drei. So viele Tage dauerte es, bis das Feuer von selbst erlosch. Sechsundsechzig. So viele Atemschutzgeräte zur Selbstrettung versagten, weil sie nicht richtig gewartet oder rechtzeitig ausgetauscht worden waren. Achtundneunzig Männer starben, die meisten von ihnen in der ersten Stunde. Manche von ihnen saßen noch vor ihrer offenen Brotzeitdose, als man sie fand – so schnell waren sie gestorben.

Und dann gab es noch die schlimmste Zahl: Zweihundertvierzehn. Zweihundertvierzehn Kinder verloren an diesem Tag ihren Vater. Eines von ihnen wurde erst Monate nach der letzten Beerdigung geboren.

Sieben Tage nach dem Ausbruch des Feuers zogen sie zwei Männer hoch, die noch am Leben waren. Sie hatten sich unter einem Luftschacht fast eine Meile unter der Oberfläche in Sicherheit gebracht, hatten flach geatmet und gebetet, während Schwaden aus dunklem, giftigem Rauch weniger als sechs Meter von ihnen entfernt vorbeiwaberten.

Einer von ihnen war Boonies Stiefvater gewesen.

Die *New York Times* hatte ein Foto der Überlebenden veröffentlicht, das zeigte, wie sie zum ersten Mal ans Tageslicht stolperten. Danach gab es im Kongress Anhörungen zur Sicherheit in Bergwerken, wonach sich aber laut Aussagen der Gewerkschaft vor Ort nichts änderte. Die Laughing Tess wurde für sechs Monate geschlossen. Dann wurde sie wiedereröffnet und in Betrieb genommen, alles wie immer, denn der Silberpreis war gestiegen.

Boonie und mich interessierte das nicht. Sein Stiefvater verkündete live im Fernsehen, dass er nie wieder unter Tage arbeiten würde. Anschließend schnappte er sich seine Familie und zog von Callup weg nach Ostmontana.

Riley Boone sah ich bis zu meinem dritten Jahr an der Highschool nicht wieder. Zu dem Zeitpunkt war ich schon seit fast achtzehn Monaten mit Farell Evans zusammen.

KAPITEL ZWEI

Vor einundzwanzig Jahren

Darcy

»Schwing deinen Arsch hier hoch«, brüllte Erin, die so sehr lachte, dass ich ihre Worte kaum verstehen konnte. Sie war schon vor mir die Böschung raufgeklettert. Mein Freund Farell schob mich hinterher. Dass er dabei seine Hand unter meinen Jeansrock steckte und meinen Arsch festhielt, war kaum zu übersehen. Da war wohl jemand scharf auf mich. Er hatte schon vor der Abschlussfeier angefangen zu trinken, allerdings war mir nicht klar gewesen, wie viel er getrunken hatte, bis wir die Schlucht zum Six-Mile-Friedhof hinaufgefahren waren, um zur Party zu gelangen. Zweimal war er fast von der Straße abgekommen und hatte mir einen Riesenschreck eingejagt.

Ich hasste es, wenn er so drauf war.

Zum Glück kamen wir heil an. Ich war ganz eindeutig bereit für die Party.

In der 1992er-Klasse waren nur zweiundvierzig Schüler, weshalb sie überglücklich waren, dass wir aus dem dritten Jahr auch noch mitkamen. Wahrscheinlich wäre ich auch hergekommen, wenn mein Freund kein Abschlussschüler gewesen wäre. Die halbe Highschool war schließlich hier.

Den Tag, an dem er mich um das erste Date gebeten hat, werde ich nie vergessen – es war wie im Märchen. Er war groß, stark und schlau. Außerdem spielte er als Quarterback in unserem Footballteam. Seine Familie lebte seit hundert Jahren im Tal, ihnen gehörte die White-Baker-Mine. Im Silver Valley war man damit schon Teil des Hochadels.

Meine Mom hatte bereits mein Hochzeitskleid ausgesucht, obwohl ich so meine Zweifel hatte. Farell würde im Herbst an die University of Idaho gehen, und ich hatte schon erlebt, dass viele Paare die räumliche Trennung nicht überstanden.

Zum Glück musste ich nur ein Jahr aushalten, bevor ich ihm folgen konnte. Meine Familie hatte zwar kein Geld, aber ich hatte gute Noten. Ich wollte BWL studieren. Die Beratungslehrerin an der Schule hatte mir gesagt, dass ich mit meinem Durchschnitt, und weil meine Eltern kein Geld hatten, Chancen auf so einige Stipendien hätte.

Ich wollte das Beste daraus machen.

Als ich den oberen Rand der Böschung erreicht hatte, torkelte ich zur Seite. Farell, Colby und Bryce folgten mir. Dann gingen wir alle über den dunklen Friedhof in Richtung Party.

Hier gab es fast achttausend Gräber, obwohl man das nie vermutet hätte. Zur Zeit des Goldfiebers kamen Abertausende ins Tal. Callup hatte jetzt zwar nur achthundert Einwohner, aber damals war es eine der größten Städte in North Idaho gewesen – und die Heimat einer seltsamen Mischung aus Bergleuten, Huren, Revolverhelden und Predigern. Sogar ein paar Nonnen gab es. Alle kamen sie hierher, und wenn sie starben, wurden sie auf dem steilen Hügel über dem Six Mile Creek begraben. Inzwischen hatten die Kiefern das Gelände wieder zurückerobert. Von der Straße aus konnte man den Friedhof gar nicht sehen.

Ich liebte diesen Ort.

Von Moos und Gestrüpp überwucherte, friedlich wirkende Gräber erstreckten sich auf dem dicht bewachsenen Hügel in alle Richtungen. Grabsteine, Holzkreuze, Statuen und grob gebaute Gruften … Tausende Grabstätten als Erinnerung an Menschen, die längst vergessen waren.

Nachts verwandelte sich der Friedhof völlig.

»Hier ist es verdammt unheimlich«, flüsterte Erin mit einer Mischung aus Angst und Aufregung.

Sie packte meinen Arm, während die Jungs begeisterte Schreie ausstießen und vorausspazierten. Ich konnte ihr kaum widersprechen. Wir stolperten über den Hang in Richtung Party, die hinter der Gedenkstätte für die Männer stattfand, die 1910 bei der Bekämpfung der Waldbrände gestorben waren. Aus glatten Flusssteinen hatte man hier eine mit Bänken bestückte Terrasse mit Ausblick auf die Umgebung errichtet. In der Mitte befand sich eine raue Betonschale. Ich glaube, früher war das wohl mal ein Teich oder so gewesen. Heute Nacht würde sie uns als Feuerschale dienen, während die Bierfässer sich perfekt auf der Terrasse abstellen ließen.

Ja, ich weiß, wir waren furchtbare Kids.

Aber mal ehrlich: Wir waren die dritte Generation von Einwohnern aus Callup, die hier Partys veranstaltete. Damit standen wir also in einer ehrenvollen Tradition. Natürlich wusste jeder in der Stadt, wo die Abschlussparty stattfinden würde. Da, wo sie auch in den vergangenen zwanzig Jahren stattgefunden hatte – schon aus Tradition hielten sich die Cops in der Partynacht zurück.

Ich stolperte über eine Baumwurzel und landete auf einem Grabstein. Wie aus dem Nichts tauchte Farell auf, zog mich hoch und warf mich über seine Schulter, um den Hügel weiter raufzulaufen, so, als ob ich ein Football wäre. Ich kreischte und schlug auf seinen Rücken ein.

»Du bringst mich noch um«, rief ich.

Farell lachte, und seine Kumpel feuerten ihn noch an. Dann packte Bryce Erin, und das Ganze artete zu einem Rennen aus. Wir erreichten unter viel Gejohle und Geklatsche zur gleichen Zeit die Gedenkstätte. Farell ließ mich runter und zog mich an sich, um mich zu küssen. Seine Zunge drang tief in meinen Mund ein. Er schmeckte nach Bier und nach den Taquitos, die wir beim Empfang in seinem Haus gegessen hatten.

Ich küsste Farell gerne. Mann, ich küsste ihn nicht nur gerne – seit ich sechzehn war, schliefen wir miteinander, und in der Regel achtete er auf meine Bedürfnisse. Als er sich von mir löste, sah er auf mich runter und grinste mich wie ein Idiot an.

»Verdammt, ich liebe dich, Darce.«

Dann ließ er mich los und stolzierte davon, um mit den anderen Footballspielern einzuschlagen, bevor er rüber zu den Fässern ging. Mein Blick folgte ihm, während in mir dieses seltsame Einsamkeitsgefühl aufstieg, das mich immer beschlich, wenn er sich von mir abwandte. Farell war wie ein strahlendes Licht. Wenn er sich auf mich konzentrierte, fühlte sich das an, als ob ich in die Sonne starren würde. Sobald er weg war, musste ich blinzeln, so geblendet und verwundert war ich über das plötzliche Verschwinden meiner Wärmequelle.

Als ich mich auf der Suche nach Erin umsah, entdeckte ich Riley Boone, der mich mit seinen kalten, schwarzen Augen beobachtete.

Er lehnte knapp außerhalb des Feuerscheins an einem Baum. Überall schwirrten Leute herum, doch Boonie stand abseits und betrachtete mich mit einem Blick, der so intensiv war, dass er mir Angst machte. Wie immer erinnerte mich sein Anblick an diesen Kuss vor so vielen Jahren. Wir waren fast noch Kinder gewesen, doch es heißt, dass man seinen ersten Kuss nie vergisst.

Jedes Mal, wenn ich daran dachte, bekam ich eine Gänsehaut.

Boonie hob stumm das Kinn, um mich zu grüßen, und ich nickte zur Erwiderung.

Dann stolperte jemand und rempelte mich an. Der Zauber war gebrochen. Und das war auch gut so.

Riley Boone bedeutete Ärger.

Als er nach Callup zurückgekehrt war, hatte ich ihn kaum erkannt. Ich vermute mal, dass sein Stiefvater im Sommer mit einer Jüngeren durchgebrannt war, weshalb seine Mom wieder hierherkam, um ihre Wunden zu lecken. Es dauerte nicht mal zwei Wochen, da war sie schon mit einem der Silver Bastards zusammen, einem der Mitglieder des Motorradclubs unserer Stadt. Boonies richtiger Dad hatte auch dazugehört, doch er war gestorben, als Boonie noch ein Baby war.

Natürlich hatte ich gehört, dass er wieder da war. Callup zählte zu den Orten, in denen jeder seine Nase in die Angelegenheiten der anderen steckte. Trotzdem war ich nicht darauf vorbereitet, als ich ihn dann schließlich persönlich traf.

Er fuhr auf einer mitternachtsblauen Harley Davidson vor der Highschool vor – wie ein Filmstar. So wie in einem dieser Teenagerdramen, wo die naiv-dumme Heldin sich in den Gangster verliebt. Dann muss sie dabei zusehen, wie er am Ende abgeknallt wird, und bleibt allein und schwanger zurück, weil es eben so läuft bei diesen Typen.

Zuerst hatte ich ihn gar nicht erkannt. Boonie war verdammt süß, als er wegging, aber trotz seiner Größe war er damals doch noch ein Junge. Jetzt war er ein Mann. Über eins achtzig, kräftiger, muskulöser Körper und dunkle Haare. Sein Blick barg ein Geheimnis, und er stolzierte immer noch wie ein Eroberer einher, nur dass er inzwischen einer von der Sorte war, die dir den Kopf abschnitten, wenn du ihm in die Quere kamst. Farell und seine Freunde lernten das ziemlich schnell.

Bis zu Boonies Rückkehr war Farell der König der Schule gewesen. Jetzt war es Boonie, selbst wenn er diese Rolle gar nicht hatte haben wollen.

Deswegen hasste ihn Farell.

Das war für mich Grund genug, Boonie aus dem Weg zu gehen – Farell konnte ziemlich böse werden. Obwohl ich nicht fand, dass er mir vorschreiben sollte, ob ich mit einem alten Freund reden durfte, wollte ich ihn auch nicht verlieren. Als Kompromiss blieb ich Boonie gegenüber freundlich, aber distanziert. Das Jahr war ziemlich anstrengend gewesen. Dass mir Boonies Blick überallhin folgte, machte es nicht einfacher.

Ich wusste es nicht sicher, aber ich glaube, dass er und Farell sich sogar ein paar Mal geprügelt hatten. Entweder das, oder Farell rannte regelmäßig gegen Türen. Ich wusste auch nicht, wer sonst noch den Mut gehabt hätte, es mit ihm aufzunehmen.

Als sie endlich ihren Abschluss machten, seufzte die halbe Stadt vor Erleichterung auf, glaub ich.

Inzwischen tobte die Party um mich herum, sodass ich nur noch verschwommen rote Becher mit billigem Bier erkennen konnte, unterbrochen von einem gelegentlichen Kuss von meinem Freund oder einem Klatscher auf den Po. Um zwei Uhr morgens war ich schließlich gut angeheitert. Außerdem musste ich pinkeln. Farell hatte ich schon eine ganze Weile nicht gesehen, aber das hatte nicht viel zu bedeuten. Ich nahm an, dass er irgendwo kiffte. Er dachte wohl, ich wüsste nichts davon. Nicht, dass es mir was ausgemacht hätte – im Vergleich zu den Schmerzmitteln, die mein Dad wie Bonbons einwarf, war Gras völlig ungefährlich.

In dem Moment entdeckte ich Shanda Reed, meine frühere Nachbarin.

»Seit wann bist du denn hier?«, rief ich, während ich zu ihr lief. »Bei der Abschlusszeremonie hab ich dich gar nicht gesehen.«

»Ich hab's nicht rechtzeitig geschafft«, lachte sie und umarmte mich dabei. »Ich musste arbeiten.«

Ihre Worte drangen durch bis in mein vernebeltes Gehirn und machten mich verlegen. Shandas »Job« war nicht gerade einer, den ich gerne gehabt hätte, auch wenn sie inzwischen einen glänzenden, neuen roten Mustang fuhr. Es war schließlich nicht meine Aufgabe, ein Urteil über sie zu fällen.

Nachdem ich meine dunklen Gedanken abgeschüttelt hatte, betrachtete ich sie von oben bis unten.

»Deine Haare sehen echt toll aus so. Blond passt einfach perfekt zu dir.«

»Danke«, sagte sie. Ich fragte mich, ob sie wegen Boonie hier war, obwohl mich das im Grunde nichts anging. »Verflucht, ich muss pinkeln. Kommst du mit?«

Sobald sie es ausgesprochen hatte, erinnerte ich mich wieder daran, dass meine Blase kurz vorm Explodieren stand.

»Ja.«

»Super, dann kannst du mir den neuesten Klatsch erzählen.«

Ich folgte ihr in den Wald, wo ich über Wurzeln stolperte, während der Feuerschein verblasste und die Musik leiser wurde. Die Nachtluft war warm, aber nicht zu warm, und rundherum zirpten die Grillen.

»Hier, die Ecke sieht gut aus«, sagte sie, auf ein paar Büsche deutend. Der Fleck war von der Party völlig abgeschirmt. Wenig später hatten wir unser Geschäft erledigt und stapften wieder den Hügel hinunter. Etwa auf halbem Weg hörte ich ein Mädchen lachen, dazu rhythmisches Stöhnen, was nur eines bedeuten konnte. Ich verkniff mir ein Kichern und warf

Shanda einen Blick zu. Sie grinste spöttisch, während sie mich am Arm festhielt.

»Warte mal«, flüsterte sie. »Ich will sehen, wer es ist.«

»Was?«, fragte ich geschockt. »Nein, nein, das können wir nicht machen.«

Ein übermütiges Grinsen trat auf ihr Gesicht. »Natürlich können wir das. Sie sind im Freien – da ist alles erlaubt.«

Ich schüttelte den Kopf, folgte ihr aber, als sie durch die Dunkelheit schlich. Dann stieg ich auf einen Zweig, der mit einem lauten Knacken entzweibrach. Das Lachen verstummte.

»Was war das?«, fragte das Mädchen. Ich erkannte die Stimme – Allie Stockwell. Na, wenn das mal nicht lustig war … Allie hatte letztes Jahr wegen ihres Keuschheitsrings unglaublich wichtig getan und verkündet, dass sie nie mit einem Jungen vor der Ehe schlafen würde. Und obendrein hatten sie mich bei diesen Worten im Umkleideraum demonstrativ angestarrt. Ich hasste die Zicke.

»Keine Sorge, Baby«, lallte ihr Partner.

Ich erstarrte.

»Farell?«, fragte ich mit unsicherer Stimme. Nein. Da hatte ich mich wohl verhört. Farell würde mich nie betrügen – Farell *liebte* mich. Ich hörte Allie nach Luft schnappen, während mir plötzlich schwindlig wurde. Das war doch nicht wahr. *Das kann doch nicht wahr sein.*

»Wer zum Teufel ist da?«, fragte Shanda bestimmt und mit vorwurfsvoller Stimme. Sie machte einen Schritt vorwärts und schob sich durch die Sträucher hindurch. Ich folgte ihr und betete, dass ich mich getäuscht hatte. Wir würden Colby bei Allie finden oder irgendeinen anderen Typen. Ganz sicher hatte ich mich verhört. Eindeutig zu viel Alk.

Als ich auf die Lichtung trat, entdeckte ich sie halb nackt im Mondlicht.

Mein betrunkener Freund rollte sich auf den Rücken und versuchte, sich die Hose hochzuziehen, während sein Schwanz herumwackelte. Allie starrte uns an wie ein verdammter Goldfisch.

»Farell …«, flüsterte ich, als meine Welt in sich zusammenstürzte. »Oh shit. Warum? Warum hast du das getan?«

Er versuchte, etwas zu sagen. Doch Shanda packte mich am Arm und zog mich weg.

So musste sich ein Schlag in die Magengrube anfühlen.

Ich konnte nicht mehr einatmen, mich nicht mehr konzentrieren, gar nichts tun, außer nicht auf die Nase zu fallen, während mich Shanda von meinem zukünftigen Exfreund wegzerrte.

»Fick dich, du Arschloch!«, rief sie über ihre Schulter. »Friss Scheiße und stirb.«

Schließlich, als das Schwindelgefühl in meinem Kopf nachließ, merkte ich, dass ich weinte. Schluchzte. Wir waren fast wieder auf der Party, und ich blieb abrupt stehen, um Shandas Griff zu entgehen.

»Ich kann da nicht wieder hin«, zischte ich. »Die dürfen mich nicht so sehen. Oh mein Gott. Was ist nur los? Warum hat er das getan?«

Shanda packte mich an den Schultern und schüttelte mich.

»Ich habe keine Ahnung, warum er dich betrogen hat«, sagte sie. »Interessiert mich auch nicht. Aber eins weiß ich genau – wenn er sie vorher schon mal gefickt hat, dann wissen alle seine Freunde Bescheid, und Allies Freundinnen wissen es ebenfalls Das heißt, alle auf der Party außer dir und deinen besten Freundinnen sind eingeweiht. Du hast jetzt zwei Möglichkeiten. Du kannst davonlaufen und dich verstecken, als ob du etwas falsch gemacht hättest. Oder du kannst wieder da runtermarschieren, dir was zum Trinken holen und dann auf ihn warten. Wenn er zurückkommt, schüttest du ihm den Drink ins Gesicht und lässt ihn sitzen, den Scheißkerl. Dann gehen wir tanzen und haben unseren Spaß. Und vielleicht wirst du Sex mit einem echten Mann haben, denn er *darf nicht* gewinnen.

Blinzelnd sah ich sie an.

»Ich glaub, das kann ich nicht«, flüsterte ich.

Shanda sah mich aus schmalen Augen an.

»Hör mir zu – für Mädchen wie uns ist das Leben ziemlich hart, Darce. Mädchen aus dem Trailerpark. Sie halten uns für Abschaum, weil wir arm sind, und so behandeln sie uns auch. Aber wir sind kein Trash. Ist mir egal, wie viel Geld Farell hat. Er ist der Abschaum, nicht du. Manchmal heißt es eben einfach ›Kopf hoch und durch‹.«

Sie hatte recht. Ich hatte nichts falsch gemacht. Warum, verdammt, sollte ich also davonrennen? Ich hob eine Ecke meines Neckholder-Shirts an, um mir das Gesicht abzuwischen, bemüht, dabei nicht zu schniefen.

»Wie seh ich aus?«

»Im Dunkeln passt es schon«, sagte sie mit einem Zwinkern. »Also, Kopf hoch, und denk dran: Ich bin bei dir. Six Mile Trailerpark forever, Baby.«

Boonie war der erste Mensch, den ich sah, als wir wieder auf der Party waren.

Er lehnte an einem Pick-up voller großer Lautsprecher, die die Jungs der Abschlussklasse an Autobatterien hatten anschließen wollen. Irgendwas an dem System hatte vorhin nicht funktioniert, sodass sie es irgendwann aufgegeben hatten. Die Stereoanlage des Pick-ups war aber auch nicht so übel, wenn sie sie ganz aufdrehten.

Das Feuer brannte jetzt hell, rundherum tanzten Mädchen.

Ich sah, wie Erin zu Boonie rüberging und sich an ihn lehnte. Er umarmte sie, schob sie aber bestimmt weg, als ihre Hände anfingen, auf ihm herumzuwandern.

Shanda marschierte direkt auf die beiden zu.

»Was ist denn los?«, fragte Erin. Sie war so betrunken, dass ich ihre Worte kaum verstehen konnte.

»Ich hab Farell dabei erwischt, wie er Allie Stockwell gefickt hat«, sagte ich verletzt und wünschte mir dabei, dass ich die blöde Schlampe umbringen könnte. »Ich mach mit dem Arsch Schluss.«

»Verdammte Scheiße.«

Boonie sagte gar nichts, doch er warf mir einen flammenden Blick zu. Shanda sah von ihm zu mir, wobei ein seltsames Lächeln auf ihren Lippen lag. Ich glaube, sie wollte gerade etwas sagen, da stolperte Farell aus der Dunkelheit mitten in die Party.

»Darcy!«, rief er, als er auf uns zustürzte. Die Leute drehten sich um und starrten uns an. »Darcy! Darcy, es war ein Fehler. Lass es mich erklären.«

»Showtime«, sagte Shanda und schob mich nach vorne.

Ich spürte, wie eine Welle der Aufregung durch die Menge ging. Toll. Um eine Party unvergesslich zu machen, ist ein kleines Drama bestens geeignet.

»Es ist aus, Farell«, verkündete ich, bevor ich die Nerven verlor. Ich sollte ihn doch lieben … aber er sollte *mich* doch auch lieben. Arschloch. »Geh wieder zu Allie.«

Er schwankte, während ein verwirrter und schockierter Ausdruck auf sein Gesicht trat.

»Aber Darcy … es war nichts Ernstes.«

»Du hast gehört, was sie gesagt hat«, sagte Boonie und trat nach vorne. Erin richtete sich auf und torkelte neben Shanda. Ganz offensichtlich wollte sie ihre Unterstützung signalisieren, egal, wie betrunken sie war. »Du bist erledigt. Hau ab.«

»Halt's Maul, du verdammter Loser«, sagte Farell schwankend. »Sie ist mein Mädchen. Du willst sie, aber du kriegst sie nicht.«

»Nein, ich *war* mal dein Mädchen«, sagte ich. Es tat so weh, diese Worte auszusprechen. Im Schein des Feuers wirkte er wie ein Obdachloser, seine Klamotten waren mit Dreck und Kiefernnadeln bedeckt. »Es ist vorbei. Du hast deine Wahl getroffen.«

Farell wirkte verwirrt und blinzelte. Langsam schlich sich ein höhnisches Grinsen auf sein Gesicht.

»Jetzt weiß ich, was Sache ist«, sagte er. »Du fickst mit ihm, oder? Na ja, Abschaum passt du Abschaum.«

Boonie knurrte und trat vor, um sich auf ihn zu stürzen. Farell, der völlig betrunken war, holte aus, und schon waren sie ineinander verkeilt.

Shanda zog mich und Erin zurück, als die Schüler anfingen zu brüllen und »Schlag zu! Schlag zu! Schlag zu!« zu rufen.

Weil Farell so betrunken war, würde er vermutlich ein leichtes Opfer darstellen. Und so war es auch – für jeden seiner Treffer versetzte ihm Boonie zwei. Doch der Alkohol schien seine Sinne zu verwirren. Ich war mir nicht sicher, ob er überhaupt Schmerzen spürte.

Lange hielt er das nicht durch.

Außerdem war Boonie schneller und wilder, als ich ihn jemals erlebt hatte. Mit zornigem Gesichtsausdruck landete er einen Trefferhagel auf

Farell. Dann ging Farell zu Boden, und es war vorbei. Die Menge verstummte, als Boonie herumwirbelte und noch immer schwer atmend zu mir rüberstolzierte. So einen wilden Blick wie jetzt hatte ich bei ihm noch nie gesehen.

»Komm«, sagte er. Ich sah mich um und überlegte, was ich tun sollte. Er wartete nicht, bis ich mich entschieden hatte, sondern ergriff meine Hand und zog mich beinahe den Hügel runter.

Da hörte ich, wie uns Farell hinterherbrüllte: »Fick dich, du Schlampe! Fick doch mit deinem Scheißfreund vom Trailerpark. Er ist ein *Nichts*, genau wie du!«

Boonie blieb abrupt stehen. Jeder seiner Muskeln war angespannt. Dann drehte er sich langsam um und sah Farell ein letztes Mal an.

»Wenn du je wieder so über sie sprichst, bring ich dich um.«

Niemand hatte daran auch nur den geringsten Zweifel, denn Boonie meinte es genau so, wie er es gesagt hatte. Mein ehemaliger Freund blinzelte, und ich sah nacktes Entsetzen in seinem Gesicht. Dann zog Boonie wieder an meiner Hand. Und schon waren wir weg.

Ich stand unter Schock und stolperte eine Weile mit ihm mit, bis mir klar wurde, dass ich keine Ahnung hatte, wohin wir gingen oder warum ich überhaupt bei ihm war. Doch eines war mir klar – gerade eben war etwas Unglaubliches geschehen.

»Warum hast du mit Farell gekämpft?«, fragte ich. Boonie drehte sich zu mir um und drängte mich gegen ein kleines, von Gestrüpp umgebenes Grabmal. Ich spürte plötzlich die verputzten Ziegelsteine an meinem Hintern und starrte mit großen Augen zu ihm auf.

»Weil er ein Arschloch ist«, sagte Boonie. »Warum zum Teufel hast du dir seinen Schwanz reinstecken lassen, Darcy?«

Kopfschüttelnd schnappte ich nach Luft.

»Darüber kann ich mit dir nicht reden.«

Boonie drängte sich an mich, legte die Hände um meine Taille und hob mich hoch auf das Grabmal. Dann stand er zwischen meinen nackten Beinen und starrte mich an. Sein Wangenmuskel zuckte. Ich spürte, wie er mit der einen Hand über meinen Rücken fuhr. Mit seiner anderen Hand umfing er meinen Kopf. Seine Finger glitten in meine Haare.

»Das hat mich das ganze Jahr nicht losgelassen«, flüsterte er. »Ich komme heim, und mein Mädchen ist mit dem größten Idioten des ganzen Valleys zusammen. Es hat zu lange gedauert, bis du das gemerkt hast. Was für eine gottverdammte Verschwendung.«

Sein Mädchen?

Ich hatte kaum Zeit, seine Worte zu verdauen, da zog er mich schon heftig an sich, um mich zu küssen. Ich schnappte nach Luft, und er nutzte die Gelegenheit, mir seine Zunge in den Mund zu schieben.

Eigentlich, dachte ich, war ich früher schon geküsst worden.

Doch da hatte ich mich anscheinend getäuscht. Das war etwas ganz anderes als das, was ich mit Farell erlebt hatte – und auch anders als der erste Kuss, den Boonie mir gegeben hatte. Das war der Kuss eines Mannes, dessen Mund sich gnadenlos nahm, was er wollte. Ich spürte seinen harten Schwanz zwischen meinen Beinen und, bei Gott, ich wollte ihn. Dann begannen seine Hüften, langsam und gleichmäßig zu kreisen, wodurch meine Klit fest an seinen Beckenknochen gepresst wurde. Die Lust schoss wie ein Blitz meine Wirbelsäule hinab.

Plötzlich löste Boonie seinen Mund von meinem und legte seine Stirn an die meine. Sein Körper erschauerte, und der meine reagierte, als ob wir füreinander geschaffen wären.

So hatte ich Farell nie begehrt.

Nicht mal ein bisschen.

»Sag jetzt Nein«, knurrte er leise. »Sonst tun wir es.«

Ich schob meine Hände unter sein Shirt und ließ sie über seine ausgeprägten Muskeln wandern.

»Ich will es auch.«

Das war alles, was ich sagen musste. Stöhnend fing Boonie wieder an, mich zu küssen, noch während er meinen Rock hochschob. Ich machte meine Beine für ihn breit, und seine Finger fuhren die Ränder meiner Öffnung durch den seidenen Stoff meines Tangas hindurch nach. Dann fand er meine Klit: Seine Berührung schlug Wellen des Begehrens in meinem Körper, der den seinen erkannte.

Eine Ewigkeit lang neckte er mich so. Boonie hatte meine Haut immer noch nicht direkt berührt, doch ich merkte, wie unsere Anspannung stieg. Endlich schob er den dünnen Stoff meines Strings beiseite und steckte einen starken, rauen Finger in mich hinein.

Heilige Scheiße. Meine Muskeln zogen sich sofort um ihn zusammen, ich konnte nichts dagegen machen. Er hörte auf, mich zu küssen, und sah mich stattdessen an. Sein Blick war wild, ich hörte seine tiefen, rauen Atemzüge.

»Das ist die schärfste Muschi, die ich je gespürt habe, verdammt«, sagte er.

Auch wenn seine Worte nicht sonderlich romantisch waren, hatte ich wahrscheinlich noch nie so etwas Heißes gehört.

»Um deinem Schwanz würde sie sich noch besser anfühlen«, flüsterte ich, durchströmt von der faszinierenden Macht des Weiblichen.

Bei meinen Worten schloss Boonie seine Augen, während sein Wangenmuskel ununterbrochen zuckte. Er stand wir erstarrt und schien einen inneren Kampf auszufechten. Ich nutzte die Gelegenheit, um sein Shirt hochzuziehen. Dann beugte ich mich vor und leckte mit voller Absicht langsam über seine Brustwarze. Schlagartig wurde er wieder aktiv und zog seinen Finger aus mir. Dann trat er einen Schritt zurück. Plötzlich war mir kalt, und ich fühlte mich verloren. Einen Moment lang dachte ich, er würde mich allein lassen.

Ein entsetzlicher Gedanke.

Er gehörte mir. *Wir gehören zusammen.*

Als Boonie jedoch an seine Hose griff, um den Reißverschluss aufzureißen, wurde mir klar, dass er nirgendwohin gehen würde. Er trug keine Unterwäsche. Mit offenem Mund betrachtete ich seinen hervorspringenden Steifen, der groß und hart war, bereit, mich auszufüllen.

Ich konnte meinen Blick nicht abwenden, hörte aber, wie ein Kondompäckchen aufgerissen wurde. Boonie nahm seinen Schwanz in die Hand und fuhr zwei Mal auf und ab, bevor er den Gummi überstreifte.

Ich rutschte vor, um meinen String auszuziehen, doch er ließ mir keine Chance, sondern packte stattdessen meine Hüften, die er gerade bis über den Rand des Grabmals zog. Mit den Händen stützte ich mich ab. Seine Finger schoben das dünne Stück Stoff zur Seite. Schon spürte ich seinen Schwanz in mich eindringen.

»Verdammt, tut das gut« stöhnte er und glitt in einem endlosen Stoß hinein, der mich bis an meine Grenzen aufdehnte. Die Wirklichkeit schrumpfte zusammen, bis ich nur noch ihn tief in mir spüren konnte. Ich schloss meine Augen und ließ meinen Kopf nach hinten fallen

Seine starken Hände packten meine Hüften und zogen mich näher an sich.

Seine Hüften bewegten sich schneller, aber es reichte noch nicht. Ich brauchte mehr. Deshalb berührte ich meine Klit und begann, sie im Rhythmus seiner Stöße zu reiben.

Sein Schwanz schwoll an, und er stöhnte auf.

»Mach weiter damit«, keuchte er. »Das ist das Schärfste, was ich je gesehen habe.«

Das musste er mir nicht zweimal sagen. Ich rieb fester und merkte dabei, dass die pulsierenden Lustwellen ganz nahe waren. Boonies Hände glitten über meinen Hintern und drückten grob meine Arschbacken zusammen.

Dadurch änderte sich seine Stoßrichtung. Plötzlich traf sein Schwanz einen Punkt tief in mir, den ich noch nie zuvor gespürt hatte.

»Oh shit …«, wimmerte ich. Meine Finger lagen noch immer auf meiner Klit. Ich war fast am Kommen. Fast. Faaaaa … Der Orgasmus traf mich wie ein Hammer, mein Rücken bog sich durch, während meine Scheidenmuskeln sich verkrampften.

Boonies Schwanz wurde dicker und pulsierte, als er kam und seine Hüften gegen meine drückten.

Langsam öffnete ich meine Augen. Über mir glitzerten Abertausende von Sternen. Die Wirklichkeit kehrte langsam zurück. In der Ferne hörte ich leise Musik. Jemand rief etwas.

Boonie beugte sich vor und küsste mich langsam und sanft.

»Fuck, ich kann nicht glauben, was gerade passiert ist«, flüsterte er. »Du hättest ihn abschießen sollen, bevor ich die Papiere unterschrieben hab.«

Ich rekelte mich wie eine Katze und genoss das Ziehen zwischen meinen Beinen. Wer hätte gedacht, dass Sex so gut sein konnte? Wenn ich mir jetzt überlegte, dass ich es nett gefunden hatte, mit Farell zu schlafen … im Verglich zu Boonie war er ein Nichts.

»Welche Papiere?«, flüsterte ich, während ich mich fragte, wie lange es wohl dauern würde, bis er wieder konnte. Ich wollte definitiv noch mal.

Und zwar bald.

»Für die Marines. Übermorgen fahre ich zur Grundausbildung nach San Diego.«

Mir blieb die Luft weg.

»Warum?«, fragte ich, während ich mich wunderte, dass allein die Vorstellung so wehtun konnte. Wir waren nicht zusammen. Ich hatte keine Rechte – Mann, bis vor einer Stunde war ich mit jemand anderem zusammen gewesen. Jemandem, den ich eigentlich hätte lieben sollen. Aber wie konnte man einen Typen lieben und dann mit einem anderen schlafen?

Boonie lachte rau auf.

»Weil für mich in Callup kein Platz ist«, antwortete er bitter. »Du hast das dieses Jahr verdammt klar gemacht, Darce. Ich hab es endlich verstanden. Mein Dad war bei den Marines. Ich vermute mal, wenn es für ihn in Ordnung war, dann passt es für mich auch.«

Ich wusste nicht, was ich sagen sollte. Weitere Schreie waren zu hören, dieses Mal waren sie lauter. Die Musik war verstummt. Verdammt, das war Farell. Er grölte laut in seiner besoffenen Wut. Die Tür eines Trucks wurde zugeschlagen, und ich hörte, wie die Reifen auf dem Schotter durchdrehten und der Motor aufjaulte.

Boonie legte seine Stirn an die meine.

»Ich will dich in meinem Bett«, sagte er. »Ich will …«

Plötzlich hörten wir ein entsetzliches Krachen, das Kreischen von Metall und zerbrechendes Glas. Boonie löste sich von mir, und ich sprang sofort auf. Adrenalin schoss durch meine Adern.

»Was war das?«

»Ein Autounfall«, murmelte er, während er seine Hose zumachte. In der Ferne hörte ich jemanden schreien. »Bleib hier.«

Boonie eilte den Hang hinunter zur Straße. Ich folgte ihm, schlitterte in der Dunkelheit zwischen Grabsteinen hindurch, in der Hoffnung, dabei nicht zu stürzen und mir den Hals zu brechen. Als ich die Böschung über der Straße erreichte, wäre ich beinahe ohnmächtig geworden.

Der Pick-up von der Party – der mit den großen Lautsprechern, mit dem sie auch die Fässer angeliefert hatten – war seitwärts die Böschung des Zufahrtswegs zum Friedhof runtergekippt und unten im Fluss gelandet.

»Oh mein Gott …«

Im Wrack schrie jemand, und auch um mich herum hörte ich Leute brüllen. Boonie kletterte bereits runter zu dem zerbeulten Fahrzeug.

Andere Jungs folgten ihm, stolperten aber über ihre eigenen Füße.

Ich rutschte auf meinem Hintern die Böschung runter bis zu der Stelle, wo Boonie sich schon hingekniet hatte und in die Fahrerkabine des auf dem Dach liegenden Trucks schaute. Aus dem Inneren drangen entsetzliche, hohe Schreie.

»Oh mein Gott«, rief Boonie, als er hochsah und mich entdeckte. »Geh weg, Darce. Du solltest das hier nicht sehen.«

»Wer ist es?«, fragte ich mit zugeschnürter Kehle. Er schüttelte den Kopf und weigerte sich, mir eine Antwort zu geben. Die Schreie verwandelten sich in ein hohes, schmerzerfülltes Wehklagen.

»Wer ist es?«, kreischte ich. »Sag es mir!«

»Wir brauchen einen Krankenwagen«, brüllte er zurück. »Der Trailerpark ist nicht mal eine Meile entfernt. Jemand muss schnell hin, um den Notarzt zu rufen.

»Verdammt, beantworte meine Frage – wer ist es?«

»Es ist Farell«, sagte er, wobei Gefühle auf seinem Gesicht aufschienen, die ich nicht deuten konnte. »Er ist gefahren. Allie ist auch hier drin. Es sieht schlimm aus, Darcy. Echt schlimm.«

Ich war mir nicht sicher, ob ich ins Krankenhaus fahren sollte – was macht man, wenn der Typ, von dem man sich gerade getrennt hat, einen Unfall hatte? Auch wenn Farell und ich nicht mehr zusammen waren, lehnte ich ab, als mich Boonie fragte, ob ich mit zu ihm wollte. In meinem Kopf war ein zu großes Durcheinander, ein Sturm aus Gefühlen, Schuld und der nackten Angst, dass Farell sterben würde.

Ich war zwar nicht die Fahrerin gewesen, doch ich kannte meinen Freund. Ich wusste, wie er betrunken war. Ich hatte ihn öffentlich gedemütigt und dann die Party mit seinem größten Rivalen verlassen – ich hätte es kommen sehen müssen.

Hätte ihn irgendwie aufhalten müssen.

Stattdessen war ich damit beschäftigt gewesen, mit Riley Boone auf einem Grab zu ficken. Mann. Was war nur mit mir los?

Shanda bot mir an, mich mitzunehmen, was ich dankend annahm, obwohl Boonie protestierte. Ich konnte ihm jetzt nicht in die Augen sehen. Er hatte nichts falsch gemacht – ich fühlte mich nur so schuldig. Was für ein Mädchen schläft schon mit einem anderen Typen, gleich nachdem sie sich von dem Jungen getrennt hat, den sie liebte?

Wir hatten ursprünglich vorgehabt, zum Trailerpark zurückzufahren, fuhren dann aber nur planlos in der Gegend herum. Wir wussten beide nicht, was wir sagen sollten. Irgendwann hielt ich es nicht mehr aus – ich musste einfach wissen, wie es ihm ging. Deshalb fuhren wir zum Krankenhaus in Kellog. Doch als wir vor der Notaufnahme hielten, wusste ich immer noch nicht, ob dies die richtige Entscheidung war.

»Soll ich reingehen?«, fragte ich Shanda. Mir war richtig schlecht. »Was mach ich, wenn er tot ist?«

Die Vorstellung war kaum auszuhalten. Ja, ich hatte mich von Farell getrennt – nachdem ich achtzehn Monate mit ihm zusammen gewesen war. Er war mein erster Freund gewesen, und ich hatte sogar gedacht, er würde auch mein letzter sein. *Oh mein Gott …*

»Ich bin hier bei dir«, sagte Shanda und ergriff meine Hand. »Wir sehen einfach nur nach, wie es ihnen geht.«

Ich nickte und schnallte mich ab. Die offenen Schiebetüren der Notaufnahme wirkten geradezu schamlos, als wir Hand in Hand hineingingen.

Die halbe Highschool war im Wartebereich versammelt.

Ich sah Bryce und Erin eng zusammen an der Wand. Beide weinten. Grüppchen von jungen Leuten, mit denen ich aufgewachsen war, umringten sie und rieben sich die Augen.

»Schlampe«, zischte jemand, als ich vorbeiging. Shanda wirbelte herum und sah sich mit bösem Blick um, doch alle sahen weg.

»Oh Mann, halt einfach das Maul«, sagte Colby zu der Menge und kam auf mich zu. Wow. Damit hatte ich jetzt nicht gerechnet. Er zog mich in seine Arme und drückte mich fest, sodass ich anfing zu zittern. Schließlich löste ich mich von ihm und schluckte.

Ich musste es wissen.

»Sag schon«, murmelte ich. »Sind sie …?«

Colby schluckte. Seine Augen waren rot, die Augenlider geschwollen.

»Allie ist tot.«

Die Worte trafen mich wie ein Blitz. *Nein.* Das konnte nicht wahr sein.

»Aber sie hat geschrien«, sagte ich kopfschüttelnd. »Sie war wach. Wir haben sie alle gehört. Wie kann es sein, dass sie … tot ist?«

Es schnürte mir die Kehle zu, als ich die Worte flüsterte. Es war zu entsetzlich, das Leben in all seiner Grausamkeit. Wie konnte eine dumme Party damit enden, dass Allie starb? Plötzlich war es mir egal, dass ich sie gehasst hatte oder dass sie mit meinem Freund geschlafen hatte – wir kannten uns schon seit dem Kindergarten, und jetzt würde ich sie nie wieder sehen. Nicht mal eine Schlampe wie Allie hatte das verdient.

Und wenn *sie* tot war, was war dann mit *ihm*?

»Im Krankenwagen hat sie das Bewusstsein verloren«, fuhr Colby fort. »Sie hatte Blutungen im Kopf. Sie haben noch eine Notoperation durchgeführt, doch auf dem Operationstisch hat ihr Herz aufgehört zu schlagen. Sie konnten sie nicht retten.«

»Oh mein Gott«, flüsterte ich. Noch mehr Schuldgefühle stiegen in mir auf – ich hatte ihr den Tod an den Hals gewünscht, und jetzt war sie tot. Gleich musste ich mich übergeben. Doch ich schluckte und stellte die allerschlimmste Frage: »Was ist mit Farell?«

»Er wird gerade operiert«, sagte Colby. »Niemand weiß, was los ist. Seine Eltern warten in der Kapelle.«

Er zeigte mit dem Kinn auf eine kleine Tür in der Wand am anderen Ende des Raums.

»Seine Mom hat nach dir gefragt«, fügte er mit brechender Stimme hinzu.

Jetzt war mir *wirklich* schlecht. Renee Evans war unglaublich nett zu mir gewesen. Bei unserem ersten Treffen hatte ich damit gerechnet, dass sie mich hassen würde – schließlich hatte ihr Goldjunge ein Mädchen aus dem Trailerpark heimgeschleift. Nach den im Valley geltenden Ansprüchen war ich nicht im Entferntesten gut genug für ihn. Aber Renee war das immer egal gewesen. Sie hatte mich mit offenen Armen willkommen geheißen. Irgendwann verbrachte ich mehr Zeit bei ihnen als bei mir daheim. Darüber hatte ich bisher gar nicht nachzudenken gewagt – die Trennung von Farell bedeutete auch, sie zu verlieren.

Ich löste mich von Colby und ging so schnell ich konnte, ohne noch mehr Aufmerksamkeit zu erregen, rüber zur Toilette. Zum Glück war sie klar beschriftet und leicht zu finden, denn ich schaffte es kaum in die Kabine, da begann ich schon zu würgen und mich zu übergeben.

Es schmeckte nach Bier und Galle und Verrat.

»Darcy, bist du das?«, fragte eine vertraute Stimme vor der Kabine. Ich hielt inne, während ich mich auf der Klobrille abstützte. Renee.

»Ich bin hier drin«, gelang es mir zu sagen.

»Gott sei Dank«, antwortete sie. »Alles in Ordnung?«

Im Vergleich zu Allie geht es mir prächtig, dachte ich leicht hysterisch.

»Ich glaube, bei keinem von uns ist irgendwas in Ordnung.«

»Komm raus«, antwortete Renee leise. »Ich muss dich sehen, Liebes.«

Mir wurde klar, dass sie es noch nicht wusste. Sie dachte immer noch, Farell und ich wären zusammen, dass ich also das Recht hätte, hier zu sein. Was würde sie sagen, wenn sie es herausfände? Ich spülte und stand auf, bereit für die Konfrontation. Dann trat ich aus der Kabine.

Renee sah furchtbar aus.

Ihre Haare waren nicht frisiert, und ihre Klamotten passten nicht zusammen. Was gar nicht ihre Art war. Aber ich vermute mal, wenn der eigene Sohn gerade einen Unfall hatte, nimmt man sich nicht die Zeit, die Kleidung farblich abzustimmen. Ihre Augen waren rot und wirkten geschwollen, doch sie lächelte mich tapfer an, während sie mir die Arme entgegenstreckte.

Ich schaffte es einfach nicht.

»Renee, ich muss dir was sagen.«

»Ich weiß es schon – oder zumindest weiß ich genug«, sagte sie leise. »Bryce hat mir von eurem Streit erzählt. Farell war mit einem anderen Mädchen zusammen. Aber ich weiß, dass du dir Sorgen um ihn machst, und im Moment brauche ich deine Unterstützung.«

Ich fiel ihr um den Hals, umarmte sie fest und schluchzte. Es war noch immer alles schrecklich, und ich war verwirrt und verängstigt, aber in ihrer Nähe fühlte ich mich besser.

»Wie geht es ihm?«, gelang es mir schließlich zu sagen.

»Er wird gerade operiert«, sagte sie, während sie mir über den Rücken strich. »Sie haben gesagt, dass seine Wirbelsäule gequetscht wurde. Wir wissen noch nicht genau, was das auf lange Sicht bedeutet, aber sicher nichts Gutes. Ich weiß nicht, was passieren wird, Darcy. Ich weiß es einfach nicht. Doch ich hätte gerne, dass du mit uns zusammen wartest. Ich glaube, Farell würde das auch wollen.«

Ich schüttelte meinen Kopf – sie hatte unrecht. Farell würde das überhaupt nicht wollen.

»Weißt du, Marcus und ich sind jetzt seit zwanzig Jahren verheiratet«, sagte sie leise. »Das ist eine lange Zeit – nach einer Weile lernt man, dass man eine Beziehung nicht nach einer einzigen Begebenheit beurteilen darf. Wenn man einen Mann beurteilt, muss man sich alles ansehen. Bitte komm mit mir, Darcy. Vielleicht willst du es im Moment nicht für Farell tun. Dann tu es bitte mir zuliebe. Im letzten Jahr warst du wie meine eigene Tochter. Bitte hilf mir, das hier zu überstehen.«

Ich nickte langsam. Was konnte ich schon machen? Nachdem ich mir gründlich das Gesicht gewaschen hatte, folgte ich ihr in die Kapelle.

Er kam erst am nächsten Morgen um neun Uhr aus dem OP-Saal. Die Operation war erfolgreich verlaufen, denn schließlich war er noch am Leben. Ob er Hirnschäden davongetragen hatte, würden wir erst erfahren, wenn er aufwachte.

Falls er aufwachte.

Ich blieb bis zum späten Nachmittag mit Renee und ihrem Mann Marcus im Krankenhaus. Dann kam Shanda, um nach mir zu schauen.

»Komm, ich fahr dich nach Hause«, sagte sie. »Du brauchst eine Pause und musst dich ausruhen.«

»Kommst du zurecht?«, fragte ich Renee.

Sie nickte mit müdem Blick.

»Schlaf ein bisschen«, antwortete sie leise. »Ich rufe dich an, falls es etwas Neues gibt.«

Zum Glück schien Shanda zu verstehen, dass ich Ruhe brauchte. Deshalb bedrängte sie mich während der Fahrt nicht mit Fragen. Gegen sechs Uhr nachmittags kamen wir am Trailerpark an. Vor meinem Haus stand ein Motorrad.

Boonie. Er saß mit düsterem Gesicht auf der Veranda. Ich stieg aus dem Auto und ging zu ihm rüber.

»Hey«, sagte ich.

»Hey.«

Wir betrachteten einander, und ausnahmsweise fühlte ich mich nicht im Geringsten von ihm angezogen. Ich fühlte gar nichts, so, als ob ich hohl wäre. Verbraucht. Erschöpft.

»Ich habe das mit Allie gehört«, sagte er leise. »Echt scheiße.«

»Ja«, antwortete ich mit zittriger Stimme. »Farell hat es auch schlimm erwischt. Sie wissen nicht, wann er aufwachen wird oder ob er jemals wieder laufen kann. Es ist vermutlich ziemlich unwahrscheinlich. Der Unfall war ziemlich heftig.«

»Du warst also bei seiner Familie … Was bedeutet das?«

Ich zuckte mit den Schultern, hätte aber gerne selbst eine Antwort darauf gewusst.

»Ich habe keine Ahnung«, antwortete ich leise. »Ich weiß nicht, was ich von all dem halten soll. Ich bin einfach so müde …«

»Und was ist mit uns?«

Mit einem brennenden Blick aus seinen kohlschwarzen Augen sah er mich an. Ich betrachtete ihn und erinnerte mich daran, wie es sich angefühlt hatte, als er tief in mir gewesen war. Es war gut gewesen. Der beste Sex, den ich je gehabt hatte, das war sicher. Aber was bedeutete es eigentlich, wenn man Sex miteinander hatte? Er hatte mit der Hälfte der Mädchen aus dem Abschlussjahrgang geschlafen.

»Du fährst also morgen?«, fragte ich nach einer langen Pause. Er nickte.

»Ja, um fünf Uhr morgens muss ich in Spokane am Flughafen sein.«

»Wow.«

»Du musst schlafen«, sagte er schließlich. Ich blinzelte. Er hatte recht – das musste ich wohl.

»Willst du reinkommen?«, fragte ich. »Mein Dad ist da, aber es wird ihm egal sein.«

Wahrscheinlich würde es ihm gar nicht auffallen. Bier und Schmerzmittel hatten ihn in einen regungslosen Klops verwandelt, der seinen Platz vor dem Fernseher nie verließ. Boonie nickte, stand auf und reichte mir die Hand. Ich ergriff sie und führte ihn in mein Schlafzimmer, wo wir beide auf mein großes Bett plumpsten. Ich würde ja gerne behaupten, dass wir die ganze Nacht wunderbaren Sex hatten oder dass wir redeten und es eine ganz besonders schöne Erfahrung war.

Die Wahrheit ist aber, dass ich in seinen Armen sofort einschlief und erst nach vierzehn Stunden wieder aufwachte.

Er hatte einen Zettel dagelassen, auf dem stand, dass er mir schreiben würde.

Ich duschte und fuhr wieder ins Krankenhaus.

Vier Tage später

»Er möchte alleine mit dir sprechen«, sagte Marcus mit müdem Blick zu mir. Farell war nach dem Unfall ins künstliche Koma versetzt worden, damit sein Gehirn sich erholen konnte. Heute Morgen hatten sie ihn aufwachen lassen, aber ich musste arbeiten und konnte nicht dabei sein. Direkt nach meiner Schicht war ich hergekommen, ich trug noch immer meine Uniform.

Ich schluckte, während ich einen Blick auf die Tür zur Intensivstation warf. Ich fühlte mich wie eine richtige Betrügerin, denn ich wartete hier im Krankenhaus, als ob ich tatsächlich ein Recht dazu gehabt hätte. Renee schien so froh darüber zu sein, und selbst Marcus wirkte glücklich, als er mich sah.

Zuerst konnte ich es nicht begreifen. Doch dann machte mich Shanda darauf aufmerksam, dass ich nicht nur irgendjemand war, mit dem man im Wartebereich herumsitzen konnte. Ich war wie eine lebendige Verbindung zu ihrem Sohn.

Der Druck lastete schwer auf mir.

Nun betrat ich Farells Zimmer, wobei ich mich fragte, warum zum Teufel ich mir das antat. Er lag auf dem Bett und war kaum zu erkennen. Mit all den blauen Flecken, den Schläuchen und den Gipsverbänden hätte er auch ein Statist in einer Krankenhausserie sein können.

Als ich mich vorsichtig neben ihn setzte, öffnete er die Augen.

»Darcy?«, flüsterte er mit rauer, schmerzerfüllter Stimme. »Bist du wirklich hier? Ich habe geträumt …«

»Ja, ich bin hier«, sagte ich, während ich meine Tränen wegblinzelte. Er bedeutete mir immer noch etwas – diese unerfreuliche Erkenntnis hatte sich nach zwei Tagen an seinem Krankenbett bei mir eingestellt. Vermutlich ist das einer der kleinen Späße, die das Leben schreibt.

Gefühle lassen sich nicht einfach abstellen.

»Ich habe vorhin mit Bryce geredet«, sagte er. »Ich erinnere mich überhaupt nicht an die Abschlussfeier oder an den Unfall. Dad hat mir erzählt, dass Allie Stockwell tot ist«, sagte er mit brechender Stimme. »Und dass ich das Auto gefahren habe. Ich habe sie umgebracht, Darcy. Ich war betrunken.«

Ich räusperte mich und blinzelte dabei schnell.

»Ja, das ist leider so.«

»Er hat mir auch erzählt, dass wir Schluss gemacht haben, direkt bevor es passiert ist. Ich kann mich an all das überhaupt nicht erinnern.«

Ich griff nach einem Taschentuch und fuhr über meine Augen.

»Lass uns jetzt nicht darüber reden.«

»Nein«, sagte er. Obwohl seine Stimme schwach war, hielt er seinen Blick fest auf mich gerichtet. »Sag es mir. Ich muss wissen, was passiert ist. Niemand will mir irgendwas erzählen. Sie versuchen alle, mich zu schützen, aber ich muss wirklich wissen, was ich getan habe.«

Ich seufzte, nickte aber dann.

»Wir waren auf der Party, das weißt du noch«, begann ich. »Du warst ziemlich betrunken. Wir hingen alle nur ab, und nach einer Weile hatte ich dich aus den Augen verloren. Schließlich bin ich mit Shanda ins Gebüsch zum Pinkeln. Auf dem Rückweg haben wir dich mit Allie entdeckt. Ihr hattet Sex.«

Es tat weh, die Worte auszusprechen.

»Als du zurückgekommen bist, hab ich mit dir Schluss gemacht und die Party verlassen. Colby sagt, dass du weitergetrunken hast. Dann bist du mit Allie im Truck von Greg Krafft weggefahren und hast einen Unfall gebaut. Greg hat gesagt, er hätte noch versucht, dich aufzuhalten, aber du hast nicht auf ihn gehört.«

Farell blinzelte mehrmals hintereinander und wurde rot.

»Es tut mir so leid«, flüsterte er. »Ich weiß nicht, was los war, Darcy. Sie sagen, dass ich mich vielleicht nie wieder an diese Nacht erinnern werde. Ich wollte Allie nie im Leben wehtun – ich kannte sie nicht mal richtig. Und ich weiß einfach keinen Grund, warum ich dich betrügen sollte. Ich liebe dich.«

Seine Worte standen zwischen uns – was erwartete er von mir?

»Ich hab mit Riley Boone geschlafen«, platzte ich plötzlich raus und merkte, wie sich dabei mein Magen verkrampfte. »Nachdem wir uns so gestritten hatten, bin ich mit Boone weg, und wir hatten Sex.«

Farell riss die Augen auf, und ich sah kurz, dass er verletzt war.

»Ich vermute mal, darüber darf ich mich nicht beschweren«, flüsterte er. »Heißt … heißt das, dass es aus ist zwischen uns?«

Ein bittersüßer Schmerz durchzuckte mich. Ich hatte ihn geliebt oder hatte es zumindest geglaubt.

Aber ich musste immerzu an Boonie denken.

»Ich weiß es nicht«, sagte ich schließlich. »Boonie ist weggefahren, zur Grundausbildung. Er hat gesagt, dass er in Kontakt bleiben möchte.«

Farell verzog sein Gesicht. »Und was heißt das für uns?«

»Ich weiß es nicht«, flüsterte ich. »Ich schätze, wir werden einfach jeden Tag nehmen müssen, wie er kommt.«

»Ich liebe dich, Darcy. Wie auch immer das hier endet – du sollst wissen, dass das keine Lüge war. Ich habe Mist gebaut und habe nicht die geringste Ahnung, warum ich es getan habe. Was ich Allie angetan habe, werde ich mir nie verzeihen.«

»Hast du schon länger mit ihr geschlafen?«, fragte ich.

Farell sah mir mit schmerzerfülltem Blick direkt in die Augen. Das Schweigen zwischen uns wurde nur vom Summen der ihn umgebenden Maschinen unterbrochen.

»Nein«, sagte er schließlich. »Immer nur mit dir, Darcy. Du bist die, die ich liebe. Aber im Moment habe ich echt eine Scheißangst.«

Er versuchte, seinen Arm zu bewegen, um meine Hand zu ergreifen. Eine Träne lief ihm übers Gesicht. Ich beugte mich vor und umschlang seine Finger.

»Sie kümmern sich hier gut um dich«, flüsterte ich.

»Das bringt nichts«, antwortete er mit brechender Stimme. »Der Arzt meinte, dass ich wahrscheinlich nie wieder laufen kann. Es ist vorbei, Darce. Alles. Mein ganzes Leben ist vorbei. Ich habe nicht mal mehr dich – ich habe alles verloren.«

Sein Gesichtsausdruck war so traurig, so verzweifelt. So konnte ich ihn nicht zurücklassen. Was hatte es schon zu bedeuten, dass wir nicht mehr zusammen waren? Ich konnte ihm eine gute Freundin sein, oder? Ich nahm einen tiefen Atemzug und lächelte ihn an.

»Es ist nicht alles vorbei, Farell – du bist mir immer noch sehr wichtig. Die Dinge haben sich geändert, das ist sicher schwer zu verkraften. Aber du darfst nicht aufgeben, okay? Aufgeben ist jetzt nicht erlaubt.« Er drückte meine Hand. »Versprichst du mir das?«

»Ja, ich versprech es dir.«

20. Juli

Lieber Boonie,

schön, dass die Grundausbildung gut läuft. Hier in Callup ist alles ziemlich seltsam. Alle starren mich an und flüstern … ich hatte schon ganz vergessen, dass sie das auch gemacht haben, bevor ich mit Farell zusammen war. Sie wissen nicht, was sie von der Sache halten sollen. In jener Nacht wurde alles auf den Kopf gestellt. Und daran hat sich bis heute nichts geändert. Vielleicht wird es sich nie wieder normal anfühlen.

Ich denke dafür oft über unsere gemeinsamen Momente nach. Ist mir irgendwie peinlich, darüber zu schreiben, aber ich hoffe, du weißt, was ich meine, wenn ich sage, dass ich dich jetzt gerne hier hätte.

Es gibt noch etwas, das ich dir erzählen muss: Renee Evans hat mich gebeten, ab und zu vorbeizuschauen, um ihr zu helfen, sobald Farell nach Hause kommt. Sieht so aus, als ob er für lange Zeit Hausarrest und Bewährung bekommt (sie verhandeln immer noch mit den Staatsanwälten), doch der Richter ist ein Freund der Familie, weshalb er wahrscheinlich nicht ins Gefängnis muss. Vermutlich denken sie, dass er für seine Tat schon genug gebüßt hat, da er jetzt gelähmt ist (außerdem weißt du ja, wie so was im Valley abläuft). Ich habe gehört, dass sie Allies Familie eine Menge Geld gegeben haben, aber niemand weiß was Genaueres.

Ich hoffe, dir geht es gut.

Pass auf dich auf.
Darcy

---

1. Oktober

Lieber Boonie,

ich hoffe, es geht dir inzwischen besser. Blöd, dass du krank geworden bist, aber zumindest hast du deine Grundausbildung noch abschließen können.

Ich war trotzdem so enttäuscht, dass du nicht nach Callup kommen konntest, als du frei hattest. Das Abschlussjahr an der Highschool ist bisher gar nicht so übel. Renee hat mich offiziell angestellt, damit ich ihr nach der Schule dabei helfe, mich um Farell zu kümmern. Jetzt, da die Schule wieder angefangen hat, konnte ich sie nicht gleichzeitig unterstützen und dabei noch arbeiten. Deshalb war das eine gute Lösung für uns alle. Wir haben es jetzt von offizieller Seite: Er muss nicht ins Gefängnis. Lange Bewährungszeit, Gemeinschaftsdienst und so. Es geht ihm inzwischen auch besser. Er ist im Rollstuhl unterwegs. Sie haben das Haus umgebaut, sodass das eigentlich ganz gut funktioniert.

Ich denke immer noch oft an dich, und es tut mir so leid, dass das Telefon nicht funktioniert hat, als du versucht hast anzurufen. Sie haben es abgeschaltet, nachdem Dad die Rechnung nicht zahlen konnte. Mom und Dad hatten deswegen einen Riesenstreit. Anscheinend habe ich kein Glück, außer du willst mich in Farells Haus anrufen. Was aber vielleicht komisch wirkt, weil ich ihm von uns erzählt habe.

Hast du schon rausgefunden, ob du an Weihnachten frei hast?

Ich weiß, dass du nicht wirklich ein gutes Verhältnis zu deiner Mom hast, aber ich würde dich wirklich gerne sehen.

Halte durch!
Darcy

---

15. Januar

Lieber Boonie,

ich hoffe, du hattest einen schönen Urlaub. Ich fühle mich zwar ein bisschen blöd dabei, dich das zu fragen, aber bekommst du meine Briefe überhaupt? Habe ich irgendwas getan, weshalb du sauer bist? Vielleicht habe ich ja etwas in unsere gemeinsame Nacht hineingelesen, was gar nicht da war …

Ich hatte wirklich geglaubt, dass du in Kontakt bleiben möchtest.

Jetzt fühle ich mich wie ein Idiot, weil ich das aufgeschrieben habe. Offensichtlich hast du dich dafür entschieden, mir nicht zu antworten. Und du hattest bestimmt inzwischen irgendwann mal Urlaub. Ich habe gehört, dass deine Mom wieder in Montana lebt, vielleicht bist du also dorthin gefahren?

Ich hoffe, du hattest schöne Weihnachten. Mom und Dad haben mir einen Geschenkgutschein für Klamotten gegeben, obwohl ich keine Ahnung habe, woher sie das Geld hatten. Das ist immer noch etwas knapp bei uns, seit Mom ihre Stunden reduzieren musste. Ich unterstütze sie jetzt – mit dem Großteil meines Verdienstes.

Falls ich nichts mehr von dir höre, werde ich dir nicht mehr schreiben. Seit deinem letzten Brief sind fast drei Monate vergangen. Etwas Würde ist mir noch geblieben.

Deine Freundin (oder zumindest hab ich mich dafür gehalten)
Darcy

Lieber Boonie,

Ich habe lange überlegt, ob ich dir überhaupt schreiben soll, aber ich wollte dir mitteilen, dass ich heiraten werde. Wahrscheinlich hältst du mich für verrückt. Aber die Sache ist die – in den vergangenen eineinhalb Jahren hat sich Farell sehr verändert. Er ist ruhiger geworden und sieht nicht mehr alles als selbstverständlich an.

Damals in der Highschool habe ich ihn geliebt, aber dann hat er mich betrogen und … na ja, du kennst die Geschichte ja. Seitdem haben wir beide eine Menge gelernt und, wie Renee sagt, kann man einen Mann nicht nur nach einer Sache beurteilen. Wie auch immer, ich weiß, dass er mich nie wieder betrügen wird – zumindest nicht so, wie er mich mit Allie betrogen hat. Wahrscheinlich sollte ich keine Details erzählen, du willst sie nicht hören, und außerdem ist es auch peinlich.

Eigentlich will ich nur sagen, dass ich zwar andere Erwartungen an mein Leben hatte, aber dass das zwischen mir und Farell auch gut ist. Ich bin glücklich. Ich hoffe, du wünschst mir Glück.

Und natürlich weiß ich, dass du das hier vielleicht nicht mal liest. Das ist in Ordnung, weil ich es im Grunde gar nicht für dich schreibe. Ich musste diesen Teil meines Lebens einfach abschließen.

Wo auch immer du bist – ich hoffe, du bist dort glücklich.
Darcy

KAPITEL DREI

Coeur d'Alene, Idaho

Vor sechzehn Jahren

»Hast du Zeit, jemanden ohne Termin dranzunehmen?«, fragte Kelly, während sie ihren Kopf in den Pausenraum steckte. Ich sah von meinem Nudelbecher auf und hoffte, dass mir nicht gerade eine am Kinn klebte. »Er ist verdammt scharf. Lori hätte gerade Zeit, aber er hat nach dir verlangt. Hat gesagt, dass du ihm empfohlen worden bist. Er will eine achtzigminütige Massage.«

Ich rechnete schnell nach – eine längere Behandlung würde meinen Terminplan durcheinanderbringen, weil sie theoretisch zwei ganze Behandlungsabschnitte belegen würde … allerdings nur, wenn ich zwei andere Kunden hatte. Was momentan nicht der Fall war.

»In Ordnung, ich kann ihn drannehmen«, sagte ich, wischte mir den Mund ab und blickte traurig auf meine Nudeln. Ich hatte noch nicht viel gegessen, allerdings konnte man Instantnudeln nicht unbedingt als Essen bezeichnen. »Sieht er so aus, als ob er viel Trinkgeld geben würde?«

Sie zuckte mit den Schultern.

»Er sieht aus wie ein Sexgott, und du darfst ihn von oben bis unten anfassen. Wen interessiert da noch das Trinkgeld?«

Ich seufzte. Kelly und ich waren zwar im selben Alter, aber manchmal hatte ich das Gefühl, um Jahrzehnte älter zu sein. Sie lebte in der Einliegerwohnung im Haus ihrer Eltern und ging jedes Wochenende tanzen.

Sie betonte gerne, dass ein hübsches Mädchen kein Geld bräuchte, um zu feiern – denn dafür gäbe es ja Männer. Um sie auf einen Drink einzuladen. Na ja, um sie auf einen Drink einzuladen und um Spinnen zu töten.

Ich zog es inzwischen vor, meine Rechnungen selbst zu bezahlen (und die Spinnen konnte ich auch selbst erschlagen).

»In fünf Minuten komm ich vor und hol ihn«, sagte ich. »Ich schau erst noch, ob das Behandlungszimmer hergerichtet ist.«

»Großartiger Plan«, sagte sie mit einem Augenzwinkern. »So hab ich genügend Zeit, um ihn nach seiner Telefonnummer zu fragen. Vielleicht hat er Zeit, heute Abend mit uns auszugehen. Wir treffen uns um zehn Uhr im Ironhorse. Dieses Mal gelten keine Entschuldigungen.«

Ich musste mich echt beherrschen, um nicht meine Augen zu verdrehen. Fünf Minuten später hatte ich das Zimmer hergerichtet, die Laken auf dem Massagetisch glatt gestrichen und den eingebauten Heizstrahler eingeschaltet. Auf meinem Schränkchen mit den Cremes und Ölen plätscherte fröhlich ein kleiner Zimmerspringbrunnen, und in der Ecke auf einem Brettchen flackerte eine Kerze.

Alles war bereit.

Ich ging den Flur entlang zum Empfangsbereich, setzte ein professionelles Lächeln auf und blieb wie angewurzelt stehen. Im Wartezimmer saß Riley Boone auf einem Stuhl. Ein Bein hatte er lässig übers Knie gelegt, und auf seinem blöden, sexy Gesicht lag ein eingebildetes Grinsen.

Aber nie im Leben!

»Lang nicht gesehen«, sagte er locker. »Wie geht's, Darce? Ich hab gehört, du hast gute Hände. Schön kräftig, werden nicht müde, wenn es darum geht …«

»Oh nein«, sagte ich bestimmt und schüttelte dabei meinen Kopf. »Kelly, der gehört dir. Diesen Scheiß brauch ich heute echt nicht.«

»Oh doch«, sagte er mit festem Blick. Er stand langsam auf und kam auf mich zu. Er beherrschte den Raum. »Wir haben noch was zu besprechen.«

Ich schluckte, während mein Blick zu der Lederkutte zuckte, die er trug.

Boonie war Mitglied der Silver Bastards geworden, nachdem er die Marines verlassen hatte. Er war noch nie ein weicher Typ gewesen, doch seine Zeit bei den Marines hatte ihn noch härter werden lassen. Fieser. In Kombination mit seiner Clubmitgliedschaft ergab das eine echt üble Mischung …

Schuldete Farell dem Motorradclub Geld? Wahrscheinlich.

Verdammt.

»Okay, komm mit«, sagte ich mit zittriger Stimme. Früher hatte er mir keine Angst eingejagt. Zeiten ändern sich. »Hier entlang. Zimmer drei.«

Kelly räusperte sich nervös.

»Ich bin hier draußen. Sag mir einfach Bescheid, falls du etwas brauchst, Darcy. Auf dem Schild steht, dass wir auch Kunden ablehnen dürfen.« Giftig starrte sie Boonie an und erinnerte mich damit daran, warum ich sie so gern hatte. War Boonie scharf? Und wie. Aber Kelly würde sich immer für eine Freundin entscheiden und nicht für das hübsche Gesicht. Nicht, dass er unbedingt hübsch gewesen wäre … er war ein wenig zu rau dafür. Besonders, seitdem er sich die Nase gebrochen hatte.

Achte nicht darauf, wie er aussieht! Hatten wir alles schon. Hat kein schönes Ende genommen, du erinnerst dich doch noch daran?

»Es ist alles in Ordnung«, sagte ich zu ihr, obwohl ich mir da nicht ganz sicher war. »Er wird sich benehmen, oder, Boonie?«

Er hob das Kinn, und ich wusste, dass er gar nicht daran dachte, sich zu benehmen. Ich konnte mir recht gut vorstellen, warum er heute auf mich wartete. Mit medizinischen Massagen hatte es nichts zu tun. Shit. Wie lange würde ich mich noch mit Farells Angelegenheiten herumärgern müssen?

Ich hielt die Tür des Warteraums auf und bedeutete ihm, hindurchzugehen. Seit mindestens drei Monaten hatte ich ihn nicht gesehen. Gelegentlich liefen wir uns in Callup über den Weg, aber seit ich Farell verlassen hatte, fuhr ich bewusst nicht mehr oft nach Callup.

Mein neues Leben spielte in Coeur d'Alene, was mir auch sehr gefiel.

Boonie trat durch die Tür und ging den Flur hinunter. Ich habe nicht absichtlich auf seinen Hintern gestarrt, echt. Aber als er an mir vorbeischlenderte, konnte ich nicht anders. Seine Jeans dehnte sich um seine kräftigen Oberschenkel und schmiegte sich an einen erstklassigen Arsch, den ich nie richtig hatte erforschen können. Knackig und muskulös, nicht groß, aber auch nicht flach. Dazu die breiten Schultern und seine machtvolle Ausstrahlung – auf der ganzen Welt gab es wohl keine Frau, die bei seinem Anblick nicht einen spontanen Eisprung gehabt hätte.

Leider bedeckte eine Lederkutte mit dem Schädel eines Bergmanns und den Worten »Silver Bastards MC« seinen starken, breiten Rücken und wies ihn damit als jemanden aus, dem ich unbedingt aus dem Weg gehen wollte.

Jeder wusste, dass die Silver Bastards in ziemlich unsaubere Sachen verwickelt waren – ich hatte es schon als Kind gelernt, dass es besser war, reinzugehen und so zu tun, als ob man nichts gesehen hätte, wenn sie zum Trailerpark kamen, um sich mit jemandem »zu unterhalten«. Wenn man sie in Ruhe ließ, taten sie einem nichts. Wenn Boonie sagte, wir hätten noch was zu klären, konnte das nur eins bedeuten: Mein künftiger Exmann schuldete ihnen wohl mehr, als ich gedacht hatte.

Das hätte mich nicht überraschen sollen. Er verbrachte seine Tage meist mit Spielen. Und selbst Renee fielen keine Entschuldigungen mehr ein, nachdem sie das Auto verpfändet hatte. Er hatte sie ebenso oft angelogen wie mich.

Als seine Familie ihn schließlich nicht mehr finanziell unterstützt hatte – übrigens *nachdem* ich ihn verlassen hatte –, war er in Panik ausgebrochen.

Zum ersten Mal in seinem Leben musste Farell Evans die volle Verantwortung für sich selbst übernehmen, was ihm überhaupt nicht gefiel.

Was mir allerdings egal war. Die Sache mit ihm war vorbei. Nun musste ich nur noch den Club überzeugen, dass ich ihnen nichts geben konnte. Boonie war früher mal mein Freund gewesen. Vielleicht konnte ich ihn überreden, Gnade walten zu lassen?

Er betrat meinen kleinen Massageraum, und ich folgte ihm. Leise schloss ich die Tür hinter uns. Mit seiner starken Präsenz nahm er den ganzen Raum ein. Er wirkte hier unnatürlich und fehl am Platz. Boonie gehörte in die Wildnis oder zumindest an einen Ort, an dem jederzeit eine

Kneipenprügelei ausbrechen könnte. Nicht in einen kleinen Raum mit gedämpftem Licht, Massageliege und Aromatherapie-Kerzen.

Am besten schlich ich nicht lange um den heißen Brei.

»Wie viel schuldet er euch?«, fragte ich mit verschränkten Armen. Er legte seinen Kopf schief und betrachtete mich gründlich. Schweigen senkte sich herab. Ich schluckte. »Was auch immer er euch schuldet, das ist sein Problem. Ich bin vor drei Monaten ausgezogen. Wir sind zwar noch nicht geschieden, aber es ist definitiv vorbei, und mit seinen Finanzen hab ich nichts zu schaffen. Wir hatten nicht mal ein gemeinsames Konto, und mein Name steht nirgendwo drauf.«

»Wie kommst du auf die Idee, dass ich hier bin, um Geld einzutreiben?«

Ich schnaubte. »Ach so, du bist wegen einer Massage hier? Erzähl mir doch keinen Scheiß, Boonie. Wenn der Club Geld von Farell möchte, dann geht zu ihm und redet darüber. Ich hab nichts – ich hab nicht mal meinen Verlobungsring mitgenommen, als ich gegangen bin. Wahrscheinlich hat er ihn inzwischen eh zur Pfandleihe gebracht.«

Boonie schüttelte den Kopf. Er war angespannt wie ein bedrohliches Raubtier.

»Ich bin nicht hier, um über Geld zu reden. Aber du hast da eine wichtige Sache angesprochen …«

»Was für eine?«, fragte ich. Der Raum fühlte sich wirklich zu klein an. Ich war daran gewöhnt, dass sich meine Kunden auf die Liege legten, das fand ich angenehmer. Denn dann hatte ich die Kontrolle und war Herrin der Lage. Boonie war viel zu groß und verbrauchte eindeutig mehr als seinen Anteil an Sauerstoff.

»Ich hab schon davon gehört, dass du ihn verlassen hast.«

»Gut …«, antwortete ich verwirrt.

»Warum?«

»Weil er ein Arschloch ist und ich es nicht mehr ausgehalten habe.«

»Und die Sache mit dem Kümmern?«, verspottete er mich. »Ich dachte, er wäre dein *Job* gewesen?«

Verdammt. Das war nicht fair.

»Ich war fast noch ein Kind«, sagte ich. »Ich hab gedacht, er braucht und liebt mich. Vielleicht hat er das ja auf seine Weise getan, aber das war vor langer Zeit. Jetzt trinkt und spielt er nur noch. Wenn er so weitermacht, ist er in ein paar Jahren sowieso tot, weil er nicht auf seine Ärzte hört. Ich bin eines Morgens aufgewacht und habe gemerkt, dass ich meinen Dad geheiratet habe. Früher oder später müssen wir alle erwachsen werden.«

Er betrachtete mich, doch der Blick aus seinen dunklen Augen war wie üblich nicht zu lesen.

»Ich hab das in einer Bar erfahren müssen«, sagte er schließlich mit angestrengter Stimme.

»Was?«

»Ich hab in einer Bar gehört, dass du deinen Ehemann verlassen hast«, stieß er hervor. »Jake Preston und Chad Gunn haben sich darüber unterhalten, wie gern sie dich jetzt rannehmen würden, da du ja jetzt wieder auf dem Markt bist.«

Ich schluckte und spürte langsam Übelkeit in mir aufsteigen. Offensichtlich änderte sich in Callup nie was. Gut, dass ich in Coeur d'Alene wohnte.

»Das ist ja sehr … schmeichelhaft«, gelang es mir zu sagen. »Aber ich versteh nicht genau, was das damit zu tun hat, dass du jetzt hier bist.«

Boonie lächelte knapp, verzog dabei aber nur die Lippen.

»Jetzt machst du's mir aber wirklich schwer«, sagte er leise und mit rauer Stimme. Ein Funken der Lust raste meine Wirbelsäule hinab und glühte weit unten zwischen meinen Beinen weiter. Zum Glück hatte ich die Arme verschränkt, denn meine Brustwarzen hatten sich garantiert zusammengezogen. Was war schon dabei, wenn ich Boonie wollte? War keine große Sache – so ging es jeder Frau, die ihn kennenlernte.

»Ich hab keine Ahnung, wovon du redest.«

Nein, aber dafür hast du doch deine Fantasie, flüsterte mein Verräterhirn.

Genau, weil *das* beim letzten Mal so ein gutes Ende genommen hatte.

»Du willst dich dumm stellen? Gut. Wie läuft also die Massage ab?«, sagte er plötzlich.

Ich blinzelte, weil er mich überrumpelt hatte.

»Nun. Die Behandlung hängt davon ab, welche Beschwerden du hast. Wir können alles, von Tiefenmassage bis zur einfachen Entspannungsmassage.« Ich schluckte und runzelte die Stirn. »Boonie, ich glaube nicht, dass das eine gute Idee ist. Wenn Farell euch kein Geld schuldet, dann solltest du besser nicht hier sein.«

»Warum denn nicht?«, stichelte er. »Hast du ein Problem damit, mich zu berühren? Falls es daran liegt, dann sag's mir ruhig. Aber wieso sollte es ein Problem für dich sein, mich mit deinen Händen überall am ganzen Körper zu berühren? Ich hab nämlich absolut kein Problem damit.«

Eigentlich hätten mich seine Worte wütend machen müssen. Wir waren schließlich kein billiger Massagesalon mit speziellem Happy End. Unglücklicherweise machte es mich an, ihn so reden zu hören, was mir äußerst unfair vorkam.

Er war der letzte Mann, von dem ich mich angezogen fühlen sollte.

Ich war gerade einer beschissenen Beziehung entkommen. Und auch wenn ich Boonie nicht allzu oft sah, wusste ich doch entschieden zu viel über ihn. Er war in Callup aufgewachsen, und alle Einheimischen wussten über einander Bescheid, ob einem das nun gefiel oder nicht. Er hatte den Damen im Breakfast Table mehr als genug Stoff zum Klatschen gegeben, seit er letztes Jahr zurückgekommen war.

Ihrer Meinung nach war der Mann geiler als ein Straßenkater.

Shit. Daran durfte ich jetzt nicht denken.

»Ich bin eine ausgebildete Masseurin«, sagte ich mit fester Stimme. »Ich geh kurz raus, damit du dich bereit machen kannst. Zieh dich so weit aus, wie es dir angenehm ist, leg dich mit dem Gesicht nach unten auf die Liege und deck dich mit dem Laken zu. In ein paar Minuten komm ich wieder.«

Ich verließ das Zimmer, schloss die Tür und lehnte mich dagegen. Würde ich es schaffen? Ich war mir nicht sicher. Wenn ich geahnt hätte, dass er tatsächlich von mir erwartete, dass ich ihn berührte, hätte ich ihn erst gar nicht mit in den Massageraum genommen.

Lügnerin.

Warum war er nicht fett geworden? Oder hatte Haarausfall bekommen? Zugegeben, mit Anfang zwanzig war es noch etwas früh für eine beginnende Glatze, aber das war bei Farell auch kein Hindernis gewesen.

Mein Gott, ich wünschte mir, ich könnte die Zeit zurückdrehen. Vielleicht wäre mein Leben jetzt anders, wenn ich damals das Krankenhaus verlassen hätte, ohne mit Renee zu sprechen.

Doch das wäre es nicht. Selbst wenn ich frei gewesen wäre, Boonie wäre nicht da gewesen. Und jetzt hatten ihn die Bastards fester im Griff als jede Frau.

»Geht's dir gut?«, fragte Kelly, die durch die kleine Durchreiche zwischen Behandlungsbereich und Empfang hindurchsah.

Sag, dass du's nicht schaffst. Sag ihr einfach, dass es dir nicht gut geht, dass dir schlecht ist. Erzähl ihr irgendwas, damit du nicht wieder zurück in dieses Zimmer gehen musst.

Aber ich arbeitete erst seit sechs Monaten hier. Drei davon hatte Farell hässliche Telefonnachrichten für mich hinterlassen. Zwar war Gloria geduldig gewesen, doch wollte ich wirklich Ärger riskieren?

Denn Boonie loszuwerden würde Ärger bedeuten, keine Frage. Er würde nicht einfach aufstehen und ohne Ärger zu machen zur Tür rausspazieren.

Boonie ging Ärger niemals aus dem Weg.

Ich klopfte an die Tür und trat ein. Der Mann, der meinen Freund verprügelt hatte, bevor er mich auf dem Grab eines Fremden fickte, lag nun auf seinem Bauch und beobachtete mich neugierig, während ich auf ihn zuging. Die ganze Situation war, rein oberflächlich betrachtet, völlig korrekt – das Laken bedeckte ihn bis zur Mitte seines Rückens, genau, wie es sein sollte. Er hätte einfach ein Kunde sein sollen, der eine Massage bekam. Einer wie hundert andere, die ich seit meiner Abschlussprüfung behandelt hatte.

Doch das war er nicht. Nicht im Geringsten.

Ich schluckte und stellte mich neben ihn.

»Liegst du bequem?«

»Ja.«

»Gut. Dann entspann dich einfach. Sag mir Bescheid, ob der Druck in Ordnung ist oder ob ich mich auf eine bestimmte Stelle konzentrieren soll.«

Und auch diese Worte hatte ich bestimmt schon tausend Mal gesagt, aber irgendwie klangen sie heute anders. Schmutziger.

Zum Glück konnte ich mich jetzt auf meine Arbeit konzentrieren. Ich pumpte mir etwas Lotion auf die Hand und berührte dann zum ersten Mal seinen Rücken. Oh, Mist ... All die Jahre hatte ich mir eingeredet, dass ich mir nur eingebildet hatte, dass sich sein Körper so toll anfühlte. Dass ich betrunken gewesen war. Dass, was auch immer zwischen Boonie und mir gewesen war, nur eine Folge des Alkohols, des Feuers und des ganzen Adrenalins danach gewesen war.

Ich hatte unrecht gehabt.

Seine Haut fühlte sich glatt und heiß unter meinen Fingern an. Seidig zarte Haut über einer Schicht harter Muskeln. Mein Herz stolperte, und ich erstarrte.

»Alles in Ordnung?«, fragte er mit leiser Stimme.

Ich schluckte.

»Alles bestens. Wie ist der Druck?«

Die Worte hallten nach, und ich verkniff mir ein Kichern. Was war nur mit mir los?

»Drück, so viel du willst«, sagte er schließlich.

Ich musste mich gehörig anstrengen, um meine Hände zum Weiterarbeiten anzuhalten. Mit langsamen, stetigen Bewegungen wärmte ich seinen Rücken auf, während ich seine Tattoos von den Marines betrachtete. Jede Berührung erinnerte mich an diesen kurzen, unglaublichen Moment, als er mich von der Party gezogen hatte und mit mir in die Dunkelheit davongegangen war. Ich träumte nachts immer noch davon. Ich fragte mich, ob diese Nacht auch einen so wichtigen Platz in seinen Erinnerungen einnahm und ihm etwas bedeutete. Er hatte so schnell den Kontakt abgebrochen – es hatte mir ganz offensichtlich mehr bedeutet als ihm.

Was wohl keine große Überraschung war. Wir hatten nicht mal ein Date gehabt. Nur einen schnellen, harten Fick. Einen von vielen in seinem Leben.

»Du lebst jetzt also in Coeur d'Alene?«, fragte er, als ich begann, seine Schulter zu massieren.

»Mhm«, antwortete ich, während ich rhythmisch weitermassierte. »Ich bin vor drei Monaten ausgezogen. Es heißt, dass die Scheidung problemlos über die Bühne gehen wird – ich will nichts von ihm.«

Ich sagte den Satz in schärferem Tonfall, als ich vorgehabt hatte, und merkte, wie sich sein Körper verspannte.

»Hat er dir wehgetan?«

Fuck, wie sollte ich die Frage beantworten? Ich überlegte mir meine Antwort gründlich und fuhr ihm dabei über den Arm.

»Nicht physisch«, sagte ich schließlich. »Aber die Nacht damals hat ihn verändert …«

Boonie schnaubte, seine Muskeln spannten sich an.

»Laut deiner Briefe doch zum Besseren.«

»Du hast sie gelesen?«

»Ja, verflucht, ich hab sie gelesen.«

Warum hast du dann nicht zurückgeschrieben?«

Ich fragte nicht nach, bearbeitete stattdessen seinen Körper weiter unten. Ich griff nach dem Laken, faltete es teilweise zusammen und steckte es hinter seinem Bein fest. Dabei fuhren meine Finger über seinen rechten Glutealmuskel. Die Falttechnik machte es erforderlich, dass ich das Laken längs faltete und es zwischen seine Beine schob, sodass seine Seite zum Vorschein kam. Seine Muskeln zuckten, und er zog scharf die Luft ein.

Oh wow. Meine Brustwarzen waren steinhart, und die Lust hatte mich fest im Würgegriff. Diese seltsame, leidenschaftliche Anziehung zwischen uns war ganz eindeutig nicht erloschen, verdammt.

Ich begann, seine Füße zu massieren, wobei ich es mir erlaubte, das Zusammenspiel von Muskeln und Haut zu genießen, während ich ihn bearbeitete. Als ich schließlich bei seinem Oberschenkel ankam, waren wir beide außer Atem. Ich spürte Schweißperlen auf meiner Stirn und wischte sie mit meinem Handrücken ab.

Trotz der Spannung, die in der Luft hing – oder vielleicht gerade deswegen? –, blieb Boonie ruhig liegen. Allmählich glaubte ich, dass es ihm tatsächlich nicht um irgendwelches Geld ging, das Farell ihm schuldete.

»Warum bist du hier, Boonie?«, fragte ich leise, als ich das Laken verschob und auf die andere Seite wechselte. Er bewegte sich und presste die Hüften gegen die Liege. Ohne nachzudenken, strich ich mit der Hand über seinen Rücken. Eine dünne Schweißschicht bedeckte ihn. »Ist dir zu warm?«, fragte ich, wieder ganz professionelle Masseurin. »Ich kann die Wärmelampe etwas niedriger einstellen.«

»Das wird auch nichts helfen«, sagte er mit zusammengebissenen Zähnen.

Okay. Meine Hände glitten wieder nach unten, wobei meine Finger über seinen Hintern wanderten, während ich das Laken zwischen seinen Beinen feststeckte. Ich steckte es ein wenig zu weit nach unten und traf auf etwas, was wohl nur eine Erektion sein konnte.

Wir erstarrten beide. Ich meinerseits war geschockt und voller Panik. Natürlich bekamen Männer Erektionen. Das war schließlich auch nur eine Körperfunktion. Ich war professionell genug, es, ähnlich einer Krankenschwester, nicht persönlich zu nehmen. Es ging hier um eine therapeutische Behandlung.

Aber es war dennoch sehr, sehr persönlich.

Boonie stützte sich auf seine Ellbogen und wandte sich zu mir um.

»Entweder packst du richtig zu oder nimmst deine verdammte Hand da weg«, knurrte er. »Ich bin sowieso nur einen Augenblick davon entfernt, dich auf diese verdammte Liege zu werfen.«

Ich zuckte zurück und trat einen Schritt nach hinten. Wir starrten einander an. Unsere gemeinsame Vergangenheit war mit Händen zu greifen.

»Ich glaube, du solltest gehen«, flüsterte ich mühsam. »Du musst auch nichts bezahlen. Geh einfach, Boonie. Ich schaff das nicht.«

Er schenkte mir ein Raubtierlächeln. Wie ein Hai.

»Farell schuldet dem Club fünfundzwanzigtausend. Aber das ist noch gar nichts. Er hat auch bei den Reapers noch Schulden. Er gibt das Geld schneller aus, als seine Familie für ihn bezahlen kann. Es wird kein schönes

Ende nehmen. Bisher konnte ich den Club davon abhalten, sich an dich zu wenden. Hoffentlich bleibt das auch so.«

Ich schluckte, als ich die unverhohlene Drohung hörte.

»Tja. Dumm gelaufen«, erwiderte ich nach einer langen Pause. »Aber ich versteh nicht, was das mit mir zu tun hat. Renee hat mir Unterhalt gezahlt – das ist alles, das ich bekommen habe. Ich habe davon zweitausend Dollar gespart, dafür hab ich drei Jahre gebraucht. Das ist alles, was ich euch geben kann. Du kannst mir drohen, so viel du willst. Ich kann dir kein Geld geben, das ich nicht habe.«

»Ich will dein Geld nicht«, sagte er mit brennendem Blick.

Wir starrten einander an. Unzählige unausgesprochene Worte standen zwischen uns.

»Warum hast du mir nicht mehr geschrieben?«, fragte ich ihn plötzlich. Jahrelang hatte ich mich das gefragt … Jetzt hatte ich nichts mehr zu verlieren.

»In jedem Brief hast du nur von *ihm* erzählt«, erwiderte Boonie fast knurrend. »Nie hast du auch nur ein gottverdammtes Wort über uns gesagt. Ich bin kein verfluchter Masochist, Darce. Glaubst du, ich hab nicht gemerkt, worauf das Ganze hinausläuft?«

»Ich hab mich schuldig gefühlt«, flüsterte ich. »Das verstehst du nicht – du warst ja nicht hier. Überall, wo ich hingegangen bin, haben die Leute mich angestarrt. Sie haben über mich geredet, haben mich als Schlampe bezeichnet. Haben gesagt, es sei meine Schuld gewesen, weil ihr gekämpft habt. Jemand auf der Party hat uns zusammen gesehen, wusstest du das? Ich weiß bis heute nicht, wer es war, aber die ganze Schule wusste Bescheid. Du hast ihn verprügelt, und dann haben wir auf einem Grab gefickt, während Allie starb. Meinst du, dass es leicht war, jeden Tag in die Schule zu marschieren?«

Als ich erst einmal angefangen hatte zu reden, konnte ich nicht mehr aufhören. Es fühlte sich gut an, endlich einmal alles rauszulassen. Der einzige Mensch, mit dem ich bisher darüber gesprochen hatte, war Shanda gewesen.

Sie wusste genau, wie es sich anfühlte, von anderen verurteilt zu werden.

»Solange Renee für mich eintrat, konnte ich damit umgehen«, fuhr ich mit lauter werdender Stimme fort. »Und ich hab ihr *gern* geholfen.

Sie hat mich gut behandelt, Boonie. Schon immer. Sie hat mich wie ein Familienmitglied behandelt, und das hat sich gut angefühlt. Ihr Haus war sauber, ihr Essen schmeckte gut. Sie haben sich schöne Musik angehört und abends sogar miteinander geredet. Du warst *weg*, Boonie. Du hast nicht die geringste Ahnung, womit ich fertigwerden musste. Und weißt du was? Ich habe auch Farell gerne geholfen. Es fühlte sich gut an, gebraucht zu werden. Denn allen anderen war ich scheißegal. Du hast mir nicht mal zurückgeschrieben!«

Den letzten Satz hatte ich praktisch am ganzen Körper zitternd herausgebrüllt.

Jemand klopfte an die Tür.

»Alles in Ordnung da drin, Darcy?«, fragte Kelly mit angespannter Stimme.

Ich starrte in Boonies Augen.

»Ja«, erwiderte ich. »Uns geht's prächtig.«

»Okay, aber ich bin hier draußen«, sagte sie. Ihr Tonfall klang skeptisch. »Gloria hat kein Problem damit, wenn wir Kunden bitten, wieder zu gehen, falls sie sich nicht angemessen benehmen. Vielleicht möchtest du Mr. Boone daran erinnern.«

Boonie versuchte, mich mit seinem Blick zu bezwingen.

»Im Moment hab ich kein Problem«, sagte er langsam. »Aber wenn du die Massage nicht beendest, werde ich eines haben.«

Arschloch.

»Ich kann weiterarbeiten.«

Er nickte und legte sich wieder flach hin. Ich holte mir noch etwas Lotion und begann, seinen Schenkel zu bearbeiten. Dieses Mal griff ich härter und gröber zu. Er hatte gesagt, er könne alles aushalten, was ich zu bieten hatte, oder? Nun, dann würde er gleich merken, dass ich nicht mehr das schwache, kleine Mädchen war, das er aus Callup kannte. Meine Hände waren stark, so wie mein restlicher Körper.

Boonie ächzte, als sich meine Finger in ihn gruben und jeden Muskel ausfindig machten, bis ich wusste, dass er am nächsten Tag Muskelschmerzen haben würde.

»Ist das zu stark?«, fragte ich ihn kurze Zeit später.

Er lachte leise.

»Ich nehme alles, was du zu bieten hast, und noch ein bisschen mehr, Darce. Das solltest du inzwischen wissen.«

Danach fochten wir einen Kampf der Willenskraft aus. Wie sehr ich ihn auch bearbeitete – er weigerte sich einfach, sich zu beschweren.

»Du kannst dich jetzt herumdrehen, ich bin fertig«, sagte ich schließlich frustriert. »Ich halte das Laken für dich.«

»Du willst sicher nicht, dass ich mich jetzt auf den Rücken drehe«, sagte er und presste seine Hüften dabei anzüglich gegen die Liege. Ich bemerkte, wie sich seine Pomuskeln bewegten, und verstand nur zu gut, was er meinte.

Gottverdammt.

»Äh, ich schätze, ich könnte für den Rest der Sitzung einfach eine Entspannungsmassage für deinen Rücken machen.«

»Darcy?«

»Ja?«

»Ich glaube, es ist an der Zeit, dass wir damit aufhören«, sagte er mit angespannter Stimme.

»Gute Idee«, sagte ich schnell. Ich hielt nicht mal inne, um mich meines Sieges zu rühmen. »Ich geh raus, damit du dich anziehen kannst. Wir haben nicht die komplette Zeit genutzt, deshalb sag ich Kelly, dass …«

»Setz dich hin.«

Das war keine Bitte. Fuck. Ich griff nach meinem kleinen Drehstuhl und setzte mich. Boonie stützte sich auf die Ellbogen, sodass unsere Gesichter nahe beieinander waren. Zum ersten Mal wirkte sein Gesichtsausdruck weich.

»Renee Evans ist zu meiner Abschlussfeier der Grundausbildung gekommen«, sagte er langsam. »Wusstest du das?«

Seine Worte schockten mich.

»Was?«

»Sie ist zur Feier gekommen«, sagte er nochmals langsam. »Danach hat sie mit mir geredet. Sie hat gesagt, dass es dir gut geht, aber dass das Leben für dich ziemlich hart geworden ist. Sie hat mir erzählt, wie sich die Leute verhalten und dass du für ihre Familie eine große Hilfe bist. Dann hat sie gesagt, dass ich dich gehen lassen soll, wenn du mir auch nur irgendwas bedeutest.«

Mir wurde auf meinem Stuhl ganz schwindlig, während ich versuchte, das Gesagte zu verdauen.

»Warum?«, fragte ich. »Warum sollte sie das tun?«

»Ich vermute mal, sie hat es selbst für das Beste gehalten«, antwortete er langsam. »Sie hat gesagt, sie wird dich beschützen, aber nur wenn ich dir nicht mehr schreibe. Sonst wärst du auf dich gestellt, der Gnade der ganzen verdammten Stadt ausgeliefert. Deshalb hab ich dir nicht mehr geschrieben. Ich konnte nicht für dich da sein, und du warst noch nicht mal volljährig … Sie hat gesagt, dein Leben wäre sonst die Hölle. Ich wusste, dass sie recht hatte.«

Jedes Wort traf mich mitten ins Herz.

»Bist du deshalb nicht wieder nach Callup zurückgekommen?«

»Ich bin zurückgekommen«, antwortete er. »In dem Sommer, als du deinen Highschool-Abschluss gemacht hast. Ich hab dich mit Farell im Park gesehen. Er saß in seinem Rollstuhl, und ihr habt euch ein Rennen geliefert. Ihr habt beide gelacht und saht so glücklich miteinander aus, Darcy. Ich hatte dir nichts zu bieten. Nicht mal ich wäre ein so großes Arschloch.«

Ich schluckte und betrachtete sein Gesicht. Er sagte die Wahrheit, da gab es gar keinen Zweifel. Ich konnte es nicht fassen, dass Renee das getan hatte. Sie war noch immer wie eine Mutter für mich. Warum?

Um Farell zu schützen.

An erster Stelle war sie seine Mutter.

»Das ist so was von beschissen«, flüsterte ich.

»Warst du glücklich mit ihm?«

Ich seufzte und wünschte mir, ich wäre heute Morgen gar nicht erst aufgestanden. Es war einfach alles zu viel.

»Am Anfang vielleicht. Er hat sich erst verändert, als wir knapp ein Jahr verheiratet waren. Er hat starke Schmerzen – die Nervenverletzungen haben zur Folge, dass der Schmerz nicht nachlässt. Er hat immer mehr getrunken und von früh bis spät Schmerztabletten geschluckt. Dann begann er zu spielen. Ab da wurde die Sache echt unschön. Seine Eltern haben, soweit ich weiß, über sechshunderttausend Dollar bezahlt, um ihm aus der Patsche zu helfen. Dass sie ihm jetzt den Geldhahn zugedreht haben, hab ich ja schon erzählt.«

»Du hast meine Frage nicht beantwortet – hat er dir wehgetan?«

»Er hat mich nie geschlagen. Mein Anwalt sagt, dass er mich mit Worten verletzt hat, wie man das halt so nennt. Ich weiß nur, dass ich innerlich immer mehr abgestorben bin. Ich bin noch nicht so weit, dass ich sterben möchte.«

Wir starrten einander an. Dann streckte er eine Hand aus, um etwas von meiner Wange zu wischen. Eine Träne. Ich hatte gar nicht gemerkt, dass ich weinte.

»Ich will dich, Darce«, sagte er. Seine Worte klangen eindringlicher als alles, was ich je in meinem Leben gehört hatte. »Ich wollte dich immer. Jeden Tag meines Lebens. Seit unserer Kindheit bist du ein Teil von mir.«

Ich schluckte und schloss meine Augen, um wenigstens in meinem Inneren Raum zum Nachdenken zu haben. Es war alles so überwältigend. Dass er mich immer noch wollte, dass Renee mich reingelegt hatte.

Das tat so weh. Ich hatte ihr vertraut.

Ich schätze, es gab nicht vieles, was ich den Evans nicht zutraute. Ich hatte meine Gründe gehabt, warum ich bei der Scheidung keine Ansprüche geltend gemacht hatte – ihr Geld hatte nicht nur einen Haken, sondern gleich ein ganzes Netz.

»Ich bin noch nicht bereit für eine Beziehung«, sagte ich zu ihm und sah ihn an. »Zum ersten Mal in meinem Leben bin ich frei. Ich glaube nicht, dass ich das sofort wieder aufgeben will.«

Boonies Blick verdunkelte sich.

»Gib mir eine Chance«, sagte er mit weicher Stimme. »Das ist alles, worum ich dich bitte.«

»Ich werde darüber nachdenken.«

Den Rest des Tages verbrachte ich damit, über unser Gespräch nachzudenken. Einerseits wollte ich Farells Mom anrufen und sie zur Rede stellen – sie war so lange meine Verbündete, meine Retterin, ja sogar meine Freundin gewesen.

Ich konnte es nicht fassen, dass sie mir das angetan hatte.

Natürlich hatte sie geglaubt, dass sie mir damit einen Gefallen tat. In ihrer Welt war ich ein armes Mädchen, das es gut getroffen hatte, indem es in eine der prominentesten Familien des Valleys eingeheiratet hatte. Jetzt wusste ich es besser.

Glück kann man nicht kaufen.

Am Abend hatte ich dann keine Lust mehr, weiter nachzudenken. Deshalb klang eine Partynacht mit Kelly und ihren Freundinnen einfach perfekt. Ich kannte die Mädels nicht so gut, aber wir waren schon ein paar Mal zusammen ausgegangen. Sie waren alle recht nett – wir hatten Spaß miteinander gehabt.

Außerdem fand eine große Autoshow im Zentrum statt. Tausende von Leuten bevölkerten die Straßen, um die Parade der Hot Rods zu sehen. Also gute Musik, billiger Alkohol und ein Tanz in meine Zukunft. Boonie verwirrte mich – na und? Das bedeutete noch lange nicht, dass ich nicht ausgehen und mich amüsieren konnte.

Morgen konnte ich mir immer noch den Kopf über ihn zerbrechen.

Ich machte mir ein Bier auf und zog einen kurzen Rock und eine sexy Kombi aus String und BH an, die ich mir zur Feier meiner Scheidung gekauft hatte. Dazu trug ich ein tief ausgeschnittenes, schulterfreies Top und süße Sandalen. Mein langes Haar fiel mir offen über die Schultern; mein Make-up war nur ein ganz kleines bisschen nuttig. Ich war also zu allem bereit.

Leider würde ich meine Freunde erst in zwei Stunden treffen. Ich beschloss, früher aufzubrechen und mir einen Platz an der Sherman Avenue zu suchen, um mich auf den Randstein zu setzen, um den vorbeifahrenden Autos zuzuschauen. Um mich herum hüpften und kreischten kleine Kinder, während ihre Eltern Bier tranken und darüber diskutierten, ob Ford oder Chevy die Welt regieren sollte.

Nach einer Weile waren die Kinder verschwunden, und jüngere Leute begannen, in die Bars zu strömen. Es fühlte sich gut an, draußen zu sein und unter Leute zu kommen. Nach seinem Unfall war Farell nicht gerne mit Menschen zusammen gewesen, weshalb wir letztendlich meist daheim geblieben waren.

Im Ironhorse spielte am Abend eine Liveband. Die Bar hatte die großen Glasschiebetüren zur Straße hin geöffnet und draußen eine Art Biergarten aufgebaut. Als ich reinkam, war Kelly bereits da, zusammen mit ihrer Freundin Cherise. Ich wusste, dass noch mehr Mädchen kommen würden, aber sie sollten erst später zu uns stoßen. Bevor wir uns auf die Tanzfläche stürzten, genehmigten wir uns ein paar Shots. Um Mitternacht wusste ich schon nicht mehr, warum zum Teufel ich überhaupt zu Hause hatte bleiben wollen.

»Ich brauch Wasser«, brüllte ich Kelly ins Ohr, bevor ich in Richtung Bar torkelte. Wir hatten einen Tisch hinten in der Ecke reserviert, aber dort war es so gut wie unmöglich, eine Bedienung auf uns aufmerksam zu machen.

»Bring gleich einen ganzen Pitcher für den Tisch mit!«, bat sie und wandte sich wieder der Tanzfläche zu.

Ich schlängelte mich durch die Menge und versuchte, nicht auf die Nase zu fallen. Wie viele Shots wir insgesamt getrunken hatten, wusste ich nicht mehr, denn ich hatte die Übersicht verloren. Es waren sicher mehr als nur ein paar gewesen, aber auch nicht *zu* viele. Noch nicht. Bei dem Gedanken musste ich kichern – wann war ich das letzte Mal ausgegangen, um mich einfach zu entspannen und Spaß zu haben?

An der Bar standen die Leute natürlich dicht an dicht. Was keine große Überraschung war. Doch es machte mir nichts aus, darauf zu warten, dass ich drankam. Eine kleine Pause konnte ich vertragen. Obwohl ich gut in Form war, war ich nach dem Tanzen doch ein wenig außer Atem und schweißüberströmt. Wahrscheinlich sah ich furchtbar aus, doch das war völlig egal – ich war schließlich nicht hier, um einen Mann aufzureißen.

Scheiß auf die Romantik. Das Singledasein war verdammt geil.

Das sollte ich Boonie erzählen, beschloss ich. Er war ja vielleicht scharf und hatte einen hübschen Schwanz, aber ich würde mich von keinem Mann mehr einengen lassen. *Ha!*

»Darf ich dich auf einen Drink einladen?«, fragte mich der Typ neben mir. Ich drehte mich um, um ihn näher zu betrachten. Er war süß – wahrscheinlich mein Alter oder ein wenig älter, schwarze Wuschelhaare und grüne Augen. War garantiert in einer Studentenverbindung, so, wie der angezogen war: von oben bis unten in Abercrombie & Fitch. Kelly würde ihn wahrscheinlich gleich anspringen.

Ich machte meinen Mund auf, um ihm mitzuteilen, dass ich verheiratet war. Doch dann schloss ich ihn wieder, *weil ich nicht mehr verheiratet war!*

Heilige Scheiße, war das fantastisch! Plötzlich grinste ich ihn an wie eine Idiotin und beugte mich zu ihm rüber. »Nein, aber danke, dass du gefragt hast.«

Ich wandte mich wieder ab und begegnete dem Blick des Barkeepers, der unseren kleinen Austausch beobachtet hatte und nun spöttisch grinste. Als Reaktion zuckte ich vielsagend mit den Schultern à la »Was willste machen?«.

»Kann ich einen Pitcher mit Wasser haben?«

»Und ein Tablett voll Kamikaze«, sagte eine tiefe Stimme hinter mir. Ich erstarrte, als sich kräftige Arme links und rechts von mir herabsenkten und die dazugehörigen Hände sich auf der Bar abstützten.

Boonie?

Ich konnte ihn im Spiegel hinter dem Barkeeper sehen. Er trat einen Schritt näher und umfing mich mit seinem kraftvollen Körper. Dann beugte er sich vor und schob meine Haare zur Seite, um direkt in mein Ohr flüstern zu können.

»Der Typ, der neben dir sitzt, sieht aus, als ob er dich fressen möchte«, sagte er. »Hast du ihm irgendwas gegeben, was eigentlich mir gehört?«

Ich erstarrte und weigerte mich, ihm eine Antwort zu geben, während der Barkeeper ein Tablett mit Shots vor uns hinstellte. Dann griff ich in meine Hosentasche, um zu bezahlen. Denn meine Drinks bezahle ich selbst.

Boonie schlang einen Arm um meine Taille und hielt meine Hand fest, während er dem Barkeeper ein Bündel Geldscheine gab.

»Ich hab die verdammten Shots bestellt«, grummelte er mir ins Ohr. »Warum regst du dich auf?«

Sein Atem roch nach Alkohol, und ich fragte mich, mit wem er getrunken hatte. War es eine Frau gewesen? Ich drehte mich in seinen Armen um und sah ihn stirnrunzelnd an.

»Ich habe beschlossen, dass ich für den Rest meines Lebens Single bleibe«, verkündete ich mit erhabener Geste. »Ist mir egal, wie gut du im Bett bist – ich habe kein Interesse.«

Boonie setzte ein dreckiges Grinsen auf, während er dem Barkeeper ein Trinkgeld gab.

»Du bist also der Meinung, dass ich gut im Bett bin?«

»Stell dich nicht blöd«, sagte ich und verdrehte dabei die Augen. Oh, oh. Davon wurde mir schwindlig. Ich ergriff seinen Arm, um nicht umzukippen, während ich überlegte, was ich eigentlich hatte sagen wollen.

»Wo ist euer Tisch?«, fragte er.

Ich starrte ihn böse an.

»Er ist voll. Wir haben keinen Platz für dich.«

»Du kannst auf meinem Schoß sitzen.«

Das mit dem Auf-dem-Schoß-Sitzen hatte er ernst gemeint. Kelly und die anderen kreischten vor Begeisterung, als sie das Tablett mit den Kamikaze-Shots sahen, und kreischten noch lauter, als fünf große Männer in Silver-Bastard- und Reapers-MC-Kutten sich zu uns setzten.

»Weißt du«, lallte Kelly, die sich zu Boonie rüberbeugte. »Heute Nachmittag hab ich dich nicht besonders sympathisch gefunden – ich hab im Nachhinein sogar bereut, dass ich dir verraten hab, wo wir hingehen. Aber jetzt bin ich froh, dass ich's getan hab.«

Ich wandte mich zu ihr um.

»Du hast es ihm gesagt?«, wollte ich wissen. »Ich hab gedacht, du wärst auf meiner Seite!«

»Tut mir leid! Das war, bevor du ihn mit nach hinten genommen hast – weißt du noch, dass ich gesagt hab, ich frag ihn mal nach seiner Nummer? Und er hat Shots für uns bestellt. Er ist ein netter Kerl!«

Ich runzelte die Stirn, denn es gefiel mir nicht, dass er meine Freundin angezapft hatte, um an Informationen zu gelangen. Fairerweise musste man jedoch sagen, dass es wahrscheinlich andersherum gewesen war.

Angezapft. Ha. Während ich nach einem weiteren kleinen Glas griff, überkam mich ein Lachanfall.

»Was ist denn so komisch?«, fragte Boonie, während seine Lippen mein Ohr entlangfuhren.

Seine Frage lenkte mich ab, sodass er es schaffte, mir meinen Shot wegzunehmen und außer Reichweite zu halten, was wirklich unfair war. Dann begann seine Hand, unter dem Tisch über meinen Schenkel zu wandern, woraufhin ich den Alk sofort vergaß.

»Kelly hat dich angezapft«, kicherte ich.

Er lachte leise. »Darce, du bist verdammt scharf, aber ich hab nicht die leiseste Ahnung, wovon du sprichst.«

Ich ließ meinen Kopf nach hinten an seine Schulter fallen und lächelte ihn an. Mann, sah er gut aus. Kelly kreischte, als einer der Biker ihre Hand nahm und sie auf die Tanzfläche zog.

»Willst du tanzen?«, fragte Boonie. Ich nickte und grinste ihn an. »Heißt das, dass du nicht mehr sauer bist?«

Ich runzelte die Stirn.

»Warum sauer?«

»An der Bar vorhin? Sah so aus, als ob du wütend über meine Anwesenheit wärst. Ich hab mich gefragt, was dir durch den Kopf gegangen ist.«

Ich versuchte, mich zu erinnern. Oh ja. Ich war nicht mehr verheiratet. Das war ziemlich fantastisch.

»Ich bin gerne Single«, informierte ich ihn. »Es gefällt mir, dass mir niemand sagen kann, was ich tun soll. Wenn du mir sagst, was ich tun soll, werde ich sauer.«

Er lachte und beugte sich zu mir.

»Baby, ich bin nicht Farell.«

Ich rutschte auf seinem Schoß herum und spürte die Wölbung seines Schwanzes unter meinem Arsch zucken. Ein Blitz heißen Begehrens durchzuckte mich, und mein betrunkener Mund redete, bevor mein Hirn auch nur die Chance hatte, ihn zu stoppen.

»Das letzte Mal, dass ich richtig Sex hatte, war damals mit dir auf dem Friedhof«, sagte ich, bemüht, meinen Blick auf sein Gesicht zu richten. Leider drehte sich inzwischen alles um mich herum, weshalb es verdammt … hart (haha) war. Ich mochte harte Sachen. »Nach dem Unfall hat Farell ihn nicht mehr hochgekriegt. Wir haben zwar rumgemacht, und er hat es mir besorgt, aber selbst das ist schon mindestens ein Jahr her.«

»Oh Mann«, stöhnte er und drehte mein Gesicht zu sich herum. Mit einer Hand griff er in mein Haar, dann tauchte seine Zunge tief in meinen Mund. Sein Schwanz wurde unter meinem Hintern steinhart, und ich zappelte fröhlich herum, weil es zwischen meinen Beinen so schön kribbelte – *juhu!*

Was danach passierte, war alles etwas verschwommen.

Ich weiß, dass wir lange getanzt haben. Wir haben auch ordentlich rumgemacht, was völlig in Ordnung war, weil ich ihn nach jedem Kuss daran erinnert habe, dass ich absolut und eindeutig kein Interesse an einer Beziehung hatte.

Boonie nickte jedes Mal und grinste – dann küsste er mich wieder.

Das Einzige, was nicht so toll war, waren die anderen Biker. Jetzt, da ich wusste, wie viel Geld Farell ihnen schuldete, machte ich mir ein wenig Sorgen, dass sie mich danach fragen würden. Zum Glück waren sie viel zu beschäftigt damit, Kelly und die anderen dazu zu überreden, zu einer Party in ihrem Clubhaus zu fahren. Auf mich achteten sie gar nicht.

Als die letzte Runde eingeläutet wurde, war ich erschöpft, hungrig und verdammt scharf auf Boonie.

In dem Moment stand Kelly auf und informierte uns Mädels, dass wir »alle mal pinkeln« müssten. In geschlossener Formation marschierten wir kichernd und schwankend Richtung Klo, wo wir eine nach der anderen die eklige kleine Kabine aufsuchten, während Kelly eine Abstimmung ankündigte.

»Wie geht's weiter, Mädels? Gehen wir zu dieser Party, oder machen wir selbst noch was?«

Ich starrte stirnrunzelnd in den Spiegel und stülpte die Lippen vor wie ein Fisch. *Blubb. Blubb.* Sehr lustig … Plötzlich drangen laute Schreie durch meinen Alkoholnebel. Ich blinzelte. Das waren keine fröhlichen »Geile Party!«-Rufe. Das waren definitiv »Heilige Scheiße, was ist hier los?«-Schreie.

»Was zum Teufel?«, fragte Kelly, während wir einander aus großen Augen anstarrten. Ich schlich zur Tür und öffnete sie einen Spalt. Leute rannten durch den Flur in Richtung Notausgang. Das sah gar nicht gut aus.

»Wir müssen hier raus«, sagte ich zu ihr. Jemand drückte von außen gegen dir Tür. Ich trat zurück und ließ zu, dass Boonie mit todernstem Gesicht die Tür öffnete.

»Kommt alle da raus«, sagte er und packte mich am Handgelenk, um mich hinaus in den Flur zu ziehen. Die anderen Mädchen folgten uns. Wir trafen auf seine Freunde, die mit uns in die Menschenmenge eintauchten. Ich hatte immer noch keine Ahnung, was zum Teufel eigentlich los war. Nach langen, verwirrenden Augenblicken schwappten die Menschen wie eine Welle nach draußen in die Gasse. Überall sah ich blinkende Lichter.

»Fuck«, sagte Boonie und zog mich schnell näher an sich. Das war auch gut, denn rund um uns stolperten und fielen die Menschen um. Ich hörte eine Stimme aus einem Lautsprecher, konnte aber nicht verstehen, was sie sagte.

Wir gingen die Rückseite des Gebäudes entlang und versuchten, aus der Menge herauszukommen. Von fern hörte ich lautes Rufen und Schreie. Kelly konnte ich nicht mehr sehen. Ich konnte eigentlich gar nichts sehen – nur irgendwelche Leute, die in alle Richtungen rannten, die Gesichter voller Panik.

Nach unendlich langer Zeit gelangten wir ans Ende der Gasse und liefen auf die Straße. Da sah ich die Reihe von Cops in Schutzausrüstung mit Plastikschilden in der Hand. Sie riefen irgendwas … »Zurück!«

»Oh fuck«, sagte Boonie, während er sich umsah. Plötzlich flog ein Stein über unsere Köpfe und traf einen der Cops. Dann zersprang eine gläserne Bierflasche an einem der Schilde. Die Reihe der Polizisten zerteilte sich, und einer trat hervor, hob seinen Schlagstock und schlug damit einen Mann, der zu nahe dran war. Plötzlich begannen auch die anderen, auf Leute einzuprügeln, und die Menschenmenge brach in Panik aus. Alle stürmten wieder zurück, aber sie konnten nirgendwohin – die Mauer aus Leuten hinter uns drängte nach vorne. Ich spürte, wie ich Boonies Griff entglitt.

»Boonie«, rief ein Mann.

Als ich mich umsah, entdeckte ich einen seiner Bikerfreunde, der uns zuwinkte. Er stürzte sich in die Menge und bahnte uns einen Korridor. Boonie hob mich hoch, warf mich über die Schulter und kämpfte sich durch zu seinem Freund. Die Leute um uns begannen nun, mit Steinen zu werfen, während die Polizei auf sie einschlug.

Was zum Teufel? Solche Sachen passieren in Coeur d'Alene einfach nicht!

Die Menge wogte um uns herum, während sich Boonie freikämpfte. Kurz darauf rannten wir über die Lakeside Avenue in das Viertel nördlich des Zentrums. Wir waren nicht die Einzigen, die flohen – überall liefen Leute rufend und weinend die Straße entlang. So etwas hatte ich noch nie erlebt.

»Alles in Ordnung?«, fragte Boonie, als er mich wieder absetzte. Ich nickte.

»Die anderen sind schon weg«, antwortete sein Freund.

»Danke, Bruder«, sagte Boonie.

Ich sah ihn an und entdeckte die Aufnäher der Silver Bastards auf seiner Kutte. Dieser Mann hatte sich in eine randalierende Menschenmenge gestürzt, um uns in Sicherheit zu bringen, wurde mir auf einmal klar. Kein Wunder, dass ihn Boonie als Bruder betrachtete. Ich glaube, in dem Moment begriff ich zum ersten Mal, dass der Club vielleicht mehr war als eine kriminelle Vereinigung …

»Danke«, sagte ich zu ihm. Der Mann grinste breit. Da sah ich, dass ihm Blut über die Stirn lief. »Bist du verletzt?«

»Keine Sorge«, sagte er und wischte es mit der Hand weg. »Einer hat mich erwischt, aber ich hab ihn ordentlich dafür bezahlen lassen.«

Plötzlich schien mir ein strahlend heller Scheinwerfer ins Gesicht.

»Bleiben Sie stehen«, sagte eine Stimme aus dem Lautsprecher.

»Los, schnell weg!«, rief Boonies Freund.

Schon liefen wir wieder, während der Lärm der randalierenden Menge hinter uns lauter wurde.

Zehn Minuten später wurden Boonie und ich allmählich langsamer. Wir gingen nun die Fifth Street hinauf. Ich hatte keine Ahnung, wo sein Freund hin war oder wo Kelly war.

»Haben deine Freunde die Mädels mitgenommen?«, fragte ich Boonie, als wir stehen blieben und uns an einen Holzzaun lehnten. Ich keuchte laut und hatte Seitenstechen.

»Ja, die sind wahrscheinlich in Sicherheit«, sagte er und rieb sich den Nacken. »Wir haben einen Plan gemacht, als wir euch gesucht haben. Fuck. Versteh das nicht falsch, aber jedes Mal, wenn ich dich küsse, fliegt was in die Luft. Allmählich glaub ich, dass ein Fluch auf uns liegt.«

Als ich ihn ansah, wurde mir klar, dass er recht hatte. Erst das Bergwerk, dann Farells Unfall … und nun … was auch immer für eine verfluchte Scheiße das hier gewesen war.

»Verdammt. Was glaubst du, was erst passieren würde, wenn wir jemals ein zweites Date hätten?«

Zuerst starrte er mich nur an, doch dann löste sich seine Miene, und er fing an zu lachen. Ich ließ mich davon anstecken. Schließlich lachten wir beide so sehr, dass uns die Tränen übers Gesicht liefen.

»Keine Ahnung, Scheiße«, gab er schließlich zu. »Die Apokalypse oder so 'n Mist?«

Plötzlich wieder nüchtern, sah ich ihn stirnrunzelnd an. Natürlich machte er Witze, aber so ganz unrecht hatte er ja nicht. Es schien wirklich jedes Mal was Schlimmes zu passieren, wenn wir einander näherkamen.

»Vielleicht sollten wir zum Wohle der Menschheit das Ganze bleiben lassen?«

»Nie im Leben«, sagte er und zog mich an sich, um mich leidenschaftlich zu küssen.

Mir wurde ganz warm. Vermutlich war ich doch nicht ganz nüchtern, denn ich hatte absolut keine Hemmungen.

Ein Auto fuhr vorbei, und jemand rief: »Die Cops kommen!«

Boonie ließ mich abrupt los. Weiter hinten auf der Straße sah ich blinkende Blaulichter

»Wollt ihr mich verarschen?«, fragte er, während er sich schnell umsah. »Hier rüber.«

Ich folgte ihm in die Gasse hinter dem Zaun. Dort befand sich ein Tor, das aber verschlossen war. Kein Problem für Boonie – er packte den Rand des Zauns, sprang hoch, stemmte sich nach oben und hinüber. Kurz darauf öffnete er das Tor von innen. Ich schlüpfte durch, kurz bevor das Polizeifahrzeug in die Gasse einbog. Boonie knallte das Tor hinter mir zu, und wir lehnten uns keuchend beide dagegen.

»Suchen die nach uns?«, fragte ich verwirrt.

»Das bezweifle ich«, antwortete er. »Die haben es zwar immer auf den Club abgesehen, aber ich schätze, die wollen einfach die Innenstadt räumen.«

»Was zum Teufel ist eigentlich passiert? Hast du irgendwas gesehen?«

»Ja«, sagte er. »Vor der Bar war ein Biker. Die Cops haben ihn angemacht, und dann haben ein paar Typen aus der Menge angefangen, mit ihnen zu diskutieren. Als ich mitbekommen hab, was da abging, war der Biker schon verschwunden. Weiß aber immer noch nicht, wie daraus eine solche Randale entstehen konnte.«

Ich sah ihn scharf an. »War der Biker einer deiner Freunde?«

»Nein. Hab ihn noch nie zuvor gesehen. Trug auch keine Kutte. Es ging alles so schnell. Ich vermute mal, die Cops haben einfach Panik bekommen.«

Hinter dem Zaun blinkten noch mehr Lichter. Wir hörten, wie das Polizeiauto anhielt und das Blaulicht ausschaltete. Ich hörte das Knattern des Polizeifunks – der Wagen stand direkt vor dem Tor. Mist.

»Und jetzt?«, flüsterte ich. »Ich glaube, wir sind gefangen.«

Boonie schüttelte seinen Kopf und hielt einen Finger an seine Lippen, doch es war zu spät.

»Hast du das gehört?«, fragte eine Stimme. Plötzlich traf das Licht eines Suchscheinwerfers den Zaun und schien in dünnen Streifen zwischen den Brettern hindurch. Ich schnappte nach Luft. Ohne zu zögern, packte Boonie meinen Kopf und legte mir die Hand auf den Mund.

»Stütz mich mal und heb mich hoch«, sagte ein anderer Mann. »Ich schau oben drüber, vielleicht seh ich was.«

Boonie nahm seine Hand weg und blickte mir tief in die Augen. Während sich die Cops nur einen halben Meter von uns entfernt bereit machten, nach uns zu suchen, deutete er mit dem Kinn auf etwas hinter mir. Als ich mich umsah, entdeckte ich einen wuchernden lila Strauch, der groß genug war, um sich darin zu verstecken … vorausgesetzt, wir schafften es bis dorthin.

Zum Glück waren wir früher schon in derartigen Situationen gewesen.

Natürlich nicht mit Cops. Aber als Kinder hatten wir einen wesentlich furchteinflößenderen Erzfeind gehabt.

Granny Blackthorne.

Zweimal pro Woche buk sie Brot für ihre Familie, das sie dann auf die hintere Veranda zum Abkühlen stellte. Dorthin stellte sie auch Cookies, Cupcakes und hin und wieder einen Pie.

Wenn ich so zurückdenke, ist mir eigentlich klar, dass sie das Essen für die Kids aus dem Trailerpark hinstellte. Die meisten von uns hatten eigentlich genug zum Essen – zumindest während der Schulzeit, da wir dann kostenloses Mittagessen in der Schule bekamen. Aber oft war das eben billiges Fertigzeug.

Kurz nach dem Wurm-Vorfall hatte mich Boonie für würdig erachtet, seinem Überfallkommando beizutreten. Weil ich ein süßes kleines Mädchen war, war ich für das Ablenkungsmanöver verantwortlich. Ich pflückte meist einen Strauß Wildblumen und klopfte an Grannys Tür. Nach ein paar Minuten – sie hörte nicht mehr so gut – kam sie an die Tür. Ich hielt ihr dann mit meinem schönsten Zahnlückenlächeln die Blumen entgegen und lispelte, wie schön ich doch ihre Rosen fände. Es war mein Job, sie so lange wie möglich zu beschäftigen und mit ihr zu reden, während Boonie und die Jungs auf Beutezug gingen. Ich wartete auf mein Signal und lief dann davon, um meinen Anteil an der Beute zu erhalten.

Sie erwischte uns nie. Zumindest nahmen wir das an. Aber wie viel wir auch klauten – sie stellte immer wieder was raus. Im Lauf der Zeit entwickelten wir eine komplette Geheimsprache aus geheimnisvollen Gesten, Zwinkertechniken und so, weil man ja nie wusste, was auf einem hochgefährlichen Essensraubzug so alles passieren konnte.

Jetzt zwinkerte mir Boonie zwei Mal zu, so wie früher.

Rückzug.

Die Cops redeten wieder, dann hörte ich, wie eine Taschenlampe gegen die Zaunbretter schlug. Ich nickte zustimmend und ging, geführt von Boonie, zwei Schritte zurück und glitt zu Boden. Wenige Sekunden später kroch ich leise unter den Strauch, wo wir in Sicherheit waren. Boonie folgte mir und schob sich gerade noch rechtzeitig auf mich. Hinter ihm konnte ich durch die Blätter den Cop über den Zaun gucken und mit der Taschenlampe in den Hinterhof leuchten sehen. Boonie sah auf mich runter. Schwer lag sein Körper auf mir. Wir bewegten uns kein bisschen.

»Siehst du was?«, fragte der Cop seinen Partner.

»Nein, alles leer.«

Der Mann ächzte, als er wieder runtersprang. Der Polizeifunk knatterte wieder. Boonies Gewicht, das mich in der Dunkelheit am Boden hielt, wurde mir wieder bewusst. Seine Beine spielten mit den meinen, was mich an unseren Nachmittag im Wald oberhalb des Trailerparks erinnerte.

Damals war er auch mit seinem ganzen Gewicht auf mir gelegen. Jetzt pressten sich seine Hüften an mich, und sein Mund legte sich auf den meinen.

Ich wollte protestieren – die Cops waren weniger als zwei Meter von uns entfernt. Doch ich hatte keine Chance. Er knabberte an meiner Lippe und schob dann seine Zunge so tief in meinen Mund, dass ich nach Luft schnappte. Mir wurde ganz schwindlig, als er mich küsste und dabei die Tatsache ausnutzte, dass ich kein Geräusch von mir geben durfte.

Als seine Hand an meinem Körper entlangfuhr und sich zwischen uns schob, um meinen Schenkel hochzuziehen, begann ich nervös zu werden. Als er dann auch noch mein anderes Bein zur Seite schob, um sein Becken gegen das meine zu pressen, spürte ich so was wie Panik in mir aufsteigen, da ich wusste, dass es nicht viel gab, was sich Boonie nicht trauen würde.

Wie weit würde er gehen?

Weiter, als mir angenehm war. Sein Schwanz drückte gegen die weiche Stelle zwischen meinen Beinen, und wie immer funkte es sofort und heftig zwischen uns. Er bewegte sich, sodass sein Schwanz an meiner Klit rieb. Lange kippte er sein Becken vor und zurück und drückte mich schweigend gegen die Erde, während das Verlangen wie ein Feuerschweif meine Wirbelsäule hinabfuhr.

Ich wollte mich gegen ihn stemmen, konnte es aber nicht – er war bereits völlig waghasig, geradezu verrückt. Bei allem, was ich tat, riskierte ich, ein Geräusch zu machen. Nicht dass sie einen Grund gehabt hätten, uns zu verhaften.

Keinen legalen Grund.

Aber vor nicht mal einer halben Stunde hatte ich zugesehen, wie die Polizei begonnen hatte, Leute mit Schlagstöcken zu traktieren. Leute wie mich. Und das auch noch vor *Zeugen*. Was würden sie hier im Dunkeln tun, wo sie niemand sehen würde?

Boonie stützte sich auf einen Arm und hielt meine Lippen gefangen, während er nach unten griff, um mein T-Shirt hochzuziehen. Dann drückten seine Finger leicht meine linke Brustwarze und zogen daran, während seine Hüften ihren steten Rhythmus beibehielten.

Als eine Gruppe von Leuten angerannt kam, hörten wir ihre trampelnden Füße. Die Polizisten, die in der Gasse geparkt hatten, stürmten ihnen entgegen. Jemand schrie. Ich konnte mich nicht bewegen, konnte nicht denken, konnte einfach gar nichts tun.

Boonie war offenbar nicht so gehemmt.

Er nutzte die Ablenkung, hob seine Hüften und griff nach unten, um seine Hose aufzumachen. Dann zog er meinen Rock hoch, bis ich die nackte Erde am Hintern spürte.

Ich musste mir wirklich abgewöhnen, Röcke zu tragen. Wenige Sekunden später glitten seine Finger in mich. Auch wenn es mir peinlich ist, muss ich zugeben, dass ich schon ziemlich feucht war.

Okay, ich musste mir abgewöhnen, Röcke zu tragen, und mir außerdem ein paar ordentliche Oma-Unterhosen zulegen, denn diese Stringtangas bieten nicht den geringsten Schutz.

Sein Daumen entdeckte meine Klit, während seine Finger meinen G-Punkt ausfindig machten. Ich wölbte meinen Rücken und hätte aufgeschrien, wenn er meinen Mund nicht wieder mit seinem bedeckt hätte, um jedes Geräusch zu verschlucken.

Über uns blitzten Lichter, und vor dem Zaun riefen Menschen. Ich merkte es kaum, weil Boonie seine Finger rauszog, seinen Schwanz packte und ihn vor meiner Öffnung platzierte.

Dann drang er in mich ein.

Rückblickend ist es schwierig, alle Eindrücke zu sortieren. Ich weiß noch, dass das Chaos um uns herum sich zurückzuziehen schien, doch ich konnte noch immer den Polizeifunk auf der anderen Seite des Zauns hören. Boonies Stöße waren ruhig und regelmäßig und so schmerzhaft langsam, dass es schon an Folter grenzte. Ich schob meine Hände in seine Jeans und umfasste seinen Hintern, um ihn zu schnelleren Bewegungen zu veranlassen. Er ignorierte mich und behielt seinen Rhythmus bei, während draußen weitere Leute vorbeirannten. Die Anziehung zwischen uns beiden war schon immer verrückt gewesen, doch dieses Mal war sie geradezu explosiv. Als ich kam, musste er mir den Mund mit seiner Hand zuhalten, damit ich kein Geräusch machte. In letzter Minute zog er seinen Schwanz raus und spritzte seinen Samen auf meinen Bauch, solange noch das Feuerwerk in meinem Kopf explodierte.

Dann bewegte er sich, rollte uns auf die Seite und zog mich anschließend auf seinen Körper. Mit einer Hand fuhr er mir durchs Haar. Draußen verebbte allmählich der Lärm. Jetzt ging es nur noch um mich und um ihn. Wir waren in unserer eigenen Welt vereint.

Eigentlich möchte man meinen, dass mich das Adrenalin die ganze Nacht wach gehalten hätte, aber offenbar war es nicht stärker als Sex und Alkohol. Irgendwann döste ich trotz der Lichter und des Lärms ein.

Boonie weckte mich mit einem Kuss und schob ein Knie zwischen meine Beine, während ich mich unruhig hin und her wand. Dann piekte mich ein Zweig in den Po und erinnerte mich daran, wo wir waren.

»Was zum Teufel hatte das alles zu bedeuten?«, flüsterte ich leise.

»Ich glaube, es war ein Krawall. Obwohl ich immer noch nicht recht weiß, wie er angefangen hat. Hab noch nie gehört, dass es hier bei uns einen gegeben hätte.«

Als ich zitterte, legte er fest seine Arme um mich und rieb mir den Rücken.

»Was für eine Scheiße!«

»Allerdings«, sagte er und lenkte mich mit einem Kuss ab. Ich presste mich gegen sein Bein und merkte dabei, dass mein Rock noch immer hoch über meine Hüften geschoben war.

Ganz schön nuttig, was?

»Äh … ich bin mir nicht sicher, ob …«, sagte ich, doch er fiel mir ins Wort.

»Denk nicht zu viel nach – das tut uns beiden nicht gut. Wichtig ist nur, dass jedes Mal, wenn wir zusammen waren, ein großes Unglück geschehen ist – aber dieses Mal nicht. Vielleicht heißt das, dass wir nun frei sind.«

Ich runzelte die Stirn und sah ihn an. Als Schmerzen durch meinen Kopf schossen, zuckte ich zusammen.

»Kater?«, fragte er. Ich nickte. »Du brauchst einen Kaffee und was zum Essen.«

»Und eine Dusche.«

»Super«, sagte er. »Das bekommen wir alles im Haus eines Freundes von mir. Er wohnt nicht weit weg. In zehn Minuten sind wir dort.«

Es gibt den normalen Walk of Shame und den speziellen. Ich glaube, wenn man nach einem Krawall mit Erde, Blättern und getrocknetem Sperma bedeckt durch die Straßen schleicht, hat man sich automatisch für den speziellen Spießrutenlauf qualifiziert. Unterwegs sahen wir ein paar Polizeiautos, aber die Lage schien sich wieder beruhigt zu haben. Am Horizont wurde es langsam hell. Wenn ich es nicht besser gewusst hätte, wäre ich nie darauf gekommen, dass vor ein paar Stunden hier Straßenkämpfe stattgefunden hatten.

Die Wohnung seines Freundes lag über einer Garage. Als wir eintraten, sah ich als Erstes, dass Kelly schlafend auf der Couch lag. Na ja, eigentlich lag sie auf einem Mann, der auf der Couch lag – nämlich auf dem Mann, der uns aus der Menschenmenge gerettet hatte.

Er öffnete kurz die Augen, schloss sie dann aber wieder. Im Schlafzimmer schliefen noch weitere Leute, doch das Badezimmer war glücklicherweise leer. Ich folgte Boonie durch die Holztür, runzelte dann aber die Stirn, als er seine Lederkutte ausziehen wollte.

»Vielleicht sollten wir nacheinander duschen?«

Er schüttelte seinen Kopf.

»Wirklich nicht. Hat lang genug gedauert, bis ich dich hatte. Wenn ich dich aus den Augen verliere, heiratest du womöglich noch einen anderen.«

Ich hielt seinen Kommentar für einen Scherz, sah ihn aber trotzdem finster an.

»Boonie, ich hab es ernst gemeint, als ich gesagt habe, dass ich nicht bereit für eine Beziehung bin. Die Scheidung ist noch nicht mal amtlich – und dann gleich etwas Neues … ich schaff das nicht.«

Er zog seine Kutte aus und hängte sie sorgfältig auf einen Haken. Dann griff er nach dem Saum seines Shirts.

»Das hab ich verstanden«, sagte er und zog sich das Shirt über den Kopf. Der Anblick seiner nackten Brust erwischte mich kalt. Verdammt, war dieser Mann schön. »Aber die Sache zwischen uns beiden ist ja nichts Neues, Darce. Es war schon immer da. Ich musste dich zwei Mal verlassen. Das werde ich nicht noch mal tun.«

Mir wurde bewusst, dass er recht hatte. Es war wirklich immer etwas zwischen uns gewesen. Und nicht nur sexuell. Als wir Kinder waren, hatte er mich immer beschützt … na ja, vor allen außer sich. Er hatte für mich mit Farell gekämpft, und selbst als er aufgehört hatte, meine Briefe zu beantworten, hatte er gedacht, dass es zu meinem Besten wäre. Es war wirklich nichts Neues.

»Ich bin nicht gewillt, das, was ich jetzt habe, wieder aufzugeben«, sagte ich bestimmt und weigerte mich nachzugeben. *Das* hatte ich bei Farell oft genug getan. »Ich musste mein ganzes Leben lang für andere Menschen da sein. Jetzt geht es nur um mich. Ich will mir diese Chance nicht entgehen lassen, nicht mal für dich.«

»Bedeutet ›nur um mich‹ auch, dass du mit anderen Männern fickst?«

Ich rieb mir den Bauch, während mir bei der Erinnerung, wie er sich tief in mir angefühlt hatte, ganz anders wurde. Konnte ich mir vorstellen, das mit einem anderen zu machen?

Nicht wirklich.

»Nein. Aber es bedeutet jedenfalls nicht, dass ich zurück nach Callup ziehe und meinen Beruf aufgebe. Irgendwann will ich mein eigenes Wellness-Center haben – so eines, wo die Leute zum Friseur und zur Maniküre gehen und sich auch massieren lassen können und so was.«

»Klingt doch toll, solange ich nicht zur Maniküre muss«, sagte er mit einem Schulterzucken. »Aber von den Massagen hätte ich gerne noch ein paar. Auch welche mit Happy End.«

»Das ist nicht lustig«, fauchte ich. »Ich bin eine Therapeutin, Boonie. Ich helfe Menschen, die Schmerzen haben. Das solltest du respektieren.«

Sein Grinsen verschwand, und er nahm meine Hände, um mich an sich zu ziehen.

»Es war nur ein Witz, Darce«, sagte er. »Ich will gar nicht, dass du deine Träume aufgibst. Mann, ich hab mein eigenes Leben. Das Letzte, was ich will, ist, dass du herumjammerst und von mir abhängig bist. Meine Mom war so. War echt beschissen. Ich will nur, dass du am Ende des Tages in meinem Bett landest.«

Ich lehnte mich an ihn und legte meinen Kopf an seine Brust.

»Das könnte ich vielleicht hinbekommen. Aber keine Krawalle mehr, okay? Mein Hintern ist voller Kratzer. Von jetzt an soll es ganz langweilig werden.«

»Langweilig. Damit kann ich was anfangen.«

Plötzlich hämmerte jemand an die Tür.

»Boonie, komm da raus!«, rief sein Freund. »Du wirst nicht glauben, was gerade passiert ist.«

Boonie löste sich von mir und fuhr sich mit der Hand frustriert durch die Haare.

»Ich glaube, die Langeweile müssen wir auf später verschieben«, murmelte er.

Ich seufzte, weil mir klar wurde, dass ich mich wohl daran gewöhnen musste.

»Wir sind echt verflucht.«

Boonie schüttelte seinen Kopf und gab mir einen schnellen Kuss auf die Nase.

»Wir sind nur normalitätsbehindert. Wird schon alles werden.«

Ich schlang meine Arme um ihn und drückte ihn fest, bevor ich ihn wieder losließ. Ich konnte mich genauso daran gewöhnen – langweilig wurde eh überschätzt, oder?

HISTORISCHER HINWEIS

Die Vorkommnisse in dieser Geschichte basieren auf wahren Begebenheiten, die sich – allerdings zu verschiedenen Zeiten – im Silver Valley und in Coeur d'Alene in Idaho abgespielt haben.

Der »Krawall« im Zentrum von Coeur d'Alene ereignete sich im Juni 1999 während der jährlichen Car-d'Alene-Autoshow. Er begann vor dem Iron Horse Saloon, als die Polizei einen Biker anhielt und von der Menge ausgebuht wurde. Als weitere Polizisten in Schutzausrüstung eintrafen, geriet die Lage außer Kontrolle. Obwohl der genaue Hergang der Ereignisse umstritten ist, sagten viele Zeugen (darunter meine Freunde, die vor Ort waren) aus, dass die Polizei Gewalt eingesetzt und sie angegriffen habe. Vierzehn Personen wurden verhaftet. In der Folgezeit kam es zu einer Klage vor dem Idaho Supreme Court, in der es darum ging, ob Polizeibeamte Immunität genossen und vor Strafverfolgung geschützt waren.

Das Sunshine Mine Fire ist eines der dunkelsten Kapitel in der Geschichte des Silver Valley. Am 2. Mai 1972 starben beim zweitschlimmsten Bergwerksunglück der US-amerikanischen Geschichte einundneunzig Männer unter Tage. Viele von ihnen wurden von dem Feuer überrascht, sodass man sie, wie auch im Buch beschrieben, zum Teil noch vor ihren offenen Brotzeitboxen sitzend vorfand. Die Rettung wurde erschwert durch veraltete Ausrüstung und schlechte Führung. Nach acht Tagen barg man zwei Überlebende aus einer Tiefe von 1462 Metern. Sie waren die einzigen Überlebenden. Das älteste Opfer war einundsechzig, das jüngste neunzehn Jahre alt. Die Männer hinterließen siebenundsiebzig Witwen und über zweihundert Kinder, von denen drei zum Zeitpunkt des Unglücks noch nicht geboren waren. Allen, die mehr erfahren möchten, kann ich das Buch *The Deep Dark* von Gregg Olsen sehr empfehlen.

Auch als **E-Book** erhältlich

368 Seiten

Preis 9,99 € (D) | 10,30 € (A)

ISBN 978-3-95761-019-5

Joanna Wylde

Rockerblut

Verbotenes Verlangen

Sophies Leben gerät immer mehr aus den Fugen: Nachdem sie in der ersten Liebesnacht mit Zach schwanger wurde, ließ dieser sie mit ihrem kleinen Sohn sitzen. Jetzt, acht Jahre später, taucht auch noch Zachs Stiefbruder Ruger – das Mitglied einer zwielichtigen Rockerbande – auf und will sich als Beschützer aufspielen. Zwar weiß Sophie, dass Ruger, der furchteinflößende und muskulöse Biker des Reapers Motorradclubs, gefährlich ist, aber gerade das macht ihn auch so verdammt anziehend. Lange kann sie der Versuchung nicht widerstehen, und erfährt schon bald am eigenen Leib, dass man nicht nur auf einem Motorrad einen heißen Ritt wagen kann.

LAGO